KB163024

황녀의 침실 인형

꿀이흐르는 장편소설

II

동아

황녀의 침실 인형 2권

초판 1쇄 인쇄일 | 2023년 8월 7일
초판 1쇄 발행일 | 2023년 8월 18일

지은이 | 꿀이흐르는
펴낸이 | 조승진
펴낸곳 | (주)동아

출판등록 | 제2023-000038호
주소 | 서울특별시 강서구 양천로 570 NH서울축산농협 NH서울타워 19층 (등촌동)
전화 | (070)8826-4508
팩스 | (02)337-0668
E-mail | bear6370@hanmail.net

정가 | 13,000원

ISBN 979-11-6302-639-6 (04810)
    979-11-6302-637-2 (set)

ⓒ 꿀이흐르는, 2023

※이 책은 (주)동아와 저작자의 계약에 의해 출판된 것이므로, 무단 전재 및 유포, 공유를 금합니다.

ZERO

II

ZERONOVEL

황녀의
침실 인형

꿀이흐르는 장편소설

동아

목   차

chapter 8
열망

힐로스드 왕국의 근위단장은 당혹스러운 마음을 감추고 셰드를 따라다녔다. 사실, 셰드 왕제를 따라 야만인 토벌전에 나선 이후부터 쭉 이랬다. 하루하루가 당황과 경악의 연속이었다.

'노예의 인술이라니⋯⋯?'

웬 재수 없게 생긴 마법사가 정말로 왕제의 가슴 위에 마법적 처치를 할 땐 기절할 뻔했다. 그나마 근위단장을 안심시켰던 건, 왕제가 늘 그랬듯 무심한 낯이었다는 사실뿐.

'정작 황녀님은 왕제님한텐 관심도 없어 보이시던데.'

연회장에서 올려다보았던 황녀는 시종일관 무료한 표정이었다. 그녀를 상으로 달라는 왕제의 말을 듣고 동공이 약간 커지기는 했지만, 그게 전부였다. 새삼 왕제가 대단하다는 생각이 들었다. 자신이 황녀에게 그런 시선을 받았으면 금세 쪼그라들었을 텐데.

그런 것도 상관없을 만큼, 왕제님은 그 황녀에게 크게 반하신 건가?

괜히 황녀에 대한 의문만 쌓여 갔다.

도대체 취향과 취미가 어떻게 되시기에 저런 인술을 새기길 즐기시는 걸까. 아무리 귀한 신분이라지만…….

거기까지 생각해 보던 근위단장은 생각을 접었다.

따지고 보니 그 황녀보다 고귀한 혈통과 존귀한 위치를 타고난 이가 없긴 했으니. 이 델로의 황제조차도 '계승자의 눈'은 이어받지 못했다며.

근위단장은 그렇게 납득했다. 태생적인 탓일까. 힐로스드의 왕족들은 갖고 싶은 것이 있다면 걸맞은 대가를 치르는 것에 익숙했다.

"기사님."

어느새 다가온 황녀궁의 시녀가 조용히 입을 열었다.

"기사님은 이쪽으로 모시겠습니다."

"예? 예."

근위단장은 황녀궁의 시녀를 따라 걸음을 옮겼다.

황녀궁은 상상 이상으로 넓고 컸으며, 무엇보다 정원이 훌륭했다. 이 시기에 오니 한겨울의 숲 그 자체였다. 어느 한적한 시골을 통째로 옮겨 심은 듯한 느낌. 빼곡하게 심어진 흰 자작나무 위에는 눈이 소복소복 쌓여 있어서, 몹시도 잔잔하며 세상과 유리된 듯한 분위기를 풍겼다.

"저희 왕제님은 언제 다시 뵐 수 있습니까?"

황녀궁의 시녀들 역시 몹시도 고요하고 정제된 이미지였다. 근위단장이 큰마음 먹고 한 질문에도 아주 차분한 대답이 돌아왔다.

"일주일 후에 다시 뵐 수 있으실 겁니다."

"예?"

* * *

"왕제님. 이쪽으로 모시겠습니다."

황궁의 시종장은 왕제를 노예로 대해야 하는지, 정혼자로 대해야 하는지에 대해 이미 감을 잡은 후였다. 다만 노예로서 황녀의 침실로 데려가는 관습만은 유효해, 그는 시녀들에게 왕제의 안내를 부탁했다.

셰드는 걸음을 옮기며 드넓은 궁은 둘러보았다.

라하의 궁은 그가 알던 곳이 아니었다. 아예 거처를 옮기고 궁을 새로 지은 모양이었다.

시녀들의 얼굴은 낯이 익었지만, 그녀들은 셰드의 얼굴을 예전과 같은 이라고 인식하지 못했다. 오히려 안절부절못하는 게 느껴졌다.

그럴 수밖에 없었다. 현재 그의 위치가 그렇게 애매했다. 노예는 노예인데, 정혼자로서의 신분은 예정되어 있고. 무엇보다 그는 제국군을 구한 힐로스드의 왕제이질 않은가?

더군다나 이 남자에게서는 별다른 초조함이 묻어나지도 않았다. 두려움은커녕 궁을 둘러보는 시선에서는 외려 미약한 느긋함이 묻어나고 있었다.

그가 입을 열었다.

"목욕부터 해도 되나?"

"아, 물론입니다. 욕실로 모시겠습니다. 왕제님."

은근히 초조해하고 있던 시녀들은 당황스러움을 감추기 위해 고개를 숙였다. 그러고는 왕제를 조심스레 욕탕으로 안내했다.

'……다른 노예들도 오늘 들어올 텐데.'

황제가 적지 않은 침노들을 또 끌고 왔으니까. 하지만 라하는 예전의 그 아름답던 '인형'이 도망친 이후로는 딱히 침대 위의 일에 흥미를 보이지 않았다. 몸을 제대로 흔들 수도 없을 만큼 오래 아프기도 했고. 게다가 그 노예들이 끌려와 있을 곳과 내궁에 있는 황녀의 침실은 완벽히 분리되어 있질 않던가.

그럼…….

초야가 오늘이 되는 건가?

'초야?'

평소에는 주인을 닮아 언제나 침착했던 시녀들은 슬며시 어리둥절해지기 시작했다.

초야라니. 그 말이 지금 이 상황에 어울리는 것인가? 하지만 또 딱히 틀린 말이 아니기도 했다. 저 왕제는 인술을 새겼으면서도, 몹시도 강인해 보였다. 금세 죽어 나가던 수많은 노예들과는 전혀 달라 보였다.

안 죽고 황녀님의 남편이 기어이 되실 것 같은데. 그러니 초야가 맞지 않나?

시녀들은 서로 시선을 교환했다. 어떻게 해야 하는지 확신이 서지 않았다.

시녀들은 일단 늘 그랬듯이 황녀의 목욕물부터 준비했다. 뜨겁게 끓인 물. 온도를 맞춰 줄 차가운 물. 향긋한 입욕제와 보송한 수건들. 욕조에 띄울 꽃잎과 향유, 그리고 가벼운 속옷까지 차례로 준비가 끝났다.

그 후 시녀들은 얌전히 제 주인을 기다렸다. 언제나 황제와 함께 참석한 연회에서 황녀가 빨리 돌아오기를 바라던 그녀들이었지만, 오늘만큼 빠른 귀환을 손꼽아 기다린 적은 없었다.

* * *

늦은 밤.

라하는 초조한 기색을 감추고 서둘러 걸음을 옮겼다. 심장이 자신의 것이 아닌 것처럼 정신없이 쿵쿵 뛰었다. 오늘따라 길이 너무 멀게 느껴졌다. 괜히 마차에서 평소처럼 내렸다 싶었다. 아예 황녀궁 문 앞까지 타고 왔어야 했는데.

후회해도 어쩔 수 없었다. 그녀의 귀에서 커다란 다이아몬드 귀걸이가 흔들렸다. 평소라면 아픈 귓불에 신경이 곤두섰겠지만 지금은 아니었다. 라하는 조금의 통증도 느끼지 못하는 상태였다. 온 신경이 그 말도 안 되는 남자에게 쏠려 있었으니까.

셰드 힐데스라니.

그 이름이 진짜였다고?

나를 상으로 원한다고?

내게 청혼을 한다고?

왜?

머리가 어지러웠다. 수많은 의문이 해갈되지 못하고 그녀의 머릿속을 떠다녀, 꿈속을 거닐고 있는 것 같다는 착각마저 들었다. 라하는 쉬지 않고 걸음을 옮겼고 평소보다 빠르게 궁에 들어설 수 있었다.

"황녀님."

줄지어 서 있던 시녀들이 주인의 귀환을 반겼다.

"왕제는?"

"왕제님은 내궁에 모셨습니다."

"……그가 거기 가고 싶다고 했니?"

"노예가 어디 있어야 하는지 묻더니, 저희가 알려 드리자 그곳에 계시겠다고……."

시녀들이 당황해 어쩔 줄 몰라 하는 대답에 라하는 맥이 탁 풀렸다. 그래. 시녀들도 당황스럽겠지. 자신도 이렇게 당황스러운데. 새삼 또 깨닫고 만다. 제 시녀들 역시, 힐로스드의 왕제가 그때의 그 인형임을 모른다.

또 얼굴 위에 신성력을 덧씌운 게 분명했다. 아마르 대신관이 도왔겠지. 그 대신관은 힐로스드의 왕제를 이용해 자살이라도 하고 싶은 모양이었다.

시녀가 조심스럽게 물었다.

"황녀님. 목욕부터 하시겠어요?"

"그럴까."

라하는 시녀들이 무거운 귀걸이를 조심스럽게 떼어 내는 것도 미처 모르고 있었다. 따뜻한 욕조에 몸을 담그고 앉아 그저 허공을 노려보았다. 몸이 서서히 풀리며 모든 의문이 한 가지로 모아졌다.

도대체 그 노예는. 노예였던 왕제는.

제정신인 걸까?

목욕을 끝낸 라하는 얇은 네글리제 위에 양모를 덧댄 가운을 걸쳤다. 카르젠이 궁을 아예 새로 지었기 때문에, 기존의 황녀궁과는 구조가 전혀 달랐다. 을씨년스럽기까지 하던 중정으로 나뉘어져 있던 외궁과 내궁 같은 구조가 아니었다.

다만 궁의 건물이 세 개로 나뉘어져 있기는 했다. 지금 라하가 가는 곳은 가장 안쪽, 노예들이 들어왔을 때 이용하는 별궁이었다.

걸음을 옮길수록 긴장되었다. 심장이 이상할 정도로 쿵쿵 뛰었다. 평소라면 그냥 지나쳤을 모든 구조물이 하나씩 의식되고…….

라하는 침실 문 앞에서 멈춰 섰다.

물소 가죽을 덧댄 손잡이에 손을 올린다. 손잡이를 그러쥐고 잠깐 숨을 내쉰다. 이윽고 문을 열기 직전.

문이 안쪽에서 먼저 확 열렸다.

"……!"

손잡이를 꽉 쥐고 있던 라하는 저도 모르게 딸려가 휘청거렸다. 넘어지지는 않았다. 단단한 팔이 라하의 팔을 잡아 똑바로 세워 주었으니까. 그녀의 심장이 거세게 요동쳤다.

"……."

선명한 청회색 눈동자와 시선이 마주친다. 라하는 천천히 입을 다물었다. 도대체 무슨 말을 해야 하는지 알 수가 없었다. 아무 말도 튀어나오질 않았다. 목 아래에 누군가 그림자를 쑤셔 넣은 듯 나오는 목소리가 없었다.

얼마간 그러고 있었을까.

갑자기 셰드가 라하의 팔을 끌어당겼다. 라하가 휘청이기 직전, 그가 그녀를 아예 제 품에 안아 올렸다. 한쪽 팔로 손쉽게 라하를 안아 든 셰드가 침실 문을 닫아 버렸다.

라하는 셰드의 품에 안긴 채로 조용히 그를 노려보았다. 오랜만에 들어오는 그녀의 별궁 침실은 넓었고, 따뜻했고, 좋은 향기가 났으며, 조용했다.

셰드는 성큼성큼 걸어 라하를 푹신한 침대 중앙에 내려놓았다.

"……."

그의 시선이 문득 그녀의 발에 향했다. 그가 손을 뻗어 라하의 슬리퍼를 벗겨 냈다. 그러더니 차갑게 식은 발을 꼭 쥐었다. 그의 체온이 뜨거워서인지 라하는 마치 불에 덴 듯한 느낌마저 들었다.

뿌리치려고 했으나 뿌리칠 수도 없었다. 예전과는 달랐다. 일전의 구속구 같던 인술이 사라지자, 셰드가 가지고 있던 본래 힘이 대충 가늠이 갔다.

그래. 그렇게 노예의 인술까지 없애고 본래 신분으로 돌아갔으면 그만이지. 도대체 이 남자는 왜.

"왜 돌아온 거야."

"왜 돌아왔냐고?"

"그래. 도대체……."

어떻게 이곳을 빠져나갔는지 기억도 하지 못하는지. 라하는 도무지 셰드를 이해할 수가 없었다. 그가 지금 뭘 원하는 건지 왜 돌아온 건지.

"왜 이러는 건데."

"말했잖아. 너를 상으로 원한다고."

"왜?"

라하가 경계하는 표정으로 뒤로 물러났다.

"나를 어쩌게."

셰드는 대답 대신 턱을 비스듬히 기울였다. 라하의 시야에 온통 그 커다란 몸이 가득 찼다. 와중에도 그의 눈은 그녀에게 완전히 고정되어 있었다.

"나를 성욕 채우는 용도로 쓰겠다며."

"……."

"그럼 계속 써 줘야지."

라하가 입술을 깨물었다. 셰드의 그 무심하게 들리는 목소리에 문득 깨달아 버린 것이다.

자신이 그 계절 동안 셰드에 대해서 매번 곱씹었던 만큼, 그 역시 똑같지는 않아도 비슷하긴 했을 거라고. 그리움과 상실감으로 인한 건 아니었겠지만, 어찌 되었든 자신의 말을 몇 번이나 되새겼을 거라는 사실을…….

이상했다. 말로 표현하기 힘들 정도로 가슴이 울렁거렸다. 입고 있던 가운을 꽉 쥐고 있던 손에서 힘이 천천히 빠질 만큼.

흘러내리는 손이 그대로 붙잡혔다. 순간, 라하의 턱이 단단한 손에 잡혀 들어 올려졌다. 그대로 맞춰오는 입술. 뜨거운 혀가 입 안으로 파고드는 그 낯익은 감촉에 라하의 몸이 멋대로 떨리기 시작했다.

"훗……."

그 가느다란 신음 소리는 셰드가 기억하는 그대로였다. 파르르 떨리는 라하의 긴 속눈썹이 시야에 들어온다. 셰드의 하복부가 뻐근하게 아파 왔다. 하마터면 라하의 몸을 가리고 있는 천을 찢어 버릴 뻔한 손을 간신히 내리눌렀다.

라하를 마주한 그 순간부터, 그가 이딴 식으로 몇 번이나 이 황녀에게 신사답게 굴었는지 그녀는 모른다.

셰드의 손이 라하가 목까지 여미고 있는 가운의 단추를 툭툭 풀어냈다. 두꺼운 가운 안의 네글리제는 피부가 다 비칠 정도로 얇았고, 흰 어깨에는 고작 얇은 끈 하나만 연결되어 있었다. 셰드는 그 거미줄 같은 어깨끈을 그대로 내려 버렸다.

시녀들은 라하에게 최소한의 속옷만 입혀 주었고, 덕분에 그녀의 가슴은 손쉽게 그의 눈앞에 드러났다.

단단한 손이 부드러운 가슴을 아플 정도로 강하게 감싸 쥐었다. 손끝으로 유두를 천천히 덧그리던 그가 다른 쪽 손을 움직였다. 라하의 어깨를 만지던 손은 내려가 팔을 그러쥐었다.

라하에게 완전히 집중되어 있던 셰드의 낯이 희미하게 일그러졌다.

"고열이 그렇게 심했나?"

"……무슨 말이야?"

"말랐잖아."

뜻밖의 말이었다. 라하는 입을 꾹 다물었다.

방금까지만 해도, 아니, 솔직히 말하자면 지금도 숨이 잘 쉬어지지 않았다. 셰드의 손이 지나치게 뜨겁게 느껴졌다. 적당히 대답하고 넘어갈 수도 있을 텐데, 자신답지 않게 심술을 부리고 싶어졌다.

"네가 떠나고 계속 앓아서 아무것도 못 먹었어."

"계속 앓았다고?"

"그래."

말하면서도 스스로가 낯설었다. 아이 같은 투정을 했다는 생각이 든 찰나, 라하의 눈이 조금 커졌다. 셰드가 그대로 자신을 품 안으로 끌어안아 버렸으니까. 몸을 완전히 감싸는 품이 뜨거웠다. 애초에 그는 원래 체온이 높았지만. 꼭 온기에 온몸이 감싸이는 듯한 기분에 라하는 목 아래가 막막해졌다.

"이젠 돌아왔잖아."

"……."

그러니까 그게 말이 되냐고. 여기로 돌아오면 어쩌느냐고.

타박을 해야 하는데, 어쩌면 화도 조금 내야 할 텐데. 입이 떨어지지 않았다. 외려 그 말을 듣는 순간, 라하의 눈가에 이상하게도 물기가 올라왔다. 스스로도 이해가 가지 않는 감정이었으나, 다행히 쉽게 가라앉힐 수 있었다.

턱이 붙잡혀 눌린 건 그때였다. 물끄러미 라하를 응시하던 그 남자는 정말로 아무렇지 않게 입을 맞췄다. 마치 어제도, 그제도 그녀와 무수히 입을 맞췄던 정혼자처럼.

키스가 깊어지면 깊어질수록 몸에서 힘이 빠졌다. 혀 아래와 입 안을 훑고 지나간 혀가 뜨거웠다. 온몸의 무른 부위가 온통 화상을 입는 것 같을 때, 셰드의 손이 라하의 허벅지 사이로 파고들었다. 예민한 살 안을 거침없이 헤집는 손끝.

"흐웃……."

라하가 눈가를 나지막이 일그러뜨렸다. 클리토리스를 찾아 훑어 올리는 손가락이 너무 딱딱했다. 잘 감춰져 있던 돌기가 셰드의 손길에 금세 통통하게 부풀어 올랐다. 온몸이 간지러웠다. 작은 부위가 뜨거웠고, 쾌감에는 미약한 통증마저 따라왔다. 전기가 오르는 듯한 감각에 라하가 허벅지를 모으려고 했지만…….

소용은 없었다. 이미 셰드의 손이 라하의 은밀한 안쪽에 단단히 자리하고 있었으니까. 클리토리스를 손끝으로 훑고 아프게 비틀기까지 한 그의 손가락이 이내 밑으로 내려갔다. 어느새 애액으로 젖기 시작한 질구로 그대로 손가락 세 개를 밀어 넣었다.

"으응……."

삽입을 한 것 같은 느낌에 라하의 두 손이 셰드의 어깨를 그러쥐었다. 움찔거리고 있으려니 셰드의 열기가 옮겨붙는 것 같았다. 좁고 습한 내벽을 손가락의 둥근 부분으로 쓸어 올려 보던 그가 질구를 천천히 넓히기 시작했다. 처음은 아니니 또 기절을 할 일은 없겠지만, 라하가 종종 버거워했던 기억은 사실이니까.

한편으로는 제 어깨를 붙잡고 있는 그녀에게서 시선을 떼기가 어려웠다. 솔직히 말하자면 우스웠다. 여기까지 오는 과정 모두가 지독히도 현실이었는데, 단 한 번도 그 사실을 잊어 본 적이 없는데. 살면서 처음으로 셰드는 두 눈을 뜨고도 꿈을 꾸고 있는 것 같다는 기분을 맛보고 있었다.

"너는 왜 매번 이렇게 좁지?"

"……뭐?"

신음을 애써 삼키고 있던 라하가 순간 귀를 의심했다.

"뭐가……, 좁아?"

"다시 말해 줄까."

"……."

당황으로 동그래진 눈을 보자 피식 웃음이 나왔다. 그래. 꿈이 아니지. 셰드는 애액으로 젖은 손가락을 입가로 가져왔다. 라하의 눈에 시선을 고정하고 혀끝으로 천천히 핥아 올렸다. 그녀의 뺨에 붉은 기가 옅게 오르는 걸 보고 있자니 만족스러운 한편, 갈증이 심하게 들었다.

그때 라하가 손을 뻗었다. 그리고 셰드의 옷을 벗겨 내기 시작했다.

사실 셰드의 옷차림에서 그녀는 시녀들이 깊게 고민한 흔적을 읽을 수 있었다. 노예라기에는 단정하고, 왕제라기에는 방만하게 헐벗은 옷차림. 덕분에 의도치 않게도, 그는 초야를 앞둔 정혼자 같은 느낌을 묘하게 풍기는 중이었다. 목선을 따라 내려가면 헐렁하게 드러난 가슴 아래 조밀한 근육들이 빼곡했다.

그리고…….

라하는 저도 모르게 마른침을 삼켰다. 도대체 저 크기는…….

오랜만에 보아도 여전히 적응이 안 되는 크기였다. 라하는 셰드의 페니스로 손을 뻗었다. 한 손으로 다 쥐어지지 않는 물건은 몹시도 딱딱했고, 그녀의 보송한 손이 닿는 그 순간부터 셰드의 미간이 희미하게 일그러지기 시작했다.

"이렇게 큰 걸 달고 다니면 안 불편해?"

방금 전 좁다는 얘길 듣고 눈이 동그래진 황녀답지 않은 질문이었다. 하지만 이상할 건 없었다. 자신의 동정을 앗아 갔던 그날부터 라하는 종종 그의 페니스 크기에 대해 호기심을 가졌으니까.

"글쎄."

그러나 셰드는 헛웃음 한 번 나오지 않았다. 그의 온 신경은 라하의 손끝에 몰려 있었다. 그녀의 예쁜 목과 보드라운 가슴, 그 아래 내려오는 날씬한 허리로 천천히 시선을 옮기며 낮은 목소리로 대답한다.

"네가 울면서 좋아하니 상관은 없잖아."

"……누가 울면서 좋아했다고."

기가 막혔다. 라하의 귓가가 따뜻해지기 시작했다. 이 남자에게 매달려 울음을 터뜨린 적이 몇 번, 아니 자주 있기는 한데…….

"나보단 네가 더 좋아하잖아."

셰드는 여전히 제 물건을 붙잡고 있는 라하의 손등 위로 손을 겹치며 대답했다.

"그래."

그는 천천히 손을 움직이며 말을 이었다.

"내가 더 좋아하지."

"……."

라하의 귓가에 올라왔던 붉은 기가 뺨으로 천천히 번지기 시작했다. 셰드의 커다란 손에 덮인 손을 뺄 수도 없었다. 반도 그러쥐지 못한 손바닥 밑으로 딱딱한 물건의 감촉이 적나라하게 느껴졌다. 셰드는 그 상태로 손을 아래위로 천천히 움직이면서, 여전히 그녀의 눈동자를 빤히 응시하고 있었다.

그의 자위를 돕는 듯한 기분에, 그러니까 그런 지나치게 개인적인 일을 훔쳐보는 듯한 기분에 라하는 얼굴에 자꾸만 열이 올랐다. 게다가 저 청회색 눈동자가 자신을 잡아먹을 듯 쳐다보는 것도…….

이유를 알 수 없어서. 그래, 셰드를 다시 만난 이후부터 계속 라하는 계속 스스로도 설명할 수 없는 기분에 시달렸다. 지금도 그랬다. 말이 안 됐다. 고작 그의 눈을 좀 보는 게 왜 이리……. 민망한가?

하지만 민망함을 드러내는 건 묘하게 자존심이 상했다. 어쩔 수 없이 그녀는 날 때부터 귀하게 자란 존귀한 혈통이라서.

셰드의 목울대가 갈증을 느끼며 일렁이고 있는 걸 라하는 미처 보지 못했다. 이러지도 저러지도 못하던 그녀의 손끝에 결국 힘이 들어갔다. 순간 그가 이를 악물었다. 탄탄한 허벅지가 강하게 움틀거렸다.

"……!"

순식간이었다. 라하가 눈을 깜빡였다. 한순간에 시야가 뒤집혔고, 그녀는 누워 있었다. 시야에 온통 셰드였다. 욕망이 고이다 못해 뚝뚝 떨어지는 듯한 그의 눈이, 얇디얇은 네글리제만 겨우 허리께에 걸친 라하의 몸을 핥듯이 훑어본다.

"……그만 쳐다봐."

라하의 목소리에 미약하게 깔린 긴장감. 셰드는 그녀의 다리를 잡아 벌렸다. 방만하게 벌려진 다리 사이에 얼굴을 파묻고 싶었다. 사실 그는 정말 참을 만큼 참았다. 언제부터지? 라하에게 입을 맞추는 순간부터? 그녀의 얼굴을 본 순간부터? 이 침실에 들어서던 순간부터?

아니면 그보다 더 예전부터.

셰드는 아플 정도로 뻐근한 하복부를 의식하며, 딱딱하게 부풀어 있는 페니스를 라하의 질구에 맞췄다.

"흑!"

애액을 흘리는 좁은 질구 사이로, 말뚝 같은 페니스가 그대로 삽입되었다. 라하의 숨이 턱 막혔다. 무지막지한 크기의 물건이 밀려들어오는 무자비한 감각이 너무 오랜만이었다.

초야 때처럼 몸이 찢어지게 고통스럽지는 않았지만, 오랜만에 열리는 몸에 통증이 없을 수는 없었다. 열기처럼 느껴지는 아픔에 한 길처럼 따라오는 뭉근한 쾌감. 어쩔 수 없이 라하의 호흡이 흐트러졌다.

"으흑……."

셰드의 허리에 감긴 라하의 다리가 흔들렸다. 두꺼운 페니스가 여린 내벽의 살점을 남김없이 비벼 대고 쑤셔 댔다. 그녀의 헐떡임 섞인 신음 소리가 지나칠 정도로 달콤하게 들렸다.

눈가에 열이 오른다. 셰드가 낮은 신음이 섞인 숨을 내쉬었다. 그가 몸을

앞으로 기울이자 라하의 허리가 약하게 떨렸다. 셰드는 라하의 얼굴 양옆을
두 손으로 짚었다.

"……라하."

낮은 목소리가 귓가에 감기자 마음이 술렁이며 조여들었다. 그녀는 셰드
의 어깨를 끌어안았다가 문득 의문이 들었다. 아까 전엔 잘 몰랐지만, 그를
제대로 껴안아 보니 알 수 있었다. 그가 전보다 조금 말랐다는 사실을.

이해가 가지 않았다. 자신은 앓느라 살이 빠졌다 치지만. 평생 병이라곤
모를 것 같은 이 남자가 왜.

"너도……, 고열을 앓았어?"

그 한 마디 한 마디에 섞이는 끙끙대는 신음조차 달콤하게 들리는 걸 이
황녀가 알기는 알까. 셰드는 열기가 오른 눈으로 라하를 물끄러미 바라보다
대답했다.

"아니."

"그럼 왜?"

쾌감에 흐려지기 시작하는 푸른 눈동자를 보고 있자니, 이미 안쪽 깊숙이
파묻고 있던 성기가 뻐근하게 울려 왔다. 발갛게 들뜬 볼이 당장이라도 핥고
싶을 정도로 달아 보였다. 평생 이성을 앞세우며 살아온 셰드였지만 사실,
지금도 그러진 못했다.

그가 그녀의 등을 감싸 안아 올렸다. 삽입된 각도가 바뀌며 라하의 질 내가
수축했다. 라하가 가느다란 신음을 흘리는 것도 잠시. 바로 코끝까지 다가온
셰드의 입술이 그녀의 뺨에 내려앉았다. 보드라운 뺨 위에 잠시 머무르던 입
술이 라하의 귓가로 움직였다. 아직까지도 따뜻한 열감이 남아 있는 귓불을
혀끝으로 핥았다.

"흐읏……."

라하의 어깨가 가늘게 떨렸다. 적나라하게 젖은 소리가 귓가 바로 옆에서
들리자 온몸의 솜털이 곤두섰다. 그가 핥고 빠는 건 귀인데 아랫배에 열이

몰렸다. 이미 셰드의 페니스로 빠듯하게 채워져 있던 질구가 움찔거렸다. 라하를 품 안에 가두고 있던 셰드의 팔에 힘줄이 돋아났다.

그는 천천히 허리를 움직이며 고개를 들어 올렸다. 붉어진 뺨을 혀끝으로 핥자, 라하의 눈가가 약하게 떨렸다. 새로운 애무를 하거나 익숙하지 않은 접촉을 할 때마다 나오는 그녀의 버릇이었다.

기어이 라하의 젖은 입술까지 빨아 당긴 셰드가 허리를 퍽 하고 짓쳐 올렸다.

"흑! 아……!"

긴장감이 천천히 빠져나가던 라하 안으로 단번에 쾌감이 차올랐다. 한계 까지 발기한 페니스가 그녀의 안쪽을 무자비하게 짓쳐 박았다. 그의 힘에 정처 없이 밀려나려는 몸은 단단한 팔에 완전히 붙잡혀 옴짝달싹도 할 수 없었다.

"으흑……! 아, 셰드……. 아읭!"

셰드가 허리를 움직일 때마다 라하의 신음이 헐떡이며 끊겼다. 온몸이, 머리가, 발끝이며 눈동자에까지 열기가 올라 뜨거웠다. 아무 생각도 할 수 없었다. 쾌감만이 허락된 인형처럼 라하는 정신없이 흔들렸다.

정신이 나갈 것 같은 건 셰드도 마찬가지였다. 아니, 청회색 눈동자는 그녀보다도 더 탁해져 있었다. 일그러진 낯에 머무는 쾌감과 흥분. 그리고 정신이 나갈 것 같은 갈증.

아까부터, 아니 라하를 만나러 오던 그 순간부터 그를 괴롭히던 갈증에 자 꾸만 목이 탔다. 셰드는 그대로 라하에게 고개를 숙였다. 그녀의 입 안을 멋 대로 휘젓고 혀뿌리를 아플 정도로 세게 옭아맸다. 라하의 입 안에서 미처 새어 나오지 못한 신음까지 삼켜 버리면서도 하복부는 쉬지 않고 라하를 괴 롭혔다.

"제발……. 천천히 좀……. 흐읏……."

라하의 신음에 애원이 섞였다. 셰드에게도 들리기는 했다. 오랜만이라는 자각도 있었다. 그녀의 질구를 손가락으로 늘여 볼 때만 해도, 이 좁은 부위를 대체 어떻게 해야 하나 하는 생각도 했던 것 같다. 하지만 그뿐이었다. 셰드의 머릿속을 붙잡고 있는 이성이 점점 희미해지고 있었다. 남은 건 격렬한 욕망과 가슴에 깊게 묻고 있던 어쩔 수 없는 감정.

도대체 품에 있는 이 여자를 어떻게…….

그의 목울대가 술렁였다.

"흑! 아……!"

퍼억, 퍽, 퍼억. 아까보다 난폭해진 움직임에 라하의 등허리가 벼락을 맞은 듯 곧추섰다. 그의 성기가 빠져나갈 때마다 질 벽이 함께 딸려나가는 기분에 소름이 오스스 돋았다. 반사적으로 셰드의 가슴을 밀어내려고 했지만 그는 조금도 밀리지 않았다.

라하의 발끝이 점차 곱아들었다. 그의 팔 아래 완전히 가두어진 채, 밀착한 상체는 땀으로 미끄러웠다. 흉포하게 움직이는 페니스에 배가 그대로 뚫리는 게 아닌가 하는 공포마저 들었을 때였다.

"으흑!"

라하의 머리를 쭈뼛거리게 하던 쾌감이 한순간 눈앞을 새하얗게 만들었다. 온몸을 간지럽히고 아프게 하던 열기가 단번에 올라와 한 번에 터지는 기분. 셰드의 것을 물고 있던 라하의 질 내가 세게 수축했다.

그의 근육이 꿈틀거리며 턱에 힘이 들어갔다. 부풀어 오른 페니스에서 정액을 쥐어짜려는 듯한 내벽은 가혹할 정도였다. 그가 낮게 흘리는 신음이 그녀의 귓가를 울렸다.

사정감을 간신히 내리누른 셰드가 잔열과 여운으로 파르르 떨고 있는 라하를 눈에 담았다. 품에 껴안고 있는 그녀의 몸은 정신이 나갈 정도로 부드러웠다. 할 수만 있다면 이 몸 안에 영원히 제 페니스를 묻어 두고 싶을 정도로.

지금 또 욕심대로 밀어붙이면 울음을 터뜨리겠지. 사실 그 모습도 보고 싶지 않은 건 아니었지만. 그녀는 그의 페니스가 여전히 흉포하다는 사실을 천천히 깨닫고 물었다.

"왜……, 안 사정해?"

셰드가 결국 짧게 웃고 말았다.

"네가 이렇게 빨리 느낄 줄 몰랐으니까."

라하가 입을 멍하니 벌렸다. 기가 막힌다는 표정이면서도, 뺨이며 입술이며 붉게 달아올라 있어 셰드는 그대로 고개를 숙여 핥아 보았다. 한 번 겪었다고 그가 제 뺨을 혀끝으로 핥는 게 처음처럼 어색하진 않았다.

자신이 무슨 사탕이나 설탕처럼 느껴지는 거냐고, 왜 자꾸 핥는 거냐고. 입 밖으로 꺼내 묻지는 않았다. 다만……. 묘하게 목 아래가 간지러웠다. 그녀의 부푼 입술을 아프지 않게 깨물어 보던 셰드는 촉촉한 안으로 혀를 밀어 넣었다. 여전히 그녀를 품에 으스러져라 껴안고 있었으나 천천히 라하를 침대에 눕혔다.

그가 상체를 앞으로 숙였다. 라하의 목에 입을 맞추고 잇새로 깨물자 따끔한 통증이 몰려왔다. 한껏 벌려진 다리 사이로 여전히 삽입되어 있는 페니스를 의식하고 있던 라하가 움찔 몸을 떨었다. 이 남자는 내 몸에서 이 거대한 걸 빼낼 생각이 없는 걸까 싶었던 생각이 금세 휘발된다.

"……거기 새기면 옷으로 가리기 힘들어."

"이젠 보여도 상관없을 텐데."

"그야."

그렇긴 하지만.

셰드는 몇 번 더 라하의 흰 목선 위를 깨물고서야 굽히고 있던 상체를 들어 올렸다. 그제야 그의 눈을 마주한 그녀가 저도 모르게 마른침을 삼켰다. 분명 대화를 나누던 목소리는 멀쩡했는데 셰드의 눈은 그러질 못했다. 해소하지 못한 욕망과 열기가 탁하다 못해 진득할 정도로 고이자 오히려 눈빛이 겨울날 빙하처럼 차가워 보였다.

셰드의 눈가를 향해 뻗어 보던 라하의 손이 허공에서 붙잡힌다. 그녀의 손바닥 위를 입술로 꾹 눌러본 그가 그녀를 느리게 훑어보았다. 아무리 눈에 담아도 조금씩 모자랐다. 현실보다는 꿈에 더 가까운 기분은 그다지 유쾌하지가 않았다.

셰드는 그대로 라하의 양 손목을 침대 위에 잡아 눌렀다.

"……왜? 읏……."

"긴가민가해서."

"뭐가……. 흑!"

손목을 잡혀 눌린 라하의 두 눈이 커졌다. 내내 숨죽인 짐승처럼 그녀의 깊은 곳 안에 자리하고 있던 페니스가 돌연 거칠게 움직였다. 귀두 끝까지 아슬아슬하게 빠져나갔던 페니스가 난잡한 소리와 함께 그녀의 내벽 가장 깊숙한 곳을 빠듯하게 치대며 쑤셔 왔다. 그녀의 내벽이 조밀하게 곤두섰다.

여기서 더 제 밑이 벌어질 수 있을까 하던 의문이 아찔한 감각에 밀려 흩어졌다.

"아! 훗, 아흑……!"

몇 번이나 신음을 토해 냈는지 모르겠다. 라하는 이제 목이 아팠다. 접촉한 부위부터 함께 녹아내리는 듯한 기분이 선득했다. 이미 한 번 절정을 느낀 질 내는 오래지 않아 또 그녀를 강렬한 절정으로 끌어 올렸다.

"훗!"

죽음 같은 쾌감을 느낀 라하의 허리가 쭉 뻗었다가 이내 축 처졌다. 그녀의 턱이 덜덜 떨렸다. 셰드는 입술을 짓씹으며 신음을 뱉어 냈다.

빠듯하게 물고 있는 성기를 쥐어짜 내듯 요동치는 질 내. 페니스 끝으로 몰려온 정액이 기어이 분출되었다. 그녀의 깊숙한 안쪽에 사정한 그가 천천히 눈을 감았다가 떴다.

라하는 숨을 몰아쉬고 있었다. 희고 둥근 이마에는 땀이 송골송골 맺힌 채로. 여운이 가시지 않아 몸이 아직도 조금씩 잘게 떨렸다. 기진맥진했다.

곧 정신을 잃고 잠들어 버릴 것 같았다. 그래도 첫날처럼 기절을 안 한 자신이 조금은 대견했다. 무엇보다 그의 체온이 너무 뜨거웠다.

사정을 했음에도 셰드는 성기를 빼내지 않았다. 그대로 몸을 가볍게 돌려 라하를 제 품 위에 올려놓았을 뿐이었다. 그의 단단한 가슴 위에서 라하는 느리게 헐떡였다.

셰드는 라하의 젖은 이마에 흐트러진 머리카락을 손끝으로 넘겼다.

붉어진 그녀의 눈가에 입을 맞추고 입술을 훑는 그 일련의 행위는 섹스 전의 애무와도, 섹스 후의 후희와도 결이 조금 달랐다. 생소할 정도로 부드럽고 기묘하게 가슴이 간지러운 행동. 라하가 천천히 물었다.

"이런 건 왜 하는 거야?"

"글쎄."

그는 라하의 머리카락을 한쪽 어깨로 그러모아 잡으며 말을 이었다.

"널 다시 만나면 이러고 싶었거든."

"……."

라하가 입을 천천히 다물었다.

왜 이렇게 사소하고, 별것 아닌 걸 하고 싶었다는 건지……. 심장이 쿵쿵 뛰는 건 방금까지의 강도 높은 성교 때문일까. 라하가 아무 말 없이 빤히 쳐다보자, 셰드 역시 별말 없이 그녀를 물끄러미 응시했다.

흐르던 침묵도 잠시. 문득 그가 한숨을 삼켰다.

라하의 시선이 조금 닿았을 뿐인데 금세 또 페니스에 힘이 들어가고 있었다. 그녀 역시 제 품 안에서 부피를 키우는 그것을 인식했다. 라하는 곧바로 이마를 가볍게 찌푸리며 고개를 저었다.

"더 못 해. 그냥 하는 말이 아니고……."

"충분히 그래 보이니까 됐어."

그녀의 젖은 밑에서 천천히 페니스를 꺼낸다. 애액과 정액으로 엉망이 된 적나라한 모습에 라하는 시선을 돌려 버렸다. 어쩌면 저 성기의 표면에

선혈도 얼마쯤 묻어 있을 것 같다는 생각이 들었다. 아랫배가 말 그대로 말뚝에 꿰뚫리는 것 같았으니까.

셰드는 낮은 한숨을 내쉬고, 라하를 시트 위에 눕혔다. 이불까지 덮어 준 후, 그녀의 곁에 길게 누워 라하를 응시했다. 그녀는 도톰한 이불을 덮은 채로 얼굴만 움직여 셰드를 쳐다보았다.

한참을 몸으로 겪고도, 눈앞에 있는 걸 보면서도 현실감이 잘 들지 않았다. 자고 일어나면 이 남자가 없어져 있을 것 같다는 생각이 들었다. 그러면 영원히 잠들지 않으면, 영원히 옆에 있는 걸까?

그녀에게 돌아온 사람은 생전 처음이라서…….

오래 가지 못한 생각이었다. 체력이 바닥을 치고 있었다. 깊은 절정을 두 번이나 느낀 몸이 축 늘어졌다. 라하는 이내 깊게 잠이 들었고…….

셰드는 잠이 든 라하의 뺨에 또 손을 뻗어 보았다. 창백했던 낯에 홍조가 혈색처럼 올라오니 보기가 더 좋았다. 건강이라는 건 좀 나눠 줄 수가 없는 건가. 이마를 희미하게 일그러뜨리던 그가 이윽고 그녀의 입술에 느리게 키스했다.

긴 밤이었다. 할 수만 있다면 평생 그녀를 제 품 안에 가둬 놓고 싶었다. 이 여자는 결코 모를 생각이지만.

* * *

다음 날, 해도 뜨지 않은 새벽.

어둑어둑해 밤에 조금 더 가까운 시간. 노곤한 몸과는 달리 라하는 아주 일찍 눈을 떴다. 죽은 듯이 깊게 잠든 덕도 있었고, 잠들기 직전까지 셰드가 사라질까 봐 조금씩 불안해한 탓도 있었다.

두리번거릴 필요는 없었다. 어렴풋이 눈을 뜬 그 순간부터, 자신의 허리를 감싸고 있는 단단한 팔을 느낄 수 있었으니까.

등 뒤에서부터 느껴지는 묵직한 무게감. 순간 솜털 같은 안도감이 라하를 감쌌다. 그녀는 조금 머뭇거리다가 셰드의 손등 위에 손을 얹어 보았다. 어젯밤엔, 아니, 당장 몇 시간 전만 해도 이 손이 너무 뜨겁게 느껴졌는데…….

그의 손은 단단했다. 사실, 온몸이 그랬다. 어딜 보아도 혹독한 훈련을 했던 기사였다. 검을 잡아 생긴 숱한 굳은살들이 그의 이력을 방증했다.

힐로스드 왕국…….

서방의 멀고 부강한 왕국의 왕제였으면서. 왜 그는 신성국의 실험체로 자원했을까. 그리고 왜 제국으로 돌아왔을까. 왜 굳이 내 곁으로 돌아온 걸까.

정말로 나를 원하나?

문득 셰드가 보내왔던 브로치가 생각이 났다. 온종일 손에 쥐고 다니게 된, 그 푸른색 보석이 달린 브로치.

그의 마음이 이해가 가지 않았다. 자신이 그렇게 주었던 상처는 아무렇지도 않는 걸까. 차라리 복수하기 위해 그녀를 상으로 원한다고 말했다고 하는 쪽이 더 납득이 갔다.

힐로스드로 데려가면 자신을 죽이는 게 더 쉬울 테니까.

하지만…….

'……그럴 것 같진 않은데.'

어젯밤, 제 머리카락을 넘겨 주던 셰드의 손길과 어울리지 않는 비약이었다.

'아니면 내 몸을 보상으로 원하나?'

성욕을 채우는 용도로 데려왔으면 계속 써야 하지 않겠냐는 말도 했고.

오랫동안 창공의 눈동자를 파괴할 실험을 했을 테니, 나름대로 보상을 원하는 걸 수도 있었다. 겸사겸사 카르젠에게는 잔혹한 복수가 될 수도 있을 거고.

정혼자로서 황녀를 받아 가 놓고, 실은 델하르사를 수호하는 '계승자의 눈'을 파괴한다면.

배신당한 카르젠의 얼굴이 온통 일그러질 걸 생각하니 기분이 또 괜찮아졌다.

더군다나 라하는 셰드와 보내는 밤이 힘들지만 만족스러웠다. 그의 몸이 좋았고 피부에 적나라하게 옮겨붙는 열기가 좋았다. 셰드가 보상으로 제 몸을 원하는 거라면 서로 좋은 것이니.

라하는 천천히 눈을 깜빡였다.

셰드가 깊게 잠든 것 같아서, 라하는 천천히 몸을 뒤로 돌렸다. 잠든 그의 얼굴을 눈에 담는데, 왜 이게 더 꿈같은 기분이 드는지 알 수가 없었다.

라하는 셰드의 목과 어깨 사이로 조심조심 한쪽 팔을 끼워 넣었다. 다른 쪽 팔로 그의 허리를 감싼 후, 셰드의 어깨에 얼굴을 묻었다. 아주 옛날에, 그녀가 아직 가족이란 게 세상에 있다고 믿던 열두 살 즈음.

어린 황녀의 유일한 가족은 늘 안고 다니던 인형이었다. 모후에게 뺨을 맞은 날이면 인형을 꼭 껴안고 젖은 눈으로 잠이 들었다. 푹신하고 부드러운 인형을 한참 안고 있으면 체온이 옮겨 가 따뜻해졌다. 그러면 꼭 온기가 있는 누군가가 자신을 마주 안아 주고 있는 기분이 들어 조금 더 괜찮았다.

그때 인형은 결국 갈기갈기 찢겨져 빼앗겼지만…….

이 왕제는 아무도 죽일 수도 해칠 수도 없으니까.

카르젠조차도.

셰드의 체온은 라하보다 뜨겁다. 온기를 받는 건 그녀 자신이었다. 어릴 적 인형을 껴안던 것처럼 누군가를 끌어안아 본 게 너무 오랜만이어서. 아니, 어쩌면 처음이어서. 라하는 셰드의 어깨에 이마를 묻은 채 다시금 수마에 빠지기 시작했다.

그녀가 이내 깊이 잠이 들고 나서야, 그의 손이 천천히 머리를 쓰다듬어 주었다. 인형을 껴안은 소녀처럼 자신을 꼭 끌어안고 있는 라하의 등을 그가 마주 안았다.

* * *

완연한 아침.

해가 밝고서야 라하는 제대로 눈을 떴다. 그녀는 침대가 비워져 있는 걸 보고 반사적으로 어깨를 굳혔지만, 금세 안심했다.

어제의 온기가 꿈이 아니었음을 직감적으로 깨달았기 때문이다. 하복부 아래에 퍼진 통증 때문이었다. 라하는 슬리퍼를 꿰어 신고 일어나려다가 앓는 소리를 냈다. 일어나 제대로 서려고 하자 허리가 본격적으로 아팠다. 더군다나 허벅지 아래로는 아직 체액이 말라붙어 있었다.

그녀는 허리를 짚은 채 굼벵이처럼 느리게 걸음을 옮겼다. 이 세 번째 별궁, 하지만 '내궁'이라는 호칭이 더 익숙한 궁은 황녀의 침실을 중심에 둔 구조였다. 라하는 문을 열고 나가 욕실을 하나씩 살펴보았다.

침실과 가까운 두 번째 욕실에서 물소리가 났다. 셰드인 게 짐작이 갔다. 라하는 빙긋 웃고 돌아서 첫 번째 욕실로 향했다.

몸을 다 씻고 나왔을 때엔 셰드가 문 앞에서 기다리고 있었다. 물기를 털어낸 은발이 햇볕을 받아 반짝였다.

"셰드?"

"아침이나 먹으러 가지."

얼떨결에 라하는 셰드의 손에 붙잡혀 식당으로 걸음을 옮겼다. 와중에도 이 구조를 이렇게 잘 알고 있는 게……. 아무래도 자신이 오기 전까지 내부를 살펴보았거나 그도 아니면 시녀들에게 물어 들은 모양이었다.

다른 노예들도 보았으려나?

그런 생각이 무의식적으로 스친 찰나. 라하가 문득 어제 답을 끝까지 듣지 못했던 질문을 떠올렸다.

"셰드."

그가 라하를 돌아보았다. 청회색 눈동자에 미약하게 담긴 의아함에 그녀는 문득 생경함을 느꼈다. 황량한 겨울 들판에서 뜻밖의 녹음을 발견한 듯한……, 생소한 느낌. 라하는 눈을 슴벅거리다 물었다.

"실험이 그렇게 힘들었어?"

"음? 아."

어제 라하가 묻다 말았던 질문이었다. 제 벗은 어깨와 등을 더듬어 보다가, 눈을 몇 번 깜빡이고 이마를 미약하게 찌푸리다 묻던 말.

너도 그렇게 고열을 앓았었느냐는 얘기였지. 자신이 제법 살이 빠졌던 건 사실이어서 그게 궁금했던 모양이다.

"실험 때문은 아니고."

자신을 빤히 보는 푸른 눈동자에 미소가 희미하게 그려졌다.

"음식이 도무지 넘어가지 않았어."

"왜?"

"글쎄. 몰라서 묻는 건가?"

"내가……."

알 리가 없잖아. 라하는 그 말을 끝까지 할 수 없었다. 셰드가 고개를 숙이더니, 그녀에게 입을 맞춰 왔기 때문이다. 갑작스럽고, 예고도 없는 키스였다.

그에게서는 라하가 좋아하는 향유 냄새가 났다. 이 별궁에 있는 모든 향유는 라하의 취향대로 시녀들이 갖다 놓은 것이었으니. 그럼 그가 좋아하는 향유는 무엇일까……. 하는 생각이 천천히 들 때, 라하의 입 안을 부드럽게 더듬던 혀가 미련 없이 떨어져 나갔다.

묘한 아쉬움을 느낀 순간. 라하의 몸이 가볍게 들렸다. 셰드가 그녀의 엉덩이를 잡아 받쳐 안아 올린 것이다.

라하의 벌려진 허벅지 사이에 자리한 셰드가 그녀의 입술을 다시금 찾아 삼켰다. 그의 다른 쪽 손이 라하의 치맛자락 안으로 파고든다. 뜨거운 손이 허벅지를 움켜쥔다. 맞닿은 부위로 부풀어 오른 윤곽이 선명하게 느껴졌다. 서서히 호흡이 달렸다. 라하의 등에 어느새 딱딱한 대리석 벽이 닿아 왔다.

기껏 갈아입은 속옷이 보람도 없이 젖어 오기 시작했다. 셰드의 손이 갈라진 틈을 파고드는 순간 라하가 짧게 어깨를 움츠렸다. 아직도 몸 속 깊은 곳에는 그가 사정해 놓은 정액이 남아 있을 것이고, 어쩌면 그의 손가락에 딸려 나올지도 몰랐다. 긴 손가락들이 습윤한 밀부에 푹 하고 밀려 들어가는 느낌이 선명했다.

셰드의 목을 끌어안고 있던 라하의 손끝이 오므라졌다. 그녀가 조금씩 끙끙대며 입을 열었다.

"어제로, 모자랐어?"

셰드는 엄지손가락으로 라하의 클리토리스를 훑었다. 제 허리에 둘러진 그녀의 다리에 힘이 들어가는 걸 느끼며 천천히 대답했다.

"충분했을 거라고 생각해?"

"얼마나 더 해야 만족하는데."

"말하면."

셰드가 속삭이는 목소리로 물었다.

"만족할 때까지 허락해 줄 수는 있고?"

동시에 그녀의 예민한 부위를 아플 정도로 깊게 쓸어 올리는 손가락. 하복부에 불꽃이 후드득 터지는 듯했다. 라하가 결국 참지 못하고 신음을 내뱉었다.

"흐읏……."

고작 이 정도에 벌써부터 허리가 움찔거리기 시작했다. 어젯밤에 혹사당한 까닭이리라. 그녀의 안을 침범하고 있는 길고 단단한 손가락에서 애액이 흥건하게 묻어 나왔다. 라하는 제 시야 아래의 셰드를 내려다보았다. 자신을 올려다보는 셰드의 눈빛에서는 욕망과 열망이 고스란히 전해지고 있었다.

그래서…….

낯설었다. 폭설로 뒤덮여 있던 가슴에 불씨들이 타닥타닥 던져지는 기분이었다. 눈이 녹는 곳들이 아프고 간지럽다. 생소하고 익숙지 않아 밀어내고 싶기까지 한 눈앞의 아름다운 남자를, 기어이 제게 돌아온 그 노예를 보며 라하는 물었다.

"내가 하나도 그립지 않을 거라고 했잖아."

셰드는 라하를 물끄러미 바라보았다.

"거짓말을 했어."

순간 라하의 마음이 쿵 소리를 내며 떨어졌다.

"그리워 미치는 기분이었거든."

"……."

"넌 아니겠지만."

아무 대답도 할 수 없었다. 무슨 대답을 해야 하는지 알 수가 없었다. 이상한 일이었다. 카르젠이 제 눈을 어떻게 빼낼까, 가늠하며 시험하던 무수한 말에도 흠잡을 곳 없이 빠져나갔던 그녀였는데.

고작 이런 말엔 어떤 대답도 할 줄 모르게 되다니. 라하는 그런 제가 낯설었다.

자그맣게 벌어지기만 한 붉은 입술을 셰드가 입에 물었다. 동시에 그녀의 안쪽에서 손가락을 빼냈다. 그리고 이미 한참 전부터 치솟아 오르고 있던 페니스를 꺼내 질구에 맞췄다. 몸 속 깊숙한 곳을 빼곡하게 채우고 밀려 올라오는 거대한 성기에 라하는 눈을 질끈 감았다.

* * *

비슷한 시각, 황녀궁의 바깥 건물.

힐로스드의 근위단장은 기사의 습관대로 새벽 일찍 일어났다가, 넓고 아름다운 궁을 실컷 감상했다. 과연 대륙 유일의 제국. 황녀궁은 몹시도 호화로웠다. 벽은 그 귀하다는 푸른색 대리석으로 이루어졌으며, 걸려 있는 그림들은 하나같이 순금과 보석을 갈아 뿌려 놓은 귀한 진상품들뿐이었다.

얼마간 구경한 후에는 황녀의 시녀들이 나와 활동할 때까지 기다렸다.

"저기……."

"네, 기사님."

근위단장은 조금 머쓱한 얼굴로 물었다.

"저……, 저희 왕제님은 이제 노예로서 들어가신 겁니까?"

"예. 저희가 받은 황명으로는 그렇답니다."

"어휴……."

물론 자기도 그 황명을 직접 듣긴 했다. 하지만 영 적응이 되지 않았다. 델하르사 황실의 적통 황녀와 수많은 침노들에 관한 소문은 대륙 전체에 퍼질 정도로 유명했지만, 풍문으로 듣는 것과 직접 겪는 건 천지 차이였다.

"정말로 일주일 후에 나오실 수 있으십니까?"

"황궁의 관례입니다. 일단은 침노……, 이시니까요."

"그렇군요……!"

침노.

왕제가 들어갔다던 그 별궁은, 근위단장은 아예 입장도 허락받지 못한 금단의 구역이었다.

'그냥 건전하게 수발만 들다 나오시지는 않겠지?'

근위단장은 왕제가 황녀에게 가지는 열망을 모르지 않았다. 웬만큼 눈이 돌지 않고서야 그렇게 생사를 넘나들면서 이 델로 제국까지 오진 않았을 테니까. 왕제가 델하르사의 황녀에게 정신이 나가 있다는 건 말을 안 해도 충분히 짐작할 수 있었다.

그러니…….

'초야를 치르고 나오시는 건가?'

아무리 곱씹어도 황당했다. 노예로서 밤 시중을 드는 게 왕제의 초야 라고?

'그게 어떻게 초야란 말이지.'

황녀궁의 시녀들도 전날 무수히 했던 고민이다. 근위단장도 별반 다를 바 없었다.

'더군다나 그 황녀님이 무척 가혹하시다던데.'

카르젠이 신성국을 쑥대밭으로 만들면서, 비밀리에 묻혀 있던 노예의 인술이 수면 위로 널리 퍼지긴 했지만 그뿐. 그 전의 소문이 사라지는 건 아니었다. 어찌 되었든 힐로스드는 델로와 지리적으로 거리가 있었고, 덕 택에 아직도 근위단장의 머릿속에서 라하 델하르사는 침노들을 가학적으 로 굴리는 황녀였다.

'왕제님이 다쳐서 나오시겠네.'

그런 생각을 하던 와중이니, 아침 일찍 출근한 올리버를 만난 근위단장은 서둘러 달려갈 수밖에 없었다.

"안녕하시오, 궁의님! 시녀님들에게 이야기 들었습니다! 현자의 수제자였 다지요!"

올리버의 두 손을 잡고 붕붕 흔든 근위단장이 쾌활하게 웃었다.

"우리 왕제님도 잘 좀 부탁드립니다! 직접 뵈니 더 어리시군요. 과연 어린 천재입니다!"

무릇 현자라 하면 온 대륙이 존경해 마지않는 지식의 보고였으니. 올리버도 근위단장을 보고 따라 웃었다. 근위단장은 시녀들이 안심하고 물러가는 걸 보고서야, 올리버의 귓가에 속삭였다.

"아까 그 말은 진심입니다. 저희 왕제님 좀 정말 잘 부탁드립니다. 저희 왕제님이 황녀님에 한해 좀 심각하신 터라……."

'어쩌지.'

우리 황녀님은 이미 마음에 품은 인형이 있는데.

차마 입 밖으로 꺼내지 못한 말. 올리버는 겉으로는 환하게 웃으면서 고개를 끄덕였다. 아는 사람은 많지 않지만, 소년이 모시는 황녀님은 사실 황제보다도 더 차가웠다. 황제나 귀족들에게 지어 주는 웃음은 전부 가짜. 미소는 겉보기일 뿐이며 아름다운 눈동자는 무료하기만 하다.

다만 그 인형에게만은 달랐던 터라……. 사실 가장 큰 문제는 라하가 본인의 감정을 제대로 인지할 줄 모른다는 거였지만.

'어쩌지? 어쩌겠어. 왕제가 감수해야지.'

올리버는 목덜미를 긁적였다. 소년 궁의는 위치가 몹시도 아슬아슬한 황녀를 주인으로 모시느라 표정 관리를 아주 잘했다. 웬만한 대귀족 뺨을 칠 정도였다. 그러지 않고서는 황녀 곁에 남아 있을 수 없기도 했고.

그러니 아무것도 모르는 힐로스드의 근위단장은 다시 올리버의 손만 부여잡고 붕붕 흔들었다. 와중에도 조막만한 소년이 아프지 않게끔 힘 조절을 하는 걸 보니, 굉장히 상냥한 기사라는 생각이 들었다.

복잡한 머릿속과는 별개로, 올리버는 이 근위단장에게 호감이 갔다.

"경은 성격이 참 밝으시네요"

"그런 말 많이 듣습니다. 아, 통성명이나 할까요. 저는 브란덴이라고 합니다. 브란덴 경이라고 불러 주시면 되겠습니다."

"아, 브란덴 경. 저는 올리버라고 불러 주시면 됩니다."

왕제가 걸레짝이 되어 나올 것 같았던 브란덴은 올리버에게 잘 보이기 위해 소년을 졸졸 따라다녔다.

* * *

라하는 욕조에 앉은 채로 후들거리는 다리를 응시했다. 제 팔뚝보다 굵은 게 수도 없이 안쪽을 쑤셔 댔으니 이 정도면 양호했다. 목이 쉴 것 같다는 불길한 예감도 들었다. 그녀는 뜨거운 물에 젖은 손으로 목을 만져 보다가 욕조를 짚었다.

채 일어나기도 전에 그녀의 몸이 인형처럼 쑥 들렸다. 라하를 욕조 밖으로 꺼낸 셰드가 물기가 뚝뚝 떨어지는 그녀의 몸을 훑어보았다. 라하는 바로 셰드의 가슴을 짚고 밀어냈다.

"하지 마."

경계심 가득한 표정에 셰드가 무심하게 대답했다.

"안 해."

기절한 라하를 붙들고 하는 취미는 없어서. 물론 라하는 기가 막혔다. 엉덩이 아래로 느껴지는 페니스는 이미 또 단단했다. 어디서 말도 안 되는 거짓말을…….

"이건 뭐야, 그럼."

"신경 쓰지 마."

셰드는 라하를 안은 채 수건이 놓인 테이블 쪽으로 걸어갔다.

"널 보면 그렇게 되니까."

"……도대체."

라하를 품에 안고 있느라 몸이 젖는 것도 아랑곳하지 않고, 셰드는 테이블 위에 접혀 있는 보송한 수건을 들어 그녀의 몸을 닦아 주었다. 아예 속 옷이며 옷까지 입혀 주려는 것 같아서, 라하는 셰드의 품에서 내려왔다.

옷을 갈아입은 후에야 셰드와 함께 겨우 식당으로 올 수 있었다. 음식들은 뜨거웠다. 본래라면 다 식고도 남았어야겠지만……. 침노를 선물 받은 다음 날에는 라하의 시녀들 대신 특별히 고용된 하녀들이 한 시간에 한 번씩 내궁의 식사나 욕조 물을 확인했다. 음식이 식은 걸 보고 새로 내온 모양이었다.

라하가 하루 종일 굶어도 마찬가지였다. 내궁의 식당에는 언제나 뜨겁고 호화로운 음식들이 차려져 먹음직스러운 냄새를 풍겼다. 침노들이 들어왔던 일주일간, 라하는 거의 아무것도 먹지 못하곤 했는데도.

그때엔 가증스럽게까지 느껴지던 요리들이 지금은 달랐다. 아무래도 어젯밤과 바로 오늘 아침까지 셰드에게 시달린 탓일까? 오랜만에 식욕이 돌았다.

라하는 한 김 식은 흰 빵을 손으로 뜯었다. 입 안에 넣고 씹자 고소하고 부드러운 식감이 입맛을 자극했다. 주먹만 한 크기로 썰어 구워 낸 소고기 요리도 맛있었다. 라하는 제법 열심히 식사를 했다. 올리버가 보았다면 감동해서 눈물을 닦았을 정도로, 지난 몇 계절을 통틀어 가장 잘 먹었다.

그랬는데…….

"왜?"

"그게 다 먹은 건가?"

"다 먹은 거야."

반대편에 앉아 있던 셰드가 자리에서 일어났다. 그녀의 옆자리에 와 앉은 그가 금테가 둘러진 대접에서 구운 고기를 덜어 라하의 접시 위에 올렸다.

"내가 떠나기 전에도 잘 못 먹더니 더하잖아."

"……?"

"제대로 먹어야지."

부드러운 부위를 썰어 내며 셰드가 대수롭지 않게 말을 이었다.

"먹어야 나와 결혼한 이후도 감당할 수 있을 거 아니야."

라하의 눈이 조금 커졌다. 결혼한 이후?

"장난치지 마."

"널 상으로 달라고 했던 내 말 듣지 못했나?"

라하는 이마를 일그러뜨렸다.

그래. 너무 많은 것들이 한 번에 그녀를 덮쳐 와서, 그 이후에는 셰드에게 붙잡혀 정신없이 흔들리느라 하나하나 되짚어 볼 시간이 없었다. 그의 말을 듣고서야 이제야 물을 것들이 생각났다.

"왜 나를 상으로 원하는데."

셰드가 고개를 들어 올렸다.

"나는 델하르사를 파괴하라고 다시 오라고 했지. 이런 식으로 날 데려가라고 한 적 없어."

"그래."

"……."

"이런 뜻이 아니었지."

라하가 했던 말이 무슨 뜻인지는 당연히 알고 있었다.

"꼭 델하르사를 파괴하러 다시 와."

"그걸 위해 그토록 열심히 몸을 섞어 준 거니까."

반드시 다시 오라던 그녀의 말은 연인 간에 나눌 법한 그런 달콤한 종류가 아니었다. 진짜로 이 황궁에 다시 돌아오라는 뜻도 아니었다. 밤낮없이 뒹굴어 그녀의 몸에서 가져간 생체 자료를 통해 델하르사가 무너지는 것에 일조하라는, 그런 애정 없이 냉정한 말이었을 뿐이니까.

처음부터 이 황녀의 목적은 올곧고 명확했다. 피에 미친 폭군의 하나뿐인 쌍둥이가 가져간 신의 은총. '계승자의 눈'을 찢어발기고 그 황족들을 죄 잡아 죽이라고.

그러니…….

미동도 없이 셰드를 바라보는 푸른 눈동자는, 다시 말하면 약간의 동요도 내비치지 못할 정도로 굳어 있다는 소리기도 했다.

이 황녀의 두려움을 안다. 자신의 긴 계획이 무너질까 봐. 델로의 황제는 여전히 황제로서 군림하고 황녀 자신은 원치 않는 결혼을 해…….

살아야 할까 봐.

죽고 싶어 하는 그녀를 죽지도 못하게 할까 봐.

아마르 대신관의 말은 여전히 셰드의 머릿속에 깊이 박혀 있었다.

"델하르사를 파괴하라고 내게 말한 건 너지."

"……."

"너를 파괴하는 건 나여야지. 그러려고 온 것뿐이야."

"……응."

긴장으로 굳어 있다가 천천히 풀어지는 라하의 눈동자를 보며, 셰드는 그녀가 왜 자신을 보며 울 것 같은 얼굴을 했는지 이해했다. 어쩌면 자신도 그녀를 보며 그런 얼굴을 할 것 같다는 생각이 들어서.

그러나 겉으로는 약간의 동요도 내비치지 않고, 셰드는 느긋하게까지 느껴지는 속도로 고기를 썰어 라하의 입 안으로 밀어 넣었다.

"네가 원하는 대로 뭐든지 해 줄 테니까."

얼떨결에 입 안에 들어온 고기를 라하가 천천히 씹었다.

"지금은 식사나 제대로 해."

라하가 얕게 고개를 끄덕였다.

배는 아까부터 불렀지만, 작게 썰어서 입 안에 넣어 주는 고기는 씹다 보니 넘어가긴 했다. 라하는 셰드가 먹여 주는 음식을 아기 새처럼 받아 먹었다.

* * *

"아……."

황녀궁의 시녀들이 난감한 표정을 지었다. 올리버 역시 마찬가지였다.

"황녀님은 일주일 후에 나오시지 않나요? 이 약을 드렸어야 했는데."

라하는 귀 상태가 그리 좋은 편이 아니었다. 심한 건 아니었고, 카르젠이 무겁고 주렁주렁한 귀걸이를 매번 보내다 보니까 귓불에 염증이 생길 때가 있었다. 올리버는 귀에 염증이 도지지 않는 약을 만들었고, 몇 달에 한 번 주기를 맞춰 먹기만 하면 됐다.

그 '몇 달의 주기'가 이 즈음이었다.

일주일간은 라하가 부르지 않는 이상 별궁에 들어갈 수도 없었다. 그나마 그때 라하의 인형이 도망친 이후, 그녀가 심하게 앓아 카르젠도 전처럼 끔찍하고 가혹하게 금칙을 적용하지는 않았지만…….

"가급적 오늘 마실 수 있으시면 좋으실 텐데."

어리지만 현명한 올리버는 약을 든 채로 총총 걸음을 옮겼다. 힐로스드의 근위단장인 브란덴이 바로 물었다.

"어디 가십니까?"

"여기 정원에서 죽치고 있다 보면 황녀님이 가끔 산책을 나오실 때가 있어요."

그때 황녀를 향해 열심히 손을 흔들면 됐다. 카르젠의 심기를 거슬리지 않게 하기 위한 나름대로의 편법이었다.

"그럼 종일 기다리시는 겁니까?"

"예. 사나흘 안에는 이 약을 드시는 게 좋아서요."

이제나저제나 왕제의 안위를 걱정하고 있던 브란덴이 우물쭈물하다가 물었다.

"그럼 저희 왕제님이 살아 계신지만 좀 여쭈어 주실 수 있으십니까?"

* * *

같은 시각, 황제의 본궁.

카르젠은 한 손으로 얼굴을 쓸어 넘기며 커다란 침대에서 몸을 일으켰다. 적나라하게 드러난 황제의 몸에서 잘 빚어진 근육이 음영을 드리우며 도드라졌다.

"폐하."

아침 일찍부터 황제를 알현하기 위해 침실 밖에서 대기하던 근위대장,

블레이크 듀크가 각을 잡아 묵례했다.

"무슨 일이지? 블레이크."

"그, 폐하. 음……."

블레이크는 얘기를 꺼내기 전 가벼운 불편함을 담아 카르젠의 옆자리를 쳐다보았다. 황제가 사용하는 넓은 침대. 카르젠의 옆에는 여자가 깊이 잠들어 있었다. 여자는 카르젠과 별반 다를 바 없는 벗은 몸이었다.

블레이크의 시선을 따라 자연스레 옆을 응시한 카르젠의 표정에는 별다른 변화가 없었다. 그저 긴 행군과 개선 연회, 전날 밤의 행위로 인한 나른함이 깊게 묻어났을 뿐이었다.

다만…….

"……."

카르젠은 물 흐르듯 베개 위에 흐트러진 여자의 머리카락을 한 줌 쥐어 보았다.

여자는 옅은 갈색 머리카락을 갖고 있었는데, 희한하게도 머리끝에서부터 손가락 세 마디 정도의 길이만은 새빨간 빛을 띠고 있었다. 하지만 그 뿐이었다.

카르젠이 힘을 주어 꽉 쥐어 보자 손바닥에 붉은색 물이 조금 묻어났다. 여자의 붉은색 머리카락도 부분만 뚝 끊겨 버렸고.

카르젠은 손바닥 위로 후드득 끊긴 머리카락을 별 미련 없이 시트 위로 떨어뜨렸다. 아마 저 여자의 머리에 정말로 바르려고 했던 색깔은 붉은색이 아니라 푸른색이었을 터. 누구도 모를 사실을 블레이크는 조용히 짐작하고 있었다.

카르젠이 침대 머리맡에 달린 설렁줄을 잡아당겼다. 금세 밖에서 대기하던 시종장이 들어왔다.

"폐하. 기침하셨는지요."

"내보내라."

"예, 폐하."

시종장은 그래도 정중한 성격이었다. 예의도 차고 넘치게 있어서, 잠들어 있는 여자를 흔들어 깨우지는 않았다. 다만 발소리를 죽이고 들어온 시종들이 서둘러 여자를 얇고 부드러운 이불로 말아서 데리고 나갔을 뿐이었다.

몇 분 정도 되는 시간이 흐르는 동안 카르젠은 여자 쪽은 쳐다보지도 않았다. 그저 어제 연회에서 술을 상상 이상으로 많이 마신 탓에, 제법 아프기까지 한 머리를 가볍게 누르고 있었을 뿐이었다.

"폐하."

블레이크는 침실 문이 조용히 닫히자마자 바로 입을 열었다.

"그, 자멜라 윈스턴 공작 영애 말입니다."

"윈스턴은 왜."

날카로운 반문에 머뭇거리는 대답이 흘러나온다.

"아무리 그래도 폐하의 정혼자인 영애인데, 개선식에서 앞줄에도 나오지 못하게 명령을 내리셨던 것은 조금⋯⋯. 윈스턴 공작이 어제 연회에서 내내 부글부글 끓고 있는 표정이었습니다."

사실 돌아오자마자 이렇게 대놓고 딴 여자를 침대에 들이는 것도 좀⋯⋯. 약혼녀도 멀쩡히 있으면서⋯⋯.

블레이크는 차마 여기까지 말하진 못했지만 기색이 딱 그러했다.

허 하고 혀를 찬 카르젠이 고개를 들어올렸다.

"그래서 어쩌라고?"

"제가 어제 연회에서 전해 듣기로는, 그간 자멜라 윈스턴 공작 영애가 황녀님을 도와 계속 궁 안살림을 돌보았다고 하던데 말입니다. 어제는 그렇다 쳐도 가까운 시일 내에 부르셔서 함께하시는 모습을 귀족들에게 보여 주시는 게⋯⋯."

"도대체 어느 나라 근위대장이 황제에게 이딴 간언을 하는지 모르겠군."

카르젠은 기가 차다는 표정으로 물었다.

"세베로가 네게 편지라도 보냈더냐?"

"예, 폐하……."

카르젠에게 그대로 속을 간파당한 블레이크가 헛기침을 했다. 세베로는 카르젠의 심복이자 황제의 일등 보좌관이었다. 블레이크와도 몹시 친밀했다. 황제의 근위대장과 일등 심복이니 당연하리라.

그 세베로는 몇 년 전부터 카르젠의 명령에 의해 사막으로 비밀리에 떠나 있기도 했었다.

"슬슬 그 녀석도 돌아올 때가 되었지. 라하가 좋아하겠어."

카르젠은 다른 쪽 손으로 푸른색 머리를 쓸어 넘기며 중얼거렸다. 블레이크는 부하로서 예의를 지키기 위해 시선을 살짝 내리깔았다.

그러나 방금 그는 군주의 얼굴에서 황녀를 보았다.

어쩔 수 없는 일이었다.

특히나 블레이크는 어릴 때부터 카르젠과 라하, 그 적통 쌍둥이들을 보아 왔으니.

지금에야 성장하면서 둘의 얼굴이 달라졌다지만, 어릴 때는 비슷하다는 말로도 모자랐다. 카르젠에게 푸른색의 길고 곱슬곱슬한 가발을 씌워 놓거나 라하의 머리를 돌돌 말아 짧게 묶어 놓으면 구분이 가지 않을 정도였다.

사실, 지금도 종종 그러질 않던가? 황제의 얼굴에 음영이 지거나 반쯤 가려졌을 때. 각도에 따라 그의 얼굴이 황녀로 보일 때가 잦았다. 물론 반대도 마찬가지리라. 라하 황녀에게서 카르젠을 보는 건 어려운 일이 아니었다.

쌍둥이니 어쩔 수 없는 일일 터. 평범한 동복 오누이보다도 훨씬 닮은 그 얼굴.

도저히 쌍둥이 외에는 다른 관계를 기대할 수도, 생각할 수도 없는 그런 낯이다. 물론 카르젠의 생각은 다르겠지만.

'힐로스드의 왕제도 그렇고.'

블레이크는 차가운 미녀는 아무리 아름다워도 취향이 아니었던지라 잘 이해가 가진 않았다. 어쩌면 예전부터 라하를 꺼리느라 그런 취향이 생겼는지도 모른다. 깊게 들여다보고 싶지 않은 주제이긴 했지만.

황녀가 왕제를 어떻게 대할지는 미지수이긴 했다. 그 왕제 역시 노예들이 머무는 별궁으로 갔다고 들었는데 지난밤을 어떻게 보냈는지는 굳이 알고 싶지 않았다. 일단 자신의 주군은 술을 진탕 마시고 시침을 들 여자를 침실에 들였다.

그나마 세베로가 곧 돌아올 거라는 얘기에 카르젠의 곤두서 있던 신경이 어느 정도 가라앉은 게 보여 다행이었다.

"블레이크."

"예, 폐하."

카르젠은 말을 잇기 전, 갈라진 목을 미지근한 물로 축였다.

어제부터, 아니 힐로스드의 왕제가 황녀를 상으로 달라 청할 때부터 은은하게 얼어붙어 있던 잿빛 눈동자가 아주 오랜만에 조금 풀어졌다.

"윈스턴에 초청장을 보내라고 전해라. 약혼녀이니 함께 식사나 들긴 해야겠군."

* * *

정원을 한참 빙글빙글 걷던 라하는 계단에 앉아 하늘을 올려다보았다.

카르젠은 라하에게 아름다운 궁을 새로 지어 선물해 주었지만, 그뿐이다. 걸핏하면 노예들의 시체가 실려 나가는 궁의 정원에 앉을 만한 곳을 놓아줄 리는 없다. 놓으라면 놓을 순 있겠지만 괜히 팔츠 궁정백이 트집을 잡히는 것도 싫었고.

그러니 라하는 이전의 내궁에서 그랬듯이, 그저 별궁의 문과 이어지는 계단에 앉아 있었다.

한겨울.

숨을 내뱉는 대로 공기가 하얗게 부서졌다. 그녀는 별궁을 감싼 정원은 잘 돌아다닌 적이 없었다. 노예가 들어올 때가 아니면 별궁에 발을 디딜 이유가 없고, 또 노예들이 죽어 갈 때엔 라하의 마음도 천천히 죽어 갔기 때문에. 정원을 산책해야겠다는 사치스러운 생각을 떠올릴 수도 없었다.

그런데 이번 노예는 라하에겐 너무도 특별했으니까.

주인의 입 안에 자꾸 무언가를 밀어 넣으려는 노예라니. 덕분에 배가 너무 불러서 나왔다. 셰드는, 저 발칙한 임시 정혼자는 라하의 배가 꽉 찼다는 걸 전혀 믿지 않는 기색이었다.

자신의 충실한 궁의에게 배우게 해야지 도대체……. 이런 생각을 하며 라하는 귓가를 만지작거렸다.

어제 연회에서 걸쳤던 귀걸이가 유독 무거웠던 탓인지 귓불이 자꾸 뜨겁고 간지러웠다. 아무래도 고질병인 염증이 올라올 모양이었다. 별궁엔 딱히 약을 두지 않았다. 나가기 전까지는 일단 차가운 거라도 대고 있어야겠다는 생각이 든 그때.

귀를 만지작거리던 라하의 손이 가볍게 붙잡혔다. 셰드였다. 그가 그녀에게로 상체를 온전히 굽혔다. 귓가로 느껴지는 셰드의 얼굴. 라하가 살짝 굳었다. 그는 그녀의 귀를 살피며 말했다.

"부으려나 보군. 아프나?"

"안 아파."

"안 아프기는. 계속 만져 놓고."

아까부터 몇 번이나 귀를 만졌는지 그녀 자신은 모르는 모양이었다. 라하의 귀를 살핀 셰드는 몸을 일으켰다. 이전의 내궁과는 달리, 이 별궁은 몹시도 광활한 정원을 갖고 있었다. 정원 안에 반짝이는 강물까지 흐르고 있을 정도였으니.

강가로 걸어간 셰드는 얼어붙은 가장자리에 몸을 굽히고 앉았다. 품에서 꺼낸 손수건을 적신 후 물기를 짜냈다.

라하가 눈을 깜빡였다. 어느새 제 앞으로 돌아온 셰드가 그녀의 맞은편에 한쪽 무릎을 굽히고 앉았다.

"……."

차가운 물기를 머금어 꼭 얼음덩어리 같은 손수건이 귓불에 대어졌다. 라하는 셰드의 손을 잡았다. 얼어붙기 직전의 강물에 담겼던 손은 손수건처럼 차가웠다. 안 그래도 그는 손이 커서, 라하가 두 손을 그러모아야 겨우 잡히는데.

그녀는 이마를 찌푸리고 말했다.

"노예처럼 굴지 마."

자신이 왕제라는 사실을 잊은 건지. 반면 셰드는 별다른 표정 변화 없이 대답했다.

"정혼자처럼 구는 거야."

"……정말 이상해, 너는."

점점 아려 오던 귓가에, 그래서 차가운 것이나 대어야겠다는 생각을 했던 귀에 차가운 것이 닿으니 라하는 기분이 서서히 풀렸다. 원래도 나쁘진 않았는데, 아니 따지자면 정말 좋은 편이었는데…….

여기서 더 기분이 풀릴 수 있다는 게 낯설었다.

어떻게 그런 게 가능한 거지?

셰드는 자신을 빤히 쳐다보는 라하의 눈가를 손끝으로 누르듯 쓸어 보았다. 아마 이 여자는 평생을 모를 것이다. 그녀는 가끔 이런 식으로 자신을 보며 가만히 있었다. 생각에 잠긴 게 아니라 생각마저도 정지해 버린 이처럼.

실 끊긴 마리오네트처럼 굳어 있던 순간들보단 훨씬 낫지만, 이럴 때엔 도대체 이 여자가 무슨 심정으로 이러는지 잘 알 수가 없었다.

그러니 가끔, 아니 자주 그런 생각이 드는 것이다. 할 수만 있다면 그녀의 머리를 열어 무슨 생각을 하는지 알고 싶다고.

뭐가 이 여자를 이토록 자주 죽어 버리게 하나.

셰드는 라하의 멎어 있는 눈두덩 근처에 입술을 가져다가 댔다. 손은 얼어붙어 차가운데 입술은 그렇지 않았다. 그리고 라하가 굳어 있는 순간도 언제나 찰나였다.

그녀는 어느새 정신을 차렸다. 라하는 눈을 깜빡였다. 눈가에서 느껴지는 체온을 더듬었다. 스스로도 인식하지 못하는 옅은 미소가 머금어졌다.

"안 차가워?"

"그래?"

라하가 셰드의 차가운 손을 잡으려고 하자 그가 다른 손으로 제지했다.

"뭐 하는 거지? 왜 잡으려고 해."

"안 차갑다고 했잖아."

"네가 잡기엔 차가워."

"내가 잡기에는?"

"그래."

"힐로스드가 언제부터 북방 왕국이었어? 안 차갑다고 했잖아."

그가 눈썹을 슬쩍 올렸다.

"넌 이럴 때 네가 어린애처럼 보이는 건 알고 있나?"

"어린애? 내가?"

"떼쓰는 것처럼 보이잖아."

"누가 떼를 써?"

라하가 기가 막혔다. 살면서 단 한 번도 그런 말을 들어 본 적이 없었다.

"도대체 어느 나라 왕제가 내게 이렇게 건방질 수가 있는 거지?"

"나밖에 없겠지."

셰드는 라하의 귓불을 확인하며 말을 이었다.

"나밖에 없어야 하고."

"왜?"

"왜냐니."

셰드가 기가 차다는 표정을 지으며 고개를 들었다.

"몰라서 묻는 건가? 나 말고 다른 놈이 네게 이런 말을 하는 걸 들으라고?"

"……셰드."

라하가 천천히 말을 이었다.

"난 너 말고 침노가 더 있어."

질투를 유발하려고 하는 말이 아니었다. 다만 이 순간에 마땅히 해야 하는 말이었다. 우리가 평범한 정혼자처럼 있기에는 너무나 많은 것들이 남아 있으니까. 셰드는 무슨 생각을 하는지 알 수 없는, 그러니까 그다지 변화가 없는 목소리로 대답했다.

"알아."

심드렁하게까지 느껴지는 대답에 외려 라하는 의아해졌다.

"상관이 없어?"

셰드가 피식 웃었다. 그가 시선을 들어 올렸다.

"설마 없을까 봐."

"……."

"네 몸이 내 것이 아닌 걸 인지하고 있을 뿐이야. 당분간은……."

감수하는 것뿐이지.

끝까지 말할 필요는 없었다. 사실 셰드는 라하의 눈동자가 미세하게 떨리는 순간 말을 그만두었다. 그녀의 미친 쌍둥이가 문제였다. 정신이 나간 그놈 때문에 이 여자에게 한 마디 제대로 말을 할 수도 없었다.

겁을 먹는 모습이 보이니까. 손끝이 움츠러드는 모습이 보기 싫으니까. 마음에 걸리니까. 눈에 거슬리니까.

그녀가 자신에게서 그 정신 나간 폭군을 겹쳐 볼까 봐.

그게 가장 사람을 돌 것처럼 만들었다.

다행히 셰드는 적당히 마음을 숨기는 데에는 익숙했다. 제대로 숨기고 있는 건지도 사실 잘 모르겠지만. 작게 벌려진 입술을 보자 입을 맞추고 싶어지는 것부터가 그다지 숨기는 건 아니긴 했다.

셰드는 그렇게 키스해 왔다. 아마 그녀에게 그렇게 부드러운 접촉을 해 주는 이라곤 이 남자가 생에 유일해서…….

내리깔린 라하의 눈동자가 조금 술렁였다. 셰드의 식은 손을 반쯤은 억지로 잡자, 그는 처음과 달리 순순히 붙잡혀 주었다. 어쩐지 마음이 꽉 찬다. 하얗고 보드라운 눈송이가 가슴 위로 나부끼는 기분이었다.

"……!"

그리고 저 멀리서 올리버와 함께 걸어오던 브란덴은 입을 틀어막았다.

'뭐야?'

지금 자신이 무엇을 보고 있는 건가? 친애하는 왕제가 제국의 황녀와 입을 맞추고 있다는 사실이 놀라운 건 아니었다. 아니, 그것도 좀 놀랍기는 하지만 다른 것이 더 브란덴을 당황시켰다.

'황녀님한테 저렇게까지 반해 있었나?'

브란덴이 왕제를 알아 온 이래 처음 보는 표정이었다.

'어젠 아니었잖아.'

그래, 물론! 물론 어제는 사람들이 그리 많은 연회장이긴 했다. 한 나라의 왕족으로서 감정을 드러내지 않는 법이야 기본으로 숙지하고 있겠지만. 그래도 어제랑 달라도 너무 다르지 않는가.

심지어 평소 성격과도 너무 달랐다. 브란덴은 아주 오랫동안 힐로스드 국왕을 모셨다. 그리고 왕제인 셰드 힐데스의 무심한 성격도 잘 알고 있었다. 그는 선왕의 정비 소생은 아니었지만 그래도 타고난 조건들이 너무 좋았다.

명석하고 똑똑하긴 하지만, 말을 못 한다는 큰 결점을 안고 있는 현 국왕보다는 셰드 힐데스가 권좌를 틀어쥐길 바라는 귀족들도 분명히 있었다.

셰드 힐데스가 그렇게나 무관심하게 기사의 길을 선택하지 않았더라면 힐로스드의 내란은 아직도 끝나지 않았을 것이다. 애초에 왕제인 그가 그토록 베일에 싸여 있었던 이유도 분명한 메시지가 아니었던가.

왕의 자리에는 조금도 관심이 없다는.

그러니…….

태생적으로 무뚝뚝한 편인 남자가, 그래서 국왕의 근위단장이었던 브란덴 자신조차도 그다지 웃는 모습을 많이 보지 못했던 그 왕제가, 황녀 앞에서는 불빛 아래 밀랍처럼 녹고 있었다. 브란덴은 누구보다 그 차이를 똑똑히 알 수 있었다.

'언제 반하신 거지? 정말로 얼굴만 보고 저렇게 반하셨다고?'

물론 황녀가 그렇게 아름다운 얼굴이기는 한데……. 하지만 힐로스드의 왕제는 고작 외모만 보고 저렇게까지 변할 성격이 아닌데…….

'아닌가?'

"브란덴 경?"

"예, 예에?"

"기절하실 것 같은데요. 뭘 보고 그리 놀라셨나요?"

"……?"

브란덴은 순간 당황했다. 아무리 저명한 궁의라지만 사람의 상태를 살피려면 맥을 짚거나 안색을 꼼꼼히 관찰해야 했다. 하지만 올리버는 어려서 키가 작은 편이었고, 브란덴은 힐로스드의 근위단장이었던 터라 덩치가 아주 좋았다. 말끔한 외양이 아니었다면 산적처럼도 보였다.

"죄송한데 어떻게 아는 겁니까?"

"숨소리가 미세하게 다르셔서요."

"허어……. 그런 걸로도 아시는 겁니까?"

브란덴은 내심 당황했다. 제국은 제국이었고, 현자의 제자라는 건 브란덴이 생각했던 것보다 훨씬 대단했다. 이렇게 대단한 궁의가 왜 황제를 모시지 않고 황녀를 모시는 건지도 조금 의아했다.

'하기야 이렇게 아름다운 궁을 선물해 줄 정도이니까.'

브란덴은 결국 이 올리버에게 마음의 빗장을 거의 다 열어 버렸다. 사실 처음 만난 그 순간부터 거의 다 열어 놓은 마음이긴 했다.

"보십시오. 올리버. 저기 왼쪽을."

매일 책을 어마어마하게 읽느라 시력이 좋지 않은 편인 올리버는 그제야 브란덴이 가리키는 방향을 알아보았다.

'황녀님이 나와 계시네?'

반가운 기색도 잠시. 브란덴이 올리버에게 몸을 잔뜩 숙이고 속닥거렸다.

"제정신이 아닌 것 같습니다. 저희 왕제님이."

"……네?"

"저럴……. 저럴 분이 아닌데 저러고 있잖습니까?"

올리버는 어리둥절해졌다. 그냥……, 입만 맞추고 있는 거 아닌가?

"그 정도인가요? 잘 모르겠는데……. 죄송하지만 그간 황녀님에게 반했던 남자가 그리 적지는 않았습니다."

물론 올리버는 누가 라하에게 반했는지 전혀 모른다. 카르젠의 압제에 델로 제국의 그 어떤 귀족 남자도 그녀에게 청혼할 수 없었으니까. 마음을 드러내는 남자는 한 번도 본 적이 없었다.

하지만 속으로는 자신의 주인을 보며 상사병을 앓았던 남자들이 넘쳤을 거라고 올리버는 지레짐작하고 있었다.

하지만 브란덴은 경기를 일으키는 듯한 표정만 지었다.

"그건 알겠는데 저희 왕제님이 저런 사람이 아니란 말입니다! 원색적으로 표현하자면 돌이었어요. 전 가끔 저분이 얼음 조각상이 아닌가 의심한 적도 있었는데 지금 딱 보십시오. 황녀님한테 약간 그……, 설명하기 어려운데 저런 표정을 짓는 걸 전 처음 봤습니다."

"……그래요?"

우다다 쏘아붙이는 게 그냥 하는 말이 아닌 것 같았다. 올리버는 조금 심각해졌다.

'만난 지 얼마나 됐다고……?'

안 되는데.

사람이 너무 가볍지 않은가. 외모에 홀려서 저렇게 정신을 못 차리는 남자가 황녀님의 정혼자라고?

'진짜 별로네.'

아무리 생각해도 예전의 그 인형이 나았다. 라하 델하르사를 향해 묵묵히 무너져 가던, 황녀에게 서서히 기울어져 가던 그 노예가 훨씬 나았다. 도대체 그 남자는 어디서 뭘 하고 있는 걸까?

"왜 그래요? 괜찮습니까?"

올리버는 브란덴의 말을 듣고서야 정신을 차렸다.

"아. 예. 잠깐 딴생각을 하느라……."

금세 황녀의 충성스러운 궁의로 돌아온 올리버는 한겨울의 숲과 비슷한 정원을 총총 뛰어갔다. 그리고 허벅지까지 올라오는 토끼어리 같은 사철나무 앞에 멈춰 서서 눈을 가늘게 떴다. 이 정도까지 거리를 좁히니 라하의 귀가 좀 제대로 보였다.

"귀 상태가 그리 좋아 보이시진 않네요."

마침 나와 있어서 다행이었다. 라하의 귀를 멀리서 살핀 올리버는 버릇처럼 진단을 내렸다.

"예상했던 것보다 좀 심한데 밤에 침노와 무리를 하신 건가……."

몹시 적나라하게 느껴지는 말에 순간 브란덴은 몹시 당황했다. 하지만 어린 궁의는 미처 알지 못하고 얌전히 기다렸다. 저 왕제와 황녀님의 입맞춤이 끝날 때까지 멀뚱멀뚱한 표정으로 기다리고 있는 모습이 퍽 익숙하게 보였다.

브란덴이 올리버의 태도에 약한 충격을 받았던 그때.

왕제가 인기척을 느꼈는지 턱을 들어 올렸다. 정확히 자신들이 있는 쪽을 향하는 시선. 황녀의 눈길 역시 이쪽으로 와 닿았다. 신분 높은 이의 시선. 브란덴이 반사적으로 자세를 똑바로 고친 그때, 올리버가 두 손을 마구 흔들었다.

"화앙녀어니임!"

올리버를 발견한 황녀의 눈이 순간 동그래졌다. 약하게 내비치는 반가움과 함께 그려지는 미소를 본 그 순간. 브란덴은 묘한 생각이 들었다. 왕제님이 뭐에 그리 반했는지 알 것 같다는……. 그런 생각이었다.

'……아니, 내가 알면 안 되는 부분이기는 한데.'

브란덴이 혼란 아닌 혼란에 빠져 있던 찰나. 올리버는 늘 그랬듯, 라하의 앞에 양순하게 무릎을 꿇고 앉아 그녀의 귀를 꼼꼼히 살폈다. 진단도 금방이었다.

"마침 나와 계셔서 다행이에요. 황녀님. 오늘과 내일 약을 세 번만 드시면 될 것 같아요."

"약 갖다주러 온 거구나."

"아니면 제가 여기 왜 오겠어요."

빙긋 웃은 올리버가 옆에 내려놓았던 바구니를 들어 왕제에게 내밀었다.

"……!"

순간 브란덴은 손이 움찔했다. 저 자연스러운 행동이 당혹스러웠다. 물론 이곳에선 황녀가 가장 귀한 신분이긴 했지만, 왕제 역시 힐로스드 왕국에서는 한 손에 꼽힐 만큼 신분이 높은 남자였다.

그러니 약 시중 같은 건 아무래도 가장 신분이 낮은 자신이 들어야 한다는 생각이 드는 게 당연했다. 그런데 왕제는 아주 자연스럽게 올리버가 내민 바구니를 받아 들어 브란덴을 더 황당하게 만들었다.

'왜 저러셔, 진짜?'

올리버는 바구니 안을 열어 보이며 설명했다.

"이건 하루에 세 번 황녀님께 챙겨 드리세요. 귀가 아프지 않게 돕는 약이랍니다."

"그래."

"식후에 드시게 해야 해요."

"그러지."

선선히 흘러나오는 대답.

왕제에게 불쑥 바구니를 내미는 발칙한 행동을 하면서도 뭐가 문제인지 몰랐던 올리버는, 대화가 이어질수록 고개를 미세하게 갸웃거리게 되었다. 이유는 다른 게 아니었다.

'목소리가 익숙한데……?'

희한하게 귀에 익은 목소리였다. 낮고 묵직한데, 듣기에는 무척 좋았던 그 목소리.

델로의 황궁을 통틀어, 라하 다음으로 '그 인형'과 많은 대화를 나누었던, 아니. 네 마디 이상의 대화를 주고받은 거의 유일한 사람이었던 어린 궁의는 바구니 쪽으로 숙이고 있던 고개를 들어 올렸다.

그는 시야 앞의 왕제를 찬찬히 살폈다. 황녀님 쪽으로 이미 돌아간 왕제의 옆모습은, 그때 그 인형과 전혀 달랐다.

다른 사람……, 인데?

"……?"

* * *

"저 궁의는 알아도 된다고 했나?"

침실로 돌아오자마자 셰드가 한 말이었다.

"올리버? 응."

라하는 침대에 앉으며 대답했다.

"어차피 숨겨도 오래지 않아 알아낼걸."

올리버는 현자의 제자였으니까. 셰드는 올리버가 잘 쥐여 주고 간 바구니를 살피며 무심한 어조로 말을 이었다.

"잘됐군. 반은 안 것 같던데."

"……반? 벌써?"

라하가 눈을 깜빡였다. 올리버 눈에는 셰드의 본래 얼굴이 보이나? 그럴 리가 없는데. 게다가 이 남자는 올리버와 별 대화도 안 해 놓고 그런 사실은 또 어떻게 안 걸까?

그때였다. 긴 손가락이 라하의 턱을 갑자기 붙잡았다. 왜 그러느냐고 물을 틈도 없었다. 셰드의 다른 쪽 손이 라하의 귓불을 건드렸다.

"……."

꼼꼼한 올리버는 이런저런 도구까지 잘 챙겨 왔다. 셰드는 길쭉한 유리 막대로, 연고를 라하의 귓불에 펴 발랐다. 전투에서 다친 팔에 붕대를 감아 본 적은 있었지만, 연약한 황녀의 귀에 연고를 조심스럽게 발라 보는 건 처음이었다. 덕택에 셰드는 이마까지 일그러뜨린 채 라하의 귀에 집중하고 있었다.

덕택에 라하는 슬슬 웃음이 나왔다. 처음엔 미묘하게 긴장이 되었는데 그도 오래가질 못했다. 이렇게 커다란 남자가 자신의 귀에 한껏 신경을 쏟고 있는 모습이 재밌었다. 제 귀에 연고를 발라 주던 올리버나 시녀들은 조그만 편이라, 위에서 이렇게 발라 주는 게 낯설기도 했고.

한편으로는 마음이 조금 간지럽기도 했다.

셰드는 라하의 귓불에 연고를 얇게 도포한 후에야 고개를 들었다. 올리버가 가기 전 땋아 놓고 간 라하의 머리카락이 등 뒤로 산뜻하게 흔들렸다.

브란덴이 내내 셰드와 올리버를 번갈아 보면서 입을 세모꼴로 벌렸지만 중요한 문제는 아니었다.

"붕대도 있는 걸 보니 감으란 뜻인가 보군."

"됐어. 올리버는 날 항상 과잉 치료하고 싶어 해."

"과하지 않은 것 같은데."

"뭐?"

라하가 기가 막혀 웃었다. 고작 연고 좀 발랐다고 귀에 붕대를 칭칭 감다니. 선황도 그러진 않을 것이다.

"과한 거 맞아. 올리버는 내가 내궁에만 들어갔다 하면 매번 그래."

순간적으로 셰드의 눈빛이 미세하게 가라앉았다. 라하의 말에 문득 올리버가 예전에 했던 말이 스치고 지나갔던 것이다.

"그분은……."

"제가 그분을 치료하는 걸 허락하지 않으십니다."

"그래서 제가 치료할 수 있는 건 기껏해야 몸의 상처가 전부였습니다."

"셰드?"

라하가 반응이 없는 셰드를 돌아보려고 했다. 어쨌든 그 궁의는 이 여자에게 몹시도 충실하다.

"가만히 있어."

셰드는 그녀의 귓가에서 흔들리는 몇 가닥의 머리카락을 넘겨 주었다. 연둣빛 감도는 연고를 바른 귀가 빛을 받아 반들거렸다. 셰드가 바구니에서 붕대를 꺼내는 걸 본 라하는 얼굴을 확 일그러뜨렸다.

"진짜 감으려는 거 아니지? 날 중환자로 착각하는 건 올리버로 충분해."

"신랄하군. 네 주치의가 들으면 울겠어."

"올리버 그런 걸로 안 우는 성격이야."

"그래. 네 그 의연한 궁의가 내게 쥐여 주고 갔잖아. 믿음에 보답은 해 줘야지."

"무슨 보답을 해……."

라하가 기가 막혀 말하든 말든 셰드는 몸을 일으켰다. 그는 탁자에 놓은 젖은 수건으로 손을 깨끗이 닦았다.

진짜 붕대를 감게? 고작 귀에 염증이 날까 말까 했다고? 심지어 침대 위에 셰드가 올려놓은 붕대는 아주 크고 두꺼웠다.

이런 걸 셰드한테 태연한 표정으로 넘겨줬다고.

올리버는 셰드를 그저 오늘 처음 대면한 왕제로 생각하고 있었을 텐데. 아무렇지 않게 바구니를 건네줄 때부터 재밌긴 했지만. 예전에도 셰드를 졸 졸 따라다니더니…….

"셰드. 올리버가 널 좋아하나 봐."

"내가 아니라 널 좋아하겠지."

무심하게 대답한 셰드가 라하의 옆에 털썩 앉았다. 순식간이었다. 셰드가 제 쪽으로 팔을 뻗는다 싶더니, 그녀는 눈 깜빡할 새 그의 허벅지 위에 앉아 있었다. 셰드는 라하의 허리 아래를 느릿하게 쓰다듬었다. 손이 올라와 그녀의 가슴을 한 손에 감싸 쥔다.

"……아침에도 했잖아."

이렇게 하다간 정말로 올리버가 말하는 중병 환자가 될 것 같다는 생각이 들었다. 셰드는 라하의 몸을 만지는 손을 떼지 않고 말했다.

"성욕을 채울 때까지 할 거라고 말한 건 너였잖아. 라하."

"난 충분히 채웠어."

라하가 이마를 일그러뜨리면서 대답했지만, 셰드는 전혀 그녀를 놓아줄 생각이 없어 보였다. 오히려 그녀의 치마를 허리까지 걷어 버리기까지 했다.

눈 깜빡할 사이. 셰드의 손이 라하의 다리 사이를 파고들었다. 단단한 손 가락이 그녀의 틈새를 가리고 들어가, 감춰져 있는 클리토리스를 훑었다. 라하의 어깨가 반사적으로 움찔 튀어 올랐다.

그녀는 셰드의 손등을 붙잡았다. 그의 손이 잠시 멈춘 것도 찰나. 라하가 붙잡은 건 고작 손등이었다. 천천히, 그러나 꾸준히 움직이는 셰드의 손을 막을 수가 없었다. 라하의 아래쪽이 서서히 젖기 시작했다.

"채웠다면서 손만 대면 젖잖아."

"그러는 너는."

이미 딱딱하게 세워 놓고……. 물론 라하는 그 말을 입 밖으로 내뱉을 수가 없었다. 벌써 어제 이 뻔뻔한 남자는 말해 놓았으니까. 라하 그녀만 보면 그 부분이 그렇게 되니 신경 쓰지 말라고.

도대체 어떻게 이렇게 뻔뻔한 왕족이…….

"훗……."

클리토리스를 강하게 누르는 손길에, 라하의 허벅지가 가볍게 떨렸다. 셰드의 손등을 움켜쥔 손에는 자꾸 힘이 들어갔다. 엉덩이 쪽으로 느껴지는 부피는 아까 전부터 선명했다.

셰드가 라하의 목에 입술을 붙였다. 그 감촉이 무척 간지럽게 느껴졌다. 한편으로는 셰드가 당분간은 자신의 귀에는 손가락 끝도 대지 않을 거라는 확신이 들었다. 이 남자는 이상할 정도로 자신의 건강 상태를 살피니까. 말 한 마디는 없어도 태도라든지 그런 것에서 충분히 짐작할 수 있었다.

어제만 해도 그렇게 귀를 핥고 빤 주제에.

셰드의 손가락이 안쪽을 깊숙이 파고들었다.

"으……."

라하가 어깨를 움츠렸다. 몸에 또 전기가 오르는 기분이었다. 귓불 아래 목선을 혀끝으로 핥는 셰드 때문에 자꾸 몸이 마음대로 떨렸다. 피부에 닿아 오는 그의 숨결도 유달리 뜨겁게 느껴졌다.

"……귀를 못 건드려서, 목을……, 간지럽히는 거야?"

"그건 아닌데."

셰드는 부풀어 오르는 라하의 돌기를 손가락으로 꾹 누르며 말했다. 라하가 신음을 흘렸다.

"귀를 못 건드려서 아쉽다고 하면 어떻게 해 주려고."

"연고를 며칠……, 안 발라 줄게."

셰드가 피식 웃었다. 이 여자는 신분이 워낙 높아서인지, 종종 이렇게 예상치도 못하는 관대함을 보여 주었다.

하지만 라하는 꽤 진심이었다. 정말로 며칠쯤 연고를 안 발라 줄 수도 있었다. 이 정력 넘치는 정혼자를 위한 그 정도의 희생은 할 수 있었는데.

"황송해 죽을 것 같지만 그렇게까지 할 필요 없어."

"……거짓말."

라하는 여전히 셰드의 손을 잡고 있었다.

"손은 계속 움직이면서……."

"만지는 건 상관없잖아."

셰드가 느긋하게 궤적을 그리면서 말했다. 라하의 몸이 또 한 차례 떨리면서 애액이 왈칵 쏟아졌다. 젖은 입구 사이로 손가락들이 밀고 들어갔다. 애액으로 흥건한 점막을 건반 짚듯 누르며 파고든다. 라하는 이제 셰드의 손목을 움켜잡고 있었다.

"너도 날 만지면 공평하겠지."

셰드가 라하의 손을 잡아 뒤쪽으로 가져왔다. 왼쪽 허벅지를 따라 이미 윤곽선이 두드러진 페니스가 있었다. 버클만 풀어낸 바지 밑으로 부풀어 오른 팔뚝만 한 선. 라하의 손이 닿자 셰드의 목 아래가 꿈틀거렸다. 그는 이 말랑한 손이 자신의 물건을 온종일 붙잡고만 있어도 사정할 것 같다는 생각을 했다.

사실이기도 했고.

그녀가 입고 있는 실내복은 가벼웠다. 이 별궁 침실에 준비되어 있는 라하의 옷들이란 죄다 그런 종류였다.

셰드가 떠나기 전과 마찬가지로.

이곳은 라하가 밤 시중을 받는 곳이니 당연한 일이었다.

셰드가 델로 제국을 떠나 있는 동안, 그녀의 정신 나간 쌍둥이가 몇이나 되는 침노를 더 선물해 주었는지는 모른다. 다만, 두 명의 침노들을 살려 놓았던데. 자신에게 그러했듯 피를 먹여 놓은 거겠지.

문득 그녀의 허리를 붙잡고 있던 손에 힘이 들어갔다. 자신이 없는 동안 그놈들도 그녀의 침대를 데웠을까? 몇 번이나? 자신처럼 온종일 그녀가 돌아와 주기만을 기다리고. 그녀가 손을 뻗거나 입을 맞춰 주면 제대로 힘이 들어가지 않는 손을 힘껏 그러쥐었을까.

그게 침실 노예의 본분이니…….

셰드가 천천히 눈을 감았다 떴다. 솔직히 말하자면 의식적으로 지우고 있던 생각이기도 했다. 셰드는 제 품 안에서 몸을 가늘게 떨고 있는 이 여자를 눕혀 놓고 묻고 싶었다.

"미치겠군……."

낮은 중얼거림에 라하가 고개를 조금 돌렸다. 그 순간.

"흑!"

라하가 고개를 꺾었다. 셰드의 손가락들이 갑자기 거칠게 쑤셔 들어온 까닭이었다. 아까까지는 삽입에 대한 통증을 줄여 주기 위해 하던 애무였다면, 방금은 정말로 그 사람 같지 않은 페니스를 밀어 넣을 때의 아득한 기분이 비슷하게 들었다.

셰드가 라하의 젖은 안쪽에서 손가락을 빼냈다. 그는 그녀의 몸에 이미 반쯤 흐트러진 옷을 손쉽게 벗겨 냈다. 애액으로 젖은 속옷 역시 벗겨져 침대 밑으로 떨어졌다.

알몸이 된 라하의 몸은 이대로 하나씩 씹어 먹고 싶을 정도로 부드럽고 따뜻했다. 셰드의 손이 라하의 가슴을 움켜쥐었다. 그의 거친 손 안에서 엉망으로 일그러지는 유두에 그녀가 흘렸던 애액이 적나라하게 묻었다.

뺨이 조금 붉어질 정도로 야하게 주물러 대는 손이 익숙지 않았다. 라하는 셰드의 손등을 잡았다. 그의 손이 천천히 느려지나 싶더니, 다른 쪽 손이 라하의 턱을 붙잡아 돌렸다. 그대로 잡아먹을 듯 키스해 온다.

"흣……."

라하가 신음을 흘렸다. 혀가 엉망으로 얽혔다. 온 입 안을 아플 정도로 훑은 그가 이내 혀뿌리를 강하게 옭았다.

툭.

옆에 아무렇게나 던져져 있던 바구니가 침대 바닥으로 떨어졌다. 시트 위에 남은 건 길고 두툼한 붕대뿐. 셰드가 라하의 다른 쪽 손을 잡아 뒤로 돌렸다. 직후, 그녀는 손목에 느껴지는 감촉을 순간 의심했다.

"뭐 하는 거야?"

"네 의사가 기껏 챙겨 놓은 붕대가 아깝잖아."

"그냥 두면 되는 건데 뭐가 아깝다고……."

"네 성욕은 다 채웠다니 내 성욕 채우는 건 도와야 공평하지."

"……이런 걸 해야 사정이라도 하는 거야?"

한나절 사이에?

"설마."

라하의 손목을 등 뒤에서 묶은 셰드가 말을 이었다.

"말했던 걸로 기억하는데. 난 네가 뭘 하든 흥분한다고."

지금도 사실 라하가 몇 번 손으로 쓰다듬으면 그대로 파정해 버릴 게 분명했다. 셰드의 말에 그녀는 새삼 자신의 밑이 젖을 대로 젖어 있음을 깨달았다.

"그럼 이런 걸 왜 하는 거야."

"말했잖아, 아깝다고."

라하가 자신의 손등을 잡을 때마다 순간적으로 멈칫하게 된다. 그 연약한 손가락 사이사이를 파고들어 깍지를 끼고 시트 위에 내리누르고 싶어진다. 그대로 다리를 벌려 젖은 사이를 거칠게 파고들고 싶었다.

이런 난폭한 생각을 들게 하면서 동시에 그런 욕망을 제지시키는 손.

라하가 늘 짓곤 하는 차가운 미소와 그녀의 따뜻한 몸만큼이나 이율배반적이었다. 말하지는 않았다. 어찌 되었든 라하가 손을 뻗는 건 마음에 들었으니.

셰드는 이미 팽팽하게 부풀어 오른 페니스를 의식했다. 발기할 만큼 발기한 페니스는 풀린 버클 사이에서 꿈틀거리며, 미약한 통증마저 머금고 있었다. 그런 통증쯤이야 상관없을 만큼 흥분해 있기는 했지만.

단숨에 옷을 탈의한다. 그는 등 뒤로 손이 묶인 라하를 침대에 완전히 올렸다.

"셰드."

라하는 정말로 당황한 얼굴이었다. 팔이 움찔거리는 걸 보니 묶인 손목을 빼 보려는 듯했다. 몹시도 드물게 보여 주는 표정에 셰드는 희미한 만족감이 들었다.

"왜. 불편해?"

"편하겠어?"

그녀가 얼굴을 잔뜩 찌푸리고 하는 대답에 피식 웃은 것도 잠시. 셰드의 얼굴에서 서서히 웃음기가 사라졌다. 그는 라하를 훑어보았다.

교차하듯 오므리고 있는 허벅지 사이를 보다가 날씬한 허리, 유두가 단단하게 선 둥근 가슴 위로 시선이 올라갔다. 붉은 자국이 여기저기 퍼져 있는 쇄골과 목을 눈에 담다가, 이윽고 그 예쁜 얼굴까지.

그의 손이 그녀의 양 다리를 잡아 벌렸다. 애무로 인해 부풀어 오른 클리토리스와, 맑은 애액이 흥건한 질구가 눈에 들어왔다. 셰드는 라하의 양 허벅지를 단단히 붙잡은 채 얼굴을 숙였다.

라하의 다리가 크게 움찔거렸다. 셰드의 혀가 클리토리스를 쓸어 올렸기 때문이었다. 아플 정도로 핥고 굴려 대는 혀에 라하의 눈시울이 천천히 달아오르기 시작했다. 그녀는 입술을 깨물다가 결국 신음을 토해 냈다. 이미 젖어 있는 안쪽에서 쉬지 않고 애액이 흘러나왔다.

"흑······."

그의 혀가 그녀의 촉촉한 질구를 파고들었다. 뜨거운 살덩이가 좁은 입구로 들어오는 감촉은 몇 번을 겪어도 낯설었다. 도무지 익숙해지지가 않았다. 페니스나 손가락을 삽입하는 것보다 몇 배는 더 긴장이 되었다. 그의 얼굴이 바로 밑에 닿기 때문일지도 몰랐다.

애초에······.

젖을 대로 젖은 쪽에 왜 자꾸 입을 대는지 모를 일이기도 했고.

셰드의 것을 입에 물어 본 적이야 적지 않았지만 정액을 제대로 먹어 본 적은 없었다. 사정감을 느끼면 셰드는 자신의 입에서 페니스를 빼 버렸다. 입술에 튄 적은 있었지만, 입 안에 처음부터 끝까지 파정한 적도 없으면서.

혀가 질구 안에서 한 번 둥글게 휘젓자 라하는 작은 신음을 흘렸다. 손목이 자연스럽게 움직이려다가, 묶인 붕대에 막혔다. 라하는 도대체 셰드가 왜 이런 걸로 제 손목을 묶었는지 아직도 이해하지 못했다.

아깝다는 말은 당연히 믿지 않았다.

힐로스드가 가난한 왕국도 아니고, 아니, 심지어 가난한 왕국이라고 해도 왕족이 붕대 따위를 아까워할 이유가 없질 않은가.

다만 전혀 손이 움직여지지 않자 온몸이 곤두서는 기분은 들었다. 이쪽에서 밀어내고, 이쪽에서 또 밀어내야 하는데 평소처럼 하지를 못하니까. 셰드가 뭘 해도 막을 수 없다는 사실이 새삼 상기되었다.

"흐읏······."

하지만 또 해 봤자 뭘 한다고. 라하가 달뜬 호흡을 내뱉을 때마다 가슴이 크게 오르락내리락 했다. 골 사이로 애액이 흐르며, 시트가 젖고 있다는 생각이 들었을 때였다. 그녀의 다리 사이에서 셰드가 고개를 들어 올렸다.

손끝으로 입가에 튄 애액을 닦아 낸 그가 라하와 시선을 마주쳤다. 그의 청회색 눈동자가 평소보다 확연히 짙어져 있다는 걸 그녀가 모를 수가 없었다. 매번 셰드의 눈을 들여다보던 라하인데. 매번 침대에서 저런 눈으로

자신을 쳐다보는 그인데. 익숙해질 법도 하지만 익숙해지지 않았다

게다가 손이 묶여 있어서일까, 평소보다 긴장감이 더했다. 두 손이 묶여 있는 바람에 저도 모르게 조금 주춤거린 라하의 몸이 한순간 뒤집혀졌다.

"……!"

평소라면 두 팔로 시트를 짚었겠지만 지금은 그럴 수가 없었다. 그녀는 시트에 상체만 엎드린 채 엉덩이를 높게 들게 되었다. 부드러운 시트 위로 가슴이 짓눌렸다. 셰드는 그녀의 허벅지 사이를 잡아 벌렸다.

아까부터 쿠퍼액을 조금씩 흘리고 있던, 발기할 대로 발기한 페니스가 그대로 라하의 입구를 꿰뚫고 파고들었다.

"으흑!"

말뚝 같은 물건이 좁은 질구를 벌리고 단숨에 짓쳐들어오는 충격. 셰드의 무게가 빠듯하게 실리며 라하의 몸이 크게 휘청거렸다. 그의 손이 그녀의 골반을 붙들고 있지 않았다면 그대로 무너져 내렸을 게 분명했다.

"흑……! 아……! 셰드……, 으응……!"

빽빽하게 자리하고 있던 내벽 돌기에 사람 것 같지 않은 크기의 페니스가 거칠게 비벼졌다. 그녀의 예민한 부분을 정확히 기억하는 그가 추삽질을 할 때마다 라하의 몸이 민감하게 반응했다. 시트에 파묻힌 뺨이 흔들리며 쓸렸다.

피부가 아프지는 않으나 허리 아래가 심하게 벅찼다. 라하의 눈에 금세 눈물이 차오르기 시작했다. 올리버가 가져온 붕대는 부드러웠으나 촘촘한 조직 탓에 질겼고, 셰드는 도대체 어떻게 묶어 놓은 건지 아무리 손을 꼼지락거려도 풀리지도 않았다.

묶인 건 고작 손인데, 온몸이 칭칭 묶여져 있는 것 같은 느낌이 드는 것도 이상하기만 했다.

"아, 흐윽……!"

퍼억. 긴 소리와 함께 셰드의 페니스가 깊숙이 삽입되었다. 라하의 입에서

울음 같은 신음 소리가 흘러나왔다. 아랫배가 꽉 차는 것 같은 기분이었다. 분명히 느껴지는 부피감. 라하가 배 위를 더듬을 수만 있다면 분명 페니스의 윤곽까지 그릴 수 있을 것 같았다.

소름이 돋았다. 강렬하게 치달아 오는 페니스에 라하는 감당하기 어려운 쾌감을 느꼈다. 뒤로 묶인 손 때문에 무력감이 들었으나, 한편으로는 몸도 바들바들 떨려 왔다.

"으흑!"

그녀의 등줄기가 벼락을 맞은 듯 곧추섰다. 바로 오늘 아침보다 훨씬 강렬한 강도로, 라하의 몸이 크게 절정을 느꼈다. 부드러운 곡선을 그리는 허리가 바르르 떨렸다. 셰드의 페니스를 물고 있던 안쪽이 거세게 요동을 쳤다. 그가 입술을 짓씹으며 숨을 토해 냈다.

라하가 아무것도 하지 않고 그저 페니스에 손만 대고 있어도, 어쩌면 그저 그보다 덜한 걸 해도 충분히 사정할 수 있을 것 같은, 실제로도 충분히 그렇게 분명한 남자는 지난번 정사처럼 굳이 사정감을 내리누르지 않았다.

분출된 정액이 그녀의 안쪽 깊숙한 곳에 쏟아졌다. 라하는 심한 절정이 괴로운 듯 어깨를 웅크리고 헐떡였다.

천천히 정신이 들면서 그녀는 이상함을 느꼈다. 그러니까, 그가 더 이상 움직이지 않고 멈추어 있었다. 거기에다가 자신을 몇 번이나 절정에 올려놓은 후에야 사정을 하던 그 묵직한 느낌이…….

"……셰드?"

신음을 흘리느라 조금 잠긴 목소리로 라하가 입을 열었다. 두 손이 묶인 채 상체를 들어 올리는데, 그대로 셰드의 손에 허리가 붙잡혔다.

셰드는 라하의 몸에서 페니스를 빼내지도 않았다. 어차피 사정해 봤자 조금만 있으면 금세 발기하고 마니 별로 상관도 없었다.

항상 신경을 쓰는 건 라하였지.

그녀는 절정에 굉장히 약한 몸이었다. 잘 느끼고 잘 젖으면서 그런 몸을 가진 게 이율배반적이었지만 어쩌겠는가. 어찌 되었든 라하는 셰드도 두어 번 사정했다 싶으면 더 못 한다고 밀어냈다. 그녀는 이런 곳에서 공평했다.

쾌감에 흐려진 얼굴이 약간의 혼란을 띠었다. 라하는 직접 만져 봐야 확신할 수 있겠다는 생각에 말했다.

"풀어 줘. ……셰드?"

"조금 더 해야지, 라하."

낮은 목소리로 속삭이듯 말한 셰드가 라하의 등줄기에 입을 맞췄다. 그녀의 안쪽에 여전히 자리하고 있던 페니스에 다시금 피가 쏠리기 시작했다. 금방이었다. 언제나 라하가 헐떡이며 밀어냈을 뿐이지 셰드는 아니었다. 그녀는 자신의 안쪽에서 부풀어 오르는 페니스를 분명히 느낄 수 있었다. 제 팔뚝보다 굵은 게 그러고 있으니 존재감이 없을 수가 없었다.

셰드는 단단하게 곤두선 페니스를 라하의 안쪽에서 빼냈다. 그제야 라하의 골을 따라 애액과 섞인 정액이 뚝뚝 흘러내렸다. 확실히 그는 제 몸 안에 사정했다. 그런데 왜, 하는 생각과 함께 입을 열려던 순간.

"으흑!"

라하의 몸이 다시금 크게 흔들렸다. 셰드의 페니스가 그녀를 그대로 꿰뚫기라도 하려는 듯 거칠게 움직이기 시작했다. 자꾸만 무너지려는 라하의 몸을 셰드가 거의 반은 안아 든 채로 허리를 흔들었다. 그의 손이 그녀의 한쪽 가슴을 강하게 주물렀지만, 라하는 의식할 정신도 없었다.

"셰드……, 으응……, 셰……, 아!"

이미 예민하게 달아오른 몸이었다. 한 번 절정을 느낀 몸은 다음 번 절정에 도달하는 게 훨씬 쉬웠다. 라하의 시야가 하얘졌다. 셰드는 그녀가 두 번을 더 오르가슴에 도달하고 나서야 정액으로 엉망이 된 안쪽에 파정했다.

라하는 셰드의 품에 축 늘어져 숨을 몰아쉬었다. 그녀의 긴 속눈썹에는 눈물이 매달려 있었다. 셰드와 할 때마다 느끼는 절정은 온몸에 꼭 폭죽이 터지는 기분이었다. 전신에 소스라치는 느낌이 달리며 벌벌 떨렸다.

끔찍하게 좋은 한편, 몇 번이나 느끼면 이렇게 괴로워 죽을 것만 같았다. 땀에 젖은 셰드의 몸이 밀착되어 있는 게 아니었다면 더 괴로웠을 것 같았다.

"……셰드?"

라하는 그제야 확실히 이상하다는 걸 느꼈다. 그가 사정을 하면 자신을 괴롭게 하던 허리 짓이 멈춘다는 건 알았다. 그가 사정을 해도 금세 부피를 회복한다는 건 이전의 경험으로 알고 있었다. 하지만 두 번 정도에서 끝내곤 했는데…….

내벽 안에서 천천히 움직이는 셰드의 페니스가 분명하게 느껴졌다. 아직 가라앉지 못한 그녀의 몸은 성실하게 반응했다. 호흡이 다시 조금씩 들떴다. 라하의 입에서 신음이 뚝뚝 흘렀다.

"다……, 했잖아."

그러니까 그만 좀……. 묶인 채로 움찔거리는 손이 붙잡혔다. 셰드는 허리를 조금씩 움직였다. 그의 미간은 희미하게 일그러져 있었다.

"셰드……?"

"……라하."

해갈되지 못한 갈증이 분명하게 느껴지는 목소리였다. 지나칠 정도로 가까이서 들리는 그 목소리에, 순간 라하의 안쪽에 힘이 들어갔다. 입술을 짓씹은 셰드가 신음을 내뱉었다. 젖을 대로 젖은 페니스가 천천히 빠져나왔다가 적나라한 소리와 함께 삽입되었다.

"흑……! 으흑……! 아! 제발, 셰드……. 아흑!"

라하는 셰드의 품에 안겨 정신없이 흔들렸다. 벌려진 다리 사이로 페니스가 수도 없이 짓쳐들어왔다. 라하가 짧고 강렬한 절정을 수도 없이 느끼며 괴로워할 때마다 셰드의 입술이 그녀의 신음까지 삼켜 버렸다.

몇 번이나 더 시야가 하얘졌는지 몰랐다. 안쪽이 얼마나 더 엉망이 되었는지도 알 수 없었다. 라하의 온몸에 땀방울이 송골송골 맺혔다. 그녀의 가슴 위는 붉은 자국으로 이미 가득했다.

라하는 거의 기절하기 직전이 되어서야 셰드가 제 몸을 끌어안는 걸 알았다. 그녀의 바들바들 떨리는 몸을 그가 받쳐 잡았다. 라하는 그제야 자신의 손목을 묶었던 붕대가 풀렸다는 것을 알았다.

간신히 풀린 두 팔이 뻐근하게 아팠다. 라하는 아프다고 셰드에게 말을 하고 싶었지만 목소리도 나오지 않았다. 그녀는 셰드의 가슴에 축 늘어졌다. 잠이 심하게 쏟아졌고, 손 하나 까딱하고 싶지 않았다.

덕분에 라하는 셰드가 자신을 가만히 품 안에 껴안고만 있다는 사실을 한참 후에야 알게 되었다. 잠시 잠이 들었던 것도 같았다. 어느새 이불 안이었고, 여전히 셰드의 품속이었다. 그녀는 그가 눈을 뜨고 자신을 응시하고 있다는 사실을 알고 피곤한 눈을 느리게 깜빡였다.

"너한테 속았어."

"……뭘 속아?"

"내가 처음이라고 그랬잖아."

"그런데?"

"이렇게까지 하는데 내가 처음일 수가 있어?"

셰드가 희미하게 이마를 찌푸렸다. 품 안의 라하는 농담을 하는 것 같지가 않았다.

"난 네가 아니라 다른 여자에게는, 아니. 라하 델하르사."

기가 찼다.

"이전에 했던 말이잖아. 이제 와서 왜 안 믿는 거지?"

라하가 이마를 찌푸렸다. 그녀는 전혀 믿지 않는 표정이었다. 노예일 때야 고분고분했으니 동정이라는 말도 믿었지. 이젠 믿기도 어려웠다. 그는 자신의 체력이 허락만 한다면 정말 일 년은 밖에도 나가지 못하게 할 수 있을 게 분명했다.

"믿을 수가 없잖아. 그런 몸으로?"

"전에는."

셰드가 낮게 한숨을 내쉬었다.

"일이 많았지. 애욕에 관심을 둘 수 있을 수가 없었고. 후에는."

그가 그녀의 몸을 강하게 끌어안았다.

"네 생각만 나서 아무것도 할 수가 없었어."

"……."

"그래서……."

도무지 돌아오지 않을 수가 없었다고. 셰드가 뒷말을 삼켰다. 그를 응시하던 라하의 속눈썹이 가볍게 떨렸기 때문이다.

자신이 무슨 말을 하려다 말았는지 짐작했겠지. 매번 그녀가 감추는 걸 알아채던 그였으니까. 이 여자 역시 똑같진 않아도 비슷하진 않겠는가. 셰드의 입가에 부드러운 미소가 그려졌다.

"자. 자기 싫으면 다른 거라도 하고."

"……잘래."

눈 오기 직전의 흐린 날씨처럼. 꼭 그런 얼굴을 하고 있던 라하는 곧장 눈을 감아 버렸다. 그가 피식 웃었다.

"셰드."

웅크리고 있던 그녀가 팔을 뻗어 셰드의 허리를 끌어안았다.

"잘 자."

그녀의 몸은 열기가 오래 머무르질 못했다. 그래도 지금은 제법 체온이 따뜻한 편이었다. 사실 얼음장처럼 차가워도, 그래. 솔직히 말하자면 이 여자는 그런 게 더 잘 어울리긴 했다. 라하의 서늘한 눈빛을 모르는 사람이 몇이나 될까.

그래도 상관은 없었다. 그녀가 어떤 모습을 보였건, 셰드는 라하에게서 몸을 뗄 수가 없었겠지. 지금과 달라지는 건 아무것도 없다. 그는 여전히 그녀에게 반했을 것이고, 그녀 생각에 잠을 이루지 못했을 것이고, 아무것도 먹지 못했을 것이고.

그러니 이렇게 그녀의 곁으로 돌아온 것. 그것 하나만이 셰드의 인생에 있어 처음부터 끝까지 온전히 완벽한 선택이었다.

그 수많은 마음과 말들을 모조리 누르고 감춰 한 마디를 꺼낸다.

"너도."

셰드가 라하의 이마에 입을 맞췄다.

* * *

일주일은 쏜살같이 흘렀다.

라하가 그 힐로스드의 왕제와 함께 별궁에 틀어박힌 지도 어느새 일주일.

사교계엔 소문이 무성했지만 그뿐이었다. 라하가 오히려 힐로스드 왕국으로 떠난다는 말에, 힐로스드 국왕의 진위를 의심하는 이들도 있었지만 잠시였다.

힐로스드는 그간 긴 역사로 철저한 중립을 시켰던 나라였다. 굳이 이제 와서 델로 제국을 탐낸다는 건 말이 되지 않았다. 그렇다고 라하 델하르사, 그 황녀가 제국의 다른 귀족들과 특별한 접점이 있는 것도 아니고.

라하가 그나마 가깝게 지내는 귀족이라고 해 봤자 몇 되지도 않질 않던가. 정확히 이야기하자면 고작 한 명.

그 한 명이 바로 예비 황후이자 윈스턴 공작 영애인 자멜라였다. 그녀는 거울을 바라보며 시종에게 물었다.

"황녀님은 오신다고 하던가요?"

"예. 영애."

"오랜만에 사적으로 인사를 드리게 되겠군요."

그동안 자멜라 역시 제법 마음고생을 했다. 특히 아버지인 윈스턴 공작이 저택에 씩씩대며 들어왔다 나가기를 반복했다. 그나마도 카르젠이 무슨 마음이 들었는지 자신과 식사를 매일 해 주면서 슬슬 풀리긴 했지만.

일국의 황후라는 자리가 이랬다. 특히나 관을 받기 전이니 더욱 처신을 잘 할 필요가 있었다. 자멜라는 대귀족 가문의 영애답게 줄타기에 탁월했다. 아슬아슬한 줄을 밟고 가다가 잘못하면 가라앉겠지만, 다시 말해 그녀가 잘하기만 한다면 여전히 그 황후의 보관은 자멜라의 것이란 소리였다.

그런 의도로 오늘 자멜라는 라하와 힐로스드의 왕제, 그리고 카르젠과 함께 점심 오찬을 하기로 준비해 놓았다. 라하에게 언제나 관심이 끊이지 않는 귀족들에게 친분을 과시하기도 좋은 자리였다. 개인적으로, 그 힐로스드의 왕제가 제법 궁금하기도 했고.

시녀들이 자멜라의 머리에 순은과 보석 핀을 꽂아 주고 있을 때였다. 그녀가 있는 별궁에 카르젠의 시종장이 급히 찾아왔다.

"자멜라 윈스턴 영애."

"무슨 일이죠?"

"폐하께 공교롭게도 급한 일이 생기셨습니다."

시종장은 난감한 얼굴로 말했다.

"연합국의 일에 작지 않은 문제가 생겨서 대회의실을 열게 되셨습니다."

"대회의실을요?"

자멜라는 조금 놀랐다.

"내가 도울 일이라도 있나요?"

"아닙니다. 다만 점심 오찬을 함께하시지 못할 것 같아 제가 대신 말씀 전하러 왔습니다."

"알겠어요. 고마워요."

"물러가겠습니다."

시종장이 정중한 태도로 고개를 숙이고 나갔다. 자멜라는 거울 속에 비치는 푸른색 눈을 조용히 응시했다. 그녀의 얼굴에는 어떤 실망도 묻어나지 않았다. 이곳엔 황궁의 시녀들이 가득했으니까.

"치장을 마저 도와주겠어요? 황녀님과 오랜만의 오찬이니 신경을 쓰고 싶어요."

"물론입니다, 영애."

자멜라는 약하게 한숨을 내쉬며 말했다.

"그나저나 걱정이네요. 짝을 맞춘 정찬이었는데. 힐로스드의 왕제님에게 좋지 않은 모습을 보여 드리는 것 같아서."

시녀들도 난감한 표정을 지었다. 틀린 말이 아니었다.

"지금 다른 파트너를 구하기에도……."

똑똑.

문 두드리는 소리가 난 건 그때였다. 자멜라가 턱짓으로 허락하자, 이윽고 문이 열리며 윈스턴 공작이 급히 들어왔다.

"아버지?"

"자멜라. 시종장에게 말은 들었느냐?"

"네. 들었어요."

"갑자기 자리가 애매해졌구나. 내가 너를 에스코트하자니 나 역시 대회의에 참석해야 해서 말이다."

기껏 황녀와 왕제가 함께하는 오찬을 잡았는데 물릴 수도 없었다. 자멜라는 물론, 윈스턴가 전체가 그녀를 제국의 황후로 만들기 위해 최선을 다하고 있는 중이었으니까.

"아, 그래. 리굴리쉬 백작이 로자인과 함께 입궁했더구나. 내가 말해 놓을 테니 로자인을 파트너로 데려가거라."

"네? 아버지, 그럴 필요까지는……."

"아니다. 자멜라."

윈스턴 공작은 미간에 주름을 잡은 채 말을 이었다.

"다른 사람도 아니고 타국의 왕제이시질 않느냐? 곧 황후가 될 너와 즐거운 시간을 보내는 것도 일종의 외교라면 외교지. 괜히 흠 잡힐 필요가 뭐가 있겠느냐."

"……알겠어요. 아버지. 로자인과 함께 갈게요."

윈스턴 공작의 낯에 가득했던 수심이 그제야 좀 걷혔다. 그는 라하 델하르사, 그 황녀가 저 먼 힐로스드 왕국으로 떠난다고 해도 황제의 관심이 줄어들 거라고는 결코 생각하지 않았다.

하지만 황녀가 순순히 이 제국으로 돌아올까? 머리가 있다면 돌아오지 않겠지. 자신이라도 그럴 것이다.

카르젠이 모든 공작들이 보는 앞에서 힐로스드 왕국을 '우방'으로 칭했던 것이 천운이었다. 라하가 카르젠의 부름이나 초대에 응하지 않아도, 델로 제국은 결코 힐로스드 왕국을 공격하지 못할 테니까.

적어도 카르젠이 살아 있는 동안은.

다만 두 나라의 사이가 얼어붙을 수는 있었다. 그걸 부드럽게 푸는 역할은 온전히 자멜라 윈스터만이 가능할 것이다. 황녀가 오직 자멜라하고만 지속적으로 친분을 유지해 준 까닭이었다.

윈스턴의 여식은 영리했다. 본인만의 이점과 장점을 제국 사교계에 능숙한 방법으로 흘려 놓았다. 사교계에서 라하를 떠올리면 자연히 자멜라를 연상시키게 된 지도 벌써 몇 달째던가?

이 정찬은 흠잡을 곳 없이 완벽하게 진행해야 했다.

"아비가 로자인을 보면 바로 이곳으로 보내 주마."

"……네. 아버지."

로자인은 예법도 완벽하고 생김새도 말끔하고 준수하니, 예비 황후의 대용 파트너로 모자랄 것이 없었다. 게다가 리굴리쉬 백작가와 윈스턴 공작가는 먼 친척 사이이기도 했고.

윈스턴 공작은 곧장 별궁을 빠져나와 대회의실이 있는 본궁으로 향했다. 리굴리쉬 백작 역시 대회의에 참석할 의무가 있는 귀족이었으니 말이다. 일곱 개나 되는 거대한 출입구에 각기 하인들과 마부를 보내 놓은 다음, 윈스턴 공작은 구름 같은 인파 속을 유심히 살폈다.

"리굴리쉬 백작은 언제쯤 도착을……, 로자인 리굴리쉬!"

다급히 움직이던 윈스턴 공작은 리굴리쉬 백작과 걸어가고 있는 로자인을 발견하고 목소리를 높였다.

"……그래서. 이렇게 갑자기 오찬이 엉망이 될 것 같더구나. 네게 자멜라의 파트너 역할을 좀 부탁해도 되겠지?"

잠깐 놀란 듯했던 로자인이 이내 부드럽게 웃었다.

"물론입니다. 공작님."

"그래. 잘 좀 부탁한다."

윈스턴 공작은 그제야 흡족해져서 대회의실로 서둘러 걸음을 옮겼다. 흘 긋 돌아보았을 때 로자인은 그 자리에 여전히 서 있었다. 옆모습을 보아하니 젊은 녀석 특유의 긴장감이 은연히 묻어나고 있었다.

왕제와 황녀를 단독으로 만나는 건 처음이니 긴장할 만도 하지. 하지만 잘 도울 것이다. 로자인은 오랜 소꿉친구를 외면할 수 있는 성격이 아니었 으니.

"공작님!"

윈스턴 공작은 시선을 옮겼다.

* * *

시녀들은 라하의 몸에서 손을 뗐다.

그녀는 목 위까지 새하얀 털이 달린 따뜻한 드레스를 입고 있었다. 온도에 구애받지 않고 항상 카르젠의 취향대로 가슴 위까지 드러낸 옷을 입고 다니 던 것과 사뭇 대조되는 옷차림이었다.

하지만 시녀들은 이해했다. 사실 이 드레스도 시녀들이 가져온 것 중 하나 였다. 목욕 시중을 들던 시녀들은 라하의 온몸에 붉은 자국이 퍼져 있다는 사실을 알게 됐다. 심지어 라하가 보지 못하는 목 뒤나, 허벅지 아래에까지 붉은 흔적이 뿌려져 있었다. 시녀들은 얼굴이 붉어질 뻔한 걸 간신히 참았다.

식사하기 편하게끔 뒤로 크게 땋은 푸른색 머리카락에 가닥가닥 보석 핀이 박혀 반짝였다. 라하는 거울 속에 비친 모습을 확인하고 자리에서 일어났다.

"왕제는?"

"밖에 계십니다. 아까 도착하셔서 기다리고 계세요."

라하는 바깥으로 나갔다. 그러다 문 밖에 굳이 서 있는 셰드를 보고 잠깐 멈췄다. 시종들이 라하를 보고 고개를 숙였다.

예전에, 그러니까 셰드가 '인형'이었던 시절에는 그에게 입힐 옷을 정해 주어야 했다. 노예보다는 기사에게 훨씬 더 어울리는 정복. 그래야 시종들이 그대로 들고 가 입혔다.

하지만 지금은 굳이 말하지 않아도 셰드에겐 대령되는 의복들이 전부 그런 것들이었다. 노예가 아닌 기사의 정복. 왕제에게 마땅하며, 황녀의 정혼자가 입기에 완벽한 옷. 그게 묘하게 라하를 기쁘게 했다. 그녀는 셰드에게 다가가 입을 열었다.

"셰드."

이 호명조차도.

단둘이 있을 때가 아니면, 라하의 수족이나 마찬가지인 시녀들 앞에서도 "192번." 하고 부를 수밖에 없었던 이름인데. 손끝에 햇솜이 닿아 오는 듯한 따스한 기분이 들었다. 라하의 입가에 옅은 미소가 그려졌다.

"예쁘네. 시종들한테 잘 꾸몄다고 상이라도 줘야겠어."

그러나 심술궂은 황녀는 이렇게 정혼자를 침노 대하는 것을 즐겼다. 라하가 문 밖으로 나오는 순간부터 그녀에게 고정되어 있던 청회색 눈동자에 희미하게 웃음기가 감돌았다.

"나는 누구에게 상을 줄까."

"시종들한테……."

"아니."

셰드가 라하를 훑어보며 말했다.

"난 네가 너무 예쁜데."

"……?"

"네 시녀들에게 주면 되나?"

눈을 깜빡이던 라하는 시녀들을 돌아보았다. 황녀의 뒤에 시립해 있던 시녀들은 늘 그랬듯 공손하고 차분한 표정이었다. 하지만 눈동자들이 조금씩 흔들리고 있었다. 그래, 자신들도 황녀의 옷을 좀 잘 입혔다고 왕제에게 상을 받을 수 있을 거란 생각은 안 해 봤겠지.

그나마 셰드가 '황녀의 정혼자' 신분으로 상을 주겠다고 미리 포석을 깔아 놓아 다행이었다. 아니었다면 기껏 왕족이 적통 황녀의 직속 사용인에게 상을 준다고 말한 것도 문제였을 테니까.

"내 시녀들한테 주면 돼."

"그래야겠군."

셰드가 팔을 내밀었다. 라하는 가볍게 얹으며 걸음을 옮겼다. 서로를 쳐다보며 몇 마디 하는 둘을 배웅하며, 시녀들은 여전히 흔들리는 눈으로 고개를 들었다.

누구보다 영민하고, 조용하며, 입을 다무는 방법을 철저히 교육받은 시녀들은 아무 말 하지 않았지만…….

그들도 두 눈이 있었다. 황녀님이 방 밖으로 나오는 순간부터 왕제는 그녀의 얼굴만 뚫어져라 응시하고 있었다. 라하가 셰드의 옷차림을 확인할 때도 마찬가지였다. 그냥 황녀의 얼굴에 시선이 고정되어 버린 사람 같았다.

솔직히 말해 그 아름다운 왕제는, 황녀님이 무슨 색깔의 드레스를 입었는지 알지도 못할 게 분명할 텐데. 그러면서 상을 주겠다니.

다음 날, 그 넉살 좋은 힐로스드의 근위단장이 정말로 힐로스드의 값비싼 보석들을 주렁주렁 가져올 줄 그때의 시녀들은 생각도 못했다.

* * *

"어서 오세요, 황녀님."

자멜라는 우아한 태도로 라하를 맞았다. 그녀의 곁에 서 있던 로자인 리굴리쉬 백작 영식 역시 흠잡을 데 없는 자세로 인사를 했다.

"로자인 리굴리쉬입니다. 리굴리쉬 백작가의 후계자입니다."

"아버지께서 파트너로 와 주시려고 했는데, 대회의에 급히 불려 가셨지 뭐예요."

자멜라의 말에 라하가 가볍게 고개를 끄덕였다.

원래는 카르젠이 있어야 할 자리였지만, 그가 불참한다는 얘기는 시종장에게 이미 들어서 알고 있었다.

황제의 불참 이유를 구구절절 말하는 것도 예의는 아니었던지라. 자멜라는 능숙하게 화제를 돌렸다.

"아쉽게도 이렇게 급히 자리를 옮기게 되었어요."

그 말에 라하가 시선을 옮겼다.

"태양의 정원에 폐하가 없이 출입하기는 조금 그렇지요. 괜찮아요."

"이해해 주셔서 감사해요, 황녀님."

원래는 태양의 정원에 오찬이 화려하게 준비되어 있었으나, 카르젠의 불참이 확정되면서 자멜라는 급히 자리를 새로 꾸려야 했다.

다행히 대륙 유일 제국인 델로의 황궁에는 눈 튀어나오게 값비싼 크리스털 온실이 몇 개는 더 있었다. 그중 하나는 자멜라가 몇 달 후 있을 국혼 때 쓰기 위해 미리 손을 보고 있는 곳이었다. 온실이라고 부르지만 실상 크기는 넓디넓은.

불의 정원.

다른 말로는 황후의 정원.

라하는 실로 오랜만에 들어오는 불의 정원을 천천히 훑어보았다.

여길 언제 마지막으로 들어왔었지?

'사실 들어오기야……'

황후가 죽기 전까지 계속 부름을 받아 드나들었다. 다만 마음 편히, 황후의 딸로서 들어왔던 건 이 '계승자의 눈'을 이어받기 전이었다. 10년 가까이가 지난 오늘에서야 라하는 이 불의 정원에 '긴장하지 않은 상태'로 들어올 수 있었다.

그 외에는 큰 감흥이 없었고.

"라하."

문득 들려오는 목소리에 라하가 고개를 옮겼다. 셰드가 의아한 얼굴로 그녀를 보고 있었다.

"왜 그러지?"

"그냥 오랜만이어서 둘러보고 있었어."

"그런 표정으로?"

"……?"

라하는 외려 의문 어린 눈으로 되물었다.

"내가 지금 무슨 표정인데?"

"설명하기 어려운데."

셰드는 잠시 라하를 응시하다가 슬며시 웃었다.

"전부 마음에 안 든다는 표정이 적당하겠군."

라하가 이마를 일그러뜨렸다.

"난 원래 그런 표정이야."

"그건 그런데, 평소랑 좀 달라. 울어 버릴까 봐 조마조마하군."

라하는 픽 웃었다.

"농담은."

그때였다. 빠르게 크리스털 온실을 둘러본 자멜라가 미소를 덧그리며 라하를 불렀다.

"황녀님?"

"네, 영애?"

라하의 낯빛이 눈 깜빡할 사이에 정돈되었다. 와중에도 지나치게 완벽한 황녀다웠다. 자신을 흠잡을 수 있는 사람이 쳐다본다 싶으면 반사적으로 표정을 관리할 수 있었다. 생존 본능에 가까운 행동이었다.

"이쪽으로 가실까요?"

자멜라가 계속해서 손보고 있던 불의 정원은 짙은 녹음 덕에 몹시 아름다웠다. 태양의 정원과는 다른 매력으로 꾸미고 싶었던지, 화려하고 강렬한 태양의 정원과는 달리 우아한 수정등들이 여기저기 걸려 있었다.

온실 안쪽에 있는 커다란 연못 때문인지 물 냄새가 잔잔히 느껴졌고, 향수처럼 섞인 다채로운 꽃향기들이 부드러운 바람에 섞여 흘러 들어왔다. 풍량을 조절하는 마법 기물 역시 황실의 자랑거리 중 하나였다.

"예쁘네요."

"감사해요, 황녀님. 아직 부족한 곳이 많지만 제 눈에도 나쁘지 않네요."

자멜라의 안내에 따라 걸음을 옮기며, 셰드는 라하에게 시선을 던졌다.

아까 전 그 울기 직전의 얼굴이 나은지, 아니면 이 서늘하고 우아한 낯이 나은지. 셰드는 가늠이 잘 가지 않았다.

중앙으로 걸어 들어가자, 무늬가 아름다운 푸른빛 대리석으로 바닥을 깔아 놓고 통유리로 벽을 세워 놓은 새로운 공간이 보였다.

주변의 조경을 해치지 않으면서 식사를 하기에 더할 나위 없게 꾸며진 곳이었다. 꽃이 가득한 온실의 다른 부분과는 달리, 이 부근에는 꽃들이 없었다. 강한 꽃향기들이 식욕을 떨어뜨릴까 저어한 까닭이었다.

"황녀님."

이미 시립해 있던 시종들이 공손하게 고개를 숙였다. 라하는 시종이 빼 준 의자에 앉은 후 손을 들었다.

"자리에."

이 정찬의 호스트는 자멜라였지만, 라하의 신분이 너무 높았던 까닭에 자리를 권하는 것은 라하의 몫이었다. 로자인이 마지막으로 앉는 걸 본 라하가 자멜라를 보면서 입을 열었다.

"이제 이런 것도 몇 달 후면 영애가 하겠군요."

국혼을 언급하는 라하의 말에 자멜라가 겸연쩍은 미소를 지었다.

"아직 시간이 적잖게 남았는걸요."

"그래 봤자 몇 개월이잖아요."

카르젠이 공식 석상에서 자멜라를 냉대하긴 했으나 그마저도 과거다.

더군다나 국혼 준비는 카르젠이 출정해 있을 때부터 차근차근 진행되고 있었다. 솔직히 말하자면, 카르젠이 돌아서 내일 갑자기 국혼을 치르겠다고 해도 라하는 할 수 있다고 말할 자신이 있었다. 그만큼 결혼식 준비는 막바지였다.

델로의 국혼은 대부분 봄에 열렸으니.

멀지 않은 곳에서부터 깨끗한 선율이 들려왔다. 금실로 자수를 놓은 태피스트리 뒤에 음악가들이 앉아 연주하는 소리에 분위기가 한층 부드러워졌다.

자멜라와 적당한 담소를 나누며 라하는 신선한 샐러드를 한 입 먹었다.

점심인데도 정찬이라 그런가. 제법 묵직한 술들도 함께 나왔다. 라하는 무의식적으로 포도주 잔 쪽으로 손을 뻗으려다가 잠깐 멈칫했다. 괜히 셰드를 한번 쳐다보게 되었다. 라하는 포도주 잔으로 손을 뻗지 않고 주스 쪽으로 손을 뻗었다.

'점심때의 와인 정도는 마셔도 되지 않나?'

그런 생각이 뒤늦게 들었지만 맑은 사과 주스가 그녀의 입 안을 이미 축이고 있었다.

"왕제님."

와중에도 로자인 리굴리쉬는 셰드에게 제법 성실히 질문을 하고 있었다. 셰드도 적당히 대답을 해 주어 정찬 분위기는 평화로웠다. 하기야, 남의 말을 무시할 만한 성격은 아니었다. 표정은 기본적으로 무심한 편이지만 그는 그렇게 차갑지는 않았던 터라.

외려 셰드가 그 무뚝뚝한 인상과는 달리 제법 다정하다는 걸 라하는 잘 알고 있었다. 가끔은 그 단단한 체온에 온종일 파묻혀 있고 싶을 정도였다. 결코 무너지지 않을 거목에 몸을 기댄 것처럼 기이한 안정감이 들 때가 많았다. 고작 일주일밖에 안 되었는데도.

폭군들이 왜 애첩에게 위안을 받는지 알겠다는 생각을 했다가…….

애첩이란 표현은 그만해야겠다는 생각이 들었다. 속마음일 뿐인데 셰드에게 미안했기 때문이었다.

그럼 무슨 표현이 적당할까. 정혼자? 하지만 그 단어는 영원히 시들지 않을 꽃송이처럼 그녀의 마음을 이렇게 간지럽히기만 하는데.

챙그랑!

"……!"

갑자기 큰 소리가 났다. 라하가 비우지 않은, 그러나 자멜라의 성의를 보아 옆에 두었던 와인 잔이 그대로 바닥에 떨어지는 소리였다. 짙은 색의 포도주가 라하의 드레스에 그대로 튀었다. 라하의 빈 주스 잔을 새로 채워 주려던 시종의 실수였다.

자멜라가 당황해 일어났다.

"황녀님?"

"화, 황녀님! 죄송, 죄송합니다……!"

시종이 바로 사색이 되었다.

뒤에 조용히 시립하고 있던 시녀 중 하나가 재빠르게 다가와 라하의 손에 튄 술을 손수건으로 닦아 주었다. 하지만 붉은빛으로 번져 가는 옷까지는 어쩔 수 없었다. 거미줄처럼 얇고 섬세한 레이스가 달린 드레스에 튄 포도주 자국이 지워지지 않자, 시종의 낯은 거의 시체처럼 변했다.

"요, 용서해 주십시오……!"

시종이 바로 바닥에 납작 엎드렸다. 라하는 시녀에게서 젖은 수건을 받아 직접 목에 튄 술을 닦았다.

"됐어. 일어나."

"가, 감사합니다……."

어쩔 줄 몰라 하며 시종이 일어났다. 두 손이 벌벌 떨리고 있었다. 그보다 지위 높은 시종이 저리로 가라고 눈짓을 했고, 라하에게 포도주를 쏟은 시종은 파들파들 떨리는 다리를 겨우 옮겼다.

"옷을 갈아입고 와야겠네요."

라하가 젖은 옷을 보다가 말했다. 셰드가 입을 열었다.

"같이 가지."

곧장 그녀의 손을 잡아 주려는 손길을 라하는 밀어냈다.

"됐어."

역시 그는 아직도 자신이 정혼자라기보다는 침노라고 생각하고 있는 게 틀림없었다. 힐로스드가 아무리 멀어도 같은 언어를 쓰고 같은 복식을 하고 있는데, 사교 문화가 달라 봤자 얼마나 다르다고. 이런 작은 사고가 생겼을 때에는 동성끼리 가야 하는 법이다.

'……하기야.'

셰드 힐데스라는 왕제가 베일에 싸여 있다고는 들었으니까. 그는 그다지 공식 석상에 모습을 드러내지 않았던 모양이다.

"황녀님."

미간을 약하게 찌푸리고 라하의 엉망이 된 드레스를 보고 있던 자멜라가 입을 열었다.

"그럼 저와 함께 가실까요?"

"실례 좀 할게요."

"실례라니요, 별말씀을요."

자멜라가 곧장 자리에서 일어났다.

"왕제님."

로자인은 갑자기 라하와 자멜라가 자리를 비워 버렸지만, 그다지 당황하지는 않았다.

"술을 즐기시는지요?"

"그다지 즐기진 않아."

"그러시군요."

이 정도로 당황할 정도였으면 그간 윈스턴 공작의 눈에 들지도 못했을 거고. 아무리 리굴리쉬가 윈스턴과 먼 친척 관계라지만, 공작 가주 입장에서 보면 그저 백작가일 뿐이었다.

게다가 식사도 어차피 막바지였고.

로자인 리굴리쉬는 후식으로 나온 샴페인 병들을 보다가, 복숭아색이 감도는 샴페인을 보고 속으로 웃었다. 로자인은 정중한 어조로 왕제에게 델로의 유명한 샴페인을 권했다. 여전히 점심 오찬에 어울리는 달콤한 선율이 귓가를 감돌았다.

로자인이 처음 보자마자 마음을 빼앗긴 곳이었다.

자멜라가 열심히 관리한 노고가 느껴졌기 때문이다. 선황후가 죽은 이후에, 이곳은 아무도 돌보는 이가 없어 반쯤 폐허가 되어 있었다고 알고 있는데.

이변이 있지 않으면 자멜라는 몇 개월 후 늦은 봄에 황후가 될 것이다.

델로 제국의 유일한 황후.

로자인은 샴페인을 몇 모금 마신 후 입을 열었다.

"사실 델로의 사교계에 소문이 자자하답니다. 왕제님께서 황녀님의 초상화를 보고 첫눈에 반하셨다고요."

"반한 건 맞는데."

셰드는 잔을 가볍게 흔들고 대답했다.

"첫눈에 반한 건 아니야."

숲을 감도는 바람처럼 무겁지 않은 대답이었다. 로자인은 그 대답을 초상화를 계속해서 들여다보았다는 뜻으로 알아들었다. 비단 그뿐만 아니라 대답을 들었던 거의 대부분의 이들은 그렇게 해석할 말이었다. 오직 라하만이 다른 뜻으로 알아듣겠지.

로자인이 부드럽게 웃었다.

"저도 첫눈에 시선만 빼앗겼다가, 갈수록 마음까지 빼앗기는 기분을 압니다."

어차피 로자인으로선 이 왕제의 환심을 살수록 좋았기에, 지금은 적기였다. 델로 제국에 온 지 얼마 되지 않은 이 왕제는 아직 특별히 교분이 있는 제국인이 없을 테니까. 그 최초의 제국인이 자신이 된다면 더할 나위 없이 좋았다.

"왕제님도 그러셨는지는 모르겠지만……."

누군가의 마음을 필사적으로 사기 위해선 본인의 마음을 보여 주는 게 선행되어야 했다.

"저는 첫사랑 덕분에 굉장히 오래 상사병도 앓았습니다."

오히려 제국인이 아닌 타국의 왕제이기 때문에 좀 더 속내를 보일 수 있었다. 어차피 이 왕제는 먼 힐로스드로 떠날 테니까. 바람결에 날려 보내는 민들레 홀씨 같은 가벼움.

"도무지 그 사람이 아니면 누구도 사랑하지 못할 것 같은 그런 거창한 느낌이 들 때부터 수상하다고 발을 빼 버렸어야 했는데. 정신을 차리니 10년 넘게 짝사랑만 하고 있더군요."

그리고 솔직히 이야기하자면, 로자인은 그때 얼굴만 멀리서 보았던 이 왕제가 굉장히 부럽다는 생각을 했었다.

결국 사랑하는 사람의 옆자리를 가졌으니까.

셰드는 샴페인 잔을 든 채, 턱을 비스듬히 기울였다. 그의 청회색 눈동자가 로자인의 뒤편, 그러니 공교롭게 이 얘기를 듣고 만 자멜라에게 향했다. 시종들에게 두 사람의 식사가 끝나면 차를 준비한 곳으로 먼저 모셔 놓으라는 얘기를 하기 위해 조용히 왔던 자멜라는……

"……."

이상한 표정이었다. 정확히 말하자면 셰드와 눈이 마주치는 순간, 그녀의 눈동자가 파도처럼 흔들렸다. 왕제가 순간 자신을 휙 쳐다보아서 더 당황했는지도 모른다. 누구나 예상치 못한 뜻밖의 시선을 받으면 당황하는 법이니.

"……."

셰드는 별다른 표정 변화 없이 다시 시선을 내렸다.

"청혼하기 어려운 상대인가 보군."

"예. 이미 예전에 결혼하고 아이까지 낳은 영애여서요."

로자인은 겸연쩍은 미소를 지었다. 자멜라는 천천히 뒤돌아서 왔던 길 그대로 조용히 돌아갔다. 오랜 소꿉친구의 배려 섞인 거짓말을 모를 수가 없었다.

그러니 진심 역시 모를 수가 없는 거고.

자멜라는 유리로 된 문을 닫고 나갔다. 문에 잠시 기대어 있고 싶은 마음과는 달리 그녀는 차분히 걸음을 옮기고 있었다. 문득 그녀를 향한 목소리가 들렸다.

"자멜라 영애?"

"……황녀님? 벌써 갈아입으셨나요?"

"옷이 두꺼워서 위에만 갈아입으면 됐거든요."

"아아. 그러시군요."

라하는 자멜라를 보다가 흘긋 뒤를 살폈다.

"누가 쫓아오나요?"

"아뇨."

자멜라가 헛기침을 했다.

"황녀님을 혼자 두는 시간이 길어질까 봐 저어돼서 급히 오고 있었답니다."

"그래요? 그럴 필요까진 없었는데. 고마워요."

"그럼……, 돌아가실까요? 샴페인을 함께 마시고, 차를 준비해 놓았거든요."

가늠할 수 없는 표정으로 자멜라를 보던 라하가 말했다.

"차를 마시면 정찬도 끝이 나겠네요."

"네? 네……. 혹시 식사가 부족하셨나요?"

자멜라가 약간의 긴장을 담아 물었다. 정찬을 주도한 호스트에게 부족한 대접만큼 악몽은 없었다.

덕분에 라하는 조금 웃을 뻔했다.

매번 오만하고 고아한 대귀족 가문의 영애처럼 완벽한 태도를 보이면서, 가끔 라하가 무언가가 마음에 들지 않는다는 듯 되물으면 자멜라는 은근히 긴장하곤 했다. 사실 라하는 자멜라에게 불만이 있었던 적이 한 번도 없는데. 아마 황족을 대하는 귀족들의 어쩔 수 없는 태도겠지. 더군다나 황후 자리를 앞두고 있으니 말이다.

"정찬이 마음에 들었어요. 그러니까 벌써 끝내면 아쉽다는 소리고요."

"아아."

자멜라의 표정이 그제야 안도감으로 풀어졌다. 라하는 드넓은 크리스털 온실을 둘러보았다. 아무래도 자멜라가 아직은 황제의 약혼녀 신분이다 보니, 대대적으로 뜯어고치진 못했다. 여전히 선황후의 흔적이 드문드문 남아 있기는 했다.

"울어 버릴까 봐 조마조마하군."

셰드의 말이 문득 생각났다. 아까는 농담으로 들었다. 분명히 농담이었을 것이다. 그렇게 흘려버린 말인데, 왜 갑자기 그 말이 머리에 맴도는지 모를 일이었다.

울기는 누가 운다고…….

라하는 아름다운 크리스털 천장을 바라보며 입을 열었다.

"영애."

"네, 황녀님?"

"둘이 대화는 잘 하고 있던가요?"

자멜라가 그들에게 돌아갔다 온 걸 알고 있으니. 자멜라는 미소와 함께 입을 열었다.

"네. 로자인 영식은 말주변이 좋은 편이죠. 왕제님과 담소를 잘 나누는 것 같았어요."

"그럼 계속 대화를 나누라고 할까요."

"네?"

"알다시피 별궁엔 대화를 나눌 동성 친구가 별로 없어서."

자멜라의 표정이 당황으로 굳었다. 라하가 말하는 별궁이 침노들이 머무는 그곳임은 잘 알고 있었다. 그러니 지금 이 말은……. 해석에 따라서는 조금 민망하게 들리는 말이기도 했다. 자멜라는 헛기침을 했다.

"황녀님께서 왕제님을 많이 배려해 주시네요."

그 말에 라하가 빙긋 웃었다.

"그런가요? 정혼자라서 그런가."

"그럼……, 저쪽으로 가실까요? 일전에 말씀드렸던 연못, 물을 다 빼고 새로 채워 넣었거든요. 그쪽에서 티 파티를 열면 좋을 것 같아서 수정등을 띄워 놓았어요. 동쪽 대륙에서는 그리한다고 하지 뭐예요."

카르젠이 출정해 있는 동안은 자멜라는 라하에게 가끔씩 크리스털 온실에 대해 얘기를 하곤 했다. 일단 황궁의 안주인 권한이 공식적으로는 황녀에게 있었으니까. 라하가 다 가져가든 말든 상관없어 하는 것과는 별개의 문제였다.

자멜라는 특히 신경 써 보수한 부분을 라하에게 보여 주면서도, 한편으로는 어떤 사실을 깨달았다.

황녀가 보이는 것보다 더, 왕제를 마음에 들어 하고 있었다.

일주일 사이에 무슨 일이 있었을까……. 하는 생각이 자연스럽게 들었다가, 자멜라는 갑자기 귀가 빨개질 것 같아 티 나지 않게 호흡을 갈무리했다.

* * *

"그래서, 두 분이 그렇게 온실을 둘러보고 계신다고요?"

"그렇습니다. 리굴리쉬 공자."

로자인이 어리둥절해하며 되묻는 말에 시종이 공손하게 대답했다. 이 온실은 황후의 전용 장소로 쓰이는 만큼 굉장히 넓었다. 게다가 키 높은 수목이며 다양한 색깔의 꽃이 피는 귀한 관목들이 아주 많았다. 아름다웠지만 가시거리가 좋은 편은 아니었다.

"아니, 그럼 저와 왕제님도 데려가면 될 걸……."

로자인은 맞은편에 앉아 있는 셰드를 보며 말했다.

"왕제님. 제가 두 분을 모시고 올 테니 먼저 차를 드시고 계시겠습니까?"

"아니."

셰드가 자리에서 일어나며 주변을 둘러보았다.

"황녀는 내가 찾지."

* * *

'팔츠 궁정백은 확실히 솜씨가 대단하지.'

자멜라는 무성한 나무들을 올려다보며 그런 생각을 했다. 온갖 희귀한 수목들이 가득하니, 공작 영애로서 좋은 것들은 다 보고 자란 그녀도 몇 번은 눈이 돌아갔다.

그런 궁정백을 선뜻 내준 라하도 사실 잘 이해가 가진 않았지만……. 자멜라는 의식적으로 로자인을 떠올리지 않기 위해 필사적으로 라하에 대한 생각을 했다.

"자멜라."

문득 들리는 낯익은 그 목소리에 자멜라는 크게 놀라고 말았다. 그대로 발을 헛디뎌 넘어질 뻔한 그녀를 붙잡아 줬던 팔이 금세 떨어져 나갔다.

"로자인?"

"왜 그렇게 놀라?"

"갑자기 나타나면 어떡해. ……왕제님은?"

"저기 계시네."

자멜라는 로자인이 가리킨 방향으로 시선을 옮겼다. 높은 관목들 사이로 난 흰 자갈돌 길을 따라 왕제가 성큼성큼 걸음을 옮기고 있었다. 그가 향하는 곳은 누가 보아도 연못이었다. 연못에는 라하가 앉아 있었으니까.

"우리도 가 봐야지."

"……그래."

자멜라는 로자인의 팔을 잡고 천천히 걸음을 옮겼다.

높은 관목들이 시야를 막고 있어서 그렇지, 연못 자체는 가까운 곳에 있었다.

아직 날이 밝아 밤에 보는 것만큼 예쁘진 않지만, 수십 개의 아름다운 수정등이 연못 위에서 떠다녔다. 하나하나 마법의 힘이 깃든 아주 비싼 장식들이었다. 원래는 야회에 어울리는 티 파티에 불빛을 밝히지만 지금도 불이 켜져 있었다.

다양한 각도로 깎인 크리스털을 따라 비산하는 빛은, 하늘이 밝은데도 제법 눈을 산란하게 만들었다.

"라하."

셰드의 목소리에 라하가 고개를 옮겼다. 그녀가 눈을 깜빡였다.

"왜 왔어?"

"네가 오질 않잖아."

"로자인 리굴리쉬 영식과 대화하라고 자리를 피해 줬지."

"대화?"

셰드가 혀를 찼다.

"그 백작가의 정보라도 캐 오라고 보낸 거였으면 미리 말을 해 주질 그랬나."

"그런 게 아니라 별궁에 있으면 딱히 대화할 상대가 없잖아."

그렇다고 올리버가 전처럼 조잘거리는 것도 아니고.

"그리고 리굴리쉬 백작가는 정계에서 입지는 없고 상단만 큰 가문이라 캐 올 것도 없어."

"그래서 피해 줬다고. 눈물 나게 고마운 배려군."

빈정거린 셰드가 라하의 곁에 털썩 앉았다.

"혼자 여기 앉아서 연못이나 보고 있었나?"

"생각보다 예뻐서."

자멜라는 뭘 보고 왔는지 무언가 굉장히 당황한 얼굴이었고. 그래서 그냥 혼자 연못이나 보겠다고 말했다.

"자멜라 영애한테 저 수정등을 달라고 말할까 고민 중이야."

"어떤 걸로?"

"색깔이 다양해서 못 정했어."

"무슨 색을 좋아하는데."

"글쎄……."

잔잔한 물 위에 평온하게 떠다니는 수정등. 비록 황녀궁 정원에 연못은 없었지만 강은 있다. 물론 강물에 그냥 띄우면 수정등은 저 멀리 떠내려가겠지만……. 흰색 돌을 깎아 만든 수반 위에 꽃과 함께 띄워 놓으면 나쁘지 않을 것이다.

여긴 아무래도 다신 오지 않을 것 같아서.

라하는 여러 가지 색깔로 다채롭게 빛나는 수정등들을 보다가 말했다.

"지금은 청회색이 제일 마음에 들어."

산뜻하게 들리는 대답이었다. 아까부터 그녀의 등에 둘러져 있던 셰드의 손에 힘이 들어갔다. 그럼에도 그는 별 말 없이 라하 쪽으로 시선을 옮겼다. 그녀는 여전히 수정들을 유심히 보고 있었다.

라하를 내려다보는 셰드의 눈빛은 유독 짙었다. 그러니까, 이미 이곳에 새로운 티 테이블을 깔아 놓으라 지시한 후, 큰 의미 없이 그들을 바라보고 있던 자멜라의 뺨이 더워질 정도로.

발 빠른 시종들이 이미 이쪽에 오케스트라를 불러 놓았는지라 그들의 목소리는 아마 저쪽에 닿지 않을 것이다.

자멜라는 어쩐지 안도된다는 생각을 하면서, 로자인 쪽으로 눈길을 돌렸다. 그러고는 한쪽 눈썹을 살짝 올렸다.

"……?"

로자인이 한 손에 아직 따지 않은 샴페인 병을 들고 왔기 때문이었다. 그가 준수하고 말쑥하게 생겨서 망정이지, 자칫하다가는 대낮부터 황궁에서 술병을 들고 다니는 미친 이 취급받기 딱 좋은 소품이었다.

"그걸 왜 들고 왔어?"

"네가 좋아하는 거잖아. 일부러 내온 거 아니었어?"

"그건 황실 주방장이 곁들여 내온 거고 내가 그 샴페인을 좋아하던 건 옛날이잖아, 로자인 리굴리쉬."

단맛이 강해 찾으면 어린애 취급을 받다 보니, 자멜라가 자연스레 멀리하게 된 샴페인이었다. 정확히는 연회에선 절대 마시지 않고 집에 혼자 식사를 할 때나 마시곤 했다.

"여긴 다른 귀족들도 없는데 어쩌겠어. 왕제님이 힐로스드에 소문이라도 내시겠어? 기껏 들고 왔으니 마셔."

"안 마신다니까."

"그럼 들고 있다가 두고 가."

"……너도 진짜, 이럴 때 보면 어릴 때 고집 그대로야."

자멜라는 마지못해 결국 샴페인을 채운 잔을 손에 쥐었다. 하지만 한 모금도 입에 갖다 대지 않았다. 로자인이 결국 웃음을 터뜨렸다.

"넌 여전히 완벽주의자구나."

"배운 게 이런 거니까."

"다른 사람들도 배운 건 많지. 하지만 배웠다고 다 잘하진 못 하잖아."

로자인은 늘 그렇듯 다감한 표정이었다.

"아무리 생각해도 황제 폐하께서는 가장 행복한 남편이 되시겠어."

순간 자멜라의 표정이 굳었다. 그녀가 바로 목소리를 낮췄다.

"로자인 리굴리쉬."

"아무도 없어. 하지만, 그래. 더 말하진 않을게."

로자인이 엷게 웃었다.

"잔 더 채워 줄까?"

"……."

목이 탔다. 자멜라는 결국 로자인을 노려보고, 황녀와 왕제를 쳐다보다가 아무도 없는 걸 열 번은 더 확인하고 샴페인을 천천히 홀짝였다.

갈증이 가득했던 식도로 달콤한 액체가 흘러 들어갔다. 자멜라는 그제야 내내 곤두서 있던 신경이 조금 가라앉는 걸 느꼈다. 그러다 깨달았다. 지금 이렇게 멍하니 있을 게 아니라, 호스트로서 의무를 다해야 하는데. 황녀에게 술이든 차든 무얼 권해야 하는데…….

자멜라가 막 테이블에 늘어진 술병들을 확인할 때였다.

"……?"

아까까지만 해도 그 자리에 서 있던 로자인이 없었다. 그는 어느새 잔 두 개를 들고 연못 쪽으로 향하는 중이었다.

황녀가 잔을 받아 들었다. 왕제는 무언가 마음에 안 들어 하는 표정인데 호스트가 신경을 써야 하는 정도는 아니었고…….

끼어들기도 뭐해 자멜라는 그저 가만히 앉아만 있었다. 손에는 여전히 샴페인 잔을 쥔 채.

"자멜라!"

로자인은 특유의 밝은 미소를 지으며 돌아왔다.

"두 분이 그 샴페인은 안 드신다네. 너 다 마셔도 되겠다."

"……진짜, 로자인 리굴리쉬."

로자인이 웃음을 터뜨렸다. 자멜라는 그를 노려보다가 결국 잔이나 홀짝였다. 바람은 계속해서 불어왔고, 수표면 위로 부드러운 햇빛이 내려앉아 아름답게 빛났다. 황녀는 왕제와 무슨 대화를 하는지 표정이 평소보다 다채로웠다.

석고 틀에 부어 만든 조각상인 양 차갑기만 했던 황녀가, 정혼자를 이야기하며 웃는 모습이 몹시 낯설었지만…….

"……."

자멜라가 황궁에서는 처음으로 겪어 보는 평화로운 시간이었다.

chapter 9
벗겨지는 비밀

황궁의 중앙에 위치한 대회의실.

며칠째 대회의실에 참석하던 수백 명의 귀족들은, 회의가 진행되는 내내 카르젠의 뒤에 있던 블레이크 듀크가 사라진 것을 알았다.

이 거대한 회의실에 황제를 제외하고서는 유일하게 검을 차고 입장할 수 있는 귀족, 블레이크 듀크. 항상 카르젠의 뒤에 자리하고 있던 그가 갑자기 모습을 감춘 것에 호기심을 가진 귀족들도 있었으나 오래가지는 못했다.

아무도 몰랐다.

블레이크가 누구를 만나러 갔는지.

* * *

"세베로?"

돌아오자마자 탑처럼 쌓인 문서를 읽던 세베로가 뒤를 돌아보았다. 블레이크를 발견한 세베로가 바로 자리에서 일어났다.

"오랜만이군! 어떻게 변하질 않았지, 블레이크 듀크?"

"넌 많이 변했군."

"사막의 공기가 아주 덥고 건조해서 말이야. 더군다나 황제 폐하의 명을 수행하느라 하루하루 산 채로 말라 가는 기분이었지. 그렇게 이상해졌나?"

"이상하진 않아. 그냥 초췌해 보여."

"그게 그 소리잖아. 좋다는 건 다 얼굴에 발라 봤는데 잘 안 되는군."

세베로는 안타깝다는 듯 제 턱을 매만졌다. 원래도 부드럽지는 않았던 인상이, 살이 빠지자 이젠 날카롭게까지 보였다. 하지만 원래 세베로의 성격이나 지위와는 잘 어울렸다.

세베로 크라수스. 그는 카르젠의 일등 보좌관이었으니까.

그 외에도 봉작된 작위도 있었으나, 가장 앞쪽에 호명되는 자리는 아니었다. 세베로는 카르젠이 황태자였던 시절부터 그를 모셨으며, 사실상 블레이크 듀크와 더불어 카르젠의 중요한 수족 중 하나였다.

"폐하께서는?"

"무탈하시다. 대회의가 길어져 시간을 내지 못하시고 계시지만."

"건강하시면 됐지. 건강하실 거라고도 생각했어. 폐하는 타고난 무인이시니까."

세베로는 충실한 수족다운 얘기를 한 다음, 다른 화두를 입에 올렸다.

"황녀님은?"

"물론 황녀님께서도……."

블레이크는 한 박자 쉬고 대답했다.

"아주 잘 계시지."

"그래, 그러셔야지. 내가 본 여자 중 가장 아름다우신 분인데 당연히 잘 지내셔야지."

세베로는 손에 들고 있던 서류를 팔랑거렸다. '힐로스드의 왕제'라는 문구가 선명히 적혀 있었다.

"그런데 정말 믿을 수가 없군. 그 황녀님이 결혼을 하신다고?"

"그렇게 됐다. 서류를 다 봐서 알겠지만."

"이럴 수가……."

세베로는 슬픈 목소리로 서류를 구겼다.

"나는 어떤 남자도 황녀님을 가지지 못하길 바랐는데."

"……."

"왜 그분은 하필 적통 황녀이신 거지? 조금만 신분이 낮았어도, 하다못해 선황의 후궁이라도 했으면 내게 상으로 달라 폐하께 청할 수 있었는데."

솔직하기 그지없는, 그러나 세베로가 사막으로 떠나기 전에도 걸핏하면 내뱉던 말이다. 아주 진심이기도 했고, 블레이크가 얼굴을 긴장으로 살짝 굳혔다. 그는 반사적으로 뒤를 돌아보았다. 당연하게도 쥐새끼 하나 없긴 했다.

"왜 그렇게 긴장해? 어차피 여긴 폐하의 거처인데."

"그야 그렇지만. 지금은 드나드는 귀족들이 천 명에 가까워. 혹시 모를 일이잖아."

"음……."

"말조심하라고, 세베로 크라수스. 일전의 전쟁 탓에 힐로스드의 왕제를 구원자로까지 여기는 고위 귀족들이 여기에 깔리고 깔렸다."

"알겠어. 폐하께서 기분이 그다지 좋지 않으시겠네."

"네가 오기 전까지는, 확실히 그러셨지."

세베로가 고개를 끄덕였다.

"황녀님께 인사를 드리러 가야겠어. 지금 어디 계시지?"

"황녀궁에 계실 거다. 궁은 폐하께서 새로 지어서 선물해 주셨고."

"그래?"

"바깥의 기사에게 안내해 달라고 해라. 붙여 줄 테니까."

"좋아. 이따 보자고, 블레이크 듀크 경."

세베로 크라수스는 한껏 설레는 얼굴을 한 채 챙겨 왔던 물건들을 확인했다. 그러고선 곧장 시종을 찾아 걸음을 옮겼다.

"궁이 너무 화려한데."

세베로가 황녀궁에 도착하자마자 탄식처럼 중얼거린 말이었다. 듣는 이는 없었다. 물론 자신을 안쪽으로 안내하는 근위대 기사는 듣는 귀로 치지 않았다. 세베로는 황녀궁의 정원 입구에서부터 군이 걸어가며, 새로 지었다던 황녀의 궁을 빠르게 훑어보았다.

대단히 아름다운 궁이었다. 겨울이지만 줄지어 심어 놓은 자작나무들이 동화 같은 분위기를 자아냈다. 마른 가지 위에 쌓인 새하얀 눈은 꼭 몇 걸음 만에 한적한 시골에 들어선 듯한 착각마저 안겨 주었다. 정원보다는 숲이라는 말이 어울리는 광활한 땅.

이렇게 거대한 궁을 보면 양가감정이 들었다.

카르젠이 라하에게 잘해 주는 건 괜찮았다. 이런 식으로 아낀다는 걸 귀족들에게 가시적으로 보여 줘야 평판 관리에 좋을 테니까.

하지만…….

그렇게 포장하기에도 정도가 있었다.

솨아아.

세베로는 헛웃음을 흘렸다. 강가의 얼어붙은 가장자리가 조금씩 깨져, 수표면 아래로부터 청명하게 들려오는 물소리에 기가 막혔다.

내일부터 바로 귀족들의 여론부터 확인해야겠다는 생각이 들었다. 만약 황제가, 쌍둥이 황녀에게 가지고 있는 감정을 알아챈 귀족이 있다면…….

역시 이런 건 무인이 챙기기엔 어려운 일이었다. 블레이크 듀크가 아무리 잘난 기사여도 여론까지 섬세히 확인하는 법은 모르겠지. 폐하께서도 마찬가지고.

아무래도 황녀가 너무 예뻤던 터라 말이지.

얼마나 예쁘면, 얼마나 아끼면 자신을 사막으로 보낼 정도겠는가.

힘들었다고 원망하는 건 아니다. 카르젠의 폭군 기질을 알면서도 세베로 크라수스는 그를 택했다. 오히려 '계승자의 눈'을 지니지 못했음에도 단단히 황권을 다지려면, 그런 불같은 성미는 마땅히 필요한 거라고도 생각했다.

다만 단 하나, 세베로가 '완전한' 파악에 실패한 요인이 있다면, 라하였다.

카르젠이 쌍둥이 오누이에게 천천히 흥미가 떨어질 거라고 생각한 게 세베로 크라수스의 유일한 패착이었다.

카르젠이 라하에게 점점 더 집착하는 모습은 이제는 광증처럼도 보였다.

"세베로 크라수스 님."

세베로가 시선을 들어 올렸다. 황녀를 직접 모신다는 뜻의 고급 시녀복을 입은 여자가 가볍게 묵례했다.

"황녀님께서 만남을 허락하셨습니다. 안으로 들어오시지요."

잘 꾸며진 궁은 온통 호화롭고 반짝였다. 이것이 황녀의 궁인지, 아니면 사랑받는 총희의 궁인지 아니면 그 이상인지. 알쏭달쏭해질 지경이었다.

똑똑.

문을 두드린 시녀가 이내 세베로를 안으로 안내했다. 지체 높은 황족의 응접실답게, 보통의 응접실 같은 형태가 아니었다. 따지자면 황제의 알현실에 더 가까웠다. 문에서부터 반대편 벽까지 길게 깔린 붉은색 카펫. 넓은 방 가장 안쪽에는, 두 명의 신분 높은 이가 앉을 수 있는 보좌 같은 자리가 나란히 놓여 있었다.

그중 더 높은 자리에 라하가 앉아 있었다.

"세베로."

"황녀님."

세베로는 곧장 황녀를 향해 정중하게 걸어갔다. 그리고 바로 한쪽 무릎을 꿇었다.

"오랜만에 뵙습니다, 황녀님."

"살아서 돌아왔구나."

"물론이지요. 제가 어딜 갔다 왔는지 아시고 그런 말씀을 하십니까."

세베로가 사막에 갔다는 사실은 대외비였다. 라하 역시 모르는 사실일 테고. 그녀는 엷게 웃었다.

"네가 하도 모습을 보이지 않아 죽은 게 분명하다는 얘기까지 돌았단다."

"그런……"

세베로가 미소를 지었다.

"예전에 보았을 때도 그랬지만 지금은 정말 눈이 멀 정도로 아름다우시군요."

"말하는 건 여전하네."

세베로가 블레이크에게 했던 말은 거짓이 아니었다. 황녀는 정말이지 말문이 막힐 만큼 아름다웠다. 세베로의 눈엔 그랬다.

그래, 이 황녀가 술을 마시기 전의 모습은 이런 모습이었지.

황녀가 한창 술독에 빠졌을 때 사막에 떠났던지라.

"황녀님."

세베로는 가져왔던 선물을 옆에 있던 시녀에게 건넸다.

"먼 남쪽 지방에서 핀다는 귀한 꽃과 그곳의 보석입니다."

이 델로 제국에 아는 사람은 전혀 없겠지만, 이 꽃은 사막에서만 피는 아주 귀한 황금색 꽃이었다. 이 꽃을 여기까지 가져오기 위해 들인 비용만 성 한 채를 사고도 남을 정도였다.

영원히 지속되는 보존 마법은 없으니 이 꽃도 얼마 후엔 시들겠지만. 그만한 가격을 내고 치른 덕에 적어도 사막과 델로 제국 사이—1년이나 되는 거리를 감당할 정도는 되었다.

"별 걸 다 주는구나."

"손등에 입을 맞춰도 되겠습니까?"

황녀는 늘 그렇듯 심드렁한 표정으로 손을 내밀었다. 세베로는 정중히 다가가 황녀가 내민 손등에 입술을 갖다 댔다. 그런 다음 고개를 들어 올렸다.

"……."

순간 세베로의 미소가 멎었다. 그도 그럴 것이…….

오늘 황녀는 목 끝까지 올라오는 드레스를 입고 있었다. 피부가 비치는 얇고 반투명한 천을 밑에 대고, 두꺼운 장미 무늬 레이스가 줄지어 퍼져 있는 봄의 요정 같은 아름다운 드레스였다. 그 레이스 사이로 보이는 황녀의 피부는 기억하는 것처럼 새하얬다.

너무 하얘서 희미하게 퍼진 붉은 자국마저 제대로 보일 만큼.

처음엔 몰랐다. 하지만 한 번 눈에 띄니 황녀의 온 피부가, 그러니까 목과 가슴과 쇄골 전부. 보이는 곳마다 온통 붉은 자국이라는 걸 알 수 있었다. 심할 정도였다.

극심하게 드는 당혹스러움. 세베로가 반사적으로 고개를 든 순간.

라하와 눈이 마주쳤다. 그녀는 자신을 빤히 보고 있었다. 라하가 살짝 미소를 지었다.

"왜?"

"황녀님……."

세베로의 말은 끝까지 이어지지 않았다. 목이 졸린다는 생각이 반사적으로 든 것과 동시에, 세베로는 누군가 자신의 뒷덜미를 붙잡고 황녀에게서 강제로 떼어 냈다는 사실을 깨달았다.

"……!"

눈 깜짝할 사이에 말도 못 할 악력이 세베로의 멱살을 틀어잡았다. 발끝이 조금 들렸다. 숨이 막힌 그 순간. 세베로는 황녀가 말릴 틈도 없이 바닥에 거칠게 던져졌다.

"컥!"

세베로가 몸을 옹송그렸다. 성큼성큼 걸어오는 소리. 자신을 바닥에 내팽개친 남자가 다시 세베로의 멱살을 잡아 들어 올렸다. 세베로는 자신을 들어 올린 눈앞의 사람을 간신히 보았다. 사냥개처럼 곤두선 눈이 자신을 훑어보더니 입을 열었다.

"델로에서는 황족에게 인사를 그렇게 오래 하나?"

"……!"

"기분 더러울 지경인데. 내 정혼자의 얼굴을 핥아 먹으려고?"

그제야 세베로는 이 남자가 누구인지 깨달았다. 세베로는 얼얼한 충격을 이기며 바로 대답했다.

"셰드 힐데스 왕제님이시군요. 실례했습니다. 오랜만에 황녀님을 뵈니 반가운 마음에…….."

여론을 관리하기 시작하려면 적어도 이 왕제의 심기를 거스르는 일은 없는 게 좋았다. 전쟁터에서 그 많은 대귀족을 구한 왕제라고 하니.

"괜찮아, 셰드."

세베로가 던져진 순간부터 놀랐는지 일어나 있던 라하가 입을 열었다.

"나랑 친하거든."

"친하다고?"

"놔줘. 폐하의 일등 보좌관이기도 해."

셰드가 그제야 세베로의 목을 잡고 있던 손에서 힘을 뺐다. 세베로가 쿨럭쿨럭 기침을 쏟아냈다.

"그랬군. 오해했어."

"……아닙니다."

세베로는 목이 졸려 시뻘게진 얼굴을 가라앉히려 노력했다.

'왕제?'

경황이 없어 제대로 얼굴을 못 봤는데, 이제 보니 알아채지 못한 게 이상할 정도였다. 혈통과 자리가 탄탄한 이 특유의 나른함이 묻어나는 눈. 자신을 잡아먹을 듯 노려보는 눈이 흉흉하기는 했으나 그 근본이 사라지는 건 아니었다.

그런데도 바로 알아채지 못한 건, 왕제의 옷차림 때문이었다. 그는 왕제면서 침노나 걸칠 법한 옷을…….

'아. 젠장.'

왕제가 침노가 되겠다는 조건까지 수락했다는 건 당연히 서류로 봐서 알고 있었다. 하지만 진짜로 저렇게 충실하게 침노로 생활하고 있을 줄이야.

그럼 황녀의 저 몸에 난 수많은 자국들도 이 왕제가 냈겠군. 세베로는 솔직히 정신을 차리기가 어려웠다. 제 멱살을 잡은 이가 태어나 처음이었기 때문이다.

"이리 와, 셰드."

단단히 심기가 상한 맹수처럼, 세베로를 어떻게 죽일까 하고 둘러보는 것 같던 왕제는 순순히 걸음을 옮겼다. 황녀의 손짓에 따라 그녀의 곁에 앉은 왕제는 세베로를 훑어보며 말했다.

"그래도 이해는 안 가는군. 정혼자가 빤히 있는 황족에게 꽃과 보석을 가져오다니. 힐로스드에서 그건 정인에게나 하는 선물이라서."

"……."

"델로는 다른가? 라하."

그 친근한 호명에 세베로는 속으로 충격을 받았다. 이제까지 황녀의 이름을 그대로 부를 수 있던 비슷한 나이 대의 남자는 오직 카르젠뿐이었기 때문이었다. 10년 가까이 그랬다. 덕분에 세베로는 이상한 배덕감마저 느꼈다.

"델로는 안 그래."

라하가 세베로를 보면서 말을 이었다.

"그러니 애정의 의미도 아니지. 내 정인도 아니고."

"……."

"그렇지, 세베로?"

"물론입니다. 황녀님. 그저 제가 좋은 것을 보니 황녀님께 드리고자 싶어서……. 하지만 오해하게 만들었으니 제 잘못이지요."

"그러게. 오해를 사게 만든 것도 잘못이지."

"예……."

세베로는 여전히 목이 졸린 것에 충격을 받은 낯이었다. 라하는 조금은 이해가 갔다. 그래. 저 남자가 악력이 상상 이상으로 세서 말이야. 라하도 침대에서 몇 번씩 충격을 받았는데 이 카르젠의 수족이라고 다를까.

"가 보렴. 세베로. 선물은 고마워."

"아닙……, 니다. 황녀님. 조만간 다시 뵙겠습니다."

세베로는 라하에게 정중하게 인사를 했다. 그리고 반사적으로 셰드를 바라보았다. 그는 여전히 자신을 쳐다보고 있었는데, 눈이 마주치자 어쩐지 움찔하게 되었다. 세베로는 황녀에게 했던 것과 비슷한 예법으로 왕제에게 인사를 했다.

돌아서기 전 흘긋 다시 황녀를 본다. 아까까지는 아름다운 황녀를 얼른 보고 싶다는 탐미적인 욕망에 가까운 시선. 지금은 카르젠의 정적을 확인하는 보좌관으로서의 눈길.

라하는 미소를 짓고 있었다. 옆에 앉은 정혼자를 보면서.

10여 년 전부터, 카르젠이 왜 그렇게 라하에게 집착하는지 마음으로 깨닫고 있는 세베로였다.

방금 전 세베로는 저 왕제에게는, 라하에게 선물한 꽃과 보석이 정인에게 바치는 선물이 아니라고 했다. 사실 자신 말고도 델로에 있는 모든 공자들이 그럴 것이다. 무엇을 선물하든 황족에 대한 진상품에 불과하다고 포장하겠지. 이 꼬이고 꼬인 정국에서 감히 라하 델하르사를 정인으로 삼고 싶어할 미친 남자가 어디 있겠는가?

세베로는 자신이 좀 미쳤다고 인정했다.

그는 라하 델하르사의 서늘한 분위기를 지독하게 사모하니까. 하지만 뭐,

자신 정도면 정상인 축에 속한다고도 생각했다.

한술 더 떠서 황녀에게 반쯤 정신이 나가 있는 카르젠 델하르사, 제 독하고 아름다운 주군이 있으니까.

사실 카르젠에게 타국의 왕제 따위, 별로 중요하지 않을 것이다. 기어이 황녀의 옆자리를 차지했다지만 상관없을 것이다. 문제는…….

황녀의 저 풀어진 눈빛과 생경한 미소였다. 저 얼굴에, 만지면 온기가 얼핏 묻어날 것 같은 낯선 웃음이 머물 줄이야 도대체 누가 알았을까. 사람이 그대로 녹아 손아귀 밖으로 죄 빠져나갈 것 같았다.

그렇다면 불안감을 느끼는 되는 사람도 생기지 않겠는가. 이제껏 얼음 같던 황녀를 품 안 가득 억지로 움켜쥐고 있던 이가 광활한 제국을 통틀어 단 한 명, 있었으니까.

'블레이크 듀크 그 멍청한 자식…….'

도대체 그놈은 검만 잡을 줄 알지. 편지로 이런 중요한 것도 전하지 않고 뭘 하고 있었어? 윈스턴 공작이 방방 날뛰는 소식이 중요한 게 아니잖아, 지금.

세베로 크라수스는 고개 한 번 들지 않고 황녀의 궁을 빠져나왔다.

* * *

"야!"

퍽.

만나자마자 주먹으로 맞을 뻔한 블레이크 듀크는 기가 막힌다는 표정을 지었다.

"황녀님한테 뺨이라도 맞았나? 왜 이래."

"차라리 뺨을 맞는 게 낫지."

"그럼 정신 차리고 걸어라. 폐하께서 부르신다."

"젠장……."

세베로는 씩씩거리며 걸음을 옮겼다.

"황녀님은 정말 빌어먹게도 여전하시네."

하.

분노가 가라앉고 나니 머리가 팽팽 돌아갔다. 라하 델하르사는 여전히 자신 같은 이들의 심장을 뛰게 하는 냉혈한이었다. 카르젠이라는 잔인하지만 뛰어난 적통 황족에게 반한 인재들이 얼마나 많았던가? 슬프게도 라하 델하르사 역시 제 쌍둥이와 같은 종류였다.

잔인하지만 뛰어나고, 그러면서도 몸에 피 대신 얼음물이 돌 것 같아 사람을 돌게 한다.

사실 세베로 크라수스도 그랬다. 라하를 먼저 만났다면 분명 그녀를 주군으로 모셨을 것이다.

"여전히 너무 똑똑하시고."

세베로는 라하에게 사막의 귀한 꽃을 선물했다. 하지만 라하는 어디서 가져온 꽃이냐고 묻지조차 않았다.

꽃 한 송이를 선물함으로써, 자신이 다녀온 곳을 라하에게 암시해 주고 그녀의 의중을 떠보려던 세베로의 작전이 거하게 실패한 것이다.

사막에서도 구하기 몹시 힘든 꽃이긴 했지만 라하는 알고 있을 것이다. 적통 황녀가, 그것도 현자의 제자였던 궁의를 데리고 있는 그녀가 그 꽃의 출처를 모를 리가 없었다.

현자들이 사막으로 떠난 것을 대륙의 모두가 알고 있는 이때. 실종되다 시피 했던 황제의 일등 보좌관이 사막에 다녀온 듯한 징표를 내미는데도 라하는 아무것도 묻지 않았다.

한 마디라도 떠보았으면 모를까. 황녀가 묻지 않는데 세베로가 의미심장한 말을 할 수도 없었다. 어떻게도 그녀를 불안하게 할 수 없다는 소리였다. 사람을 들쑤셔 놓아야 했는데. 그래야 세베로가 없던 동안 무슨 일을 꾸며

놓았어도 빈틈이 생길 텐데.

약간의 조급함만 내비춰 준다면. 황녀가 꾸민 어떤 일도 말아먹게 할 자신이 있었는데.

결국 세베로의 정보만 줘 버린 꼴이었다. 세베로가 투덜댔다.

"어쩜 황녀님께선 이렇게 빈틈이 없으신지. 여전하시네."

뭐, 그리 중요한 정보는 아니었지만. 라하 델하르사는 속의 말을 잘 하는 성격이 아니라 대화의 물꼬를 틀 기회도 잘 오지 않아서 더 애가 탔다.

"부모한테 그렇게 학대당했는데 어떻게 그렇게 똑똑하지?"

"제발 입 좀 다물어라."

"진심이란 말이야."

세베로가 얼마나 라하를 경계했는지 이놈은 잘 알지도 못할 것이다. 후계자의 징표를 가지기까지 한, 카르젠과 너무도 닮은 적통 쌍둥이. 반드시 카르젠의 발목을 잡을 게 뻔해 날개를 잘라 내려 했다.

그래서 먼저 카르젠의 마음을 뜨게 하려고 했다.

아름다운 것 때문에 라하를 사랑하는 거라면, 그녀의 미모를 잃게 하면 된다. 하지만 실패했다. 라하가 술독에 빠져 해골처럼 말라비틀어지든 말든, 카르젠이 보이는 관심은 전혀 줄어들지 않았다.

"그래서 정말 아쉬워. 실패한 김에 계속 술이나 드시다가 백치가 되시길 진심으로 바랐는데……."

"……."

"그 하르셀인가 뭐가 하던 궁의 놈은 왜 황녀님을 원 상태로 돌려놨냐는 말이야. 황녀님을 술에 중독시키려고 내가 얼마나 고생했는데."

"……."

블레이크는 이마를 슬쩍 찌푸렸다. 차라리 대놓고 황녀를 싫어하는 자신이 정상이었지, 이놈은…….

"빨리 걸어라. 대회의가 시작되기 전엔 폐하를 뵈어야지."

"그래. 가 봐야지."

* * *

"힘 조절 잘하네. 셰드."

세베로가 궁을 떠났다는 말을 듣고 라하가 꺼낸 첫 마디였다. 셰드는 라하 쪽으로 완전히 몸을 튼 채 대답했다.

"네가 외상은 입히지 말라고 했잖아. 하라는 대로 따라 드려야지."

라하가 빙그레 웃었다.

"고마워. 난 걔가 싫어서."

"그래."

"왜 싫은지 안 물어봐?"

"물어볼 이유가 있나? 나도 그놈이 싫었으니 피차 이득이지."

"싫다고?"

라하가 고개를 갸웃했다. 오늘 처음 만났으면서 왜 싫지? 카르젠의 수족이라 그런가?

"왜?"

"네 손등을 핥을 것 같은 표정으로 쳐다보던데 내버려 두라고?"

"무슨……. 그래서 바닥에 내던진 거야?"

라하는 세베로가 왔다는 말에 적당히 겁만 줄 수 있냐고 셰드에게 물었다. 그가 선선히 수락하기에 약간 불안해져서, 뼈는 부러뜨리면 안 되고 얼굴에도 상처를 내면 안 된다고 덧붙이긴 했지만.

"표정이나 그렇지. 실제로 핥지도 못해."

"넌 침노들에게 익숙해져 있어서 그런지 모르겠는데, 라하."

셰드는 한숨을 내쉬었다.

"핥든 못 핥든 네게 그딴 표정을 지어도 되는 게 네 침노들 말고 없지 않나."

"침노들은 그런 표정 안 지어. 다 금방 죽으니까."

"살아 있는 놈들도 있잖아."

"셰드."

라하가 이마를 약하게 찌푸렸다.

"걔네도 혹시 죽이고 싶은 건 아니지?"

셰드는 의외로 순순히 대답했다.

"반쯤은."

"죽이면 안 돼."

"안 죽여."

"반쯤 죽이고 싶다며."

"반은 살릴 생각이 있다는 거지. 네가 싫어하잖아."

"내가 싫어하면 안 해?"

"네가 싫어할 짓을 내가 왜 하지?"

이해가 안 간다는 듯한 반문. 셰드가 이럴 때마다 라하는 묘한 낯설음을 느꼈다.

"내가 그 침노들하고 몸을 섞어도?"

순간 셰드의 눈썹이 가볍게 일그러졌다.

"그래야지."

"너는……."

라하가 천천히 물었다.

"내가 이런 말을 해도 화가 나지 않아?"

그녀를 물끄러미 응시하던 셰드가 미소를 엷게 지었다.

"숨이 좀 막히기는 한데 그게 화인가?"

이럴 때도 또.

자신을 사랑한다던 모든 사람이 그녀에게 잔인하게 굴었던지라, 라하는 셰드의 이런 반응과 태도가 매번 불편하고 이상했다. 왜 그녀가 정말로 상처를 준 사람은, 그녀에게 잔인하게 굴지 않는 걸까?

"라하."

부르는 목소리에 고개를 들어올린다.

"내가 네게 화를 내길 바라는 거면."

"……."

"그런 거라고 확실히 말을 하지. 이런 식으로 말하지 말고."

화를 내기를 바란다고.

셰드의 말을 듣는 그 순간 라하는 무언가로 마음이 깊게 찔린 기분이 들었다. 매번 카르젠에게 느꼈던, 말과 행위로 난도질당하는 기분은 아니었다. 그보다는 단단히 껍질을 이루고 닫혀 있던 것을 깨부수고, 웅크리고 있던 속이 끄집어내지는 것과 비슷한 기분이었다.

하지만 그게 조금 더 끔찍했다. 속까지 낱낱이 벗겨져 파헤쳐지는 기분이 달가울 사람이 어디 있을까. 차라리 그 안에 있는 게 동화 속에나 나올 법한 아름다운 것이라면 모를까. 라하가 가슴속 깊이 품고 있는 건 그저…….

그저.

죽고 싶다는 소망뿐이질 않던가. 그마저도 이 남자는 이미 어렴풋이 눈치채고 있는 것을.

그래. 사실 라하는 셰드가 화를 내기를 바랐다. 매번 이렇게 다정하다가도 자신에게 서서히, 조금씩, 확실히 질리기를 바랐다. 마지막엔 그래도 조금 덜 슬프기를 바라서. 그가 덜 슬프기를 바라는 건지 자신이 덜 슬프길 바라는 건지는 알 수 없지만. 깊게 생각하고 싶지 않아 늘 뭉뚱그려 놓았던 마음이었다.

그 길디긴 생각의 단초를 붙잡는 이 남자가, 도대체…….

셰드는 여전히 자신을 보고 있었다. 라하가 생각을 되짚고 마음을 감추는 그 동안 단 한 번도 자신에게서 시선을 떼지 않았다. 손에 힘이 들어갔다. 라하는 유치한 거짓말이 그대로 까발려진 어린애가 된 듯한 무력감을 느꼈다.

그녀의 눈초리가 서서히 날카로워졌다.

"그런 거라고 말하면 어떻게 할 건데."

약간의 침묵이 흘렀다. 셰드는 눈길을 옮겨, 힘을 주느라 뼈가 희게 도드라진 라하의 손등을 보았다. 그가 그녀의 손을 잡았다. 라하의 시선이 그쪽으로 내려간 순간, 다른 쪽 손으로 턱이 붙잡혔다. 그대로 입을 맞춰 온다.

셰드의 입술이 닿고서야, 라하는 자신의 체온이 많이 떨어져 있었다는 사실을 알았다. 열기가 천천히 고여 몸 안으로 흐른다. 셰드는 오래 입을 맞추지 않고 고개를 들어올렸다.

"넌 화가 나면 이러더군."

"……."

"그러니 나도 이렇게 해 줘야지. 네게 배운 게 이런 거라서."

라하는 서서히 입을 다물었다. 그가 언제를 말하는 것인지 모를 수가 없었다. 이 남자가 그저 신성국의 포로로서 제게 진상되었던 겨울. 라하가 정신이 나갈 정도로 화가 났던 날이 있었지. 노예들의 시체와 밤을 보낸다는 걸 이 남자가 알았던 날.

감히 자신을 동정하는 거냐고 그에게 물었다. 대답은 돌아오지 않았으나 모를 수가 없었다. 자신을 가엽게 여기는 게 분명했던 그 건방진 뺨을 내리치고도 분이 풀리지 않았던, 라하에게는 악몽 같았던 그 밤. 피가 터진 입을 붙잡고 멋대로 입을 맞췄던…….

목 아래가 일렁였다. 눈시울에 열이 몰리는 기분에, 라하는 천천히 말문을 열었다.

"잊었는지 모르겠는데, 그날 난 네 뺨도 때렸어."

셰드는 무심하게 대답했다.

"네게 배운 걸 그대로 하면 지금 널 침대로 끌고 가서 벗겨야 해."

"……."

"너만 좋다면 하지. 그런데 조금 있으면 나가야 한다고 하지 않았나?"

라하가 입술을 당겨 물었다. 셰드의 말이 맞았다. 오늘은 자멜라와 팔츠 궁정백을 함께 만나 황궁의 정원에 대해 얘기를 나누기로 약속한 날이었다.

셰드는 라하를 물끄러미 보다가 그녀 쪽으로 몸을 숙였다. 목 끝까지 올라온 옷깃을 내리고 혀를 내밀어 피부를 핥자 라하가 바로 당황했다. 그냥 하는 말이 아니라는 걸 깨달은 것이다. 라하가 결국 셰드의 뺨을 붙잡아 밀어냈다.

"……지금은 안 되겠어. 밤에 돌아와서 해."

"지금 하자며."

"시간이 너무 오래 걸리잖아. 약속을 취소할 수도 없단 말이야."

셰드가 결국 피식 웃었다. 그는 제 뺨을 붙잡은 라하의 손을 잡아 가볍게 입을 맞췄다.

"네가 좋을 대로."

* * *

"카르젠 폐하."

세베로가 환하게 웃었다.

"제 주군께 실로 오랜만에 인사 올립니다."

카르젠은 피곤한 눈두덩을 꾹꾹 누르면서 세베로를 내려다보았다. 그는 궁중 마법사 레시스와 함께 서 있었다.

"세베로."

카르젠이 물었다.

"라하를 보고 왔다고."

"아. 블레이크 경이 벌써 말씀 올렸습니까? 예. 폐하께서 대회의 중이라 하셔서 황녀님부터 먼저 뵙고 왔습니다."

"어떻더냐?"

"그분의 정혼자께 멱살이 잡히고 왔습니다."

카르젠이 턱을 가볍게 기울였다.

"왕제가 라하의 초상화를 보고 반했다지."

"그러실 만했습니다. 황녀님은 어릴 때부터 아름다우셨지요."

카르젠은 싱긋 웃는 세베로를 흘긋한 후, 귀머거리 시종이 들고 올라온 징표를 살펴보았다.

계승자의 징표. 델로 제국의 보물 중 하나였다. 황궁 중앙 정원에 보관되어 있는 거대한 징표와 성력으로 연결된 미니어처기도 했다. 원래는 두 개인데, 다른 하나는 선황이 보관하고 있었다.

선황은 카르젠에게 다른 건 다 내어 주었으나 그 두 개만은 본인이 직접 보관했다. 하지만 몇 년 전, 카르젠은 이 미니어처 징표를 청해 하나를 받아 왔다.

미니어처 징표에는 온갖 마법적 처치가 빼곡했다. 모양 탓인지, 얼핏 보면 상처가 무수히 새겨진 비석 같기도 했다.

"레시스."

카르젠이 징표를 손끝으로 돌려보며 입을 열었다.

"라하가 몸이 좋지 않아 침노를 더 넣어 줄 수가 없다고는 말해 주었지."

레시스가 식은땀을 흘리며 대답했다.

"……예, 폐하."

"정말로 침노들의 인술 때문에 부작용으로 라하의 몸이 약해진 게 아니냐?"

"아닙니다. 폐하! 황녀님이 그때 도망친 침노 때문에 심하게 상심하셔서 그런 것입니다. 하지만 다행히 연구도 거의 다 진척을 이루었습니다. 정말입니다."

연구.

그 몇 년간, 황녀에게 바쳐지는 그 수많은 침노의 몸에 직접 인술을 새겼던 마법사는 그리 말했다.

카르젠은 심드렁하게 말했다.

"창공의 눈동자를 파훼하려는 연구는 어디에나 있었지."

"그렇습니다……."

몇백 년이나 대륙 최강자의 위상을 굳혀 왔던 델로 제국이다. 그들의 지배에 반기를 들고 싶어 하는 이들은 언제나 있었고, 그래서 델하르사 황실을 지켜 주는 가장 직접적인 신의 축복, '창공의 눈동자'를 없애려는 연구는 항시 진행되고 있었다.

물론 금단이었다. 끝까지 이어지는 경우도 없었다. 그 전에 이미 자금줄이 막히거나 혹은 적발당해 죽었으니까.

하지만 미완성의 조각들도 이어 붙이면 쓸모 있는 스프레드가 완성되는 법. 카르젠의 마법사인 레시스는 그런 식으로 아주 구미가 당기는 연구를 선보였다.

카르젠이 일평생 열망해 왔던 것들.

창공의 눈동자와 라하 델하르사를 동시에 얻을 수 있는 방법.

"레시스. 황녀님의 눈동자에 인술을 똑바로 새겨 넣으려면 얼마나 더 걸립니까?"

세베로가 천진난만한 어조로 묻자 레시스가 식은땀을 뻘뻘 흘렸다.

그렇지 않아도 힐로스드의 왕제가 황녀에게 청혼한 이후 기분이 좋지 않은 카르젠이다. 카르젠의 심기를 거스르고 싶지 않은 레시스가 최대한 조심스러운 어조로 말했다.

"……1년 정도는 더 걸릴 듯합니다."

"생각보다는 짧구나."

다행히도 카르젠의 반응은 온건했다. 카르젠의 손이 허공의 무언가를 움켜쥐듯 천천히 모아졌다가 펴졌다.

레시스는 물론, 세베로 역시 그 행위가 무슨 뜻인지 잘 알고 있었다.

"라하는 아무것도 모르지."

카르젠의 조소 섞인 중얼거림대로, 라하 델하르사는 아무것도 몰랐다. 그가 그녀를 만질 때마다 어떤 섬뜩함을 느끼고 있는지.

라하의 피부를 만질 때마다 수천 개의 날붙이가 목 위로 서걱거리는 환각. 분명한 죽음의 느낌이 카르젠을 압도시켰다.

그래.

라하 델하르사는 웃는 얼굴 아래, 카르젠이 자신을 만지는 걸 극도로 혐오하고 있었다. 그녀는 아마 완벽히 숨기고 있다고 여기겠지. 그 사랑스러운 미소에 자신이 완전히 속고 있다고 생각하겠지.

피식 웃음이 나왔다. 사실 누구라도 그럴 것이다. 오직 라하를 직접 탐하고 있는 카르젠만이 알고 있는 사실이니.

"'계승자의 눈'이란 참으로 대단하단 말이야."

카르젠이 중얼거렸다. 그 빌어먹을 창공의 눈만 아니었으면 카르젠은 이미 라하를 침대로 끌고 가고도 남았을 것이다. 하지만 폭군의 난폭한 욕망으로도 감히 제압할 수 없는 것이 '계승자의 눈'이었다. 라하는 그토록 완벽하게 보호받고 있었다.

선황이 일부러 라하에게 말해 주지 않아, 그녀는 전혀 모르고 있을 테지만.

"이젠 좀 더 만져도 괜찮더군."

카르젠이 중얼거렸다. 실제로 그랬다. 라하의 가슴 바로 위까지 손을 올려 보아도 그 끔찍한 감각이 나타나지 않았다.

처음엔 라하의 손을 잡으려고 해도 극심한 감각이 몰려왔다. 하지만 레시스의 연구가 진행될수록, 인술이 새겨진 노예들의 수가 뚜렷하게 불어날수록 카르젠은 라하의 좀 더 많은 부분을 멋대로 만질 수 있게 되었다.

손가락. 손. 팔. 어깨. 허리. 얼굴. 목.

카르젠이 이마를 약하게 일그러뜨리며 중얼거렸다.

"징표는 아직 괜찮나?"

"예, 폐하."

카르젠의 잿빛 눈동자가 유심히 징표를 살폈다.

실험은 몇 년째 순항 중이었다. 레시스가 이 징표를 받아 와야만 실험을 할 수 있다 하여, 선황의 난색에도 받아 온 값은 하고 있었다. 아마 힐로스드의 왕제가 돌연 나타나 라하를 청하지만 않았어도, 카르젠은 느긋하게 레시스의 실험이 성공하기를 기다렸을 것이다.

"좀 더 서둘러라. 힐로스드로 라하가 떠나면 다시 데려오기 까다로우니."

"물론입니다. 폐하. 여부가 있겠습니까……."

레시스는 마른침을 꿀꺽 삼켰다. 그의 성공과 인생의 목표가 전부 저 작은 미니어처, 성력으로 연결된 델하르사의 징표에 걸려 있었다.

'실험만 성공하면.'

카르젠은 레시스에게 약속했었다.

라하의 눈동자에 완전히 인술을 새기는 그날. 카르젠은 델로의 군주로서 신성국에 전면전을 선포하겠다고. 수많은 제국민과 왕국민들의 정신적 지주 자리를 지키고 있는 신성국을 격하시키고, 대신 그 자리에 마탑을 세워 주겠다고.

대신관들이 받는 모든 존경과 권위, 명예는 이제 자신과 같은 비주류인 마법사들에게 넘어오게 되는 것이다.

그러니 레시스는 언제나 최선을 다해 연구를 하고, 침노들의 몸에 인술을 새겨 황녀의 내궁으로 끌고 가곤 했다.

"황녀님이 매번 침노들과 함께 잠들어 주시는 게 참 다행입니다."

레시스가 슬며시 입을 열었다. 카르젠이 한쪽 손으로 턱을 괴고 느른하게 눈을 깜빡였다.

"내 쌍둥이는 마음이 약하니까."

"예. 정말로 곱고 약하시지요."

카르젠이 피식 웃었다. 옆을 보니 세베로는 그 말에 반박하고 싶어 하는 기색이 역력했다. 우스웠다. 세베로는 라하의 얼굴에 반해 좋아 죽겠다는 티를 감추지도 못하는 주제에, 그 누구보다 라하가 차갑고 냉정하다고 귀에 피가 나게 떠드는 놈이었다.

근위대장인 블레이크 듀크도 은근히 동조하는 눈치였고.

하지만 카르젠은 들은 척도 하지 않았다. 차갑고 냉정하다니.

이들은 라하를 몰라서 그리 떠들 수 있는 것이다.

숨이 멎어 가는 침노들을 앞에 두고, 무릎을 끌어안고 멍하니 굳어 있던 라하를 못 보니 그렇게 착각이나 하는 거지.

"라하, 라하 델하르사."

시체들과 구분이 안 가던 차갑게 식은 체온. 추운 줄도 모르고 멎어 있던 몸. 오직 카르젠의 손길에만 맹렬한 증오와 거부 반응을 보이는 '계승자의 눈'.

"내 쌍둥이는 어떻게 이렇게 불쌍할까."

그때 라하의 눈동자가 얼마나 끔찍하게 떨렸는지.

그녀는 모른다. 자신의 그 너절한 다정함이 결국 스스로의 눈동자에 인술을 새길 시간에 박차를 가한다는 사실을.

라하의 눈동자가 분노와 모멸감으로 짙어지는 걸 알면서도, 카르젠은 라하가 가여워 그저 웃음만 머금었다.

여리고 가냘픈 내 쌍둥이.

연약하고 가엽기만 한 아름다운 황녀.

"폐하. 슬슬 황녀님의 건강이 좋아지시는 것 같던데, 다시 침노를 전처럼 계속 새롭게 넣어 주시면⋯⋯."

"안 된다."

"……."

카르젠이 얼굴을 찌푸렸다.

"힐로스드의 왕제를 침노로 처넣은 것에 대해 불만이 많아. 쓸모없는 놈들이 입방정은 얼마나 떨어 대던지."

13왕국 연합에서 끌고 온 침노들을 선물한 것만으로도 불만이 폭주 중이었다. 이전처럼 라하에게 하루가 멀다 하고 침노를 밀어 넣었다가는, 카르젠 스스로 '영원한 우방'으로 칭한 힐로스드에게 큰 모욕을 주는 것으로 해석될 가능성이 농후했다.

카르젠은 정복 군주였고, 그 타이틀을 버릴 생각이 없었다. 국혼을 치르면 다시 전쟁은 재개될 것이고, 전투에서 도움을 받은 우방을 조롱할 만큼 멍청하지도 않았다.

"하지만 전처럼은 안 되어도, 몇 번 흥을 돋우며 선물할 수는 있지. 게다가 세베로가 사막에서 성물도 제대로 빼돌려 가져오지 않았느냐."

"황공합니다, 폐하. 덕분에 델로 제국의 소중한 징표에는 무리가 가지 않는다니 영광이기만 합니다."

현자들을 피해 세베로가 몰래 사막에서 빼돌린 성물. 이것이 있으면 징표에는 아무런 피해도 가지 않게 될 것이리라.

카르젠은 여전히 '창공의 눈'이 필요했다. 그것이 건재하기 때문에 카르젠은 죽음의 공포를 거의 느끼지 않았다. 창공의 눈은 어찌 되었든 황족 전체에게 분명한 보호의 힘을 갖다주고 있었으니까.

1년만 라하를 황궁에 붙잡아 놓고 있으면 된다. 그동안 그녀가 그 빌어먹을 정혼자와 뒹굴든, 다른 침노들을 데리고 몇 명이서 즐기든. 설령 난교를 하겠다고 해도 이젠 관대히 넘어가 줄 수 있었다.

"폐하. 대회의를 재개하실 시간이옵니다."

똑똑, 문을 두드리고 들어온 시종장이 공손한 목소리로 알렸다. 카르젠은 흡족한 미소를 머금고 자리에서 일어났다.

"아버지. 잘하셔야 합니다."

대회의장 밖. 근위대장 블레이크는 듀크 후작에게 빠르게 속삭였다. 듀크 후작은 블레이크의 어깨를 툭툭 두드리고 대회의장으로 들어갔다.

"지고하신 황제 폐하께 감히 아뢰옵니다."

수많은 귀족들이 엄숙히 자리를 지키고 있는 대회의장에서, 듀크 후작은 홀로 일어나 발언했다.

"현자들이 돌아오시기 전까지, 폐하의 국혼과 황녀님의 결혼식을 미루기를 요청드립니다."

"……?"

뜻밖의 말에 귀족들이 한 차례 크게 술렁였다.

"현자들이 돌아오시려면 적어도 1년은 걸리지 않습니까?"

"맞습니다. 올해 봄에 국혼을 치르기로 되어 있지 않습니까."

"하지만 또 틀린 말은 아니지요. 국혼에 현자들이 계시지 않다면 그 얼마나 권위가 없겠습니까."

"아무리 그래도 1년은 너무 늦습니다."

귀족들이 떠들어 대는 동안에도 카르젠은 별달리 표정 변화가 없었다. 윈스턴 공작은 그의 무표정한 얼굴을 보고 깨달았다.

'듀크 후작이 폐하께 지령을 받았나 보군.'

카르젠이 혼인에 그렇게 관심이 없다는 건 대귀족들이라면 거의 다 알았다. 에스더 공작이 이야기하지 않았다면 저 창창한 나이에 아직도 약혼녀도 없었을 것이다. 예로부터 혈기왕성한 군주들은 결혼을 번거로워하는 경향이 있지만……

'안 될 일이지.'

국혼과 황후 책봉식은 빠르면 빠를수록 윈스턴 공작에게 이득이었다.

게다가 황녀의 결혼식은 왜 미루자는 건가? 빨리 힐로스드로 치워 버리고 싶은데. 윈스턴 공작은 이를 갈면서 자신에게 발언권이 넘어올 순서를 기다렸다.

"에스더 공작은 이 의안을 어떻게 생각하지?"

가장 발언권 서열이 높은 에스더 공작이 자리에서 일어났다. 그녀는 심드렁한 얼굴이었다.

'내 편을 들어주진 않겠군.'

에스더 공작은 제멋대로였다. 그리고 유구한 중립파이기도 했다. 물론 보르본 백작 부인이 선황후에게 독살당하고, 그때부턴 라하를 싫어하는 걸 굳이 감추지도 않았지만.

그런 주제에 힐로스드의 왕제와의 결혼을 적극 찬성했다는 점도 우스웠다. 사교계에서는 에스더 공작이 라하 황녀를 꼴 보기 싫어해서 저 먼 서부 왕국으로 내쫓으려는 게 틀림없다고 떠들었다.

"폐하."

이 모든 무성한 소문에 관심이 없는 것 같은 에스더 공작은 평소와 같은 표정으로 말을 이었다.

"저 역시 그렇게 생각합니다. 현자의 축복을 받은 델로 제국입니다. 다른 것도 아니고 국혼에 현자들이 참석하지 않는다면 예법에 어긋납니다."

"에스더 공작의 의견도 그러한가."

"예. 그러니……."

에스더 공작은 흘긋 듀크 후작을 바라보았다.

"사막의 젖줄과 유기적인 연결 고리를 갖고 있는 에스더의 상단을 적극 이용하겠습니다."

뜻밖의 말이었다. 카르젠의 미간에 작은 주름이 잡혔다.

"에스더는 황실에 대한 경애를 표하며, 사적인 비용을 들여서라도 현자들을 적어도 봄 안에 모셔 오겠습니다."

"……!"

상당한 사재를 오직 황제의 국혼을 위해 쓰겠다는 에스더 공작의 말에 귀족들이 수군거렸다. 에스더 공작이 듀크 후작에게 물었다.

"듀크 후작, 어떻습니까?"

"그……."

듀크 후작의 하나만 남은 눈이 순간 당황으로 물들었다.

"듀크 후작?"

"예. 에스더 공작……. 에스더 가문이 황가에 바치는 경애를 듀크는 진심으로 존경하는 바입니다."

에스더 공작은 가볍게 고개를 끄덕이고 다시 자리에 앉았다. 이윽고 공작들에게 차례로 내려오는 발언 자리에서 다른 의견이 나오지 않았다. 외려 에스더 공작이 이렇게까지 황제의 결혼식에 신경을 쓰는 모습을 보였으니, 공작들은 약간 초조해질 수밖에 없었다.

"윈스턴 역시 최선을 다해 황녀님의 혼수를 준비해야겠습니다."

윈스턴 공작이 정중하게 하는 말에 카르젠의 표정이 가볍게 굳었지만, 그뿐이었다.

얼마 후, 에스더 가문이 운영하는 상단이 사막으로 출발하였다는 소식이 델로의 사교계에 쫙 퍼졌다.

* * *

"덕분에 국혼까지 3개월이 남았군요."

"예. 윈스턴 공작이 요즘 입이 찢어집니다."

"황녀님과 힐로스드의 왕제님의 결혼도 그 주에 바로 진행한다지 뭡니까."

"자멜라 윈스턴 영애와 황녀님의 우정이 보통이 아니라지요. 그러니 윈스턴에서 그리 열심히 준비하는 이유가 있습니다."

귀족들은 만났다 하면 국혼 얘기를 했다. 라하의 결혼식 이야기도 함께였다.

윈스턴은 불도저처럼 라하의 혼수를 준비하고 있었다. 황녀의 결혼식은 이미 예산이 다 준비되어 있음에도, 요즘 하는 것만 보면 윈스턴에서 다른 딸을 하나 시집보내는 것처럼 아끼지 않고 돈을 쏟아부었다.

라하는 내내 심드렁한 표정이었지만 윈스턴 공작은 굴하지 않았다.

"공작의 여식 혼수나 신경 쓰지 그래요."

"물론 신경 쓰고 있습니다. 하지만 저는 델하르사의 영원한 가신으로서 당연히 황녀님의 혼수를 신경 써야 하지요."

"누가 보면 날 내일 당장이라도 보내고 싶어 하는 줄 알겠어요."

허를 찔린 윈스턴 공작이 헛기침을 했다.

"그럴 리가 있겠습니까. 황녀님. 폐하께 청해 델로에 영지를 하나 달라고 하십시오."

"영지는 왜요?"

"힐로스드 역시 좋지만 아무리 그래도 델로에도 묵으실 곳이 있어야 하지 않으시겠습니까? 가끔 별장이다, 생각하고 놀러 오시면 얼마나 좋겠습니까."

"나는 돌아오면 황궁에나 돌아오면 되지 영지가 필요하진 않을 텐데. 내가 황궁에 돌아오는 게 싫은가 봐요."

"그럴 리 있겠습니까? 하지만 황녀님. 제 여식은 공간을 꾸미는 걸 좋아하고, 황후가 되면 황궁을 손질하느라 정신이 없을 겁니다. 혹 황녀님의 공간까지 제 여식의 손이 닿으면 황녀님께서 불쾌하시지 않을까 싶어서 말씀드린 겁니다."

라하가 피식 웃었다.

"마음대로 하라고 해요. 국혼 후엔 내 궁을 무너뜨려도 상관 안 할 테니까."

"황녀님! 어인 말씀이십니까! 제 여식이 그렇게 무도하지는 않습니다."

윈스턴 공작의 말을 한 귀로 흘려들으며, 라하는 아름다운 혼수품들을 보았다. 흘러내리는 귀한 옷감들은 손대기 아까울 정도로 으리으리한 광택이 흘렀다.

'현자들이 돌아오는구나.'

대대로 현자들은 철저히 황제를 위한 결정을 내렸다. 황제의 결정에 순응했고 황제가 건강을 잃으면 최선을 다해 치료 방법을 연구했으며, 황제가 서거하면 몹시도 슬퍼하며 3년을 칩거했다.

처음 '계승자의 눈'을 가졌다는 델로의 시조와 긴밀히 협력할 때부터 그들의 사랑은 끊어지지 않았다.

그래서 선황이 '계승자의 눈'을 가진 라하가 아닌, 카르젠에게 황위를 넘기겠다는 말에도 아무런 이의를 제기하지 않았다.

다만 카르젠의 편을 들지도 않았다.

'대답을 회피라도 하듯이 사막으로 떠나 버렸으니까.'

돌아오면 이번엔 확실하게 누가 황제의 재목인지, 그런 이야기를 할 게 분명했다.

라하는 크게 관심 없었지만…… 귀족들은 생각이 다를 것이다. 카르젠의 생각 역시 다르겠지.

현자들은 전통을 중시하니 라하를 지지할 수도 있지만, 그러지 않기를 바랐다. 그래 봤자 피바람밖에 더 불겠는가. 셰드의 청혼이 회수될 수도 있는 노릇이고.

"황녀님."

"왜요, 공작."

"국혼 전에 힐로스드에 한번 다녀와 보시는 건 어떠십니까?"

"……?"

* * *

“아버지. 아무리 그래도 황녀님에게 힐로스드에 다녀와 보라고 하시다 니요.”

자멜라가 얼굴을 찌푸리고 타박했다.

“폐하께서 허락하실 리가 없잖아요.”

“자멜라. 너도 좀 당당해질 필요가 있다. 3개월 후면 너는 이 델로의 황 후인데, 나는 황후의 아비가 되는 거란 말이다. 황제의 장인이지. 그 정도 의견도 농담으로 말을 못 하겠느냐?”

“아버지. 황녀님이 오늘 그 요청을 거절하지 않으셨으면 폐하께 말씀을 올리셨을 텐데…… 국혼 전에 꼭 그리 농을 하셔야 하나요?”

“내 딸이 이리 겁이 많아서야.”

윈스턴 공작이 이마를 찌푸렸다.

“황녀님을 좀 닮아 보거라. 그분은 내가 어떤 말로 공격하든 눈도 꿈쩍 안 하시니까.”

“말 나온 김에 드리는 말씀인데, 황녀님 공격도 그만하세요. 어차피 힐로 스드로 떠나실 분이잖아요. 제가 황후가 되면 황궁에 계시기 불편하실 거라 는 얘기는 또 왜 하셨다는 거예요?”

“넌 잘 몰라서 그렇지. 황녀는…… 황궁에 계시지 않는 게 좋아. 됐다. 그만 얘기하자꾸나. 도대체 너는 잔소리가 너무 심해. 죽은 네 어미를 닮아 서 그런지.”

혀를 찬 윈스턴 공작이 휙 응접실을 나가 버렸다. 자멜라는 한숨을 내쉬며 중얼거렸다.

“저도 알아요.”

황녀는 황궁에 없어야 좋다는 걸. 카르젠의 눈에 닿지 않는 곳에 있어야 그녀가 평온할 것이라는 사실을.

곧 자신의 남편이 될 이 델로의 지고한 황제는, 아무래도······. 자멜라는 습관처럼 찻잔 위에 비춰진 자신의 눈동자를 들여다보았다.

얼마 있지 않아 차를 마셔 버렸지만.

* * *

대회의가 진행되는 동안 황궁은 평화로웠다.

지지부진하던 카르젠의 국혼은 듀크 후작이 올린 의안이 에스더 공작에 의해 보충되면서 늦은 봄에 진행되기로 공식적으로 발표까지 났다.

"훗······."

라하는 셰드에게 붙잡힌 두 손목을 빼내려 했지만 힘이 너무 차이가 났다. 그녀는 입 안으로 밀려들어 오는 열기에 신음을 내뱉었다. 혀뿌리까지 옭아 매는 느낌이 적나라했다. 등 뒤로는 시트. 가슴 앞으로는 이 남자의 두꺼운 몸. 잡힌 두 손목은 꼼짝도 할 수 없었고, 라하의 뺨이 점점 붉어지기 시작 했다.

처음에는 그저 셰드의 품에 안겨 서류를 보고 있었다. 국혼을 준비해야 하는데 이건 자멜라가 할 수 있는 일이 아니었다. 어차피 자멜라는 라하의 결혼식을 준비하느라 또 바빴다. 서로가 서로의 결혼식을 준비한다는 게 웃겼지만, 당장 황궁에 있는 황족의 수가 지나칠 정도로 적어서 어쩔 수가 없었다.

따지고 보면 자멜라는 아직 황족도 아니었고.

그래서 라하는 침궁으로 돌아와도 늦게까지 서류를 봐야 했다. 처음에는 의자에 앉아서 서류를 보다가, 몇 시간쯤 지나니 셰드의 품에 안긴 채로 읽 게 됐다. 그때까지는 별 문제가 없었는데······.

정신을 차리고 시계를 보니 두 시간이 훅 지나가 있었다. 서류에 푹 빠져 있던 라하는 그제야 뒤를 돌아보았다. 셰드가 예의 그 느긋한 얼굴로 자신을 보고 있었다. 불편하지 않느냐고 물어 봤자 안 불편하다는 대답이나 할 게 뻔한 그 낯.

라하는 셰드에게 먼저 자라고 하는 뻔한 배려 대신 그의 손을 잡아 가슴 위에 올렸다.

"뭐 하는 거지?"

"내 몸 좋아하잖아."

"그래서 만지라고?"

"싫어?"

"싫을 리가."

셰드는 라하의 둥글고 부드러운 가슴을 천천히 주물렀다. 처음엔 아프지도 않게. 얇은 옷감 아래서 일그러지는 감촉이 손에 감겼다. 솔직히 말하자면 그녀와 처음 잤던 날이 떠오르기도 했다. 그날 이 지나치게 신분 높은 황녀는, 자신을 가여운 가축처럼 대했다.

그렇다고 해서 특별히 사감이 들었던 건 아니다. 매주 수많은 침노들의 죽음을 버겁게 받아들이고, 잠자리의 방법을 그렇게 배운 황족답다는 생각이나 들었지. 이마저도 신성국으로 돌아가 온종일 그녀에 대해 곱씹다 보니든 생각이었다.

지금이야 라하 자신의 몸을 만져도 좋다고 허락이나 해 주는 것이다. 셰드 자신이 그저 그런 평범한 애첩이었으면 값비싼 보석이나 한아름 안겨 주면서, 일이 너무 많아 당분간 못 본다고 말했을 게 분명한 그런 종류의 무정함이었다.

건전하진 못해도 그게 라하의 성격 중 하나임을 알아 셰드는 피식 웃음이 나왔다. 애첩 취급이나 당하는데 기분이 조금도 나쁘지 않은 자신도 제정신이 아닌 게 분명했다.

또 서류에 정신없이 빠져드는 옆얼굴이 새하얗다. 셰드의 손이 라하의 옷 아래로 파고들었다. 가슴을 가리고 있는 속옷 안에까지 들어가, 한 손 가득 말캉한 살을 그러쥐었다. 엄지손가락으로 유두를 둥글게 만지자 풀어져 있던 살갗이 점점 단단해지기 시작했다. 라하는 그제야 어깨를 가볍게 웅크렸다.

셰드의 다른 쪽 손도 마찬가지였다. 라하의 가슴을 감싸고 있던 속옷은 이미 끈이 풀려 배 아래까지 흘러내렸다. 두 가슴을 등 뒤에서부터 붙잡힌 채 유두를 괴롭히는 손가락이 의식되지 않을 리가 없었다.

그녀의 뺨을 따라 흘러내리는 푸른색 머리칼 몇 가닥이 침실의 포근한 불빛을 받아 반짝였다. 어차피 라하는 제 품 안에 완전히 잡혀 있는 상태였다.

셰드는 느긋하게 라하의 허벅지 사이로 손을 움직였다.

속옷 사이를 파고들어 꽉 다물려진 틈을 벌리고 클리토리스를 찾아 가볍게 건드렸다. 라하의 다리 사이가 움찔 떨렸다. 셰드는 평소처럼, 그러니까 평소의 성교 때처럼 라하의 음핵을 집요하게 훑고 쓰다듬지 않았다. 미끄러지듯 내려간 손가락이 라하의 질구를 찾아 그대로 파고들었다.

내내 서류에서 눈을 떼지 않던, 그러나 멋대로 움직이는 셰드의 손을 분명히 의식하고 있던 라하의 입가에서 자그마한 신음이 흘러나왔다.

습윤한 입구 안쪽으로 깊숙이 파고든다. 갈고리처럼 세운 손가락이 내벽을 느긋하게 긁어내렸다. 라하의 예민한 부분이 조금 더 입구 가까이에 위치하고 있었으면 그것 나름대로 재미있었을 일이다.

하지만 그러지 않아도 손가락을 세 개쯤 밀어 넣는 시점이 되면 라하의 입에서 조금씩 흐느끼는 소리가 나왔다. 손가락 세 개를 성기처럼 끝까지 밀어 넣었다가, 안쪽에서 멋대로 손가락을 벌려 좁은 질구를 넓혔다.

셰드의 다른 쪽 손에서 라하의 가슴이 밀가루 반죽처럼 엉망으로 일그러졌다. 라하는 다리를 모았지만, 이미 셰드의 손이 깊숙이 파고들어 있는 터라 그다지 소용은 없었다. 오히려 스스로 약한 압박을 주는 모습이나 되었다.

그의 손가락이 움직일 때마다 질척이는 소리가 침실을 메웠다. 클리토리스를 집요하게 애무하지 않아서인지, 키스를 하지 않아서인지. 잠자리에서처럼 애액이 줄줄 흐르진 않았지만 이 정도로도 셰드는 충분히 만족했다. 젖은 손끝이 가끔 클리토리스를 건드릴 때마다 라하는 무릎을 움찔거렸다.

그의 손이 그녀의 질 내를 추삽질하듯이 괴롭힌 지 몇 분이 흘렀다. 안쪽이 점점 흐물흐물해지는 기분이었다. 라하는 마지막 한 장은 결국 대충 읽어 버리고 셰드의 손을 탁 붙잡았다. 여전히 느리게 그녀의 안쪽을 쑤셔 대던 손이었다.

"그만해."

"만지라고 한 건 너였잖아."

"가슴이나 주물러도 좋다는 뜻이었지, 도대체……."

"내가 만져도 잘만 읽더니."

"일은 해야 하니까 당연하지."

셰드는 엄지손가락으로 라하의 음핵을 꾹 눌렀다. 그 작은 부위에 온몸의 열기가 죄 고이는 분명한 쾌감. 라하가 신음을 흘렸다.

"그래서 다 읽긴 했고?"

"……다 읽었어."

끙끙대는 신음과는 달리 나오는 대답은 새침하게 들렸다. 내내 라하의 몸을 괴롭히던 셰드의 손가락이 쑤욱 하고 빠져나갔다. 라하가 순간 묘한 상실감을 느낀 그때, 그녀의 몸이 가볍게 들렸다. 순식간에 셰드를 마주 보게 된 것도 잠시였다. 두 손목이 붙잡혀 라하는 그대로 시트 위로 밀려 넘어갔다.

그의 페니스가 단단히 부풀었다는 건 모를 수가 없었다. 쏟아지는 입맞춤에 정신이 없었다. 어느새 라하가 입고 있던 가운이 흘러내렸다. 셰드는 한 손으로 버클을 풀어내며 라하의 두 다리를 벌렸다.

라하의 실내복이며 속옷은 엉망으로 만들어 놓고, 정작 본인은 그 두툼하고 단단한 페니스를 꺼냈을 뿐 멀쩡한 차림새였다. 라하는 셰드의 단추를 풀어 벗기려고 했지만 그가 라하의 허리를 잡아 끌어 내리는 게 먼저였다.

셰드는 라하의 질구에 페니스를 맞췄다. 주먹처럼 두꺼운 선단이 질 내로 쑤욱 들어오기 시작했다.

"으흑……."

버거운 호흡이 들어간 목소리였다. 셰드도 낮은 신음을 뱉어 냈다.

"넌 손가락으로 아무리 늘려 놔도 잠깐이지."

"아……!"

"내가 널 어떻게 해야 좋을까."

끝말은 나지막한 속삭임이라, 라하의 귀에 미처 닿지 않았다.

동시에 거칠게 밀고 들어오는 성기. 라하가 반사적으로 눈을 꾹 감았다. 무자비하게 파고드는 페니스는 몇십 번을 겪어도 익숙해지질 않았다. 원래 이런 걸까. 매번 이렇게 몸이 파드득 꿰뚫리는 기분일까. 얼마나 더 해야 익숙해지는 거지? 라하는 셰드의 거대한 페니스가 못내 버거웠다.

그의 두꺼운 물건이 들어올 때면 그녀의 납작한 배에 윤곽이 도드라지는 것에도 익숙해지질 않았다. 손을 뻗어 만지면 잡아 꺼낼 수도 있을 것 같은, 그런 잔인하고 파괴적인 상상까지 들었다.

도대체 어떻게 아직도 제 하복부가 꿰뚫리지 않고 살아 있는 거지? 생리적인 의문도 잠시. 깊숙이 숨어 있는 예민한 부분을 셰드는 눈 감고도 짚어 낼 수 있는 것 같았다. 연약한 살갗이 아프게 부딪히는 소리가 들렸다.

"으……, 셰드, 흣……! 아흑! 아……!"

라하의 몸이 셰드의 밑에서 정신없이 흔들렸다. 그의 어깨를 간신히 그러안은 게 전부였다. 하복부가 완전히 녹아버리는 것 같은 쾌감에 라하는 숨도 제대로 쉬지 못했다.

따뜻하고 부드러운 안쪽이 셰드의 것을 완전히 감쌌다. 그는 정말 못될 정도로 그녀의 예민한 곳만 찌르며 긁어내렸고, 라하는 오래 견디지도 못하고 등을 곧추세웠다. 시야가 하얗게 물들고, 발가락 끝까지 짜릿해졌다.

셰드의 손이 라하의 턱을 붙잡더니, 신음을 끙끙대며 흘리는 입에 그대로 혀를 밀어 넣었다. 이젠 완전히 숨이 막혔다. 셰드는 그녀에게 입을 맞추는 걸 좋아했다. 평소엔 그렇다 쳐도 자신의 몸에 페니스를 삽입한 후에도 이러면 나더러 숨을 쉬라는 건지 말라는 건지…….

아래를 압박하는 걸로도 모자라, 입까지 이렇게 숨도 못 쉬게 짓누르는 이유를 물어봐야겠다고 생각하지만 매번 섹스가 끝나면 기진맥진해서 기절하는 라하였다.

"으훗……."

잡힌 혀 사이로 신음이 새어 나왔다. 라하의 눈가가 점점 붉어졌다. 몇 번 눈을 깜빡이자 기어이 눈물이 도르르 흘러내렸다.

"라하."

속삭이는 목소리도 라하를 움찔하게 만들었다. 그녀는 어느새 셰드의 품 안에 앉혀진 상태였다. 여전히 삽입되어 있는 페니스 때문에 앉아만 있어도 배 속이 꽉 찬 느낌이 들었다. 셰드의 손이 라하의 골반을 잡아 들어 올리더니, 퍽 하고 내리꽂았다.

"으흑! 셰드……! 하웃……, 아응……!"

셰드의 몸에 밀착된 라하의 가슴이 일그러지거나 출렁이는 것을 반복했다. 눈물 젖은 속눈썹이 시야를 흐리게 만들었다. 셰드는 라하의 눈을 보다가, 흔들리는 가슴을 꽉 쥐었다가 다시 추삽질에 몰두했다.

그녀가 절정에 오를 때마다 매번 그 또한 사정할 뻔한다는 걸 라하는 잘 모르는 눈치였다. 그럴 정신이 없다는 게 더 정확한 표현이었고. 셰드는 그 후로도 라하가 허락하는 딱 그 범위, 두 번을 더 사정하고서야 그녀의 몸에서 애액과 정액으로 엉망이 된 성기를 빼냈다.

"흐으……."

그쯤 되면 라하는 축 늘어져 손가락도 까딱하지 않으려고 했다. 그녀는 모르는 게 분명했다. 셰드가 그녀의 그런 모습을 볼 때마다, 저 헐떡이는 몸을 으스러져라 껴안고 싶다 생각한다는 걸.

정액이 빠져나간 자리에 인내심이라도 들어차는지 셰드는 라하의 뺨에 입을 맞추고 그녀를 시트 위에 눕혔다.

그녀가 읽은 서류는 일찌감치 침대 옆 협탁으로 치워진 상태였다. 라하는 폭신한 베개 위에 머리를 얹고, 셰드가 어깨까지 이불을 덮어 주는 동안 늘 그랬듯 꼼짝도 하지 않았다. 몸에 힘이 잘 들어가지 않았다.

그러고는 셰드가 옷을 갈아입기 위해 몸을 일으키는 걸 슬쩍 지켜보았다. 금세 옷을 탈의하는 셰드의 뒷모습은 눈을 떼고 싶지 않을 정도로 탄탄했다. 저 남자가 제 침노여서 좋은 점은 저런 몸의 공식적인 주인이 자신이라는 점이었다.

라하는 셰드가 침대로 돌아오자 껴안고 등을 더듬었다. 도드라진 근육이 손에 감기는 기분이 좋았다.

"자, 라하."

"응."

순순히 대답하고서 라하는 셰드의 가슴에 얼굴을 묻었다.

셰드와의 섹스가 라하는 가끔 이상했다. 처음에는 신성국의 연구에 기꺼이 생체 자료를 넘겨주기 위한 협력의 도구로, 어떤 때는 자해의 도구처럼 이용했었다. 제 몸에 상처 하나 내지 못하게 철저히 통제당한 짐승으로만 자라다가, 처음으로 직접 벽에 머리를 가져다 세게 부딪혔을 때의 기분이었다. 골을 통째로 울리는 불쾌하고 알싸한 통증.

평생 갇혀 숨만 붙여 그저 살아남기만 하다가. 그것만 허락받다가. 몸을 파괴하는 통증은 필연적으로 죽음과 연결되니, 수많은 시인들이 떠들듯 라하는 그 죽음과 같은 고통을 저미서 해방감을 걷어 올린 거라고 생각했다. 일종의 합리화였다.

라하는 셰드에게서 옮겨 오는 열기와 묵직하게 두드러진 부피감이 주는 쾌감에 확실히 착실히 물들어 갔다. 왜 밤놀이를 즐기는 귀족들이 많은지 이해가 갈 정도로. 다만 그걸 그저, 셰드에게 늘 속삭이듯 성욕을 채워서라고 하기에는…….

자신이 했어도 너무 무정하게 들리는 생각이었다. 고작 그런 게 아닌데. 라하는 아마 다른 침노와 뒹굴어도 셰드와 하는 것만큼 기분이 좋지 않으리라 확신했다.

"셰드."

"음?"

"있잖아."

라하의 목소리는 갈라져 있었다. 그녀는 무슨 말을 할 듯 말 듯 하다가 살짝 웃었다.

"올리버가 그러는데, 너더러 별궁에 가급적 가지 말래."

셰드는 첫 일주일만 침노들이 머무는 별궁에 있었지, 그 후에는 라하의 침궁에 있는 새로운 침실로 거처를 옮겼다. 결국 저 힐로스드의 왕제가 '침노'라는 건 그저 황제와 왕제의 도박 같은 가벼운 장난이었다는 것을 방증하듯이.

국혼이 확정되면서 내외국의 귀빈들이 어마어마하게 몰려오기 시작할 테니, 그 자리에 델로의 우방인 힐로스드의 왕제를 한갓 침실 노예로 두는 것도 애매하지 않았을까…… 하는 게 라하의 추측이었다.

물론 이런 무거운 생각보다 올리버가 눈을 동그랗게 뜨면서 한 말이 라하는 더 재미있었지만.

"왜 별궁에 가지 말라고 하지?"

"네가 침노들을 괴롭힐까 봐 걱정이래."

* * *

다음 날.

지난여름, 라하가 살려 둔 두 명의 침노들은 눈치를 살피기에 여념 없었다.

"……."

눈앞에 힐로스드의 왕제가 있었다. 셰드 힐데스. 그는 침노와 왕제의 중간쯤 되는 복장으로, 의자에 기대고 앉아 그들을 보고 있었다.

오늘 늦은 아침, 별궁에 있는 그들과 마주친 왕제는 한동안 별말 없이 침노들을 쳐다보기만 했다.

"황녀가."

"저, 저희는……!"

두 명의 노예 중 조금 더 심약해 보이는 쪽이 허겁지겁 입을 열었다.

"황녀님께 성총을 받은 적이 없습니다……!"

"……?"

"황녀님은 저희가 불쌍해서 거둬 주신 거고, 또 황녀님께서 그간 건강 상태가 별로 좋지 않으신 터라 저희에게 한 번도 손을 뻗지 않으셨습니다……! 정말입니다! 한 번도 저희는 황녀님의 침실 시중을 들어 본 적이 없습니다!"

노예가 필사적으로 얘기하는 통에 셰드는 기가 찼다. 누가 들으면 질투에 정신이 나가, 아니, 질투에 정신이 나가 있는 건 맞지만. 적어도 라하의 침노를 살해해 그녀의 눈 밖에 나는 건 원해 본 적이 없었다.

어쨌든 노예가 겁을 먹어 떠든 덕분에 정확히 올리버가 걱정한 그림이 완성되었다. 셰드는 복잡 미묘한 기분으로 침노들을 바라보았다.

그녀가 자신 말고 다른 남자와는 밤을 보내지 않았다니, 어때. 좋은가? 대답은 금세 나오지 않았다. 동시에 다른 생각도 들었으니까. 그만큼 아팠나? 침실 시중 한 번 받지 못할 정도로?

셰드의 표정이 점점 가라앉으면서 가슴에 묻어 두었던 한 가지 생각도 스쳐 지나갔다.

성욕을 풀기 위해 자신을 살려 놓았다던 라하의 그 말이 거짓말이란 건 안다. 그 영리한 황녀는 처음부터 실험에 협조하기 위해 셰드와 몸을 섞어 준 것이었으니까.

그러니 라하는 실험이 아니었다면, 굳이 성교를 하고 싶지 않았던 게 아닐까. 이 반반한 노예들을 봐도 굳이 동하지 않았다는 소리가 되니까. 셰드의 눈빛이 조금씩 식어 갔다. 침노들이 살기 위해 마구잡이로 내뱉은 별거 아닌 말에 셰드의 머릿속은 이토록 복잡해졌다.

잠시간 침묵이 흘렀다. 셰드가 천천히 입을 열었다.

"어디 출신들이지?"

"서, 서부입니다."

"너는?"

"저는 에펠란트 왕국 출신입니다……."

순간 셰드에게서 성마른 웃음이 흘러나왔다.

노예들은 움찔 떨면서 셰드의 발치만 내려다보았다. 인술 때문에 원래도 몸이 허약해진 상태였지만, 그래도 고개를 들기가 너무 무서웠다.

아무리 생각해도 저 왕제가 자신들을 쳐다보며 차가운 눈빛을 하는 이유는 질투 같았으니까. 아마 독살당하거나 거세당하거나 혹은 매질을 당할지도 모른다는 생각이 들었다. 단순히 황녀의 초상화에 반해 침노까지 자처할 만큼 제정신이 아닌 왕제니까…….

셰드는 라하를 떠올리고 있었다. 매번 죽음을 희망하며 그 외의 어떤 것도 바라지 않는 황녀는, 시녀고 노예고 한결같이 '황녀님의 건강 상태가 정말로 좋지 않으셨던지라…….' 하고 증언하게 만드는 그 황녀는.

에펠란트는 제국에 정복당한 왕국 중에서도 서부에 위치했다.

결국 이 노예들의 유일한 공통점이 그것 하나였다.

서부 출신이라는 점.

은발인 노예는 살리지 못했겠지. 그녀는 어떤 의미로든 동정을 받는 걸 싫어하니, 아끼던 인형이 도망가 많이 상심하신 것 같다는 소리는 더 듣고 싶지 않았을 것이다. 그래서 선택한 것이 서부 출신의 침노였던 건가.

오늘 그녀가 몇 시에 돌아온다고 했지?

나가서 찾아봐야겠다는 생각이 들었다. 셰드가 의자에서 일어난 그때였다.

"……왕제님? 세상에!"

올리버의 목소리가 귓가를 찔렀다. 거기에 한 목소리가 더 얹혔다. 요즘 올리버를 졸졸 따라다니던 브란덴이었다.

그 역시 셰드와 앞에 서 있는 두 명의 침실 노예를 보고 눈이 둥그렇게 커졌다.

"어이쿠야, 왕제님! 아무리 그래도 이렇게 대놓고 투기를 하시면 좀……!"

좀 보기 흉하지 않겠느냐는 말까지는 솜씨 좋게 삼켰다.

"황녀님의 노예분들을 이렇게 괴롭히고 핍박하시면 어쩌십니까?"

"누가 괴롭히고 핍박했다고."

셰드는 기가 차서 말했다.

"경은 왜 별궁까지 들어왔지?"

"아. 올리버 님의 수제자로 출입패를 받았습니다. 올리버 님이 계실 때만 입장 가능하지만 어찌 되었든요."

브란덴이 올리버를 구워삶았다는 사실은 알고 있었다. 셰드는 여전히 자신을 충격 받은 눈으로 보고 있는 올리버에게로 시선을 내렸다.

"내 왕국의 기사가 궁의에게 폐를 끼치는군."

"……예? 아닙니다."

올리버는 일단 침노들부터 재빨리 진맥하고 보내 버렸다. 은근슬쩍 복부를 확인하는 걸 보니 셰드가 그들의 배를 걷어찬 게 아닌가 의심하고 있었던 게 분명했다.

"왕제님께서는 웬일로 별궁에 들어오셨는지요?"

"음?"

침노였을 적에는 매번 자신의 정신 건강을 걱정하며 졸졸 따라다니던 소년 궁의가 이제 와서는 자신을 경계하는 게 제법 재밌었다. 왜 라하가 올리버에게는 유독 관대한지 알 법도 했다.

셰드는 잠시 고민했다. 침노들이 그간 황녀의 밤 시중을 얼마나 잘 들었는지 확인하고, 질투를 못 이겨 죽이려고 왔다고 대답할까? 그러면 이 어린 궁의는 화난 새처럼 파드득 떨 게 분명했다. 재밌을 것 같은데.

셰드는 피식 웃었다. 올리버라면 라하를 쫓아가 역시 이 결혼은 안 되겠다고 매달릴 것 같았다.

"얼굴 한번 보러 온 것뿐이야. 내 정혼자가 살려 놓은 침노라니 궁금해서. 악의는 없고."

'거짓말……!'

파렴치한 거짓말에 올리버는 파르르 떨었다. 사실, 이 별궁에 오기 전 올리버는 라하가 자멜라와 함께 서류를 보고 있는 본궁에 다녀왔다. 양해를 구하고 라하를 진맥한 올리버는 솔직히 기절할 뻔했다.

일주일 사이에 라하의 몸 상태가 말이 아니었기 때문이다. 지금 라하는 적어도 일주일은 색을 멀리해야 했다.

그런 식으로 황녀님을 복상사 시키려고 했으면서! 고작 얼굴만 보고 반해서 안 그래도 허약한 사람을 그렇게 몰아붙였으면서!

차마 그런 말은 하지 못하고 파르르 떨고만 있는 올리버를 보며 셰드가 턱을 가볍게 기울였다.

"일주일 못 본 사이에 날 더 싫어하게 된 것 같군."

올리버가 깜짝 놀랐다. 카르젠이니 다른 귀족 앞에서는 빡세게 표정 관리를 했는데, 이 왕제 앞에선 어쩐지 슬슬 풀어지고 있었다. 아무래도 그의 기사라는 브란덴이 좋은 사람이어서 자신도 모르게 방심한 모양이었다.

"아닙니다. 무슨 말씀이신가요, 왕제님?"

예의 바른 반문에 셰드가 피식 웃었다. 그는 올리버의 머리를 대충 쓰다듬었다.

"라하가 싫어할 짓은 안 하니까 안심하지 그래."

"……?"

'어?'

셰드는 금세 올리버에게서 시선을 떼 버렸다.

"브란덴. 힐로스드에 편지를 좀 보내야겠어."

"안 그래도 국왕 전하께서……."

브란덴에게로 멀어지는 왕제를 보는 올리버의 눈이 서서히 커지기 시작했다.

'……어?'

* * *

라하는 올리버가 걱정이 담긴 울망울망한 눈으로 지어 주고 간 약을 간신히 한 그릇 다 마셨다.

'……올리버가 날 독살하려는 걸까?'

어떻게 날이 갈수록 약이 이렇게 써지는지…….

서류를 아침부터 계속 확인하다가, 자멜라와 적당히 정원을 걷고 다시 집무실로 돌아오는 중 라하는 에스더 공작을 먼발치에서 보았다.

원래도 손꼽히는 귀족이라 주변에 사람이 많았는데, 일전의 대회의 이후 들러붙는 인파가 구름 같아졌다.

라하는 오래 보지 않고 들어가 버렸지만, 에스더 공작에게서 시선을 떼지 못하는 이도 있었다.

세베로였다.

그는 대회의의 결과를 듣고 꽤 당혹해했다.

'황녀님한테 이렇게 유리하게만 흘러간다고?'

자신이 떠나 있는 동안, 기어이 술독에서 빠져나와 이렇게까지 완벽해졌을 줄이야. 그녀가 간간이 망가져 있다는 건 문제도 아니었다. 결국은 대외적 처신엔 문제가 없었길 않던가. 에스더 공작이 무슨 의도이든, 라하를 싫어하든 증오하든 상관없었다.

결국은 에스더 공작은 라하에게 이득인 결정을 내렸으며, 윈스턴 공작 역시 본인의 야욕 때문이라지만 라하에게 이득인 행동을 하고 있다.

설령 그것이 라하 본인에 대한 호감 때문이 아니더라도, 결국 대귀족들의 지지를 어떤 의미로든 얻었다는 건 변하지 않았다.

그러니…….

"황녀님께서는 역시 너무 위험하시네."

레시스와 작은 계획을 꾸밀 필요를 느꼈다.

* * *

그로부터 얼마 후.

"황녀님. 왕제님. 이쪽으로 모시겠습니다."

셰드는 턱만 조금 움직여 넓은 궁을 눈에 담았다. 이곳은 그가 한때 침노로서 들어와 있을 때에도 한 번도 보지 못한 곳이었다.

"선황께서 안쪽에서 기다리고 계십니다."

적통 황녀의 정혼자인 신분이니, 선황에게 둘이 인사를 올려야 한다는 내무부의 청이 들어왔다.

라하는 솔직히 우스웠다. 그깟 고리타분한 예법을. 그간 라하를 따로 찾지도 않던 선황이다. 쌍둥이가 라하에게 침실 노예를 억지로 침대로 떠넘기는 것도 알면서, 한 마디도 안 하던 선황에게 예의를 지켜 함께 인사를 올리라니.

조소가 가득했을 뿐, 그 외의 생각은 들지 않았다. 라하는 흘긋 셰드를 올려다보았다. 그가 자신을 내려다보았다. 라하가 미소를 되돌려 주려다가, 그냥 턱을 들어 올려 셰드의 뺨에 입을 맞췄다.

"……!"

헉. 뒤에서 따라오던 황궁 사용인들이 서둘러 시선을 피했다. 라하는 미소 지으며 다시 걸음을 옮겼다.

선황의 눈에는 이 남자의 원래 얼굴이 보이겠지.

* * *

"소문이 자자하더니, 힐로스드의 왕제가 정말 아름답군요."

황녀와 왕제가 돌아간 후, 2황비가 말했다. 선황의 곁에서 하나 남은 왼쪽 다리를 주물러 주며 웃음을 더했다.

"그래도 폐하의 소싯적 모습만큼은 못 됩니다."

"언제 적 일을 말하는 건가."

"옛일이긴 하지요."

선황은 느른하게 등받이에 등을 기댔다. 2황비가 물었다.

"힐로스드에 라하 황녀를 보내도 될까요?"

"전쟁터에서 얘기가 끝난 일이라지. 내궁에서 간섭하는 건 옳지 못하다."

"그렇지요. 제가 실언을 했습니다."

2황비는 부드럽게 웃었다.

"듣기로는 카르젠 폐하께서 힐로스드를 영원한 우방으로 대한다고 하셨어요. 그런 우방의 왕제가 델하르사의 일원이 되다니 영광이지요. 우리 2황자도 좋은 왕국의 왕족과 혼인할 수 있다면 좋을 텐데요."

"그건 좀 더 두고 보지. 어찌 되었든 지금 델로를 다스리는 건 카르젠이니 말이다."

"물론이지요. 참, 폐하, 회랑으로 함께 가시겠어요? 나흘 후가 2황자의 생일이라 새로운 초상화를 보내 왔다고 합니다. 오랜만에 그 애의 얼굴을 보고 싶네요."

"꼭 보러 가야겠는가?"

"내키지 않으시면 말고요. 하지만 오랜만에 보고 싶긴 하네요."

"그대가 그리 원하면 가지."

2황비가 웃었다.

황제는 재위 중에는 자신에게 그리 관심이 없었다. 하지만 한쪽 다리를 잃고 남은 이가 자신밖에 없자, 이렇게 제법 자신에게 신경을 써 주었다. 그러나 평생 무심했던 성정이 어디로 갈까. 이렇게 짐짓 다정한 체하지만 그뿐이다.

귀머거리 시종들이 황제를 휠체어에 태웠다. 황비가 직접 휠체어를 밀었다. 그들은 오래지 않아 회랑에 도착했다.

지하 1층, 지상 2층으로 구성된 이 거대한 회랑엔 델하르사 황족들의 초상화가 걸려 있었다.

"이 영애가 자멜라 윈스턴이군요. 새 황후가 될 거라는. 어릴 때에나 보았는데 이렇게 자랐군요."

그리고 그 곁에는 라하의 초상화와 왕제의 초상화가 나란히 걸려 있었다. 선황이 휠체어에 탄 채 이마를 찌푸렸다.

"궁중 화가의 솜씨가 엉망이군. 방금 본 얼굴과 전혀 다르잖나?"

"그러게요. 제가 회랑 시종장에게 알려 두겠어요."

"라하 델하르사의 문제다. 내궁 살림 하나 영 똑바로 해내지 못하는군. 도대체 제대로 할 줄 아는 게 뭐가 있는지."

"황녀는 아직 어리잖아요."

"어리기는."

황비가 웃음을 흘렸다.

"산책을 나가시겠어요? 오늘은 어제보다 덜 춥네요."

선황이 타고 있는 휠체어를 밀면서, 2황비는 지나가듯 초상화를 보았다. 이상한 일이지.

초상화는 아까 본 왕제의 얼굴을 완벽히 담아냈는데. 선황의 눈에는 다르게 보이는 모양이었다.

어째서일까?

* * *

"황녀님은 운도 좋으시지."

한 궁중 관리인이 속삭이는 목소리로 말했다.

"저거 보세요."

오늘도 윈스턴 공작의 사용인들이 수많은 상자를 들고 황녀궁으로 향했다. 황도에서도 유명한 디자이너들과 조수들도 잇따라 들어갔다. 황녀의 혼수라면 어련히 황궁 예부에서 벌벌 떨면서 준비하고 있을 텐데 유난도 저런 유난이 없었다.

"윈스턴 공작은 여식을 황후로 밀어 넣고 성공하니까, 황녀님이 자기 둘째 딸이라도 되는 줄 착각하나 봐요."

"에스더 공작이 현자들을 모시러 아예 떠났으니까요. 이러니저러니 해도 '계승자의 눈'을 가진 적통 황녀라 이거죠."

"현자들이 얼마 만에 돌아오시는 거죠?"

델로 제국의 주축 중 하나가 긴 외유 끝에 돌아온다. 이 사실만으로도 제국 내에선 들뜨는 이들이 많았다. 하루를 멀다 하고 본궁에는 새롭고 값비싼 장식들이 추가되었다. 눈을 감았다가 뜨면 그 화려함에 넋을 빼앗길 지경이었다.

매일같이 황궁을 드나드는 귀족들도 그 분위기에 천천히 전염되었다. 카르젠의 승전 연회에서 술도 한 잔 못 마시고 벌벌 떨던 시간은 아주 먼 옛일처럼 느껴질 정도였다.

'계승자의 눈'을 가진 황녀가 저 멀리 떠나면, 그래서 더 이상 황권에 위협이 되지 않는다면 황제의 그 잔인함도 조금은 누그러지지 않을까 하는 기대도 있었다.

황녀는 먼 힐로스드로 떠나 행복하게 지낼 것이고, 황제도…….

"폐하께서 부르신다, 세베로."

근위대장 블레이크가 부르는 목소리에 세베로가 고개를 들어 올렸다. 그의 책상에는 종이들이 엄청난 높이로 아슬아슬하게 쌓여 있었다. 전부 돌아오자마자 수집한 자료였다. 델로 사교계의 여론을 비밀리에 조사한.

"알아? 새 황후 되실 분이 아주 영리해. 황녀님과의 친분을 이렇게 완벽히 이용하고 있을 줄이야."

"델로의 사교계는 원래 황후 폐하의 소관이지. 잔말 말고 일어나."

"다녀와서 마저 해야겠군."

세베로는 서류를 엎어 놓고 몸을 일으켰다. 그는 자신과 함께 카르젠을 보러 가는 대신, 다른 쪽 길로 걸어가려는 블레이크를 보며 의아한 목소리로 물었다.

"넌 같이 안 가나?"

"난 해야 할 일이 있어. 화가 한 명을 처리하라 하시는군."

"화가? 누군데? 궁중 화가?"

"아니. 황녀의 초상화를 그려서 윈스턴 공작에게 준 화가 말이다."

"아아."

세베로가 납득했다.

"당연히 죽여야지. 그 빌어먹을 화가 놈이 아니었으면 먼 힐로스드의 왕제가 여기까지 오지도 않았을 테니까."

"그래. 그러니……."

"근데 말이야. 블레이크. 나도 이참에 서부 왕국에 귀화나 해 볼까?"

"갑자기 무슨 말이야?"

"내가 드디어 황녀님 취향을 파악했거든."

"그 황녀한테 무슨 취향이란 게 있다고. 뭐만 하면 쉽게 질려서 폐하께서도 곤란해하신 게 한두 번이 아닌데."

"살려 놓으신 침노 둘이 전부 서부령 출신이다. 힐로스드 역시 서부 쪽이고."

"……?"

블레이크의 미간에 작은 주름이 잡혔다.

"듣고 보니……. 그렇군."

한 번도 그런 쪽의 공통점을 생각해 본 적 없었다. 그냥 어쩌다가 반반한 놈들이라, 아니면 황녀가 숱하게 부리던 변덕의 일종 정도로만 여겼는데.

세베로는 석판을 깔아 놓은 바닥을 발끝으로 툭, 차며 말했다.

"좀 이상하지 않나? 황녀님의 취향이 왜 갑자기 서부령 출신의 남자가 됐을까. 넌 뭐 아는 거 없어, 블레이크?"

"글쎄. 네가 떠나고도 딱히 황녀가 가까이 두었던 남자가 없……."

블레이크가 입을 다물었다. 가까이 두었던 남자가 하나 있었지.

"옛날의 인형?"

"인형?"

세베로가 웃음을 터뜨렸다.

"황녀님은 어릴 때 인형을 빼앗기고 뺨을 맞더니 아직도 인형을 좋아하시나? 그때 자폐증이라도 걸리셨어야 하는데."

"너는 자료를 조사한다면서 황녀 주변 일은 똑바로 보지도 않았나? 저번 계절에 황녀에게 반반한 침노가 있었다."

"오. 그놈."

알지, 알아. 라하의 어깨를 긋고 도망쳤다던 노예가 있었다던데. 세베로는 라하 근처의 남자를 좋아하지 않아 대충 훑어만 보고 넘겼다. 더 중요한 건 델로 사교계의 전반적 여론이었으니까.

"그래서 그 인형 놈이 서부령 출신인가?"

"그건 모르겠다."

세베로가 한숨을 내쉬었다.

"네가 그럼 그렇지. 머리에 검밖에 없는 놈. 뭐, 그래. 알겠다. 폐하께 여쭈어보는 게 낫겠어. 여차하면 서부령 쪽으로 추적해 봐야지."

"도망간 놈을 무엇 하러 추적한다는 거지?"

"황녀님이 뭐에 집착하는지 알고 싶어서."

"어차피 먼 곳으로 떠날 황녀인데 심력을 소모할 이유가 뭐가 있나?"

"그래, 그래. 조금만 소모할게."

블레이크의 말을 한 귀로 흘린 세베로가 말을 이었다.

"황녀님한테 서부령 출신 침노를 몇 명 더 선물해 드리는 것도 좋을 것 같군. 아니면……. 그래. 사막에서 사 온 최음제를 황녀님께 선물할까?"

"최음제는 왜."

"다른 침노들이랑 자는 걸 왕제가 두 눈으로 보면 좋겠다 싶어서. 왕제가 정혼자다 뭐다 해서 영 막무가내던데, 황녀님한테 화를 좀 내야 황녀님도 바깥 보실 시간이 없으실 거고……."

블레이크가 바로 진저리를 쳤다.

"너 진짜 미쳤나?"

"왜? 너라면 좋아할 줄 알았는데."

"그렇게 비신사적인 행동을 하라고?"

"황녀님 싫어하잖아, 블레이크."

"싫어하는 거랑 별개의 문제지. 천박한 심술 따위 굳이 부리지 않아도, 그 황녀는 충분히……."

"충분히 뭐? 충분히……, 황제의 재목이라고?"

"세베로 크라수스. 입조심해라."

"블레이크 듀크."

세베로가 내내 머금고 있던 웃음기를 지우며 말했다.

"너는 황녀님을 너무 무시하는 경향이 있어. 아니, 무시하려는 척하는 건가?"

"……무슨 말이지?"

"단언하는데, 황녀님은 친애하는 폐하보다 잔인하다고. 눈동자를 도려내려고 칼을 들이미는데 눈을 감지 않을 수 있는 사람이 있어? 그런 사람이 있다면 미친 거지. 그런데 황녀님은 눈도 깜빡하지 않으실걸."

"……."

"망막에 칼날이 닿는 그 순간까지. 아닌 거 같아? 눈 뜬 채로 안구가 파내져도 서늘하게 쳐다볼 그럴 사람이야."

비유라지만 과장은 없었다. 철저히 세베로의 진심이었다. 그래서 그는 이 머리에 검만 찬 기사 놈이 매번 웃기고 한심했다.

"멍청한 놈."

블레이크 듀크는 황녀를 싫어한다. 여차하면 황제의 정적이 될 수 있는 위치 때문에 경계하는 것도 있지만, 사실은 질식할 것 같은 냉정함을 이해하지 못하는 것이다. 황녀가 두르고 있는 온기는 전부 가짜니까. 질리게도 다정한 척 웃는 모습이, 블레이크가 알고 있는 정상인의 범주에서 벗어나서.

황녀의 냉정함에 질식할 것 같은 건 세베로 본인도 마찬가지였다. 아, 물론 자신은 그런 모습까지 사랑하는 것이지만.

"폐하는 어찌 그런 쌍둥이와 함께 태어나셨을까."

카르젠과 라하는 다른 듯 닮았다. 세베로의 생각에, 완벽한 주군에게 신하가 느낄 수 있는 감정은 오직 두 가지였다. 경애와 두려움.

그러니 블레이크는 황녀를 두려워하는 것이며, 자신은 황녀를 사랑하는 것이다.

"블레이크."

너는 실은 라하 델하르사 황녀를 싫어하는 게 아니라 두려워하는 거라고. 친우에게 본질을 짚어 주고 싶은 마음이야 굴뚝같았다. 하지만 정말로 말할 수는 없었다. 블레이크의 표정이 냉랭하게 바뀔 테니까. 무인의 자존심은 웬만해선 건드리지 않는 게 편했다.

자존심도 상하겠지. 새장 속에 갇혀 사는 황녀를 두려워하고 있다는 사실을 직시한다는 게.

그러니 세베로는 좀 더 듣기 좋게 돌려서 말해 주었다.

"황녀님은 일평생 보호색을 만드는 법만 궁리하며 사신 분 같아."

"……."

"아주 잘 성공했고. 이럴 줄 알았으면 사막으로 내가 아니라 널 보내는 거였는데."

"폐하의 결정에 입 대지 마라."

"그래. 그냥 아쉬워서 하는 말이야."

"세베로 크라수스."

"흘려들으라니까."

"하……."

세베로는 이 대화가 몹시 마음에 들지 않는지, 미간을 좁히고 있는 블레이크의 어깨를 툭툭 두드렸다.

"화가 꼭 조각조각 내서 죽여라."

* * *

"황녀님. 팔츠 궁정백이 도착하셨습니다."

서류를 보고 있던 라하가 고개를 들어 올렸다. 무언의 허락이 떨어지자 곧장 문이 열렸다. 팔츠 궁정백이 온화한 미소를 띠며 들어왔다. 그는 유리 온실에서 손수 기른 게 분명한 아름다운 꽃들을 한 아름 들고 있는 상태였다.

"매번 꽃 가져오려면 힘들지 않아?"

"제가 황녀님께 약속해 드렸던 것이잖습니까? 받아 주시는 걸로도 영광입니다, 황녀님."

본궁에 즐비한 사용인들에게 꽃을 넘길 수도 있는데, 이 황녀는 언제나 직접 꽃을 받아 주었다. 라하는 궁정백이 준 꽃에 꼭 한 번쯤은 코끝을 묻었다가 시녀에게 넘겨주었다.

팔츠 궁정백이 미소와 함께 물었다.

"많이 바쁘신가 봅니다. 자멜라 윈스턴 공작 영애는요?"

"잠깐 돌려보냈어."

라하는 의자에서 몸을 일으켰다.

"국혼에서 입을 드레스를 본인더러 고르라고 하긴 그렇잖아."

"그건 그렇지요."

걸음을 떼는 라하를 따라 팔츠 궁정백도 조용히 움직였다. 수많은 사용인들 혹은 인부들이 라하를 보고 서둘러 일을 중단하고 허리를 깊이 숙였다.

내내 비워져 있던 황후궁은 요 몇 년 들어 가장 북적이고 있었다.

새로운 황후가 몇 달 있으면 들어오게 되니, 반쯤 버려져 있던 곳을 쓸고 닦고 고치고 뜯어내느라 정신이 없었다.

카르젠이 즉위한 이후, 항시 내궁 살림을 해 오던 라하가 황후궁만은 건드리지 않아서 손볼 곳도 많았다.

라하는 먼저 와 있던 예부 관리인에게 물었다.

"드레스는?"

"준비해 놓았습니다."

델로 제국은 국혼에 관해서는 예법이 특히나 엄격한 편이었고, 새 황후가 입을 드레스도 굳이 황후궁에서 확인해야 했다.

예부에서 특별히 선별한 외부 디자이너들이 각기 드레스를 한 벌씩 만들어 가져왔다. 제국을 통틀어 가장 명성이 높은 스무 명의 디자이너들. 드레스들은 다채롭기 그지없었다. 또한 황법에 명시되어 있는 규칙도 완벽히 지키고 있었다.

예부의 시종들이 바쁘게 움직였다. 델하르사 황가의 문양이 수놓아진 푸른색 비단을 각 드레스 위에 대어 볼 때마다 팔츠 궁정백이 조용히 메모를 했다.

라하는 팔츠 궁정백과 상의해 스무 벌의 드레스 중 총 여섯 벌을 골랐다. 사실 이건 공작 중 서열이 가장 높은 에스더 공작과 함께 논의를 해야 했지만……. 에스더 공작은 지금 부재한 상태니까.

더군다나 라하도 에스더 공작과 단둘이 얘기하는 상황은 내키지 않았던지라, 이쪽이 더 나았다.

"고른 드레스들은 스케치만 해서 가져다줘. 자멜라 영애에게 살짝 보여 줘야겠어."

"예. 황녀님. 좋은 생각이십니다. 황녀님의 배려에 영애도 기뻐하겠군요."

자멜라에게 보여 준다고 해도 최종 선택은 예부에서 할 것이다. 이건 팔츠 궁정백이 말하는 대로 라하의 사소한 배려였다. 자멜라가 특별히 마음에 들어 하는 디자인이 있다면 예부에 말 한 마디 해 놔도 상관없고.

'그런 놈이랑 결혼하는데.'

예전에야 자멜라와 인사나 하는 데면데면한 사이였으니, 카르젠이라는 미친놈과 결혼한다고 해도 별 생각이 없었다. 하지만 얼굴을 자주 보면 정이 든다고, 라하는 자멜라에게 나름대로 약한 친근감을 느끼고 있었다.

"이브닝드레스는 영애가 고르게 하고. 난 폐하가 입으실 옷만 고르면 되겠지."

"아, 황녀님. 한 벌을 더 고르셔야 합니다. 왕제님도 피로연에 참석하실 거 아닙니까?"

팔츠 궁정백의 말에 라하는 눈을 깜빡였다. 듣고 보니 그랬다. 라하가 입을 드레스와 비슷한 느낌을 주는 통일성 있는 정복으로 한 벌을 더 준비해야 했다.

"그럼……, 내가 입을 드레스를 먼저 골라야겠네."

"예. 그럼 황녀님. 바로 보여 드리겠습니다."

"……?"

팔츠 궁정백이 박수를 두 번 가볍게 쳤다. 그러자 예부 시종이 다른 드레스를 한 벌 가져왔다. 자멜라가 입어야 할 드레스처럼 마네킹에 전시되어 있는 드레스였다. 와토 플리트(watteau pleats)가 등 뒤로 길게 늘어뜨려진 드레스는 척 보기에도 굉장한 고가품이었다.

"내가 입을 드레스야?"

"예. 황녀님. 정확히는 후보군이지요."

후보군인데 왜 한 벌밖에 없어…….

팔츠 궁정백이 드레스 쪽으로 걸어가기에, 라하도 따라서 걸음을 옮기며 물었다.

"궁정백이 골랐어?"

"저는 나이가 있어서 젊은 분들의 취향을 잘 모르지요. 왕제님이 고르신 겁니다."

라하의 시선이 드레스에 달라붙었다.

"왕제가?"

"예. 황녀님."

"……언제?"

팔츠 궁정백이 웃음을 흘렸다.

"며칠 전 일입니다. 자멜라 영애와 황녀님이 본궁에 가셨을 때 제가 잠시 황녀님의 궁에 찾아갔었지요."

팔츠 궁정백은 옛날부터 라하를 안쓰럽게 여기는 노귀족 중 하나였다. 그래서 그녀에게 정치적으로 괜찮은 정혼자가 생기자 티는 내지 않았어도 안도했다.

왕제가 아직 공식 석상에서 제대로 얼굴을 드러내진 않아서 자세히 살펴볼 겨를은 없었지만…….

때마침 황녀궁에 주인이 부재한다지 않나.

왕제는 느긋하게 앉아 있었다. 언뜻 자기 저택에 앉아 있는 가주처럼도 보였다.

카르젠이 내건 조건 따위는 아무렇지도 않다는 게 분명한 그 분위기. 황녀궁 시녀들도 평화로웠다. 왕제가 라하의 침노들을 죽이거나 하진 않았다는 뜻이었다. 궁정 관리인인 팔츠 궁정백은 이런 기류를 잘 잡아 낼 줄 알았다.

팔츠 궁정백은 드레스 앞에 멈춰 서서 말했다.

"드레스 후보군을 황녀님께 보여 드리려고 하던 참이었습니다. 마침 왕제님만 계시기에 먼저 보여 드렸는데 다 마음에 안 든다고 하시더군요."

"난 그런 얘기 못 들었어."

"안 하셨나 보지요."

라하는 기가 막혔다. 시녀들도 궁정백이 다녀가셨다, 이런 말만 전했을 뿐이고 셰드는 말할 것도 없다. 자신에겐 한 마디도 안 했다. 문득 의문이 생겼다.

"이 드레스는 뭐가 달라서 선택받은 거지?"

"선택받은 게 아니라……."

"……?"

팔츠 궁정백이 부드럽게 웃었다. 그가 드레스 뒷부분으로 걸어갔다. 라하는 눈을 깜빡이며 함께 따라갔다.

드레스의 등 뒤로 늘어뜨려진 망토 같은 와토 플리트에는 낯선 문양이 수놓아져 있었다. 머릿속에 잘 정리해 둔 지식이 천천히 떠오른다.

힐로스드의 왕실 문양이었다.

"왕제님이 힐로스드에서부터 이미 드레스를 가져오셨다고 하시더군요."

"……그래?"

"예. 제가 준비한 건 다 마음에 안 든다 하시고 이걸 주셨습니다."

"……."

어쩐지 말문을 잃게 된다.

그 부유한 왕국에서부터 가져왔다던 드레스는 아주 화려했다. 물론 라하는 원래부터 화려한 옷만 입었다. 인형으로서 이곳에 있던 시절, 그 남자는 그런 걸 보고 있었던 걸까?

라하는 손을 뻗어 드레스의 표면을 만져 보았다. 손끝에 걸리는 것 하나 없이 매끄럽게 흘러내린다. 부드러운 크림색이 감도는 옷감은 라하의 눈에도 들 만큼 최고급이었다. 학자들의 가운을 본떠 지적인 분위기를 풍기는 것을 목적으로 만들어진 와토 플리트.

하지만 라하의 눈에는 달랐다. 이 우아하고 호화로운 비단이 꼭 따뜻한 망토처럼 보였다. 그 남자가 자신을 보면 귀에 박히게 하던 말이 떠올랐다.

옷을 좀 따뜻하게 입고 다니라고.

목에서부터 한 뼘 반 아래. 그 부분이 말도 못하게 간지러웠다. 라하는 뒤늦게, 팔츠 궁정백이 웃고 있다는 사실을 알았다. 드레스 위만 하염없이 맴돌던 손이 그제야 거둬진다.

라하는 괜히 퉁명스럽게 말했다.

"왜 그렇게 웃어."

"나이 든 이들은 온화한 봄을 좋아하지요."

"궁정백을 위해 늦봄에 야회를 준비해야겠네."

"영광입니다, 황녀님."

"그럼……."

라하는 화제를 돌려 버렸다.

"왕제가 입을 예복 깃 쪽을 크림색으로 해야겠어. 이 드레스랑 같은 색감으로. 깃에 델하르사의 문양을 은실로 눌러서 수를 놓는 걸로 하고……. 예부까지 갈 필요는 없고 황실 디자이너만 불러 줘. 그 정도면 되겠지."

"예, 황녀님. 충분할 겁니다."

팔츠 궁정백이 따뜻한 목소리로 대답했다. 그는 메모를 하며 내일 저녁에 있을 궁중 연주회에 대한 얘기를 나누었다. 라하의 시선이 몇 번이나 그 드레스로 돌아가는 걸 알면서도 모른 척해 주며.

* * *

다음 날.

"황녀는 어디 있지?"

황녀궁의 시녀들은 긴장한 마음을 감추고 고개를 숙였다. 카르젠이 예고했던 것보다 두 시간이나 일찍 라하를 찾아온 것이다.

"황녀님께서는 왕제님과 함께 안쪽에 계십니다, 폐하."

"안내해라."

"예, 황제 폐하."

시녀가 서둘러 움직이는 만큼이나 카르젠이 성큼성큼 걸음을 옮겼다.

본래도 아름다운 장식품으로 꽉꽉 채워져 있던 황녀궁은 수많은 상자들로 조금 어수선했다. 윈스턴 공작이 매일같이 보석이나 옷감, 구두나 모자며 리본과 레이스 따위를 대동한 채 드나들기 때문이었다.

카르젠이 아픈 라하를 위해 새로 지어 준 황녀궁은 아주 넓었다. 하도 방이 많아서 다양한 목적의 방이 세분화되어 나뉘어져 있을 정도로.

드레스 룸만 해도 열 개가 넘었다. 라하는 신분답게 소탈한 성격이 아니었으며, 카르젠은 그녀가 치장과 사치에 몰두할수록 만족했다. 황제의 것만큼이나 귀한 것들로 빽빽하게 채워져 있는 드레스 룸 안쪽에는 방이 하나 더 이어져 있었다.

문 대신 두꺼운 커튼이 달려 있는 입구.

시녀는 고하려다가 카르젠이 손을 드는 바람에 곧장 고개를 숙였다. 입구의 커튼은 조금 젖혀 있었다. 굳이 커튼을 손으로 걷어 내지 않아도 방 안쪽의 모습을 볼 수 있을 정도로.

"……."

라하가 힐로스드의 그 빌어먹을 왕제와 함께 있었다. 왕제는 제 뒤에 서 있는 라하를 흘긋 되돌아보며 한숨을 가볍게 내쉬었다. 무슨 대화를 나누고 있었던 모양이었다. 중요한 얘기는 아닐 터. 그랬다면 이 앞에 시녀들을 세워 놓았을 테니까.

왕제 뒤에 서 있던 라하는 그의 어깨 부분을 두 손으로 쓸면서 각을 세웠다. 그러더니 왕제의 목덜미에 입을 맞추고 말갛게 웃음을 터뜨렸다.

저렇게.

저런 식으로 웃을 줄도 알았나.

왕제가 옷을 입다 만 것 같은 차림이라는 건 그다지 눈에 들어오지도 않았다. 카르젠은 라하가 왕제를 아예 돌려세워 키스를 하려는 걸 보고 입꼬리를 끌어 올려 웃었다. 눈은 얼음장처럼 차가운 상태였다.

카르젠은 그대로 몸을 돌려 나왔다. 그러다 막 방문한 것 같은 윈스턴 공작과 마주쳤다.

"폐하? 여기 계셨습니까? 황녀님께서는……?"

윈스턴 공작은 입을 다물었다. 카르젠의 표정이 심상치 않았기 때문이었다. 얼어붙은 회색 눈동자가 윈스턴 공작가의 사용인이 들고 있는 장미목 상자를 흘긋 보았다.

"왕제에게 줄 것인가?"

"예, 예. 폐하. 그렇습니다."

"지금 주고 오거라."

카르젠은 그대로 성큼성큼 걸음을 옮겼다. 윈스턴 공작이 황망해서 쳐다보든 말든 그의 얼굴은 딱딱하게 굳어 있었다.

이제 곧 자신의 장인이 될 것이라는, 그런 꿈에 부풀어 있는 대귀족.

윈스턴 공작은 대회의에서 했던 말을 아주 성실히 지켰다. 라하의 결혼에 몹시도 진심이었다. 아주 그악스럽게도 혼수를 챙겼다.

어차피 힐로스드에서 사절단을 파견하겠다고 소식을 전해 왔다. 그러니

군이 저렇게 난리를 떨 것도 없을 텐데. 하기야 곧 황후의 아비이자 황제의 장인이 된다는 거대한 영예 앞에서, 저 정도면 제법 품위를 지키는 축이긴 하지.

우스웠다.

델로의 역사 중 공작의 딸을 황후로 맞는 경우는 손에 꼽을 만큼 적었다. 대대로 제국의 황후엔 한미한 가문의 여식이 책봉되곤 했다. 델로의 황제는 외척의 힘을 빌릴 필요가 없었으니까. 창공의 눈을 이어받은 황제는 이미 신에게 선택받고 현자들의 절대적인 지지를 받는 존재다. 그러니 황후쯤이야 마음대로 고를 수 있었다.

쉽게 표현하자면 좀 더 말을 잘 듣는 쪽으로. 선황후의 아비 역시 간신히 백작위만 유지하고 있던 별 것 없는 가문의 가주였다.

그러니 카르젠은 시시각각 자신의 마땅한 권리를 앗아 간 라하를 생각했다. 자멜라 윈스턴을 봐도 그랬으며, 이젠 윈스턴 공작을 봐도 그러했다.

문득 조소가 나왔다. 작년만 하더라도 감히 제 앞에서 라하의 혼인을 입에 올리는 이가 없었는데. 이젠 너무도 평범하게 모두가 라하의 혼인을 이야기한다. 그 평범함이 그들에겐 감히 어울리지 않는데도 불구하고.

무엇이 시작이었던가?

힐로스드의 방위 조약? 라하의 병? 자멜라 윈스턴의 푸른 눈? 에스더 공작의 결혼 주청?

거슬러 올라가 보던 카르젠은 조금씩 녹음을 틔우려고 하는 정원의 나무들을 무감하게 쳐다보았다.

"마차를 준비시켜라."

"예, 폐하."

"그리고 황녀에게."

카르젠을 배웅하기 위해 정원까지 따라 나온 시녀가 바로 귀를 쫑긋 세웠다.

"내가 떠나면 다녀갔다고 전해라."

"명 받잡겠습니다."

카르젠은 마차를 타고 본궁으로 향했다. 황녀를 데리러 갔다가, 홀로 돌아온 황제를 본 시종장은 내심 당황했지만 티 내지 않고 물었다.

"아직 연주회가 시작되려면 시간이 제법 남았습니다만, 폐하. 어찌할까요?"

"됐다."

시종장은 곧장 카르젠을 자리로 안내했다.

두 시간 후 열릴 궁중 연주회는 이를테면 일종의 티 파티의 한 종류였다. 황실에서 황족이 여는 것이니만큼 극소수의 귀빈들만 초청해 즐기는 자리였다.

황제의 기분이 가라앉아 있다는 걸 기민하게 눈치챈 시종들이 아주 조심스럽게 뜨거운 차를 가져다주었다. 카르젠은 차에는 손을 뻗지도 않았다. 등받이에 등을 기댄 채, 비어 있는 오케스트라 자리를 싸늘한 눈으로 보고 있을 때였다.

반쯤 닫혀 있던 문이 열리며 익숙한 기척이 들려왔다.

"카르젠?"

카르젠이 시선을 옮겼다.

"왜 말도 없이 먼저 갔어?"

라하는 카르젠이 왔다가 떠났다는 말을 전해 듣고도 의도를 해석하지 못할 만큼 멍청하질 못했다. 그렇게 영민하니 아직도 제 사랑을 받고 있는 거겠지. 그녀가 오지 않았으면 글쎄, 아마 황녀궁의 시녀 중 세 명이 오늘 죽었을 것이다.

"멀리서 봤는데 바빠 보이더군."

"안 바빴어. 놀라서 왔잖아."

"그랬나? 시간이 돼서 방문해 본 것이니 상관없다. 이리 와, 라하."

"응."

바깥에 서 있던 시종이 조용히 문을 닫았다. 안에 있는 것이라고는 사용인 몇 명. 조용하고 조금은 어둑어둑한 커다란 홀에서 라하는 카르젠이 있는 쪽으로 걸어왔다. 느긋하게 그 걸음을 감상하던 카르젠은, 라하가 제 앞에 오는 순간 손목을 잡아 힘을 주어 끌어당겼다. 그녀의 몸이 그대로 그의 품 안으로 무너졌다.

순식간이었다. 카르젠은 허벅지 위에 라하를 앉힌 후에야, 여상한 어조로 말을 이었다.

"그동안 일이 너무 많고 바빴지. 너와 단둘이 있는 것도 오랜만이구나."

"그러게, 카르젠."

라하의 대답은 늘 그렇듯 부드럽다. 그때, 본 연주 전에 리허설을 위하여 초청된 악단들이 올라왔다.

그들은 이미 시종들에게 말을 전해 들었는지, 이미 앉아 있는 황제와 황녀를 보고서도 놀라지 않았다. 정확히는 이쪽을 절대 보지 않으려고 필사적으로 노력하고 있었다. 카르젠은 별달리 신경도 쓰지 않았고.

어차피 귀족도 아닌 놈들이다. 지금 여기서 무슨 장면을 보고 나가서 무슨 말을 떠들든 그 정도는 상관없었고.

지휘자의 긴장을 숨긴 몇 마디 지시 후, 음악이 연주되기 시작했다. 과연 궁중 연주회에 어울릴 훌륭한 실력이었다. 귓가를 자극하는 달콤한 선율이 고요한 홀을 채우기 시작했다.

그 와중에도 라하는 얌전히 앉아 있었다. 늘 그랬듯이.

카르젠은 라하를 품 안에 가둔 채로, 그녀를 내려다보았다. 귀는 연주를 듣고 있는데 눈은 그러지 못했다.

보석처럼 기이한 빛을 뿌리는 눈동자는 매번 카르젠에게 비이상적인 갈증을 느끼게 만들었다. 이런 눈을 가진 주제에, 그런 눈빛을 가진 주제에 상대방을 빤히 보는 습관을 가지고 있는 황녀라니.

그런 주제에 자신이 만지는 것을 극도로 혐오하고 있다니.

라하 델하르사는 맹랑하기 그지없었다. 그 눈을 뽑거나 목을 조르거나. 또는 다른 욕망에 시달리게 된다는 걸 모르고 있으니 감히 이럴 수 있는 것이지.

카르젠의 시선이 라하의 입술 쪽으로 내려갔다. 왕제의 목덜미에 입을 맞추던 장면이 다시 한번 그림처럼 떠오른다.

"라하."

"응."

내게도 입을 맞춰 보겠나?

목울대 아래서 일렁이는 말 대신, 카르젠은 손을 나른하게 움직였다. 가녀린 목을 움켜쥐려는 듯 움직이던 손이 그녀의 목에 채워져 있는 리본을 풀어 버렸다. 라하가 미처 벗지 못했던 망토가 스르륵 어깨를 타고 흘러내렸다.

바닥으로 흘러내린 망토에는 눈길도 주지 않는다. 카르젠의 시선은 그저 라하에게 꽂혀 있었다. 그는 그녀의 머리카락을 그러모아 반대편 어깨로 넘겨 버렸다. 흰 목선에는 아득할 정도로 붉은 자국이 가득했다.

미친 새끼가 어지간히 핥고 빨았구나.

카르젠은 라하의 목 위에 입술을 파묻었다. 숨결이 그녀의 목을 간지럽히는데도, 라하는 미동조차 하지 않았다. 그저 카르젠의 모든 행동을 가족 간의 친애로 기꺼이 오해해 주는 이 반응.

'계승자의 눈'이 전하는 반동이 아니었다면, 카르젠 역시 완벽히 속았을 것이다. 이 순진한 쌍둥이는 아무것도 모르고 그저 꼬리를 흔드는 개처럼 자신을 믿고 있겠구나. 어디 모자란 게 아닐까 분명히 착각했을 것이다. 하지만 지금도 단전 위를 뭉근하게 조여 오는 죽음의 감각이 카르젠에게 현실감을 북돋아 주었다.

이 빌어먹을 창공의 눈동자가 지켜 주는 게 도대체 누구지?

너인가, 라하?

내가 아니고?

카르젠은 하마터면 웃음이 나올 뻔했다. 전쟁터에서 살았으니 칼날이 피부를 에는 듯한 스산함이 새삼 낯설 것도 없었다. 조금 더 온몸의 솜털이 곤두서는 기분이기는 했으나, 카르젠은 라하의 목에서 입술을 떼지 않았다. 혀를 내밀어 핥아 보기라도 하다가는, 자신을 극도로 혐오하는 라하가 끔찍한 환상통을 목구멍 안까지 밀어 넣어 주겠지.

"카르젠."

내내 얌전히 있던, 영원히 얌전히 있을 것 같던 라하가 입을 연 건 그때였다.

"이제 이러면 안 돼."

그 목소리에 확연히 묻어나오는 곤란함에, 카르젠은 방금까지의 조소도 잊고 조금 의아해졌다. 라하 델하르사가 제 스킨십에 이런 목소리를 낸 게 처음이었기 때문이다.

"안 된다니. 라하. 왜 안 되지?"

라하가 대답을 돌려주기 전. 한 박자 늦게 카르젠은 바로 지척에 사람이 서 있다는 사실을 인식했다. 온몸에 감도는 눈동자의 거부 반응 때문에, 귓가를 울리는 악기 소리 때문에 뒤늦게 알아챘다.

카르젠이 라하의 목에서 고개를 막 들어 올린 그 순간.

"……?"

누군가 그의 품에서 라하를 빼내 갔다.

"……!"

카르젠은 거의 반사적으로 자리에서 일어났다. 그의 품에서 감히 무언가를 빼앗아 간 건, 심지어 라하를 이런 식으로 뺏긴 건 태어나 처음이었다.

"폐하."

칼을 깎아 만든 듯한 목소리가 카르젠의 귀를 울렸다.

"제 정혼자에게 배려가 깊으시군요."

힐로스드의 왕제가 딱 그만큼의 냉기 서린 눈으로 자신을 보고 있었다.

"폐하의 보좌관도 그렇고 말입니다."

왕제는 그의 앞에 라하를 똑바로 세워 놓은 채 카르젠에게서 눈을 떼지 않았다. 감히 제 앞에서 라하를 품 가까이 이끌어 간 남자가 처음이었기 때문에 카르젠은 순간 허리를 더듬을 뻔했다. 당연히 칼은 없었다. 여긴 전장이 아니었으니까.

하지만 아주 잠깐 움직인 카르젠의 손을 왕제는 바로 알아본 모양이었다. 카르젠의 입가가 서서히 비틀리기 시작했다.

"그 말이 무슨 뜻이지? 왕제."

"말 그대로입니다. 들으셨는지는 모르겠지만."

세베로가 이 왕제에게 멱살이 잡혔다는 얘기는 들었다. 예상한 일이다. 상세한 얘기는 듣지 못했지만, 늘 그랬듯 라하를 핥아먹고 싶다는 표정으로 보았다가 멱살이 잡혔겠지.

카르젠은 입꼬리를 끌어 올렸다.

"내가 내 쌍둥이에게 하는 배려가 과했다는 건가?"

"감사하다는 뜻입니다. 황녀의 정혼자로서."

그 욕망을 배려라는 뜻으로 포장할 수 있다면.

왕제는 카르젠에게 더 시선을 주지도 않았다. 그의 발밑에서 뒹굴고 있는 망토에 눈길을 던졌다. 굳이 몸을 굽혀 망토를 다시 줍진 않았다. 힐로스드의 왕제는 어깨에 걸치고 있던 코트를 벗어, 라하의 어깨에 둘둘 말았으니까.

"차가운 데는 앉기 싫은가? 라하."

카르젠을 씹어 먹을 듯한 표정을 하고서도, 내놓는 말은 지나치게 완벽했다.

라하는 카르젠의 품에서 들어 올려졌을 때부터, 그래서 바닥에 홀로 똑바로 섰을 때부터 굉장히 당황한 상태였다. 몹시 드문 일이었다.

하지만 감정을 티 내지 않는 것은 그녀의 특기 중 하나였고, 지금 무슨 대답을 해야 하는지도 알았다.

"……응."

천천히 말을 잇는다.

"싫어."

셰드는 라하의 대답에 웃음을 돌려주진 않았지만, 적어도 카르젠을 바로 죽일 듯한 눈빛은 거둔 상태였다. 그는 라하를 아예 안아 들었다.

그러고선 별다른 말도 없이 카르젠의 옆자리에 털썩 앉았다. 틀린 자리는 아니었다. 그곳이 황녀의 정혼자에게 배정된 자리이자, 현재 델로 제국의 모든 우방국 중 최상위로 분류된 힐로스드의 귀빈에게 배정된 자리였으니까.

곧이어 입장할 귀족들이 보기엔 이쪽이 확실히 편하겠지.

어딜 봐도 황녀에게 푹 빠진 왕제가 그녀의 자리가 데워질 때까지 기꺼이 몸을 내주는 걸로 보일 테니까. 코트로 둘둘 말려 있지만 그마저도 귀족들의 눈에는 다르게 보일 것이다.

신사로서의 예의와 정혼자로서의 연정 그 어딘가.

그러나 안겨 있는 라하로서야 후자가 압도적으로 짙다는 사실을 모를 수가 없었다. 그녀는 눈을 천천히 내리깔았다. 카르젠은 여전히 선 채로 자신에게 시선이 못 박혀 있었다. 아니, 어쩌면 자신을 지나쳐 셰드를 죽이는 상상을 하고 있을지도 몰랐다.

이 얼어붙은 공기에 누가 먼저 질식할까? 악단? 시종? 아니면 곧 오게 될 귀족들?

영영 이렇게 셰드의 품에 안겨 있고 싶은 마음을 내리누르며, 라하는 평소처럼 미소를 지었다.

"다른 귀족들의 자리도 데워 놔야겠네. 난로를 조금 덜 들여놔서."

라하가 시종에게 손짓을 하자 숨을 죽이고 있던 시종이 서둘러 달려왔다.

"자멜라 영애는 어디 있지? 이리로 모셔 와."

"예, 황녀님."

시종이 유령처럼 움직이고, 라하는 셰드에게로 시선을 옮겼다.

아까 전 그의 표정이 아직도 생생했다. 카르젠의 품에 가둬진 채, 목이 물린 채 있는 자신을 보는 순간 딱딱하게 굳어 버리던 낯.

그래서 라하는 카르젠에게 말했다. 이젠 이러면 안 되겠다고.

정말로 안 되겠다고.

성큼성큼 걸어온 셰드가 자신을 카르젠의 품에서 그대로 빼낼 줄은 상상도 하지 못했지만…….

라하는 늘 그렇듯 미소와 함께 입을 열었다.

"내려 줘."

셰드의 눈동자가 라하를 향했다. 그녀의 몸을 감싸고 있던 그의 손은 전혀 움직이질 않는다. 허벅지 아래가 팽팽히 당기는 기분은 들었다. 셰드의 손등을 붙잡고 있던 라하의 손에 힘이 들어갔다. 놔 달라고 한 번 더 말하지는 않았다. 그럴 필요가 없었다.

라하의 손가락 사이사이를 파고들어 꽉 쥔 셰드가, 그녀의 눈동자를 뚫어지게 보면서 천천히 놓아주었으니까.

아마 그는 모를 것이다. 놓아 달라고 하면 놓아주고 그녀가 싫어하는 기색이면 더 이상 몰아붙이지 않는 게 라하에게 어떤 의미인지. 말할 생각은 없었다. 그렇게 약한 모습을 드러내는 건 도무지 라하가 할 수 있는 일이 아니었다.

다만 누르고 누른 감정을 담아, 라하는 셰드에게 미소를 그려 주고 품에서 일어났다. 자멜라가 오기 전 의자 위에 전부 데운 물주머니를 올려 놔야겠다고 생각하며 카르젠을 돌아보았다.

"자멜라 영애를 데리고 올게요. 카르젠."

유순하고 상냥한 목소리다. 자신이 빠져나가고 이 홀에서 사람이 죽어 나가든 핏물이 바다를 이루든 아무런 상관도 없다는 듯. 라하는 딱 그런 태도로 산뜻하게 몸을 돌려 걸어 나가 버렸다. 아주 짧은 침묵이 흘렀다. 카르젠은 털썩 자리에 주저앉았다.

황녀가 사라지자 분위기는 이제 혹한처럼 얼어붙어 있었다. 적어도 단상 위에서 연주를 지휘하는 지휘자는 그 냉랭함을 감지했다. 지휘봉 끝이 가늘 게 떨렸다. 약간이라도 실수를 하는 날엔 악단 전체가 목이 잘릴 것 같은 막연한 불길함이 들었다.

그리하여 여느 때보다 완벽한 연주가 비어 있는 홀을 울렸다.

"왕제."

카르젠이 입을 열었다.

"침노로서의 시간은 어땠나. 즐거웠나?"

"예."

"얼마나 즐거웠지?"

"폐하께 따로 공물을 바쳐야겠다고 결심했을 정도라고 하면."

셰드는 카르젠을 쳐다보지도 않고 말을 이었다.

"대답이 되겠습니까?"

팔걸이에 얹혔던 카르젠의 손끝이 미세하게 움틀거렸다.

"아."

카르젠이 피식 웃었다. 눈은 여전히 얼음처럼 차가웠다.

"충분하군."

이후로 침묵이 흘렀다.

라하가 떠난 자리에서 황제도, 왕제도 둘 중 누구도 입을 열지 않았다. 긴 연주가 끝나는 그 순간까지.

* * *

"악사들이 폐하의 앞에서 연주를 선보이느라 긴장을 많이 했던 모양이에요."

자멜라의 말에 라하가 가볍게 수긍했다.

"그러게요."

그들의 연주 실력은 더할 나위 없이 훌륭했다. 문제는 퇴장할 때였다. 한 명이 자리에서 일어나다 휘청거리며 바닥에 쓰러진 것이다. 아예 기절해 작은 소동이 벌어졌다.

자멜라는 걱정스러운 얼굴로 말했다.

"악단을 지금이라도 교체해야 할까요?"

"……!"

지휘자의 어깨가 움찔 떨렸다.

황제의 국혼을 비롯해 황녀의 결혼식까지. 큰 연주를 새로 맡는 악단이었다. 오늘은 따지고 보면 시험 연주였고, 국혼에서도 저렇게 픽 쓰러지면 어쩌느냐는 뜻이었다. 라하는 악사가 쓰러졌던 자리에 흘긋 시선을 던지고 말했다.

"오늘은 긴장해서 그랬던 거겠죠. 교체까지 할 필요는 없을 것 같아요."

"그런가요……. 하긴 그렇죠."

자멜라도 매번 악단이 실수를 할 때마다 새로 교체하려면 수고가 많이 들 거라는 사실에 동의했다. 숨을 꾹 참은 채 자멜라와 라하의 대화를 듣고 있던 지휘자는 속으로 안도의 한숨을 내쉬었다. 황녀와 차기 황후 앞에서 공손히 붙잡고 있던 지휘자의 두 손에는 이미 식은땀이 가득했다.

라하는 어깨까지 가볍게 떨고 있는 지휘자에게 흘긋 시선을 던졌다.

왜 기절했겠는가. 필경, 카르젠이 라하를 다른 곳도 아닌 그의 허벅지 위에 앉히는 모습을 보고 놀란 것이 틀림없었다. 머리가 팽팽 돌겠지. 왜 쌍둥이 사이에 저런 배덕감이 묻어나는 것인가? 저런 게 말이나 되는가? 왜?

아무런 언질도 듣지 못했는데.

이미 머리가 복잡한 와중에 갑자기 나타난 셰드가 황제의 품에서 라하를 빼내 갔으니. 연주가들은 머리가 터지려고 했을 것이다. 셰드와 카르젠 사이의 험악한 분위기는 자신도 충분히 읽었는데, 연주가들이 모를 리가 있겠는가.

결국 잔뜩 움츠린 채로 연주에 매진했다는 결론이 나온다. 그런 심적 고생을 하면서도 연주에는 흠이 없었으니 오히려 역량이 대단하다는 뜻이 되는 거고.

그래서 라하는 자멜라와 달리 이 악단에 몹시 후한 평을 내린 상태였다. 라하가 지휘자에게 물었다.

"하지만 연주를 시험 삼아 한 번 더 들어 보기는 해야겠구나. 한두 명이 빠져도 춤곡을 연주하는 데는 지장은 없겠니?"

"무, 물론입니다……! 황녀님!"

"최소로 필요한 인원수가 몇이지?"

"기본적인 춤곡만 필요하신 거라면, 일단 다섯 명, 아, 아니 네 명…… 아니, 세 명! 세 명만 있어도 되긴 합니다."

미간을 가볍게 좁힌 채 지휘자의 답변을 들은 자멜라가 라하에게 말했다.

"그럼……. 황녀님? 저녁 정찬이 끝나고 간단한 티 파티를 열까요? 그땐 다른 귀족들도 아직 자리하고 있을 때이니 함께 연주를 들어도 좋을 것 같아요."

"그럴까요."

자멜라와 라하가 잠깐 따로 나와 지휘자와 이야기를 나누는 사이, 커다란 문 안의 홀에서는 이미 저녁 정찬이 바쁘게 준비되고 있었다.

아까 전, 카르젠과 셰드 사이의 숨 막히던 대립의 흔적은 어디에도 남아 있지 않았다. 특별히 초청받은 주요 고위 귀족들은 고상한 태도로 수준 높은 음악을 즐겼고 정찬을 함께했다. 황제는 적당히 가라앉은 무표정이었지만, 그는 언제나 그런 편이었기 때문에 특별히 문제될 건 없었다. 오히려 황녀가 평소보다 기분이 조금쯤 좋아 보여서, 자멜라는 다행이라는 생각을 했다.

저녁 정찬은 좋은 분위기로 마무리되었다. 즉석에서 티 파티가 열린다는 말에 떠나는 귀족도 없었다. 새로 준비된 자리는 임시라지만 완벽했고, 어쩐지 결혼식 후의 피로연을 연상케도 했다.

자멜라와 함께 자리를 준비해 놓았던 라하는 몇 가지를 더 확인한 후에야, 셰드가 앉아 있는 곳으로 향했다. 그는 황녀의 정혼자에게 어울리는 상석에 앉아 시종에게 차를 대접받고 있었다.

"차 어때?"

"괜찮군."

"괜찮아?"

라하가 고개를 갸웃했다. 시종은 라하의 앞에도 차를 따라 주었다.

"어떤 차를 좋아해? 다른 걸 가져오라고 할게."

셰드가 고개를 들어 올렸다. 귀를 쫑긋 세운 채 그들의 말을 경청하고 있는 시종을 가벼운 손짓으로 물린 그가 말했다.

"아무거나 상관없어."

"그래?"

그러고 보면 라하는 셰드가 좋아하는 걸 잘 몰랐다. 음식도 특별히 가리는 게 없고, 옷도 라하가 골라 주는 걸 순순히 받아 입었다. 기사라서 그런가? 그래도 부강한 왕국의 왕제인데 취향이 특별히 없는 것 같았다.

나랑 자는 건 그렇게 좋아하더니.

라하는 셰드의 곁에 앉아 차를 마셨다. 악단은 지휘자에게 무슨 말을 들었는지 혼신의 힘을 다해 연주하고 있었다. 덕분에 연주는 놀라울 정도로 듣기 좋았다. 어쩐지 웃음이 나왔다. 살기 위해서는 사람이 별 능력을 다 발휘하는 법이지. 산증인이 자신이 아니던가.

'저 정도면 자멜라 영애도 만족하겠네.'

문득 입 앞으로 붉은 과육이 내밀어졌다. 입술에 단단한 딸기가 톡 가볍게 부딪혔다. 라하가 약간 당황해 옆을 보았다. 셰드가 자신을 보고 있었다.

"입 벌려 봐."

얼떨결에 라하가 입을 벌리자 과육이 입 안으로 훅 들어왔다. 그녀가 천천히 딸기를 씹었다. 설탕 위에서 표면을 조금 굴렸는지, 작은 알갱이들이

씹히는 딸기는 새콤달콤했다.

씹어 삼키기 무섭게 또 한 번 과육이 내밀어졌다. 라하는 또 반사적으로 딸기를 입 안에 밀어 넣고서야 주변을 곁눈으로 둘러보았다.

서열에 맞춰 준비된 동그란 테이블마다 두셋씩 앉아 있는 테이블이 스무 개가 넘었다. 물론 지금은 대연회가 아니지만, 참석자는 완벽히 교육받은 예법을 몸에 두르고 사교계의 비단길 위를 걷는 고아한 대귀족들뿐이었다.

적지 않은 이들이, 자신에게 과육을 손수 먹이는 셰드의 모습을 보았을 것이다. 특히 근처에 있는 테이블에 앉은 귀족들은. 하지만 어떤 귀족도 라하나 셰드 쪽을 흘긋거리며 웃지 않았다. 전부 보았을 텐데도 저렇게 자연스럽게 보지 못한 척하는 게 대단하긴 했으나……

그렇다고 언제까지 이렇게 아이처럼 받아먹을 수는 없지 않은가? 과육을 씹는 속도가 느려졌다. 마침 악기 소리가 작았기 때문에, 라하는 입을 여는 대신 셰드의 손등을 가볍게 붙잡았다.

그만 먹겠다는 뜻이었고 다 알아들은 게 분명했음에도 셰드는 아랑곳하지 않았다. 라하는 눈을 깜빡였다. 가장 윗부분만 잘라 낸 붉은 과육이 입 앞으로 또 내밀어진 것이다. 그냥 과일을 먹여 주려는 것보다 훨씬 애대하는 듯한 태도였다.

"……"

라하가 일단 받아먹자, 그가 픽 웃었다. 과육의 남은 아랫부분을 셰드는 아무렇지 않게 본인의 입으로 가져갔다.

적당히 낮춘 목소리로 라하가 말했다.

"그만 먹을래."

"몇 개나 먹었다고."

"저녁을 많이 먹었어. 그리고 왜 그렇게 잘라서 줘?"

"넌 입이 짧잖아. 먹기 싫으면 윗부분만이라도 먹어."

라하의 미간이 좁혀졌다.

"그런 건 애들한테 먹일 때 쓰는 방법이잖아."

"델로는 그런가?"

"델로는 그래. 아."

라하가 물었다.

"힐로스드는 안 그래?"

셰드의 입가에 희미한 미소가 그려졌다.

"힐로스드도 마찬가지야."

"……."

셰드는 또 과육의 윗부분을 잘라 내 라하의 입가로 가져갔다. 라하가 셰드를 곁눈으로 노려보며 말했다.

"그냥 내가 먹을게."

안 먹으면 먹을 때까지 잘 손질된 과일을 굳이 절반씩 썰어 제 입에 넣어 버릴 기세였다. 포크를 들어 올린 라하는 몇 개의 과일을 더 골라 먹은 후에야 차를 마셨다.

이제 만족하냐고.

라하는 그런 뜻을 담아 셰드의 손등을 툭툭 쳤다. 순간이었다. 유연하게 뒤집힌 손이 라하의 손가락 사이사이를 파고들어 꽉 잡았다. 그녀가 내심 당황할 정도로.

손은…….

정혼자들 사이에 손은 잡아도 되지. 그런 건 예법에 어긋나지 않았다. 남들의 웃음이나 저것 보라는 눈짓이나 조금 살까. 대귀족들 틈에서 그 정도는 괜찮았다.

사실, 카르젠이 아니라면 라하는 언제나 공식 석상에서 그저 우아하게만 행동했다. 카르젠이 자신을 어떻게 할 때를 제외하고는 적통 황녀로서 책이 잡힐 짓은 절대 하지 않았다.

침노를 거느린다는 소문은 사실이라 그녀가 떨쳐 낼 수 없으니, 행동거지만은 눈을 의심할 만큼 고상하게. 그러지 않고서는 갖은 뒷말에서 자유로워질 수 없다는 걸 아니까.

라하는 셰드에게 잡힌 손을 의식했다. 눈은 단 위의 오케스트라에 고정되어 있었지만, 딱딱한 손이 자꾸 의식됐다.

"셰드."

어떤 부드러운 선율이 귓가를 울릴 때였다.

"넌 뭘 좋아해?"

타인이 무언가를 좋아하는지, 순수하게 알고 싶어 물어본 건 이번이 거의 처음이었다. 귀족들의 취향을 알아 내 개인적인 선물을 준비해야 할 때가 아니라면. 그런 정보들이야 수백 개를 외우고 있는 라하였지만, 지금은 그때와 달랐다.

이 남자. 매번 손이 단단하고 뜨거워 기분을 이상하게 만드는 이 남자가 뭘 좋아하는지 정말로 궁금했다.

셰드는 라하의 질문을 듣고서도 한 박자 느리게 시선을 돌렸다. 크고 우아한 악기를 연주하는 연주가처럼 느긋함이 묻어나는 행동이었다. 그 또한 손꼽히게 부유하며 부강한 왕국의 왕제라는 사실을 절로 되새기게 할 만큼…….

"알고 있잖아."

그래서일까. 라하는 순간, 셰드가 되묻는 말을 바로 이해하지 못했다. 셰드가 한 박자 늦게 대답했듯이, 라하 역시 같은 시간을 두고 천천히 그의 말을 알아들었다.

"굳이 듣고 싶으면 종일도 말해 주지. 그런데 라하."

짧은 한 마디 한 마디가 라하의 가슴에 천천히 녹아들었다.

"너는 그런 걸 듣는 걸 좋아하지 않잖아."

"……."

라하가 자신을 피하려고 하지만 않는다면. 질리도록 품어 온 마음을 이야기하는 거야 어렵지도 않았다. 원하기만 한다면 얼마든지 속삭여 줄 수 있었다. 아마르 대신관이 피를 토하면서까지 얼굴에 덧씌워 준 신성력은 굳이 이야기하지 않아도 좋았다.

라하는 셰드가 가진 감정을 두려워했다. 올곧게 받아들이지 못하고 피하기만 했다. 돌이킬 수 없는 선택지를 앞에 두고, 회피하려는 아이처럼 보이기도 했다. 라하가 딛고 선 바닥을 무너뜨리지 않기 위해. 아니, 적어도 그녀가 유일하게 붙잡고 있는 작은 평화를 위해 셰드는 기꺼이 입을 다물고 있었다.

다만 간혹.

이렇게 미소를 드리운 얼굴로, 천진난만하게 자신을 찌르는 목소리에 넘실거리고 마는 건 충동이 아니라 셰드가 내내 앓고 있는 무언가였다.

그 악의 없는 잔영을 마주할 때마다 셰드는 라하의 모든 것을 단단히 붙잡고 이야기하고 싶다는 열망에 시달렸다. 어쩌면 그녀와 처음 재회했던 그날부터 내내 목 아래서 맴돌던 말이었을지도 모른다.

"나는 너 외엔 뭘 좋아해 본 적이 없어."

어떤 수식어도 없이 그저 그 마음 하나가 전부였으므로.

* * *

"그날 보셨나요? 왕제님과 황녀님이 사이가 아주 좋으시더군요."

"보았습니다. 잘못 본 줄 알았어요."

"저…… 흠흠."

"……?"

"제가 마침 뒷자리에 있어서 보았는데……. 왕제님이 황녀님의 손을……, 흠흠. 어흠흠. 끝까지 안 놓으시던데 말입니다."

어떤 후작의 헛기침 섞인 속삭임에 귀족들의 귀가 쫑긋했다. 어디든 정략

혼이 일반적인 곳이다. 하지만 간혹, 이렇게 유독 사이가 좋아 꼭 연애를 하는 것처럼 보이는 정혼자들도 있었다.

그 주인공이 라하 델하르사라는 사실에 제국의 귀족들은 아주 깊은 흥미를 느꼈다.

황녀님이 짝을 찾긴 찾으셨나 보다, 어차피 먼 왕국으로 떠나실 텐데, 사교계에서 제대로 얼굴이나 한 번 더 보여 주셨으면 좋겠다, 결혼식을 델로 제국에서 올려서 다행이라는 등의 말들이 사교계를 휩쓸었다.

"국혼이 이제 한 달 후면 무탈하게 진행될 텐데요. 그때 두 분이 함께 참석하시지 않겠습니까?"

그런 말들이 사교계에 인사말처럼 정착될 즈음이었다. 본궁에서는 정기적인 국정 회의가 열렸고, 귀족들은 흥미 섞인 시선을 상석에 던졌다. 에스더 공작이 현자들을 모시러 가면서 한동안 비어 있던 자리에, 에스더 공작의 대리인인 방계 핏줄의 백작이 앉았기 때문이었다.

"알롱스터 백작. 오늘은 왜 그대가 자리를 차지했지?"

회의가 시작된 직후.

가장 높은 보좌에 느른히 앉은 카르젠의 질문에 백작이 일어나 예의 바르게 읍한 후 말했다.

"지고하신 황제 폐하. 어젯밤, 에스더에 현자들을 찾아 모셨다는 연락이 도착했습니다."

* * *

"올리버."

라하는 오늘도 성실하게 자신을 진찰하러 온 올리버를 내려다보며 말했다.

"네 스승님이 도착하실 거래."

"황녀님."

올리버가 황망해하는 목소리로 말했다.

"외람되지만 전 이제 스승님의 제자가 아니에요. 의술의 길을 선택하기로 하면서 그분과 맺은 사제 간의 인연은 늦가을의 마지막 백과처럼 아름답게 끝을 맺기로……."

"선물 같은 건 필요 없니? 황실 예부에서 준비해 줄 수도 있어. 내 궁의를 위해 예산은 충분히 있단다."

"황녀님! 감사하긴 한데 정말로 괜찮아요……!"

올리버는 어쩔 줄 몰라 하는 표정으로 거절했다. 라하가 피식 웃었다. 밤갈색 눈이 반짝반짝 빛나면서 사제 간의 인연은 옛날에 끝났다고 말하면 무슨 소용이 있다고. 하지만 자신이 현자라도 올리버는 귀여워할 것 같았다. 의술이 아니라 범죄술의 길을 선택한다고 해도……?

'올리버랑 안 어울리긴 하네.'

똑똑.

그때였다. 문을 가볍게 두드리는 소리가 들렸다. 조심스럽게 문을 열고 들어온 시녀가 고개를 숙이며 말했다.

"황녀님. 본궁에서 기별이 왔습니다."

"누가 왔니? 아. 내가 나갈 테니 기다리라고 하렴."

라하는 올리버의 머리를 가볍게 쓰다듬고 말했다.

"너도 이제 가 봐."

"그, 황녀님. 괜찮으시면 침노분들을 좀 진찰하고 가도 될까요?"

"침노들을? 그래."

"그리고……."

올리버가 우물쭈물하며 말했다.

"왕제님도 진찰해 봐도 되나요?"

"그는 너무 건강해 보여서 진찰하기 싫다며?"

올리버가 사레가 들린 듯 기침을 했다. 라하가 피식피식 웃었다. 셰드가 돌아오고 일주일을 보낸 날. 올리버는 라하의 몸을 진찰하고 사색이 되었다. 그때부터 셰드를 아주 좋아하지 않는 티를 풀풀 냈다.

'슬슬 눈치챘나 보네.'

힐로스드의 왕제가 자신의 아름다운 그 인형이었다는 사실을. 라하는 영민하기 그지없는 소년 궁의에게 가벼운 어조로 수락해 주었다.

"그도 어차피 내 침노니 네 마음대로 하렴."

"네, 황녀님."

다른 귀족들이 들었으면 황망해했을 말도 올리버는 늘 수긍하곤 했다. 라하는 올리버의 머리를 괜히 한 번 더 쓰다듬고 침실을 나섰다.

"황녀님!"

그리고 밖에서 기다리고 있는 세베로를 보았다. 근래 들어 유독 얼굴을 보이지 않았던 그는 늘 그렇듯 미소를 환하게 머금고 있었다. 저렇게 은은하게 정욕을 깔고 정중한 미소를 짓는 것도 아무나 가능한 일은 아닐 텐데.

"무슨 일이지?"

"현자들이 드디어 돌아오신다 하지 않습니까? 폐하께서 부르십니다."

* * *

"폐하. 황녀님이 오셨습니다."

옥좌에 앉아 턱을 느른하게 괴고 있던 카르젠이 시선을 움직였다. 굳이 입을 열어 데려와라, 모셔 와라 등의 얘기는 할 필요도 없었다. 황제가 라하를 부를 때는 곧장 모셔 오게끔 하는 게 이 본궁의 원칙이었던지라.

문이 열리고 카르젠이 사랑해 마지않는 그 쌍둥이가 예의 그 아름다운 얼굴로 들어왔다.

"너희는 나가 보렴."

라하의 말에 따라 들어오던 세베로의 미간이 티 나지 않게 좁혀졌다.

황녀는 언제나 모든 말이 물 흐르듯 자연스러웠다. 그 또한 적통 황족의 소양이라지만, 특별히 더 그랬다. 그런 부드럽고 우아한 말투로 본궁의 사용인들을 물려 버린다.

사용인들은 발소리도 내지 않은 채 서둘러 물러났다. 한두 번이 아니었던 모양이다. 그럴 때마다 카르젠이 허락도 해 준 모양이고. 그러니 황제의 심기를 거스를까 매번 힘이 들어간 사용인들이 저리 조용히도 물러나지.

황녀를 황후 취급하는 건 카르젠이었으니 딱히 입 댈 수도 없었다.

'아니지.'

폐하께서는 황녀님을 따지고 보면 애첩으로 취급하지 않았겠는가. 그럼 그 위로 올라온 건 누구의 노력일까?

'황녀님이다.'

라하 델하르사.

항상 반했다고 떠드는데 주저함이 없던 라하를 두고, 세베로 크라수스는 냉정하게 생각했다. 역시 사막으로 자신이 떠나는 게 아니었다. 하다못해 황녀를 제 침노로 모셔 가겠다고 카르젠에게 간청이라도 했어야 하는데.

"너도 나가 봐. 세베로."

"아, 저는 두 분의 시중을 들겠습니다."

라하는 세베로에게 일말의 시선도 주지 않고 대답했다.

"그러렴."

짧은 목소리가 전부였다. 라하는 아무렇지 않게 카르젠 앞으로 걸어갔다. 카르젠은 자신의 앞으로 걸어 온 라하의 손목을 잡아당겼다. 품에 앉히는 일련의 흐름이 상당히 익숙해 보였다. 카르젠에게도, 라하에게도.

아. 이래서 사용인들을 내보내신 건가.

새삼……. 라하가 카르젠을 무서워해서 다행이라는 생각이 들었다. 그녀를 그리 만든 것은 카르젠이었으니 제 주군의 비정함은 틀리지 않았다.

머릿속에 온갖 판단이 횡행하면서도, 세베로는 충실하고 말끔한 시종처럼 찻주전자에 물을 따랐다. 카르젠은 평소에 크게 즐겨 마시는 차가 없었기에 황제의 본궁에 올라오는 찻잎은 매 시각마다 바뀌었다.

한 가지 공통점을 찾자면 전부 한 스푼당 금을 한 닢 줘야 살 수 있는 귀한 품종이라는 것 정도. 만리향이라는 이름이 붙은 차향이 알현실을 향긋하게 채웠다.

"현자들이 나흘 후에 도착한다는군."

카르젠이 혼잣말처럼 중얼거렸다. 그는 자신의 눈앞에서 흔들리는 푸른색 머리카락을 손끝으로 가볍게 그러쥐어 보며 말했다.

"라하."

"응."

"현자들이 몇 년 전 사막으로 떠날 때 말이다. 아무것도 선택을 하지 않고 떠났다는 사실을 기억하느냐?"

"응."

당연히 알고 있었다. 선황이 창공의 눈을 가진 라하가 아닌, 황태자인 카르젠에게 양위를 결정하였을 때. 사실 귀족들 중 절반은 현자들이 크게 반발할 거라고 생각했다.

하지만 현자들은 아무런 반발도 하지 않았다. 그러나 그뿐이었다. 어떤 의견도 표시하지 않았다. 그 미적지근한 침묵에 카르젠의 심기가 불편해질 이유도 없었다.

현자들은 얼마 가지 않아 사막으로 떠나 버렸으니까. 그사이 카르젠이 라하를 어떻게 망가뜨려도 상관이 없다는 뜻이겠지. 해석이야 자의라지만 적어도 카르젠은 그렇게 생각했다.

라하의 침궁에 매번 수많은 노예들이 진상되는 걸 보면서 적잖은 귀족들도 그리 생각했을 것이다.

당장 코앞까지 들이닥치고 있는 국혼도 국혼이지만. 이제 현자들이 돌아오게 되니, 이번에야말로 현자들은 대답을 회피할 수 없을 것이다.

창공의 눈을 이어받은 건 라하.

그러나 선황이 황위를 넘긴 건 카르젠.

"이번에 그들이 돌아오면 완전히 선택을 하라고 황명을 내릴 것이다."

"……그래?"

"이미 너무 늦었으니."

왜 굳이. 이제 와서. 현자들이 적당히 침묵하니 카르젠 역시 적당히 모른 척하면서 이제까지의 삶을 영위할 수도 있지 않은가.

라하는 자연스레 드는 의문을 입 밖으로 내지 않았다.

카르젠은 라하의 허리를 끌어당겼다. 제 품에 깊숙이 파묻고 그녀의 등줄기에 입술을 갖다 댔다.

"라하 델하르사."

"응."

"난 현자들이 너를 선택할 것 같구나."

귀머거리 시종처럼 차를 준비하던 세베로의 눈길이 순간 날카로워졌다. 황제의 일등 보좌관으로서 카르젠의 오른팔인 그는 첨예한 시선으로 카르젠의 품에 안겨 있는 라하를 살폈다.

그녀가 이 알현실에 들어서는 순간부터 내내 짓고 있는 미소가 한 점 흐트러짐이 없다는 걸 보면서도 세베로의 눈빛은 누그러들지 않았다.

카르젠의 인내심이 한계를 느끼는 그 짧은 시간을 아슬아슬하게 채우고, 라하가 입을 열었다.

"카르젠."

티끌 한 점도 거스르지 않을 목소리로 속삭이듯 말한다.

"현자들은 날 선택하지 않아."

"어떻게 확신하지?"

"황제는 카르젠이잖아. 내가 아니라. 나는 그저 창공의 눈을 가진 것뿐이고."

"그게 의미하는 바를 모르느냐?"

"알아. 그렇지만 카르젠. 내게 블레이크 듀크의 보검을 빼앗아 쥐어 준다고 해도 무슨 소용이 있어?"

"라하."

카르젠이 팔을 뻗어 라하의 손등을 겹쳐 잡았다. 그리고 검을 가르치듯 조금씩 움직여 주었다.

"네 팔을 움직이려고 하는 이는 있겠지."

"누가?"

"누구든 될 수 있다. 몇 해 전 죽었던 변경백이 기억나지 않느냐? 대연회 홀 샹들리에에 죄 걸렸지."

"카르젠."

라하는 곤란하다는 목소리를 내었다. 순간 카르젠은 강한 기시감을 느꼈다. 고작 얼마 전, 이 쌍둥이는 꼭 그런 목소리를 내지 않았던가. 제 품에 안겨서 늘 인형처럼 있었던 주제에, 언제 온지 모른 정혼자를 눈에 담고서 그런 목소리로…….

"나 내 정혼자를 사랑해."

순간 카르젠의 호흡이 우뚝 멎었다. 찰나였다. 차를 따르던 세베로 또한 비슷했다. 뜨거운 찻물이 눈 바로 아래 튀어, 세베로는 반사적으로 눈을 꾹 감았다가 떴다.

새까만 어둠 후 이어지는 빛무리. 한순간 시야가 정반대로 뒤집혔는데도 달라지는 건 아무것도 없었다. 카르젠의 앞에서 감히 사랑을 이야기하는 라하 델하르사의 얼굴은 여전히 숨이 막히게 사랑스러울 뿐이었다.

"그래서 이젠 정말 무서워. 사랑하는 정혼자가 혹시 휘말려 죽을까 봐 정쟁은 꼴도 보기 싫어. 공작들이 말하더라. 결혼하면 황궁에도 절대 오지 말고 힐로스드에서 살라고."

"……누가."

가라앉아 쇳소리가 섞인 목소리가 나와 카르젠이 목을 가다듬었다.

"감히 누가 네게 그딴 말을 지껄였지?"

"누구긴. 다들 그래."

윈스턴 공작이 그런 말을 했다는 걸 라하는 굳이 얘기하진 않았다. 게다가 그 공작은 그렇게까지 심하게 말하지도 않았고.

"그러니까 나는 이젠 정말로 평온하게 살고 싶어. 카르젠. 검을 아예 떨어뜨린 황족의 팔을 어떤 바보가 움직이려고 하겠어. 델로의 귀족들은 그렇게 멍청하지 않잖아."

라하의 손목을 쥐고 있는 카르젠의 손에 점점 힘이 들어가고 있었다. 카르젠 본인은 의식하지 못하는 행동이었다. 라하의 새하얀 피부 위에 자국이 붉게 나기 시작했지만, 그녀 역시 아무것도 느끼지 못하는 것처럼 그저 얌전한 미소만 짓고 있었다.

"카르젠."

그렇게 부드러운 목소리로 기어이 팽팽한 공기를 가른다.

"카르젠도 사랑에 빠지면 나처럼 이렇게 무르게 변할까?"

쨍그랑.

순간 들려오는 파열음에 서로를 마주 보고 있던 라하와 카르젠의 시선이 동시에 뒤로 돌아갔다.

세베로가 당황한 얼굴로 무릎을 쪼그려 앉았다. 방금은 정말로 손에서 힘이 빠졌다. 못 들을 말을 들어서였다.

"죄송합니다. 손이 미끄러지는 바람에 그만 놓쳤습니다."

"시종을 불러서 치우게 시키지 그러니."

"아닙니다. 말씀 나누십시오."

라하는 금세 흥미를 잃은 듯 카르젠을 다시 쳐다보았다. 그러다 결국 신음을 내뱉었다.

"아파. 카르젠."

"아."

카르젠이 그제야 라하의 손목을 틀어쥐고 있던 손을 놓아주었다. 붉게 올라온 자국을 손바닥으로 감싸는 행위가 퍽 다정하게 느껴진다. 어떤 멍청한 이에게는 그렇게 보일 것이다.

다만 이곳에 있는 누구도 멍청하질 못해서.

붉어진 손목으로 내려가 있는 라하의 턱이 붙들렸다. 카르젠이었다. 그녀의 턱을 잡아 든 카르젠이 고개를 숙였다. 그녀의 뺨에 깊숙이 입을 맞춘 그가 느리게 턱을 들어 올렸다.

"라하."

현자들은 반드시 너를 선택할 것이다.

그건 델로 제국의 황제로서, 델하르사의 승계자로서 확신할 수 있는 직감이었다.

사실, 카르젠이 몹시도 바라고 있는 바이기도 했다.

그래, 그래야만.

"네 궁은 윈스턴 영애도 감히 건드리지 못하게 하겠다."

힐로스드와의 혼인은 취소될 것이며, 라하 델하르사에게 그 이후로도 어떤 이도 감히 혼인을 주청하지 못할 터이니. 카르젠의 욕망은 비공식적으로 당위성을 부여받을 것이며…….

사랑이라.

"나 내 정혼자를 사랑해."

네가 감히 사랑이라.

"윈스턴 영애한테 뭐라고 하지 마."

"벌써부터 챙기는 것이냐?"

"조금 있으면 가족인걸."

"그래, 가족이지. 이 황궁이 네 가족이 사는 집인데 애먼 곳을 떠돌 필요가 뭐가 있겠나. 라하."

"응."

"카르젠도 사랑에 빠지면 나처럼 이렇게 무르게 변할까?"

세베로는 한 번 깨뜨려 먹은 잔을 또 깨뜨려 먹는 실수는 하지 않았다.

"폐하, 황녀님. 차를 드시지요. 식겠습니다."

"그럴까."

카르젠은 라하의 머리카락을 들어 입을 맞추고야 그녀를 내려 주었다.

* * *

"자멜라!"

자멜라 윈스턴은 휙 몸을 돌렸다. 윈스턴 공작이 재빠르게 다가오고 있었다. 황궁의 복도를 가로지르던 와중이었다. 윈스턴 공작은 딸을 발견하자마자 서둘러 걸어와 물었다.

"현자들을 맞이할 준비는 잘 끝냈느냐? 나흘이나 집에 돌아오지 않아 도대체 물어볼 시간도 나지 않더구나."

"네, 아버지. 잘 끝냈어요. 부족한 점이 있을 수도 있지만……."

자멜라는 현자들의 제자들이 들어서고 있는 커다란 회의실로 시선을 옮겼다.

"사소한 흠을 잡을 정신이 누구에게 있겠어요?"

"……그렇지."

"아버지도 어서 들어가 보세요."

윈스턴 공작은 한숨을 내쉬고 걸음을 옮겼다. 발걸음이 무거웠다. 에스더 공작은 현자들을 데리고 왔다. 국혼이 완벽히 이루어지고 있다는 사실에 집중하여 그 사실에 기뻐했건만.

그런데 황제가 현자들에게 '선택'을 강요할 줄은 몰랐다. 아무리 생각해도 현자들은 창공의 눈동자를 지닌 황녀를 선택할 것 같았기 때문이다.

차라리 그 미적지근한 침묵이 낫지 않았던가? 왜 황제는 굳이 모두가 애써 모른 척하던 부분을 짚어 낸단 말인가.

모두가 황제의 의중을 알지 못했다. 아마 에스더 공작도 모를 거라고 윈스턴 공작은 확신하고 있었다.

유일하게 짐작하고 있는 건, 이 델로 제국의 푸른 피들을 통틀어 오직 윈스턴 공작뿐일 테니까.

'황녀를 힐로스드로 보내지 않으려는 것이다.'

이제까지는 라하 델하르사가 황권에 위협이 되기 때문에 붙잡고 핍박하는 거라고 모두가 생각했다. 윈스턴 공작도 그랬다. 하지만 곧 대단한 사위가 될 황제를 날카롭게 지켜보다 보니 묘한 것이 걸리적거렸다.

그게 정말로, 그저, 황권에 직접적인 위협이 되는 불온 분자를 새장 속에 가두려는 폭군의 모습인가?

단지 그뿐이라고?

웃기는 소리였다.

"윈스턴 공작님. 이쪽으로⋯⋯."

공작은 자멜라가 저택에 돌아오지도 못한 채 며칠 사이 준비한 회의실로 걸어 들어갔다. 현자들의 귀환을 환영함과 동시에, 카르젠이 기습적으로 명령한 현자들의 명확한 입장 발표를 위한 자리였다.

이미 제국의 모든 공작과 후작, 그리고 세 손가락 안에 드는 정통성을 지닌 백작들이 자리하고 있었다.

그곳에는 여덟 개의 별을 그어 만든 듯한 자리 또한 마련되어 있었다. 델로에서 현자들을 공식적으로 초청할 때 이용하는 자리 배치였다. 사막에서 돌아왔다더니 몇 년 전보다 얼굴이 불그스름하게 탄 현자들이 실로 오랜만에 앉아 있었다.

순간 윈스턴 공작 역시 상황의 심각성을 잊고 약간의 반가움을 느낄 정도였다. 현자들은 아주 긴 역사 동안 그렇게 존경과 경외를 동시에 받는 현명한 이들이었다.

그들은 온화한 지성인들다운 따뜻하고 총명한 눈빛을 갖고 있었다. 그 어떤 진흙물에도 단 한 번도 흐트러진 적 없는 이들. 과연 이 모든 제국민들의 별로 손색이 없었다.

"황제 폐하 드십니다!"

얼마 후.

카르젠이 대회의실에 입장했다. 그의 뒤에는 라하도 함께였다. 그녀는 황제의 옥좌 아래, 몇몇 황족들에게만 허락되는 자리로 안내되었다.

황녀는 오늘도 아름다웠다. 우윳빛 피부는 맑게 빛났고 푸른색이 감도는 머리카락은 보석 핀과 함께 굵게 땋아 늘어뜨려 놓았다. 이 모든 난리와 소동의 시초였던 '계승자의 눈'은, 언제나 그랬듯 보석처럼 묘한 빛을 내뿜고 있었다.

현자들의 귀환을 환영하는 자리이며, 동시에 현자들에게서 미뤄 두었던 대답을 갈취하는 자리.

카르젠이 황제의 정복을 입은 것과 달리 라하는 연회에나 어울리는 드레스를 입고 있었다. 순백색 진주가 알알이 꿴 섬세한 레이스들이 황녀의 쇄골과 가슴을 넓게 덮었다. 덕분에 그녀는 그저 귀하게 자란 레이디처럼만 보였다.

카르젠은 자리에서 일어나 입을 열었다.

"델로의 황제로서 현자들의 귀환을 진심으로 환영하는 바다."

황제가 앉지 않고 일어났으니 휘하 귀족들 역시 전부 자리에서 일어나야 했다. 현자들은 작위가 매겨지지 않지만, 의전 서열은 공작들과 동급이었으며 위치는 공작보다 위에 있었다.

"황공하옵니다."

"그간 무탈하셨는지요, 폐하."

수많은 이들의 피를 손에 묻힌 철혈의 폭군에게도 이렇게 따뜻하고 부드러운 미소를 지어 주는 이들은 현자들이 유일할 터. 카르젠은 다시 옥좌에 앉은 후 현자들에게 자리를 권했다.

황제의 권유가 가장 우선이었으므로, 라하보다도 현자들이 먼저 착석했다. 그다음 라하가 앉았고 그 이후에야 귀족들이 자리에 앉았다.

공식적인 자리에서는 아무래도 예법이 복잡해지는 법이었다. 더군다나 황궁이니.

카르젠은 현자들을 한번 훑어본 후 입을 열었다.

"시종장을 통해 미리 알렸듯이, 그대들이 사막으로 떠나면서 분명히 표하지 않은 입장을 제대로 표현해 주길 바라는 바."

"……."

"이 자리에서 현자들의 공식적인 의견을 알리면 좋겠군."

"……."

공식적인 의견. 귀족들의 얼굴에 은은한 긴장감이 감돌았다. 분명히 현자들은 카르젠을 선택하지 못할 것이다. 그러지 않고서야 굳이 먼 사막으로 떠났을 이유가 무엇이 있겠는가.

현자들이 성물을 발굴하기 위해 떠났다고는 하지만, 노회한 귀족들은 곧이곧대로 그 변명을 믿지 않았다. 분명 곤란했기 때문일 터다.

창공의 눈을 황제가 이어받질 못했으니.

왜 하필 쌍둥이인가.

왜 하필 그렇게 나누어 가졌는가.

왜 카르젠은 굳이 못 본 척할 수 있는 문제를 끄집어내 빼도 박도 못하는 공식 석상에 세워 버린 것인가.

'계승자의 눈'을 이어받지 못해 생긴 틈을 참지 못하던 카르젠답다는 말도 있었다. 그는 자신의 황권이 연약한 황녀로 인해 조금이라도 흔들리는 걸 용납하지 못해, 피의 방법으로 권위를 다져 놓지 않았던가.

참으로 카르젠 델하르사, 그다운 일이었다.

"친애하는 황제 폐하."

현자들은 모두가 다를 바 없이 공평하나, 나이가 많은 이를 더 존중했다. 이 탓에 가장 나이가 많은 현자가 자리에서 일어나 정중하게 입을 열었다.

"현자들은 건국 이후 언제나 델로의 황제만을 위해 존재해 왔습니다."

윈스턴 공작이 마른침을 삼켰다.

"그러니 저희의 대답은 이와 상통합니다."

"……."

"저희 여덟의 현자들은 순리가 정한 대로 황제 폐하께서 마땅히 황위를 이어받아야 한다고 생각하며, 그 외에는 그 누구도 황위를 탐낼 수 없음이 마땅하다 여깁니다."

"……!"

순간 윈스턴 공작을 비롯한 몇몇 귀족들이 팔걸이를 강하게 움켜쥐었다. 온화한 현자는 그 작은 소란을 감지했음에도 흔들림 없는 고목 같은 태도로 말을 이었다.

"이것이 현자들의 대답이며 결코 변치 않을 선택임을 만 년의 진리 앞에 맹세합니다."

"……."

카르젠의 표정에는 약간의 변화도 없었다. 그러나 그가 쥐고 있던 보좌의 팔걸이 끝부분에 금이 가기 시작했다는 사실을, 뒤에 시종장과 함께 서 있던 세베로는 알았다.

"친애하는 폐하께서 명하신 대로 현자들은 의견을 냈고, 모았으며, 취합하였습니다. 원칙에 따라 공평히 결정을 내렸으며 다시 한번 말씀드립니다.

현자들은 오직 델로 제국의 황제를 위해 존재합니다. 폐하의 건강만이 저희의 기쁨입니다."

"……고마운 말이군. 이만 앉도록 하라."

"황공하옵니다."

이후로 시간이 어떻게 지나갔는지 모르겠다. 애초에 카르젠이 요청했던 것을 약간의 장고도 없이 선명한 대답으로 돌려준 현자들 덕에 더 회의가 이어지지도 않았다.

현자들이 공식적으로 인정하였으니 카르젠의 황위는 굳건할 것이며 '계승자의 눈'은, 글쎄. 모두가 라하를 흘긋거렸으나 차마 가까이 다가가지는 못했다.

내내 기품 있는 무표정으로 현자들과 카르젠의 공방을 듣던 라하는 현자들이 먼저 자리를 뜨고서야 자리에서 일어났다. 무도회 와중, 잠깐 춤곡이 멎었을 때의 그 가볍고 산뜻한 발걸음으로 카르젠에게 다가갔다.

"카르젠."

보좌에 앉아 있던 카르젠이 라하에게로 시선을 옮겼다.

"이제 모든 게 해결이 되겠네요."

완벽한 축약이었다.

라하의 미소는 평소보다, 아니, 이 자리에 있는 모든 귀족들이 이제까지 보았던 모든 미소를 다 합쳐도 모자랄 만큼 밝았다.

라하가 말을 이었다.

"그래도 이 눈이 문제긴 해요. 그러니 제가 생각한 것이 있는데."

"……무엇이지?"

"제가 후일 왕제와의 사이에서 아이를 낳으면."

"……."

"그때 카르젠의 아이와 혼인을 시키는 거예요. 그러면 모든 게 해결이 되지 않을까요?"

라하를 향해 있던 카르젠의 잿빛 눈동자가 순간 딱딱하게 굳었지만, 그녀는 조금도 아랑곳하지 않았다. 미소에는 단 한 줄의 금도 가지 않았다.

쌍둥이가 매번 자신의 뺨을 더듬고 손과 어깨를 끌어 잡을 때도 아무런 티도 내지 않고 우아하기만 했던 황녀다워서.

"그렇죠, 카르젠?"

"……그래. 라하 델하르사."

라하의 미소가 조금 더 부드러워졌다. 반대로 카르젠의 시선은 점차 얼음처럼 첨예하게 날이 올랐다.

현자들이 떠나 텅 빈 여덟 개의 자리를 본다.

그들이 자신을 인정했다는 게 우스웠다. 사막으로 떠나기 전에도 차일피일 미루며 모른 척하던 그들이 이제 와서.

이제 와서 자신을.

카르젠이 라하를 탐내던 모든 당위성을 산산이 부순 채.

이제 모든 건 변함없이 흘러갈 것이다. 카르젠과 자멜라 사이의 국혼은 완벽히 진행될 것이며, 라하는…….

힐로스드의 왕제와 보란 듯 결혼식을 올리고 먼 왕국으로 떠나겠지. 새장을 떠나 날아간 새가 다시 돌아올 이유는?

빌어먹게도 없었다. 새에겐 목줄을 채울 수도 없었다. 그렇다고 발목에 채워 놓은 구속구를 풀지 않을 수도 없었다.

아, 라하 델하르사가 감히 내 곁을 떠난다고.

그리도 공을 들였더니 건방지게도 제 곁을 떠나 보겠다고. 마법 연구 결과가 코앞인데 기어이 가 버리겠다고.

그 창공의 눈동자를 가지고, 감히…….

"그래도 이 눈이 문제긴 해요. 그러니 제가 생각한 것이 있는데."

"제가 후일 왕제와의 사이에서 아이를 낳으면."

"그때 카르젠의 아이와 혼인을 시키는 거예요. 그러면 모든 게 해결이 되지 않을까요?"

해결이 될 것이라고 생각하나?

라하 델하르사.

정말로 해결이 될 거라고 생각하나?

라하의 목소리가 끈질기게 카르젠의 머릿속에 달라붙었다.

성큼성큼 걸어, 회의실에서 침궁으로 돌아온 카르젠이 한쪽 손으로 얼굴을 감쌌다.

그의 아름다운 얼굴은 완전히 굳어 있었다. 약간의 조소조차 없이 그저 음영만이 뚜렷한 낯. 얼굴은 물론 몸조차 차디찬 석고처럼 굳어, 카르젠은 한동안 인형처럼 미동이 없었다.

"······폐하."

세베로는 초조한 목소리로 말을 붙였다. 회의실에서 이 침궁까지 따라오는 내내 몇 마디나 말을 걸었지만 카르젠은 대답하지 않았다. 일부러 무시한 게 아니라 아예 제 말이 들리지 않는 것 같았다.

라하 델하르사가 제 품에서 떠날 것을 직감한 카르젠은 그 긴 복도를 걷는 내내 폭발할 것 같은 분노에 가득 차 있었다. 그를 그리 오래 목마르게 한 갈증과 상실감이 엉망으로 뒤섞인다.

그놈 밑에 깔려서 온몸이 붉은 자국으로 뒤덮이는 것도 이해해 놓았더니, 감히 제게 무슨 말을 지껄이고 제 손아귀에서 도망치려고 하는 것인가?

네가 누구를 사랑하고 누구의 아이를 낳겠다고?

"후대가 나를 아주 머저리 같은 새끼로 기록하겠어."

"······폐하."

"창공의 눈동자를 다른 왕국으로 넘어가게 한 반푼이를 황제로 기록해 두기는 하겠나? 나라도 찢어 버리겠는데."

"폐하. 아닙니다. 황녀님께서는 잠시 힐로스드에 다녀오시는 것뿐이지요. 혹은 폐하. 폐하께서 출국을 강제하실 수도 있습니다. 반년 치 사유쯤이야 제게 일주일만 주시면 완전히 만들어 오겠습니다."

"반년?"

"예, 폐하. 그러니……."

"반년이 지나면?"

"……."

"레시스의 그 느려 터진 실험이 완성되려면 1년이 걸린다고 하던데, 반년이 내게 무슨 소용이 있지?"

"……폐하."

"세베로."

카르젠이 피식 웃었다.

"미치광이 보듯 하는 표정은 집어치우지 그래."

"그게 아니라……. 죄송합니다, 폐하."

"죄송할 게 뭐가 있지? 미칠 것 같은 건 사실인데."

궐련이라도 말아 피우듯 길게 숨을 내쉰 카르젠이 의자에 털썩 주저앉았다.

몇 년 전, 라하가 술에 중독되어 엉망으로 마른 꼴을 본 이후. 카르젠은 중독될 만한 모든 것을 끊었다. 그러니 술도 궐련도 거의 입에 대지 않았다. 특히 이렇게 한 모금이 간절할 때 입에 대면 더 끊기 어려우니.

눈을 감았다 천천히 뜬 카르젠이 입을 열었다.

"레시스를 불러와라. 세베로."

"……폐하."

카르젠의 잿빛 눈동자가 허공으로 향했다.

"눈이 보이지 않더라도 라하는 아름답지. 그렇지 않나? 세베로."

그건 안 된다.

그러면 안 된다.

두 손을 모으고 주저앉은 세베로 크라수스는 차갑게 굳은 얼굴로 허공을 노려보았다.

1년만 더 기다리면 되는 일이었다. 카르젠이 짜 놓은 청사진에는 어떤 문제도 없었다. 라하의 시력을 잃지 않게 하기 위해, 델하르사의 핏줄을 보호하는 황실의 성물을 온전히 유지하기 위해. 그걸 위해서 그 먼 사막으로 자신이 떠나지 않았던가.

하지만…….

현자들의 선택이 뒤통수를 쳤다.

"눈이 보이지 않더라도 라하는 아름답지."

세베로가 이를 악물었다. 안 된다. 황녀의 실명이라니. 카르젠의 치세에 너무도 큰 오점으로 남을 것이다. 역사에는 최악의 불명예로 기록될 것이며, 어쩌면 자신의 주군은 황위조차 지키지 못하게 될 수도 있었다.

"방법을 생각해 봐. 세베로 크라수스."

블레이크 듀크 역시 심각하게 말했다. 그 역시 상황의 심각성을 인지했는지 표정이 딱딱했다.

"황녀를 힐로스드로 보내지 않는 방법을 강구하는 게 최우선이질 않나."

방법? 방법이야 많다. 결혼식을 올리고 힐로스드로 향하는 길에 무장 강도로 위장한 비밀 그림자들을 파견시켜 황녀를 납치해 오면 그만이었다. 그래서 카르젠이 원하는 대로 황궁 깊숙한 곳에 숨겨 놓고 라하를 그의 소유로 만들면 된다.

"황녀님을 납치해도 오래 끌고 있을 수가 없어."

"왜."

"왕제 때문에."

"……."

누가 보아도 황녀에게 정신이 나간 게 분명한, 그 빌어먹을 황녀의 정혼자가 문제였다. 세베로가 라하를 어디에 숨기든 기어이 찾아낼 것 같은 역겨운 확신이 들었다.

세베로가 길게 숨을 들이켰다.

납치된 황녀가 황궁 깊은 곳에서 발견되었다. 후일 이런 사실이 밝혀지는 건 상관없었다. 그건 자신의 선에서 정리가 가능했다. 세베로는 언제나 라하를 원했으니까. 그녀를 사랑하고 원하고 벗겨 먹고 싶다는 욕망을 제대로 숨긴 적도 없었으니까.

황제의 신임을 믿고 그의 그림자를 조종해, 멋대로 황녀를 납치해 제 아이를 낳게 하려 했다고 증언하면. 고문당하고 목이야 잘리겠지만 황제와는 관련 없이 수습하고 끝낼 수 있었다.

하지만.

'계승자의 눈'이 멀어 버린 상태라면……. 그건 도대체 어떻게 해결해야 하는가? 자신의 목숨으로도, 아니, 누구의 목숨으로도 해결할 수 없는 일이었다.

창공의 눈동자가 기어이 빛을 잃어버린 걸 현자들이 용납할까?

델로의 공작들이 용납할까?

신성국의 신관들은?

귀족들은? 이하 평민들은?

누가 그걸 용납해 줄 수 있지? 아무도 이해할 수 없을 것이다. 세베로조차 도무지 카르젠의 그 행위에 대한 변명거리를 자아낼 자신이 없었다.

사실은 황제가 그의 쌍둥이를……

욕망하는지 사랑하는지.

차마 떳떳하게 밝힐 수 없는 감정에 함몰되어 있어서 그런 끔찍하고 이율배반적인 행동을 저질렀다고. 그 외엔 무슨 말을 해야 하는지 도무지 생각이 나지 않았다.

그런다면 차라리.

차라리……

"……."

세베로는 자리에서 일어났다.

"어디 가나?"

"앉아만 있는다고 해결이 안 되니까. 넌 돌아가 봐. 황녀궁 주위나 지키고 있어."

세베로는 표정 없는 얼굴로 저벅저벅 걸어가, 휘하 부관을 불러냈다.

"세베로 님."

"지금 하는 일에서 다 손 떼고."

"……예? 예."

커다란 책상에 펼쳐진 수십 장의 서류를 세베로는 차갑게 가라앉은 시선으로 훑었다.

하르셀. 인형. 대신관. 신성국. 서부 왕국. 올리버. 현자들.

황녀가 흔들릴 만한 것.

그 얼음장 같은 황녀의 마음을 조금이라도 흔들 수 있을 만한 것.

십수여 가지의 분류 중 세베로가 하나를 골라내 들어 올렸다. 하나씩 차곡차곡 쌓아 놓던 가지가 있었다.

"이쪽 조사에 전부 투입시켜라."

"알겠습니다."

"소문 나가지 않게 단속 잘 해. 블레이크 듀크에게도 흘러가면 안 돼."

"예."

부관이 바짝 기합이 든 채 대답했다. 세베로는 천천히 심호흡했다. 비척비척 걸어간 그는 의자 위에 털썩 앉았다. 술 한 잔이 간절했지만, 황녀의 입에 술을 끊이지 않고 들이부었을 때부터 그 역시 술을 마시지 못하게 된 지 오래였다.

* * *

"황녀님. 오늘도 본궁에 머무르실 건가요?"

본궁의 집무실. 라하가 시선을 옮겼다. 자멜라가 속눈썹을 가볍게 팔랑거리고 있었다.

"피곤해 보이세요."

"얼굴이 많이 엉망인가요?"

"그런 뜻은 아니랍니다. 다만 일주일 가까이 쉼 없이 일만 하셨으니 좀 쉬시는 게 좋을 것 같아서요."

라하는 수긍했다. 사실 자멜라의 말이 맞았다. 라하는 국혼 준비를 이유로 근 일주일은 계속 아침부터 밤까지 본궁에서 일만 계속했다.

"오늘은 일찍 돌아가 봐야겠네요."

물론 그 전에 들러야 할 곳이 있었다. 국무 회의가 정기적으로 열리는 것처럼, 일주일에 한 번은 주요 귀족들이 본궁에 모여 티 파티를 즐겼다.

에스더 공작도 물론 와 있었다.

현자들이 사막에서 돌아왔다는 것은 그간 자리를 비웠던 에스더 공작 역시 귀환했다는 말이었으니까. 공작들 중에서도 의전 서열이 가장 높은 에스더 공작이니, 매일같이 황궁에 모습을 비추는 것도 당연했고.

라하는 보기 껄끄러운 에스더 공작에게서 시선을 돌려 버렸다. 그녀는 라하와 멀찍이 떨어진 곳에 서서 귀족들에게 둘러싸여 있었다.

상관은 없었다. 라하의 곁에도 고위 귀족들이 즐비했으니까. 특히, 윈스턴 공작이 대놓고 라하의 곁에 서 있었다. 자멜라와 카르젠의 국혼을 한 달 앞둔 윈스턴 공작은 근래 기분이 그리 좋아 보일 수가 없었다.

남들 보란 듯이 라하에게 친한 척을 하는 것도, 나쁘지는 않았다. 그녀는 자신에게 적개심을 갖는 황비와 선황에게도 선명한 미소를 그려 줄 수 있는 황녀였으니까.

"황녀님. 크흠."

그때였다. 백발의 노귀족이 헛기침을 하며 말을 붙였다.

"혼인 축하 선물로 드리고 싶은 물건이 있습니다만."

"무엇이지?"

그의 뒤에 서 있던 시종이 서둘러 장미목으로 만든 상자를 들고 한 발자국 앞으로 나섰다.

황족에게 진상하는 것은 직접 보여 주는 게 예의였다. 그게 예의가 아니더라도 이 노귀족은 모두가 보는 앞에서 자신이 마련해 온 선물을 선보이고 싶기도 했다.

상자 안에 들어 있는 것은 청록색이 진한 둥그런 모양의 과일 여럿이었다.

"힐로스드 왕국의 특산품입니다."

"아?"

라하가 픽 웃었다.

"힐로스드의 특산품이라고."

"예. 힐로스드 왕국에서는 계절의 이름이 붙여진 과일을 귀하게 여긴다고 하더군요. 잘 무르는 바람에 힐로스드 밖으로는 잘 나오지 않고 구하기도 힘들지만 맛은 정말로 달콤합니다."

"그렇게 귀한 과일이라면 공수해 오느라 힘들었을 텐데."

"이제 곧 혼인을 올리시는 황녀님께 스펜서 백작가에서 드리는 자그마한 성의입니다."

라하의 입가에 엷은 미소가 그려졌다. 이런 성의라니. 제법 귀여운 성의였다. 라하의 얼굴이 밝아지는 걸 본 노귀족은 눈이 번쩍 뜨였다.

"크흠. 거기다 황녀님. 제가 구할 때 듣기로는, 힐로스드에서도 아주 귀하게 거래되는 과일이라고 하더군요. 그러니 왕제님께서도 좋아하지 않으시겠습니까?"

"그러게."

라하가 과일을 바라보며 살며시 웃었다.

"좋아할지도 모르겠어."

그녀는 과일에게 시선을 떼고 물었다.

"계절의 이름이 붙여진 과일이라면, 이름이 어떻게 되지?"

"여름의 밤이라고 하더군요."

"좋은 이름이네."

과연 보존 마법까지 걸려 있을 만큼 값비싼 과일인 티가 났다.

세베로가 사막에서부터 가져온 꽃 한 송이에 거는 보존 마법도 가격이 어마어마했을 것이다. 비록 다른 대륙에 있는 사막에서부터 들고 오는 것보다는 거리가 훨씬 짧다지만, 그래도 힐로스드 역시 델로와 먼 곳에 있질 않던가.

더군다나 상자는 여럿이었다. 황녀에게 공적인 자리에서 공물로 진상하려면 저 정도는 가져와야 면이 설 테니까.

"폐하께는 따로 올렸나?"

"아닙니다. 폐하께는 남부 왕국에서 나는 과일을 올리려고 준비해 놓았습니다. 스펜서에서 몇 달 전 남부의 무역로를 새로 개척하였지요. 모두가 황제폐하의 은덕이니 스펜서에서 경외와 감사의 마음을 담아서 말입니다."

라하가 슬쩍 웃었다.

"좋은 선택이구나. 폐하께 말씀드려야겠어."

노귀족의 얼굴이 더할 나위 없이 환해졌다.

"영광입니다! 황녀님."

카르젠에게 매번 쏟아지는 공물의 양은 상상을 초월했다. 그 앞에 제대로 전시도 되지 못하고 창고로 향하는 보물도 많았다. 라하가 굳이 한 마디 보태 준다면 당연히 스펜서 백작의 이름도 카르젠에게 한 번 더 각인이 되겠지.

'머리가 좋네.'

라하는 짙은 초록빛이 감도는 과일에 시선을 주며 생각했다. 이런 걸 보면 야심도 아무나 품는 게 아니라는 생각이 들었다.

신경을 많이 썼다기보다는 머리를 많이 썼다.

고작해야 몇 달밖에 되지 않았다. 그 전까지만 해도 라하와 결혼은 절대 나란히 둘 수 없는 말이었다. 그런데 이젠 사교계에서 매번 라하와 결혼에 대한 이야기가 나온다.

모든 게 평범해졌다. 순식간에 그렇게 평범해졌다. 평범하게 결혼을 준비하고, 평범하게 예복을 맞추고, 평범하게 결혼 이후 힐로스드로 가시면 정원에 어떤 나무를 심으실 예정이냐 따위를 물어보고…….

너무나 평범하여 라하에겐 순간순간 현실을 일깨워 주는 사람들의 악의 없는 이야기들.

라하는 스펜서의 이름을 한 번 더 시종에게 일러 준 후, 문 밖으로 나섰다. 바깥에서 대기하고 있던 시녀에게 라하가 말했다.

"궁에 먼저 가서 브란덴 경을 호출해 놓으렴. 올리버와 함께 있을 거야."

"네, 황녀님."

"마차도 준비해 놓고. 조금 이따가 돌아갈 거야."

"알겠습니다."

시녀가 눈짓을 하자 근처에 서 있던 시종들이 서둘러 상자들을 받아 들었다. 라하는 사용인들이 총총 걸음을 옮기는 걸 보면서 몸을 돌렸다.

라하는 이 선물이 정말로 마음에 들었다. 홀로 다시 돌아가자 라하가 스펜서의 선물을 제법 마음에 들어 했다는 얘기가 이미 퍼진 후인 것 같았다.

에스더 공작은 여전히 멀리 있고.

라하는 본래 있던 자리로 돌아갔다. 귀족들과 얘기를 나누고 있던 윈스턴 공작이 헛기침을 했다.

"스펜서에서 신경을 제법 썼군요. 근데 그래 봤자 과일 아닙니까."

"그래 봤자라뇨."

노귀족이 약간 발끈했다. 하지만 윈스턴 공작은 눈도 꿈쩍하지 않았다.

"윈스턴에서도 힐로스드에서 나는 사계절의 과일을 전부 공수해 와야겠습니다."

"어려우실 겁니다."

"왜 어렵습니까? 보존 마법만 충분히 구비하고 있다면 어려울 일도 아닌데요."

마침 이쪽으로 와 있던 자멜라가 눈동자를 살짝 굴리며 윈스턴 공작의 소매를 가볍게 툭 쳤다. 윈스턴 공작은 이제 와서 라하의 환심을 대놓고 사려는 귀족들이 제 몫에 달려드는 못된 개미 떼처럼 보이는 모양이었다.

자멜라는 스펜서 백작과 은근히 신경전을 벌이는 아비를 버려두고 라하에게로 시선을 옮겼다.

그리고 확실히……. 아버지가 툴툴대는 이유를 알 법도 했다. 그간 온갖 귀한 보석과 비단을 갖다 바쳐도 심드렁한 낯이던 황녀가 빙그레 웃고 있었으니까.

숱하게 바쳐지던 진상품들 중, 황녀가 무언가를 저리 마음에 들어 하는 걸 얼마 만에 보는지 모르겠다. 심술이 날 법도 했다.

힐로스드로 떠나게 되면, 그런다면 황녀는 행복할 거라는 생각이 들었다.

황녀는 정혼자를 사랑하게 된 게 분명했으니까. 아주 오랫동안 살얼음판 위를 걸어왔던 황녀가 이제는 마침내 행복을 코앞에 두는구나.

스펜서 백작과 다시 한번 인사를 하고, 홀을 나서는 라하의 뒷모습에서 자멜라는 한동안 눈을 떼지 못했다.

                                    * * *

"아니? 세상에! 여름의 밤이라니 이게 도대체 얼마 만입니까."

브란덴은 라하의 사용인들이 가져온 과일을 보면서 눈을 동그랗게 떴다. 힐로스드를 떠난 이후 한 번도 먹어 본 적 없는 여름의 밤이었다. 달콤한 과일을 즐기는 편은 아니었지만, 오래 먹지 못한 고향의 특산품이라니 반가운 마음이 들었다.

"올리버 님. 보십시오. 이게 힐로스드에서는 아주 사랑받는 과일입니다. 무척 구하기 힘들기도 하고요."

"그래요?"

셰드는 이 자리에 없었다. 힐로스드의 사절단이 파견되는 문제를 상의하고 싶다며 예부의 귀족들이 찾아온 까닭이었다. 국혼 다음으로 중요한 황녀와 왕제의 혼인인 데다가, 저번 전쟁 때 덜컥 델로의 최우선 우방국이 되어 버린 힐로스드이니 만반의 준비를 하려는 게 눈에 선히 보였다.

"셰드는?"

그래서 라하는 오랜만에, 셰드가 없는 침궁을 찾아오게 되었다. 브란덴은 라하가 들어서자마자 벌떡 자리에서 일어났다.

"황녀님!"

"앉아."

"옙."

라하는 자신의 뒤를 따라오는 시녀에게 물었다.

"왕제는 언제 돌아온다니?"

"떠나신 지 제법 되었습니다. 두 시간쯤 되셨으니……. 조금 있으면 돌아오실 겁니다."

"그래. 오면 이곳으로 데려와."

"네, 황녀님."

라하는 상석에 착석했다. 올리버는 오늘도 여전히 라하를 보며 빙긋빙긋 웃고 있었다. 잘 깎은 밤톨 같은 소년 궁의는 아주 오래 라하의 기분을 좋게 해 주는 몇 안 되는 아주 희귀한 인물이었다.

올리버가 현자의 제자 자리를 포기하지 않고, 현자가 되었어도 잘 어울렸을 텐데. 원체 선한 인상이라서. 라하는 굳이 말하지는 않았다. 어찌 되었든 올리버가 학문에 가진 뜻은 확고한 편이었다.

그녀는 자신을 볼 때마다 기합이 빡세게 들어가 있는 브란덴을 보며 물었다.

"이 과일은 어떻게 먹는 거니?"

"아. 제가 손질해도 되겠습니까?"

"그래."

"그러면……."

시녀가 이미 쟁반과 과도, 그릇과 포크를 챙겨서 가지고 온 상태였다. 브란덴은 따뜻한 물에 손부터 깨끗하게 씻은 후, 과도를 챙겨 과일을 깎았다. 힐로스드에서는 근위단장이었다고 하더니, 검을 다루는 폼이 퍽 친숙해 보였다.

브란덴이 과일의 아랫부분만을 빼고 껍질을 깨끗이 깎아 내자, 시녀가 집게로 하나씩 집었다. 황족들에게 으레 과육을 올릴 때처럼 한 입 크기로 잘라 금테 두른 상앗빛 접시 위에 예쁘게 올려놓는다.

"황녀님."

라하는 시녀가 찍어 내민 과육을 받아 입 안에 넣었다. 올리버가 오물오물 씹어 삼킨 후 눈을 동그랗게 떴다.

"엄청 다네요."

"예. 그래서 사실 아이들이 정말 좋아하는 과일입니다. 저희 왕제님도 이걸 좋아하셨습니다."

과일을 천천히 맛보고 있던 라하가 물었다.

"이렇게 단 걸?"

"왕제님도 아이이실 때가 있었으니까요."

라하가 웃음을 흘렸다. 그가 아이였던 시절, 물론 있겠지. 어렸을 때 아주 예쁜 아이이지 않을까 싶었다. 장성해서도 그리 아름다운 남자였으니 어릴 때는 아예 인형처럼 보이지 않았을까. 사실, 카르젠도 어릴 땐 인형 같다는 말을 종종 들었다.

그런 예쁜 얼굴로, 혀가 아릴 정도로 달콤한 과일을 입 안에 넣고 와작와작 씹어 먹을 어린 셰드를 생각하자 걷잡을 수 없이 미소가 번졌다. 라하는 자신을 보며 눈을 동그랗게 뜨고 있는 브란덴에게 물었다.

"경."

"예, 예."

"왕제가 지금도 이걸 좋아하니?"

"아. 지금은 잘 모르겠습니다. 단 건 별로 좋아하지 않으시고……."

"그럼 그는 뭘 좋아해?"

"예? 음……."

곰곰이 생각해 보던 브란덴이 이마를 찌푸렸다.

"잘 모르겠습니다. 왕제님이 요 몇 년 사이에는 딱히 좋아하는 게 없으셔서요."

"왜?"

라하가 포크로 과일을 새로 꽂아 들며 물었다.

"왜 요즘은 딱히 없어."

"예? 어……."

"그간 왕제의 신변에 무슨 변화라도 있었니?"

"그런 건 아닙니다."

"그래?"

라하는 과일을 내려다보며 말했다.

"이상하구나. 왜 몇 년 사이에 좋아하는 게 없어졌을까."

"아……."

"왕제가 몇 년 사이에 무슨 큰일이라도 겪은 것 같잖아."

연속되는 질문에 브란덴이 마른침을 삼켰다. 왜 대화가 이런 쪽으로 튀는 거지? 정신을 차리고 보니 말이 이상한 쪽으로 흘러가고 있었다.

"경."

라하가 물었다.

"내게 숨겨야 할 일이니?"

순간 은근한 긴장감이 등줄기를 뻣뻣하게 만들었다. 하지만 라하의 얼굴은 여전히 평화로웠다. 브란덴의 머리가 팽팽 돌기 시작했다. 사실, 처음에는 별 뜻 없이 한 말인데 돌이켜 보면 셰드가 그나마 갖고 있던 옅은 호불호가 아예 사라지기 시작했던 지점은…….

셰드의 조카이자 힐로스드 왕실의 유일한 왕자였던 아기가 델로 황제의 칼날에 휘말려 죽은 이후였다.

대외적으로는 병사로 알려진 어린 왕자의 끔찍했던 죽음…….

그런 말을 어떻게 하지?

할 수가 없지 않나.

다행히도 브란덴 역시 한 왕실의 근위단장으로 지낸 시간이 길었기에, 대놓고 당황한 티를 내지 않을 수는 있었다. 다만…….

마땅한 거짓말이 생각나지 않았다.

사실 브란덴은 라하가 너무 어려웠다. 단순히 신분이 높기 때문이 아니었다. 그녀는 어조는 언제나 나긋나긋했고 올리버는 아주 귀여워했지만, 기본적으로 곁을 잘 내어 주지 않고 다가가기가 어려운 성격이었다.

"몇 년 전부터 그렇게 됐어?"

"제 기억으로는 한 3년……? 4년 전쯤부터 그러신 것 같습니다."

라하가 옅은 미소를 지었다.

"왕제가 좋아하는 차가 딱히 없다고 해서 물어봤단다."

"아. 그러십니까?"

속으로 안도의 한숨을 내쉰 브란덴이 기회를 놓치지 않고 화제를 돌렸다.

"그런데 그건 저희 국왕 전하도 마찬가지십니다. 제 개인적인 생각이지만, 아무래도 힐데스 왕실의 특징 같기도 하고……."

브란덴은 검을 잡고 일평생을 산 기사였다. 좋게 말하면 우직했고 나쁘게 말하면 사교계의 모든 머리 위에서 가볍게 군림하는 황녀에게 속아 버린다는 뜻이었다.

"브란덴."

"예, 황녀님?"

"왕제가 힐로스드 왕국에서 따로 호위를 맡았던 레이디나 귀부인이 있었니?"

'헉.'

아까와는 다른 의미로 브란덴은 당황했다. 이건 그뿐만 아니라 어느 누구였어도 마찬가지였을 터다.

'질투하시나?'

황녀가 꼭 질투를 하는 것처럼 들리질 않는가. 실제로 라하의 차 시중을 들던 시녀도 손끝이 살짝 굳은 상태였다. 두 귀가 쫑긋했다.

"아닙니다. 한 분도 없었습니다."

"……그래?"

그건 조금 의외라는 표정이었다. 라하는 눈을 깜빡이다가 물었다.

"그럼 기사의 작위를 받고 아무도 호위를 한 적이 없다는 거야?"

"그……."

그렇진 않은데. 그렇다고 거짓말을 하자니 너무 어색하게 들릴 말이었다. 어차피 위에도 일부러 거짓을 섞었으니, 브란덴은 이번은 진실을 얘기하기로 했다.

"왕제님께서는 돌아가신 1왕자님의 호위를 잠시 맡으신 적이 있습니다. 그……. 왕자님이 병사하신 후에는 더 이상 다른 분의 호위를 맡은 적이 없으시고요."

그 이후에 왕궁에서 아예 잠적해 사라졌으니까.

브란덴은 조금씩 식은땀이 났다. 라하는 말간 눈으로 그를 보다가 찻잔으로 손을 뻗었다.

"안 좋은 걸 물었네. 알겠어."

"아닙니다. 그……. 하나 더 드시겠습니까?"

"왕제 걸 남겨 놔야지. 됐어."

"저렇게 많은데요?"

"어릴 때 좋아했다며. 먹는 모습을 보고 싶네."

"그럼 다 깎아 놓을까요?"

반쯤은 긴장해서 나온 농담에 라하가 픽 웃었다.

"그러렴."

시녀가 바로 일어나 과일이 차곡차곡 담긴 바구니를 들고 왔다.

"……."

브란덴은 결국 과일을 열심히 깎기 시작했다. 과도를 놀리면서 방금 전 대화를 복기해 보자, 하면 할수록 계속 아리송해졌다. 분명 핵심을 찌르는 대화는 하지 않았는데, 돌이켜 볼수록 중요한 부분을 다 빼앗긴 것 같은 느낌이 들었기 때문이다.

하지만 황녀의 질문에 계속 대답을 내놓지 않고 버틸 수도 없는 노릇이질 않던가. 조금 있으면 왕제와 결혼을 할 사이이며, 무엇보다 그 말수 적은 왕제가 푹 빠져 있다 못해 간이고 쓸개고 다 빼 줄 것 같은 사람인데.

라하는 조용히 찻잔을 들어 올렸다. 브란덴이 일부러 날짜를 뭉뚱그려 말했지만 라하는 원하는 정보를 충분히 다 수집했다. 셰드가, 그 남자가 왜 신성국의 실험체로 자원했는지 드디어 이유를 알아냈다.

카르젠이…….

제 쌍둥이가, 힐로스드 왕자의 죽음에 얽혔던 모양이구나.

"……."

힐로스드를 친 적은 한 번도 없었으니, 힐로스드 왕가의 복잡한 사연에 카르젠의 무자비한 검이 운도 나쁘게 얽힌 모양이었다. 그러니 왕실에서도 그저 갓난아기인 왕자가 병사했다고나 발표했지.

어렵지 않은 추측이었다. 근 몇 년을 통틀어, 힐로스드 왕가에 큰일이라곤 딱 하나밖에 없었으니까. 왕국의 걸음마도 못 뗀 왕자가 병으로 죽었다는 것. 더군다나 셰드가 유일하게 호위를 섰던 게 왕자라고 하니…….

찻잔을 내려다보는 라하의 눈동자가 가만히 숨을 죽였다.

왜 그가 자신에게 그 얘기를 해 주지 않는지 이해했다. 충분히 이해하고 있었다. 그는 카르젠과 자신을 분리해 보아 주는 정말 몇 안 되는 사람이 었다. 카르젠의 폭정을 라하가 책임질 이유가 없다고 진심으로 생각하고 있는 남자…….

셰드가 이야기해 주지 않으니 라하도 굳이 캐물을 생각은 없었다. 이 생각이 바뀐 것은, 그래서 브란덴을 통해 알아낸 이유는 하나였다.

"나는 너 외엔 뭘 좋아해 본 적이 없어."

그 말 때문에.

그 말이 가슴에 박힌 그날부터, 라하는 셰드와 함께 있을 수 없었다. 정확히는 그와 밤을 보낼 수가 없었다. 셰드와 식사도 할 수 있고 함께 걸을 수도 있었지만……. 그것만큼은.

그 남자는 자신의 마음을 라하의 가슴 깊은 곳까지 밀어 놓은 주제에 대답은 종용하지 않았다. 하지만 라하는 괜찮지를 않았다.

셰드는 매번 자신에게 갑작스레 입을 맞추는 남자였다. 아무렇지 않게,

그저 약간의 두근거림만 안겨 주던 입맞춤이 어려워졌다. 익숙해졌던 그와의 포옹에도 눈시울이 기이하게 달아올랐다. 그녀의 마음이 견딜 수 없게 우그러졌다.

마음 없이도 얼마든지 셰드와 하룻밤을 보낼 수 있었는데, 마음이 있어도 셰드와 몸을 섞을 수 있었는데. 목 아래 깊은 감정이 걸린 듯한 상태로는 도무지 셰드를 몸 안 깊숙한 곳에 품을 자신이 없었다.

본능적으로 깨달은 것이다.

이제는 이 남자에게 잘못 손을 뻗으면 안 된다는 사실을. 까딱 잘못하다가 그녀는 손끝에서부터 녹아 사라져 버릴 거라는 사실 또한.

얼음이 녹으면 물밖에 되질 않던가. 겨우 물이다.

라하는 달라지고 싶지 않았다. 변하고 싶지 않았다. 이제 와서 변하는 건 그간 자신 때문에 죽은 수많은 사람들에 대한 기만이었기 때문에.

그래서 브란덴에게 물었다. 셰드 힐데스 그 남자는 끝까지, 라하 그녀에게 델로 제국에 원한을 가진 이유를 말해 주지 않을 거란 사실을 알아서.

라하에게 죽음은 다짐이었다.

카르젠은 죽어야 마땅하고 그러니 나도 죽어야 마땅하다고 다짐한 것이었다. 그렇게 오래 쌓아 올린 결심과 각오가 흔들릴 것 같으니 셰드를 이용한 것이나 마찬가지였다.

못돼 빠져 가지고.

정말 못돼 빠져 가지고.

황후가 늘 악에 차 저주했던 것처럼, 어쩌면 자신은 정말 태어나면 안 되는 아이가 맞았는지도 모른다.

"황녀님?"

문득 수심이 가득한 목소리가 라하의 귓가를 울렸다. 그녀는 긴 상념에서 깨어나 고개를 들었다. 울망거리는 눈으로 무릎 꿇은 올리버가 그녀를 바라보고 있었다. 언제 이렇게 가까이 왔는지 모를 일이었다.

"왜 표정이 좋지 않으세요? 피곤하신가요?"

올리버는 묻는 것과 동시에 벌떡 일어나 의자 옆에 두었던 나무 가방을 들고 왔다. 궁의들이 늘 갖고 다니는, 안에 간단한 진료 도구와 비상약, 노트와 필기구 따위가 들어 있는 일종의 왕진 가방이었다. 황궁의를 상징하는 문양이 외곽에 은박으로 새겨져 반짝거렸다.

"올리버."

"네, 황녀님."

"수면제 좀 줄래."

"……."

반은 진심이었지만 반은 핑계였다. 피곤한 건 사실이었지만, 수면제를 먹고 약 기운을 핑계로 계속 자고 싶었다. 왜냐하면 매번 셰드의 입맞춤을 우연인 척 거절하고 얼굴을 보는 것도 곤혹스러웠기 때문이었다.

하지만 올리버는 라하에게 수면제를 잘 처방해 주지 않았다. 예전부터 유독 그랬다. 원체 똑똑한 의사이니 라하가 수면제를 먹고 자살이라도 기도할까 봐 걱정하는 모양이었다. 어차피 죽지도 못하는데 그런 정성도 없었다.

게다가 근래 일만 하느라 제대로 못 잤고. 베개에 머리만 댔다 하면 기절할 수 있는 상태라는 걸 올리버가 모를 리도 없었다. 그러니 저 어린 궁의는 안 된다며 라하의 다리에 매달릴 게 뻔했다. 당장 가서 잠이 잘 오는 차나 끓여 오겠다는 등 말하며 수면제를 주지 않을 게 분명했다.

그래, 분명히 그럴 거라고 생각했는데…….

"……."

토끼 같은 시선으로 라하를 올려다보던 올리버가 입술을 꾹 깨물었다. 그러더니 나무 가방에서 병에 든 약을 꺼냈다.

"그럼 지금 드세요."

"……지금?"

"지금요?"

숨을 죽인 채 둘의 대화를 듣고 있던 브란덴이 저도 모르게 물었다. 올리버가 콧잔등을 찡그리고 브란덴을 돌아보았다.

"브란덴 경은 과일 마저 깎으셔야죠."

"아, 아. 예."

바로 브란덴이 고개를 팍 숙이고 전투적으로 과일을 깎기 시작했다. 올리버는 금세 그에게서 시선을 떼고, 라하를 다시 돌아보았다.

"지금 기분이 아주 안 좋으시니 약을 드시고 주무세요. 바로 안 드시고 보관해 두겠다고 하시면 처방 못 해 드려요."

브란덴의 커다란 어깨가 움찔 떨렸다. 하기야, 라하 델하르사에게 이렇게 당돌하게 말할 수 있는 궁의가 황궁 어디에 있겠는가? 대륙을 다 털어도 없을 것이다.

올리버가 유일했다. 매번 울 것 같은 표정을 지어 대니 라하도 도리가 없었다. 특히 올리버가 라하를 보며 제발 아프지 말라며 눈물을 뚝뚝 흘릴 때는 그녀도 마음이 좋지 않았다. 라하는 자신이 올리버에게 얼마나 약한지 상기하다가 입을 열었다.

"그럼 지금 줘. 먹고 바로 잘게."

"네, 황녀님. 그럼 바로 준비해 올게요."

올리버가 브란덴을 버리고 총총 뛰어나가고, 라하는 자리에서 일어났다. 눈치가 빠른 시녀는 곧장 라하를 욕실로 안내했다. 몸을 씻고 옷을 갈아입고, 침실로 가 침대에 앉자 때마침 올리버가 돌아왔다.

"황녀님. 약 가져왔어요."

라하는 올리버가 보는 앞에서 수면제를 다 먹었다. 꼼꼼한 올리버는 남은 병을 굳이 수거해 갔다. 라하는 픽 웃다가 베개에 머리를 뉘었다.

"올리버."

브란덴도 없으니 라하는 아까부터 궁금했던 걸 물었다.

"왜 오늘은 이렇게 수면제를 쉽게 줘?"

달그락달그락 약병을 챙기던 올리버가 멈칫했다.

"황녀님이…… 그런 표정 지으시니까요."

"……?"

라하가 옆을 보며 물었다.

"내 표정이 어땠는데?"

"제가……."

올리버가 입을 꾹 당겨 깨물고 말했다.

"제가…… 울고 싶은 표정이요."

"……그래?"

"그러니까 오늘만 드리는 거예요. 이제 1년은 안 드릴 거예요."

"알았어. 고마워."

올리버가 조금 웃었다.

"좋은 꿈 꾸세요, 황녀님."

* * *

라하가 일어났을 땐 셰드가 옆자리에 길게 누워 있었다.

약으로 인한 잠기운 때문에 눈앞이 몽롱했다. 그래서일까? 요 며칠, 셰드를 마주칠 때면 들던 껄끄러운 감정도 희석된 기분이었다. 라하는 셰드에게 고백을 듣기 전 늘 그랬던 것처럼, 셰드의 허리로 팔을 뻗고 그의 가슴에 뺨을 묻었다.

곧장 라하의 등을 껴안아 오는 팔. 라하가 잠기운 가득한 눈을 깜빡였다.

"……셰드. 깼어?"

"안 잤어."

"몇 신데?"

"새벽이야. 더 자."

"혹시 과일 먹었어?"

"음?"

이럴 줄 알았다. 라하는 눈을 비비며 침대에서 일어났다. 셰드가 따라서 몸을 일으켰다. 가운이 스르륵 흘러내리며 난폭할 정도로 잘 짜인 근육이 움틀거렸다. 라하는 셰드의 몸에 손을 뻗을 뻔했다가 정신을 차렸다. 수면제 기운이 덜 빠진 모양이었다.

침대에서 내려온 라하가 침실에 있는 테이블 쪽으로 걸어갔다. 대리석 테이블 위에는 흑목 쟁반이 준비된 상태였다. 유리로 된 뚜껑 아래엔 과일이 예쁘게 잘려 있었고. 어울릴 만한 담백한 차도 함께였다.

"힐로스드 특산품이래. 스펜서 백작이 갖다줬어."

라하는 쟁반을 들어 올리려다가 셰드에게 몸이 덜렁 들렸다. 순식간에 침대 위였고, 앞에는 쟁반도 잘 대령되었다.

옅은 미소가 나왔다. 라하는 차를 마시고 셰드에게 과일 한 조각을 내밀었다. 그가 라하의 손을 내려다보다가 순순히 입을 벌려 과육을 받아먹었다. 몇 번 반복하고 나서야 라하가 물었다.

"어릴 때 이걸 좋아했다며. 어릴 적 왕제님 손이 과즙으로 다 젖었었다던데."

"쓸데없는 말을 하지. 브란덴은."

셰드가 이마를 가볍게 찌푸리며 하는 말에 라하는 기어이 웃음을 터트렸다. 그리고 셰드는 이런 빈틈을 놓치지 않는 남자였다.

"라하."

"응."

"왜 요즘 날 피하지?"

"안 피했어."

"거짓말 좀 그만하고."

"……."

그에게 왕자의 죽음에 대해 얘기하고 싶진 않았다. 카르젠이 네 조카를 죽였다며. 힐로스드의 왕자를 죽였다며.

라하를 물끄러미 바라보던 셰드가 과일을 그녀의 입 안으로 밀어 넣었다.

"일단 좀 먹지. 네 시녀들은 네 식사를 제대로 안 챙기나?"

제대로 챙긴다는 항변은 할 수도 없었다. 입 안에 과육이 있었다. 셰드와 항상 함께하던 저녁을 몇 번은 건너뛰었다. 셰드 앞에서 맛보는 과일은 정말로 달았다.

여름의 밤.

한낱 과일에게 붙이기엔 지나치게 낭만적인 이름을 입 안에서 굴려 본다. 힐로스드는 타고난 부유함 때문인지 사람들의 인심이 넉넉한 게 틀림없었다.

그리 넉넉한 곳에서 고귀한 왕족으로 태어났으니, 보잘것없는 제게도 그리 마음을 줄 수 있는 거겠지.

우리가 여름까지 함께 보내지는 못할 터였다.

보낼 수 없어도 이런 이름을 가진 과일을 함께 먹는 걸로도 충분하리라.

그러기만 해도 괜찮을 것이리라. 입 안에서 혀로도 뭉개지는 과육은 만족스러울 만큼 달았고, 부드럽고, 향기로웠으니까.

그러니까 괜찮을 거라고.

"라하."

"……응."

"어디 아픈 것 같은데."

"아니. 아픈 곳 없어."

그렇게 말했지만, 셰드는 여전히 자신을 서늘한 눈으로 들여다보고 있었다.

"괜찮아."

아무래도 상관없으니까.

"정말 괜찮아."

"라하."

셰드의 목소리가 천천히 가라앉았다.

"넌 왜 항상 내게 거짓말을 하지?"

"……."

"아픈 것 정도는 말해 줘도 되잖아. 네 몸에 열이 얼마나 오르는지 알고는 하는 말인가?"

"……셰드."

"라하."

"괜찮다고 했잖아. 그리고…… 너야말로."

라하가 말을 잇지 않자, 그녀를 주의 깊게 응시하던 셰드가 입을 열었다.

"나야말로?"

"……."

라하의 손에 힘이 들어갔다.

너야말로 나한텐 아무 말도 해 주지 않았으면서…….

네 조카가 카르젠 때문에 죽었고 그것 때문에 자신을 죽이러 왔다는 얘기는 단 한 번도 해 주지 않아 놓고서는.

셰드는, 이 남자는 정말로 괜찮은 걸까?

괜찮아진 걸까?

그럴 수가 있는 걸까?

그렇다면 나 역시…… 괜찮아질 때가 언젠가는 올까?

"……라하?"

어느 순간, 라하는 자신이 인형처럼 굳어 버렸다는 사실을 깨달았다. 가끔 불이 꺼지듯 시야가 온통 어두워지고 체온이 확 떨어질 때가 있었다. 그땐 일 분이라도, 아니, 일 초라도 빨리 정신을 차려야 했다. 다른 사람들, 특히 귀족들에게 자신이 정상이 아니라는 걸 들키면 안 되니까.

셰드 앞에서는…….

라하가 입술을 짓씹었다. 그의 앞에선 몇 번이나 굳었는지 기억도 나지 않았다.

"괜찮아. 잠깐…… 잠깐 딴생각을 했어."

"라하."

"정말이야."

굳은살이 박여 딱딱한 손이 무른 눈가를 조심스럽게 감싼다.

"너는 네 표정이 보이지 않으니 그런 거짓말을 하지."

"셰드."

"그런 표정 지으면서 괜찮다고 하는 거 그만둬."

"……."

"내가 네 정혼자니까. 라하."

"……."

"나한테는 그러지 않아도 괜찮잖아."

깊게 가라앉은 청회색 눈동자에 라하가 비친다. 순간 마음이 파도가 치듯 크게 울렁였다.

괜찮아질 수 있을 거라고?

셰드는 가능해도 자신은 그러면 안 된다.

그렇게 오래 죽음을 꿈꿨던 와중에 몇 달 겪은 그 안온함이 뭐라고. 스스로 했던 결심을 배반하는 것인지.

말만 힘들다 떠들어 놓고, 사실은 별로 힘들지 않았던 게 아닐까. 삶이 버겁고 힘들다고 떠들던 게 전부 기만이 아니었을까.

그렇게 많은 사람을 죽여 놓고는, 그래서 제 목숨으로 보상하겠다고 매일같이 되새겨 놓고는. 이제 와서 어찌 이렇게 손바닥 뒤집듯 마음을 바꿔 먹을 수 있는 것인지. 그럼 네게 있는 마음이 진짜이기는 한 거냐고.

네게 진짜가 있기는 한 거냐고.

한순간이라도 진짜인 적은 있었냐고.

카르젠의 그림자 주제에.

송곳처럼 내리꽂히는 말에 라하는 아무런 변명도 할 수 없었다. 변명하지 않는 것이 라하의 오랜 습관이었기에.

사실은 누구에게 변명을 해야 하는지도 알지 못했다. 무디어 버린 마음에 출렁일 게 무엇이 남아 있다고. 이제 와서 그럴 게 뭐가 있다고.

"라하. 제발."

어쩌면 근 며칠간의 라하의 생각이 틀렸는지도 모른다. 아니, 틀렸다. 단순히 이 남자와 몸을 섞지 않는 게 아니라 말을 섞지 않아야 했다. 늘 단단했던 마음속 무언가에 이미 무수한 구멍이 나 있었다. 이제는 정말로 돌이킬 수 없었다.

라하가 입을 열어 묻는다.

"날 언제 죽일 거야?"

"……."

라하는 더 말하지 않고 속눈썹을 내리깔았다. 조금씩, 천천히. 어느 순간부터 라하의 마음 깊숙한 곳에 고여 있던 눈물이 기어이 둑이 터지듯 흘러나왔다. 열기가 감도는 뺨을 타고 넘쳐 내린다.

"나를 죽이려고 내게 왔잖아."

"……."

"날 사랑하면 날 죽일 수 없잖아."

가슴 안쪽에서부터 탄내가 까맣게 올라왔다. 그녀를 향한 청회색 눈동자는 이제 차갑게 보일 정도로 굳어 있었다.

"왜 죽이려는 나를 사랑했어?"

한 마디 한 마디에 라하야말로 마음이 깊게 난도질당하는 것 같았다. 가파른 층계를 쫓겨 오른 사람처럼 숨이 다 막혔다.

"죽여 줘."

"……."

그 말에 셰드가 어떤 기분을 느끼는지 라하는 알아챌 여유가 없었다. 그녀에게는 아무것도 없었다. 다만 볼을 타고 흐르는 눈물이 끊이지 않고 그녀의 옷자락을 적셨다.

"죽이겠다고 했어."

"말로만 하지 마."

나는 이제 네 말을 믿을 수가 없어.

"날짜를 정해."

넌 항상 나를 달래려고 그렇게 말을 하잖아.

"제발, 셰드."

왜 자신이 그에게 원망을 느끼는지 모르겠다. 이렇게 못되고 이기적인 사람이라니. 그러니 이 눈물이 나도록 아름다운 왕제는 자신에게 어울리지 않는다.

비합리한 감정으로 자신을 증오하는 사람들을 이해하려 평생을 살다 보니, 자신도 그렇게 되어 버린 게 분명했다. 라하는 자신에게 한 가지 평가를 더 추가했다. 가진 건 신분밖에 없어서일까. 자신은 정말 한심할 정도로 겁이 많았다. 언젠가 제 피를 무식하게 뽑아 갔던 가짜 궁의가 했던 말이 맞았다.

"황녀님은 어린 나이에 정신이 멈춰 계시는군요. 몸만 자라셨어요."

사실은 밤마다 기도했다. 무슨 짓을 하는지는 몰라도, 그 가짜 주치의의 실험이 성공하길 밤마다 손을 꼭 붙들고 기원했다.

세상엔 카르젠을 싫어하는 이들이 많으니 그를 죽이기 위해 자신의 피를 뽑아 가는 거겠지. 카르젠을 죽이려면 창공의 눈동자도 파훼해야 했고, 당연한 수순으로 자신도 죽겠지.

자신을 죽이러 온 기사를 본다. 셰드 힐데스는 따지고 보면 어릴 적의 라하가 보내 준 기사였다. 이 기사가 너를 반드시 죽여 줄 거야. 네 오랜 고통을 끝내 줄 거야. 너는 더 이상 누구의 목숨도 책임질 필요가 없을 거라고 약속할게.

그러니까…….

"결혼 전에 날 죽이겠다고 약속해."

"……."

"죽여 주겠다고 했잖아……."

셰드는 어떤 대답도 하지 않았다. 다만 라하를 붙잡고 있는 손 역시 약간의 흔들림도 없었다. 청회색 눈동자에 깊은 고통이 얼룩지고 있다는 걸 라하는 볼 수 없었다. 눈물이 쉬지 않고 흘러내려 멈추지를 않았다.

"나는."

둑 아래 고인 물처럼 깊게 흐르는 목소리였다.

"너 외의 다른 여자와 결혼할 생각이 없어."

"……."

"내 생에 너 말고 누군가를 원한 적이 없는데 나더러 그러라고."

라하가 굳이 왜 결혼 전을 짚어 얘기했는지는 어렴풋이 짐작할 수 있었다. 그날을 기점으로 셰드는 라하를 힐로스드로 데려가겠다고 했으니까. 이를테면 마지막 선인 것이다. 거기서 셰드는 한 가지 더 눈치챘다.

라하는, 이 여자는 셰드의 말을, 죽여 주겠다는 말을 전혀 믿고 있지 않았다. 다시 말해 이 황녀는 단 한 번도 자신의 마음을 의심하지 않았다는 소리였다.

그가 그녀를 사랑하고 있다는 걸 알고 있었다는 말이다.

라하의 턱을 타고 쉼 없이 흐르는 눈물을 본다. 셰드의 기분이 어찌나 참담했는지 독을 씹어도 이보단 안온할 것 같다. 딱 그만큼의 비참한 심정으로, 그가 입을 연다.

"내 이름 곁에 네 이름이 새겨질 시간은 줘야지."

"……"

"아무리 너라도 그 정도는."

"……"

"그 정도는 내게 베풀어 줄 수 있잖아."

라하는 아주 천천히 고개를 끄덕였다. 어스름히 깔리는 고통이 지독했다. 너절하게 짓밟힌 진심. 버겁게 버리려던 마음. 어디에도 거짓은 없다. 누구에게도 기만은 없었다.

죽여 달라는 말은 진심이었고, 내 이름 곁에 네 이름을 새길 시간을 달라던 고백도 철저히 진심이었다. 제 마음을 짓밟은 게 차라리 온전하게 이 여자의 의지이기나 했으면.

이렇게까지 숨을 쉬기 어렵진 않았을 텐데.

껍질이 부드러운 나무도 수없는 난도질을 겪으면 날카롭게 벼려지질 않던가. 그렇게 세워진 칼날로 앞뒤 없이 새긴 상처다.

라하가 눈물을 닦아 내며 말했다.

"나한테 돌아온 건 너야."

"그래, 내가 돌아왔어."

"나 원망하지 마."

"한 적 없어."

셰드가 한숨을 내쉬었다. 잘 먹지도 못해서 나날이 앙상해지면서 저 몸 어디서 눈물이 나오는지도 모르겠다.

"울다 쓰러지겠군. 그만 좀 울고……."

마음이 이렇게 고통스러운데도, 누군가를 보면 어쩔 수 없이 미소가 그려진다는 사실은 셰드에게도 생소한 일이었다. 얇은 얼음처럼 옅은 미소가 셰드의 입가에 흐리게 떠올랐다.

"그 말을 못해서 일주일을 나를 피해 다녔나?"

"……피한 건 아니야."

"아니기는."

셰드는 라하의 뺨에 입술을 묻었다가 들어 올렸다.

"지금은 가만히 있잖아."

"피해 다니는 걸 알고 있었으면서……. 왜 아무 말도 안 했어?"

"네가 싫어하니까."

"……너는."

왜 매번 내게 그런 말을 해 주는 거야?

어떻게 나 같은 걸 그렇게 사랑해 줄 수 있는 거냐고.

차마 내뱉을 자신이 없는 말이 가슴속 깊은 곳을 맴돌았다. 애써 누른 감정과 애써 감춘 진심이 켜켜이 쌓인 곳이었다.

셰드의 손이 라하의 뺨을 감쌌다. 그녀가 원하는 대로 죽여 주겠다고 기어이 약속한 그가 고개를 숙였다.

오랜만에 제대로 해 보는 셰드와의 입맞춤이 달았다. 여름의 밤. 그렇게 아름답고 녹진한 단맛이 났다. 마음은 숨이 막히게 쓰린데 혀에서는 우스울 정도로 달콤한 맛이 나서.

뺨에서 눈물이 쉬지 않고 흐르는 이유는 아무래도, 그 간극이 서러워서 때문이 아니었을까.

chapter 10
겨울의 끝

"세베로 님! 말씀하신 걸 찾았습니다만……."

부관의 보고에 일주일간 잠을 자지 못했던 세베로는 자리에서 일어났다. 부관이 들고 온 두꺼운 서류를 확인하고, 함께 동봉된 유품을 확인하는 두 눈은 붉게 충혈되어 있었다.

"……?"

보고서를 읽어 내려가는 세베로의 얼굴이 점점 찌푸려졌다. 마지막 서류를 넘겼을 때 그가 기어이 참았던 숨을 내뱉었다.

"부관들 다 원상태로 복귀시키고 누구에게도 말하지 마라. 절대 발설하지 마."

"예. 전부 조각 낸 상태로 수집했던지라 괜찮습니다."

"그래."

세베로는 입술을 짓씹으며 말했다.

"폐하께도 말씀 올리지 마라. 내가 직접 말씀드리겠다."

"예."

세베로는 거울 속의 자신을 보았다. 한숨도 붙이지 못해서인지, 얼굴이 아주 엉망이었다. 이런 얼굴로 황녀를 보러 갈 수는 없었다. 그는 서류를 불에 태운 후 유품을 옷 안에 챙겼다.

그리고 서랍을 열어 수면제를 찾아낸 후 입 안에 털어 넣었다. 황녀를 보러 가기 위해서는 억지로라도 자서 어떻게든 말쑥한 얼굴을 만들어야 했다.

"황녀님과 자리를 만들어라. 조용히 뵙고 싶다고 전해."

* * *

황궁에서 남들의 이목을 피해 움직이기 가장 좋을 때는 늦은 밤이 아니라 국정 회의가 한창 중인 짝수 요일의 정오 때였다.

이건 황궁에서 충분히 구른 이들이나 아는 사실이기는 했지만.

그리고 황궁에서 충분히 구른 이들 중 하나인 세베로 크라수스는 황녀궁 앞에서 아름다운 정원을 올려다보았다.

이제 한낮에는 제법 따뜻한 바람이 불 때가 있었다. 봄이 오기는 오는구나. 사막이란 곳은 영원히 가물지 않는 여름이어서 말이지. 델로의 추위가 그리울 때가 아주 자주 있었다.

세베로는 봄을 맞아 녹음을 틔우고 있는, 황녀궁의 목가적이고 아름다운 정원을 바라보다가 몸을 돌렸다.

라하의 시녀가 다가오고 있었다.

"이리로 모시겠습니다."

아무렇지 않은 표정으로 세베로는 걸음을 옮겼다. 말쑥하고 근사한 모습이다. 품 안에는 챙겨 온 유품이 달랑이고 있었지만 표정만은 변화가 없었다. 늘 그렇듯 황녀를 보러 가기 전의, 설레고, 두근거리며, 어떻게 해야 그녀의 마음을 얻어 낼 수 있을까 궁리하는 구혼자 같은.

"들어가십시오."

시녀는 오늘 다른 곳이 아닌, 조금 더 내밀한 응접실로 세베로를 안내했다. 말이 응접실이지 카르젠의 알현실과 같은 구조였다. 문에서부터 길게 깔린 융단.

가장 안쪽 상석에 앉아 책을 읽고 있는 라하.

"황녀님. 인사 올립니다."

라하가 책에서 시선을 떼고 고개를 들어 올렸다.

"넌 나가 보렴."

시녀가 고개를 숙이고 물러났다. 문이 완전히 닫히고서야 라하가 물었다.

"왜 나를 몰래 보자고 그랬니? 세베로."

"황녀님."

세베로는 황녀를 바라보다가 말했다.

"좀 더 가까이 가도 괜찮겠습니까?"

"그래."

세베로는 차곡차곡 걸어 라하의 앞으로 다가갔다. 보통의 귀족들이 서는 거리보다 절반은 더 좁혀서. 그러고는 라하가 읽던 책을 덮어 옆에 두는 모습까지 하나도 빠짐없이 눈에 담았다.

라하는 시선을 들어 올린 후 미소를 짓고 말했다.

"너무 가까이 오는구나, 세베로."

"한 번쯤 이렇게 가까이 오고 싶었습니다."

"말은 늘 그렇게 하지. 그래서 무슨 용건이니?"

"황녀님."

세베로가 라하의 시야 앞에 멈춰 서 천천히 입을 열었다.

"딱 한 번만."

"……."

"제가 딱 한 번만 무례를 저질러도 되겠습니까?"

"폐하의 뜻이니?"

"아니요."

세베로가 말을 이었다.

"제 아주 오랜 바람입니다."

"그러렴."

라하가 말을 이었다.

"네 바람이 무엇인지 궁금하구나."

세베로가 몸을 굽혔다. 양손으로 팔걸이를 쥔 채로 라하에게로 상체를 기울였다.

아주 가까이였다. 세베로는 이렇게 가까이 황녀에게 달라붙어 본 적이 없었다. 창공의 눈동자를 똑바로 뜨고, 라하는 세베로를 물끄러미 응시했다.

세베로의 시선이 라하의 반듯한 이마에서 곧게 뻗은 콧대를 따라 산홋빛 입술로 천천히 내려왔다.

"황녀님."

세베로가 속삭이는 어조로 물었다.

"당신께 입도 맞춰도 됩니까?"

"내 침노가 된다면 매일 저녁마다 맞춰 줄 수 있어, 세베로."

귀를 감싸고 싶을 만큼 달짝지근한 목소리였다.

"왕제가 관대한 성격이란다."

나긋나긋한 어조로 말한 라하가 턱을 조금 기울였다. 세베로가 조금만 더, 아주 조금만 더 몸을 숙인다면 충분히 입술이 닿을 거리에 멈춰 서 그녀가 물었다.

"어때, 세베로."

"……."

"폐하를 버리고 내 침대로 오겠니?"

세베로는 대답하지 않았다. 그저 다시 한번 라하의 얼굴을 살펴본다.

아까와 다른 게 있다면 그 '계승자의 눈'에서 차마 시선을 돌리지 못했다는 것.

천 년 가까이 이어진 전설의 상징. 델로의 모든 권위와 자격을 상징하며, 가장 높은 이에게 대대로 전해져 내려온 징표.

왜 자신의 주군은 이것을 갖지 못했나.

"황녀님. 솔직히 말씀드리겠습니다."

세베로는 라하에게 말했다.

"저는 이제까지 폐하께 황녀님의 존재가 위협이 된다고 생각했습니다."

"그러니?"

라하가 천천히 물었다.

"그런데?"

"황녀님이 '계승자의 눈'을 가지고 계신 것만 아니었더라도……. 저는 반드시 황녀님을 죽여야 한다고 주청을 드렸을 겁니다."

별로 놀랄 것도 없는 말이다. 그런데도 라하가 굳이 먼지만큼이라도 놀란다면 그 이유는, 세베로가 그렇게나 뻔한 말을 굳이 입 위로 올렸다는 사실 때문이리라.

"내가 지금 네게 무슨 반응을 보이길 원하니?"

"황녀님. 혹, '어니스트'라는 이름을 아십니까?"

순간 라하의 숨이 미약하게 굳었다. 세베로가 부드럽게 웃었다.

"당연히 알고 계시지요. 황궁에서는 하르셀이라는 이름을 쓴, 황녀님의 궁의의 진명이었으니까요."

"……."

세베로는 품속 깊은 곳에 넣어 두었던 작은 잔을 챙겨 들었다. 라하의 시선이 그곳으로 천천히 흘러갔다. 눈동자도 호흡을 들이쉬고 내쉴 수 있다면 지금 라하의 눈은 목이 졸린 것과 다름없었다.

성인의 검지 길이만 한 작고 날렵한 금속 잔이었다. 지금은 세월이 지나색이 바래 버렸지만, 분명 순은으로 만들어져 샹들리에 빛 아래 반짝반짝 예쁘게 빛날 때도 있었던 잔이다.

라하가 잘 아는 잔이기도 했다.

"황녀님의 주치의였던 궁의 하르셀은, 황녀님을 술 중독에서 건져 올린 대단한 의사지요. 그리고 불온 분자의 끄나풀이기도 했습니다."

"그랬구나."

아주 잠시 보였던 균열은 금세 가려지고, 라하의 목소리는 이제 다시 빈틈이 없다. 바다를 쪼개려 들어 봤자 아무 의미가 없는 것처럼. 세베로가 조금만 더 부족한 부관이었으면 분명 전의를 상실했을 정도로 매끄러운 낯빛이었다.

세베로는 라하의 팔걸이 옆 협탁 위에 그 금속 잔을 내려놓았다. 라하의 시선이 흔들림 없이 그곳을 향했다가 본래 자리로 돌아왔다.

"황녀님. 아십니까?"

세베로가 입을 열었다.

"제가 오래 자리를 비웠었지요. 사실 사막에 다녀왔었습니다. 사막에 한 가지 성물을 찾으러 다녀왔었지요."

"성물이라니."

"델로의 국보이자 창공의 눈동자를 상징하는 징표를 보호할 수 있는 성물 말입니다. 폐하께서 황녀님의 눈에 있는 힘을 거두려고 하시거든요."

"왜?"

라하의 긴 속눈썹이 팔랑였다.

"이 눈은 나뿐만 아니라 카르젠도 지켜 주는걸."

"왜냐하면, 황녀님."

세베로의 목소리는 여전히 부드럽다.

"폐하께서 아시고 있기 때문입니다."

"카르젠이 무엇을 알지?"

"그분은 황녀님, 당신을 만지실 때마다 죽음의 공포를 느끼고 계십니다."

처음으로 라하의 입이 자그맣게 벌어졌다.

숨겨 왔던 감정을 들켜서 놀란 사람이 보이는 반응은 결코 아니었다. 이 황녀는 사소한 반응조차 철저히 계산해 내놓는 데 도가 텄으니까. 그러니 저 반응은 세베로의 말이 이해가 안 간다는 듯, 그저 말갛고 순진하기만 한 황녀의 반응이었다.

가증스러울 정도로 완벽한 눈빛이었다. 저 속으로는 무슨 생각을 하고 있는지 몰라도 말이다.

하지만.

아마 숨이 막힐 정도로 놀라고 있겠지. 머리가 팽팽 돌고 있겠지. 저 사랑스러운 황녀의 가슴 위에 손을 얹고 대화를 나눌 수 있다면 얼마나 좋을까. 적어도 심장이 순간 멈추는 박동까진 숨기지 못할 테니까.

"폐하께서는 아시는 것이지요. 황녀님이 폐하를 진심으로 혐오하시며, 당신의 피부를 만지려고 드는 걸 몹시도 역겨워하신다는 걸 말입니다."

라하의 호흡은 한 번도 흐트러지지 않는다.

"황녀님은 완벽히 속이고 있다고 믿으시고 계셨겠지요. 사실, 폐하께서도 한 번 말씀하신 적 있으십니다. 황녀님의 그 창공의 눈동자가 아니었더라면, 그래서 그 끔찍한 거부 반응만 아니었더라면 폐하께서도 완벽히 속아 넘어가셨을 거라고 말입니다."

"세베로."

눈꽃을 빚어 만든 서늘한 기품이 세베로의 시선을 붙잡는다.

"내게 왜 그런 이야기를 해 주니?"

더 이상 놀라지도 감추지도 않는다. 이 영민하기 그지없는 황녀도 알고 만 거다. 지금 세베로가 하는 말엔 어떠한 거짓말도 없다는 것은.

그러니…….

이제부터 궁금한 것이 본론이다.

왜 라하가 알아서 좋을 것 없는, 오히려 카르젠에게 불리하기 그지없는 얘기를 황제의 수족이자 오른팔인 세베로가 이리 전해 주느냐.

"정말로 내 밑에 깔리고 싶어서 그러니?"

"그 마음만은 변치 않습니다만, 황녀님."

말을 이으려던 세베로가 잠시 웃음을 머금었다.

"제가 왜 카르젠 폐하를 선택했는지 아십니까?"

"내가 어떻게 알겠어."

"그분은 황태자일 시절부터 전장을 돌아다니셨지요. 무리한 전쟁도 서슴지 않고 하셨습니다. 사실 많은 귀족들이 카르젠 폐하가 일찍 죽, 아니 서거하실 거라고 생각했습니다. 어쨌든 창공의 눈동자가 '완벽하게' 지켜 주는 건 황녀님이시니 말이지요."

"그런데?"

"저는 달랐습니다. 카르젠 폐하께서 반드시 살아남으실 거라고 생각했습니다. 황권을 단단히 다지기 위해선 어느 정도 잔인함도 필수 요소라고 생각했고요. 그래서 폐하의 수족이 되고자 모든 걸 걸었지요. 전 정말 성공하고 싶었습니다. 제 스승님과 다른 길을 가고 싶었거든요."

갑자기 왜 묻지도 않은 스승 이야기를 하는가.

라하는 머리 회전이 빠른 편이었다. 질문이 튀어나오는 순간, 적당한 답변도 함께 흘러나왔으니까.

"폐하께서 기사단장도 수족으로 두시고, 일등 보좌관도 수족으로 두시는데 왜 수족 중에 궁의는 없는지 아십니까? 황녀님?"

"……."

"제가 의학을 아주 깊이 공부한 적이 있기 때문입니다. 황녀님. 황녀님의 주치의인 올리버와 비슷하다면 비슷하겠군요. 그는 현자의 공부를 하다가 의사로 전향했다지요. 저는 그 반대입니다."

"하르셀이."

라하가 천천히 입을 열었다.

"네 스승이었니?"

"예."

"내가 그 말을 어떻게 믿고."

"증거를 가져와 보여 드리면."

"네가 조작하지 못하는 게 옥새 말고 뭐가 있을까."

"황녀님."

세베로가 물었다.

"하르셀이 붙은 분자의 신분으로 어찌 그리 쉽게 황녀님의 주치의 자리를 꿰찰 수 있었다고 생각하십니까?"

"세베로. 그 말을 믿기엔 내가 너무 순진하질 못하구나. 애초에 네 말대로 카르젠의 수족인 네가 붙은 분자인 스승을 뭘 믿고 내게 붙여 주니?"

"제 스승이 황녀님을 없앨 거라고 믿었습니다."

"……."

"그래서 눈감아 드렸습니다. 다시 말하지만, 저는 황녀님이 없어지셔야 한다고 생각하는 쪽이라서. 그랬는데……. 그분은 당신을 죽이지 않았습니다. 당신의 술 중독을 치료하고 당신의 건강을 돌보기에 여념이 없으시더니 떠났습니다. 뒤에서 무슨 짓을 꾸미셨는지는 저 역시 모르지만."

"……."

"물론 돌아가셨지요. 시체는 찾을 수 없고 유품만 한가득 있습니다."

세베로는 오늘 라하를 보러 오면서 단 세 가지만 챙겨 왔다.

하나는 금속 잔. 그리고 하나는 일기장이었다. 마지막 하나는 아직 꺼낼 수 없었다.

먼저 꺼낸 두 개는 하르셀, 아니, 어니스트의 것.

"보시겠습니까?"

라하는 일기장을 받아 들었다. 오래 펴 볼 것도 없었다. 그 바쁜 이중

생활에 매일 일기를 썼을 것 같지도 않고, 또 실제로도 그러하였는지 내용이 몇 없었다.

너무나 완벽히도 하르셀의 필체였다.

술에 취해 살던 자신을 정신 차리게 한 궁의. 제 몸의 피를 무지막지하게 빼 가던 그 못된 궁의.

라하의 이름도, 황녀라는 지칭도 없었지만…….

간혹 어떤 아이를, 쌍둥이에게 학대당하는 아이를 걱정하는 듯한 짧은 내용은 남아 있었다. 굳이 입에 올릴 필요도 없이, 별것 아닌 내용들이었지만.

단 한 줄이 문제였다.

[살려는 놓았으나 치료는 마치지 못한 마지막 환자. 특이사항은, 가여움.]

읽는 라하의 표정은 조금도 변하지 않았다. 차갑게만 느껴지는 눈빛은 곧 쪼갤 나무의 나이테를 세는 목수의 눈처럼 아무런 감흥도 없다.

"폐하께서 황녀님을 취하실 겁니다."

세베로의 목소리가 도끼날처럼 라하의 마음에 박혀 들었다.

"레시스는 아주 오래 그 연구에 매진해 왔고, 국혼도 전에 완성이 된다고 폐하께 보고를 올렸습니다. 폐하의 갈증이 어느 수준인지 황녀님도 짐작하고 계실 바. 온종일 밤낮 상관없이 폐하께 시달리다가 결국 그분의 아이를 낳게 되겠지요."

말 한 마디 한 마디가 역겨웠다. 누군가의 시체를 뜯어 먹은 것처럼 속이 울렁거렸다.

"그래서 세베로."

"예, 황녀님."

"내게 도망이라도 가라고?"

"가실 수 있겠습니까? 이미 마음에 품으신 것 같은 왕제님을 두고요."

라하가 처음으로 비소를 지었다.

"정말 건방지구나, 세베로."

"그러니 감히 품을 수도 없는 당신을 제 마음속에 품지 않았겠습니까, 황녀님."

세베로는 조금 웃었다.

"스승님이 당신을 아꼈습니다. 황녀님, 당신도 알고 계시겠지만. 그분이 당신을 치료하지 못했음을 마음에 걸려 하셨던 것도 진심이실 테고요."

라하의 미소가 천천히 사그라들었다. 그 변화는 햇볕 속에 부유하는 먼지의 개수가 한두 개 없어진 것과 같아 세베로조차 미처 알아채진 못했지만.

"다만 그분은 벌써 돌아가셨으며 저는 그분의 제자이지만 그분의 유지를 받들 수는 없습니다. 저한테는 황녀님을 도망시킬 힘이 없으며, 무엇보다 그럴 힘이 있다고 한들 제 주군은 오직 카르젠 델하르사 폐하, 그분뿐입니다. 저는 결코 폐하를 배신할 수 없단 말이지요."

세베로는 라하의 앞에 두 무릎을 꿇고 앉았다. 그리고 품속 가장 깊이 숨겨 두었던, 마지막 물건을 꺼냈다. 손바닥에 올라갈 정도의 크기인 육각형 성물은 묘한 빛을 띠고 있었다.

"그러니 황녀님에게 이걸 드리겠습니다."

라하는 세베로의 손 위에 올라가 있는 성물을 물끄러미 바라보았다.

"무슨 용도니."

"황녀님이 죽고 싶어 하시는 걸 압니다."

"……."

"그런 식으로 폐하께 복수하고 싶어 하시는 걸 압니다."

"그래서, 이걸로 내 머리를 쳐서 죽으라는 거니?"

"그런 식으로도 죽지 않으시는 분이잖습니까."

세베로가 흐린 미소를 지었다.

"이 성물로, 델로 제국의 징표인 비석을 부수고 창공의 눈을 깨 버릴 수 있습니다."

"……."

"황녀님. 당신이 원할 때 당신 스스로의 죽음을 선택할 수 있게 할 수 있는 거의 유일한 성물입니다."

라하가 천천히 세베로의 얼굴을 훑어보았다. 드문 일이었다. 사실상 처음 있는 일이었다. 언제나 그 반대였으니까.

세베로는 라하의 온몸을 핥고 싶어 미치겠다는 표정으로 그녀를 보았으나, 황녀는 그에게 별 관심이 없었다. 애초에 라하는, 라하 델하르사는 누구에게도 관심이 없었다. 관심을 주지 않았다.

그토록 냉정하고 차가워서, 제 목숨까지 내걸어 증오하는 쌍둥이에게 복수하고 싶어 하는 황녀.

자신을 사랑하지 못하는 사람.

"폐하의 국혼식 때 돌아가셔도 좋고 그 전에도 좋습니다."

"……."

"저는 제 주군과, 제 스승님의 마지막 환자 중 누구도 선택하지 못해 이것을 당신께 바칩니다."

침묵이 흘렀다. 아주 오랜 침묵이었다. 라하의 손이 세베로의 손 위에 있는 성물을 쥐었다. 그녀는 바로 손을 거두지 않았다. 그래서, 세베로의 차가운 손 위에 라하의 부드러운 손끝이 한동안 머물렀다.

"세베로."

라하가 천천히 입을 열었다.

"카르젠이 왜 너를 일등 부관으로 선택했는지 알겠구나."

"황녀님께 칭찬을 받아 보다니 이번 생이 나쁘지 않았습니다."

"그래……."

라하가 미소를 지으며 성물을 받아 챙겼다. 세베로가 협탁 위에 올려 둔 금속 잔에 잠시 시선을 던진다. 저 은제 잔을 모를 수가 있을까. 라하가 술에 절어 하루하루 말라 갈 때, 내내 불편한 표정으로 제 주변을 맴돌던 하르셀이 불쑥 내민 잔이었다.

"오늘부터 황녀님. 술을 끊으셔야겠습니다. 하루에 이 잔을 초과해서 술을 마시면, 제 피를 그만큼 이 잔에다가 채우겠습니다. 저, 피 잘 내는 의사입니다."

그래 놓고 내 몸에서 빼내 간 피가 더 많으면서, 훌륭한 의사인 척은.

"제 이름은 사실 어니스트입니다, 하르셀은 가명이에요. 황녀님. 후일 당신의 가여운 삶이 종말을 맞을 때, 누군가를 저주하고 원망하고 싶으시다면 제 이름을 떠올리며 욕하시라고 알려 드리는 겁니다."

라하가 천천히 생각을 지웠다.
"세베로."
"예, 황녀님."
"내게 원하는 게 있니?"
"당신께."
세베로가 천천히 말을 이었다.
"한 번만 입 맞춰 봐도 됩니까?"
"저런. 카르젠에겐 키스하고 싶지 않니?"
"끔찍한 말씀을."
피식 웃은 라하가 우아하게 몸을 굽혔다. 무릎을 꿇고 앉은 세베로의 입가에 입술을 내리눌렀다. 오랜 갈망이 절반이나마 채워지는 순간. 환상적인 부드러움에 정신이 나갈 것 같은 기분도 잠시였다.

라하의 혀가 틈새 사이로 파고들며 숨결이 섞였다. 세베로의 온몸이 굳었다. 순간, 지금이라도 당신의 침노가 될 테니 침대로 끌고 가 주면 안 되겠냐는 말이 튀어나올 뻔했다.

오래 머물지 않고 멀어지는 라하의 입술이 애달플 정도로 달았다. 세베로는 하마터면 라하의 두 팔을 잡아당길 뻔했다. 그가 조금 떨리는 목소리로 말했다.

"이렇게…… 이렇게 깊게 입을 맞춰 주실 줄은…… 몰랐습니다만. 황녀님."

"비밀이란다, 세베로."

라하는 미소를 지었다.

"사실 나는 아주 오래전부터 죽어 주고 싶었거든."

* * *

"윈스턴 공작은 또 왕제에게 아부하러 갔나?"

에스더 공작의 거침없는 인사에 함께 있던 백작이 사레가 들려 기침을 했다.

"예, 뭐. 그렇지요."

원래 힐로스드에서 셰드 힐데스라는 왕족은 크게 두드러지지 않았었다. 덕분에 제국의 귀족들은 물론, 타국의 귀족들은 셰드가 별 볼 일 없는 왕제라고 생각했다. 국왕의 견제를 심하게 받는다든지 하는 모양이라고.

하지만 실제로 본 왕제는 지나치게 근사했으며, 강했고, 대단한 기사였다. 무엇보다 저런 왕제가 국왕에게 결코 억눌려 살 것 같진 않았다. 잔뼈 굵은 델로의 귀족들은 왕제를 대면하는 순간 어렵지 않게 눈치챘다.

저 왕제는 본인이 원해서 바깥으로 출입하지 않았을 거라는 사실을.

어찌 되었든 황녀궁에 내내 머물며, 가끔 황녀와 함께 대귀족들의 오찬에나 참석하는 게 전부이던 왕제였다. 그런데 오늘 아침 상황을 뒤바꿀 만한 엄청난 소식이 전해졌다.

"힐로스드의 축하 사절단으로 왕비가 직접 온다니."

"그게 무슨 일인지 모르겠습니다. 힐로스드야 워낙 멀어서 정보가 드물기도 했지요. 하지만 보통 왕비가 축하 사절단으로 온다는 건……. 대단한 일이잖습니까. 왕제님이 왕국에서 어떤 위치인지도 대강 짐작할 수 있고요."

그렇지 않아도 델로의 귀족들에게 힐로스드는 기회의 땅이었다. 왕제에게 눈도장을 찍고 그럴 듯한 무역로만 확보한다면, 적어도 몇 년 안에 대귀족들도 부러워 할 큰돈을 만질 수 있을 것임을 누구도 모르지 않았다.

그러니 다들 윈스턴 공작을 시기하고 질투했다. 왕제에게 그나마 연줄이 있는 귀족은 윈스턴 공작이 끝이었기 때문이었다. 로자인 리굴리쉬 공자도 있긴 했지만, 윈스턴 공작만큼 왕제에게 대놓고 친한 척은 하지 않았다.

그 외에는 얼마 전 라하에게 '여름의 밤'이라는 힐로스드 왕국의 귀한 과일을 바친 스펜서 백작 정도일까. 요즘 기가 한창 살아서 돌아다니고 있다고 하니.

"그…… 따지고 보면 황녀님과 왕제님이 무사히 늦봄에 혼인을 하시는 것도, 에스더 공작님이 직접 현자들을 모셔 오셨기 때문이 아닙니까? 그러니 이런 주제로 황녀님과 함께 다과를 나누시는 것도……."

"됐다."

"실언했습니다."

백작이 눈치를 보았다. 화제를 뭘로 돌릴까, 고민하던 그때였다.

"에스더 공작님."

깔끔하고 고급스러운 옷을 차려입은 시녀가 다가왔다. 황녀궁의 사용인이었다.

"황녀님께서 잠시 차를 마시자고 하십니다."

백작의 두 눈이 번쩍 뜨였다. 눈도장 찍을 기회에 몸이 다 들썩거렸다.

"세상에, 마침 딱 좋을 때 보자고 하시는군요? 그렇다면 저 역시……."

"두 분만 보자고 하십니다."

백작이 시무룩해져서 말했다.

"다녀오십시오, 에스더 공작님."

* * *

"무슨 일이십니까? 황녀님."

에스더 공작은 라하의 앞에 앉아 물었다. 두 사람은 본궁의 응접실에서 마주 보고 있었다. 라하는 자기가 먹고 자는 곳에 에스더 공작을 부를 사람이 아니었고, 또 에스더 공작 역시 황녀궁에 초청했으면 가지 않았을 거라고 몇몇은 생각했다.

라하는 물론 차를 먼저 권하지는 않았다. 차를 마시자고 불러 놓고 테이블 위에는 아예 찻잔조차 없었다. 당연한 일일지도 몰랐다.

라하 대신 독이 든 차를 마시고 죽었던 보르본 백작 부인이 에스더 공작의 언니였으니까.

"궁금한 게 있어요."

"말씀하시지요."

"아직도 나를 죽이고 싶나요?"

"어떤 의미로 하시는 말씀입니까?"

"순수하게, 문자 그대로."

라하는 에스더 공작 앞에선 몸이 자주 굳었다. 그래서일까. 혀도 조금씩 굳었다. 다른 사람들 앞에서처럼 유려하게 말이 나오지 않고 아이처럼 단순한 단어들만 툭툭 내뱉게 됐다. 하르셀의 말처럼 정신이 그때 멈춰 자라지 않아서인지도 몰랐다.

"보르본 백작 부인의 복수를 하고 싶을 거 아니에요."

에스더 공작이 라하를 물끄러미 쳐다보았다.

"황녀님이 죽는다고 제 언니가 돌아오지는 않습니다."

"빼앗긴 걸 돌려받는 건 보상이지요. 복수는 상대방에게 같은 고통을 주려고 하는 거잖아요."

"……."

"내가 죽으면 공작의 마음이 좀 풀리겠지요?"

잠시 침묵이 흘렀다. 라하에게는 언뜻 영원처럼도 느껴지는 시간이었다.

"황녀님."

에스더 공작이 맹물만이 담긴 잔을 한번 쳐다보고 말했다.

"에스더는 그런 식으로 복수를 하지 않습니다. 그런 식으로 할 생각도 없고요."

"그럼."

탁자 밑, 라하는 두 손을 꽉 부여잡고 물었다.

"그럼 내가 어떻게 해야 복수가 될까."

"……."

"에스더 공작."

"황녀님."

"네. 말해요, 공작."

"복수의 대상에게 방법을 친절하게 설명해 주는 멍청이가 존재한단 말입니까?"

"……."

"어딘가에 실재할 수는 있겠지만, 적어도 에스더는 아닙니다. 황녀님."

라하가 천천히 눈을 내리깔았다. 긴 속눈썹이 드리워진 아름다운 눈동자가 파르르 떨렸다. 파도가 내리치기 직전 굳어 버리면 저런 색깔일까. 창공의 눈동자는, 너무 많은 이들에게 비극을 안겨 준 그 바다 빛깔의 눈동자는 겁을 먹은 아이처럼도 보였다.

"황녀님."

에스더 공작은 무표정한 얼굴로 화제를 돌렸다.

"현자들을 모셔 왔으니, 이번엔 대신관님들을 모셔 올 것입니다. 그러나 신성국과 폐하의 사이가 좋지 못하니 황녀님께서 맞아 주셨으면 합니다. 에스더는 아시다시피 대대로 신성국과의 긴밀한 유대 관계를 가진 가문인 지라 더 이상의 충돌은 원치 않아서 부탁드리는 것입니다."

"……그러지요."

"감사합니다. 황녀님."

늘 그렇듯 정중하지만 그뿐인 무미건조한 대답이다.

라하는 공작의 가슴에 달린 에스더 가문의 문양을 바라보았다. 별의 문양. 델로 제국에서 별이란 현자들을 뜻하는 상징인데.

하기야, 에스더라는 이름 자체가 별에서 기원한 이름이었다. 에스더와 현자들은 그만큼 관계가 깊었다.

초대 에스더 공작이 현자였으니 당연한 일일 터.

델하르사를 보좌하기 위해 스스로 푸른 피가 되기를 선택했지만, 현자들은 그 이후 다시는 푸른 피를 배출하지 않았으니 사실상 유일한 혈통인 셈이다. 현자들은 평생 결혼도 하지 않으며 아이도 수태하지 않는다.

그렇기 때문에 에스더는 그 수많은 귀족들 중에서도 입지가 가장 단단 했다. 카르젠의 눈치를 그나마 덜 보는 것도 이런 배경 때문이리라. 현자 들과도 관계가 깊으며 필연적으로 신성국과도 관계가 깊은 가문. 그러니까 제국의 쟁쟁한 공작들 중에서도 가장 서열이 높은 거겠지.

당장 윈스턴 공작만 해도 더 위로 올라오고 싶어 매일이 분주한데. 오 늘도 윈스턴 공작은 라하의 궁을 찾아와 셰드에게 말을 붙이느라 바쁘질 않던가.

그에 비해 에스더는 훨씬 고상하다. 겉보기에는 그랬다.

"황녀님."

에스더 공작이 입을 열었다.

"황녀님께서 이곳에 계실 날도 얼마 남지 않았군요."

"그러게요."

늦봄이 지나면 셰드와 혼인을 할 거고, 그러면 라하가 힐로스드 왕국으로 떠나는 건 기정사실화가 되어 있었다. 이미 시녀들은 누가 남고 누가 따라 갈 것인지 정하고 있다고 들었다.

다 제국에 잔류할 줄 알았는데.

가문의 외동딸을 제외한 시녀들이, 거의 다 라하를 따라 힐로스드 왕국으로 가겠다는 결정을 할 줄은 몰랐다. 며칠 전에 들은 말이었다. 그 얘기를 반추하면 라하는 다른 의미로 기분이 이상해졌다.

"에스더에서도 황녀님께 결혼 축하 선물을 보냈습니다만, 혹시 보셨는 지요."

"아직 안 봤어요. 들어오는 선물이 너무 많아서."

표면적인 말 그대로였다. 선물이 너무 많았다. 라하의 궁은 황후궁만큼이나 큰 건물이었다. 그래서 빈방이 수도 없이 많았는데도 각지에서 쏟아지는 선물로 발 디딜 틈이 없었다. 열 손가락으로도 다 셀 수 없는 커다란 방들에 선물이 흘러넘쳤다.

이대로라면 라하가 힐로스드로 떠나기 전까지 뜯어보지 못하는 선물이 더 많을 것이다. 사실 에스더 공작가 정도 되면 그런 불안을 느낄 가문은 아니지만…….

라하가 일부러 에스더 공작가의 선물은 못 본 척했다는 걸 모를 사람은 아니었다.

"황녀님의 눈에 선물이 눈에 들지 못해 애석하군요. 에스더의 성의인데 말입니다."

전혀 애석하지 않다는 표정으로 에스더 공작이 말했다. 라하의 눈동자 위로 속눈썹이 길게 드리워졌다.

뭘 보냈다고.

안을 열어 보면 마른 꽃이나 가득 채워 보냈을지 자기가 어떻게 알고.

"궁으로 돌아가면 바로 뜯어보도록 하죠. 에스더의 성의를 무시할 수는 없으니."

"감사합니다. 먼저 가시겠습니까?"

"그래요. 먼저 일어나 볼게요."

"살펴 가시길 바랍니다."

에스더 공작은 자리에서 일어나 또각또각 걸어가는 라하의 뒷모습을 한동안 바라보았다. 응접실의 커다란 통창 너머로 봄바람이 조금씩 불어오고 있었다.

황녀가 입은 드레스 자락은 봄날의 꽃잎처럼 가볍고 부드러웠다. 에스더 공작은 오래토록 그녀의 뒷모습에서 눈을 떼지 못했다.

* * *

라하가 겁먹었던 것처럼 마른 꽃이 가득 들어 있지는 않았다.

"황녀님. 보세요. 전부 아름답습니다."

"에스더 공작가에서 정말 신경을 많이 썼네요."

궁에 돌아온 라하가 에스더 공작의 선물을 뜯게 하자 시녀들은 본인들이 더 즐거워하는 기색이었다. 하나같이 눈이 멀 만큼 화려하고 반짝이는 것들이니 당연한 반응이겠지만.

에스더 공작가에서는 총 마흔 개의 상자에 선물을 담아 보냈는데, 전부 뜯어보게 시킨 라하는 고개를 갸웃했다.

혼인을 앞둔 황녀에게 다 어울리는 선물들이기는 했다. 하지만 뭔가 묘하게 하나씩 빠져 있었다. 예컨대 드레스와 장갑, 구두는 한 세트로 넣어 놓고 모자는 없다든지. 팔찌와 목걸이, 반지를 한 세트로 넣어 놓고 귀걸이는 없다든지.

필수는 아니지만 마흔 개의 상자 중 스무 개가 이러니 라하로선 약간 거슬릴 수밖에 없었다. 당장 다른 고위 귀족들이 보낸 비슷한 결의 선물들엔 이런 실수가 없었다.

'실수가 아닌가?'

그럼…….

에스더에서 보내 온 서른 벌의 드레스를 살피던 라하는 고급스러운 구슬 장식이 가슴 가득 달린 연노랑색의 드레스를 한번 입어 보겠다고 골랐다.

'무슨 뜻이지?'

조롱? 아니면……. 혹시, 에스더 공작이 알 수 없는 비밀 신호라도 보낸 것일까?

* * *

"상단이 운영하는 살롱에 한번 와 달라는 뜻이 아닐까요?"

자멜라가 입을 열었다. 라하는 서류를 보다가 시선을 들어 올렸다.

"살롱을 크게 가지고 있는 가문이라면, 황녀님께서 한번 와 주시면 그런 영광이 또 없잖아요."

에스더는 커다란 상단을 운영 중인 가문이었다. 당연히 살롱도 가지고 있었다.

"살롱이 있는 곳이긴 해요."

"그렇다면 제 추측이 맞을 수도 있겠네요."

자멜라의 말에 라하가 턱을 갸웃했다. 어렵지 않게 할 수 있는 추론이기는 했다.

근래 들어 라하의 운신이 조금 자유로워지자, 몇몇 귀족들이 비슷한 종류의 선물을 보내왔다. 아주 정중한 뜻의 살롱 초청이었다.

살롱에 방문해 매상을 올려 달라는 뜻은 절대 아니었다. 그저 황녀가 한

번 방문만 해 주면, 그것만으로도 살롱의 이름값을 몹시 높일 수 있기 때문이었다.

그만큼 귀족들은 라하의 행보에 아주 관심이 많다. 정확히는 황족의 행보에 관심이 많은 거긴 하지만, 지금 델하르사 황실에서 사교계에 모습을 보이는 여성 황족은 라하가 유일하질 않던가.

그러니까 보통의 귀족이라면 말이다.

'에스더 공작이?'

물론 에스더 공작이라도 그런 초청을 할 수는 있었다. 다만 대상이 라하가 아니어야만 가능한 초청이다. 라하와 에스더 공작가의 관계는……, 많이 복잡하지 않던가.

자멜라도 '그 귀족'이 에스더 공작이라는 건 몰라서 하는 말이기도 했고. 아마 에스더 공작이 그랬다고 하면 고개를 갸우뚱 움직였을 것이다.

뭔가 다른 뜻이 있을 것 같기는 한데.

그녀는 고민에 빠졌다. 에스더 공작의 뜻을 파악하지 못한 척, 한번 살롱에 방문해 볼까 싶었다.

"자멜라 영애. 저와 함께 시계탑 거리에 나가 보겠어요?"

"제가 황녀님과 함께요?"

자멜라의 눈이 약하게 커졌다.

"시계탑 거리에 마지막으로 나가 본 게 10년도 전이라서요."

"아……. 그러시군요. 알겠습니다. 황녀님. 제가 안내해 드릴게요."

살짝 놀랐던 것도 잠시. 자멜라는 빠르게 계산을 끝내고 고개를 끄덕였다. 자신 말고는 황녀와 동행할 수 있는 위치의 영애가 없기도 했고, 없는 게 좋기도 했다.

라하는 빙긋 웃었다.

"폐하께는 제가 물어볼게요."

* * *

그날 저녁.

라하는 오랜만에 카르젠과 함께 저녁을 먹었다. 카르젠은 내내 바빴으니까. 라하에게 행복했던 시간들이었다.

오랜만에 황제와 황녀가 단둘이 식사를 해서, 식탁에는 각종 호화로운 음식이 그득했다. 라하는 늘 그렇듯 관성적으로 먹고 끝내려던 양을 일부러 조금 늘렸다. 당연히 셰드 때문이었다.

육즙이 풍부한 거위 구이를 몇 입은 더 먹었다. 그녀가 평소보다 좀 더 먹자 카르젠이 입을 열었다.

"음식이 입에 맞는 모양이구나. 라하."

"살코기를 이렇게 야들야들하게 조리하는 게 신기해."

"본궁 주방장들에게 상을 내려야겠군."

"일을 잘하면 상을 받아야지. 좋아."

라하가 미소를 지었다. 시종장이 눈치 빠르게 카르젠의 말을 기록했다.

함께 식사를 끝낸 후에는 차를 마셨다. 마주 앉아 마실 수는 없었다. 카르젠은 대부분의 경우 라하가 반드시 제 곁에 앉아 있어야 만족했으니까.

"카르젠."

라하는 따뜻한 찻잔을 내려놓고 말했다.

"자멜라 영애와 시계탑 거리에 다녀와도 돼?"

라하의 곁에 앉아 있던 카르젠이 그녀를 쳐다보았다. 회색 눈동자에 옅은 의문이 스몄다.

"시계탑 거리는 왜."

"귀족들한테 선물을 많이 받았는데, 절반은 일부러 하나씩 빠뜨려 보내서."

"음?"

"살롱을 가진 가문들이야. 한번 와 달라는 뜻이지."

"네가 언제부터 그런 걸 신경 써 줬다고. 라하."

"이제 힐로스드로 가면 델로에 오기 힘드니까."

라하가 말을 이었다.

"시계탑 거리에 나가 본 것도 10년도 전이고."

새장 속에 갇힌 황녀라는 말이 그냥 하는 말이 아니었다. 라하는 카르젠이 황궁을 잦게 비우게 될 무렵부터 거의 황궁 밖으로 나가 본 적이 없었다. 10년도 전이 마지막이었다.

"안 돼? 카르젠이 안 된다고 하면 궁에 있을게."

라하가 되묻자, 카르젠은 가늠할 수 없는 눈으로 그녀를 바라보았다. 라하는 재촉하지 않고 그저 카르젠을 가만히 쳐다만 보았다. 카르젠은 자신이 황궁 밖으로 나가는 것을 끔찍이 싫어했다.

그래서 몇 가지 얘기도 준비해 왔는데…….

어느 순간이었다.

눈 깜빡할 새 시야가 뒤집혔다. 앉아 있던 몸이 강한 힘에 끌어당겨져 눕혀졌다. 붉은색 벨벳 소파 위에 등을 대고 라하는 눈을 깜빡였다.

카르젠이 제게로 몸을 기울이고 있었다.

기껏해야 두 뼘 앞에 있는 쌍둥이의 얼굴. 카르젠은 긴 속눈썹이 드리워진 창공의 눈동자를 코앞에서 응시했다. 그의 손은 라하의 팔과 허리 사이를 짚은 상태였다. 라하와의 거리가 천천히 좁혀질수록 카르젠의 목구멍도 천천히 조여들었다. 아랫배에, 손목에, 발목에, 눈동자에 검이 산 채로 꽂히는 듯한 감각이 생생하다.

순수한 의미로는 감탄이 나왔다.

자신을 이렇게나 혐오하는 주제에, 저렇게 말간 표정을 유지하는 것도.

아니, 연기를 하는 건 이쪽도 마찬가지지.

섬뜩한 죽음의 감각을 조금도 느끼지 못하는 것처럼 이 쌍둥이를 보고 있었으니.

얼마나 시간이 지났을까.

카르젠은 라하에게로 숙이고 있던 상체를 일으켰다. 여전히 그녀의 손목을 잡고 있었으나, 이번엔 똑바로 세워 앉혀 주었다.

"가 보거라. 위험하니 블레이크는 대동하도록 하고."

라하는 가만히 눈을 깜빡였다. 생각해 본 적 없는 선선한 허락이었다. 자멜라를 데려간다고 해도 쉽게 허락해 주지 않을 줄 알았는데.

"왜 그러지, 라하?"

"아니야."

라하가 빙긋 웃었다.

"카르젠 선물도 사 올게."

"선물이라. 무엇을 사 오려고."

혹시 갖고 싶은 것 있냐고.

보통의 쌍둥이였다면 이런 질문을 했겠지만, 라하는 그 질문에 돌아올 대답을 너무 잘 알았다. 입 밖으로 내지는 않더라도 카르젠이 갖고 싶어 하는 걸 새삼 상기시켜 주고 싶지도 않았다.

그녀가 부드러운 어조로 말했다.

"보석. 난 보석을 좋아하니까."

"내 선물이라면서 네가 좋은 걸 사 온다니 재미있구나."

"받지 않을 거야?"

"그럴 리가. 내가 받지 않으면 누구에게 주려고."

선물이라니 남성용 보석을 사 올 텐데, 자신이 받지 않으면 그 왕제에게나 돌아가겠지. 카르젠은 소파 위에 눕혀지느라 이마에 흐트러진 라하의 머리카락을 손으로 넘겨 주었다. 손끝이 금방 떨어져 나가지 않고, 라하의 턱을 따라 천천히 내려온다.

카르젠은 속삭이는 것 같은 어조로 말했다.

"다녀오거라. 라하."

* * *

며칠 후.

황녀궁은 새벽부터 몹시 분주했다. 라하가 시계탑 거리에 외출을 허락받았기 때문이다.

평범한 황족이었다면 고작 제도에 있는 거리에 나간다고 이렇게 사용인들이 바쁘게 움직이지 않았을 것이다.

하지만 라하는 공적인 외출, 그러니까 카르젠을 따라 함께 나간 걸 제외하고는 황궁 안에 내내 틀어박혀 살던 황녀였다.

라하가 외출복으로 고른 건 에스더 공작이 선물했던 드레스 중 한 벌이었다. 짙은 노란색이 감도는 드레스는 전체적으로 가볍고 산뜻한 디자인이었다. 하지만 소매가 길고 위에는 두껍지 않은 짧은 망토가 달려 있어서 이 계절에 딱 좋았다.

가슴 일부분과 소매에는 다각으로 세공한 구슬이 문양을 그리며 달려 있었다. 연회용 드레스였다면 가슴 전체를 보석으로 덮었어야 했지만, 외출복은 이 정도가 아주 적당했다.

걷기 좋은 편하고 예쁜 구두까지 신은 라하는 거울을 바라보았다.

에스더 공작의 의중을 파악하기 위해 나가는 것이다. 그런 의도가 있는 외출인데…… . 막상 오랜만에 황궁 바깥에 나간다고 하니까 기분이 조금 들떴다. 자신답지 않게 말이다.

"황녀님. 자멜라 영애가 방금 도착하셨습니다."

거울 속 자신을 점검하며 라하가 물었다.

"왕제는?"

"여기 있어."

"……?"

라하는 뒤를 돌아보았고 눈을 동그랗게 떴다. 언제 왔는지도 몰랐다.

셰드가 문가에 몸을 비스듬히 기대선 채로 자신을 보고 있었다.

"언제 왔어?"

"얼마 안 됐어."

"왔는데 말을 안 하고 그러고 있어?"

"말을 걸까 했는데."

셰드가 슬며시 웃었다. 채비하는 동안 라하는 거울을 보면서 평소답지 않게 슬쩍슬쩍 웃고 있었다. 처음엔 그녀가 봐도 자신이 너무 예쁜 걸 알아서 웃나 싶었다. 그런데 정작 라하의 시선은 자꾸 창밖에 향해 있었다. 십여 분이 지나니까 슬슬 짐작이 갔다. 라하가 평소와 달리 자꾸 웃는 이유를.

"외출을 기대하는 어린애 같더군. 내가 감히 방해할 수가 있어야지."

"……."

시녀들이 황급히 고개를 숙였다. 분명 웃음을 참기 위한 행동이었다. 라하는 자신의 앞에서는 언제나 차분하고 조용하던 시녀들이 저러는 것도 신기했다.

사실, 요즘은 전체적으로 냉랭했던 분위기가 부드럽게 풀려 있었다. 국혼이 예정된 데다 황녀의 정혼자도 굳건하니 이런다. 축제를 앞두면 들뜨는 것과 비슷한 이치로.

하지만…….

라하는 셰드를 노려보았다. 몇 년 만에 나가는 거니까 당연히 웃음이 나오지, 라고 말하면 셰드의 기분이 좋지 않아질 것 같아서 말하진 않았지만.

그래서 라하는 셰드를 확 지나쳐 걸어가 버렸다. 바로 따라붙는 발소리가 귓가를 울렸다. 몇 걸음 떼지도 못하고 손이 붙잡혔다.

라하가 이마를 찌푸렸다. 자멜라가 이미 와 있다니 셰드의 손을 확 내칠 수는 없었다. 그렇게 짧게 머뭇거리는 사이에, 셰드가 라하의 손 사이사이를 파고들어 꽉 쥐기도 했고. 손을 내친다고 해서 저 느긋한 얼굴에 금도 가지도 않을 것이다. 금방 다시 잡겠지.

라하가 입을 열었다.

"넌 어릴 때 단 과일만 좋아했다면서."

그런 주제에 누굴 애 취급하냐고. 라하의 말에 셰드가 고개를 슬쩍 갸웃했다.

"너는 어릴 때 뭘 좋아했지?"

"그건 갑자기 왜 물어?"

"갑자기 궁금해졌어."

"난 좋아하는 거 딱히 없었어."

"아무것도 없었을 리가 없잖아."

라하가 눈을 깜빡였다. 좋아하던 것? 바로 떠오르진 않았다.

그때를 기억하자면 절반이 깜깜한 어둠뿐이었다. 거울을 보며 눈을 마구 문질렀기 때문이다. 난 이 눈을 반기지 않으니, 정말로 원하지 않으니…… 제발 거둬 간 후 카르젠에게 돌려 달라고 빌었지만 창공의 눈은 변치 않고 그 자리에 있었다.

그래서 어떻게 했더라?

내가 어떻게 했지?

거기까지 생각해 보던 라하는 문득 웃음이 나왔다. 셰드는 자신이 좋아했던 걸 물었는데, 좋아하는 것이 원체 적고 부족한 라하는 되짚고 되짚어도 아픈 기억밖에 떠오르는 게 없었다.

덕분에 셰드에게 약간 미안해지기도 했다. 이 남자는 아내 될 사람을 잘못 골랐다. 그는 사랑할 상대를 잘못 골랐다.

"셰드."

라하가 엷은 미소를 흘리며 말했다.

"나 같은 거랑 꼭 결혼해야겠어?"

"너 같은 게 뭔데."

"내가 겉만 보기 좋은 상태거든. 너도 알고 있잖아."

그 말에 셰드가 피식 웃을 거라고 생각했다. 하지만 라하의 예상은 틀렸다. 두 팔이 문득 붙잡혔다. 라하는 걷다가 깜짝 놀라 멈춰 섰다.

"……왜?"

"라하."

청회색 눈동자가 라하를 지척에서 내려다본다.

"네가 무슨 상태든 나는 너를 상으로 달라고 청했을 거야."

"……."

"네가 뭐라고 말하든 그 사실은 변치 않으니 상관없는데."

그녀의 양팔을 붙잡고서 셰드가 물었다.

"내게 그런 말을 할 때 네 마음은 괜찮나?"

"……."

"안 괜찮은 짓 하지 말지 그래."

라하는 항상 인형을 붙잡고 살았다. 나이가 들어 인형이 침노로 달라졌을 뿐이었다. 인형이 따뜻해져 봤자 라하의 체온이 묻어난 것뿐이었다. 라하가 필요로 한 건 누군가의 온기였다. 침노들에게는 온기를 나눠 줄 수 없으니 너그러움을 베풀었다. 죽기 전을 지켜 주며, 미안하다고 되뇌는 말.

그러니 사실 미안하다는 말은 라하가 평생을 빌어 듣고 싶었던 말이었다. 누구에게 듣고 싶었던가. 운명, 숙명. 거창하고 잔혹한 수레바퀴에 무력하게 짓밟힌 사마귀 같은 삶이었다. 짓밟혀 파르르 떨리는 보잘것없는 시체로 여태껏 연명해 왔다.

그러니 한 마디쯤은 바랄 수 있지 않나. 네 인생을 이렇게 망쳐서 미안하다고. 너를 초라하게 짓눌러 버려 미안하다고. 결국은 그 말을.

누구에게 듣고 싶었던가.

하루하루 그녀를 증오하고, 한 치 거리낌 없이 차가운 복도에 처박던 이들만이 라하에게 해 줄 수 있는 말이었다. 그러나 그들은 라하를 조금도 사랑하지 않아, 결국 누구도 라하가 원하는 걸 되돌려 주지 못했다. 가슴속 깊은 곳에 난 까맣고 공허한 구멍에 라하는 어쩔 줄 몰라 하며 무엇이라도 채워 넣어야 했다.

누군가가 자신에게 사과해 주기를 바랐다. 이렇게 너를 망쳐서 미안하다고. 누구라도 자신에게 말해 주기를 바랐다. 결국 애원이었다.

한 번만 내게 사과해 줘.

내게 미안하다고 말해 줘.

제발 나에게 미안함을 조금이라도 느껴 줘.

채워지지 못한 깊은 갈증이 라하를 망가뜨렸다. 손안에 아무것도 잡히는 게 없어 목 아래가 바싹바싹 말라 갔다. 마음까지 흘러갈 물기가 없어 라하는 메마른 모래처럼 천천히 부서져 내렸다. 두 손을 뻗어 움켜쥐어 봐도 보잘것없는 먼지만이 전부일 텐데.

손 아래로 흩어져 내리는 그림자마저 놓아주지 않는 이 남자가 낯설었다. 라하는 분명, 셰드가 정신을 차리고 나면 그 손엔 의미 없는 부스러기 한두 줌만이 남아 있을 거라고 확신했다. 그게 라하의 전부였으니까. 하지만…….

라하는 셰드의 품으로 두 손을 뻗었다. 먼저 포옹한 건 자신인데 꼭 그가 그녀를 끌어안는 것 같았다. 아이같이 눈시울이 시큰해졌다. 자신을 사랑한다고 말한 건 그였다. 그러니 돌이킬 수 없었다.

어차피 무너질 몸이라면 이 남자의 품으로 무너져야지. 작은 먼지가 된다면 평생 그의 마음 어딘가에 숨죽이고 붙어 있어야지. 이 남자의 열기 같은 온기를 조금이라도 훔쳐 안을 수 있을 테니.

셰드는 라하가 처음이자 마지막으로 사랑할 남자였다.

"……자꾸 울라고 하는 말이 아니야. 라하."

셰드의 목소리를 듣고서야 라하는 자신이 울고 있다는 걸 알았다. 그러자 황급히 정신이 들었다. 지금 그들은 외출 직전이었고, 출입문 쪽 전실에는 자멜라를 비롯한 사람들이 앉아 기다리고 있을 거였다.

아마 시녀들이 가까이 다가오지도 못하고 저 멀리서 안절부절못하고 있겠지. 라하는 셰드의 품을 뒤져 손수건을 꺼내 그의 가슴 부근에 남은 눈물 자국을 꾹꾹 눌렀다. 이미 옷자락에 스민 눈물이 그런다고 닦이겠냐마는. 셰드가 기가 막힌다는 소리를 내며 라하의 손을 막 잡았을 때였다.

라하가 셰드의 입술에 입술을 내리눌렀다.

"⋯⋯."

평소 무수히 입을 맞췄는데도 순간 셰드의 몸이 가볍게 굳었다. 바깥에서 이렇게 입을 맞춘 적이 거의 없기는 하지. 라하는 셰드가 처음 실험체 노예로서 제게 진상되었을 때도, 남들 앞에서 그를 침노로 대한 적이 없었으니까.

내키는 대로 벗기고 내키는 대로 핥으라고 말하며, 내키는 대로 그를 남들 앞에서 가진 적이 라하에겐 없지 않았나.

어디에서인가 읽었던 폭군과 노예의 적나라한 이야기를 생각하며 라하는 천천히 턱을 내렸다.

홀린 듯 제게 파고들려는 셰드의 입맞춤을 라하가 밀어냈다. 그녀는 셰드의 손수건으로 그의 입술에 묻은 자국을 가볍게 문질러 닦아 냈다. 붉은 자국이 손수건에 묻어났다.

"나 화장 고쳐야겠어."

라하는 셰드에게 손수건을 되돌려 주지 않았다. 새하얀 손으로 젖은 손수건을 움켜쥔 그녀가 빙글 몸을 돌렸다.

공손한 태도로 시선을 피하고 있던 시녀들이 바로 기민하고 차분하게 걸어왔다. 한 명이 서둘러 화장품 상자를 가져와 황녀의 젖은 눈을 닦아 주고 조금 뭉개진 입술도 고쳐 주었다.

"황녀님. 괜찮으신가요?"

"응. 마음에 들어."

얼마 있지 않아 라하는 다시 전처럼 완벽해졌다. 눈동자가 눈물로 인해 조금 반짝이고 있긴 했지만, 창공의 눈동자는 본래도 매혹적으로 빛이 났다. 크게 문제 될 것 없었다.

아니면 울었다는 거 알라고 그러지 뭐.

누군가가 넌지시 물어보면 오랜만에 나가는 게 너무 기뻐서 울었다고 해버릴 것이다. 심술궂은 미소가 떠올랐다 사라졌다. 옮기고 옮겨 카르젠에게 들어가게 될 말이니 그것도 나쁘지 않았다.

오랜만에 나가는 것…….

"가자, 셰드."

라하는 셰드의 팔에 손을 얹고 걸음을 뗐다. 확실히, 설레기는 했다. 조금……, 들뜨기도 했고.

* * *

그래서 라하는 너무 두리번거리지 않으려고 노력을 해야 했다.

셰드가 어린애 같다고 했으니, 남들 눈에도 그렇게 보일 수 있었다. 셰드는 괜찮지만, 아니. 셰드도 그렇게 보면 안 되지만 특히 자멜라나 그녀와 함께 온 로자인 리굴리쉬 공자가 자신을 애처럼 보는 건……. 안 되지. 자존심이 용납하지 않았다.

시계탑 거리는 제도의 수많은 번화가 중 황궁과 가장 가까운 번화가였다. 귀족들과 돈 많은 거상들이 전유하는 우아하고 아름다운 거리. 귀족 저택들이 즐비한 곳과 멀지 않은 곳에 위치한 터라 도로는 깨끗하게 포장되어 있었다.

바닥에 차곡차곡 깔린 일정한 크기의 포석은 멋진 암회색이었고, 줄지어 서 있는 가로등에는 꽃바구니가 하나씩 걸려 있어 달콤한 분위기를 냈다.

"저 시계탑 때문에 '시계탑 거리'라고 불려."

하늘색 대리석을 가리키는 손가락이 햇볕을 받아 하얬다. 셰드에게 알려 주는 모양새이긴 한데, 일단 그렇기는 한데. 라하의 뺨에 감도는 웃음기가 평소보다 훨씬 선명했다. 본래도 아름다운 창공의 눈동자에 웃음기와 봄날의 볕이 함께 감도니 정말로 보석처럼 빛났다.

라하가 잘 보여 주지 않는 들뜬 미소에 셰드는 눈을 뗄 수가 없었다. 목 아래 어느 부분이 깊게 술렁인다. 그녀가 보여 주고 싶어 하는 건 시계탑 같은데 그가 보고 싶은 건 라하였다. 저 얼굴을 감싸고 그대로 고개를 숙여 입을 맞추면 화부터 내겠지만.

"예쁘지?"

셰드가 피식 웃었다.

"그래, 예뻐."

라하는 거리의 여기저기에 시선을 자꾸 빼앗기느라 셰드를 볼 겨를이 없었다. 그녀의 손은 그에게 잡혀 있으니 상관없긴 했다.

"나도 어릴 때 한 번 시찰해 보고 오랜만에 와 봐."

"그때랑 많이 바뀌었나?"

"응. 분수대는 똑같은 것 같지만."

반짝이는 미소를 띠고서, 라하는 시계탑 아래의 분수대를 바라보았다. 물살이 청명하게 흐르는 분수대에는 섬세한 대리석 조각이 장식되어 있었다. 본디 이런 곳에는 황실을 찬양하는 조각들이 있기 마련이었다.

두 눈에 사파이어를 박아 넣어 새파랗게 빛나는 황제가 중앙에 있었고, 그 주변을 아홉 명의 인물이 반쯤 몸을 숙인 채 빙 두르고 있었다. 머리에 별과 휘광을 두른 아홉 명의 인물은 당연히 현자들이었다.

정확히는 여덟 명의 현자와, 초대 에스더 공작. 합치면 총 아홉 명이니까. 먼 옛날 델하르사의 황제를 존경하는 의미로 현자들이 조각해 기증한 거라는 이야기가 구전 설화처럼 전해지는 조각이었다.

분수대가 몹시 크고 거리의 치안이 좋아 보이기는 했으나, 거리 한복판에 값비싸 보이는 사파이어를 두 개나 박아 넣는 배포는……. 확실히 속세와 동떨어져 사는 현자들이 아니면 저지르기 힘든 일이긴 했다.

라하가 여기저기서 눈을 떼지 못하는 동안, 블레이크가 보석 상점에서 나왔다. 라하가 방금 전 선택한 보석 상점이었다.

황녀가 출입한다고 동네방네 떠드는 건 아니었지만 최소한의 확인은 해야 하는 모양이었다. 정확히 표현하자면 감시겠지만 라하는 신경 쓰지 않았다. 기분이 아주…… 좋았기 때문이다.

시가지를 둘러보다 보석 상점에 들르고, 몇 군데 내키는 곳을 더 들어가 본 후. 라하는 최종적으로 에스더 공작가의 살롱을 들렀다.

4층짜리 커다란 건물로 들어서자 사람이 제법 적지 않았다.

"환영합니다."

살롱은 아름다웠다. 여기저기에 말간 색의 리본들이 광택을 내며 부드럽게 흐르고 있었다. 천장에 달린 샹들리에는 호사스러웠고, 벽에 붙은 황동 장식은 고급스럽다. 대리석 테이블이나 모퉁이에는 갖가지 화병이 장식되어 있었는데, 분홍색과 하얀색 꽃들이 통일감을 주었다.

덕택에 사랑스러운 레이디의 침실에 들어선 듯한 느낌이 들었다. 황궁과는 전혀 달랐다. 궁은 기본적으로 장엄했다. 제국에서 가장 진귀한 대리석과 크리스털이 가득한 곳이지만, 위압적이고 정교해야 했다.

그래서 라하는 이런 폭신한 크림 같은 분위기의 실내가 생소하고 신기했다.

"요즘은 자색 루비를 이렇게 순금과 귀엽게 세팅하는 게 유행한대요."

어느새 남자들은 버려두고, 자멜라와 라하는 모여서 물건을 고르고 있었다. 라하는 자멜라가 가리키는 팔찌를 보았다.

"분위기가 따뜻해 보이긴 하네요."

"그렇죠? 이런 것도 잘 어울리실 것 같은데 어떠세요?"

"영애가 권하는데 하지 않을 순 없죠. 이것도 줘."

라하의 대화를 귀를 쫑긋해 듣고 있던 직원이 환하게 웃으면서 보석을 챙겼다.

"정말 안목이 뛰어나십니다. 레이디들."

레이디라는 말에 라하가 고개를 들어 올리더니 빙긋 웃었다. 챙 넓은 모자

아래로 입술이 곡선을 그렸다.

지금 자신이 안목을 열심히 칭찬해 주고 있는 인물이 황녀라는 사실을 이 직원은 아직 몰랐다.

황녀가 살롱에 방문한 것 같다는 보고에 살롱 지배인이 허겁지겁 뛰어 오고 있다는 것도 아직은 모르는 듯했다.

"이 팔찌도 줘."

"아이고, 어쩜 이리 안목이 좋으실까요. 오늘 주인을 찾아가는 보석들이 많군요."

자멜라는 이제 웃음을 참느라 고개를 조금 돌리고 있었다. 라하는 진열대에서 시선을 떼지 못했다. 진귀한 보석들이 매일 황녀궁에 진상되지만, 이렇게 직접 고르는 건 색다른 재미를 안겨 주었다.

단정하게 차려 입은 직원이 쟁반 위의 아이스티를 라하와 자멜라에게 건넸다.

"황녀님."

시원한 아이스티를 몇 모금 마신 자멜라가 작은 목소리로 말했다.

"제 모자를 쓰셔서 다행이에요."

아까 나올 때만 해도 라하의 머리엔 모자가 없었다. 자멜라가 마차에 타고서야 조심스럽게 모자를 쓰시는 게 어떠냐고 권했다.

"이렇게 거리에서 황녀님을 배알했다는 걸 알면 난리가 날 거예요."

"그런가요?"

시녀들은 그리 오래 라하를 모셨지만, 궁 밖으로 나가는 라하를 치장한 경험은 손에 꼽았다. 모자를 쓰거나 베일을 얼굴에 드리워야겠다는 생각을 한 시녀가 있을 리가 없었다.

그래서 마차에서 자멜라가 챙 넓은 마차를 빌려주었다. 혹시 몰라 자신이 쓸 것에 더해 두 개를 가져왔다고. 자멜라는 라하에게 모자를 씌워 준 게 참 잘한 선택이라는 걸 번화가에 나오자마자 몸소 깨닫고 있었다.

"보세요. 아까부터 그랬지만 여기서도 다들 왕제님을 열심히 훔쳐보고 있답니다."

그제야 라하가 고개를 들어 옆을 보았다. 물건을 고르는 것에 정신이 팔려 셰드 쪽은 보지도 못했는데, 자멜라의 말대로 몇몇 귀족들이 셰드를 보고 소곤거리고 있었다.

저 아름다운 귀공자가 어느 가문의 누굴까. 얼굴을 본 적 없는데 어느 시골에서 올라온 공자가 아닐까. 다들 그리 생각하는 눈치였다.

얼굴과 머리카락을 잘 보이지 않게 가린 라하와는 달리, 셰드는 맨얼굴이었다.

셰드의 옆에 있는 로자인이 예의 바른 미소를 띠고 계속 무슨 얘기를 하고 있었다. 아까부터 저랬다. 로자인이 이야기를 하면 셰드가 별다른 표정 변화도 없이 듣기나 했다. 그러면서 청회색 눈은 라하 쪽에 거의 고정되어 있으니…….

그래서 가끔 셰드의 시선을 따라 다른 귀족들의 눈길도 라하에게 꽂히곤 했다. 원색적인 부러움이 묻어나는 시선은 황실 연회에선 한 번도 상상해 본 적 없는 종류였다. 라하가 픽 웃었다.

"내 정혼자가 데리기 다니기엔 참 좋네요."

자멜라의 눈이 동그래졌다. 그녀는 재빠른 고민 후 적당하게 들릴 대답을 찾아냈다.

"그렇…… 지요. 아름다우신 분이니까요."

라하는 자멜라와 수런거리며 걸음을 옮겼다. 그녀가 진열된 보석 쪽으로 손을 살짝 뻗었을 때였다.

"황……. 아, 아니. 레이디……!"

허겁지겁 달려온 게 분명한 지배인이 벌벌 떨면서 라하 앞에 멈춰 섰다.

"어, 어서 오십시오. 진심으로 귀빈을 환영하는 바입니다. 귀빈 접대가 늦어 정말 황송……, 송구합니다……!"

"송구할 것까지야."

"2층에 개인적인 귀빈실이 준비되어 있습니다. 다, 당장 그곳으로 모시겠습니다. 귀빈실에 편히 앉아 계시면 저희 살롱의 수석 디자이너가 직접 귀하디귀한 레이디를 정성껏 성의껏 온 힘을 다해 모실 겁니다."

진열대를 향하던 라하의 손이 멈칫했다.

"……앉아 있으라고?"

"예, 예! 저희 살롱의 자랑인 아늑한 귀빈실로 당장 모시겠습니다!"

"그래……. 안내하렴."

자멜라가 눈을 깜빡였다. 지금 황녀가……, 시무룩해하는 건가?

세상에.

자멜라는 입술을 가볍게 깨물었다. 하마터면 웃어 버릴 뻔한 걸 간신히 참았다.

*　*　*

라하는 셰드와 함께 2층에 있는 귀빈실로 안내되었다. 지배인이 튀어나와 허리를 굽히느라 정신이 없었다. 황급히 뛰어온 듯했으나 차림새는 어쨌든 단정했다.

오늘 황녀의 호위 역으로 따라온 블레이크 듀크는 안쪽으로 걸어 들어가는 황녀의 뒷모습을 바라보다, 옆에 선 부지배인에게 물었다.

"귀빈실에 올라온다는 수석 디자이너는 누구지?"

"아. 로라 블루에라고, 요즘 제도에서 가장 몸값이 높은……."

"귀빈실에 들어갈 그 디자이너와 조수 전부 내게 검문을 받아야 한다."

"예? 예……."

부지배인은 당황한 표정을 지었다.

말이 필요 없는 거물인 황녀에다가, 예비 황후인 자멜라 윈스턴 공작 영애까지 방문하는 바람에 살롱이 비상이었다. 그래서 평소엔 잘 열지도 않는 2층의 귀빈실을 두 개나 열었다.

지배인이 황녀를 모셔 갔으니 부지배인은 자멜라를 모셔 가려고 했다. 다만 자멜라가 진열된 보석을 좀 더 보고 싶다고 거절해서 대기하고 있었지. 그런데 아까부터 차가운 눈으로 살롱을 살피고 있던 기사가 그렇게 말하니…….

그가 근위대장인 블레이크 듀크라는 사실을 살롱은 아직 몰랐다. 다만 황녀의 일행이니 신분 높은 기사라는 사실 정도만 파악했고. 사실 그 정도면 충분하기도 했다.

블레이크는 귀빈실에 입장하게 될 살롱의 직원들을 냉랭한 눈으로 살폈다. 딱히 문제 될 이는 없어 보였다.

"아까 레이디가 올라 간 귀빈실로 안내해라."

"예…….. 이쪽으로 모시겠습니다."

블레이크 역시 2층으로 따라 올라갔다. 어찌 되었든 몇 년 만에 밖으로 나온 황녀. 이 틈을 타 어떤 불온 분자가 접근할지 모르니까. 카르젠이 라하를 10년 가까이 궁에만 가둬 둔 이유가 있었다.

덕분에 오늘 황녀는 누가 봐도 아이처럼 흥분한 게 티가 났다. 몇 군데나 더 신이 나서 들렀으니. 평범한 귀족 영애였다면 그쯤해서 함께 다니는 이들에게 힘들지 않겠느냐고 물어보았겠지만, 황녀는 평범한 귀족 영애가 아니라 그런 생각도 없어 보였다.

그 왕제 역시 그런 걸 들을 생각도 없어 보였지만.

로자인 리굴리쉬 공자의 얘기를 들으면서도 황녀나 계속 보고 있는 게, 블레이크가 봐도 확실히 사랑에 단단히 빠진 남자였다.

황녀를 좋아해 미치는 세베로 눈에 얼마나 질투가 났을지 이해는 갔다. 요 근래는 또 이상하게 조용해서 마주칠 수가 없었지만.

"레이디가 들어 계시는 곳은 이 귀빈실입니다만……."

상앗빛 대리석으로 한껏 꾸며 부드럽고 유약한 분위기를 풍기는 곳이었다. 부지배인은 두려움도 잊고 물었다.

"설마 기사분들이 전부 들어가시는 겁니까?"

당혹스러움이 물씬 묻어나는 목소리였다. 블레이크는 아주 잠시 멈칫했다가 턱짓했다.

"너희는 여기서 출입하는 사람들을 확인해라."

"존명."

함께 따라온 기사들이 고개를 숙였다.

밑에서 이미 한 번 확인을 하긴 했지만 그걸로 안심할 만큼 블레이크는 물러 터지지 않았다. 라하의 옷시중을 들 조수들이 계속 들어올 테니, 그들의 인상착의며 신원을 쉴 틈 없이 파악해 둘 요량이었다.

혹시라도 중간에 사람이 바뀌면 이 살롱은 곧장 포위당할 것이다.

블레이크는 문을 열고 안으로 들어섰다. 화사한 연둣빛의 들판이 유화로 그려진 파티션이 시야를 바로 차단했다. 장식용으로 갖다 둔 게 분명한 얇디얇은 파티션이었다.

"황녀님."

파티션을 빙 둘러 가자 넓은 방에 있는 라하가 눈에 들어왔다. 그리고 소파에 앉아 있는 왕제도. 지배인이 당혹스러운 얼굴로 블레이크를 보았다.

평범한 살롱의 귀빈실이었다. 하나하나 진열된 구두며 부채, 빼곡한 모자와 리본. 바닥에는 폭신한 양모 카펫이 깔려 있었고 커다란 거울이 여럿 있었다. 문은 더 없었다. 사람이 숨을 만한 곳도 없어 보였다.

얼핏 무례해 보일 법도 했지만 라하는 별달리 타박하지 않았다.

"파티션 뒤에서 뒤돌아 있으렴."

"예. 황녀님."

얼마 후 귀빈실로 수석 디자이너가 들어왔다. 그녀는 파티션에 등을 기대고

선 블레이크를 보고 깜짝 놀랐다가 종종걸음으로 안으로 들어갔다.

정중한 인사며 간단한 소개를 끝낸 디자이너가 드레스에 관한 얘기를 열성적으로 떠들었다. 지배인이 드레스가 걸린 이동용 옷걸이를 끌고 오는지 바퀴가 부드럽게 구르는 소리가 들렸다.

"황녀님. 그럼 탈의부터 돕겠습니다."

"필요하시면 언제든 불러 주십시오."

지배인이 걸어 나오다가 또 블레이크를 보고 흠칫 놀랐다. 탈의라는 말을 들었을 텐데도 꿈쩍도 안 하는 기사를 보면 누구나 놀랄 만도 했다.

블레이크의 차가운 얼굴에는 미세한 금조차 가지 않았지만.

수석 디자이너는 조심스럽게 황녀의 겉옷을 벗겨 냈다. 그러고는 저도 모르게 침음성을 삼켰다. 피부가 참 새하얗다고 생각했는데, 드레스 사이로 살짝 보이는 목 아래는 온통……. 붉은 자국이 가득했다. 저도 모르게 저쪽에 앉아 있는 힐로스드의 왕제에게 시선을 던질 뻔했다.

물론 황녀는 밤 시중을 드는 노예들이 많은 것으로 소문이 자자하니 그들과……. 번잡한 생각을 지워 낸 디자이너가 간신히 웃었다.

"황녀님. 지금 입고 계신 드레스도 제가 디자인한 것이랍니다. 마음에 드시나요?"

"물론. 예뻐서 특별히 골라 입었단다."

디자이너의 두 눈이 반짝 뜨였다. 간신히 감격을 삼킨 듯한 목소리가 흘러나왔다.

"이제 슬슬 봄철이라 리본이 많이 달린 디자인이 유행을 탈 것이랍니다. 그런 종류를 위주로 선보여 드리고 싶은데……."

풍성한 치맛자락들이 스치는 소리나 디자이너가 무언가를 권하는 목소리가 살롱을 감돌았다. 블레이크는 여전히 파티션에 등을 기댄 채로 팔짱을 끼고 있었다.

차단된 건 시야뿐이다.

황녀의 옷을 완전히 벗겨 냈는지 디자이너가 종종걸음으로 움직이는 소리가 들렸다. 달그락, 벗겨낸 드레스를 테이블 위에 얹어 놓는 소리. 옷걸이에 걸린 드레스를 꺼내는 소리.

한창 그런 소리가 들리는데, 디자이너가 헉 하고 놀라는 소리를 냈다.

"리본이……, 죄, 죄송합니다. 황녀님."

라하에게 새로 입힌 시착용 드레스는 보통의 드레스보다 훨씬 무거웠다. 보석이 주렁주렁 달린 까닭이었다. 손님은 드레스를 입어 본 후, 거울에 자신을 비춰 본다. 마음에 드는 보석만 남기고 다른 보석을 하나씩 떼어 보며 최종적인 드레스를 결정하는 것이다.

무거운 보석이 주렁주렁 달린 옷을 고정하기 위해 철심을 여러 개 꼬아 넣은 리본을 쓰고 있는데, 디자이너가 라하를 보고 흥분해 있었던 게 문제였다. 철심이 안쪽에서 부서져 걸리기라도 했는지 아무리 힘을 써도 리본 하나가 빠지질 않았다.

이대로는 드레스를 제대로 보여 준다고 할 수 없다. 어떻게든 빼야 하는 디자이너의 얼굴이 점점 시퍼렇게 변했다. 손에 피가 나기 직전에야 디자이너는 멈췄다. 이러다가 황녀의 심기를 거스르면 정말 큰일이 날 것 같았다.

"화, 황녀님, 사, 사람을 불러와도 괜찮으실까요?"

"사람이라니? 갑자기 왜."

"리본의 철심이 안쪽에서 부서져 고정되어 버린 것 같은데…… 제가 악력이 부, 부족해서……. 당장 리본을 빼 줄 조수를 불러 오겠습니다."

"그러렴."

선선한 대답에 디자이너는 허둥지둥 얇은 숄을 찾았다. 그녀의 다 드러난 목과 어깨를 감싸 주는 걸 보니 남자 조수가 들어올 모양이었다.

셰드가 미간을 가볍게 좁혔다.

"내가 하지."

"예? 아닙니다! 밖에 힘이 좋은 조수가 있으니……."

"내가 질투가 많아서 말이야."

"네?"

디자이너가 어리둥절해진 사이였다.

이미 자리에서 일어나고 있던 셰드가 금세 거리를 좁혀 왔다. 라하의 등 뒤에 선 그가 어렵지도 않게 그 단단한 리본을 뜯어 버렸다. 질긴 금속이 끊어지는 소리와 함께 부서진 리본이 바닥에 떨어졌다. 디자이너의 얼굴이 다른 의미로 파래졌다.

걸레짝이 된 리본을 보고 라하가 기가 차서 웃었다.

"그것도 계산할 테니 달아 두렴."

"아니, 아닙니다! 괜찮습니다!"

"그럼 다른 드레스로 가져와. 이 드레스는 나와 인연이 아닌 것 같네."

"네, 황녀님. 혹시 원하는 색상이 있으신가요?"

원래 드레스를 잔뜩 들고 왔어야 했는데, 밖에서 근위대가 계속 무섭게 감시하고 있어서 한두 벌만 갖고 들어왔다. 디자이너는 서둘러 종종걸음으로 귀빈실을 빠져나갔다.

"셰드."

문이 달칵 닫히는 소리가 나는 동안, 라하는 셰드를 부드럽게 타박했다.

"밖에서 그렇게 말을 하면 어떡해?"

"말도 못 하게 하는군. 리본은 풀었으니 상관없잖아."

"그게 푼 거야? 부순 거지."

"어차피 버려질 건데 무슨 상관이야. 디자이너가 일을 제대로 못 하는군."

"탓하지 마. 황족을 보면 긴장하는 사람이 한둘이 아닐 거라고 자멜라 영애가 말했어."

"그래. 그러니 긴장할 조수들보다야 내가 하는 게 낫겠단 소리야."

"무슨……. 내 옷 시중들러 들어왔어?"

"그래. 네 주치의가 매번 내게 말하더군. 네 시중 잘 들라고."

"올리버 그런 말 할 애 아닌 거 알아."

"어조는 비슷하게 말을 하는데."

라하가 콧잔등을 찡그렸다. 그런가? 하기야 올리버라면 셰드에게 그렇게 넌지시 말할 것 같기도 하고…….

"……그럼 뒤에 리본 마저 풀어 줘."

"그럴까."

셰드는 라하의 등에 달린 리본을 풀어주었다. 등 뒤에 서니 아까 그 디자이너 얼굴이 왜 그리 빨개졌는지 이해는 갔다. 오늘 황녀궁의 시녀들은 라하의 푸른색 머리카락을 깔끔하게 땋아 틀어 올려놓았다.

길고 하얀 목이 시선을 잡아끌었다. 얼룩덜룩하게 나 있는 무수한 붉은 자국. 리본을 완전히 풀어 내리자 드레스도 흘러내렸다. 보석이 무겁게 달린 드레스였지만 풍성한 치맛자락이 깔린 덕에 뭉툭한 소리는 나지 않았다.

그러니까, 파티션 너머에 있는 블레이크 귀에는 그렇게 들렸다는 소리였다.

여전히 구두를 신고 있는 것 같은 황녀가 왕제를 향해 뒤돌아서는 것 같은 소리가 들린다. 동시에 그 우아한 얼굴에 미소가 떠올라 있을 테고.

블레이크의 예상은 틀리지 않았다.

라하는 확실히 웃고 있었다. 그녀는 셰드의 목에 팔을 감았다.

"오늘 너무 재미있었어."

"그래?"

셰드도 부드럽게 웃었다. 방금 라하의 말이 정말로 진심인 걸 알아 미소가 나왔다. 자신을 죄 녹여 버린 여자가 꼭 그만큼 달콤한 어조로 말한다.

"힐로스드로 가면 매일 외출하고 싶어."

너무 달콤해서 가끔은 심장이 멎는 듯한 기분이다. 멎을 게 남아 있다면 말이다. 셰드는 이미 오래전에 눈앞의 이 여자에게 통제할 수 없는 모든 것을 빼앗겼다. 시선도, 호흡도, 마음도……. 제 모든 것을 무자비하게 갈취한 그의 성역을 보며 셰드가 입을 열었다.

"네가 원하면 매일 나가자."

"왜? 넌 왕제니까 바쁘잖아. 나 혼자 갈 거야."

"같이 나가게 해 달라고 빌어야 하나?"

"어떻게 빌 건데?"

탄탄한 팔이 라하의 허리를 힘 있게 감싸 안았다. 제 품으로 눌러 밀착해 오는 몸이 부드러웠다. 셰드가 라하에게 입을 맞췄다. 침실에서처럼 정신 나간 듯 쏟아지는 입맞춤이 아니었다. 정욕을 걷어 내니 남는 건 깊은 애정뿐이라서.

라하는 천천히 멀어지려는 셰드의 얼굴을 붙잡았다. 틈새를 가르고 혀를 밀어 넣는 순간, 뒷머리가 붙잡혔다. 다소 거칠게 느껴질 정도로 밀려들어 오는 입맞춤. 셰드의 품에 안겨 있던 라하의 몸이 가볍게 비틀거렸다.

곧 쓰러져 버릴 듯했으나 이윽고 강한 힘에 붙잡혔다. 당연하게도 셰드였다. 그의 한쪽 팔이 라하의 허리를 끌어안은 것이다. 단숨에 밀착되는 몸. 그녀는 자신을 뜨겁게 감싸는 셰드의 팔이 꼭 쇠사슬 같다는 생각을 했다. 너무 단단한 까닭이겠지. 강하게 옭아매는 팔에 기이하게 안정감이 들었다.

라하는 그대로 셰드의 목에 두 팔을 감았다. 그는 옷을 제대로 갖춰 입고 있었지만 그녀는 아니었다. 한 겹만 벗겨 내면 온전히 살갗이 드러나는 속옷 차림이었다. 한 번도 이런 차림으로 정사 직전까지 내달려 본 적이 없었다.

고작 입맞춤에 섹스를 예견한 건 혀뿌리를 옭아매는 그의 움직임이 그만큼 격정적이었기 때문이다. 질척한 소리가 아름다운 귀빈실의 분위기를 단숨에 뒤바꿔 버린다. 숨이 달려 조금씩 신음이 새어 나왔다. 라하는 간신히 고개를 들어 올렸다.

당장이라도 라하의 두 다리를 벌리고 멋대로 삽입할 것 같으면서도, 욕망에 두 눈동자 색깔까지 짙어졌음에도 셰드는 더 이상 라하를 몰아붙이지 않았다.

그 이유야 물론 짐작하고 있다.

라하는 셰드의 몸에서 벗어나는 대신, 그나마 자유로운 손으로 허리께에 묶여 있던 리본을 풀었다. 얇은 비단이 흘러내리는 부드러운 소리와 함께 라하의 살갗이 새하얗게 드러났다. 셰드의 두 눈동자가 라하의 허리 쪽으로 고정됐다. 더 풀어 내리려는 그녀의 손을 반사적으로 붙잡은 손 또한 단단했다. 라하가 속삭이는 어조로 말했다.

"바깥에 또 나오기 힘들단 말이야."

"라하."

셰드의 목소리는 입을 맞추기 전보다 몇 배는 낮아져 있었다.

"어디까지 하려고."

"정혼자끼리 할 수 있는 건 전부."

라하가 더 벗지 못하게 두 손목을 붙잡은 주제에, 두 눈은 또 그녀의 몸에서 조금도 돌리지 못하고 있었다. 저런 얼굴을 갖고서, 저런 눈빛을 하면서. 힐로스드에서는 어떤 레이디의 호위도 서 본 적이 없다고.

그가 나만을 원한다고.

라하가 물었다.

"싫어?"

밀접해 있는 하복부로 올라선 셰드의 페니스가 이제 아플 정도로 강하게 느껴졌다. 그의 흥분이 전염되는 것 같은 기분마저 들었다.

"네게 싫다고 말할 수 있는 날이 올까 모르겠군."

아랫배가 저릿거리는 목소리였다. 라하는 속눈썹을 내리깔며 심호흡을 하듯 천천히 미소를 그렸다. 목소리 때문이다. 저 목소리 때문에 괜히 뺨에 열이 오르는 게 틀림없었다. 셰드가 하는 수많은 말들이 제 가슴을 깊게 적시고 있다는 사실을 그녀는 애써 모른 척했다.

라하는 셰드를 껴안은 채 소파에 털썩 주저앉았다. 그리고 제 두 팔에 기꺼이 끌려온 남자에게 입을 맞췄다. 자신이 생각하기에도 몹시도 문란한 모습이었고, 혀와 입술이 뒤섞이는 소리 역시 난잡하기 짝이 없었다.

셰드는 언제 자제했냐는 듯 어느새 라하를 몰아붙이고 있었다. 혀뿌리까지 옭아매는 입맞춤에 그녀의 아랫배에 전류가 오르는 듯 떨렸다. 셰드의 무릎이 라하의 두 다리 사이로 파고들었다.

"흐으……."

라하의 입에서 끙끙대는 신음이 흘러나왔다.

그러는 와중에도 그녀는 단 한 번도 파티션 뒤를 돌아보지 않았다. 그곳에 분명히 서 있을 블레이크 듀크 따위는 조금도 신경 쓰지 않겠다는 것처럼.

라하 델하르사는 거만한 황족은 아니었으나, 자신보다 신분 낮은 이의 안위를 하나하나 챙기고 생각할 만큼 배려심 깊고 상냥한 황녀 또 아니었다. 누구보다 블레이크 듀크가 잘 알고 있다시피.

젖은 부분이 질척이며 섞이는 은밀한 소리가 아름답고 진귀한 것들로 가득 채워져 있는 귀빈실을 울렸다.

스르륵.

기름칠을 열심히 해 놓은 문이 부드럽게 열린 건 그때였다.

"……?"

수석 디자이너와 함께 귀빈실에 들어서던 자멜라는 우뚝 멈춰 섰다. 블레이크 듀크가 파티션 앞에 가만히 서 있는 모습에 가볍게 놀란 것도 잠시. 파티션 너머로 들리는 소리들을 자멜라는 한 박자 늦게야 알아챘다.

젖은 점막이 부딪히며 나는 질척이는 소리. 낮은 신음. 선명하도록 분명한 정사의 소리…….

자멜라의 얼굴에 붉은 기가 확 올랐다.

"……."

오히려 드레스를 새로 들고 들어왔던 수석 디자이너만이 침착하기 그지없었다. 사실 귀빈실에서 이런 상황이 그리 드문 건 아니었다. 개인적인 공간을 보장하는 아름다운 귀빈실. 퇴폐적인 스킨십이 곁들여지는 경우는 생각보다 잦았다.

오늘 듣고 보고 겪은 것이야 물론 죽을 때까지 비밀로 유지해야 했지만……. 수석 디자이너는 다른 생각을 하고 있었다. 황녀가 정혼자라던 왕제와 생각보다 무척 관계가 좋다는 것.

어차피 황녀는 수석 디자이너가 감히 잴 수도 없을 만큼 거물이었다. 그녀가 저 귀빈실에서 정혼자와 정을 나누든, 혹은 남자 다섯을 불러 질펀하게 즐기든 수석 디자이너는 아무 상관이 없었다.

오히려 그 안목 높을 황녀에게도, 귀빈실의 분위기가 부족하지 않았구나 싶었지. 따지고 보면 호재였다. 그러니 조용히 뒷걸음질로 물러나는 수석 디자이너의 얼굴에는 그저 은은한 만족감이 서려 있을 뿐이었다.

그러니 이 중에서 놀란 사람이라곤 자멜라 윈스턴 그녀 혼자뿐이었다. 자멜라 윈스턴은 귀까지 새빨갛게 달아올랐다. 수석 디자이너를 따라 조심히 나가려던 그녀는, 여전히 서서 미동도 없는 블레이크 듀크를 보고 시선을 멈췄다.

"……."

처음엔 블레이크 듀크가 이도 저도 못 하고 가만히 굳어 있는 거라고 막연히 짐작했다. 혹 문을 잘못 열었다가 소리가 날까 싶어서. 하지만 디자이너가 나가고 자멜라 역시 나가려고 하는데도 블레이크는 그 자리에 바위처럼 서 있을 뿐이었다. 지금도 여전히 나갈 생각은 없어 보였고.

자멜라 윈스턴의 낯에 불편함이 감돌기 시작했다.

물론 블레이크 듀크가 황녀의 감시역으로 따라온 건 눈치로 알고 있었다. 하지만 황녀의 정사가 파티션 너머에서 벌어지고 있는데도 가만히 있다니.

당장 두 달 후면 일국의 황후가 될 자멜라에게는 그냥 넘어갈 수 없는 문제였다. 카르젠이 라하를 감시하라고 시켰어도 정사를 치르고 있을 때까지 이렇게 관음하고 있으란 소리는 아니었을 것이다.

게다가 정말로 카르젠이 그런 명령을 내린 거라면……. 자멜라로선 도무지 용납할 수 없기도 했다.

자멜라는 블레이크 듀크에게 서늘한 눈초리를 보냈다.

나오지 않고 뭐 하냐는 함의를 가득 담은 눈빛이었다.

"……."

블레이크 듀크도 그 눈빛을 외면할 계제는 못 되었다. 그 역시 자멜라 윈스턴이 얼마 후면 황후가 될 거라는 사실을 무시할 수가 없었다. 설령 황후가 아니더라도……. 자멜라 윈스턴은 공작가의 영애였다. 마냥 버티고 서 있기에는 여러 상황을 고려하지 않을 수 없다는 소리였다.

짧고 치열한 계산 끝에, 결국 블레이크 듀크는 자멜라의 뒤를 따라 나갔다. 문이 닫히는 소리가 들리며 미묘했던 인기척이 사라졌다.

"훗……."

셰드는 그제야 라하의 입 안에 밀어 넣고 있던 손가락을 천천히 빼냈다. 그녀의 입 안을 엉망으로 헤집느라 타액투성이가 된 손가락을 제 입에 물고 천천히 핥았다.

라하는 흐려진 눈을 깜빡였다. 셰드의 손가락 몇 개가 입 안에 넣어졌을 뿐인데, 꼭 그의 페니스를 입 안에 물고 있었던 것 같은 기분이 들었다. 물론, 실제로 페니스를 물면 손가락 따위보다 훨씬 커서 물리적인 의미로 입이 다물어지지 않지만…….

처음에는 그의 손을 잡아 제 다리 사이로 가져왔는데 셰드가 이마를 가볍게 찌푸렸다. 젖은 소리가 필요한 거라면 굳이 블레이크 듀크가 듣는 앞에서 그녀의 음부를 헤집을 필요가 뭐가 있다고.

남들에게 들려줄 소리가 필요하다면, 입 안에 손가락을 밀어 넣는 것만으로도 충분했다. 그녀의 따뜻하고 습한 입 안을 헤집느라 정작 셰드의 물건은 아플 정도로 팽팽하게 부풀어 올랐지만…… 자신을 그렇게 만든 라하는 파티션 바깥에 시선을 슬며시 던지느라 바빴다.

"셰드."

라하가 셰드의 귓가에 대고 작은 목소리로 물었다.

"이 정도 대화도 밖에 들릴까?"

"문을 귀에 대고 있어도 안 들리겠군."

라하가 빙그레 웃었다. 뛰어난 기사가 정혼자면 이런 점이 편하구나. 그녀는 여전히 헐벗은 차림새로 일어났다.

그러고선 달콤한 색감으로 꾸며진 귀빈실을 한 바퀴 둘러보았다. 블레이크 듀크가 서늘한 눈으로 확인하고 나간 귀빈실에 수상한 구석이라곤 하나도 없었다.

눈으로 볼 때만 문제가 없다는 소리다.

라하는 소파 앞에 있는 테이블 쪽으로 가 무릎을 굽혀 앉았다.

처음 이 귀빈실에 들어서는 순간, 라하는 사실 조금 굳을 수밖에 없었다. 그녀가 평생 잊지 못하는 차향이 코끝으로 흘러 들어왔기 때문이었다. 라하는 테이블 정중앙에 놓인 아름다운 찻주전자를 바라보며 말했다.

"셰드."

"음?"

셰드가 그녀의 곁으로 와 마찬가지로 무릎을 굽히고 앉았다. 자신보다 훨씬 커다란 남자가 자신과 시야를 맞춘다고 그러고 있으니 상황과 어울리지 않게 웃음이 나왔다. 어쩌면 셰드를 볼 때 자연스럽게 웃음이 나는 건지도 몰랐다.

"나 이 차가 정말 싫어."

"왜 싫지?"

"예전에 내 유모가 나 대신 이 차를 마시고 죽었거든."

라하는 자신의 얘기를 거의 하지 않았다. 특히 과거라면 더더욱. 그녀는 자각하지 못한 상태겠지만 사실상 거의 최초였다. 셰드는 물끄러미 라하를 보았다. 그녀는 찻주전자로 손도 뻗지 않고 가만히 쳐다만 보며 말을 이었다.

"그래서 본궁에선 누구도 이 차를 마시지 못 해. 내가 이 찻잎은 못 사게 예산을 막았거든. 그것도 벌써 몇 년째지만……."

말끝을 흐린 라하는 빙긋 웃었다.

에스더 공작은 매번 자신에게 보르본 백작 부인의 죽음을 상기시키는 사람이지만, 그래도 제 앞에 이 차를 내온 적은 없었다. 그런 불문율을 굳이 깼다는 건…… 의미하는 바가 명확했다.

라하는 팔을 죽 뻗어 테이블 안쪽으로 밀어 넣었다. 다른 곳은 건드리지 않았다. 찻주전자가 놓인 바로 밑을 힘껏 올려 누르자 숨겨져 있던 서랍이 아주 조용히 튀어나왔다.

서랍 안에는 밀봉된 편지가 들어 있었다.

"셰드."

라하가 소곤거리는 목소리로 말했다.

"그거 들어 봐."

셰드가 찻주전자를 들어 올리자, 그녀가 다시 손을 뻗어 아까처럼 테이블 밑의 부분을 눌렀으나 아무 반응도 없었다.

라하는 이 차를 싫어하다 못해 역겨워하니 찻주전자에 결코 손을 뻗지 않을 것이다. 그러니 이 편지는……, 오직 라하만이 읽을 수 있게 장치해 둔 것이었다. 테이블을 뒤집어 확인하거나 숨겨진 장치를 찾으려 더듬어 보려면 위에 있는 찻주전자나 찻잔을 당연히 치울 테니 말이다.

이 일을 위해 블레이크 듀크는 일부러 나가게 만들었다. 자멜라에게 함께 외출할 것을 권한 것부터가 계산된 행동이었다.

현재 궁내에서 그나마 운신이 자유로운 여성 황족은 라하뿐이었다. 자멜라는 예비 황후로서, 또한 예비 황족으로서, 블레이크 듀크가 라하를 대하는 태도를 눈여겨볼 수밖에 없을 것이다. 일부라도 라하에게 자신을 이입해 보게 되겠지.

황녀가 정혼자와 몸을 섞고 있는데, 근위대장이 같은 공간에서 가만히 버티고 서 있는다고? 그동안 살펴본 결과, 자멜라는 결코 이해하지 못할 행동이었다. 게다가 그녀는 아주 똑똑했다.

그간 공손히 몸을 낮추고 있었지만, 황후로서의 자리가 확정되자 선을 넘지 않는 한도 내에서 궁내에서의 입지를 힘껏 다지고 있었다.

나가지 않고 버티고 서 있던 블레이크 듀크도 결국, 자멜라의 눈초리를 이기지 못하고 나간 것 같으니.

윈스턴 공작가는 여러모로 라하에게 많은 도움을 주는 가문이었다. 사교계에서 더 잘해 줘야지.

라하는 윈스턴 공작가의 인장이 찍혀 있는 편지를 툭 뜯어서 읽어 보았다. 그녀는 천천히 글자를 읽어 내렸다. 별 내용은 아니었다. 이토록 복잡한 곳에 꽁꽁 숨겨 놓고서는, 허무할 정도로 별 내용은 없는 편지였다.

[국혼, 왕비, 밤, 신성국, 별.]

"……."

그저 다섯 개의 단어를 머릿속 깊이 새긴다.

라하는 편지지 위에 찻물을 흘려 내용을 지웠다. 어디 다시 숨길 필요는 없었다. 서랍에 다시 넣고 밀어 넣으면 끝이었으니까. 달각 하는 소리와 함께 서랍은 언제 있었냐는 듯 완전히 감춰졌다. 보호색도 이렇게 완벽한 보호색이 없었다.

셰드는 분명 그 편지를 보았음에도 아무것도 묻지 않았다. 그나마도 라하가 살짝 편지를 옮겨 보여 주지 않았다면 굳이 궁금해 하지도 않았을 것이다.

라하는 그대로 몸을 일으켰다. 파티션 너머로 사람이 서 있든 말든 정사에 열중하는 모습을 보여 놓고, 이렇게 분위기가 건전하다면 의심을 사겠지.

그래서 라하는 셰드의 한 손을 그러잡으며 말했다.

"미안해."

"뭐가."

"난 자주 널 이용하잖아."

"지금도 이용하는 건가?"

"응. 싫으면⋯⋯. 싫어도 이해해 줘. 나중에 다 보상해 줄게."

셰드가 이마를 찌푸렸다.

"그런 말 좀 하지 말고."

"왜? 다들 내게 보상을 받는다 하면 기뻐하던데."

"그건 그들이고."

그가 라하를 끌어당겨 목에 입술을 묻었다. 셰드의 행동 하나하나에서 라하는 깊은 온기를 느꼈다. 가끔은 가슴이 따뜻해지다 못해 천천히 녹아내리는 듯한 생경한 감정⋯⋯.

"나는 네가 나를 착취할수록 좋더군."

"날 도대체 얼마나 탐욕스러운 황녀로 보는 거야?"

셰드의 입가에 옅은 미소가 그려졌다.

"제발 좀 탐욕적인 모습을 보여 주면 좋겠는데. 라하."

그녀에게 아무리 좋은 것들을 갖다 바치면 뭐 하나. 사람이 삶에 욕심이 없어지면 무욕에 가까워진다는 걸, 셰드는 하필이면 사랑하는 여자를 보고 깨달아야만 했다.

라하는 제 목에 얼굴을 묻은 셰드의 은발을 손으로 쓸어 담았다. 손가락 사이사이 밝은 머리카락이 사르르 흩어졌다.

"내가 탐욕적이면 어떻게 감당하려고."

"감당이야 내 문제잖아. 그런 건 신경 쓰지 말라고."

"힐로스드가 많이 부유하긴 하지."

라하가 속삭이듯 웃음을 흘렸다. 그녀의 손이 셰드의 하복부를 향해 내렸다. 손끝이 두꺼운 천 아래를 건드리는 순간, 거짓말처럼 페니스가 단단하게 곤두섰다. 따로 흥분시킬 필요도 없었다.

라하는 팽팽해진 셰드의 아래를 보면서 말했다.

"꺼내 봐. 남의 옷 벗길 줄 몰라."

"유혹은 숨 쉬듯이 하면서 말이지."

"이런 게 너한테 유혹이 돼?"

"되다 못해 넘칠 정도야."

셰드는 라하의 몸에 시선을 고정한 채로 바지 버클만 풀러 페니스를 꺼냈다. 라하의 부드러운 손이 딱딱하게 선 물건을 진득하게 쓸어 올렸다. 그가 낮은 신음 소리를 내뱉었다. 셰드의 눈동자가 천천히 짙어지기 시작했다.

순식간에 핏줄까지 투둑 돋아난다. 선단 끝으로 맑은 쿠퍼액이 흘렀다. 라하는 셰드의 두 눈이 정염으로 흐려지는 게 좋았다. 오직 자신만을 원하는 걸 숨기지 않는 그 짙은 청회색 눈을 보고 있자면, 그녀의 귓가도 천천히 뜨거워지는 기분이었다.

라하는 셰드의 위로 올라갔다. 무릎을 꿇고 앉아 상체를 들어 올린 후 다리 사이로 페니스를 맞췄다. 그대로 질구 사이로 밀어 넣으려고 하는데, 크기 탓인지 생각만큼 잘 들어가지 않았다.

끙끙대면서도 셰드의 페니스를 붙잡고 제대로 삽입하려 노력했다. 무게가 실리며 천천히 좁은 질구가 열렸다. 비좁은 곳을 벌리고 들어오는 거대한 페니스. 라하의 숨이 막히기 시작할 때, 셰드가 두 손을 뻗어 라하의 골반을 틀어잡았다. 옴짝달싹도 못 하게 잡아당긴다.

라하가 숨을 헉 하고 몰아쉬었다. 순식간에 몸 안으로 그 커다란 게 삼켜졌다. 버거운 삽입도 잠시. 셰드는 라하의 몸 속 깊숙이 물건을 묻은 채로 허리를 움직였다. 그가 허리를 쳐올릴 때마다 라하는 아랫배가 뚫리는 기분이었다.

"흑……! 셰드……. 아흑……."

등줄기를 따라 전류가 통하는 것 같았다. 발끝이 저절로 움츠러들며 라하는 셰드의 목을 세게 끌어안았다. 그를 밀어내고 싶다는 마음과 이대로 더 제 깊은 안쪽을 채워 주길 바라는 상반된 욕망이 부딪쳤다. 머리가 어지러웠다.

누가 먼저 원했든, 아니, 대다수의 경우 셰드가 먼저 라하를 욕망했지만 반대도 적지 않은 숫자로 있었다. 하지만 어느 쪽이든 결국 먼저 몸부림치게 되는 건 라하였다.

그녀는 셰드의 힘을 따라가지 못해 금세 오르가슴에 올랐고, 필연적으로 견디지 못하고 몸을 바르르 떨었다. 그럴 때면 셰드는 라하의 이름을 중얼거리며 깊은 신음을 그르렁거렸다. 페니스를 물고 있는 내벽이 강하게 요동치니 사정감을 억누르기 힘든 까닭이었다. 가끔씩 낮은 욕설을 흘리며 셰드는 그녀의 절정이 조금이나마 가라앉길 기다렸다.

그리고 라하의 온몸이 가장 예민할 때 또다시 추삽질을 해댔다. 거칠게 박아 대는 힘에 라하는 가끔 온몸이 벌벌 떨릴 때도 있었다. 진흙 같은 쾌감을 두 손 가득 퍼 온몸에 진득하게 펴 발라 대는 것 같았다. 감당하기 힘든 절정이 라하의 몸을 바들바들 떨리게 만들었다. 그래서 셰드와 몇 번이나 섹스를 하고 나면 라하는 눈물을 뚝뚝 흘리며 축 늘어져야 했다.

감각이 예민하게 올라 버린 몸은 가벼우면서도 무거웠다. 약한 실바람에도 하염없이 날아오르는 깃털이었으나 끝에는 작은 쇠공이 매달려 있는 기분이었다. 툭 하고 밀면 하염없이 밑으로 추락할 것 같은 선득한 느낌.

그럴 때 셰드가 다시 젖은 안쪽으로 밀고 들어오면 라하는 울음이 터지곤 했다. 감당하기 어려운 쾌감이라는 표현만큼 정확한 게 없으리라. 한참을 정신없이 내달린 사람처럼 힘이 드는데도, 라하는 여전히 셰드와 몸을 섞는 게 좋았다. 아마 그녀가 하는 행위 중 가장 마음에 드는……. 두려울 정도로 분명한 쾌감 때문이겠지.

"으흑……!"

그런 생각을 하는데 또 퍽 하고 올려치는 감각이 아찔했다.

"아……! 아흑……."

라하는 숨죽인 신음을 흘리며 셰드의 어깨를 그러쥔 손에 힘을 주었다. 그는 라하를 단 한 번도 눕히지 않았다. 제 품으로 계속 무너지는 라하의 몸에서 시선을 떼지도 않았다. 평소 침대에서처럼 다 벗고 있는 게 아니라 보이는 부분은 한정적이었지만, 흔들리는 가슴이라든지 제 몸을 간신히 짚고 있는 손이라든지.

셰드를 발정시키는 건 충분히 많았다. 게다가 습하고 뜨거운 그녀의 내벽은…….

셰드가 신음을 삼켰다. 라하의 내벽이 애액을 왈칵 쏟아 내며 페니스를 물고 요동을 쳤다. 절정에 오른 그녀의 몸은 자비가 없었다. 적어도 셰드에겐 그러했다. 사람을 정신 나갈 정도로 목마르게 만들면서, 그녀 자신은 바들바들 떨고 마니 그렇게 못된 여자일 수가 없었다.

셰드는 라하의 가슴을 세게 그러쥐었다. 가슴을 덮고 있는 옷감이 두꺼웠다. 단단하게 섰을 유두가 잘 잡히지 않아 갈증이 났다. 그의 손에서 둥근 가슴이 밀가루 반죽처럼 이지러졌다.

셰드는 몇 번이나 더 하복부를 거칠게 쳐올렸다. 라하는 셰드의 힘을 감당하기 힘든 듯 몸을 떨며 괴로워했으나 그를 밀어내진 않았다. 그걸로 충분했다. 적어도 그에게는 그랬다.

"으흑……. 흐으……."

라하의 신음에 흐느낌이 섞일 무렵이 되어서야 셰드는 그녀의 몸에서 겨우 페니스를 빼냈다. 핏줄까지 돋은 페니스는 라하의 애액으로 엉망이었다. 근처에 둔 손수건으로 페니스 끝을 감싼 그가 성기 끝까지 몰려왔던 정액을 분출했다. 눈앞이 가볍게 명멸하는 기분이었다. 셰드가 깊은 신음을 흘렸다.

라하는 헐떡이는 목소리로 물었다.

"……한 번이면 돼?"

한 번 더 할까도 아니고, 한 번이면 만족하냐니. 그녀의 의도가 빤히 읽혀 셰드가 슬며시 웃었다. 더 해 주고는 싶은데 힘이 드니까 물어보는 거였다.

"모자라지. 그런데 돌아가서 마저 하면 좋겠군."

"침대가…… 편하니까?"

"장소야 굳이 상관이 있나."

셰드는 내궁에서도 침대든 욕조든 개의치 않았다. 그곳과 바깥이 다른 점이 있다면 하나였다.

"네 몸 안에 사정하고 싶어."

라하는 순간 귀를 의심하는 표정을 지었다. 셰드가 피식 웃음을 흘렸다.

"왜 그런 눈으로 봐."

"그런 말을 하잖아."

"넌 내가 솔직하게 말하는 걸 좋아하지 않았나?"

라하가 눈썹을 치켜올렸다.

"그런 음담패설 좋아한 적은 없어."

"음담패설이라니. 난 진심을 말한 건데, 라하."

셰드는 라하의 허벅지 사이를 만지며 말했다.

"더 노골적으로 말해 줄까?"

"……안 해도 돼. 하지 마."

그보다 노골적이면 안에 싸고 싶다고 말하려는 건가?

라하는 스스로가 생각해도 너무 음란하게 해석되는 말에 은근히 당황했다. 자신은 어디서 이런 말을 주워들은 거지? 거기다가 일단…… 셰드에게 방금 떠올린 말을 들키면 안 되겠다는 생각도 들었다.

"왜 그렇게 봐?"

"그냥…… 봤어."

"그냥? 네가 날 그냥 볼 때도 있군."

"싫어?"

"매번 그렇게 봐 주면 소원이 없겠는데."

"내가 보는 게 뭐라고."

"내겐 중요한 문제라서."

셰드의 입가에 희미한 미소가 서렸다. 라하는 시선을 뗄 수 없었다. 오늘 살롱의 레이디와 귀부인들이 셰드에게서 눈을 떼지 못했지. 그녀들의 심정이 충분히 이해가 갈 정도로 그는, 셰드 힐데스는 아름답고 근사한 남자였다.

그러던 중 셰드가 갑자기 허벅지를 잡아 벌리는 바람에 라하는 움찔 몸을 떨었다. 사정을 한 건 아니었으나, 허벅지 안쪽은 애액이 튀어 엉망이 되어 있었다. 손수건으로 젖은 부분을 닦아 준 셰드는 고개를 숙여 라하의 뺨에 입을 맞췄다.

갑자기 입맞춤을 받은 라하가 눈을 깜빡였다.

그녀의 뺨에 입술을 내리누른 남자는 아무렇지 않게 일어나 손수건을 적당한 곳으로 치워 버렸다. 그녀의 몸에 걸쳐 줄 옷을 찾는 것 같은 그의 뒷모습을 보고 있으려니 기분이 멋대로 술렁거렸다. 아니, 가슴이 수런거렸던가. 혹은 뜨거운 물로 채워져 속절없이 출렁이는 기분이던가.

기이하게 마음이 달아올랐다. 정오의 볕 아래 조심스레 돋아나 본 풀꽃처럼, 평생 만지지 못할 봄을 처음으로 만져 보게 된 겨울처럼.

셰드를 좀 더 만지고 싶었다. 껴안고 싶었고 품에 가두고 싶었다. 라하는 셰드가 제 어깨에 겉옷을 둘러 줄 때, 결국 와락 그의 허리를 껴안아 버렸다. 셰드가 낮은 웃음을 터뜨리며 라하를 마주 끌어안았다. 그러고는 그녀의 이마에 입술을 묻었다. 라하는 셰드의 체온을 느끼며 그의 가슴에 뺨을 비볐다.

자꾸 웃음이 나왔다. 이상할 정도로 말이다.

* * *

세베로는 성의 없이 문을 두드리고 기다렸다.

살다 보면 타인의 속내를 가늠해 봐야 할 경우가 종종 생긴다.

세베로 크라수스는 황제의 부관이라는 특수 직업에 종사하는 관계로 그 경우가 훨씬 잦았다. 사람을 판단하고 돌이켜 보는 게 습관이 된 지도 10년이 넘었다.

첫인상, 두 번째 인상, 세 번째부터는 인상으로 판단하지 않는다. 눈으로 살피고 대화를 나누며 머릿속에 차곡차곡 정보를 쌓는다. 세베로 크라수스는 세 번째 만남부터 라하 델하르사를 경계하기 시작했다.

아군보다는 적군을 더 기민하게 판단해야 했다. 어쩔 수 없는 일이었다. 황녀의 눈앞에 매달아 주었던 변경백의 시체는 빙산의 일각에 불과했다. 잔인한 폭압도 지나치게 반복되면 역효과를 불러일으키는 법이다. 세베로 크라수스는 '창공의 눈동자'가 마땅히 황위를 이어야 한다고 모의하는 불온 분자들을 비공식적인 방법으로 처리했다.

무정한 황제인 카르젠은, 세베로의 방법을 마음에 들어 하지는 않았다. 하나같이 목을 자르고 혀를 뽑아 대연회홀 샹들리에 달아 놔야 한다고 생각했으니까.

그러나 카르젠도 결국 세베로의 말을 들어주기는 했다.

그럴 거라고 생각했다.

세베로는 일생의 절반을 카르젠 델하르사를 보좌하는 데 썼으며, 남은 절반은 라하 델하르사를 경계하는 데 썼다. 그러니 세베로 크라수스의 삶은 온통 그 고귀한 쌍둥이들로 채워져 있다는 말과 같았다.

"뭔 일입니까?"

근래 연구에만 매진하느라 잠을 통 이루지 못한 레시스는 세베로를 돌아보며 뾰족한 어투로 물었다. 별 말 없이 마법사의 연구실을 방문했던 세베로는 두 손을 들어 보이며 웃었다.

"그냥 보러 왔습니다. 거슬린다면 돌아가죠."

세베로는 돌아서면서 레시스의 공기 탁한 연구실을 한번 둘러보는 걸 잊지 않았다. 커다란 책상 위에 수북하게 쌓인 종이에는 온갖 필기로 빼곡했다.

노예의 인술과 성물, 그리고 창공의 눈동자에 대한 자료들······.

황녀가 힐로스드의 왕제와 결혼하기 전에 모든 걸 해결할 수 있었으면 좋았을 텐데.

이제 와선 부질없는 가정이다.

세베로는 천천히 마법사의 연구실을 빠져나왔다. 아직도 악몽처럼 들러붙는 카르젠의 말이 다시금 천천히 떠올랐다.

"눈이 보이지 않더라도 라하는 아름답지. 그렇지 않나? 세베로."

그 말을 듣고, 그 진심을 듣고. 세베로는 며칠을 석상처럼 굳어 물 한 모금 마시지 못했다. 아무리 고민하고 아무리 벽에 머리를 박아도 카르젠의 마음을 돌릴 수가 없었다. 다른 방법도 없었다. 그 빌어먹을 왕제만 아니었더라면. 하다못해 황녀가 왕제를 사랑하지만 않았더라도······.

그러다 세베로는 한 가지 묘안을 떠올렸고, 그녀에게 성물을 주었다.

라하 델하르사 그녀가 스스로 징표를 파괴하고 죽기를 바라서.

아무리 생각해 보아도, 오직 그것만이 카르젠의 미래를 지킬 유일한 방법이었기 때문에.

"제가 의학을 아주 깊이 공부한 적이 있기 때문입니다. 황녀님."

거짓말이다.

"하르셀이. 네 스승이었니?"
"예."

거짓말이었다.

"제 스승이 황녀님을 없앨 거라고 믿었습니다."

전부 거짓말이었다.

"저는 제 주군과, 제 스승님의 마지막 환자 중 누구도 선택하지 못해 이 것을 당신께 바칩니다."

그 마지막 한 마디까지 전부.

세베로 크라수스가 라하 델하르사에게 고한 진실이라고는 그 가짜 궁의 하르셀의 진명이 어니스트라는 것 정도일까.

그 외에도 몇 개 더 있기는 했다.

카르젠이 라하를 만질 때면 끔찍한 죽음의 위협을 느낀다든지, 카르젠이 라하를 취해 결국 제 아이를 임신시킬 거라는 사실이라든지…….

숱하게 내뱉을 거짓말을 진실로 위장하기 위해 세베로는 라하가 알아선 안 되는, 모르고 있을 게 분명했던 비밀들을 먼저 내보여 주었다. 그녀의 심장을 취하기 위해서는 팔다리를 먼저 내어 준 격이었다.

덕택에…….

덕택에 라하 델하르사는 결국 제가 내민 성물을 받아들였다. 그녀는 스스로 델로 제국의 징표를 깨뜨릴 것이다. 그 과정에서 그녀 본인이 죽어 버리는 건 상관하지도 않을 테고.

자신을 착취해 안락하게 지내는 황족들에게 복수할 수만 있다면. 그녀는 스스로의 목숨 같은 건 중요치도 않게 여길 테니까. 라하 델하르사는 그처럼 태생이 잔인하고 냉혹한 황녀였다.

카르젠이 전장에서 스스로의 목숨보다는 적장의 목을 따는 것에 몰두하는 것과 비슷한 모습이었다. 그 쌍둥이들은 징그럽도록 닮았고 정신을 차리기 어려울 만큼 비슷했다. 세베로가 아주 오래전부터 확신하고 있듯이.

창문 바깥에 뜬 보름달을 본다.

"사실 나는 아주 오래전부터 죽어 주고 싶었거든."

그날 라하는 세베로에게 입을 맞춰 주고, 오늘을 약속했다. 일주일의 유예 기간 동안 그녀는 묘하게 들뜬 모습이었다. 10여 년 만에 외출을 하고, 카르젠에게 선물이라며 사온 보석을 잔뜩 안겨다 주고.

그 왕제에게는 뭐라고 속삭였을까.

달콤한 어조로 미래를 약속했을까? 힐로스드 왕국으로 가면 한 달을 침대에서 나오지 말자고 말했을까? 데리고 있는 침노들은 죄 버리고 평생 오직 너에게만 입을 맞춰 주겠다고 사랑스러운 목소리로 안심시켰을까.

물론 황녀가 왕제를 사랑하고 있다는 사실은 안다. 질투가 나 미칠 것 같지만 변하지 않는 사실이었다. 하지만 황녀에겐 사랑보다는 그녀 스스로의 복수심이 우선일 거라는 사실을, 세베로는 알고 있었다.

시간이 다 되었다.

세베로는 자리에서 일어났다. 징표가 있을 후원으로 향하기 전 뒤를 돌아보았다.

가짜 궁의 하르셸에 대한 건 이미 다 처리해서 흔적은 없지만…….

그래도 가짜 궁의 하르셸의 일기장 하나만은 진짜였다. 추적자가 발견한 것이었고, 그걸 입수한 덕택에 세베로 크라수스는 라하 델하르사의 마음을 흔들 수 있을 만한 거짓말을 짜낼 수 있었다.

[살려는 놓았으나 치료는 마치지 못한 마지막 환자. 특이사항은, 가여움.]

아예 외워 버린 문장을 한 번 더 복기해 본다. 라하가 가진 '계승자의 눈'이 아마 처음이자 마지막으로, 제 앞에서 진심으로 떨린 날이었을 것이다.

* * *

라하는 바들바들 떨리는 두 다리를 간신히 일으켜 세웠다. 너무 무리했다. 커튼을 다 치지 않은 창밖으로 보름달이 선명했다. 그녀는 침대에서 소리 없이 내려가려다가 옆자리에서 잠들어 있는 셰드를 보았다.

자신을 몇 시간이나 쉬지 않고 괴롭힌 주제에 그의 얼굴은 뻔뻔할 정도로 멀쩡하고 근사해 기가 찼다. 제 몸은 이렇게 벌벌 떨리는데 말이다. 이 남자는 도대체 만족이라는 걸 몰랐다. 지치지도 않았다. 집요하게 자신을 재워 주지 않는 모습에 얼마나 기가 막히던지…….

그래도…….

살면서 맛볼 수 있는 기쁨은 거의 다 맛본 것 같다. 순전히 이 남자가 있어서 가능한 일이었다.

라하는 셰드가 잠에서 깰 것 같아 뺨에 입도 맞추지 못했다. 그저 위에서 가만히 내려다보다가 조심히 일어났다. 기감 좋은 이 남자는 자신이 일어나는 순간부터 움직임을 눈치챘을지도 모르겠지만…….

라하는 아무렇지 않게 일어났다. 화장실을 가는 정도로 보이겠지. 라하는 남들을 속이는 걸 잘했다. 아주 오래전부터 말이다.

* * *

"너희는 이만 물러가 보거라."

블레이크의 친필과 카르젠의 서명이 적힌 서류를 확인한 근위대가 물러났다. 라하가 후원에 조용히 들어오기 위해선 세베로가 이 정도는 해 놔야 했다. 이곳은 제국에서도 가장 중요한 성물, 창공의 징표가 보관되어 있는 후원이니까.

세베로는 이미 옛날에 카르젠에게 이 후원의 출입을 허락받았다. 사막으로

가기 전 확인을 위해 허락을 받아 놓은 것인데 잘한 일이었지. 세베로는 성큼 후원으로 들어섰다.

오랜만에 출입해 보는 징표의 후원은 여전히 수려했다.

현자들의 힘과 신성국의 성력으로 보호받고 있는 후원. 허공에는 수많은 빛무리들이 떠돌아다니고 있었다.

천 년간 이어져 내려오는 징표를 수호하는 힘. 세간에는 그렇게 알려져 있는 빛무리들은 정말로 아름다웠다. 새하얀 반딧불처럼도 보였고, 기둥에 매달리지 않은 수정구들이 스스로 빛을 내며 떠다니는 것 같기도 했다.

세베로 크라수스는 별들이 무수히 떠 있는 밤하늘을 한번 올려다보았다.

얼마간 시간이 흘렀을까.

저벅저벅 작은 발소리가 들려왔다.

입구에서부터 라하가 들어서고 있었다.

모를 수가 없었다. 후원의 수많은 빛무리들이 라하를 향해 움직이고 있었으니까. 꽃에 홀리는 나비 같기도 했고, 적을 막아서려는 병사들 같기도 한 움직임…….

빛 무리들이 자꾸 달라붙을 듯 움직여 대는 게, 라하는 영 성가신 듯했다. 그녀는 성의 없이 손을 휘두르며 징표가 있는 곳으로 걸어왔다.

언젠가 카르젠이 이 후원에 들어섰을 때엔 저런 일이 없었다. 창공의 눈을 가지지 못한 황제에게 이 징표의 후원은 그저 무심하기만 했다. 새삼 라하가 카르젠 앞에서 들어서는 게 아니라 다행이란 생각이 들었다.

게다가…….

창공의 눈동자를 가진 라하에게, 이 후원은 완전히 함락한 정복지처럼 인식되는 모양이었다.

"세베로?"

라하가 정확히 자신을 있는 곳을 쳐다보며 이름을 불렀기 때문이다. 세베로는 당황스러운 마음을 감추고 그림자 속에서 걸어 나왔다.

"제가 있는 곳이 보이십니까?"

"대충……. 이상하게 감이 오네. 이 빛들 때문인가."

그렇게 말하며 걸어오는 라하는 똑바로 걷지 못하고 조금씩 휘청거렸다. 처음엔 그녀가 긴장한 탓이라고 생각했다. 죽음을 앞둔 생명체의 생리적인 공포감이라고. 하지만 세베로의 착각이었다. 라하가 점차 제게 가까워질수록 선명히 알 수 있었다.

말간 낯에 흔적처럼 남아 있는 관능적인 열기. 얇은 잠옷 위에 숄을 걸치고 나와 무방비하게 드러난 빗장뼈 아래로 온통 붉은 자국이 가득했다. 그제야 잠옷 사이로 비치는 라하의 다리가 왜 저렇게 조금씩 떨리는지 세베로는 직감적으로 알았다.

방금까지 왕제와 밤을 보내다 온 것이다. 저렇게 비틀거릴 정도로 심하게. 어쩌면 몇 시간 내내 황녀는 왕제에게서 벗어나지 못했을 수도 있었다.

바로 직전까지 다른 남자와 밤을 보내던 여자와 밀회를 가지는 듯한 기이한 배덕감에 세베로는 눈을 뗄 수 없었다. 와중에도 녹진하게 젖은 것 같은 라하의 모습은 성적인 감각을 지나치게 자극했다.

라하는 세베로의 앞에 멈춰 서 물었다.

"날 배웅이라도 하러 왔니?"

"……예. 황녀님."

"거짓말은."

라하가 빙긋 웃었다. 그녀가 손에 꼭 쥐고 온 것 같은 성물을 내밀었다. "내가 죽으면 이걸 준 네가 곤란해질 테니……. 미리 회수하러 왔구나."

세베로는 대답하지 않았다. 사실이었기 때문이었다. 카르젠을 공식적으로 인정한 현자들이었지만, 그들은 라하의 죽음을 결코 용납하지 않을 것이다.

그녀가 마지막으로 손에 쥐고 있을 성물을 온 힘을 다해 추적하겠지. 그러니 세베로는 저 성물을 용도가 다하는 순간 즉시 파괴해야 했다. 신중하게 처리해야 해 감히 다른 이의 손을 빌릴 수도 없던 일.

라하는 세베로에게 오래 시선을 주지 않았다. 성물을 사용하는 방법은 이미 들었다. 그녀는 평생을 그랬듯 약간의 미련도 내비치지 않고 징표 앞으로 걸어갔다.

징표는 거대한 비석 형태였다. 선황의 침실에 보관되어 있는 미니어처를 수백 배로 확대해 놓은 듯한 크기. 라하는 제 키보다 큰 징표를 올려다보았다. 이게 파괴되고 자신도 죽는다고…….

라하는 손가락에 피를 내 보려다가 한숨을 내쉬었다. 귀하게 자란 황녀라 손가락을 베어 내는 일도 낯선 모양이었다. 세베로에게도 이해는 갔다. 황녀궁의 시녀들은, 라하의 몸에 흠집 하나라도 날까 봐 언제나 안절부절못했으니까.

그녀가 자연스럽게 세베로에게 손을 내밀었다. 찻잔을 바꿔 오라는 듯 하염없이 가벼운 손짓. 평생 남의 시중을 받고 살아온 적통 황족다운 태도였다. 마찬가지로 평생 적통 황족을 섬기며 살아 온 세베로는, 망설임 없이 라하에게 다가갔다.

단검을 꺼내 손가락을 베어 준다. 그녀의 살갗이 미세하게 벌어지며 피가 몇 방울 맺혔다.

라하는 그대로 비석 위에 손을 가져갔다. 단단한 표면 위에 붉은 피가 묻은 순간 엄청난 굉음이 아찔하게 귀를 울렸다. 동시에 하늘로 솟아오르는 수많은 빛무리들. 눈을 뗄 수 없을 만큼 몽환적인 광경이었다.

라하조차도 조금쯤 홀려 위를 바라보다가, 문득 입술을 깨물었다. 가슴 안쪽이 간지러웠다. 그녀는 비석 위에서 손을 떼고 몸을 웅크렸다. 두 손으로 입을 막고 기침을 하자 목 위로 뜨거운 게 올라왔다. 라하는 두 손을 펼쳐 보았다.

"……."

그녀의 눈이 조금 커졌다. 방금 토해 낸 피가 손바닥 위에 한가득이었다. 라하는 비석을 올려다보았다.

이 표면에 계속 손을 얹고 있으면 완전히 죽게 되는 거구나. 세베로가 손에 쥐여 준 성물이 그런 작용을 하는구나.

지금은 라하가 손을 떼서 피를 토한 정도로 끝난 것이다.

라하의 피가 묻은 비석은 숨을 들이쉬고 내쉬는 생물처럼 끊임없이 점멸했다. 숨을 고른 그녀는 천천히 몸을 일으켰다. 와중에도 세베로는 조용했다. 이런 상황이니 빨리 죽으라고 재촉이라도 할 줄 알았는데, 그는 그저 떨리는 눈으로 자신을 응시하고만 있었다.

한 번도 입 밖으로 소리 내 말해 본 적은 없었지만, 라하는 언제나 세베로의 표정이 재미있었다.

카르젠의 정적을 대하듯 자신을 경계하면서, 한편으로는 라하를 그림에서 튀어나온 이상형처럼 숭배했다. 웃음기를 띤 묘한 얼굴……. 라하를 응시하는 저 남자의 눈빛에는 언제나 차가운 냉기와 뜨거운 열기가 번갈아 가며 뒤섞여 있었다.

그러니 곧, 아무것도 아니라는 말이었다.

라하는 비틀거리다가 아예 다리에 힘이 풀려 바닥에 주저앉았다. 그녀가 겨우 다시 일어났다. 입가에 튄 피를 숄 끝으로 닦아내며 라하는 흐린 목소리로 말했다.

"세베로."

"예, 황녀님."

"역시……. 미안해. 난 죽고 싶지 않아."

순간 세베로는 라하의 말을 바로 이해하지 못했다.

죽고 싶지 않다고?

모두가 그런 말을 할 수 있지만 라하 델하르사만은 아니었다. 절대 그녀가 꺼낼 수 없는 말이었다. 라하 델하르사는 복수를 위한 유용한 도구를 제 손으로 저버릴 만큼 감성적인 황족이 아니었다. 그녀에게는 그런 온기가 남아 있지 않다.

남아 있지 않아야 하는데…….

세베로를 향한 라하의 눈동자는 처연하게 젖어 있었다. 핏기가 쭉 빠진 파리한 얼굴. 그녀의 입술이 바르르 떨렸다.

"그냥…… 그냥 조용히 힐로스드로 떠날 테니까……. 카르젠을 설득해 줘."

"무슨……."

저도 모르게 되묻던 세베로는, 아주 짧은 경직 끝에야 이 황녀가 쳐 놓은 덫을 알아챘다. 혀를 와락 깨물며 한 발자국 물러섰지만 고작 그 몇 초 차이로 사람의 생사가 뒤바뀌는 경우가 있었다.

지금처럼.

"황녀님."

"……!"

세베로의 몸이 순간 완전히 굳었다.

언제부터 와 있었던 건지 짐작조차 할 수 없는 에스더 공작이 파랗게 질린 얼굴로 자신을 쳐다보고 있었다.

세베로는 기사가 아니었다. 숨죽이고 있는 사람의 기척을 알아챌 수는 없었다. 언제부터 그곳에 있었던가? 도대체 근위대는 뭘 하고…….

그는 이를 악물었다. 후원을 지키고 있던 근위대는 제 손으로 물렸다. 카르젠과 블레이크의 서명이 새겨진 서류로.

그때, 라하가 다시 기침을 토해 냈다. 쿨럭. 그녀가 기침을 할 때마다 붉은 피가 후드득 튀었다. 에스더 공작은 라하가 피를 토하든 말든 놀라 달려갈 성격은 아니었다. 다만 표정이 점차 싸늘하게 굳기 시작했다.

"폐하께서 정녕 황녀님을 죽이라 하였소?"

대답은 다른 쪽에서 흘러나왔다.

"황제 폐하께서 그러실 리 있습니까?"

그 목소리를 듣는 순간, 세베로는 모든 게 끝났음을 직감했다. 완전히 덫에 걸려들었음을 확신했다. 세베로는 천천히 뒤를 돌아보았다. 윈스턴 공작이 붉으락푸르락하는 얼굴로 성큼성큼 걸어오고 있었다.

"이러니저러니 해도 황녀님을 끔찍하게 아끼시는 분인데."

윈스턴 공작은 분노를 숨기지 못하는 눈으로 세베로를 바라보았다.

"누군가의 독단적인 행동이겠지요. 감히 폐하의 이름을 팔아서 말입니다. 국혼이 코앞이신 분에게, 감히 이런 진흙을 묻히려 하다니……."

이를 부득부득 가는 윈스턴 공작의 뒤로 창백한 얼굴의 현자들이 보였다. 세베로는 가슴이 서늘해졌다. 네가 딛고 서 있는 그 바닥이 실은 얇은 얼음 위라는 사실을 전해 들은 기분이다. 순식간에 수면 밑으로 빠져든다.

"징표에 금이 간 것 같았습니다."

"……!"

에스더 공작의 말에 현자들의 얼굴에 핏기가 쭉 빠졌다. 그들은 간신히 지키던 품위도 내던지고, 라하 옆에 한 명만 남겨 둔 채 서둘러 징표로 달려갔다.

"폐하. 보십시오."

웅성거리는 소리. 동시에 성큼성큼 걸어오고 있는 이 제국의 황제.

에스더 공작이 차가운 얼굴로 말했다.

"폐하. 세베로 크라수스가 감히 폐하의 이름을 들먹이며 황녀님의 목숨을 앗아 가려 했습니다."

"……."

징표 앞에 우뚝 멈춰 선 카르젠의 얼굴에는 온기라고는 하나도 없었다. 손을 대면 함께 얼어붙을 것 같은 싸늘한 분노가 그의 얼굴을 외려 무표정하게 만들었다. 카르젠은 현자에게 부축을 받고 있는 라하와, 그녀의 앞섶과 숄을 물들인 붉은 피를 보았다.

다른 현자들이 파리한 얼굴로 돌아 나온 건 그때였다.

"황녀님. 죄송하지만 이쪽 부분을 확인해 주실 수 있으십니까? 본래 징표는 창공의 눈을 지니신 분께만 온전한 모습을 보여 주기 때문에……."

귀족들이라면 카르젠의 눈치가 보여 하지도 못 했을 말이었다. 하지만 현자들은 지금 반쯤 정신이 나가 있는 상태 같았다. 라하는 후들거리는 다리로 걸어 비석의 뒤를 확인했다.

그녀가 갈라진 목소리로 말했다.

"징표에 금이 가 있네요. 하지만 크진 않고 미세한 정도예요."

"……!"

현자들의 얼굴이 딱딱하게 굳었다. 그건 카르젠도 마찬가지였다. 하지만 라하는 어리둥절한 표정이었다. 현자들이 서로를 돌아보더니 라하에게 물었다.

"황녀님."

"네."

"선황께 혹시 아무런 언질을 듣지 못하셨습니까?"

"……언질이라니요?"

진실로 라하는 선황에게 단 한 마디의 언질도 들어 본 적이 없었다. 징표에 관한 것이라면 더더욱.

피를 흘린 건 라하인데, 현자들의 얼굴이 밀랍 인형처럼 창백해졌다.

"폐하. 징표에 금이 갔다면 황녀님의 도움 없이 저희끼리 고칠 수 없습니다."

"……."

"하늘을 떠받드는 창공의 비석은 언제나 온전해야 합니다, 폐하. 아시지 않습니까."

카르젠은 이미 기사들에게 무릎 꿇려 포박당한 세베로를 보았다. 그리고 다시 한번 라하를, 귀한 누이를 응시했다.

이 혼란한 와중에도 후원을 떠도는 빛무리들은 라하의 주변을 계속 맴돌려고 했다. 그래서 이 수많은 사람들 중 오직 라하만이 반짝이고 있었다.

라하는 그저 창공의 눈을 담은 그릇이었다. 눈에 귀한 보석을 박아 넣은 값비싼 인형과 다름없었다. 카르젠은 내내 그렇게 라하를 대했고, 라하 또한 순종적으로 그 자리를 지켰다.

카르젠이 거칠게 몸을 돌렸다.

"선황께 알현을 청해라!"

* * *

"징표에 금이 갔다니!"

벌떡 일어나려던 선황이 비어 있는 한쪽 다리를 깨닫고 이를 갈았다.

"그래서, 그 일 때문에 이렇게 조르르 달려온 것이냐? 너에게 비망록을 알려 주라고?"

"제가 아니라 현자들이 청하라 했답니다. 부황. 제가 죽을 뻔하고 징표에 금이 가서 말이에요."

라하는 자신이 이렇게 받아치듯 말하면 선황이 분명 화를 낼 거라고 생각했다. 선황은 라하 앞에선 늘 인내심이 사라졌으니까. 이해가 안 가는 건 아니었다. 제 다리를 잃게 한 원흉이라 생각하면 죽이고 싶겠지. 아, 물론 그는 자신을 죽이려다가 다리를 잃긴 했지만.

하지만 라하의 예상과는 달리, 선황은 싸늘한 눈으로 품에서 작은 책 하나를 꺼냈다. 라하에게 확 던지는 손.

발치에 떨어진 작은 책을 라하가 몸을 굽혀 주웠다.

비망록은 그리 두껍지는 않았다. 하지만 중요한 내용들만 있었다. 창공의 눈에 대한 내용. 비석에 대한 내용. 후원에 대한 이야기. 징표의 후원을 떠도는 빛무리가 돌변하는 상황. 혹 불미스러운 일이 생겨 징표가 부서졌을 때 현자들을 돕는 방법…….

오래 걸리지 않아 책을 다 읽은 라하는 선황을 바라보며 물었다.

"징표가 무너지면 창공의 눈동자도 사라지나요?"

"눈이 있으니 봤지 않느냐? 그래. 창공의 눈동자도 사라지고 징표가 내리누르고 있는 하늘이 솟아나, 후원에 있는 빛무리들도 죄 날아가겠지. 빌어먹을. 비망록에 적혀 있는 대로 말이다."

"그래서 이 눈이 창공의 눈동자였군요……."

델하르사의 핏줄이 현자들의 선택을 받은 이유를, 라하는 오늘에서야 알았다. 비석 같은 모양의 징표 아래 또 다른 창공이 잠들어 있었다. 비석 아래 잠들어 있다니 죽은 것과 다를 바는 없겠지만.

그 거대하고 아름다운 후원 아래 하늘이 죽어 있다니. 눈물 나게 낭만적인 말이었다.

아까 전.

후원에 들어서는 그 순간 라하는 세베로가 숨어 있는 곳을 바로 찾아낼 수 있었다. 신기한 일이었다. 그녀를 자꾸 좇아다니던 빛무리들 때문인 것 같다는 직감은 막연히 들었는데, 실제로 비망록에도 비슷한 말이 적혀 있었다.

"혹시나 해서 말하는데 비석을 부수고 나와 카르젠을 죄 죽이겠다는 꿈은 꾸지도 말거라. 네가 가장 괴롭게 죽을 테니까. 현자들 역시 너를 적대하겠지."

"부황."

라하는 선황에게 다가가며 웃었다.

"저는 결혼해서 곧 황궁을 떠날 거예요. 그러니 죽고 싶지도 않아요."

줄곧 냉랭한 낯의 선황이 문득 비소를 흘렸다. 그런 웃음은 라하가 미처 예상하지 못한 것이라, 그녀는 드물게 조금 당황했다.

"라하 델하르사."

"네, 부황."

"일전에 황비가 말하기를, 왕제가 네 겉모습에 아주 푹 빠졌다더니."

"……."

"그래서 나와 내기도 했지. 황비가 아주 장담하더군. 분명 네가 몇 달 사이에 왕제를 사랑하게 될 거라고 말이야."

"……아."

순간 라하는 깨달았다. 그녀가 선황과 아주 비슷한 미소를 지으며 물었다.

"그래서 제게 이걸 스스럼없이 보여 주신 거군요. 제가 죽지 못할 걸 알아서요."

"그래."

선황은 라하가 가져온 비망록을 다시 품 안에 넣으며 말했다.

"이러니저러니 해도 내가 네 아비니까 말이다. 카르젠이 네게 집착하듯 너도 그 왕제 놈에게 집착할 걸 알아서 말이지."

"저와 카르젠은 달라요."

"다를 게 뭐가 있지? 너흰 거울을 비춰 놓은 듯 닮았는데."

"카르젠은 쌍둥이를 욕망하지만 저는 제 정혼자를 욕망하니까요. 저희를 어떻게 같은 선에 둘 수 있겠어요."

"라하 델하르사."

선황이 비웃듯이 말했다.

"너나 카르젠이나."

"……."

"너희는 둘 다 가지지 못한 것에 집착하고 있잖느냐? 망가진 게 망가지지 않은 걸 사랑하고 있는데 네가 카르젠과 다른 게 뭐가 있지?"

라하는 대답하지 않았다. 그러나 표정만은 평소와 다르지 않았다. 옅은 미소가 흐리게 감도는 흰 낮. 선황은 천천히 흥미를 잃었다.

"그래도 내게 감사는 하면서 평생을 살거라. 내가 네 겉가죽만은 그럴 싸하게 낳아 줘서 힐로스드의 왕제에게 잠깐이나마 사랑이라도 받는 것 아니냐."

"······."

"누구든 망가진 건 오래 아끼지 못하질 않더냐?"

라하는 천천히 웃었다.

"네, 부황."

* * *

"황녀님! 대화는 잘 하셨습니까? 비망록은 확인하셨는지요?"

현자들은 허겁지겁 라하에게 다가와 물었다. 라하는 고개를 끄덕여 주었다. 현자들의 손에는 와중에도 두꺼운 숄이 새로 들려 있었다. 라하가 피가 묻은 숄을 목 끝까지 돌돌 말고 있으니 추워한다고 오해한 모양이었다.

"징표를 손보는 방법을 보고 왔어요. 후원으로 갈까요."

"아, 저. 황녀님."

후원으로 향하려던 라하가 붙잡혔다.

"그리 급하게 바로 가실 필요는 없고······. 저쪽으로 잠시."

현자들이 조심스럽게 가리키는 곳에 라하는 시선을 던졌다. 방금 라하가 나온 방의 문은 짧은 길이의 복도와 이어져 있었다. 뭐라고 대꾸할 기력도 없었던 라하는 그곳으로 걸음을 옮겼다.

얼마 있지 않아 라하는 천천히 눈을 깜빡였다.

벽에 등을 기댄 채 팔짱을 끼고 있는 셰드가 보였다. 그가 옆을 돌아보았다. 시선이 마주치는 순간이었다. 그가 성큼성큼 이쪽으로 걸어온다는 생각이 든 것과 거의 동시에 팔이 잡혔다. 그가 라하를 확 끌어안았다.

순간 마음이 붙잡히는 듯한 기분이었다.

숄 하나 걸친 얇은 잠옷으로 피를 토하고, 의복을 정제할 시간도 없이 선황을 보고 왔다.

한 번도 티를 낸 적 없었지만, 선황과 대화를 하고 오면 말로 늘 온몸을

두드려 맞은 기분이었다. 어쩌면 선황이 제게 내뿜는 날것의 살의와 분노가
버거운 것일지도 몰랐다. 자신을 죽이려고 했던 아버지와 대화를 해야 한다
는 건 아무리 생각해도 가벼운 일은 아니어서…….

아니긴 했지만, 그렇다고 못 할 일은 아니었는데.

제게는 별일이 아니었는데.

셰드가 올 걸 조금도 예상하지 못해서인지. 이상하게 눈가가 달아올랐다.
이 갑작스러운 온기가 나빴다. 아무리 오래 만져도, 도무지 적응되지 않는
이 남자의 체온이 라하에게는 지나치게…….

셰드가 낮은 한숨을 내쉬었다. 그녀를 놓아준 그가 두 손으로 라하의
뺨을 감싸 들어 올렸다. 젖어 들어가 있는 그녀의 눈을 본다. 곧 울 것
같은 표정이지만 결코 울지는 않을 것이다. 라하는 바깥에서 우는 걸 정
말로 싫어했다.

지나가며 흘긋거리는 사용인들이 보였지만 상관없었다. 셰드는 거리낌
없이 라하의 뺨에 입술을 눌렀다. 제 팔을 그러쥐고 있던 그녀의 손가락에
약하게 힘이 들어갔지만, 라하는 그를 밀어내지 않았다.

셰드는 느리게 고개를 들어 올렸다. 피가 말라붙은 숄과 잠옷이 보인다.
입과 얼굴은 이미 깨끗하게 닦아 낸 것 같지만 어딜 보아도 피를 토한 후의
흔적이었다.

"라하."

그가 낮은 한숨을 내쉬었다.

"너를 대체 어떻게 해야 하는지 모르겠어."

순간 가슴이 칼에 베인 듯 서늘해졌다. 평소라면 아무렇지도 않게 들었을
말이었다. 아까 전 선황의 말을 듣지 않은 상태라면 충분히 그럴 수 있었을
터였다. 하지만 지금은.

망가진 것이 얼마나 사랑을 받을 수 있겠느냐는 선황의 말이 아직 끈적
끈적하게 라하의 가슴에 달라붙어 있었다.

"어떻게 해야 하는지 모르겠다니."

라하는 일부러 미소를 지었다. 듣기 괴로운 말에 미소로 대답할 수 있게 된 것도 벌써 몇 천 번째인지.

"네가 원하는 대로 하면 되잖아."

셰드가 희미하게 미간을 좁혔다.

"그래. 그러면 되겠군."

아직도 그러잡고 있던, 그의 단단한 팔을 놓아줘야 한다는 생각을 한 직후.

문득 라하의 발이 덜렁 들렸다. 순식간이었다. 시야가 높아졌다. 셰드는 라하를 품에 안은 채로 그대로 성큼성큼 복도를 걸어가기 시작했다. 복도를 바쁘게 움직이던 이들의 두 눈이 커다래졌지만 셰드의 표정엔 약간의 변화도 없었다.

라하는 당황한 목소리로 물었다.

"뭐 하는 거야? 어디 가?"

황녀궁으로 돌아가 침대로 가자는 건가? 갑자기? 하지만 이 남자가 갑자기 자신에게 입 맞추고, 갑자기 자신을 벗기던 경우가 한두 번이 아니긴 했다.

"셰드, 나……."

뭘 하든 그 전에 잠시 후원에 들러야 한다는 말이 채 나오기도 전이었다.

"내 성으로 가자. 결혼식은 힐로스드에서 올려도 상관없잖아."

라하는 귀를 의심했다.

"무슨……, 갑자기 무슨 말이야?"

"내 마음대로 하라며."

셰드의 낮은 목소리가 귓가를 울렸다.

"나는 도무지 널 여기 두고 싶지가 않아. 잘됐군. 네가 허락한 일이야."

농담이 아닌가?

사람이 너무 당황하면 사고 회로가 멈추는 법이었다. 라하는 머리가 핑핑 돌았다. 그녀는 뒤에서 자신을 쫓아오고 있는 현자들의 황망한 얼굴들을 보고서야 정신을 차렸다. 세상 어느 왕족도 현자들을 저리 대한 적이 없을 텐데. 델로의 황족도 해 보지 못한 일을 도대체…….

"멈춰 봐. 난 그런 뜻이 아니었어."

"그런 뜻이 아니면."

"나를…….."

라하가 어깨에서 흘러 날아갈 것 같은 숄을 꼭 쥐었다.

"나를 감당하기 힘들다는 뜻인 줄 알았어."

"……?"

아무것도 보이지 않는다는 듯 성큼성큼 걸어가던 셰드가 우뚝 멈췄다. 그는 그녀를 끌어안고 있던 팔을 움직여 라하와 시야를 맞췄다.

"라하."

그의 눈이 그녀를 샅샅이 살피며 물었다.

"누가 너한테 이상한 소리라도 지껄였나?"

"……."

"말도 안 되는 소리를 하고 있어."

라하의 눈동자가 푸른 수면처럼 일렁였다. 셰드는 숄을 쥐고 있는 라하의 손이 조금씩 떨리고 있는 걸 보았다. 그는 입고 있던 겉옷을 벗어 라하를 둘둘 감쌌다.

"허, 허흠……!"

라하를 납치하듯 품에 안고 다시 걸음을 쌩하니 옮겨 버리는 셰드를 따라 델로의 귀족들이 어쩔 줄 몰라 하며 움직였다.

* * *

세베로가 라하를 해치려고 한 지 사흘이 지났다.

"세베로 크라수스가 현자들에게 압송되어 갔다더군요. 들으셨습니까?"

"황명을 조작해서 황녀님을 해치려고 했다지 뭡니까?"

"예전부터 세베로 크라수스가 충성심 하나는 대단했죠. 하지만 황명 조작이라니, 선을 넘어도 제대로 넘었습니다."

"현자들이 제국에 계셔서 망정이지……. 델하르사의 징표에도 크게 금이 갈 뻔했대요."

"제국의 근간을 끊으려 하다니요! 당연히 극형으로 다스려야 하는 것 아닙니까?"

본궁은 수군거리는 사람들로 복잡했다.

특히, 엊그제부터 국정 회의실의 불이 꺼지지 않았다. 광활한 대회의실처럼 모든 귀족들이 대규모로 참여하는 회의실은 아니었으나, 후작 작위 이상의 고위급 귀족들만이 모여 회의를 진행하는 곳으로 중요도가 대단한 곳이었다.

방금 전, 국정 회의실에서 세베로의 사형이 공식적으로 확정되었다.

카르젠은 굳은 얼굴로 승인을 내렸다.

여론은 더러울 정도로 좋지 않았고, 현자들은 한 치의 흔들림도 없었다. 카르젠이 이를 뒤집으려면, 그러니까 세베로 하나를 살리기 위해서는 여덟의 현자들을 죽여야 하고 황궁에 와 있는 귀족의 구 할을 사형대로 보내야 하다는 소리였다.

말이 안 되는 소리였다. 라하 델하르사를 지금 당장 황후로 맞겠다고 공표하는 게 차라리 평화로울 터였다.

세베로의 극형이 확정되었다는 소식이 황궁 전체에 쭉 퍼졌다.

마찬가지로 기사에게 그 얘기를 전해 들은 라하는 10여 분을 더 기다리고서야 자리에서 일어났다. 그녀는 갇혀 있는 세베로를 만나기 위해 세 시간이나 대기실에 앉아 기다렸다.

"안내하렴."

"예, 황녀님."

한낮은 이제 완연한 봄인데도, 라하는 두꺼운 숄을 두르고 있었다.

그날, 달이 떴던 밤.

세베로가 손에 쥐여 줬던 성물이 징표를 공격하면서 라하가 피를 토한 게 문제였다. 정확히는 그 소식을 듣고 사색이 되어 뛰어온 올리버가. 지금 라하의 손에는 올리버가 쥐여 준 따뜻한 탕파까지 있었다.

이 날씨에 이러고 있으니 조금 덥지만…….

챙겨 준 대로 입지 않으면, 그 습기 가득한 감옥으로 보내 드릴 수 없다고 올리버가 자꾸 울먹거리니 어쩔 수가 없었다. 올리버가 브란덴과 직접 바느질을 했다는 탕파를 보자 웃음이 흘러나왔다. 상황과 어울리지 않게.

라하는 탕파와 숄을 기사에게 넘기고 안으로 들어섰다.

스륵.

세베로가 있는 곳은 흔한 감옥이 아니었다. 현자들의 산하 아래 있는 감옥이었다. 애초에 감옥이라는 말도 어울리지 않았다. 그보다는 텅 빈 방에 가까웠다. 쇠창살도 없었으며 바닥에 짚이 깔려 있지도 않았다.

황궁의 지하 감옥은 이보다 못하다는 얘기를 숱하게 들어서인지 이 정도면 나쁘지 않아 보였다. 라하의 눈엔 그랬다. 높은 벽에는 손바닥만 한 창이 나 있어서 햇볕도 들어왔다. 볕에 떠다니는 먼지가 금빛으로 보였다.

"……."

나지막한 햇볕 아래에서 무릎을 꿇고 있는 세베로가 보인다.

두 손은 뒤로 묶여 있었고, 목과 가슴에는 질긴 가죽 끈이 싸매여 있었다. 입에는 재갈이 물린 데다 눈에는 안대까지. 완전히 결박되어 있는 모습이다. 세베로를 옥죄고 있는 구속구에는 은은한 신성력이 감돌고 있었다.

대역죄인도 저렇게 대하지 않을 텐데…….

하기야 징표를 박살 내려 했으니, 현자들에게는 충분히 대역죄인일 터였다.

문득 라하는 제게 따라붙어 있는 해묵은 소문들이 생각났다. 그 황녀는 침노들을 아주 박하게 굴린다지. 가학적인 취향이 있다지. 그래서 침노들이 그리 죽어 나가는 거라지.

그 소문이 거짓이 아니라 사실이었다면 어땠을까. 침노들은 죄 저런 모습으로 침대에서 헐벗고 있었을 터였다.

"황녀님. 앉으시지요."

라하는 기사가 가져다준 의자에 앉았다. 잠시 세베로를 바라보던 그녀가 기사를 손으로 물렸다. 가볍게 묵례를 한 기사가 물러났다.

두꺼운 철문이 조심스럽게 닫히는 동안, 라하는 세베로에게서 눈길을 떼지 않았다. 조용한 응시는 길지 않았다. 라하는 자리에서 몸을 일으켜 세베로의 눈을 가리고 있던 안대를 벗겨 냈다.

"세베로."

"……."

세베로는 천천히 눈꺼풀을 들어 올렸다.

우아한 황녀의 얼굴이 눈에 들어온다. 지난 며칠 간 세베로가 내내 침묵 속에서 곱씹던 두 얼굴 중 하나였다. 푸른색으로 굽이치는 머리카락. 마찬가지로 아름다운 푸른빛을 띠는 눈동자. 피부는 눈처럼 빛났으며, 길고 풍성한 속눈썹은 요요했다.

라하 델하르사.

이 황녀가 세베로가 살아서 볼 수 있는 마지막 황족일 것이다. 카르젠은 라하처럼 한가롭게 자신을 보러 오지 못할 것이다. 정치적 부담이 크다 못해 어마어마한 일이니 쉽게 예견 가능한 상황이었다.

그러니 이번이 마지막 기회였다.

카르젠은 저 벽 둘 중 하나를 사이에 두고 분명히 앉아 있을 것이다.

왼쪽? 오른쪽?

자신과 황녀가 대화를 나누는 걸 카르젠이 모를 수가 없었다. 그리고 카르젠은 반드시 비밀리에 그 대화를 들어 보겠다고 현자들에게 요청했을 것이다. 세베로와 카르젠은 이미 선을 그었으니 타당한 부탁이었다.

세베로는 카르젠에게 마지막 메시지를 남길 생각이었다.

라하 델하르사가 자신을 덫에 빠뜨린 거라는 얘기를 전해야 했다. 그러면서도 그녀는 진심을 다해 죽고 싶어 하며, 그를 위해 징표를 거리낌 없이 파괴할 수도 있을 거라는 말을 함께 전해야 했다. 지금까지 하던 경계로도 부족하다고, 카르젠에게 전해야 하는데.

현자들에게 압송당한 게 패착이었다. 카르젠과 잠시라도 얘기를 건넬 시간이 없었다. 수많은 기사와 귀족들이 지켜보고 있는 와중에, 카르젠에게 귓속말 하나라도 했다가는 세베로의 죄가 카르젠에게 옮겨 갈 것이다. 어쩌면 지금도……. 적잖은 귀족들이 함께 의심하고 있을지도 모를 일이고.

그러니 지금이라도…….

"왜 그랬어, 세베로."

라하의 목소리에 세베로의 눈가가 바르르 떨렸다.

"네가 날 경계하는 건 이해해. 하지만…… 나는 이제 곧 힐로스드로 떠나잖아. 그렇게 먼 곳으로 가는데 내가 카르젠에게 무슨 위협이 되겠어?"

"……."

입에 찬 재갈 덕에 세베로는 아무런 대답도 할 수 없었다.

"네게 친절하게 대해 줬더니 이렇게 돌아왔구나."

"……."

"너 때문에 카르젠이 내 결혼을 반대하면 어떡해?"

라하는 안타까운 얼굴로 말했다.

"그럼 나는 너무 슬플 텐데."

"……."

"밖에서는 여론이 너무 좋지 않단다, 세베로. 현자들도 많이 심각하시지."

세베로는 라하의 얼굴에서 시선을 떼지 못했다. 그녀의 말 하나하나가 지나치게 완벽했다. 자신은 순진하고 악의 없는 황녀를 협박해 기어이 죽음으로 끌고 가려고 한 잔인한 남자였다. 저 황녀의 말만 들으면 그랬다. 자신조차도 깜빡 헷갈릴 것 같은 저 천진난만한 눈빛. 애달픈 미소.

"으……."

세베로는 간신히 목구멍에서 소리를 끄집어냈다. 잠시라도 재갈을 풀어 달라고. 라하가 천천히 눈을 깜빡였다.

"재갈?"

"……."

"풀어 달라는 거니, 세베로?"

목도 단단히 고정되어 있어서 잘 움직여지지 않았다. 하지만 미세하게 고개를 끄덕일 수는 있었다.

어차피 라하는 카르젠이 와 있을 거라는 사실은 모를 테다.

그러니 죽기 전 마지막으로 당신에게 긴히 전할 말이 있다는 듯 간절하게. 저 황녀에게 감정에 호소하는 건 소용이 없었다. 다만 황제의 최측근이었던 자신이, 단둘이 할 비밀 이야기가 있다는 듯 눈빛을 보내면 흥미는 조금 동하겠지.

그 정도면 된다. 아주 잠깐만 재갈을 풀어 주면 된다.

단 한 마디면 됐다.

"재갈을 왜 해 놓았을까……."

라하가 중얼거리며 세베로에게 손을 뻗었다. 재갈 위로 향하던 부드러운 손이 천천히 멈춘다. 세베로의 호흡도 함께 멈췄다. 꼭 그녀에게 조종당하는 듯한 굴욕감마저 들었다.

"역시 안 되겠어, 세베로."

"……."

"네게 저번처럼 또 입을 맞춰 줄 순 없잖아."

세베로의 두 눈이 커졌다. 안타깝다는 목소리와 꼭 어울리는 낯빛으로. 라하는 아이를 달래는 듯한 어조로 말했다.

"내 정혼자가 이번엔 정말 화를 낼 것 같아."

"……"

"미안해. 내가 가끔 제정신이 아니야. 네가 예전에 내게 먹이던 술 때문에 그렇겠지?"

"……"

"내 궁의가 말하길 중독에서 벗어나도 반평생은 후유증에 시달려야 한대. 그러니 네가 이해하렴. 네가 날 이렇게 만든 거잖아."

라하의 목소리는 보드랍고 달짝지근하다. 세베로를 탓하는 것으로는 결코 들리지 않는다. 하지만……. 세베로를 바라보는 눈은 그렇지 못했다. 얼음처럼 들러붙은 냉기.

이토록 차가운 게 당신의 본심이었지, 그래.

예전에는 라하가 황제와 황후에게 심한 학대를 당해 성격이 그 모양이 됐다고 생각했다. 하지만 요 며칠은 생각이 달라졌다. 라하 델하르사는 처음부터 그런 성격이 아니었을까. 피도 눈물도 없고, 혈관엔 얼음물이 흐르며, 전장의 살인귀보다 냉정한…….

문득 우습다는 생각이 들었다.

그 왕제는 대체 황녀의 뭘 보고 그녀를 그리 사랑하는 거지?

아무리 되짚어 봐도 겉모습만 보고 반한 꼴이 아니던데.

언젠가 황녀를 만난 적이라도 있었나. 그녀의 귀족적이지 않은 다른 모습을 보고 사랑에 빠졌나. 자신처럼 말이다.

하기야……. 이제 와서 그런 의문이 무슨 소용이 있던가.

더 이상은 아무것도 조사할 수가 없다.

한껏 곤두서 있던 세베로의 어깨가 천천히 가라앉았다. 마지막으로 세차게 타오르던 불꽃이 꺼지듯 사그라진다. 재갈 위를 배회하던 라하의 손이 세베로의 뺨을 가볍게 쓰다듬었다. 까칠한 피부 위로 와 닿는 촉감은 나비의 날개처럼 연약하게 느껴졌다.

라하는 다른 말을 더 하지는 않았다. 그저 조금 더 세베로를 쳐다보다가 돌아 나갔을 뿐이었다.

얼마 후, 현자의 직속 기사들이 들어와 의자를 가져가고 구속구를 풀어 주었다.

세베로는 얼얼한 팔다리를 천천히 움직여 보았다. 그는 이 감옥으로 끌려온 순간부터 내내 저 신성력이 감도는 구속구를 차고 있었다. 그런 구속구를 풀어 주었다는 것은 단 한 가지를 뜻했다.

사형이 확정되었다는 소리였다.

황녀가 왔을 땐 신사적으로 닫아 놨던 문은 이제 활짝 열려 있었다. 대신 평범한 감옥처럼 쇠창살이 내려왔다.

햇볕은 여전히 눈이 부시다.

이제 손도 입도 자유롭다. 하지만 카르젠은 이미 떠났을 것이다. 그러니 기사들이 제 구속구를 풀어 주었겠지. 혹시 모를 가능성에 걸고 어떤 말이라도 하기엔, 예전에 카르젠의 명에 따라 몰래 현자들의 감옥 구조를 조사한 사실을 들킬 수 있어서 위험했다.

카르젠에게 더 이상 정치적 부담을 지게 할 수 없었다. 그런 건 그의 심복이라 자칭했던 자로서 저질러선 안 될 일이었다.

라하는……. 라하 델하르사는, 아무것도 모를 텐데. 카르젠이 그곳에서 듣고 있을지도 모른다는 사실을 전혀 몰랐을 텐데. 현자들은 이미 황제의 편에 서기로 했으니 라하에게 그 사실을 귀띔해 주지도 않았을 텐데.

아무것도 몰랐으면서 자신에게 진심 한 번 내비치지 않았다. 내가 네 수에 걸려들 줄 알았느냐고 웃지도 않았다. 자신의 덫에 걸린 게 무슨 기분이냐며 평소처럼 그 나긋한 어조로 묻지도 않았다.

라하의 태도는 흠잡을 곳이 없었다. 누가 듣더라도 그랬다. 세베로 그가 듣기에도 말이다.

그제야 세베로는 깨달았다. 성물을 가져가 하르셀을 들먹인 그날, 황녀가 해 주었던 깊은 입맞춤이 무슨 뜻인지. 성물의 답례로 해 준 키스가 아니었다. 곧 죽을 사람에게 가벼이 베풀어 주는 은총이었다.

그러니…….

그날부터 이미 예견된 함정이었다.

자신은 졌다.

완전히 졌다.

역시 사막으로 가기 전 황녀를 달라 청했어야 했는데. 술독에 빠져 바짝바짝 말라 앙상해지던 그녀를 납치라도 했어야 했는데. 카르젠이 허약해지면 딱 그때의 라하 같은 모습일 거였고……. 그들은 왜 그렇게 닮아서.

그때 쇠창살 너머로 얼굴을 알 수 없는 그림자 하나가 조용히 다가왔다가 빠르게 사라졌다.

세베로는 천천히 그쪽으로 다가갔다. 얼핏 보기엔 새까맣게만 보이는 단검 하나가 어느새 자리하고 있었다. 단검을 옷 안으로 밀어 넣은 세베로는 쇠창살을 등지고 무릎을 꿇었다.

쇠창살 반대편에 햇볕이 드는 아주 작은 창문이 나 있었기 때문에, 언뜻 보기에 그는 신에게 기도하는 성직자처럼도 보였다.

그날 밤.

세베로는 혀를 자르고 자살했다.

* * *

"아."

의자에 앉아 있던 카르젠이 턱을 들어 올렸다.

"세베로가 죽었다고."

"예. 폐하. 세베로 크라수스가 옥중에서 자결하였습니다. 어떻게 반입되었는지 알 수 없는 단검으로 혀를 자른 것으로 추측됩니다."

"단검이라."

"지금 조사 중에 있습니다만……. 단검을 전달한 이를 확실히 알아내기 어려울 것 같습니다."

현자는 그 외의 몇 가지 말을 더 전한 후 물러갔다.

카르젠은 내내 평온한 무표정이었다. 그러나 그가 팔을 들어 올리자, 확연히 우그러진 팔걸이가 우수수 무너져 내렸다.

"혼자 죄를 뒤집어쓰고 죽어 버린다라."

카르젠의 목소리는 고요했다. 무서울 정도로 잔잔했다. 그는 고개도 돌리지 않고 말을 이었다.

"그런 방식은 누가 가르쳤지. 네가 가르쳤느냐, 블레이크 듀크?"

"……저는 그런 방식을 한 번도 이야기해 본 적이 없습니다. 폐하."

블레이크 듀크의 낯 역시 까칠했다. 사흘 전부터 그는 한숨도 자지 못했다. 눈에는 핏발이 서고 표정은 참담했다. 세베로의 시체는 어떻게 해야 하나. 현자들과 귀족들의 여론이 세베로의 시체를 수습하는 걸 허락이나 할까.

어쩌면 갈기갈기 찢겨진 후 성벽에나 걸리겠지. 썩어 문드러지고 나서야 다시 황야에 버려질 것이다. 그제야 으슥한 밤에 몰래 수습이나 할 수 있을 거고.

카르젠은 고개를 뒤로 젖히고 길게 숨을 내쉬었다.

"이러면 안 되는 일이지."

"……."

"이렇게 엉키기 시작하는 건 유쾌하지가 않지. 그렇지 않느냐, 블레이크."

"……예. 폐하."

카르젠은 붉은색 카펫이 깔리고 각종 보석과 값비싼 명화로 장식된 알현실을 느리게 훑어보았다.

세베로가 죽었다.

황제의 일등 보좌관이 스스로 생을 마감했다.

두 공작이 보고, 현자들까지 있던 자리였다. 거기에…… 카르젠 역시 함께 있었다.

전쟁과 철혈의 검으로 다스릴 때가 차라리 편했다. 황궁의 분위기는 매번 얼어붙고 연회에서도 다들 술 한 모금 마시지 않아 심기가 불편했지만, 그쯤이야 라하의 얼굴을 보면 거의 다 풀렸다.

하지만 지금은 상황이 너무 달라졌다.

눈 깜짝할 새 이렇게 됐다.

사랑스러운 쌍둥이는 빌어먹을 정혼자와 매번 밤을 보내고, 힐로스드를 비롯한 왕국에서는 국혼을 축하하기 위한 사절단들을 앞다투어 파견하겠다고 한다. 힐로스드의 왕제는 감히 제 품에서 라하를 빼앗아 갔으며, 빼앗아 가려고 하며, 빼앗아 갈 예정이었고…….

세베로도 죽었다.

"내가 아무래도 너무 물렀던 모양이지."

카르젠이 중얼거리는 것과 거의 동시에, 시종장이 정중한 표정으로 들어와 고했다. 윈스턴 공작이 왔다는 말에 카르젠이 자리에서 일어났다. 평소엔 풀어 두고 다니는 검을 허리춤에 찬 채.

"윈스턴 공작."

"폐하."

카르젠은 윈스턴 공작에게 자리를 권한 후 물었다.

"황녀궁에 다녀오나?"

"예. 폐하. 아무래도 그날 황녀님이 많이 다치고 놀라신 것 같아서 염려가 되어서 말입니다. 얼마 후면 결혼식도 올리셔야 하고, 힐로스드로 떠나실 분이니 몸과 마음을 정양하시라고 윈스턴에서 귀한 약재를 가져왔습니다."

결혼식.

힐로스드.

하나같이 이렇게 거슬릴 수가 없었다.

카르젠의 회색 눈동자가 윈스턴 공작을 천천히 훑어보았다. 하나가 거슬리니 전부 거슬렸다. 이제 곧 황후를 배출한 명문가가 된다는 기대감에 들떠 있는 대귀족.

대대로 델하르사의 황후는 한미한 가문에서 나왔기에 공작가에서 황후가 나오는 건 아주 드문 일이었다.

카르젠에게 창공의 눈동자가 없으니까.

그러니 이미 대귀족이면서, 황제의 장인이 된다는 기대감에 들뜬 이 윈스턴 공작은 점점 이곳저곳에 참견하고 다녔다. 당장 작년만 하더라도 윈스턴 공작은 라하가 아프든 말든, 아니.

애초에 라하가 술독에 찌들어 갈 때도 손을 내밀던 대귀족이 있었던가? 다들 제 눈치나 보면서 고개를 못 들고 다녔지.

고작 몇 년이나 되었다고 상황이 이렇게 되었던가. 언제부터 황제의 권위가 이리 흔들렸지?

이 수많은 군상 가운데서 변하지 않는 건 오직 라하 하나뿐이었다. 그녀는 여전히 자신을 혐오하고 두려워하며 사랑스럽게 웃었으니까.

"윈스턴 공작."

카르젠의 한쪽 입꼬리가 올라갔다.

"공작이 내게 참 건방져. 알고 있나?"

"……예?"

순간 윈스턴 공작의 표정이 당황으로 굳었다.

"내 부관이 죽었다더군."

"……."

"자결했다고 방금 전 소식이 왔어. 처형이 확정되었으니 이렇게 죽으나 저렇게 죽으나 마찬가지지만."

"……."

"물론 멋대로 그딴 일을 꾸민 건 참으로 괘씸하지만……. 내 마음이 몹시

서운하군. 내게 충성을 다하는 부관을 찾기란 어려운 일인데 말이야. 그래서 자꾸 좋지 않은 쪽으로 생각이 흘러 가."

"무슨……."

"공작이 나를 그날 징표의 정원에 데려가지만 않았어도 말이지."

"폐하. 그건 황녀님이 꼭 부탁을 하셔서……."

"공작이 언제부터 그리 라하의 부탁을 잘 들어주었다고."

"……."

"근래 라하가 자멜라 영애와 친분을 쌓아 주니 뭐라도 된 것 같나? 말은 똑바로 하지 그래. 라하의 부탁을 등에 업고 황제를 뜻대로 움직이는 게 즐겁다고 말이지."

"폐하! 아닙니다! 윈스턴이 어찌 그런 생각을 하겠습니까!"

"내가."

짓씹는 듯한 목소리가 흘러나왔다.

"내가 언제 공작에게 소리를 높이라 하였나."

윈스턴 공작의 몸이 서서히 경직되었다. 카르젠의 분위기가 심상치 않았다. 그냥 떠본 말이 아니었다. 그제야 윈스턴 공작은 눈치챘다. 카르젠은 자신이 오기 전부터 이미 심한 분노에 들끓고 있었다는 사실을.

만약 자신이 공작이 아니라 지위가 낮은 귀족이었으면 오늘 그대로 카르젠의 손에 목이 잘렸을 것이다. 그만큼 카르젠의 눈동자가 심상치 않았다.

카르젠이 자리에서 일어났다. 그리고 그대로 차고 있던 검을 바닥에 내리꽂았다.

석판이 깨지는 굉음. 카르젠의 보검이 바닥에 우그러지며 꽂혔다. 윈스턴 공작이 눈을 질끈 감았다. 등 뒤로 식은땀이 흐르기 시작했다. 방금 카르젠은 윈스턴 공작의 목에 칼을 꽂는 대신 대리석을 박살 내는 걸 선택했다.

카르젠은 자리에 다시 털썩 주저앉았다.

"윈스턴 공작."

"예, 예……. 폐하."

"윈스턴이 나를 좌지우지하려는 것도 정도가 있어."

"……."

"황제의 장인? 다른 공작가에는 여식이 없던가?"

"……폐하."

"내가 오늘이라도 당장 한 명을 침실로 불러들인 후 그녀를 황후로 맞겠다고 하면, 윈스턴 공작가가 어디까지 항변할 수 있으려고? 임신시키기만하면 그만 아닌가."

"폐하……! 그 무슨……!"

"나는 오늘 부관을 잃었지만, 어디에도 화를 낼 수가 없어. 현자에게 내겠나, 라하에게 내겠나? 그렇다고 에스더 공작에게 내겠나."

카르젠은 예전부터, 황태자일 시절부터 온갖 분노를 피와 전쟁으로 풀어냈다. 창공의 눈을 가지지 못해서, 정통성이 흔들려서, 라하를 황제로 지지하는 변경백의 소식을 들어서…….

입지를 다지는 방식도 마찬가지였다. 세베로의 돌발 행동으로 인해 카르젠은 입지에 큰 타격을 입었다. 그러니 카르젠은 늘 고수했던 방식으로 입지를 새롭게 다질 것이다.

국혼을 앞두고 당장 전쟁이 어려우니 그 손에 피라도 묻혀야 직성이 풀릴 거라는 소리였다. 이 말인즉슨…….

"나흘 동안 윈스턴의 입궁을 금지한다. 돌아가 저택에서 한 발자국도 나오지 말도록."

"……!"

"나흘 후에 윈스턴의 분가 절반이 날아가 있을 테니, 내 약혼녀와 함께 기도라도 올릴 시간이 필요하지 않겠나?"

윈스턴 공작이 두 눈을 부릅떴다. 하지만 카르젠은 여전히 뚜렷한 비소를 머금고 있기만 했다. 더 이상 눈에 뵈는 것도 없을 정도로, 사나운 분기를 품은 눈동자에 순간 짙은 웃음기가 떠올랐다.

"아. 그러고 보니."

"……."

"라하에게 침노를 준 지도 제법 시간이 흘렀구나. 내 부관의 잘못을 사과하는 의미로 침노를 선물해 주는 것도 나쁘지 않겠지."

카르젠이 턱을 비스듬히 기울여 얼어붙은 윈스턴 공작을 보았다.

"윈스턴의 분가에 반반한 미청년들이 얼마나 있을지 궁금하군, 공작."

* * *

셰드는 라하가 깊게 잠든 모습을 바라보다가 손을 뻗었다.

올리버가 라하의 몸을 하도 단단히 데워 놓은 덕에, 그녀의 뺨에는 장밋빛 열기가 발그레하게 올라 있었다. 겨울도 아닌데 침실 안엔 훈기가 가득했다. 라하가 더운 듯 뒤척였다. 셰드는 그녀의 온몸을 꼭꼭 누르듯 덮고 있는 시트를 걷어 주었다.

드러난 다리에 식은 공기가 닿자 라하가 뒤척이는 걸 멈췄다.

조용했다. 라하가 눈을 감은 채 잠들어 있는 모습은 평화로웠다. 그녀보다 수면 시간이 월등히 적은 그는 자주 이런 밤을 보냈다. 라하는 잠든 동안 자신은 손등으로 뺨을 괴고 옆으로 길게 누워 그녀를 쳐다보는 이런 시간을.

그리고 셰드가 그녀를 힐로스드로 어느 때보다 격렬히 데려가고 싶은 건 지금 같은 순간이었다.

셰드는 라하의 머리카락을 주워 들어 입술을 묻었다. 그녀가 잠들 때야 그 말간 낮에 겨우 돋아나는 평화로움을 물끄러미 바라본다. 본궁의 분위기는 심상치 않다지만 이곳은 아름답고 적요했다. 다른 세상 같아서 조용하기만 한 궁.

얼마나 시간이 흘렀을까. 두껍게 쳐진 커튼 사이로 햇볕이 새어 들어왔다. 깊게 잠들어 있는 라하를 보고 있던 셰드는 곧 그녀의 이마에 입을 맞추고 자리에서 일어났다.

바깥으로 나오고 얼마 있지 않아, 셰드는 씩씩대며 뛰어오는 브란덴을 보았다.

"왕제님! 그 얘기 들으셨습니까! 그놈이 황녀님을 납치하려고 했다고 소문이 자자하지 뭡니까!"

"납치?"

"예! 아주 난리입니다! 그래서 자결했다고 하던데요?"

"열심히 주워듣고 다녔나 보군."

"저 그런 용도로 쓰시려고 여기까지 데리고 오신 거 아닙니까?"

셰드는 브란덴을 흘긋 쳐다보았다.

"비슷해."

짧게 대답한 셰드가 걸음을 옮겼다. 브란덴은 서둘러 따라가며 말을 이었다. 전부 델로에서 제법 교류를 나눈 귀족들에게 들은 이야기였다.

이 왕제는 자신에게 모여드는 델로 제국 귀족들의 욕망을 아주 잘 알았다. 하기야, 힐로스드 왕국에서도 그런 류의 욕망을 한껏 받았던 남자였으니 모르는 것도 이상했다.

델로 제국의 귀족들은 전쟁 영웅이자, 힐로스드의 왕제인 셰드 힐데스에게 몹시 눈독을 들였다. 그와 연을 쌓고 싶었는데 어려웠다. 셰드 힐데스는 황녀 곁에만 있는데다가 황녀궁에서 영 나오질 않으니.

다가갈 방법을 궁리하던 그때 브란덴이 올리버와 함께 황궁을 돌아다녔다. 홀로 돌아다녔으면 모를까, 올리버는 아주 특수한 신분이었다. 현자의 제자였던지라, 사람들의 호감도가 기본적으로 남다른 소년.

덕분에 노골적으로 접근하는 귀족들은 잘려 나가고, 좀 더 온건하고 호기심 왕성한 귀족들은 브란덴에게 다가와 친절하게 인사를 건넸다.

원래도 성격이 좋은 편인 브란덴은 그들과 금세 교류를 쌓는 사이가 되었다. 애초에 셰드가 자신을 그런 용도로 이 황궁까지 데려온 것 같다는 생각도 들었지만……. 좀 의아해졌다.

여기는 델로 제국이고, 귀족들과 적당한 교류를 나눈다고 해도 예전과 같은 비극은 생기지 않을 텐데. 목이 불편한 힐로스드의 국왕을 몰아내고, 셰드더러 왕좌에 오르라고 속살대던 무리들이 델로의 황궁에 있을 리가 없지 않나.

왜일까? 그렇게 사교가 귀찮나?

브란덴의 의문은 올리버를 따라다니다 보니 풀렸다.

저 왕제는 그런 시간조차도 긁어모아 황녀의 곁에 있고 싶어 하는 거였다. 그러니 그런 자질구레한 일은 제게 죄 떠넘긴 거라고.

'아이구.'

우리 왕제님이 황녀님에게 빠진 만큼 황녀님도 왕제를 좀 사랑해 주시면 좋겠다는 생각이 들었지만…….

그러지 못해도 뭐, 알아서 하겠지. 그래도 가끔 올리버와 함께 멀리서 황녀를 지켜보다 보면, 황녀가 왕제를 볼 때마다 웃어 준다는 건 알게 됐다.

올리버가 얼마나 당황하던지 심각한 얼굴로 말하던 기억도 났다.

"브란덴 경. 보이세요? 저희 황녀님이 저렇게 웃으시는 분이 아니시거든요."

지금도 별로 자주 웃는 것 같지 않은데…….

"황녀님이 왕제님을 마음에 들어 하시나 봐요. 다행이다."

올리버의 말을 듣던 브란덴은 진지한 목소리로 말했다.

"올리버 님. 저희 왕제님은 지금…….제정신이 아닌 걸로 보이지 않으십니까?"

올리버가 키득키득 웃었다.

첫 만남에서부터 은근히 왕제를 좋아하지 않는 티를 내던 저 어린 궁의는, 얼마 전부터 갑자기 태도가 바뀌었다. 올리버는 어리지만 단단한 성격이었다. 누구에게나 상냥하게 대하지만, 자신만의 기준을 확고히 두고 선을 분명히 그어 놓은 느낌이었다.

브란덴이 보기에 올리버의 선 안에는 황녀밖에 없는 것 같았다. 브란덴 본인이야 올리버와 잘 맞는데다가, 델로로 온 이후엔 올리버와 착 달라붙어 다녔으니……. 그 선에 어찌어찌 들어갈 수 있을 것 같은데. 왕제는 무슨 미운 털이 박혔는지 선 안에 들어올 확률이 요원해 보였다.

그런데 어느 날 갑자기, 올리버는 무슨 깨달음이라도 얻은 양 왕제에 대한 적대감을 싹 거뒀다. 이유를 알 수 없었다. 왕제가 올리버에게 몰래 뇌물이라도 바쳤나 싶었지만……. 그런 것 같지도 않고.

어쨌든 브란덴은 나름대로 평화로웠다. 물경 세베로 크라수스인지 뭔지 하는 잡것이 황녀를 죽이려고 했다더라, 납치하려고 했다더라 하는 얘기로 황궁이 뒤집히기 전까지는.

아……. 하나 더 있었다.

황제의 시종장이 찾아오기 전까지 말이다.

"왕제님. 간밤 평안하셨는지요."

정중하게 안부를 물은 시종장이 이내 소식을 전했다.

"폐하께서 차를 한잔하자고 하십니다."

브란덴이 이마를 찌푸렸다. 정작 셰드의 표정은 무덤덤했다.

"나가지."

"예. 왕제님. 마차를 준비해 놓았습니다."

고상한 어조로 말한 시종장이 걸음을 옮겼다. 셰드가 성큼성큼 걸어가자, 황당해진 브란덴이 서둘러 따라왔다. 기어이 마차에까지 함께 오른 브란덴이 셰드에게 물었다.

"황제가 왕제님을 왜 부르시는 걸까요?"

"가 보면 알겠지."

"왕제님. 저 심장 터질 것 같습니다."

"……?"

셰드가 턱을 가볍게 기울였다.

"그럼 돌아가 있어."

"아닙니다. 보좌해야죠. 델로의 본궁엔 잘 가지도 않으셨잖습니까."

그…….

황녀의 침실 노예 역을 아주 충실히 이행하느라 말이다.

그래서 사실 조마조마했다.

지금 저 왕제의 표정은 입 댈 것 없이 느긋했다. 그걸 아니까, 황제의 시종장도 셰드를 보고 늘 그렇듯 똑같은 미소를 지은 게 아니겠는가. 물론 왕제가 감정을 잘 드러내지 않는 성격이라는 건 안다. 힐로스드에서도 숱하게 그랬으니 타국의 황궁에선 더더욱 그럴 것이라는 점 또한.

하지만 브란덴은 셰드를 아주 오래전부터 봐 왔다.

'지금 화…… 엄청 많이 나 계시는 것 같은데.'

그것도 그런데. 브란덴의 머릿속에는 다른 한쪽도 아주 화가 많이 나 있을 거라는 생각이 가득했다.

'황제도…… 화가 엄청 나 있지 않을까.'

* * *

"앉지, 왕제."

카르젠은 혼자 있지 않았다. 그의 옆에는 팔츠 궁정백이 앉아 있다가, 셰드가 들어오자 자리에서 일어났다. 온화한 미소로 가볍게 묵례한 팔츠 궁정백은 황실 예법대로 적당한 자리로 물러나 섰다.

셰드가 맞은편에 앉자마자 카르젠은 용건을 꺼냈다.

"이제 왕제도 침노라는 우스꽝스러운 신분을 벗어야 하겠지. 내내 마음에 걸렸어. 고귀한 왕족에게 비천한 자리를 권한 내 장난이 심했다 생각했지."

"별 말씀을."

셰드는 말을 이었다.

"그리 비천했다고 생각해 본 적 없습니다. 외려 즐거웠지요."

"……즐거웠다라."

노골적인 말에 카르젠이 비소를 머금었다.

"그리 즐거웠다면 내친 김에 평생 내 쌍둥이의 침노로 지내는 건 어떠한가?"

"그보다는 황녀의 남편 자리가 더 탐이 나니 거절하겠습니다, 폐하."

셰드의 눈은 카르젠의 것과 아주 비슷한 온도였다.

"세상 어느 남자가 그녀의 옆자리를 마다하겠습니까, 얼간이가 아닌 이상. 제게 온 행운을 놓칠 만큼 천치가 아닌지라."

"……."

찻잔을 쥐고 있던 카르젠의 손에 힘이 조금 들어갔다. 약간의 침묵이 흘렀다. 카르젠은 본론을 꺼냈다.

"어제 공작들이 말하더군. 왕제가 이제 완연한 정혼자의 신분이니, 황녀궁에 계속 기거하게 두는 건 옳지 못하다고 말이야. 조금 있으면 힐로스드에서도 사절단이 올 텐데, 왕제가 예법도 잊고 침노로서 노예들의 별궁에 머무르는 걸 알면 기절하지 않겠나."

"제 평판을 그리 신경 써 주신다니 황공합니다만, 폐하."

셰드는 말을 이었다.

"저는 힐로스드에서도 그리 평판을 신경 써 본 적이 없습니다."

"내가 괜한 짓을 한다는 식으로 말하는 것으로 들리는군."

"그렇게 들리셨다니 사과드리지요."

말과는 달리 목소리도 표정도 조금의 안타까움을 담고 있지 않았다. 카르젠의 부글거리는 눈빛과 대비해, 셰드는 지나치게 느긋해 묘한 위화감마저 느껴질 정도였다.

잠깐 동안의 침묵이 흘렀다. 카르젠은 차를 몇 모금 마신 후, 느릿한 어조로 물었다.

"따로 원하는 궁이라도 있나? 왕제."

"딱히 원하는 곳은 없습니다만……."

셰드는 턱을 비스듬히 기울인 후 대답했다.

"황녀궁과 가까운 곳이면 됩니다."

"가까운 곳이라."

"제가 황녀와 멀어진 곳에선 숨도 쉬기 어려운지라."

카르젠이 비스듬히 입꼬리를 올렸다. 제 앞에서 감히 라하에 대한 애정을 거리낌 없이 보이다니. 이 왕제는 견디기 어려울 만큼 발칙했다.

"매번 느끼지만 왕제가 내 쌍둥이를 참으로 아끼는 모양이야. 그런데 아무리 가까운 궁도 황녀궁의 별궁만큼은 못할 터라 아쉽군."

"폐하께서 정 그러시다면 지금처럼 황녀궁에 머물러도 상관없습니다."

"그럴 수야 있나. 그런데 왕제, 나는 왕제를 보고 있자면 궁금한 게 있어."

"말씀하시지요."

"왕제는 라하의 침노들을 죽이고 싶을 때가 없나?"

순간 침묵이 흘렀다. 조용히 두 남자의 대화를 듣고 있던 팔츠 궁정백의 손이 이젠 식다 못해 차가워졌다.

"제가 죽이고 싶다 하면."

"……."

"죽여도 상관없습니까?"

묘하게 들리는 말이었다. 얼핏 이 왕제가 죽여도 되냐고 묻는 대상이 카르젠인 양 들렸기 때문이다. 카르젠의 싸늘한 눈동자를 셰드는 전혀 피하지 않았다. 어느 정도의 시간이 흘렀을까. 카르젠이 천천히 대답했다.

"침노들은 전부 내가 라하에게 준 선물이지. 생사여탈권은 라하가 쥐고 있으니 내 쌍둥이의 뜻대로 하는 게 맞겠지만, 그녀는 마음이 여리지 않나."

"그러시다면."

셰드는 듣는 쪽에서 분기가 차오를 정도로 선선하게 말했다.

"황녀에게 물어보도록 하지요."

카르젠은 이제 비웃음조차 나오지 않았다. 묘하게 라하를 닮은 눈동자 색깔 탓인지, 카르젠은 이 빌어먹을 왕제의 눈동자를 빼 버리고 싶다는 충동에 시달렸다. 그렇잖아도 눈길 하나는 놀라울 정도로 차가운 놈이다.

얼굴이야 반반하다. 하지만 그뿐이질 않은가. 이런 놈이 뭐가 좋아서 라하는 그리 자주 웃어 주는지, 카르젠으로선 알 수 없는 노릇이었다.

정말 알 수가 없어서, 이 왕제를 당장이라도 죽여 버리고 싶었다. 죽여서 성벽에 걸어 버리고 싶다는 걸 제 쌍둥이는, 라하는 알까. 하필 이런 놈이 귀족들의 추앙을 받는 전쟁 영웅이라니. 그런 주제에 원하는 게 오직 라하 델하르사 하나뿐이라니······.

새삼 이 모든 상황이 카르젠에게는 우습게 느껴졌다. 그는 전쟁으로 입지를 다진 군주이니, 전쟁 영웅을 함부로 대할 수가 없었다. 스스로의 가슴에 진흙을 묻히는 것과 다를 바가 없어지니까. 더군다나 이곳에는 팔츠 궁정백이 있었다. 쓸모가 많고 효용이 넘쳐 카르젠의 살상부에 단 한 번도 든 적 없는 노귀족.

편치 않은 침묵이 알현실을 감싸고.

"왕제."

카르젠은 길게 숨을 내쉬고 입을 열었다.

"일전의 일로 라하가 충격이 컸지. 궁의에게 듣기로는 몸이 좋지 않아 아예 누워 있다고 들었어. 내가 마음이 아파 사과의 의미로 침노를 하나 더 선물할까 하는데."

엊그제부터 시작된 윈스턴의 극비 재무 조사가 마무리된 참이었다. 카르젠은 자애롭고 합리적인 군주가 된 기분으로 느긋하게 말했다.

"아, 물론 이번에는 델로의 귀족이지. 외국인 침노는 이제 힐로스드의 입장을 고려해야 하니 선물하기 까다로워져서 말이야, 왕제."

"……."

별다른 반응이 없는 셰드 대신, 옆에 있던 팔츠 궁정백이 하마터면 무슨 말씀을 하시냐고 되물을 뻔했다.

'침노라니?'

이미 정혼자까지 있고 조금 있으면 온갖 타국 사절단들의 축복 아래 결혼식을 올리게 될 황녀에게 갑자기 침노라니?

카르젠은 셰드를 노려보듯 응시하고 있었으나, 옆에 시립해 있는 팔츠 궁정백이 안절부절못하고 있다는 건 셰드 역시 짐작할 수 있었다. 당연한 반응일 터다. 이 사실을 듣게 될 공작들도 딱 저런 반응이겠지.

팔츠 궁정백은 이제 등 뒤로 식은땀이 흘렀다. 침노도 침노인데, 델로의 귀족이라니 도대체 누구를…….

카르젠의 집권 초기라면 모를까, 무자비한 진압 이후 감히 카르젠에게 뻗대는 귀족은 존재하지 않았다. 따라서 침노로 데려올 귀족도 없었다. 이후 라하에게 바쳐졌던 침노들은 전부 전쟁 포로였다. 타국의 귀족이나 왕족들. 어쨌든 반반한 얼굴의 노예들.

어느 가문이 멸문했던가? 그런 일이 있었던가?

"어떤가, 왕제."

카르젠은 평소 같은 여유를 되찾은 참이었다.

"왕제가 정 기분이 좋지 않다면 강요할 생각은 없어."

"폐하."

셰드가 조금도 당혹하지 않았다는 사실을 깨닫기 전까지는 그랬다.

"침노를 몇이나 선물하시든 상관없습니다만……. 그들이 곧 힐로스드로 떠날 이들이라는 건 고려해 주십시오."

카르젠의 얼굴에 나른하게 감돌던 미소가 설핏 굳었다.

"인재 유출은 군주들이 대대로 가장 염려하는 부분이 아닙니까? 아니면, 델로 제국은 제 왕국과 다릅니까."

"……."

카르젠이 상상했던 것과는 전혀 다른 반응이었다.

"어느 쪽이든 황녀에게 내려 주시는 선물이라니 제가 대신 감사 인사를 올리겠습니다. 그녀에게 저 외의 남자가 더 필요한지는 모르겠지만 말입니다."

"……."

카르젠의 입가에 어렸던 미소가 흔적도 없이 사라졌다. 그의 턱에 서서히 힘이 들어가기 시작했다. 찻잔은 이미 테이블 위에 내려놓은 상태였다. 조금만 더 오래 찻잔을 쥐고 있다가는 필시 깨질 것이라는 사실을 본능적으로 알아챈 까닭이었다.

감히 나를 농락하는 건가?

물론 그렇게 물을 수는 없었다. 이 빌어먹을 정도로 건방진 왕제의 말에 틀린 구석이라곤 하나도 없었다. 자신을 농락하느냐고 묻는다면, 이 왕제는 필시 제 말 어디에 심기가 상했느냐고 되묻겠지. 곧이곧대로 대답해 줄 수는 없었다.

감히 라하 델하르사를 왕국으로 데려가겠다고, 다름 아닌 제 앞에서 말하는 그 빌어 처먹을 담대함에 분노가 치밀었다고 어떻게 말할 수 있겠는가? 라하에게 다른 남자가 필요하겠느냐는 그 질문에 분기가 솟구쳤다고 어떻게 이야기하겠는가?

카르젠은 라하의 쌍둥이일 뿐인데.

연적처럼 굴 수는 없는 노릇이질 않은가. 애초에 그럴 위치가 아니니.

카르젠이 대답을 하지 않아, 분위기는 그저 당겨진 활시위처럼 팽팽해지기만 했을 뿐이다.

팔츠 궁정백은 이제 마른침도 삼킬 수가 없었다. 지금 칼만 들지 않았을 뿐이지 두 남자는 당장이라도 서로를 잡아먹을 듯 싸늘하게 응시하고 있었다.

똑똑.

마침 문을 열고 들어 온 시종장의 목소리가 기절하기 직전인 팔츠 궁정백을 구원했다.

"폐하. 공작들이 도착하였다고 합니다."

* * *

"왕제는?"

셰드가 없어서 라하는 일어나자마자 어리둥절한 표정을 지었다. 막 따뜻한 물로 욕조를 채우고 나왔던 시녀들이 서둘러 대답했다.

"한 시간 전쯤에 본궁으로 가셨습니다. 황제 폐하께서 부르셨어요."

"……뭐?"

라하는 시계를 한 번 보았다. 지금은 딱 저녁을 먹을 시간이었다. 그런데도 셰드가 돌아오지 않는다 하니…….

"오늘은 카르젠이 공작들과 저녁 정찬을 가지는 날일 텐데……. 그럼 왕제도 그 자리에 초청을 받으려는 모양이구나."

"황녀님도 본궁에 가시겠어요?"

"내가 이미 가 봤자 늦지 않겠니. 정찬 중에 들어가는 건 별로 내키지 않고, 목욕이나 하고 가 볼까."

느긋한 말과는 달리 욕실로 향하는 라하의 발걸음에는 미약한 조급함이 묻어 있었다. 카르젠이 셰드를 어떻게 할 거라는 긴장감은 들지 않았다. 폭력적인 성향에도 불구하고, 제 쌍둥이는 이 제국의 황제였다. 카르젠이 우방국의 왕제이자 전쟁 영웅인 셰드를 함부로 대할 수 없으리란 건 쉽게 추측이 가능했다.

그러니 지금 라하의 발걸음에서 묻어나는 조급함은……. 따지고 보면 셰드를 빨리 보고 싶은 감정의 발로였다. 오늘 온종일 자느라 셰드를 제대로 보지도 못했다.

그녀는 달콤한 사탕을 보장받은 아이처럼 욕조에 곧장 몸을 담갔다. 평소라면 욕조에서 멍하니 시간을 보내곤 했는데.

라하가 몸을 다 씻고 나왔을 때, 시종장이 찾아왔다.

"황녀님."

새로 뽑혔던 이 시종장은 라하의 마음에 아주 쏙 드는 인물이었다. 언제나 정중하고 예의를 지킬 줄 아니까. 이전의 시종장과 비교하자면 아주 상식이 넘치는 인물이었다.

다만 지금 그는 묘하게 당혹스러워하는 느낌이었다.

"무슨 일이지?"

"폐하께서 황녀님의 별궁에……."

시종장이 곤혹스러운 얼굴로 말끝을 흐렸다. 라하가 되물었다.

"내 별궁에?"

"새 침노…… 를 선물하셨습니다만……."

"침노라니. 전쟁도 아닌데 어디서."

"…….."

"누군데?"

"성과 이름을 회수당해서……. 제가 당장 부를 이름이 없습니다."

"……?"

라하는 이마를 찌푸렸다. 시녀들이 막 건네주었던 얇은 숄을 몸에 두른 라하가 별궁으로 향했다.

그리고 그녀는 실로 오랜만에 말문을 잃었다.

* * *

"무슨 말씀이세요? 로자인이 왜 끌려가요?"

자멜라는 초조한 얼굴로 시종일관 가만히 있지 못하고 이곳저곳을 돌아다니는 윈스턴 공작을 보면서 물었다.

"아버지."

"……."

"아버지!"

"조용히 하거라!"

윈스턴 공작의 두 눈에는 핏발이 서 있었다. 자멜라는 당혹스러웠다. 아버지는 갑자기 황궁 출입을 금지당했다. 임시인 데다가 며칠 정도이기는 했으나, 공작위급 되는 고위 귀족이 황궁 출입을 금지당하는 경우는 잘 없었다.

더군다나 자멜라는 곧 황후가 될 몸인데도.

"폐하와 말다툼이라도 하신 건가요? 그런데 왜……. 로자인이 황궁으로 끌려갔다는 거죠?"

"내가 폐하의 심기를 거슬렀다."

윈스턴 공작이 초조하게 말했다.

물론 당시의 상황이 좋지 않았으나, 카르젠은 머리가 좋은 황제였다. 세베로 크라수스 때문에 쌓인 분노를 제게 풀어내는 것처럼 보였으나, 돌아와 천천히 되짚어 보니 카르젠은 경고를 하고 있었던 것이다. 윈스턴이 황제의 처가가 된다 해도 자신은 가차가 없을 거라고.

그리고 본격적으로 윈스턴가의 덩치를 줄이기 위한 작업을 시작한 것이다.

상황상 공작가를 선택하기는 했으나 그뿐이라고. 대단한 처가에게 휘둘릴 생각이 아예 없다고 경고하는 뜻이었다.

극비 재무 조사가 시작됐다. 윈스턴 공작은 연금당했다. 윈스턴 공작의 본가는 건드리지 않았으나 가까운 분가 전부가 조사를 받았다. 어차피 털어서 먼지 안 나오는 상단은 없다지만, 이런 식의 보복성 재무 조사가 뜻하는 바는 명확했다.

네가 죽지 않으려면 희생양을 바치라고.

윈스턴의 직계라고 해 봤자 외동딸인 자멜라 하나뿐이었다. 곧 황후가 될 것이며 제 여식인 자멜라를 내놓을 순 없었다. 그리고 방계 역시……. 직계와 그리 멀지 않으면서도 적당한 작위가 있고, 그러면서도 윈스턴의 희생양으로 내놓을 만한 가문은 그리 많지가 않았다.

"잘 들어라, 자멜라 윈스턴."

윈스턴 공작이 심각한 목소리로 말했다.

"리굴리쉬 백작가는 완전히 가라앉을 것이다."

"네?"

리굴리쉬의 상단이 아무리 비리를 저질렀다고 해도 한 가문을 멸문시킬 만큼 저지르진 않았을 것이다. 하지만 윈스턴의 분가 전체에서 나오는 문제를 모두 떠안는다면 충분히 가능했다. 그렇게 윈스턴 공작이 협조했다. 그럴 수밖에 없었다.

"리굴리쉬의 성을 회수하겠다는 황명을 받았어. 리굴리쉬가 없어진다는 소리다."

"……."

자멜라는 충격을 받았다. 황제가 물론 만만찮은 인물임은 누구보다 그녀가 제일 잘 알고 있었다. 그는 전쟁을 사랑하는 잔혹한 남자였기 때문에 손속에 자비가 없다는 사실도 잘 알았다.

그렇지만…….

이건 너무 갑자기…….

자멜라가 떨리는 두 손을 맞잡고 말했다.

"……하지만 아버지. 그렇다 하더라도 리굴리쉬 백작이 황궁으로 끌려가야 하잖아요. 로자인이 왜 끌려갔다는 거예요?"

"리굴리쉬 백작은 나이가 너무 많잖아."

"……무슨 말씀이세요?"

자멜라는 윈스턴 공작의 말을 바로 이해하지 못하고 이마를 찌푸렸다. 윈스턴 공작은 며칠 동안 잠을 자지 못해 제정신이 아닌 것처럼 보였다. 실제로도 그랬다. 완전히 반 토막이 날 윈스턴의 세력을 생각하니 가주로서 정신을 차릴 수가 없었다.

자멜라가 황후로 책봉되고도 적어도 5년은 숨을 죽이고 있어야 했다. 자멜라가 아이를 낳는 것만으로는 해결이 안 됐다. 창공의 눈을 가지고 있는 황녀도 비슷한 시기에 아이를 낳아야 했다. 성별이 다른 아이를 낳아 무사히 혼약이 이루어져야 하는데…….

황녀는 자멜라와 친분이 있으니 후일 카르젠이 황비를 들인다 해도, 자멜라의 아이를 지지해 줄 것이다. 불행 중 다행으로 말이다. 그제야 윈스턴 공작은 길게 숨을 내쉴 수 있었다. 그는 자신을 초조하게 따라다니고 있는 자멜라를 보면서 입을 열었다.

"로자인 리굴리쉬가 황녀님의 침노로 바쳐질 거란 소리다."

순간 자멜라가 그대로 얼어붙었다.

"……그게 무슨 말씀이세요?"

"벌써 잊었느냐? 몇 년 전만 하더라도 내국의 귀족들이 황녀님의 침노로 바쳐졌어."

"아버지."

"로자인에게는 안 됐다만, 어쩔 수 없지 않느냐."

"아버지."

"그나마 로자인이 힐로스드의 왕제와 친분을 쌓아 놓았다지. 왕제가 로자인을 박대하진 않을 것이다."

"아버지!"

자멜라가 목소리를 높였다. 그제야 윈스턴 공작이 이마를 찌푸렸다. 자멜라의 손이 가늘게 떨리고 있었다.

"황녀님의 침노가 되면 목숨이 위험하잖아요. 마법 때문에……. 그 이상한 인술 때문에 다들 금방 죽는 거였잖아요."

자멜라는 실낱같은 희망에 매달려 물었다.

"혹시 로자인은 그 끔찍한 인술을 새기지 않는 걸로 폐하가 자비를 베풀어 주셨나요?"

윈스턴 공작은 대답하지 않았다. 황제는 로자인의 이름도 기억하지 못할 것이다. 그래 봤자 한낱 백작가의 후계자일 뿐이니까. 그런 인물까지 하나하나 기억하기에는 황제 주변에 대귀족이 너무 많았다.

로자인이 선택된 것도, 나이가 젊고 얼굴이 준수하기 때문이지. 그리고 윈스턴 공작이 희생양으로 선택한 리굴리쉬 백작가의 후계자여서지…….

황제는 왕제를 좋아하지 않는 걸로 보였다. 하지만 전처럼 전쟁을 나갈 수 있는 상황도 아니고, 타국의 포로를 잡아 와 침노로 넘겼다간 우방국인 힐로스드와 마찰을 빚을 수도 있는 일이었다.

그래서 황제에게는 델로의 귀족이 필요해졌다. 제국민이지만 노예로 쓸 수 있을 만한 적당한 귀족이. 상황이 톱니바퀴처럼 맞물려 이런 결과가 생겼다.

윈스턴 공작의 침묵에 자멜라는 이제 가볍게 비틀거렸다. 인술을 새기면 오래 살지도 못했다. 차라리 황녀가 예전의 그 소문처럼, 악랄한 취향을 가져 침대 위에서 학대하는 거라면 모를까…….

점점 핏기가 사라지는 자멜라의 얼굴을 보며, 윈스턴 공작이 달래는 어조로 말했다.

"자멜라."

"……"

"로자인과 네가 소꿉친구였다는 건 안다, 자멜라. 하지만 이 아비가 만약 리굴리쉬를 끝까지 지켰다가는 네 황후 자리가 날아가. 분명히 날아갔을 것이다. 너는 손에 잡힌 기회를 놓치기를 바라느냐?"

"로자인은……, 로자인은 침노가 되는 걸 바란 적이 있나요?"

"자멜라 윈스턴."

"아버지."

"자멜라 윈스턴!"

윈스턴 백작이 이를 갈며 말했다.

"혹시나 해서 말하지만 황녀님에게 달려가 로자인을 살려 달라느니, 그런 말은 입에 담을 생각조차 하지 말거라. 황녀궁은 구역이 다른 곳이다. 폐하의 분노를 더 이상 샀다가는 네 황후 자리가 위태로워."

"저는 그저 가만히 있기만 하면 되요? 그냥 얌전히 황후나 되라고요?"

"우리가 더 이상 할 수 있는 건 없어. 넌 황후가 될 몸이니 이런 사소한 일은 더 이상 신경 쓰지 말란 뜻이잖느냐!"

자멜라의 머리가 하얘졌다. 그녀의 새파란 눈동자가 완전히 얼어붙었다.

* * *

"왜 그가 내 침노로 왔지?"

라하는 눈을 감은 채 시체처럼 있는 로자인을 내려다보았다. 윈스턴의 방계인 리굴리쉬 백작가의 후계자……. 침노들이 입고 오는 헐벗은 옷차림이 괴상하게만 느껴졌다.

가슴에 선명한 인술을 보다가 시선을 들어 올렸다. 시종장은 조심스러운 얼굴이었다.

"아마 이번이 혼인 전에 드리는 마지막 침노일 겁니다. 혼인 후에 황녀님은 힐로스드로 떠나실 테니……."

"알겠어. 폐하께 감사하다고는 내가 전해 드리지."

"예, 황녀님. 이름은……."

"197번으로 해야지. 난 침노에 이름을 붙이지 않아."

"알겠습니다, 황녀님. 폐하께 그리 전하겠습니다."

라하는 복도도 아닌 침대에 누워 있는 로자인이 너무 낯설게 느껴졌다. 인술의 모양이 변형된 건 알 수 있었다. 마법사인 레시스가 다른 인술을 새긴 모양이었다. 척 보기에도 로자인은 금방 죽을 모습이 아니었다. 더 오래 살 것 같았다.

카르젠의 의중이 짐작이 갔다. 셰드가 로자인에게 질투라도 하기를 바라는 건가. 화를 내기를 바라는 걸 수도 있겠고.

내가 셰드 앞에서 로자인과 자는 모습을 보여 주기라도 바라는 건가?

속으로 빈정거린 라하는 로자인이 누워 있는 침대에 걸터앉았다.

이 넓은 별궁에는 두 명의 침노가 더 있었다. 서쪽에서 왔다는 이유로, 라하가 살려 놓았던 은발의 침노들.

원래도 그들은 라하 앞에서 고개도 들지 못했다. 나중에 셰드가 온 이후에는 더했다. 셰드가 무서워서인지 침실 밖으로도 잘 나오지 않아, 라하조차도 그들과 마주친 적이 없었다. 굳이 침실로 찾아간다면 모를까…….

라하는 머리를 묶고 있던 리본을 풀었다. 푸른색 머리카락이 폭포처럼 쏟아져 내렸다. 그간의 관례대로, 침노가 들어왔으니 라하는 일주일 동안 별궁 밖으로 나갈 수 없었다.

그나마 셰드가 '아직은' 침노라 다행이란 생각이 들었다. 별궁으로 돌아올 테니까 조금만 더 기다리면 된다. 라하는 창백하게 질린 채로 정신을 잃은 로자인 곁에서 무릎을 세웠다. 그대로 끌어안았다.

종일 잤는데도 또 졸음이 몰려왔다. 올리버가 먹인 약 때문인 것 같았다.

아니면 침노를 보고 싶지 않아 필사적으로 외면하는 건지도 몰랐다. 새삼
라하는 자신의 상태를 깨달았다. 그녀는 새로운 침노를 볼 때마다 몹시도
무기력해졌다. 예전에는 늘 그런 상태여서 몰랐지. 벗어나고 나니까 자신을
붙잡던 끈적한 그림자의 정체를 유추라도 할 수 있게 되었다.

셰드가 보고 싶었다.

저녁 정찬이 끝나려면 두 시간 정도 걸리겠지…….

라하는 무릎에 뺨을 묻고 천천히 잠이 들었다.

* * *

펙.

블레이크 듀크는 방금 어깨로 친 사람을 충혈된 눈으로 바라보았다. 아니,
노려보았다는 표현이 더 정확할 것이다.

"죄송합니다, 왕제님. 제가 친우를 잃어 제정신이 아닙니다."

셰드가 이마를 희미하게 일그러뜨렸다.

"친우가 죽은 모양이군. 그래도 눈은 똑바로 달고 다니지."

"……."

"근위대장이 눈앞도 구분 못 하면 문제가 있는 거 아닌가."

"……주의하지요."

말하면서도 블레이크 듀크는 셰드를 노려보는 시선을 거두지 않았다. 방금
전까지 블레이크는 그저 세베로를 애도하고만 있었다.

애도…….

바로 오늘 아침, 카르젠은 세베로의 시신을 거두는 걸 불허했다. 국법에
따라 황명을 조작하고 적통 황족을 죽이려고 한 세베로의 시체는 완전히
썩어 뼛가루조차 남지 않게 될 것이다. 상상할 수 있는 가장 비참한 죽음이
었다.

"네게 저번처럼 또 입을 맞춰 줄 순 없잖아."

황녀의 목소리가 귓가에 아른거렸다.

그날, 블레이크는 카르젠과 함께 이 말을 직접 들었다.

작게 난 구멍 사이로 조용히 황녀와 세베로의 대화를 듣던 카르젠의 얼굴이 딱딱하게 굳었다.

그건 자신 역시 마찬가지였다. 둘이 밀회라도 가졌다는 소리인가? 아니면 몰래 황녀를 찾아가 징표를 파괴하는 성물을 내어 줄 때 입을 맞췄다는 소리인가.

블레이크는 영원히 답을 알 수 없는 일이었다. 극형이 확정된 세베로는 감옥에서 다시 나와 광장으로 끌려가는 동안 또 그 빌어먹을 재갈을 차고 있을 테니까.

하지만 차라리 재갈이라도 찬 모습이 나았지.

황녀가 괜히 그런 말을 꺼낸 게 아니라는 건 세베로의 얼굴을 보면 충분히 알 수 있었다. 순간 얼음처럼 멎어 버리는 세베로의 눈동자가 좋지 않은 상상력을 키우게 만들었다.

단순히 뺨이나 이마에 입을 맞춘 게 아니라는 것도 잘 알 수 있었다. 혀라도 밀어 넣었다는 건가. 그럼 거기서 끝낼 수는 있었나? 더한 걸 하기도 쉽지 않았을까. 어쩌면 황녀의 몸 깊숙한 곳에 세베로의 정액이 파정되었을지도 모를 거라는 생각이 들었다.

카르젠의 굳은 얼굴을 보면 자신과 다른 생각을 하는 것 같지도 않았다.

그래도…….

그렇게 죽을 필요는 없지 않았던가.

차라리 카르젠에게 한 번만 황녀와 밤을 보내고 싶다고 매달리지. 카르젠은 어쩌면 한 번은 허락해 주었을지도 모른다. 황녀를 원하는 만큼 취하고 그녀가 카르젠의 아이를 셋쯤은 낳고 난 다음에.

아니어도 주먹으로 뺨이나 맞고 끝났을 텐데.

단검은 세베로 스스로 준비한 것 같았다. 평소에도 혀를 내두르게 꼼꼼했던 놈이니, 자신이 혹 감옥에 갇히는 날이 오면 몰래 단검을 밀반입하게끔 손을 써 둔 모양이었다.

거기까지 생각하다 보면, 블레이크 듀크는 참을 수가 없어졌다.

셰드는 제게 날아온 장갑을 턱 잡았다.

* * *

라하는 천천히 눈을 떴다.

그녀가 일어났을 때엔 여전히 아무도 없었다. 눈앞엔 여전히 정신을 잃고 있는 로자인뿐이었다. 라하는 로자인이 숨을 쉬고 있는 걸 확인했다.

궁 밖은 또 난리가 났겠구나. 윈스턴 가문이 어쩌다가 분가를 순순히 내놓았을까. 이제 와서 자멜라 대신 다른 공작 영애를 황후로 삼기에도 번거로울 텐데.

카르젠의 의중을 가늠해 보던 라하는 천천히 몸을 일으켰다.

"황녀님."

뜻밖에도 바깥에 시종장이 기다리고 있었다. 라하는 눈을 깜빡였다. 와중에도 시종장의 뒤에 셰드가 없어서 그녀는 조금 시무룩해졌다.

"왜 온 거니?"

"아까 미처 전할 정신이 없어서……. 말씀드리는 걸 잊었습니다만 왕제님이 더 이상 별궁에 오지 못하실 겁니다."

"……왜?"

"폐하께서 공작들의 진언을 받아들여, 왕제님은 오늘부로 침노의 신분에서 벗어나셨습니다. 이제 완연히 우방국의 왕제이자, 황녀님의 정혼자로서 새로운 궁도 배정받으셨습니다."

기뻐해야 할 소식이기는 한데. 침노가 아니면 이곳에 들어올 수 없다. 라하는 묘한 울적함을 느끼며 대답했다.

"그래. 알려 줘서 고마워. 돌아가 봐."

"예, 황녀님. 평안한 밤 보내시기를."

시종장이 물러났다. 이건 순전히 저 시종장의 배려였다. 라하에게 이 얘기를 전해 주지 않을 수도 있었는데 말이다. 고마운 일이기는 하지. 그렇긴 하지만……. 라하는 남들을 대할 때 으레 짓는 옅은 미소를 천천히 지워 냈다.

느리게 뒤를 돌아보자 괜히 별궁이 더 커 보였다.

"……저녁은 먹어야겠지."

라하는 별궁에 있는 식당으로 걸음을 옮겼다.

예전에, 그러니까 라하의 침노들이 머무는 곳이 별궁이 아니라 '내궁'으로 불리던 시절에는 황녀궁의 시녀들이 아니라 극도로 말수가 적은 하녀들이 시중을 들었다.

한동안 침노를 받을 일이 없어서 그녀들을 일 년 가까이 보지도 못했는데. 다 직장을 잃은 걸까 싶었는데, 황궁 어디 구석에서 잘만 있었던 모양이다. 이렇게 오랜만에 침노를 선물받자마자 존재감을 드러내는 걸 보니.

라하는 고요한 식당에 홀로 앉아, 하녀들이 차려 놓은 식사를 혼자 먹었다. 오랜만에 혼자 먹는 늦은 저녁이었다. 라하는 혼자 먹다가 스푼을 내려 놓고, 다시 혼자 먹다가 스푼을 내려놓았다. 그러고서도 결국은 다시 스푼을 들었다.

셰드는 자신이 잘 먹지 못하면, 아예 옆에 앉아 음식을 입 안에 떠먹여 주었다. 그 덕분에 라하는 먹는 양이 이전과 비교할 수 없을 만큼 늘었다. 평소만큼 먹진 못했지만 그래도.

식사를 끝낸 라하는 버릇처럼 욕실로 향했다. 역시나 하녀들이 채워 놓은 욕조에 몸을 담갔다. 시녀들이 목욕 시중을 안 들어도 셰드가 매번 욕실에서까지 자신을 내버려 두지 않았기에, 혼자 욕실에 있는 건 오랜만이었다.

가운으로 갈아입은 라하는 침실로 조용히 걸어왔다. 내일은 다른 침노들에게 가 볼까. 제대로 얼굴을 보지 못한 게 몇 달이긴 하니까.

오늘은 어쨌든 이 침노 옆에서 잘 생각이었다.

로자인 리굴리쉬……. 라하는 여전히 핏기 하나 없는 로자인을 내려다보았다.

리굴리쉬 백작가는 지금 어떻게 되었을까. 타국의 침노들은 카르젠이 멸망시킨 나라 출신들이니 이런 게 궁금하지 않았지만, 내국의 귀족은 너무 오랜만이라 그런 궁금증이 들었다.

셰드를 일주일 후에 볼 수 있어서 다행이었다. 그 확신이 라하를 보살펴 주었다. 예전에는 이보다 오랜 시간을 멍하니 셰드만 그려 볼 때가 있질 않았나. 복도가 아니라 침대라서 다행이란 생각은 들었다. 옆에 누워 있는 것도 죽은 침노는 아니니까…….

나는 잠시 미로에 빠진 것뿐이다.

예전에는 침노 곁에 웅크리고 있으면 이 모든 세상이 빠져나갈 곳 없는 지옥처럼 여겨지곤 했다. 하지만 지금은……. 지금은 적어도 라하에게 약속된 출구가 있었다. 지옥에는 출구가 없었지만, 미로에는 반드시 출구가 있질 않던가. 일주일만 버티면 라하는 셰드를 다시 볼 수 있었다.

일주일 정도야 내 긴 인생에 비하면 아무것도 아닐 테니.

무릎을 끌어안은 라하의 손은 부서진 조각상의 잔해처럼 맥박도 없이 멎어 있었다.

누군가 두 팔을 잡아 들어 올리기 전까지 그랬다.

"……."

은빛으로 부서져 내리는 머리카락. 얼음으로 깎은 칼날처럼 느껴지던 눈동자. 고작 모퉁이를 한 번 돌았는데 출구를 발견할 수 있었나……. 라하는 자신이 환상을 보고 있는 게 아닌가 하는 의심에 시달렸다. 아주 짧게 지속된 의심이었다.

"라하."

셰드의 목소리가 귓가를 파고든다. 동시에 거짓말처럼 가슴이 세차게 박동한다. 차갑게 얼어붙어 있던 손가락 끝까지 힘차게 온기가 뻗어져 나간다.

"보면 좀 웃어 줄 줄 알았는데 아니군."

셰드가 턱을 약간 기울였다.

"내가 갑자기 와서 놀랐나?"

라하가 침대에서 몸을 일으켰다. 그녀의 맨발이 부드러운 카펫 위에 닿았다. 그대로 셰드의 품으로 뛰어들었다. 갑작스러운 포옹이었으나 라하가 사랑한 남자는 우직한 거목처럼 조금도 비틀거리지 않았다.

외려 정신을 차리기 힘든 건 라하였다. 눈앞에 서 있는 남자가 신기루처럼 느껴져, 라하는 목이 졸린 사람처럼 숨조차 똑바로 쉴 수가 없었다. 그녀는 그의 목에 뺨을 묻었다. 셰드에게서 차가운 바람 냄새가 났다. 내내 가슴에 감돌던 말이 순식간에 목 끝까지 올라와 입 안을 간지럽혔다.

"……보고 싶었어."

그 나비 떼 같은 말. 셰드의 목울대가 일렁였다. 고작 한 마디에 마음이 꽉 조여들다 못해 아프기까지 했다. 그녀는 언제나 이런 식으로 자신을 괴롭게 한다. 단단한 팔로 라하를 껴안자 말할 수 없는 충족감이 들었다. 가슴이 답답할 정도로 짓눌린 그녀는 약한 신음을 흘렸다. 그제야 셰드가 힘을 조금 풀어 주었다.

품 안에서 으스러뜨려 버리고 싶다. 숨도 못 쉬게 부수고 껴안아 제 품에만 매달려 있기를 바란다. 난폭한 욕망이 뱀처럼 끊임없이 혀를 날름거리지만, 결국은 이 여자의 손끝 하나라도 상했을까 싶어 자신답지 않게 살펴보게 된다. 제 몸도 이렇게 아껴 본 적이 없는데.

이 여자만이 그에게는 이토록 달랐다.

그의 단 하나뿐인 가여운 성역…….

셰드는 라하를 품에 안은 채로 침대에 걸터앉았다. 가운이 말려 올라가 그녀의 허벅지가 그대로 드러났다. 뒤에 기절해 있는 로자인이 가사 상태인 걸 알긴 했으나……. 셰드는 라하의 가운을 잡아 내려 허벅지를 다시 덮었다가, 그냥 그녀를 안은 채로 몸을 일으켰다.

이 별궁엔 침실이 일곱 개는 더 있었다. 굳이 옆에 라하의 침실 노예로 바쳐진 로자인 리굴리쉬를 두고 잠을 청하는 것도 내키지 않았고. 라하가 천천히 고개를 기울였다. 어디 가냐고 묻지도 않고 말한다.

"로자인 리굴리쉬가 죽으면 어떡해?"

"네가 신경 쓸 일이 아니야."

그래도 라하는 로자인을 쳐다보았다. 셰드가 나지막이 한숨을 쉬며 라하의 몸을 고쳐 안았다.

"내가 다시 와서 확인하면 되겠나?"

"……응."

셰드는 가장 가까운 침실로 걸음을 옮겼다. 라하를 여전히 품에 안은 채였다. 침노로 지낸 시간이 있으니 별궁의 지리는 아마 라하보다도 잘 알고 있을 터.

오래지 않아 그는 다른 침실로 들어섰다. 라하를 침대 위에 내려놓은 후 난로 앞에 몸을 굽히고 불을 지폈다. 초봄이라 낮에는 따뜻했지만 밤은 아직도 제법 서늘한 까닭이었다.

황녀궁의 시녀들은 매일 별궁을 깨끗하게 치워 놓았다. 난로 위에는 침대를 데우는 도구도 준비되어 있었다. 약간의 불길만 쬐어도 금세 뜨겁게 달아오르는 돌을 두꺼운 천으로 싸서 침대 시트 위에 올려 두면 됐다.

"침대가 데워지려면 시간이 좀 걸리겠는데."

셰드는 옷장에서 두툼한 가운을 꺼내 라하의 어깨를 덮었다.

라하는 셰드가 뭘 하는지도 잘 모르는 것 같았다. 그가 그녀를 들어 올려

품 안으로 껴안을 때까지도, 푸른 눈동자는 계속 셰드만 멍하니 바라보고 있었다.

그가 침노 신분에서 벗어났다는 걸 들은 모양이지. 오늘 결코 오지 않을 거라고 생각한 게 분명했다.

셰드는 라하의 손을 포개 잡아 제 뺨을 만지게 했다. 현실이 잘 구분 가지 않을 때는 촉감을 인지시켜 주는 것만큼 좋은 방법이 없었다. 셰드가 신성국의 실험실에서 라하를 매번 곱씹을 때, 그녀의 뺨을 한 번만 만져 보고 싶다는 끔찍한 허기에 시달렸던 것처럼.

라하의 얼굴에 천천히 미소가 떠올랐다. 어두운 새벽을 물들이는 여명처럼, 서서히 현실감이 든다. 정신이 들었다는 소리였다. 한편으로는 어리둥절한 낯이기도 했다.

"여기 어떻게 온 거야?"

"숨어들어 왔지."

"……어떻게? 바깥에 근위대도 있잖아."

"있긴 했지."

"때려눕히고 온 거 아니지?"

"때려눕히고 와?"

셰드가 피식 웃었다.

"네가 원한다면 그래 주고."

"아냐. 그러면 델로의 귀족들이 전부 기절할걸."

내색은 않았지만, 그는 라하의 체온이 점점 따뜻해지고 있다는 사실을 알았다. 반년도 전, 시체 더미가 쌓인 복도에 앉아 있을 때도 그렇게 시체처럼 차갑게 식어 버리더니. 따뜻한 침대에 있어도 달라지는 게 없어서, 그녀는.

"정말 어떻게 온 거야?"

"아까 근위대장이 내게 장갑을 던지더군. 결투에서 이겼고, 귀를 찢었어."

라하가 눈을 깜빡였다.

"귀를 찢어?"

그렇게 물으며 라하는 괜히 손을 들어 자신의 귓가를 만지작거렸다. 별생각 없이 말을 이으려던 셰드의 이마가 희미하게 찌푸려졌다. 그는 그녀의 손을 붙잡아 손가락 사이사이를 파고들었다.

"고막은……. 안 건드렸고. 피나 조금 났을 뿐이야."

"조금?"

"……그래."

실은 혈흔 탓에 블레이크 듀크의 제복이 핏빛으로 흥건하게 젖었지만……. 굳이 사실을 적나라하게 묘사할 필욘 없을 것 같았다. 그녀에게 굳이 그런 폭력적인 이미지를 내보이고 싶지 않았다.

"귀를 못 쓰게 할 거라고 협박하고 근위대를 밤에 몰래 물리라고 한 거야?"

"그보단 신사적으로 말했어. 너를 다른 침노와 혼자 둘 생각을 하니 질투가 나 미치겠다고."

셰드의 말에 라하가 빙긋 웃었다. 셰드와 블레이크의 상황이 눈앞에 대강 그려졌다.

기사들의 결투에서 피를 보는 건 생각보다 흔한 일이었다. 게다가 이 남자는……. 예전에 보잘것없는 실험체 노예였을 때조차 압도적인 무력으로 듀크 후작과 자신을 나란히 당황시킨 전적이 있었다.

하지만 블레이크 듀크도 손에 꼽는 실력자인데, 그런 기사를 어떻게 무너뜨릴 수 있었을까. 라하는 새삼 셰드를 전쟁 영웅이라고 부르며, 그와 친해지고 싶어서 꼬리를 흔드는 델로 귀족들의 마음을 이해할 수 있었다.

"그래도 델하르사의 근위대장인데 그렇게 무력하면 어떡하지."

"글쎄. 근위대장이 몸 상태가 말이 아니더군."

"세베로 크라수스 때문에 화가 난 건 알겠는데."

라하는 이마를 찌푸렸다.

"그렇다고 해도 근위대장이 내 정혼자에게 멋대로 장갑을 던지면 안 되잖아."

"잘됐다고 생각했어. 그 자식이 던지지 않았으면 내가 던질 생각이었거든."

"왜?"

"라하."

셰드가 느릿한 목소리로 말을 이었다.

"그날 내겐 다칠 거란 얘기는 하지 않았잖아. 한 마디도."

"다칠 줄 몰랐어."

"그래?"

청회색 눈동자가 라하를 물끄러미 바라본다.

"정말로?"

"……."

라하는 셰드의 눈동자에서 시선을 떼지 못했다. 원래도 그녀는 남의 눈길을 전혀 피하지 않았다. 설령 백 명이 수군거리며 자신을 쳐다본다고 해도 라하는 조금도 주눅 들지 않을 수 있었다. 태생적으로 타고난 성향에 마모된 성격이 결합된 결과였다.

하지만 지금은…….

눈도 깜빡이지 않고 남을 손쉽게 속일 수 있었으나, 속이기 싫다는 생각이 든 건 오랜만이라 조금 당혹스러웠다. 마음만 먹는다면 셰드의 눈을 똑바로 마주하며 거짓말을 할 수도 있었지만 내키지가 않았다.

"말을 하면……, 안 보내 줄 것 같았어."

"내가 네 계획에 방해가 되니까?"

"누가 그렇게 생각했다고……."

라하가 이마를 찌푸렸다가 조금 더 솔직하게 털어놓았다.

"네가 걱정을 하는 게 싫었어."

“…….”

“그냥……. 그런 게 너무 싫었어.”

“넌 항상 그런 식으로 말을 하지.”

이상한 일이었다.

그의 청회색 눈동자는 늘 그렇듯 단단한 빛을 띠고 있는데, 뺨에 닿아 오는 손도 굳건하기만 한데. 흔들리는 거라곤 아무것도 없는데 왜 셰드의 목소리가 그리 약하게 들리는지 모를 일이었다. 매번 라하의 마음을 무르게 헤집는 그 목소리.

“내가 아무 말도 하지 못하게 만들고 싶어 하는 것 같잖아.”

어쩌면 약해진 건 라하의 마음일지도 몰랐다.

“그날 나를 두고 죽으려고 했나?”

라하가 천천히 고개를 저었다.

“그래.”

셰드의 입가에 겨우 미소 한 줌이 어렸다.

“그거면 됐어.”

라하는 셰드의 손이 제 뺨을 감싸는 걸 느꼈다. 왜 갑자기 뺨을 만지는지 알 수 없지만……. 물어보고 싶은 생각은 들지 않았다. 묘한 갈구가 느껴져서인지도 몰랐다. 그녀는 그가 자신을 만지는 동안 아무 말도 없이 가만히 있어 주었다.

얼마나 시간이 흘렀을까. 셰드는 다른 쪽 손을 짚어 시트 위를 만져 보았다. 제법 훈기가 돌았다. 셰드는 내내 품에 안고 있던 라하를 침대 위에 눕혔다. 혼자 눕는 것 또한 오랜만이라, 라하는 멀어지는 셰드의 팔을 붙잡았다.

“바로 가?”

“아니. 새벽에 갈 거야.”

“그럼 왜 안 누워?”

“옷을…….”

좀 갈아입고 누워야 하지 않겠나.

말이 끝까지 나오지 않았다. 라하가 셰드의 팔을 힘을 주어 잡아당겼기 때문이다. 그의 악력에 비하면 아이 같은 힘인데도 거부할 수가 없었다. 밀어낼 수도 없었다. 셰드가 침대 위로 쓰러지듯 올라오게 되자 침대가 크게 흔들렸다.

"가지 마."

셰드는 바로 밑에 있는 그녀의 얼굴을 홀린 듯이 응시했다.

"나도 기사나 할 걸."

라하가 악동처럼 웃었다. 그녀는 두 손으로 셰드의 뺨을 감쌌다. 턱을 조금 들어 올린 채 그대로 그에게 키스했다. 부드럽게 시작된 입맞춤은 오래가지 못했다. 어디든 빨리지 않은 부분이 없었다. 라하가 금세 헐떡였다. 정신을 차리니 그녀는 아무것도 입지 않은 상태였다. 벗겨진 가운이 침대 밑으로 떨어져 내렸다.

"으……."

긴 손가락이 라하의 균열을 파고들었다. 음핵을 쓸어 올리자 그녀의 허리가 움찔 떨렸다. 녹진하게 젖어 풀린 안쪽으로 무자비하게 침입하는 두툼하고 묵직한 물건. 라하의 입에서 힘겨운 신음이 터져 나왔다.

도대체 언제쯤 이 말도 안 되는 크기에 익숙해질까. 거대한 페니스가 아주 깊숙한 곳까지 치받아 올라왔다. 순식간이었다. 라하의 이마에 땀이 맺혔다. 속눈썹이 바르르 떨렸고 셰드의 팔을 붙잡은 두 손에 힘이 들어갔다. 온몸이 잘게 떨렸다.

그는 늘 이런 방식으로 자신이 살아 있다는 걸 깨닫게 한다.

라하는 세베로를 함정에 빠뜨리기 위해서, 모든 걸 철저히 계획했다. 그 중 하나가 세베로에게 살고 싶다는 거짓말을 속삭이는 거였다. 라하에게 거짓말이란 더 이상 학대를 받지 않기 위한 수단 중 하나였다.

만약 자신이 살고 싶어 하지 않는다는 사실을 카르젠이 알게 되면, 제게 미친 그 쌍둥이는 시녀들의 목을 하나씩 자르고 종래에는 올리버의 손가락도 하나씩 자를 것이다. 그러고도 남을 놈이 이 제국 최고의 권력자니까.

그래서 이상했다. 실은 살고 싶다고, 죽고 싶지 않다고 세베로 크라수스에게 말할 때 라하는 꼭 오랫동안 붙잡고 있던 문제의 해답을 불현듯 깨닫게 된 듯한 묘한 기분이 들었다. 어두운 그림자 같은 죄책감이 길게 달라붙어 있었지만…….

생각은 오래 이어지지 못했다. 열기가 뇌를 흐리게 하다 못해 녹이는 기분이었다. 타인의 존재감이 이렇게 달게 느껴질 일이던가. 라하의 두 눈동자에 고여 있던 눈물이 주르륵 흘러내렸다.

일주일을 셰드와 이렇게 보내면 외롭지도 무섭지도 않겠지만……. 절정을 느낀 후의 달콤한 목소리로 라하가 셰드에게 속삭였다.

"셰드. 내일부터는……."

말을 끝까지 잇지 못하고 그의 넓은 등을 껴안는다.

왜 사람은 육체라는 장벽을 가지고 있을까. 왜 당신의 열기를 마음속 깊은 곳까지 닿게 할 수 없나. 매번 만질 수는 있지만 삼킬 수는 없는 체온이 서글프고 안타까웠다.

그녀의 마음속 깊은 곳엔 언제나 울음을 터뜨리고 싶어 하는 아이가 웅크리고 있는 기분이라……. 그만큼 조마조마한 마음이다. 라하는 스스로를 달래는 기분으로, 셰드를 껴안은 팔에 천천히 힘을 주었다.

"내일부터는 오지 않아도 돼."

* * *

"폐하. 자멜라 윈스턴 영애가 도착하셨습니다."

가운만 입은 채 느른하게 앉아 있던 카르젠이 낮은 신음을 흘렸다. 그는 뻐근한 몸을 쭉 편 다음에 일어났다.

"데려와."

"예, 폐하."

시종장이 나가고 얼마 후, 자멜라가 들어왔다. 그녀는 가운만 입고 있는 카르젠을 보고 잠깐 멈칫하는 것 같았지만 이내 다시 발을 움직였다. 카르젠이 턱짓으로 눈앞의 자리를 권했다.

"앉지, 영애."

"황공하옵니다. 폐하."

"딱딱하기는."

가슴까지 언뜻 보이는 카르젠과는 달리, 자멜라는 누가 봐도 단정해 보이는 옷차림을 하고 있었다. 얼핏 성직자처럼 보일 정도였다. 자멜라를 위아래로 훑어본 카르젠이 상황과 어울리지 않게 피식 웃었다. 그녀의 의도가 참 순진하고 빤했기 때문이다.

"이 시간에 황제의 침궁에 왔지만 오해는 받기 싫은가 보군."

"저를 부르신 건 폐하지만, 폐하의 말씀대로 다른 오해는 받고 싶지 않습니다."

"무슨 오해."

"제 입으로 말씀드릴 필요는 없지 않을까요."

"이상하잖아. 영애."

카르젠은 자리에서 일어났다. 그가 점점 가까이 오자 자멜라의 손이 티나지 않게 굳었다. 카르젠이 자멜라의 곁에 털썩 앉았다.

"영애와 나의 국혼이 얼마나 남았다고. 한 달이나 남았나."

"그렇지요."

"우리가 오늘 뭘 한다고 해서 문제가 생기겠나?"

"……제가 내키지 않습니다. 폐하, 윈스턴을 존중해 주시길 감히 간청드립니다."

"존중이라. 좋지."

"……."

"내가 아주 정숙한 황후를 얻게 됐군."

유쾌하지 않은 미소를 머금은 카르젠이 손을 뻗었다. 그때 문득 자멜라는 황제의 손에 붉은 액체가 묻었다는 사실을 알았다. 순간 등골이 쭈뼛 섰지만, 색이 또렷한 게 피는 아니었다. 평범한 물감처럼 보였다. 왜 물감 따위가 황제의 손에 묻어 있는지 자멜라로선 알 수 없었다. 묻지도 못했다. 그럴 분위기가 아니기도 했거니와…….

그가 자멜라의 턱을 들어 올렸으니까. 갑작스러운 접촉. 그녀의 숨이 멈췄다. 황제와 혼약을 맺은 지 일 년 가까이 지났음에도, 자멜라는 한 번도 이렇게 가까이서 카르젠을 본 적이 없었다.

황녀를 빼다 박은 것 같은 얼굴은 확실히 아름다웠다. 다만 황녀보다는 뚜렷하고 강인한 그 얼굴. 장소 때문인지 옷차림 때문인지, 그도 아니면 다른 이유 때문인지. 황제에게서는 묘한 분위기가 묻어났다. 더더욱 라하를 연상시키는 퇴폐적인 순간순간들.

사실 라하의 그 미묘한 분위기마저 뒤에서는 가십거리로 소비됐다. 멋모르는 이들이야 라하가 하도 문란한 생활을 보냈으니 분위기가 그리 묘한 게 아니겠느냐 뒤에서 떠들었지만, 웃긴 일이었다.

평생 침노 따위 들여 본 적 없는 황제조차 황녀와 이리도 분위기가 비슷한데. 이 쌍둥이들은 그저 타고났다고 할 수밖에 더 있겠나.

"로자인 리굴리쉬와 친분이 깊나?"

"무난하고 평범한 교류를 나누는 사이였습니다."

"무난하고 평범하다라. 그렇군. 내가 듣기로는 소꿉친구였다고 들었는데."

카르젠은 자멜라의 턱을 천천히 내려놓았다. 그는 나른한 미소를 띠고 말을 이었다.

"지금쯤 영애의 소꿉친구는 내 쌍둥이에게 밤 시중을 들고 있을 텐데 말이지. 성도 이름도 잃은 놈의 기분이 어떨까."

"영광……, 이겠지요."

"영광?"

카르젠이 픽 웃었다.

"그래. 황녀의 약혼자였다면 확실히 영광이었겠지. 하지만 고작 침노라는 신분 아니던가. 마음에 들어 봤자 비천한 노예이기나 한 게."

"……폐하."

자멜라는 천천히 말을 이었다.

"저를 왜 부르셨는지요?"

"윈스턴이 쑥대밭이 되질 않았나."

"……."

"영애와 나 사이의 관계가 흔들렸을까 싶어 건방진 마음을 품은 귀족들이 있을 것 같아서 말이야. 정치적인 사안은 별개의 문제지. 내가 영애와의 국혼을 파기할 생각은 없는 걸 확실히 보여 줘야겠다는 생각이 들었거든. 그래서 불렀어."

"황공……."

"이게 빌어먹을 대외적 명분이고."

자멜라의 말을 잘라 끊은 카르젠이 비소를 지었다.

"영애."

"……네, 폐하."

"여자를 부르는 것도 지겹더군. 다 똑같으니 내 쌍둥이와 상관있는 여자면 좀 다를까 싶었지."

"……."

속삭이듯 말한 카르젠이 몸을 숙였다. 그는 자멜라의 얼굴을 붙잡고 들어 올려 멋대로 입을 맞췄다. 얼어붙은 혀를 휘젓는 카르젠은 단 한 번도 눈을 감지 않았다. 약혼녀에게 입을 맞추는 남자라곤 믿을 수 없을 만큼, 잿빛 눈동자는 그저 차갑기만 했다.

열기라고는 조금도 묻어나지 않은 입맞춤은 오래 이어지지 않고 끝났다. 카르젠이 턱을 천천히 들어 올리며 물었다.

"어때, 내가 처음인가. 영애?"

순간 자멜라의 손등에 뼈가 하얗게 도드라졌다. 기이한 모멸감이 든 까닭이었다. 카르젠은 피식 웃었다. 그에게선 조금의 술 냄새도 나지 않았다. 그런데도 이 젊은 황제는 꼭 취한 것처럼 느껴졌다.

왜?

로자인을 비천한 침노로 황녀에게 보낸 건 황제 본인이지 않는가. 매번 수많은 침노를 황녀에게 안겨 준 것도 본인이지 않는가. 기묘한 가증스러움이 자멜라의 가슴에 불씨처럼 타오르기 시작했다.

황제는 지금 누구에게 이 괴로움을 전가하는 것이지?

"어차피 영애와 나는 가장 가까운 사이가 될 것이지 않나."

"……."

"벗어 봐. 아니면 내가 벗겨 줄까."

"오늘 폐하의 시침을 들 여자가 저밖에 없는지요?"

"라하와 친한 여자가 영애밖에 없어서. 그런데 좀 이상하군. 그러지 않아도 내가 영애의 남편이 될 남자인데, 내가 다른 여자에게 밤 시중을 받아도 상관없나?"

"폐하가 아직 제 남편이 아니시지 않습니까."

"아."

카르젠이 피식 웃었다.

"그렇지."

카르젠은 자멜라의 손을 붙잡고 자리에서 일어났다. 그대로 안쪽으로 걸어갔다. 응접실과 이어진 침실이었다. 자멜라의 심장이 덜컥 내려앉았다. 침실에는 다른 여자가 초조한 기색으로 서 있었다.

가운을 급하게 추스르는 모습은, 누가 보아도 황제의 시침을 들었던 여자였다. 황급히 고개를 숙이고 나가는 여자의 머리카락이 얼룩덜룩 붉었다. 그뿐일까. 뺨과 목, 어깨와 팔 심지어 다리에도 붉은색 물감이 얼마쯤 묻어 있었다.

카르젠은 자멜라를 물감이 묻어 꼭 혈흔이 낭자한 것 같은 침대 위에 앉혔다.

"영애가 그리 싫다니 강제하진 않겠어. 황후가 될 이를 존중해야지."

"……."

진심이라곤 한 톨도 없는 존중을 입에 담은 그가 자멜라의 머리카락을 묶고 있던 리본을 풀어냈다. 쏟아지는 머리카락을 한 줌 그러쥐었다.

"내가 발라 보고 싶은 색은 어떤 여자한테도 발라 보지 못했어."

"폐하께서 원하시는 색이 무슨 색이신지요?"

"아직도 모르는 건가. 모르는 척을 하는 건가."

묘한 조롱기가 섞인 목소리였다.

"매번 나를 집요하게 관찰했잖아. 그럼 내가 뭘 갖고 싶어 하는지 모를 수가 없을 텐데……."

자멜라는 숨조차 똑바로 쉴 수 없었다.

"내가 틀렸나, 영애?"

카르젠은 침대 옆에 놓인 협탁으로 시선을 옮겼다. 붉은색 물감 옆에는 언제나 푸른 물감이 함께 준비되었다. 넘실거리는 욕망을 이기지 못해 늘 함께 준비하게끔 두었지만, 막상 단 한 번도 묻혀 보지 못한 색이었다.

그는 이루기 어려운 욕망을 너무 오래 품고 있었고, 그것이 욕망이란 말보다 더 짙은 무언가가 된 지 오래였다.

라하의 머리색과 꼭 같은, 그리고 자신의 머리색과도 완전히 일치하는 물감을 펴 자멜라의 머리카락에 발라 본다. 이 젊은 황제는 기이한 성벽을 가진 주제에 열중하지도 않았다.

그제야 자멜라는 알았다.

이 황제는 그의 쌍둥이를 습관처럼 사랑해서 그녀와 닮은 것들에게 은혜를 베풀어 주고, 라하를 습관처럼 증오해서 그녀와 닮은 것들에게 깊은 굴욕감을 느끼게 한다는 사실을.

완벽히 타인의 그림자가 되는 기분은 끔찍했다. 끔찍했으며……, 자멜라는 카르젠의 이 얄궂은 행위가 의미하는 바를 분명히 알아들었다.

장차 황후가 되어도, 앞으로 내궁에서 있을 은밀하고 비도덕적인 일들. 특히 라하 델하르사와 관련된 어떤 일에도 감히 참견하지 말라는…….

윈스턴 공작이 그랬던 것처럼, 자멜라 윈스턴 공작 영애 역시 황제의 은유적인 경고를 분명히 알아들었다. 카르젠은 선황들과는 달리 공작 가문의 영애를 황후로 맞게 되었다는 점을 자주 불만족스러워 했으나, 우습게도 그는 누구보다 대귀족 가문의 특징을 유용하게 사용하고 있는 황제였다.

오래 걸리지 않았다.

자멜라의 머리카락이 점점 푸른색으로 엉망이 되었다. 하지만 아무리 멀리 떨어져 보아도 자멜라가 푸른색 머리카락을 가진 여자로 보이진 않을 터였다. 카르젠은 그만큼 무성의했다. 아이가 식탁 위에 우유 크림을 덧칠하는 것과 다르지 않았다.

다만 시시각각 목이 졸리는 기분이라.

"……폐하."

인형처럼 굳어 있던 자멜라가 아주 천천히 입을 열었다.

"폐하께는, 제가 황녀님으로 보이시나요?"

"그럴 리가. 이토록 다른데."

물감이 뚝뚝 떨어져 자멜라의 옷 위로 푸른 얼룩을 그렸다. 카르젠은 자멜라의 머리를 빼곡하게 칠하는 데 흥미가 없는 듯했다. 애초에 어떤 모조품으로도 만족할 생각이 없는 남자였으니까. 이건 그저 휘파람으로 노래를 부르는 것처럼 가벼운 취미에 불과했다.

"눈이 푸른색이라 좋아, 영애."

"……."

흰 얼굴 위에 푸른색 얼룩이 묻는다. 카르젠이 자멜라에게 입을 맞췄다. 푸른색 물감이 마치 핏자국처럼 그녀의 뺨에 덧그려졌다.

그날 밤.

윈스턴 저택으로 조용히 돌아온 자멜라는 곧장 욕실로 향했다. 시종장이 준비해 준 로브를 뒤집어쓴 덕에 누구에게도 보이지 않았지만…….

덕지덕지 굳은 푸른색 물감이 핏물처럼 빠져나갔다. 한참을 씻고 난 다음에야 본래의 머리색이 보였다. 숨통이 조금 트이는 동시에 목이 미친 듯이 말랐다.

반쯤 뛰듯이 와인 창고로 향한 자멜라는, 언젠가 로자인이 손에 쥐여 주었던 샴페인을 찾았다. 급하게 개봉한 후 그대로 마셨다. 반도 비우지 못한 병이 바닥을 굴렀다.

자멜라는 두 손으로 젖은 얼굴을 감쌌다.

* * *

"윈스턴이 아주 칼질을 당했군요."

라하는 수군대는 말을 뒤로하고 걸음을 옮겼다. 본궁 집무실에 자멜라가 나오지 않은 지도 벌써 이 주째였다.

카르젠의 명이었다. 국혼까지 얼마 남지 않았으니 저택에서 편히 휴식을 취하라는 배려였다. 덕분에 귀족들은 카르젠이 자멜라 윈스턴에게까지 무자비하게 굴지는 않을 거라는 결론을 내렸다.

"황녀님. 왕제님이 궁문 밖으로 나가셨습니다."

"그래?"

라하는 세 시간 만에야 겨우 자리에서 일어났다. 별궁에 틀어박힌 일주일간, 라하는 어떤 궁정 업무도 처리하지 못했다. 자멜라도 없었으니 팔츠 궁정백이 도맡아 했는데 그것도 한계가 있었다.

덕분에 산처럼 업무가 쌓인 채라, 라하는 매일매일 열심히 일만 했다. 그나마 겨울이 아니라 봄에 국혼이 열려서 다행이란 생각이 들었다. 황궁의 겨울 준비는 한 달이 꼬박 걸릴 정도로 확인할 게 많으니까.

커다란 창문 앞에 선 라하는 바깥을 내다보았다. 궁문 밖으로 나갔다던 셰드가 보이지는 않았다.

"내 정혼자에게 내 의무를 떠맡기려니 미안한걸."

"아……."

라하의 혼잣말에 보고를 하러 왔던 궁정인이 몸 둘 바를 몰라 했다. 불편한 기색이다. 라하는 고개도 돌리지 않고 말했다.

"그냥 한 말이야. 나가 보렴."

"예, 황녀님."

우방국에서 국왕 또는 왕비가 사절단으로 방문할 경우에는, 황족이 직접 국경선까지 찾아가 마중하는 게 델하르사의 예법이었다.

하지만 최근 몇 대 위로, 델로 제국에서는 우방국이라고 칭한 왕국이 전무하다시피 했다. 경제적인 문제나 지리적인 문제로 상호 협력 체결을 맺은 왕국들은 있었으나, 델로의 황제가 먼저 '우방국'으로 칭한 나라는 힐로스드가 단연 처음이었다.

그러니 따지자면 오늘 갔어야 하는 건 라하였다.

하지만 카르젠이 라하가 밖으로 나가는 걸 허락할 리가 없었다. 덕분에 팔츠 궁정백은 서둘러 회의를 한 후 셰드에게 부탁을 했고, 셰드는 선선히 수락했다.

창문 바깥으로 조금씩 꽃이 피어나고 있었다. 라하는 청회색 꽃은 왜 없는 걸까, 라는 생각을 하다가 문득 궁금해졌다.

셰드의 원래 눈 색깔은 무엇일까?

처음 그가 실험체 노예로 끌려왔을 땐 누가 보아도 창공의 눈동자 색깔을 따라 했다고 생각했다.

잿빛과 푸른색이 섞여 탁한 하늘색으로도 보이던 그 눈.

그녀 아닌 사람들에게는 셰드의 얼굴이 다르게 보이는 걸 안다. 하지만 자신에게는 실험체 노예였을 때의 셰드와, 지금 셰드의 얼굴이 모두 똑같이 보였다. 한결같이 청회색 눈을 하고 있다는 소리기도 했다.

라하는 시선을 옮겼다. 넓은 집무실 한쪽에 서 있는 브란덴이 보인다. 브란덴에게 셰드의 얼굴이나 눈동자 색 따위를 물어볼까 했지만 그만두었다. 괜히 번잡스러워질 것 같아서.

대신 라하는 다른 걸 물었다.

"경은 안 따라가니?"

"예? 아, 왕제님을 따라 국경에요?"

"그래. 경의 왕비께서 오신다는데."

"왕제님이 가셨는데 저까지 갈 필요가 없을 것 같아서 말입니다……. 아이들이 먹는 줄줄이 사탕도 아니고 말입니다."

브란덴이 머리를 긁적이며 말했다. 라하는 자리에 앉으며 입을 열었다.

"그럼 왜 내 곁을 빙빙 맴도는지 물어봐도 될까? 매번 올리버 곁에만 있더니."

"그게, 왕제님이 황녀님을 잘 지키라고 하셔서……."

서랍을 열어 보던 라하가 멈칫했다. 그녀는 고개를 들어 올리며 픽 웃었다.

"황궁에서 누가 날 해친다고."

"저도 정말 그렇게 생각합니다만, 왕제님이 생각보다 좀……. 좀 그렇습니다."

브란덴은 뒷담 식으로 얘기를 한 건데, 막상 듣는 황녀의 입가에는 미소가 떠올라 있으니. 이것도 기이한 일이다.

지난 일주일간 황녀는 내내 별궁에서 나오지 않았다.

심지어 이번 침노는 브란덴조차 몇 번 얼굴을 본 적 있는 백작가의 공자였다. 한순간에 멸문해 정혼자가 빤히 있는 황녀의 침실 노예로 바쳐지다니…….

황녀에게 바쳐진 침노들이 몸에 새겨진 이상한 인술 때문에 일찍 죽는다는 건 브란덴도 일전에 알게 된 사실이었다.

그런데도 황녀는 일주일 후에 나오자마자 당연하다는 듯 집무실로 가 밀린 일이나 처리했다. 그녀의 걸음걸이는 고상했고 표정은 우아했으며 얼굴엔 한 점의 그림자도 없다. 황실이든 왕실이든 푸른 피가 흐르는 곳은 모두 이중적이라고는 하지만 이곳은 유독…….

황녀가 무너지지 않는 이유를 알 수가 없다. 비슷한 범주로 브란덴은 그녀를 대단하다 여겼다. 셰드가 황녀를 잘 지키라고 한 마디만 했을 뿐인데, 뼛속까지 근위단장인 브란덴은 어느새 호위해야 할 대상을 유심히 관찰하고 있었다.

얼마나 시간이 흘렀을까. 브란덴은 의아한 표정을 지었다. 황녀가 손목에 차고 있던 보석을 갑자기 분해하고 있었기 때문이다.

"황녀님? 뭐 하시는 겁니까?"

"술을 만들잖아."

"술이요?"

그제야 서류 더미 뒤에 가려진 것들이 보였다. 검이나 창 자루에 달고 다니는 장식용 술. 가늘고 부드럽게 꼬아진 실들을 촘촘히 엮고, 취향에 따라 새의 깃털이나 보석 따위를 매달아 완성하는 술은 고상한 장식품이었다.

"폐하께 진상하실 겁니까?"

"카르젠? 아니."

라하가 픽 웃었다.

"정혼자를 두고 내가 왜. 왕제에게 줄 거란다."

"예? 왕제님한테요?"

"그동안 딱히 선물을 준 게 없는 것 같아서⋯⋯. 왜 그런 표정이니?"

브란덴이 멍하니 벌어졌던 입을 서둘러 갈무리했다.

"아뇨. 죄송합니다."

"어디다 말하지 마."

"예? 예. 물론입니다. 저 입 무겁습니다. 황녀님."

셰드는 기사답게 검을 좋아하긴 했으나, 장식용 술을 달고 다닌 적은 없었다. 브란덴은 이를 잘 알았다. 셰드가 소년이었던 시절부터 선물을 하는 레이디들은 많았지만 그뿐이다. 그가 무언가를 마음에 들어 하는 모습을 본 적이 없었다.

하기야 마음에 들었어도, 셰드가 하나를 택해 검에 달고 다녔다간 즉각 그 가문에서 혼담을 밀어붙였을지도 모르는 상황이기도 했고. 당시 왕태자였던 국왕의 입지가 바람 앞의 등불 수준이었던 터라, 셰드는 더더욱 그런 것에 무관심하게 굴었다. 실제로도 무관심한 것 같았고.

"그, 황녀님."

하지만 이 황녀가 주는 것에도 무관심하게 굴 수 있을까?

"제 생각이지만 왕제님이 아주⋯⋯ 아주 좋아하실 것 같습니다."

브란덴의 말에 라하의 손끝이 살짝 멎었다. 이상하게 뺨에 열기가 은은하게 올랐다. 민망하다고 해야 하나. 수줍다고 해야 하나. 어떤 것이든 간지럽고 낯선 표현이었다.

셰드에게 선물을 주고 싶었다. 별 이유는 없었다. 그저 그의 잠든 얼굴을 보다가 주고 싶어졌을 뿐이다. 손수건에 자수를 놔서 줄지, 술을 만들어 줄지 며칠을 고민하다가 후자를 골랐다. 이유는 단순했다. 술에는 라하가 좋아하는 보석을 함께 달아 줄 수 있으니까.

라하는 다시 보석을 분해하려고 몇 분을 낑낑대다가 이마를 찡그렸다. 물론 황실에는 뛰어난 보석 세공사들이 있지만⋯⋯. 괜히 카르젠에게 말이 흘러

들어가는 건 내키지 않아 직접 하려니 쉽지 않았다.

한숨을 나지막이 내쉰 라하는 브란덴에게로 자연스레 보석을 내밀었다.

"경. 와서 뜯어보렴."

"넵."

브란덴이 곧장 다가왔다. 순식간에 사파이어를 물고 있던 순금 테두리가 벌어졌다.

사파이어가 나무 책상 위를 도르륵 굴러가는 소리.

그제야 황녀는 만족한 듯했다. 브란덴은 헛기침을 했다. 색색의 실 여러 개를 늘어놓은 모습에 이젠 황송하다는 생각마저 든 까닭이다. 게다가 어느 정도 만들어져 있는 게, 그간 침실에서 혼자 만들었나 하는 의문도 스쳐 지나갔다.

다른 사람도 아니고 황녀가 뭔가 직접 만들어서 왕제에게 선물하겠단다. 순간 강렬한 인지 부조화가 왔다. 한겨울 바다에 뛰어들었는데 시꺼먼 수면 아래 봄꽃이 가득 피어 있는 느낌이라고 할까…….

제법 아끼던 사파이어의 표면을 손수건으로 닦아 보는 라하의 낯에는 미소가 드리워져 있었다. 그 말간 낯이 너무 부드럽고 따뜻해 보여서, 브란덴은 확실히 봄이 오고 있음을 실감했다.

* * *

"폐하. 황녀님의 인형에 대한 추적을 더 이을 수가 없습니다. 죽은 것으로 확인됩니다."

부관에게 보고서를 받아 든 카르젠이 턱을 쓰다듬었다. 그 역시 국혼을 앞두고 눈코 뜰 새 없이 바빠서, 이 보고를 듣는 것도 늦은 밤이었다.

"그 노예 놈이 죽었다고?"

"예, 폐하."

"흔적이 아주 능숙하게 사라졌군."

"그렇습니다."

"흠……."

카르젠은 라하와 실험체 노예에 대한 의심이 든 그즈음 이후부터 천천히 인형을 추적하고 있었다. 온 힘을 다해 추적한 건 아니었다. 그만큼 중한 일도 아니었을뿐더러, 이건 철저히 카르젠의 육감에 의한 행동이었으니까.

황제가 관심을 덜 둔 만큼, 추적 역시 적당한 속도로 이루어졌다. 그간 일도 많았다. 감히 라하를 상으로 달라 청하는 건방진 왕제도 생겼으니. 그렇다고 해서 인형을 완전히 잊었던 건 아니었다.

그런데 오늘 부관이 가져온 소식은 카르젠의 예상 밖이었다. 그 실험체 노예가 사망한 것으로 확인된다?

"정말로 죽었나? 아니지."

라하가 그리 애써서 살려 준 게 분명한데 맥없이 죽었을 리가.

카르젠은 새삼 한숨이 흘러나올 뻔했다. 세베로가 죽었지만, 유사시를 대비해 세베로를 이을 부관들은 당연히 완벽히 준비되어 있었다.

하지만 세베로만 한 천재는 드물었다. 물론 드넓은 제국에 천재야 가뭄에 풀 나듯 존재는 했지만, 세베로처럼 황제에게만 충성하는 인재로 만들려면 절대적인 시간이 필요했다. 아직은 시간이 부족했다.

무엇보다 세베로처럼 라하에게 집착의 끈을 놓지 못하던 천재를, 이번 생에선 두 번 만날 수 없으리라.

라하를 미친 듯이 관찰했던 세베로라면, 이 죽었다는 결과에도 의심을 가질 법한데 말이지. 아무리 깔끔해도 말이다.

웃긴 일이었다. 그저 자신의 쌍둥이가 어떤 짓을 꾸미고 있길래 인형을 도망시켜 준 건가 궁금했을 뿐이다. 그래 봤자 제게서 도망치고 싶은 게 목적이었을 테니.

그런데 막상 죽었다는 결과를 듣고 보니 그간 흐릿하던 관심이 서서히 짙어졌다.

보고서를 한참 들여다보던 카르젠의 눈에 순간 기이한 안광이 돌았다. 피식 웃은 그가 블레이크를 불렀다.

"블레이크. 일전에 라하의 궁의를 기억하느냐?"

"예. 기억합니다. 폐하."

카르젠은 즉위하자마자 라하의 주변인들에게 전부 감시를 붙여 두었다. 라하를 모시는 시녀 중에서도 감시책들을 심어 두었으나, 몇 년 전을 기점으로 거두었다. 라하가 침노들의 시체 더미 옆에서 무릎을 끌어안고 잠들어 있는 모습을 본 날이었다.

침노들이 진상되는 내궁에는 시녀들도 들어가지 못했다. 그래서 카르젠은 라하가 그런 모습으로 웅크리고 있다는 보고를 받은 적이 없었다. 정말로 우연히 발견하게 된 라하의 모습이 어쩌나 가엾던지.

라하의 그런 모습을 계속 발견하고 싶은 가학적인 마음과, 쌍둥이에게 베풀어 줄 수 있는 자비로움이 합쳐져 황녀궁에는 더 이상 감시책이 존재하지 않았다. 라하가 가끔씩 보여 주는, 무너져 내리기 직전의 모습에 카르젠은 좀처럼 눈길을 떼지 못했다.

나의 연약한 거울.

사실상 카르젠이 평생 느껴 온 즐거움의 대부분은 사랑하는 쌍둥이가 선사해 준 것이다.

그러니 카르젠은 라하에게 몹시도 진심일 수밖에 없었다.

같은 결로 라하의 술 중독을 치료해 놓은 궁의를 이해할 수 없었고, 라하를 술독에서 빼내는 큰 공을 세우더니, 돌연 궁의를 그만둔다질 않은가.

혹시라도 그대로 빠져나가, 라하를 빼내는 방법을 모의할까 싶었다. 하여 추적을 심어 놓았더니 얼마 후 죽었다는 보고를 받고는 그대로 관심을 끊었지만.

그랬는데……

몇 년 전, 그 궁의가 죽었다는 결과와 오늘 라하의 실험체 노예가 죽은 방법이 묘하게 비슷하게 느껴지질 않는가.

우연? 그럴 리가.

"이런. 라하가 주도한 것인가? 아닐 테지."

당시의 라하는 막 술독에서 빠져나와 제정신이 아니었다. 그렇다면…… 카르젠의 머릿속에 수많은 세력들이 스치고 지나갔다. 정통성을 따지는 델로의 고리타분한 늙은 귀족들, 현자들, 변방의 세력들, 근방의 왕국들, 고루한 기사단들…….

카르젠이 중얼거렸다.

"신성국인가?"

"……"

왜. 뭘 바라고.

침묵이 천천히 깔렸다. 카르젠은 보고서를 탁자 위에 내려놓았다.

"국혼에 대신관들이 오는 것으로 결정이 되었지 않나, 블레이크."

"……예, 폐하."

"팔츠 궁정백이며 귀족들이 귀가 아프게 떠들어 대서 말이야. 관례가 무엇이라고 그리 절절 매달리는지 모를 일이지. 그깟 관례 때문에 내가 이리도 라하를 경계해야 하는 꼴도 우스운데 말이야."

"……"

카르젠은 벽에 걸린 검으로 흘긋 시선을 던졌다. 일부러 의자에 깊숙이 몸을 묻었다. 황실 직속 장인이 호화로운 비단을 둘러 만든 의자였으나, 그뿐이었다. 조금도 편안하지 않았다.

이곳이 전장이 아닌 게 이리도 아쉬울 일인가. 지금은 의자에 몸을 기대는 게 아니라 누군가의 목을 분질러야 할 것 같은데.

"자리를 제대로 준비해야겠군. 팔츠 궁정백에게 입궁하라고 전해라."

* * *

"꼬리가 밟힌 것 같습니다. 아마르 대신관님."

"……그래. 오히려 오래 속였다 싶구나. 동태를 확실히 살피거라."

황녀에게 편지를 보내고 싶었다. 보낼 순 없지만.

아마르 대신관은 마지막으로 황녀와 직접 만나 얘기를 나누었던 때를 생각했다.

작년 일이었다.

왕제도, 황녀도 약속이라도 한 듯 천천히 굳어 가던 나날. 황녀의 건강 상태가 심상치 않아 황제 역시 상당히 기분이 저조하던 때.

황녀는 오랜만에 독대한 아마르 대신관에게 말했다.

"대신전은 저와 했던 약속을 조속히 이행하셔야지요."

창공의 눈동자를 어서 파훼한 뒤, 카르젠을 없애고 제 목숨까지 서둘러 가져가라는 채근. 황녀는 그 외에는 아무것도 묻지 않았다. 그 열망이 전부인 듯 굴었다. 아마르 대신관은 묘한 슬픔을 느꼈다.

"예. 황녀님. 조금만 더 기다려 주십시오. 다른 건 궁금하지 않으십니까?"

"궁금하지 않아요. 혹시 피가 모자란다면."

"모자라지 않습니다."

"……."

"그리고 황녀님. 그는 아직 살아 있습니다."

"……그렇군요."

아마르 대신관의 말에 황녀는 씁쓸한 미소를 지었다. 그게 전부였다.

아무도 없는 데다가 몸도 약해져 있으니 감상에 젖어서 어떤 말이라도 할 줄 알았는데. 아니, 할 말이 가득하다는 눈을 하고서는 아무것도 묻지 못하고 있었다.

"더 하실 말씀은 없으십니까? 황녀님. 전 이제 돌아가면 황녀님을 아주 오랫동안 뵙지 못할 겁니다."

입술을 느리게 달싹거렸으나, 라하는 아무 말도 꺼내지 않았다. 아마르 대신관은 황녀가 끝끝내 삼킨 말이 무엇일까 궁금했지만 결국 묻지는 못했다.

* * *

'그가 아직 저를 동정하나요?'

라하는 입 속으로 한때 내뱉을 뻔했던 말을 굴려 보았다. 당시의 자신이 조금만 더 아팠다면 어땠을까. 제 상황도 잊고 초라한 처지도 잊어버린 후 아마르 대신관에게 물어보았을 것이다.

그가 아직도 자신을 원망하느냐고는 물어볼 생각도 하지 못했다. 당연히 자신을 증오하고 원망하고 있을 거라고 여겼으니까. 그러니 결국 동정심이 었다. 라하가 감히 떠올릴 수 있는 가장 연약한 감정이 그것 하나뿐이었기 때문이다.

그녀는 품속에 넣어 둔 장식용 술을 의식했다. 가슴이 평소보다 빠르게 뛰었다.

"황녀님. 힐로스드의 왕비가 도착했습니다."

팔츠 궁정백의 속삭임에 라하가 시선을 들어 올렸다.

빠르게 눈길이 움직인다. 가장 앞에 있는 남녀가 보인다. 한 명은 힐로스드의 왕비였으며 다른 한 명은 셰드였다. 그 외에도 아름다운 귀족들이며 기사들이 즐비했지만…….

라하의 눈에는 셰드의 얼굴부터 눈에 들어왔다. 솔직히 말하자면 지금도 셰드의 얼굴로만 눈이 자꾸 돌아갔다.

덕분에 라하는 티 나지 않게 입술을 깨물어야 했다. 당장이라도 뛰어들고 싶다는 마음이 어떤 느낌인지 제대로 실감했다. 보는 사람이 없는 침실에서나 그러는 줄 알았는데, 이렇게 사람이 많은 곳에서조차 묘한 욕망에 시달리는 건 조금 문제가 있지 않나, 하는 생각도 들었다.

라하는 우방국의 왕족을 대하는 친애의 표시로 몇 걸음 앞으로 걸어갔다. 힐로스드의 왕비는 깃털처럼 부드러운 인상의 여자였다.

"힐로스드의 귀빈을 환영합니다. 왕비님."

의례적인 인사를 나누고 라하가 직접 왕비에게 귀한 차를 대접하려 했다. 그랬는데……. 상황은 라하의 예상과 전혀 다르게 흘러갔다.

"안녕하세요, 황녀님."

힐로스드의 왕비가 라하의 손을 붙잡았기 때문이다.

"어쩜……."

왕비의 미소는 모닥불처럼 따뜻했다.

"이렇게 아름다운 분과 가족이 될 예정이라니, 너무 행복하네요. 힐로스드에서부터 직접 온 보람이 있어요."

라하는 순간 저도 모르게 당황했다.

왕비에게 되돌려 주는 대답은 매끄러웠으나, 그녀가 한순간 진심으로 얼어붙었다는 걸 안 사람은 턱을 가볍게 기울인 채 지켜보던 셰드가 유일했다.

오후 일정까지 모두 마무리하고, 사절단과 함께 정찬을 즐기고 차를 마실 때까지 아무 말도 없던 그 남자는 침실에 둘만 남게 되자마자 물었다.

"아까 왜 그렇게 얼굴을 붉혔지?"

가운 소매를 걷던 라하가 멈칫했다.

"……내가? 언제?"

짐짓 딴청을 부려 보았지만 소용은 없었다.

"형수님 앞에서 계속 뺨이 붉었잖아."

"그냥…… 더워서 그랬어."

"덥기는."

"더웠어."

고집스러운 대답에 셰드가 헛웃음을 지었다. 추궁하고 싶은 건 아닌데 정말로 왜 라하가 뺨까지 붉혔는지 짐작이 가지 않았다.

"형수님이……. 금발이시지. 금발을 좋아하나?"

셰드가 이마를 약하게 찌푸렸다.

"라하. 네 새로운 침노도 금발이잖아. 그래서 나더러 일주일간 궁에 오지 않아도 된다고 한 건가?"

라하는 기가 막힌다는 표정을 지었다.

"그런 거 아니야."

"아니면."

"왕비…… 님이 자꾸."

라하는 습관처럼 왕비, 라고 말하려다가 셰드의 형수인 걸 생각해 호칭을 바꿔 주었다. 그녀는 이마를 약하게 찡그리고 말을 이었다.

"나와 가족이 될 예정이라 행복하다고…… 그러잖아."

셰드의 시선은 라하에게 여전히 고정되어 있다.

"그 말을 듣는데 뺨이 붉어져서…… 정확한 이유는 모르겠어."

라하는 그렇게 얼버무렸다.

절반은 일부러 모르겠다고 둘러댄 거지만, 또 절반은 진심이었다. 왕비의 그 호의가 뭐라고, 가족이란 말이 뭐라고. 촘촘한 온기를 죄는 기분이 들었을까.

셰드는 라하의 불그스름해진 뺨을 물끄러미 쳐다보았다. 그는 아무 말도 하지 않았으나 그녀는 기이하게 민망했다. 어릴 때 좋아하던 인형을 벽장 속에 넣어 두지 못하고, 침대 한구석에 놓고 자는 걸 들킨 기분이라고 할까.

"셰드."

왜 그렇게 보느냐고 묻는 대신, 라하는 셰드의 몸 위로 올라가 그의 눈을 손으로 가렸다.

"국경까지 다녀왔는데 선물은 안 사 왔어?"

일부러 심술궂게 말한 건데, 셰드는 생각보다 더 난감해하는 눈치였다.

"몇 번 둘러는 봤는데."

"……?"

"네가 마음에 들어 할 만한 게 없더군."

라하가 천천히 눈을 깜빡였다.

"거짓말."

"거짓말이 아냐."

와중에도 셰드는 제겐 무슨 선물 없느냐고 묻지 않았다. 브란덴이 입 싸게 떠들지 않은 모양이었다. 다행이었다. 라하는 전날 마음이 바뀌어서 보석을 단 상태로 그냥 뒀기 때문이었다.

"셰드."

라하는 그에게 물었다.

"원래 눈 색깔이 뭐야?"

"지금이랑 별 차이 없었어."

"똑같진 않았을 거잖아."

셰드는 잠시 침묵을 지키다가 대답했다.

"하늘색이었어."

"그래?"

라하는 제 손가락으로 가려진 셰드의 얼굴을 내려다보았다. 그의 긴 속눈썹이 손가락에 그대로 느껴졌다. 한쪽 손으로 눈을 가린 채, 라하는 내내 품에 갖고 있던 장식용 술을 꺼냈다.

술의 부드러운 부분이 셰드의 뺨을 간지럽혔다. 그가 손을 들어올려 제 뺨을 간지럽히는 정체불명의 장신구를 붙잡았다. 잠시 가늠해 보는 듯 술을 쥐어 보던 셰드가 다른 쪽 손을 뻗었다. 여태껏 눈을 가리고 있던 그녀의 손목을 잡아 내린다. 셰드의 시선이 손에 쥔 장식용 술로 향했다.

술 끝에서 자그마한 사파이어가 달랑거렸다. 셰드는 천천히 그 보석의 출처를 알아챌 수 있었다. 라하가 팔찌로 자주 차고 다니던 사파이어였다.

"선물이야."

라하가 사파이어 부분을 만지작거리다가 말했다.

"사파이어지만……. 어떻게 보면 하늘색이랑 비슷하잖아."

라하는 이제 와서 셰드의 눈동자 색깔과 비슷한 보석이 좋겠다며 사파이어를 떼어 내고 하늘색 보석을 새로 달 성격은 아니었다. 그녀는 이 사파이어를 달아 장식용 술을 만들어 선물하기로 이미 결정을 내렸으니까.

원래 그런 성격이었다. 제국에서도 가장 고귀한 혈통으로 태어나, 자신이 선물하는 것에 한 치 의심도 없는 오만한 성격.

그런데 그 고고한 여자의 미소에 묘한 쑥스러움이 배어 있었다. 그녀가 조금 머뭇거리다가 말했다.

"내가 만들었어."

"……네가?"

술을 응시하는 그의 뺨과 귓가에 천천히 붉은 기가 번졌다.

보드랍게 엮어 놓은 실들로 그녀가 간지럽힌 게 제 뺨인가, 아니면 제 마음속 깊은 곳인가. 셰드는 쉬이 구분할 수가 없었다.

라하의 가슴에도 서서히 온기가 번지기 시작했다. 브란덴이 했던 말이 떠올랐다. 왕제님이 술을 마음에 들어 하실 거라고…….

라하가 셰드의 뺨으로 손을 뻗었다.

"사파이어가 마음에 들어? 비싼 거긴 해."

헛웃음을 지은 셰드가 라하의 손을 겹쳐 잡았다.

"라하. 너는 대체……."

"농담이야."

라하가 웃음을 터뜨렸다.

"내가 만들어 준 게 좋구나."

"그래."

셰드는 그대로 라하를 품 안에 끌어안았다.

"정신 나가게 좋군."

"……그래도 더 못 만들겠어. 밤을 계속 새웠단 말이야."

이젠 별궁에 오지 말라던 제 말을 이 남자는 듣지도 않았다. 그는 매일 그녀를 찾아왔다. 그래서 그가 떠난 늦은 밤에 라하는 혼자서 장식용 술을 만들었다.

이렇게 좋아할 줄 알았으면 좀 더 빨리 만들어 줄걸.

라하는 셰드의 가슴에 뺨을 기댔다. 셰드의 심장이 뛰는 소리가 그녀의 귓가에 녹아들었다.

그리고 다음 날.

라하는 정찬 자리에 앉은 채 맞은편을 보았다. 납처럼 창백해진 아마르 대신관의 얼굴이 눈에 들어온다.

잔을 쥔 대신관의 손 옆으로 흥건한 붉은 피.

라하의 곁에 자리한 카르젠이 잔을 내려놓으며 웃고 있었다.

* * *

그러니까, 몇 시간 전의 일이다.

국혼 주례를 위해 델로 제국에 온 아마르 대신관은 입궁하자마자 카르 젠에게 정찬 초청을 받았다. 이미 그에게 꼬리를 밟힌 걸 알기에 대신관은 비장하게 각오했다.

보좌 신관들에게까지 자리를 권하기에, 무언가 있겠거니 싶었다. 협박이든 회유든 돌아올 거라고 생각했는데…….

아무런 예고도 없었다.

카르젠이 권한 잔을 마신 보좌 신관이 피를 토하며 그대로 쓰러졌을 뿐 이었다. 아마르 대신관은 식탁보를 새빨갛게 적신 생혈을 넋이 나가 바라보 았다.

"저런, 아마르 대신관. 보좌 신관이 몸이 약한가 봅니다."

"……폐하."

"내가 감히 대신관은 해칠 수 없어도, 그 외의 신관들은 다르지 않겠습니까. 아마르 대신관."

"폐하, 도대체 이게…….”

"아마르 대신관."

대신관의 떨리는 목소리를 자른 카르젠이 잔을 빙그르 돌리며 물었다.

"내 쌍둥이에게 왜 인형을 보냈지?"

"…….”

"아니, 그 전에. 하르셀이라는 궁의는 왜 보낸 거지?"

순간 아마르 대신관은 심장이 발등까지 떨어지는 기분이었다. 눈꺼풀이 사정없이 떨렸다. 아마르 대신관의 곁에 주르륵 앉아 있는 보좌 신관들은 이제 숨도 제대로 쉬지 못하고 있었다.

악몽을 꾸는 것 같았다.

"황녀님을 비밀리에 신성국으로 모셔 가려고…… 했습니다."

"아, 데려가려고 했다라. 그래."

카르젠이 턱을 비스듬히 기울였다.

"라하 델하르사를 데려가서 신성국에선 뭘 하려고 한 거지?"

"……."

카르젠은 곧장 손짓했다. 블레이크 듀크가 아마르 대신관의 바로 왼편에 앉아 있는 보좌 신관의 입을 틀어쥐었다. 그 안에 바로 독주를 쏟아부었다.

"폐하!"

한 명이 또 몸을 뒤틀며 피를 쏟고 죽었다. 카르젠의 얼굴에도 얼마간 붉은 피가 튀었다.

"신성국에서 제국의 혈통을 원하기라도 했나?"

카르젠은 느긋한 표정으로 아마르 대신관을 쳐다보았다.

사실 대신전에서 라하를 데려가려고 한 이유야 듣지 않아도 뻔했다. 저 창공의 눈동자 때문이겠지. 그걸로 어떤 발칙한 일을 꾸몄든 간에…….

상관없었다.

이제 곧 라하는 실명될 테니까.

카르젠이 정말로 궁금한 건 다른 것이었다.

"왜 궁의에 이어 다시 그 빌어먹을 인형 놈을 보낸 겁니까? 아마르 대신관."

"……폐하."

두 보좌 신관의 목숨을 앗아 가고, 피가 흩뿌려진 식탁 앞에서도 카르젠의 미소는 나른하기만 하다.

"솔직하게 털어놔야 하지 않겠습니까, 대신관. 옆에 그나마 남아 있는 신관들을 죄 잃고 싶은 게 아니라면."

"……."

사실 카르젠은 아마르 대신관이 진실을 말할 거라고는 생각하지 않았다. 기대도 없었다.

그러니 이건 그냥 가벼운 조롱이었다.

대신관이 진실을 말할 때까지 한 명씩 죽어 나갈 테니. 아마르 대신관은 필사적으로 거짓을 얘기할 것이고, 카르젠은 그저 보좌 신관들을 하나씩 죽이면 됐다.

그래.

그랬는데…….

"황녀님이……. 죽고 싶어 하셨습니다."

순간이었다.

내내 여유롭던 카르젠의 손이 처음으로 딱딱하게 굳었다. 자리에 함께하고 있던 블레이크 듀크 역시 마찬가지였다.

"……그래서 신성국으로 모셔 올 수 없었습니다. 황녀님이 거부하셨으니까요. 대신해 성물을 연구해, 황녀님의 목숨을 거두는 것을 허락해 주셨습니다."

"……."

"그렇기에……, 저희는 연구를 끝내고 황녀님의 목숨을 거둘 실험체를 보낸 겁니다."

깊은 침묵이 흘렀다. 마치 사막의 수렁처럼도 느껴지는 적막이 끔찍했다.

"라하 델하르사."

이 새빨간 진창 앞에서, 내내 입을 다물고 있던 라하가 천천히 두 손을 맞잡았다.

"네, 카르젠."

"저 말이 진실이냐?"

대답은 곧장 돌아오지 않았다. 누구도 입을 열지 못했고 누구도 제대로 숨을 쉬지 못했다. 카르젠의 길지 못한 인내심이 임계점을 넘기 직전.

라하가 입을 열었다.

"진실이에요, 카르젠."

"……아."

카르젠이 천천히 되물었다.

"진실이라고."

"……."

그가 자리에서 일어났다. 카르젠이 커다란 식탁을 빙 둘러 성큼성큼 걸어가는 동안 누구도 움직이지 못했다. 마침내 맞은편에 도착한 카르젠이 아마르 대신관과 가장 먼 곳에 앉은 보좌 신관의 멱살을 잡아 들어 올릴 때까지.

눈 깜짝할 새였다.

보좌 신관은 비명조차 제대로 지르지 못하고 그대로 정신을 잃었다. 폭군이라는 수식어가 두렵게도 어울렸던 젊은 황제는 순식간에 멀쩡한 신관을 피떡으로 만들었다. 체액과 섞인 피가 끈적하게 흘러내렸다. 부러진 이가 바닥으로 굴러 떨어지고, 깨끗했던 예복은 핏물에 젖어 엉망이 되었다.

두 명.

세 명.

네 명…….

황제는 무표정한 얼굴로 아마르 대신관의 보좌 신관들을 죽음으로 끌고 갔다. 제국 가장 높은 남자답게 정갈한 움직임은 무척이나 폭력적이었다. 조용한 주먹질에서는 표현할 수 없는 광기가 느껴졌다.

눈 몇 번 깜빡할 사이. 호화롭게 꾸며져 있던 아름다운 식당이 핏물로 엉망이 되었다. 아마르 대신관의 안색은 납처럼 창백해졌고, 블레이크 듀크조차 미간을 미세하게 찌푸렸다.

그저 카르젠과 라하만이 달랐다.

그 고귀한 쌍둥이는 이 끔찍한 상황 속에서도 눈 한 번 깜빡이지 않았다.

그들은 어떤 장인이 일부러 비슷하게 만들어 놓은, 아름다운 대리석 조각 같았다. 가혹한 이질감마저 드는.

보좌 신관의 시체를 바닥에 내동댕이친 카르젠이 천천히 라하를 향해 돌아섰다. 피를 보는 동안 더욱 정신이 나간 듯, 그는 낮게 그르렁거리고 있었다.

"라하 델하르사."

"네, 카르젠."

"그 인형 새끼가 너를 죽일 기회가 무수히 많았을 텐데. 어째서 너는 이렇게 멀쩡히 살아 있는 거지?"

"그 인형이 저를."

라하의 목소리는 조금도 떨리지 않는다.

"사랑하게 되었거든요."

"그래서."

카르젠이 핏물 튄 손으로 라하의 턱을 들어 올렸다.

"사랑하게 된 널 차마 죽일 수 없다고 하더냐?"

"네."

대답은 순순히 흘러나왔으나 속내까지 그러진 못했다. 피부에 번지는 붉은 피처럼, 마음 어딘가에도 균열이 번지는 것 같다. 카르젠의 말은 빌어먹게도 제게 상처를 입혔다.

목 아래 어느 부분이 서서히 금이 가고 있다는 걸 필사적으로 외면하며, 그녀는 천천히 말을 이었다.

"그렇게 말했어요."

카르젠이 느리게 웃었다. 핏물이 사정없이 튀어 충혈된 눈으로, 그가 속삭였다.

"너는 정말이지 무수히도 사랑을 받는구나, 라하."

"……."

"그래서 나 역시 너를 사랑하질 않느냐. 라하 델하르사."

사랑을 이야기하는 목소리는 잔인함으로 번들거리고 있다. 그것이 애정의 표현인지 증오의 발로인지 누구도 쉽게 구분할 수 없었다.

라하는 평소처럼 웃지 못했지만 상관없었다. 카르젠은 천천히 라하의 턱을 놓았다.

그녀는, 라하 델하르사는 삶에 몹시 감사하며 살아야 했다. 운명도 신도 심지어 자신조차 이 쌍둥이를 어쩌나 사랑하던가. 그녀에게 이 영원한 창공의 눈동자를 허락할 만큼.

카르젠은 완전히 얼어붙은 아마르 대신관을 돌아보았다.

"내 쌍둥이의 바람이 이루어지지 못해 어쩌지. 그래서, 신성국에서는 또 새로운 실험체를 만들고 있습니까, 아마르 대신관?"

"……."

이제 아마르 대신관에게는 단 한 명의 보좌 신관이 남아 있을 뿐이었다.

"대신관."

"……아닙니다. 폐하."

아마르 대신관이 간신히 목소리를 쥐어짜냈다.

"신성국의 실험은……. 더 이상 진행되지 않고 폐기됐습니다."

"왜지?"

"황녀님께서 죽지 않겠다고 하셨기 때문입니다."

순간 카르젠은 수천 개의 유리 조각을 산 채로 삼킨 듯한 기분을 느꼈다. 라하 델하르사가, 감히 스스로 죽으려고 한 그녀가 다시 살고 싶다고 말한 이유가 무엇 때문인지 본능적으로 알았기 때문이었다.

"라하 델하르사. 네가 그렇게 왕제를 사랑하게 되었느냐?"

"네."

천천히 흘러나오는 대답.

"그렇게까지 사랑하게 되었어요."

카르젠이 결국 폭소했다. 어깨를 떨며 웃던 그가 라하를 아예 일으켜 세웠다. 그녀를 식탁 위에 가볍게 올려 앉힌 카르젠이 라하의 앞에 바짝 붙었다.

"그래. 넌 태생적으로 그런 성격이지, 라하 델하르사. 결심도 마음도 종잇장처럼 가볍구나."

"……."

"너는 원래 네 감정 외엔 어떤 것도 중요하게 생각지 않는 걸 내가 모르겠느냐?"

"제 마음을 조롱하지 마세요."

"조롱이라니. 라하 델하르사. 너야말로 나를 조롱했지."

카르젠이 라하의 턱을 으스러뜨릴 듯 쥐고 들어 올린다. 강렬한 피 냄새가 라하의 코끝을 찔렀다.

"네가 감히 나를 두고 죽으려 했느냐?"

한 마디 한 마디 할 때마다 가슴에 시꺼먼 불길이 솟구치는 기분이다. 할 수만 있다면 그녀의 목을 조르고 싶었다. 죽여 버리고 싶었다. 깊은 살의가 드는 순간, 카르젠은 제 손을 밀어내려 하는 빌어먹을 힘을 느꼈다.

창공의 눈동자.

정신 나간 '계승자의 눈' 같으니라고.

너는 이런 걸 가져 놓고 스스로 버리려고 한 것인가?

전부 포기할 만큼 나를 증오했다지 않나, 라하. 나에 대한 증오까지 기어이 버릴 정도로 왕제를 사랑하게 되었다고?

"대신관을 죽일 수도 없고."

"……."

"사랑하는 너를 죽일 수도 없으니."

"……."

"내가 어떻게 해야 할까, 라하."

그녀의 눈동자는 완전히 멎어 움직이지 않는다. 가증스러울 정도로 순진한 반응이다. 갈기갈기 찢고 짓밟아 다시는 이딴 순진함을 내비치지 못하게 만들고 싶을 정도로, 카르젠은 그녀의 모든 걸 씹어 삼키고 싶은 욕망에 시달리기 시작했다.

"응? 라하 델하르사. 내가 묻잖나."

그의 다른 손은 어느새 라하의 손목을 부러뜨릴 듯 잡고 있었다. 살의 없이 그녀에게 상처를 입힐 수 있는 건 이 대륙을 통틀어 오직 카르젠 델하르사가 유일할 터였다. 카르젠에 붙잡힌 라하의 팔이 바르르 떨렸다.

겨우 정신을 붙잡은 아마르 대신관이 비틀거리며 일어났다. 라하 델하르사는 카르젠에게서 어떤 살의도 느끼지 못하고 있다지만, 남들의 눈에는 달랐다. 당장이라도 황제가 황녀를 죽이려고 하는 것처럼 보였다.

"폐하……."

아마르 대신관이 카르젠을 말리기 위해 간신히 입을 열었을 때. 거짓말처럼 누군가 스쳐 지나갔다. 아마르 대신관은 눈을 끔뻑거렸다.

카르젠의 팔을 확 붙잡아 세우는 강한 악력. 감히 황제의 몸에 스스럼없이 손을 대는 이 건방진 이를 카르젠은 잘 알고 있었다. 일전에 겪어 본 적 있으니 반쯤 나가 있던 정신이 수복되는 것도 빨랐다.

"……왕제."

낮은 목소리가 흘러나왔다. 카르젠은 고개도 돌리지 않고 말을 이었다.

"왔나. 내가 초청한 시간보다 이르게 왔군."

"폐하."

가장 높은 호칭을 입에 담으면서도 왕제의 목소리엔 한 톨의 공손함도 없었다. 그저 시체의 가슴에 한 번 더 박히는 검처럼, 시리고 냉혹하기만 한 음성.

"제 약혼녀에게 멋대로 손대지 마십시오."

"……멋대로?"

카르젠의 눈동자가 차오르는 분노로 번들거렸다.

"나는 왕제에게 이토록 건방져도 좋다 허락한 적이 없는데."

"건방지다고 하셨습니까?"

"그렇지 않으면. 도대체 이게 지금 무슨 행태지?"

"폐하께서는."

왕제의 입가에 분명한 비웃음이 어렸다.

"제가 왜 델로의 우방군으로 지원했는지 벌써 잊으신 모양입니다."

물론.

아주 잘 알고 있다.

"그래. 그렇지."

카르젠의 목소리가 차가웠다.

"왕제는 내 쌍둥이를 상으로 받아 가기 위해 그 수많은 델로의 귀족들을 구해 주었지."

"기억하신다니 다행이군요. 폐하. 그 짧은 사이 잊으신 줄 알았습니다."

"내가 잊었을 리가 있겠나."

청회색 눈동자는 카르젠의 뒷덜미를 물어뜯을 짐승의 것처럼 보였다. 카르젠의 번들거리는 눈동자 역시 마찬가지였다. 라하를 사이에 둔 두 남자는 서로를 죽여 버리고 싶다는 살의를 굳이 숨기지 않았다.

"폐하……."

아마르 대신관의 가늘게 떨리는 목소리가 팽팽한 허공을 비집고 흘러든다.

그제야 카르젠은 천천히 라하의 손목을 놓았다. 그녀의 모든 걸 분질러 버리고 싶은 마음을 간신히 내리누르며.

라하는 손자국이 벌겋게 난 손목을 갈무리했다. 그녀는 누구의 도움도 받지 않고 식탁에서 내려왔다. 카르젠이 거칠게 들어 올리느라 말려 올라갔던 반짝이는 드레스 자락이 사르륵 흩어진다.

즐비해 있는 신관들의 시체가 아니라면, 여전히 달콤하고 아늑한 분위기의 식당일 터였다.

황제가 치워도 좋다고 허락을 내리지 않았으니, 이곳엔 여전히 갓 죽은 자들의 숨결만이 가득했다.

이 정도의 시체란 전장에선 호재로 읽히는 수준이었다. 그러니 전쟁을 겪은 기사들이 눈이라도 깜빡할 이유가 있겠는가.

라하? 그녀는 천 구에 가까운 침노들의 시체 앞에서 밤을 새운 황녀다. 대신관은 오히려 이 정도에서 끝난 걸 감사히 여겨야 할 것이고.

그러니 어떤 문제도 없었다.

카르젠은 본래의 자리로 돌아가 털썩 앉았다.

"내 쌍둥이가 죽으려 했다더군. 왕제."

오랜 잔인함이 묻어나는 목소리였다.

"그런데 라하가, 참으로 연약하기도 하지. 왕제를 지나치게 연모하게 되어 마음을 고쳐먹었다지 뭔가."

라하는 카르젠의 분노가 조금도 가라앉지 않았다는 사실을 알았다. 그는 완벽히 그녀를 조롱하고 있었으니까.

"어떤가, 왕제. 내 쌍둥이의 지극한 사랑을 받게 된 기분이."

"노력한 보람이 있군요."

입을 찢어 버리고 싶을 정도로 뻔뻔한 목소리다. 셰드 힐데스는 카르젠에게서 조금도 시선을 돌리지 않았다.

"황녀의 마음을 얻었으니, 힐로스드로 데려가면 평생을 죽지 않도록 하겠습니다."

"……."

"그녀의 마음을 얻었으니 그 정도는 할 수 있지 않겠습니까."

조용히 이 상황을 주시하던 블레이크 듀크의 미간이 조금 좁혀졌다.

팽팽한 침묵이 흘렀다. 카르젠도, 셰드도 서로를 잡아먹을 듯 응시하고 있었으나 실상 신경의 절반은 라하에게 두고 있었다. 카르젠에게 거칠게 몸이 흔들리느라 그녀의 바다색 머리카락은 조금 흐트러져 있었으나 그뿐이다.

방금 전 황제의 선연한 분노와 증오를 받아 냈음에도 라하는 붓으로 그려 낸 듯 우아하기만 했다. 덕택에 그녀는 이 상황과 아무런 관련이 없는 고상한 숙녀처럼만 보였다.

우습게도.

황제도, 왕제도 결국 이 황녀 때문에 정신을 차리지 못하고 있는 것인데. 차라리 역사 속에 등장하는 요부인 게 낫지. 도대체 그녀는…….

블레이크 듀크의 생각은 오래 이어지지 않았다.

"잘 부탁하지, 왕제. 내 쌍둥이가 마음이 여린 편이라 걱정이 많아."

카르젠은 라하를 바라보았다. 장밋빛을 덧발라 그저 생기 있어 보이기만 하는 아름다운 얼굴을 보자 점차 흥분이 가라앉았다.

그가 픽 웃었다.

"하지만 왕제에게 좋지 않은 모습을 보였으니, 개인적으로 적당한 보상은 쥐여 줘야겠어."

* * *

"대신관님!"

아마르 대신관은 침궁으로 돌아오자마자 결국 구토했다. 이미 차갑게 식은 손은 다시는 온기를 되찾을 수 없을 것처럼만 느껴졌다. 벌벌 떨리는 몸.

데려갔던 보좌 신관들이 앉은 자리에서 죄 죽었다. 그것도 끔찍한 죄를 지은 죄수처럼 맞아서 죽었다…….

얼마 전, 델로 황제의 일등 보좌관이 아주 끔찍하게 죽은 것과 겹쳐 보인다는 생각을 지울 수가 없었다.

그때였다.

블레이크 듀크가 아마르 대신관을 찾아왔다. 그 혼자 온 건 아니었다. 근위대장의 뒤로 무거운 상자를 빼곡하게 든 기사 네 명이 더 있었다.

"……무슨 일입니까?"

"황녀님께서 보내신 걸 전해 드리러 왔습니다."

기사들이 탁자 위에 내려놓은 상자에는 귀한 보석들이 가득했다. 눈을 멀게 하려는 듯 황홀하게 반사되는 광채들.

누가 보아도 오늘 있었던 일에 대한 보상이었다. 아마르 대신관이 잃은 신관들의 목숨값을 쳐서 보낸 재물이었다.

"안은 이미 살펴보았으니 안심하고 보셔도 좋습니다."

보석 상자들을 이미 한 차례 뒤집어 확인했다는 사실을 블레이크 듀크는 굳이 숨기지도 않았다.

"이만 물러가 보겠습니다. 대신관님. 편히 여독을 푸시길."

홀로 남은 아마르 대신관의 가라앉은 눈이 아름다운 상자 위를 배회했다. 언뜻 보면 무심하게만 느껴지는 선물이었다. 고고한 대신관에게, 이런 속물적인 것을 위로의 의미로 덜렁 보내다니.

하지만 이게 라하의 최선임을 아마르 대신관은 짐작하고 있었다. 오늘 그녀도 못지않은 고초를 겪지 않았던가.

카르젠에게 꼬리가 밟힌 건 신성국이었으니 손실을 감내해야 하는 것도 온전히 신성국의 몫이었다.

그런데도…….

"황녀님이……. 죽고 싶어 하셨습니다."

"……그래서 신성국으로 모셔 올 수 없었습니다. 황녀님이 거부하셨으니까요. 대신해 성물을 연구해, 황녀님의 목숨을 거두는 것을 허락해 주셨습니다."

하나같이 전부 철저히 계산된 말이었다.

살을 내놓고 피를 쏟은 덕분에, 신성국은 가장 본원적인 목표인 카르젠의 살해 그 하나만은 감출 수 있었다.

그 사실을 들켰다면. 아마 아마르 대신관은 오늘 신성국으로 출병하는 거대한 군대를 보게 되었겠지.

이 말을 계산해 준 이가 라하 델하르사였다.

아마르 대신관은 보석을 등진 채 무릎을 꿇었다.

두 손을 모으고 기도를 올렸다. 오늘 죽은 이들을 위해 올리는 기도였다. 희생은 각오했다. 카르젠에게 희생당한 영혼들의 절규를 외면하지 못하는 순간부터, 아마르 대신관 역시 평온히 생을 마감하진 못하리라 예감했으니.

'황녀님은……'

황녀는 함께 올 보좌 신관들의 목숨을 내놔야 할 것이라고 말했고, 원치 않는다면 가짜를 분장시켜 보좌 신관들인 척 앉혀 놓으라고 했다.

그런 묘안에서 황녀 특유의 냉정함이 느껴졌다.

스스로에게 중요한 가치를 살려 놓기 위해서는 다른 목숨이 희생되는 건 상관없다. 황족 특유의 사고방식이었으며, 그녀의 태생적인 성향.

그럼에도…….

힐로스드의 왕비를 마중하기 위해 국경선으로 나왔던 왕제가 아니었다면, 신성국에서는 더 큰 희생을 치렀어야 했을 터.

"황녀님의 거짓말이, 거짓말이 아니면 얼마나 좋을까요. 일단 왕제님의 표정은 그랬습니다, 아마르 대신관님."

파리스의 말에 이어 카르젠의 말이 떠오른다.

"그런데 라하가, 참으로 연약하기도 하지. 왕제를 지나치게 연모하게 되어 마음을 고쳐먹었다지 뭔가."

다만, 황제의 말을 듣던 왕제의 얼굴에 찰나 스쳐 지나가던 그림자를 아마르 대신관은 보았다.

너무나 짧은 파열음. 덕분에 아마르 대신관 외에는 누구도 짐작하지 못 했을 테다.

왜 하필 그들이 서로 사랑에 빠졌을까. 차라리 백일몽이었으면 좋았을 가여움으로 마음이 그득했다.

* * *

"모두 물러가거라."

그로부터 얼마 후.

카르젠은 셰드에게 말한 개인적인 보상을 정확히 지켰다. 정실에게 정부의 목을 선물이라 가져오는 것도 보상은 보상일 테니까.

"……."

라하는 푹신한 의자에 앉은 채로 앞을 바라보았다. 침실 중앙에 놓인 침대 위. 그곳에 로자인이 파리한 얼굴로 쓰러져 있었다.

로자인 리굴리쉬는 라하에게 진상된 이후 단 한 번도 정신을 차리지 못했다. 라하가 가끔 들여다볼 때마다 그랬으며, 지금도 그랬다.

그는 죽지 않았다.

죽지는 않았지만…….

"내가 생각이 짧았지, 라하."

라하의 곁에 앉은 카르젠이 손등으로 턱을 괴며 말했다.

"우방국의 왕제에게 너를 주었으니, 네게 있는 노예들은 진작 처리해 주었어야 했는데 말이다."

카르젠에게 몇백 구의 시체쯤은 감흥도 없었다. 방금 전 목숨이 끊어진 두 구의 시체도 마찬가지였다.

"라하. 이들의 이름이 무엇이었지?"

"……."

"라하."

"……."

"라하 델하르사."

카르젠이 두 번을 더 부르고서야 라하가 천천히 얼어붙은 입을 열었다.

"이름은 없었어요."

"아. 그래. 숫자를 매겨 놔 주었지. 몇 번이었느냐?"

"195번, 196번이었어요."

"그래."

카르젠이 피식 웃었다.

"정말로 그림자 같은 삶이구나. 너를 그토록 사랑했다던 신성국 실험체의 파생 번호이질 않느냐. 라하."

"……."

"하기야 노예의 삶이 그렇지. 침실을 데우는 노예라고 해서 다를 게 있겠 느냐."

그 잠시의 빈정거리는 말이 전부다. 카르젠은 이내 죽은 두 침노에게서 깨끗이 관심을 거뒀다. 애초에 라하가 살려 놓은 침노라는 점을 제외하고는 단 한 번도 카르젠의 관심을 받은 적 없는 노예들이다.

그보다는 다른 쪽이 좀 더 재미가 있질 않은가.

좀체 정신을 못 차리고 있는 로자인 리굴리쉬라든지.

"저놈은 다르지. 천한 전쟁 포로라면 모를까. 그래도 제법 혈통 있는 놈인데 침노로서의 의무도 다하지 못하고 죽으면 목숨이 너무 아깝지 않 겠냐."

"……."

"여긴 조용하니 번잡한 일도 없을 거고."

카르젠이 다정함을 가장한 목소리로 물었다.

"그렇지 않느냐, 라하?"

"……."

이곳은 황궁이 아니었다.

제도에 있는 황실의 사유지에 위치한 일종의 별궁이었다. 바람의 저택이라는 자유로운 명칭도 붙은 별장.

거대하고 웅장한 황궁과는 건축 양식부터가 달랐다. 은박 문양과 푸른색 비단을 주로 사용하고 여기저기 들꽃을 가득 심은 덕에 소박하면서도 쾌활한 분위기가 가득했다. 덕분에 이 저택은 대대로 황제의 별장으로 이용되었다.

하지만 카르젠은 별장에는 별다른 흥미가 없었고, 그 덕에 이 저택은 선황의 탄신일을 맞아 외유를 나가는 정도로만 쓰였다.

예컨대 오늘처럼 말이다.

카르젠은 라하의 손에 작은 약병을 툭 던져 주었다. 요사스러운 분홍색을 띤 약병에는 알 수 없는 문양이 빼곡하게 그려져 있었다.

"네가 가서 직접 먹이거라, 라하."

라하는 천천히 몸을 일으켰다. 그녀가 채 두 발자국을 떼기도 전에, 카르젠은 말을 번복했다.

"아니지. 블레이크."

"예, 폐하."

"네가 가서 먹이는 게 낫겠군. 내 영민한 쌍둥이가 또 무슨 묘수를 부려 내 골치를 아프게 할지 모르니까 말이다."

"알겠습니다."

라하의 굳은 손에서 약병을 가져간 블레이크가 침대를 향해 걸음을 옮겼다.

"……저 약이 무엇인가요? 폐하."

나른하게 자세를 바꾼 카르젠이 시선을 옮겼다. 이곳에 오는 내내 현명한 귀족 영애답게 입을 다물고 있던 자멜라였다.

그녀의 손이 바르르 떨리고 있었다.

원래 이 별궁에 카르젠은 제한된 인원만을 데려오곤 했었다. 자신과 라하, 그리고 선황과 2황비.

그 외엔 수행인들이 전부였다.

자멜라를 데려온 건 가벼운 변덕이었다. 나름대로 호의도 섞여 있었다. 새로운 황후에게 정을 좀 붙이긴 해야겠으니, 특별히 자멜라를 선황의 탄신연에 데려온 것이었다.

어차피 황실에서 일어나는 일을 황후에게 완전히 감출 수는 없었다. 황태자로 자라온 카르젠은 잘 알고 있었다.

게다가 그는 제 잔혹함을 굳이 감추는 성미도 아니었으니. 이제 곧 한 가족이 될 자멜라라면 잘 알아야 하지 않겠는가.

그녀가 모르는 황궁 내부에서 어떤 일들이 일어날지. 그리고 어디까지 못 본 척하고 어떤 것에 입을 다물어야 하는지.

따지자면 조련을 하는 것과 다름없었다. 대귀족 가문의 영애이니 그 자존심은 더 고고할 테지 않겠는가. 카르젠이 빈정거리듯 웃었다.

"최음제야. 영애. 사막에서 구해온 귀한 것이지."

구해 온 건 이미 죽은 세베로였지만 말이다.

"약효가 너무 강해 쓸모를 다하면 목숨도 끊어질 것 같지만 말이야."

"왜 그런 걸……."

"말했지 않나, 영애. 저대로 죽기엔 아깝지. 내 쌍둥이의 침실 시중은 한 번 들고 죽어야 하지 않겠나?"

"……."

"어차피 죽을 목숨이니 여흥도 채우면 좋지 않겠나."

카르젠은 자멜라를 보면서 말을 하고 있었지만, 그 목소리에 담긴 모든 화살은 전부 라하를 향해 달려들고 있었다.

극약을 먹이지 않고, 극약에 가까운 최음제를 먹이는 것은 라하를 향한 철저한 조롱이었다.

네가 감히 노예에게 사랑을 받고 왕제를 사랑한 것에 대한.

"흡……."

블레이크는 로자인의 머리를 받쳐 들고 망설임 없이 최음제를 입 안으로 흘려 넣었다. 턱을 능숙히 움직여 식도로 최음제를 넘겼다. 카르젠이 가볍게 손짓하자 블레이크는 로자인을 내려놓았다.

라하는 서 있는 채로 아무 말도 없었다.

블레이크 듀크에게 약병을 빼앗긴 손은 우아하게 그러쥔 채였다. 아름다운 부채를 드는 게 더 어울리는 손. 라하의 안색은 새하얗고 눈빛에는 아무런 변화도 없어서, 얼핏 성서를 보는 느낌이 들기도 했다.

그보다 훨씬 자극적이지만 말이다. 카르젠에겐 10여 년 가까이 그랬듯이.

카르젠은 라하에게 낮게 깔린 목소리로 말했다.

"가 보거라, 라하. 네 마지막 침노이질 않느냐."

"⋯⋯."

"그 옷은 벗어야지."

"어디까지요?"

라하가 천천히 되물었다.

"어디까지 벗으란 말씀이신가요. 카르젠."

"이런. 내 쌍둥이가 화가 났나 보구나."

자리에서 일어난 카르젠이 피식 웃었다. 라하의 앞에 멈춰 선 그가 속삭이듯 말했다.

"하지만 너는 내게 잘못한 게 있으니 화를 내선 안 되지."

"⋯⋯."

"다 벗을 필요는 없다. 옷을 입은 채로도 얼마든지 정사는 치를 수 있지 않느냐. 네 취향대로 하거라."

카르젠은 손끝으로 라하의 겉옷을 가볍게 그어 내렸다.

"그래도 이건 벗어야겠지."

라하는 천천히 겉옷을 벗었다. 그녀의 손가락이 얼어붙어 있다는 사실을 아는 사람은 아무도 없었다.

"가 봐. 어서."

그녀는 천천히 걸음을 뗐다. 침대 위로 체중이 실리며 매트리스가 조금씩 흔들렸다.

내내 눈을 뜬 적 없던 로자인이 밭은 숨을 내뱉으며 눈을 떴다.

이내 터져 나오는 괴로운 신음. 로자인의 온몸이 땀으로 번들거리고 있었다. 누군가가 강제로 끓는 물에 빠뜨린 듯 정신을 차릴 수가 없었다. 바닷물을 퍼마신 이처럼 목이 미친 듯이 말랐다.

순식간이었다. 로자인이 라하의 두 손목을 와락 붙잡았다. 그의 눈동자가 어둡게 일렁였다. 이 짙게 깔린 욕망을 라하는 모르지 않았다. 우습게도, 제 약혼자에게서 종종 보았으니…….

그러나 로자인 리굴리쉬는 셰드 힐데스가 아니었다.

로자인 리굴리쉬의 두 눈은 라하에게 머물지 못했다.

더듬듯 움직이는 시선.

분명하게 향하는 곳.

자멜라 윈스턴.

"……."

찰나였다.

라하의 머리카락이 장막처럼 흘러내렸다. 로자인의 눈동자가 가려졌다. 누구도 보지 못했다.

단 한 명. 로자인에게 붙박인 듯 시선을 고정했던 자멜라 윈스턴을 제외한다면.

로자인이 라하의 두 손목을 확 잡아당겼다. 그녀의 차갑게 식은 몸이 그에게로 쏟아져 내리는 순간. 로자인이 몸을 크게 떨었다. 동시였다. 로자인은 그대로 뜨거운 피를 왈칵 토해 냈다.

라하는 붉게 물든 앞섶을 내려다보았다. 뜨거운 피가 온몸을 적시는 기분은, 누군가의 꺼지기 직전의 숨을 마주하는 기분은…….

로자인의 두 손이 천천히 흘러내렸다. 카르젠은 로자인의 마지막을 지켜 볼 마지막 배려도 주지 않았다.

어느새 라하는 카르젠에게 팔이 잡혀 침대에서 일어나야 했으니. 그는 가볍게 혀를 찼다.

"생각보다 인술이 강했던 모양이군. 맥없이 죽을 줄이야."

"……."

"라하."

카르젠은 라하의 옷을 훑어보았다.

"드레스가 더러워졌구나. 갈아입혀 주랴?"

라하는 아무런 대답도 하지 않았다. 한 조각 미소도 머금지 않은 얼굴이 어찌나 발칙하게 느껴지던지.

카르젠이 그녀의 이마에 진득하게 입을 맞출 때까지도. 달라지는 건 없었다. 라하는 그저 가만히 멎어만 있었다.

묘한 음심이 들었다. 라하라면 이런 모습 그대로 영원히 굳어 있는 것도 나쁘진 않을 듯했다.

라하의 턱을 쥐어 올린 카르젠이 속삭였다.

"왕제에게 내가 좋은 선물을 해 주었다고 전해 놓아라, 라하. 델로와 힐로스 드는 우방국으로서 영원할 것이라고."

* * *

"황녀님은 어디 가셨어?"

"바람의 저택에서 돌아오자마자 별궁으로 향하시던데요?"

비공식적으로 함께 갔던 침노들은 돌아오지 않았다. 귀환한 건 오직 라하 혼자뿐.

시녀들은 금세 표정을 정돈했다.

라하가 돌아왔다는 소식이 퍼지자마자, 벌써부터 타국의 왕족과 귀족들이 찾아와 만남을 요청하고 있었다.

황녀궁 앞이 북적거린다는 사실은 라하도 알고 있었다. 하지만 알 바는 아니었다. 시녀들이 영민하게 처신하겠지.

그렇게 똑똑한 시녀들로 만들어 놓기 위해 라하가 그간 얼마나 고생했던가. 제 시중을 드는 측근만큼 카르젠의 분노를 풀기 좋은 이들도 없었으니까.

그랬는데도…….

왜 제 곁에 있는 이들은 이리도 쉽게 죽어 버리나.

별궁.

정적이 오래 내려앉았던 침실에 들어선다. 라하는 내내 손에 끼고 있던 긴 실크 장갑을 벗었다. 그러자 아주 얇고 질긴 붕대를 감아 놓은 손바닥이 드러났다.

붕대 안, 손바닥에는 칼로 그어 피를 낸 상흔이 남아 있을 것이다.

로자인 리굴리쉬를 위한 흔적이었다.

며칠 전, 카르젠이 보좌 신관들을 죄 패 죽인 그날부터 라하는 로자인에게 몰래 피를 먹였다.

카르젠의 성미를 익히 안다. 그 정신 나간 쌍둥이는 제 목을 조르고 싶을 때마다 라하 주변의 목을 조르곤 했다.

가장 죽여 버리고 싶은 건 셰드겠지. 하지만 그를 죽일 수 없으니 그다음으로 눈에 띄는 건, 분명 로자인 리굴리쉬일 터였다.

어렵지 않은 예상이었다.

카르젠이 라하의 행동을 쉬이 추측하듯, 그녀 역시 그의 생각을 읽는 게 그다지 어렵지는 않았다.

덕분에 로자인 리굴리쉬는 살았다.

가사 직전의 상태로 버려질 테지만 아직 죽지는 않았을 것이다. 적어도 카르젠이 예상한 것처럼 급사하지는 않을 터였다.

며칠은 더 살겠지.

운이 좋으면 좀 더.

어차피 로자인의 몸이 약해진 건 마법사의 사특한 인술 때문이었다. 창공의 눈을 이은 라하의 피는 실험체였던 셰드에게서도 효과를 보았으니, 로자인의 인술에도 분명 유효하게 작용할 것이다.

강력한 최음제가 괴롭긴 하지만 죽진 않겠지.

그러나 다른 침노들은…….

"……."

라하는 그들이 숨이 멎는 순간을 생생히 지켜봐야 했다.

그녀와 몇 마디 대화도 하지 않았던 노예들이다.

이제 와 새삼 이름도 모르던 침노들에게 감상을 가지는 건 아니다. 내내 마음을 젖게 만들던 괴로움쯤이야 마른 허공으로 흘려보낼 수 있게 된 지 오래였다.

오래였는데도.

그래도…….

살아남아 이 조용한 별궁에서 소리도 내지 않고 숨을 쉬던 이들이었는데.

라하는 서쪽 복도로 걸음을 옮겼다.

바깥의 날씨는 봄이라 따뜻한데 이곳만은 설계상의 이유로 한겨울처럼 한기가 돌았다. 라하는 벽에 등을 기대고 앉아 무릎을 끌어안았다.

자신이 멍청하고 아이 같은 짓을 한다는 걸 알았다. 그런데도 견디기가 어려웠다. 뭐라도 붙잡고 이 한심한 제 처지를 고백하며 울음을 터뜨리고 싶은데, 마땅한 곳이 생각나지 않았다.

그래서 돌아온 곳이 이 서쪽 복도였다.

카르젠은 아팠던 라하에게 아름다운 궁을 지어 선물해 주었지만, 침노들의 시체를 쌓아 놓을 서쪽 복도는 똑같이 지어 놓았다.

그게 잘도 사랑일 터다.

단 한 번도 카르젠이 자신을 사랑한다고 생각해 본 적 없었다. 그녀의 쌍둥이는 자신을 지나치게 증오하는 주제에 감히 사랑이란 말을 입에 담을 뿐이었다.

라하는 천천히 잠들었다. 다시 눈을 떴을 땐 술에 취한 사람처럼 시야가 뿌옜다. 한 박자 늦게, 라하는 자신이 따뜻한 것에 감싸져 있다는 걸 알았다.

이 탄탄한 몸을 모를 수가 없었다.

안식처를 발견한 아이처럼 조급하게, 라하는 셰드의 목을 끌어안았다.

"……라하. 깼나?"

잠기운이 묻어나는 목소리가 흘러나왔다. 라하는 대답하지 않았다. 다만 그를 끌어안은 가느다란 두 팔이 평소와 달리 절박하게 느껴졌을 뿐이다. 셰드는 아무런 채근 없이 라하의 머리카락을 천천히 쓸어 보았다.

"라하."

"응."

"여기 계속 있고 싶나?"

"……아니."

셰드가 옅은 미소를 머금었다. 그는 라하를 품에 안은 채로 복도 바닥에서 일어났다.

라하는 그가 한쪽 팔로 자신을 받쳐 안은 채, 복도의 문을 열고 닫는 것을 고스란히 느꼈다. 이럴 때마다 새삼 셰드의 힘이 신기했다.

침대 위에 라하를 내려놓은 셰드는 그녀가 두르고 있는 얇은 망토 쪽으로 손을 뻗었다. 몇 시간 전 별궁에 들어설 때부터 라하는 옷을 갈아입을 생각조차 하지 않았다. 그 탓에 바깥에서 입고 온 옷 그대로였다.

"그냥 잘래."

망토를 묶고 있던 리본을 풀어 주고, 라하의 드레스까지 벗겨 내려던 셰드가 고개를 들어 올렸다.

"갈아입기 귀찮아."

미소를 지으며 속삭이는 목소리. 셰드는 두 손으로 라하의 뺨을 감쌌다. 늘 그랬듯 그녀의 이마에 입술을 내리누르려던 그가 천천히 멈췄다. 부드럽게 내리깔려 있는 푸른색의 속눈썹이 촘촘하다.

마찬가지로 온유한 빛을 띠고 있는 보석 같은 눈동자……. 셰드의 얼굴이 천천히 일그러졌다.

"라하."

"응?"

"너 내가 보이지 않나?"

"갑자기 무슨 말이야. 잘 보여."

셰드의 뺨과 턱이 무서울 정도로 굳어 있다는 걸 라하는 알지 못했다.

"라하 델하르사."

자리에서 일어난 셰드가 딱딱하게 가라앉은 목소리로 말했다.

"이쪽으로 걸어와."

잠시 눈을 깜빡이던 라하는 별다른 타박도 없이 몸을 일으켰다. 그녀는 셰드의 목소리가 들린 쪽으로 걸음을 옮겼다. 물 흐르듯 자연스러운 발걸음이었다.

그리고 얼마 가지 않아, 셰드에게 허리가 붙들렸다.

방금 전 라하가 그대로 부딪힐 뻔한 의자를 사납게 밀어 치운 셰드가 입술을 짓씹었다.

"라하."

"……."

"그 빌어먹을 놈이 네게 뭘 한 거지?"

"완전히 먼 건 아니야."

"네가 방금 뭐에 부딪힐 뻔했는지는 알고 하는 말인가?"

"국혼이 코앞이잖아. 카르젠 델하르사도 그 정도 정신머리는 있어. 하루면 돌아올 것 같아. 사소한 문제야."

"도대체 네게 사소하지 않은 게 있기는……."

"셰드."

라하가 셰드의 목을 더듬어 껴안았다.

"하루쯤이야. 상관없잖아."

그녀의 목소리는 평소와 다를 바 없이 평온하다. 그런데도 라하의 손이 차가운 이유가, 계속해서 차가운 이유가. 그 냉골 같은 복도에서 잠들었었기 때문이 아니라는 사실을 셰드는 단숨에 깨달았다.

"내 옆에 있을 거잖아, 셰드."

라하는 두려워하고 있었다. 셰드가 카르젠의 목구멍에 검을 쑤셔 박고자 그대로 자신을 두고 갈까 봐. 잿더미 속 숨겨진 불씨처럼 가느다랗게 숨을 쉬고 있는 연약한 진심……. 눈이 보이지 않는 그녀는 어깨를 조금씩 떨고 있었다.

셰드의 손에 느릿하게 힘이 들어갔다.

"그래."

"……."

"나는 네 곁에 있을 거라고 했잖아."

라하에게는 눈물이 날 정도로 충분한 말이었다.

"그럼 됐어. 괜찮아."

그녀가 셰드의 목에 뺨을 기댔다. 귓가에 울리는 맥박 소리를 듣고서야 라하는 천천히 안심했다.

"그거면 돼."

처음 눈이 미세하게 흐릿해지기 시작한 건 로자인이 제 손목을 붙잡은 그 순간이었다. 당시에는 자신이 멍청하게 울어 버린 거라고 생각했다. 그런데 이상하게도 뺨은 그저 보송하기만 했다.

시력이 완전히 사라진 것은 이 별궁 복도에서 눈을 떴을 때였다. 순간 수천

가지의 끔찍한 가정이 라하의 머릿속을 흐트러뜨렸다. 그때 셰드의 목을 끌어 안지 않았으면 이번에야말로 아이처럼 울어 버렸을 것이다.

라하는 자신을 붙잡는 단 하나의 온기에 의존했다. 잃어버린 눈이 그곳에 있는 양 셰드를 끌어안고 천천히 숨을 골랐다.

* * *

며칠 후.

봄을 한껏 두른 황궁은 전에 없이 분주하고 활기찼다. 대륙의 모든 나라를 통틀어 가장 호화로운 성을 보유하고 있으면서, 정작 기거하는 황족의 수가 극도로 적은 탓에 한산하기만 했던 황궁이다. 그러나 지금은 어딜 가든 귀족과 왕족으로 붐볐다.

코앞에 둔 국혼.

카르젠은 몇몇 주요 인사들과 함께 작은 사냥 연회를 열었다.

정확히는 그가 준비한 게 아니었다. 이미 계획되어 있는 귀빈 접대 일정 중 하나였다.

카르젠 역시 국혼을 앞두고는 어느 정도 정숙할 필요는 있었다. 따라서 오늘 이 작은 사냥 연회에 초청받은 이 역시 전부 남자였다.

뜨거운 피를 뒤집어쓴 카르젠이 말에서 내렸다. 시종들이 서둘러 젖은 수건을 갖고 뛰어왔다.

"폐하! 괜찮으십니까?"

수건으로 얼굴을 닦은 카르젠이 이마를 찌푸렸다.

"별일 아니니 소란 떨 거 없다."

카르젠은 금이 간 검을 살펴보다 휙 기사에게 던졌다. 방금 전 갑자기 날뛰며 뛰어든 곰을 잡느라 검날에 금이 가 버렸다.

"오랫동안 사냥 연회가 없었지. 맹수들이 제법 흉포하군."

황실 사유지인 이 드넓은 서쪽 숲은 맹수의 서식지로도 유명했다. 날것의 사냥을 선호하는 황제의 취향에 따라, 개체 수를 인위적으로 조절하지 않은 숲이었다.

카르젠은 뻐근한 팔을 움직였다.

"황궁의는⋯⋯."

"필요 없다."

어차피 카르젠은 창공의 눈 덕분에 간접적인 보호를 받는다.

덕택에 그는 죽음의 공포를 별달리 느껴 본 일이 없었다. 정확히는, 거의 없었다.

오직 라하를 만지려고 할 때를 제외한다면.

하지만 그 창공의 눈도 곧 자신을 거부하지 않게 될 것이다.

"마침 왕제가 오는군."

셰드의 몸에도 마찬가지로 피가 얼마쯤 튀어 있었다. 하지만 다른 청년들에 비하자면 턱없이 적은 양이었다. 마찬가지로 시종이 젖은 수건을 들고서 셰드에게 뛰어갔다. 수건을 받아 든 그가 뺨을 닦아 냈다.

"셰드 힐데스 왕제."

카르젠은 셰드에게 다가갔다. 그의 뒤를 따라오는 수레를 본다. 실려 있는 맹수의 양이 많지 않았다.

"왕제는 사냥감을 별로 잡지 않았군. 라하에게 줄 게 마땅찮을 텐데, 내 것이라도 좀 나눠 줄까?"

"그녀에게 사냥감을 선물할 생각이 없으니 사양하지요."

"라하에게 선물할 생각이 없다니. 왜지?"

"라하는 이런 사냥감들을 좋아하지 않습니다."

"그건 또 처음 듣는 얘기군. 내가 주는 것들은 잘 받던데 말이야."

"폐하."

내내 무심하던 셰드의 낯에 순간 조소가 서렸다.

"그녀에 대해 아는 게 별로 없으신 모양입니다."

카르젠의 눈썹이 꿈틀거렸다.

왕제의 목소리는 높낮이가 적었다. 주인의 성미를 반영하듯 건조한 음성. 하지만 카르젠은 셰드 힐데스의 모든 것에서 선명한 모멸감을 느꼈다.

라하가 저놈을 사랑한다는 사실을 생각하면 더더욱.

카르젠의 손가락이 습관처럼 허리춤을 가볍게 건드렸다. 방금 전 검을 기사에게 던져 줬다는 사실이 문득 생각났다.

"내가 라하에 대해 잘 몰랐군."

"잘 모르셔도 상관없지 않으시겠습니까."

"내 쌍둥이인데 말이지."

"말씀대로 폐하와 제 약혼녀는 그저 쌍둥이일 뿐이니 말입니다."

"……."

순간 카르젠의 턱에 힘이 들어갔다.

검날을 확인하기 위해 셰드가 시종들이 있는 쪽으로 걸어간 그때였다.

"폐하!"

날카로운 목소리가 귀를 울렸다. 수레에 실려 있던 늑대가 순식간에 카르젠에게 달려든 것이다.

그야말로 집채만 한 늑대였다. 등에 박혀 있는 수많은 화살들이 덜렁거렸다.

카르젠은 짧게 혀를 찼다.

급박한 와중에 다치겠다는 생각이 먼저 들었고, 기껏해야 그뿐이었다. 부상에 대한 염려와 죽음에 대한 공포가 같을 수는 없었다. 죽지 않는 걸 아는 이상 어떤 두려움이든 아이들 장난에 불과했다.

카르젠을 물어뜯기 위해 늑대가 바로 앞까지 달려든 그 순간.

바로 눈앞에서 늑대의 머리가 말 그대로 부서졌다.

동시에 터지는 붉은 피.

카르젠은 늑대의 뇌수와 붉은 피를 말 그대로 뒤집어썼다. 선명히 붉어지는 시야.

"폐하! 궁의를 불러와라! 어서!"

경악한 목소리.

카르젠은 제 바로 코앞에서 숨이 끊어진 거대한 늑대의 사체를 응시했다. 숨이 끊어진 늑대의 체중이 그대로 실린 터라, 기어이 뒤로 넘어질 수밖에 없었다.

늑대의 머리를 관통해 부수고 기어이 뚫기까지 한 단검이 눈에 들어온다. 찌른 게 아니었다. 악력을 이용해 아예 박아 넣어 버렸다는 표현이 훨씬 어울렸다.

붉은 피가 끝없이 흘러내렸다. 악령처럼 일그러진 늑대의 눈. 죽인 것은 저 왕제인데, 늑대의 죽은 눈은 자신을 잡아먹을 듯 노려보고 있었다.

카르젠은 제 위에 어리는 그림자를 감지했다.

셰드 힐데스. 그가 제 앞에 몸을 굽히고 앉았다.

"괜찮으십니까?"

"……덕분에. 다른 이도 아니고 왕제가 날 구할 줄은 몰랐군. 의외야."

"의외라니요."

"왜. 아닌가?"

"저는 그녀가 슬퍼할 일은 만들고 싶지 않은지라."

카르젠은 순간 이를 짓씹을 뻔했다.

왜.

저 왕제는 정말로 그저 라하를 극진히 사랑하는 정혼자로 보이질 않은가. 그렇다면 나는 그녀를 핍박하는 통속 소설 속 흔한 쓰레기인가?

선역과 악역 따위에 흥미를 가져 본 일이 없으나 지금은 상황이 달랐다. 사소한 것 하나하나가 카르젠의 이성을 흐리게 했다. 죽은 늑대가 쏟아 낸 뜨거운 피에 더운 숨이 섞였다.

셰드가 입을 열었다.

"이 늑대는 폐하께 진상하겠습니다. 제 약혼녀 대신 드리는 것이니 받아 주시기를."

카르젠이 가까스로 한쪽 입꼬리를 올렸다.

"내가 힐로스드의 성의를 어찌 무시하겠나."

델로의 황제에게 붉은 피를 쏟으며 죽은 늑대의 털 색깔은 아주 짙은 잿빛이었다. 모든 것이 닮은 그 존귀한 쌍둥이 중, 황녀에게는 없으며 반쪽짜리 황제에게만 존재하는 유일한 색.

chapter 11
국혼

"자멜라 영애에게 넘길 장부는 다 작성되었니?"

"예, 황녀님."

팔츠 궁정백이 미소를 지었다.

"황녀님께서 이리 윈스턴 공작 영애에게 신경을 쓰시니 이 늙은이는 참 보기 좋습니다."

"조금 있으면 황후 폐하가 되시니 당연한 일이지 않겠어?"

라하는 마지막으로 장부를 확인했다. 황실의 내탕금을 기록한 장부로, 내내 라하가 확인하던 것이었다. 이제 며칠 후면 완전히 자멜라의 영역이 될 두꺼운 장부. 라하는 다시는 이를 확인할 일이 없으리라.

"황녀님!"

황녀궁으로 돌아오자 올리버가 기다리고 있었다. 라하는 포르르 달려오는 올리버를 보고 픽 웃었다.

오늘은 라하가 정기적으로 진단을 받는 날이었다. 올리버는 라하가 의자에 앉자마자 늘 그랬듯 맥박부터 확인했다. 이 소년 궁의는 열성적으로 라하의 건강을 확인하곤 해, 그녀는 이 부산스러움이 익숙했다.

천천히 감고 있던 눈을 떴을 때였다.

"……?"

라하가 두 눈을 깜빡였다.

올리버의 얼굴이 너무 가까이에 있었기 때문이었다. 소년은 크지 않은 몸집을 쭉 빼서, 라하의 두 눈을 유심히 들여다보고 있었다.

묘하게 좁혀진 미간.

짧지 않은 시간이 흘렀다. 지나치게 가까운 거리에서, 라하의 눈을 살펴보던 올리버가 천천히 상체를 뺐다.

무언가에 심술이 단단히 난 아이처럼, 혹은 불합리한 개념을 납득하지 못하는 지적 추구자처럼. 올리버는 입술을 쭉 내밀고 있었다.

"황녀님."

"응."

"전 마법을 악하게 쓰는 이들이 정말 싫어요."

"그래?"

라하가 웃음을 흘렸다.

"나도 그래."

예전부터 느꼈지만 올리버는 정말 다시없을 천재가 맞았다. 제 눈에 남은 마법의 흔적을 읽어 낸 게 분명한 말이었기에.

라하의 시력은 아주 또렷했다.

그날 이후 다시 눈이 멀어 버리는 일은 없었다. 카르젠을 다시 만나는 일도 없었고. 사실, 카르젠이 자신을 만나고 싶어도 지금 그럴 여유도 없을 것이다.

그렇다고 블레이크가 자신을 따로 찾아오는 일이 있었던 것도 아니고. 듣자 하니 블레이크 듀크는 아마르 대신관을 직접 수행하고 있다고 했다. 말이 수행이지, 감시 역할임을 모를 수가 없었다.

카르젠은 왜 제 눈을 멀게 했을까.

경고일까?

아니면 조롱일까.

그도 아니면……, 무언가에 대한 예고?

'마법……'

라하는 세베로가 생전에 해 주었던 말을 떠올렸다.

자신이 카르젠을 혐오하는 걸 그는 알고 있다고. 창공의 눈동자 때문에 아주 잘 알고 있다고 말이다.

그리고 로자인이 자신을 만지는 순간부터 눈이 이상해지기 시작했으니……. 간신히 이성을 되찾은 머리가 한 가지를 눈치챘다.

카르젠은 마법을 이용해 제 눈을 멀게 하려는 걸까?

왜. 그렇게까지 해서 나를 취해야 하니까?

그래서 미완성인 마법을 급하게 제게 접붙여 보기라도 한 걸까?

순간 라하의 호흡이 느리게 멈췄다.

그럼 로자인이 마법적인 제물이었을까?

그렇다면 설마, 이제까지의 침노들이 전부. 그 목적을 위한 존재였을까?

라하는 세베로의 말과 카르젠의 태도에 대해 곱씹다가 고개를 들어 올렸다. 시녀가 난감한 얼굴로 들어서고 있었기 때문이다.

"무슨 일이니?"

"황녀님. 선황비님이 방금 황녀궁에 오셨습니다."

"……?"

"응접실로 일단 모셔는 두었습니다만……. 어찌 할까요?"

뜻밖의 소식에 라하가 가볍게 이마를 찌푸렸다. 황궁에서 '선황비'라는 호칭을 유지하고 있는 황제의 후궁은 2황비가 유일했다.

그녀가 갑자기 왜 나를 찾아왔지?

얼마 후, 라하는 정중한 방식으로 선황비를 돌려보냈다.

* * *

"황녀님. 예복이 정말 잘 어울리세요."

시녀들이 만족스러운 듯 뺨을 붉혔다.

청록색 보석이 테두리를 장식한 거울 속을 바라본다. 오늘 라하는 평소와는 달리, 엄숙한 분위기를 자아내는 드레스 차림이었다. 금실로 델하르사의 문양을 새겨 놓은 크림빛의 드레스는 목깃까지 빳빳이 세워져 있었다.

공식적인 석상에서 적통 황족이 입는 예복 중 하나였다.

"황녀님. 목걸이는 이 중에서 고르시는 게 어떨까요?"

정복을 입을 땐 장신구까지 하나하나 엄격하게 지정되었다. 하지만 지금 라하가 입고 있는 황족의 예복은, 형식만 맞춘다면 장신구만은 어떤 것을 걸쳐도 상관없었다.

라하가 물었다.

"내가 고르라고?"

"저희가 그나마 추려 놓은 것들만 해도 이 정도라……."

스무 개가 넘는 상자들을 든 시녀들이 말끝을 흐렸다.

하지만 어조만 그러할 뿐. 언제나 차분하고 조용했던 시녀들의 표정이 오늘따라 유독 밝았다. 라하도 결국 픽 웃고 말았다.

"왕제는 내 목이 천 개라도 되는 줄 아는 모양이야."

황녀궁의 넓은 방 하나를 꽉 채운 보석들은 전부, 어젯밤 힐로스드의 시종들이 가져온 것이었다. 공물인지 선물인지 구분도 가지 않았다.

가져온 이들이 힐로스드의 시종이면 뭐 하나. 보낸 이의 이름이 셰드 힐데스인데.

기가 막히기도 하고, 무슨 낭만 소설 속 유치한 장난처럼도 느껴지고…….

라하는 힐로스드에서부터 가져온 게 분명한 보석들로 시선을 옮겼다. 해적의 보물섬을 약탈한 듯한 어마어마한 값어치의 보석들을 가져와 놓고 서는, 내내 한 마디 언급도 없었던 셰드를 생각하니 다시금 기가 찼다.

내겐 마땅히 줄 만한 선물을 찾지 못 했다고 말하기까지 해 놓고는.

시녀들이 미리 추려 놓은 목걸이들을 살피던 라하가 이내 다이아몬드 목걸이 쪽으로 손을 뻗었다.

예복에 걸칠 목걸이는 나름대로 규정이 복잡했다. 중앙에 커다란 메인 보석이 달려 있어야 하며, 반드시 같은 종류의 보석들이 둘러싸는 형태여야 했다.

목에 걸린 다이아몬드 목걸이가 눈부신 광채를 내뿜었다. 마찬가지로 한 세트로 만들어진 팔찌와 반지까지 나란히 낀 라하가 창밖을 한번 내다보았다.

"나올 필요 없단다."

"네, 황녀님."

미리 대기하고 있던 마차에 몸을 싣는다. 요정들의 숲처럼 한적하고 평화로운 황녀궁을 벗어나자, 이내 시끌벅적한 인기척이 들려왔다.

얼마 있지 않아 마차가 멈춰 섰다.

"어서 오십시오, 황녀님."

라하는 본궁 시종장의 에스코트를 받아 마차에서 내렸다. 그녀가 마차에서 내리는 그 순간부터, 아니, 황녀의 마차가 시야에 보인 그 순간부터 수백 명의 시선이 이쪽을 향해 있었다.

몰리는 시선이야 라하는 신경도 쓰지 않았다. 그녀에게 귀족들의 시선이란, 여름엔 비가 내리고 겨울엔 눈이 내리는 것처럼 당연한 것들이었으니까. 다만 적당한 미소를 가장하고선 화창한 하늘을 올려다보았다.

황녀궁에서부터 느꼈지만 날씨가 유독 좋았다.

"날씨가 좋아."

"예. 황녀님."

라하를 안내하던 시종장이 대답했다.

"의식을 거행하기에 한 점 모자람이 없는 날씨입니다."

사흘 후 열리는 국혼.

그리고 오늘은 국혼을 앞두고, 은빛 깃털을 가진 새들을 하늘로 날려 보내는 의식을 거행하는 날이었다.

무릇 새란 신의 전령이니, 예로부터 하늘과 땅을 연결시켜 주는 존재로 인식되었다. 신의 사랑을 받아 창공의 눈동자를 받게 된 델하르사 황실에게는 마땅히 어울리는 의식이었다.

라하는 가장 상석에 앉아, 제단 위로 올라가는 카르젠과 자멜라의 뒷모습을 지켜보았다.

둘 역시 금실로 황실의 문양을 수놓은 새하얀 예복을 입고 있었다. 봄날의 햇볕을 받아 묘한 광채까지 두르고 있는 황실의 예복. 그들의 뒷모습은 언뜻 보기에는 흠잡을 곳 없이 완벽했다.

완벽하게 보였다.

그날 이후, 그러니까 로자인이 그렇게 된 후. 라하는 자멜라와 몇 번이나 더 만났다. 황궁엔 여전히 황후가 부재한 상태였고 국혼은 코앞이니까.

"폐하께서 로자인……, 197번…… 의 유골을 회수하는 것도 허락지 않겠다고…… 하셨다고요."

"네."

"……"

"그렇게 전해 받았어요. 자멜라 영애."

"……그렇군요."

그날 이후 자멜라는 오직 필요한 말만 했다. 불필요한 말은 아무것도 하지 않았다.

따라서 그녀는 아주 완벽한 황후였다.

라하는 카르젠의 머리카락으로 시선을 옮겼다. 자신과는 달리 목을 덮는 정도의 짧은 바다색 머리카락.

이윽고 라하는 반대편으로 시선을 옮겼다. 델로의 황족을 제외하고, 가장 높은 자리에 앉아 있는 남자는 당연히도 셰드였다.

라하의 시선이 셰드에게 닿자마자, 그가 잡아채기라도 하듯 이쪽을 보았다. 폭이 넓은 주단을 사이에 두고 있는지라, 제법 거리가 있었음에도.

의식 순서 때문에, 오늘은 아직 그와 개인적으로 얘기를 나누진 못했다. 아까 전 스쳐 가듯 본 게 전부였다.

라하는 셰드의 얼굴을 일부러 천천히 훑어보았다. 그의 두 눈길이 제게 붙박인 듯 고정되어 있는 게 어쩐지 즐거웠다.

그러다가 문득 그녀의 눈이 한곳에서 멈췄다.

셰드의 허리춤에 달려 있는 검 손잡이에 장식용 술이 달려 있었기 때문이다.

이 엄숙한 자리에서 하마터면 미소가 조금 흘러나올 뻔했다.

눈치 좋은 귀족이라면, 저 장식용 술에 매달린 사파이어가 라하가 종종 차고 다니던 팔찌에서 빼낸 물건임을 알아챌 것이다. 지금만 해도, 라하와 셰드가 서로를 응시하고 있는 사실을 벌써 눈치챈 귀족들이 있지 않은가.

본래 황족이란 모두의 시선을 독차지하는 존재니까.

라하는 셰드에게서 미련 없이 시선을 떼고 다시 제단 쪽을 바라보았다.

창공으로 날아오르는 은빛 새들이 아름답다. 깃털 하나가 기가 막히게 떨어져 제단 위로 나풀나풀 흘러내렸다.

* * *

의식이 끝난 후.

후원에 다른 자리가 마련됐다. 시종들이 쳐 놓은 천막과 차양 아래서 수많은 귀족들이 웃고 술을 마셨다.

라하 역시 예복을 벗고 미리 준비한 드레스로 갈아입었다.

"목걸이가 아주 잘 어울리시네요. 황녀님."

힐로스드의 왕비가 다가와 말을 걸었다. 그녀는 오늘도 부드러운 미소를 머금고 있었다.

"왕제가 드린 것 같은데 맞나요?"

"맞아요."

고아한 왕비가 갑자기 손으로 입가를 가렸다. 라하가 약간 당황하던 순간.

"황녀님."

"네."

"저와 이자드는 왕제가 그럴 줄 사실 몰랐답니다."

"이자드……. 힐로스드의 국왕 전하요."

"네, 황녀님."

그제야 라하는 왕비가 웃음을 힘껏 참고 있다는 사실을 알았다.

"그이는 아직도 왕제의 행보를 꿈이라고 종종 생각해요. 사실 그이뿐만 아니라, 힐로스드의 모든 귀족들이 지금의 왕제를 보면 눈을 의심할걸요. 저 역시 왕제가 이렇게까지 할 줄은 몰라서 하루하루가 신기하답니다."

왕비가 웃음을 참으며 하는 말에, 라하는 묘하게 부끄러워졌다.

와중에도 국왕을 '그이'라고 호칭하는 왕비 때문에 기분도 이상했다. 이 왕비는 정말로 자신을 가족이란 울타리 안에 넣고 있었다.

왜 나를 원망하지 않지?

카르젠 때문에 아이를 잃었다면서.

마냥 신기하진 않았다. 라하에겐 이미 선례가 있었다.

셰드 힐데스.

그는 카르젠 때문에 자신을 증오하지 않은 거의 최초의 남자였으니까.

물론 왕비와 셰드가 똑같진 않았다.

라하에게 그들은 봄과 겨울만큼의 차이가 있었다.

특히 왕비는 시종일관 미소가 따뜻해서 신기했다. 셰드 힐데스는, 그 남자는. 저렇게 따뜻한 사람을 가족으로 두었으면서 왜 나를 사랑하게 된 거지?

"왕비님은 말을 타 보지 않으실 건가요?"

"저는 승마를 무서워해서요. 가서 즐기고 오세요, 황녀님."

해가 조금 기울어지면 이 수많은 귀족들은 다시 본궁으로 자리를 옮기게 될 것이다. 야외에서 여는 가벼운 연회라, 승마를 즐기는 귀족들도 많았다.

계속 귀족들의 자리를 살피는 시종장이나 팔츠 궁정백만큼은 아니어도, 라하 역시 이곳저곳을 확인해야 할 의무가 있었다.

드레스를 입고 승마를 하는 건 불편하긴 했지만…….

두 다리를 한쪽으로 모은 채 말 위에 오른 라하가 눈을 깜빡였다. 따뜻한 햇볕과 선선히 불어오는 봄바람.

순간 눈앞이 점멸했다.

시력이 완전히 사라졌던 그날처럼. 일순 공포가 몰아닥쳤다. 라하는 비틀거리다가 중심을 잃었다. 자연히 손은 고삐를 놓쳤다.

"황녀님!"

정신을 차리니 라하는 말에서 떨어져 있었다. 경악한 시종과 귀족들이 이쪽을 향해 달려왔다. 라하가 밭게 숨을 내쉬었다. 방금 그것은 환각이었나? 언제 그랬냐는 듯 풍경은 똑바로 보이기만 했다.

발목에서 올라오는 알싸한 통증보다도, 눈이 멀쩡하다는 사실에 더 정신을 차릴 수가 없었다.

찌릿한 발목으로 내려가던 라하의 손목이 홱 붙잡혔다.

"괜찮나?"

"셰드. ……괜찮아."

셰드가 드레스를 조금 걷었다. 피부 위에 착 달라붙은 흰 실크 스타킹 아래로 조금씩 부풀어 오르는 발목이 보인다.

서둘러 달려온 황궁의가 순식간에 진찰을 마쳤다.

"방금 낙마하시면서 살짝 삔 것 같습니다. 일단 약을 바르셔야 하니……."

"내가 데려가지."

셰드는 라하를 품에 안아 든 채로 일어섰다. 방금 전 충격으로 인해, 라하는 시야가 높아지자마자 바로 또 묘한 공포를 느꼈다. 또 시력이 사라지면 어떡하지? 왜 또 눈이 보이지 않았던 거지?

본능적으로 든 두려움에 라하는 셰드의 목을 확 끌어안았다. 몸이 가볍게 떨렸다. 공포에 질린 그녀의 머리 위로 들리는 목소리.

"괜찮아."

"……."

"아무 문제 없어, 라하."

라하가 입을 천천히 다물었다. 셰드는 더 이상 다른 말을 덧붙이지 않았다. 그저 그녀를 껴안은 팔에 힘을 주었을 뿐이다. 라하를 한 번 세게 끌어안은 셰드는 궁의를 따라 성큼성큼 걸음을 옮겼다.

어딜 보아도, 형식적인 정혼자에게 보일 모습이 아니었다. 왕제의 눈빛과 행동과 표정에 자리한 깊은 감정을 읽지 못할 멍청한 왕족과 귀족은 적어도 이 자리에는 없었다.

덕분에 마찬가지로 뛰어왔던 브란덴이 대단한 팔불출을 보는 듯한 표정을 지었다.

"왕제님은 이제 남들 앞에서 숨기지도 않으시네요."

* * *

저녁이 꼬박 지났다.

올리버는 손을 떨고 있었다. 그는 후다닥 호출되어 달려온 이후부터, 라하의 눈을 몇 시간이나 확인했다. 라하의 눈 아래 감도는 미약한 마법의 흔적. 이것이 무엇인지 도무지 모를 수가 없었다.

목이 바짝바짝 마르고 눈앞이 어지러웠다. 무서웠다.

조금만 더 버티면 되는데.

조금만 더…….

당장이라도 현자의 탑으로 뛰어 들어가고 싶은 두려움을 간신히 내리누른다. 애초에 이 길을 선택한 건 올리버였다.

자신은…….

평생을 걸어서라도 창공의 눈동자를 반드시 지키겠다고 서약한…….

"올리버."

"왕제님?"

올리버가 파드득 고개를 들었다. 어느새 다가온 것인지. 셰드가 혀를 찼다.

"왜 손이 벌벌 떨려. 네가 아프나?"

"아뇨……."

천천히 대답한 올리버는 문득 셰드와 제 눈높이가 같다는 사실을 알았다. 어째서?

자신은 아직 어린 소년이었고, 이 왕제는 비슷한 나이대의 성인 남성 중에서도 독보적으로 키가 큰 남자였다. 거대한 육식 맹수가 생각나는 위압적인 몸체가, 아무렇지 않게 제 앞에 한쪽 무릎을 꿇고 앉아 있는 게 낯설었다.

이제까지 셰드는, 올리버 앞에서 이런 적이 없었다. 아마 자신의 손이 벌벌 떨리는 걸 보고 몸을 굽혀 준 것 같았다.

올리버는 짓무른 눈가를 닦으며 말했다.

"왕제님은 정말 좋은 남편이 되실 거예요."

"그래."

"진심이에요. 좋은 아버지가 되실 거고, 좋은……."

"그녀가 그렇게 생각해 주면 좋겠는데."

"그러실……? 거예요."

확신하진 못했다. 라하를 확신할 수 있는 사람은 아마 이 세상 어디에도 없을 테니까.

그러니 역설적으로 올리버의 모든 말이 진심이라는 소리였다.

이상했다. 이상하게 올리버는 목이 메었다. 라하가 멀쩡하다면, 이 왕제는 어떻게든 그녀를 행복하게 만들어 줄 것이다.

황녀님은 이 남자를 정말로 사랑한다. 사랑과 삶이 언제나 함께 가면 얼마나 좋을까.

셰드는 천천히 입을 열었다.

"대답해."

"……네."

"라하가 왜 저러지?"

"눈에……."

"눈이 어땠는데."

"마법이 걸려 있어요."

"마법이라니. 라하는 단 한 번도 마법사를 독대한 적이 없잖아."

그건 그랬다.

무릇 마법이란 언제나 요사스러울 정도로 현란했다.

조용히 사람의 몸을 해치는 마법을 새겨 넣는 건 불가능한 일이었다.

그러나…….

"개나 고양이의 꼬리에 불을 붙이고 적의 성벽 틈새로 집어넣으면, 얼마 있지 않아 성 안은 대화재로 소실되게 되잖아요."

"뭐가 불이 붙은 꼬리였지?"

"……."

"올리버."

셰드가 한 쪽 눈썹을 슬며시 올렸다.

"침실 노예들인가?"

아무리 카르젠이라고 해도, 라하에게 사특한 것을 마음대로 먹일 수는 없었다. 라하는 창공의 눈을 지닌 황녀였고 올리버는 한때 현자의 제자였다고 널리 알려진 궁의였으니까.

어떤 것이든 명분 싸움이질 않던가. 그러니 카르젠 역시 일부러 그 번거로움을 감수하면서까지 수많은 침노들을 선물하고, 라하의 평판을 깎아내리고, 그러나 겉으로는 그저 그녀에게 '선물'하는 것이라고 다정한 척 포장을 하고⋯⋯.

올리버는 셰드의 얼굴이 무척 차가워 보인다는 걸 새삼 깨달았다. 하기야, 이 왕제는 황녀님 앞에서나 부드러운 표정을 짓곤 했지⋯⋯. 그녀의 앞이 아니면 이런 차가운 눈빛이 기본이었다.

"올리버."

"네?"

"그 마법사를 데려와 죽이면 되나?"

올리버가 당황해 고개를 서둘러 가로저었다. 화가 나 그냥 하는 말로 들을 수는 없었다. 이 왕제는 이미 대패해 전멸할 뻔한 델로의 귀족과 군사들을 구해 낸 전적이 있다.

그 공로를 가지고 기어이 황녀에게 청혼을 한 남자⋯⋯.

새삼 그가 먼 왕국의 왕제라서 다행이라는 생각이 들었다. 라하가 평범한 귀족가의 안주인이고, 마찬가지로 셰드가 평범한 델로의 귀족이었다면⋯⋯. 그는 지금보다 주변을 신경 쓰지 않았을 것이다.

결국 왕제는 이 델로 제국을 라하의 것이라 인식하고 있었다. 올리버가 생각하는 것과 마찬가지로.

"어떻게⋯⋯."

내리누를 수 없는 질문이 기어이 올라왔다.

"어떻게 참으시는 거예요?"

"……."

"도대체 어떻게……?"

많은 것이 생략된 말이었으나 셰드는 대답해 주었다.

"그녀가 싫어할 걸 아니까."

"……."

"그녀 주변엔 멋대로 구는 놈들이 너무 많았잖아."

"……."

평소라면 아무렇지 않을 포옹도, 상대가 온전치 못한 상태라면, 그 자체로도 끔찍한 통증을 안겨 주는 행동이 되어 버리니.

그녀는 온 영혼이 찢어져 있는 사람이었다.

올리버는 방금 셰드의 이 말을 라하가 듣지 않아 아쉽기도 했고, 다행이라는 생각도 들었다. 그녀는 동정받는 걸 끔찍이 싫어한다. 누군가가 자신을 가여워하는 걸 견디지 못했다.

그게 동정이 아니라 사랑이어도, 라하는 아직까지 둘을 제대로 구분할 줄 몰랐다.

늘 황녀의 심장 박동을 제 심장 박동처럼 여기다 보니, 그렇게 관찰하다 보니, 그런 삶을 계속해서 살다 보니.

황녀의 부서질 것 같은 허약함이 제게도 어느새 이렇게 옮아온 것 같았다. 올리버는 자꾸 어린애처럼 눈물이 날 것 같았다. 새삼 눈앞에 있는 이 왕제가 자신과는 다른 완연한 어른이라는 사실이 실감이 갔다.

올리버는 눈을 한번 소매로 닦은 다음에 천천히 입을 열었다.

"황녀님의 마법은 제가 파훼할 수 있어요."

"넌 궁의잖아."

"그렇지만……, 할 수 있어요."

순간 셰드의 이마가 나지막이 일그러뜨려졌다.

"할 수 있다고?"

"……네."

기이한 말이었다. 셰드는 묘한 눈으로 올리버를 응시했다.

올리버는 궁의였다. 현자의 제자라지만 어찌 됐든 의술을 선택하면서 현자의 길을 포기한 의사. 냉정해 보이는, 아니, 실제로도 얼음장 같은 라하가 유일하게 귀여워하는 게 이 올리버였다. 셰드는 잘 알고 있었다.

라하는 올리버의 이야기를 하며 미소를 머금고는 했으니까.

셰드는 더 묻지 않았다. 대신 굽히고 있던 몸을 폈다.

"가서 마법을 풀어."

"시간이 조금 걸려요."

"얼마나 걸리지?"

"전 마법사는 아니라서, 일주일은 걸릴 거예요. 그런데 늦을 것 같다는 직감이 들어요."

"어떻게 해야 시간을 단축시킬 수 있는데."

"좀…… 윤리적으로 어긋나는 일이긴 한데……."

잘 떨어지지 않는 입술에 몇 번이나 힘을 준다. 올리버는 이윽고 결심한 듯 입을 열었다.

"황녀님의 침노 시체를…… 구해 와 주시면 안 될까요?"

"네가 이런 말을 했다는 걸 알면 라하가 울겠어."

"황녀님 이런 걸로 안 우세요."

셰드는 라하가 왜 올리버를 마음에 들어 하는지 새삼 알 것 같았다. 우습게도 말이다.

"시체를 공수하는 시간만 사흘을 쓰겠군."

"그럼 제가 직접 나가도 돼요. 빠르면 빠를수록 좋으니까……."

"시체가 낫나?"

"네?"

올리버가 눈을 깜빡였다.

"시체보다는 살아 있는 게 낫지 않나. 보통은 그렇잖아."

"그야 그렇지만, 살아 있는 침노가 없잖아요. 아. 물론 왕제님이 계시죠. 하지만 그땐 받았던 인술이 달랐어요. 황제 폐하가 전쟁 영웅으로 오신 왕제님에게 얼마나 대단한 인술을 걸 수 있겠……."

"그만 모른 척해도 되지 않나?"

올리버가 느리게 입을 다물었다.

"내가 누군지 이미 눈치채고 있었잖아, 올리버."

* * *

카르젠은 상식적으로 행동했다. 황녀궁에 손수 궁의들을 보낸 후, 본궁으로 옮겨 가 사람들을 만났다.

국혼까지 남은 이제 나흘. 그동안은 연회가 끝나지 않고 이어졌다. 카르젠은 가장 상석에 앉아 샹들리에 빛이 비산하는 커다란 홀을 내려다보았다.

라하가 없으니 옆자리는 비어 있었다.

자멜라는 나흘 후까지는 황후가 아니니 아직 그 자리에 앉진 못했다.

가까이 다가온 작위 높은 귀족이나, 부국의 왕족들이 넉살 좋게 말을 걸었다. 간혹 라하의 부상에 대해 얘기하는 이도 있었으나, 그 수는 아주 적었다.

대부분의 사람들은 카르젠의 국혼을 축복하거나 앞날의 찬란함 따위에 대한 얘기들을 떠드느라 정신이 없었다.

저 입으로 언제쯤 후궁을 맞으라고 떠들기 시작할지.

카르젠은 시종장이 건넨 샴페인을 마셨다. 사석에서 술을 거의 마시지 않는 것이지 공석에서 이 정도는 얼마든지 마실 수 있었다.

그리고 오늘 카르젠은 기분이 좋지 않던가.

그는 라하에게 줄 새로운 궁을 생각해 보고 있었다. 그녀를 완전히 가두고 숨겨 둘 수 있는 궁……

황궁 가장 안쪽에는, 사람의 발이 잘 닿지 않아 버려진 궁과 탑들이 여럿 있었다.

"폐하."

그때 시종장이 다가왔다.

그는 카르젠에게 2황자가 알현을 청했다는 말을 전해 주었다. 듣는 카르젠의 얼굴엔 약간의 감흥도 없었지만.

내내 살고 싶어 바짝 엎드리고 숨죽이고 있던 놈들이, 국혼을 맞아 황족이랍시고 황궁에 올라와 알현을 청하는 꼴을 보라.

그들의 눈동자도 하나같이 평범한 잿빛이었다. 덕택에 카르젠은 그들과 자신이 구분이 가지 않는다는 생각을 종종 했다. 역사적으로 모든 델로의 황제들은 수많은 황족들과 뚜렷이 구분되곤 했는데도 말이다.

하기야 무슨 상관일까 싶긴 했다.

선황의 수명이 다해 국장을 치르는 날. 카르젠은 선황의 다른 자식들을 전부 죽일 예정이었으니 말이다. 순장을 해 선황의 넋을 위로해 줄 생각이었다.

카르젠은 시종장에게 명령을 내렸다.

"너는 황녀궁에 가서 라하의 상태를 살펴라. 내 하나뿐인 쌍둥이인데 국혼에는 건강히 참석해야지."

* * *

"황녀님, 일어나셨는지요?"

잠에서 깬 라하는 시녀들의 얼굴이 보이는 걸 보고 안심했다. 낙마를 하고 이틀이 흘렀다. 라하는 그 이틀간 신경이 몹시 곤두서 있었다. 눈이 제대로 보인다는 사실을 확인하고 나서야 겨우 똑바로 숨을 쉴 수 있게 되었다.

필연적으로 이틀 동안, 라하는 눈조차 잘 감지 않고 지냈다. 따뜻한 수증기를 쐰 눈가가 붉어졌다. 따끔따끔한 눈을 가볍게 문지르는 라하에게 시녀들이 보드라운 가운을 입혀 주었다.

라하는 벌어지는 앞섶을 여미며 물었다.

"왕제는?"

"사람을 보낼까요?"

"아니야. 내가 갈게."

삐었던 발목은 거의 다 나았다. 라하는 자신의 모습이 평소보다 초급해 보인다는 사실을 알고, 천천히 숨을 내쉬었다.

얼마 후.

라하는 셰드의 침궁에 들어섰다.

가장 먼저 라하를 알아보고 달려오는 인물이 있었다. 브란덴이었다. 서둘러 달려온 브란덴이 발을 동동 구르며 물었다.

"황녀님? 발목은 괜찮으십니까? 이리 나와도 되십니까?"

"누가 보면 내가 시체인 줄 알겠구나. 괜찮단다."

"그래도 앉아 계시는 게 좋을 텐데요. 응접실……. 아니."

브란덴은 라하가 입은 얇은 망토 아래로 보이는 가운 자락을 뒤늦게 알아차렸다. 그는 바로 헛기침을 했다.

"왕제님 궁이 다 황녀님 것이지요. 그럼요. 이쪽으로 모시겠습니다. 응접실엔 다른 귀족들이 있으니 불편하실 것 같습니다."

"만남을 요청하는 귀족들이 많았니?"

"오늘은 좀 적습니다만, 내내 많았지요."

"나한텐 바쁘다는 말도 안 하더니."

"실제로 그렇게 바쁘시진 않았습니다. 다 만나지 않으셨거든요."

브란덴은 라하를 셰드의 침실로 안내했다. 언뜻 이상하게 보일 법도 하지만, 브란덴의 태도가 너무 담백해서 그런지 별생각은 들지 않았다.

"저도 여기 있을까요?"

"가 보렴."

"넵. 시녀라도 보내 드릴까요?"

"필요 없단다."

"물러가 보겠습니다."

라하는 브란덴을 내보냈다. 그녀는 시녀들이 입혀 준 망토를 풀어 탁자 위에 올려 두었다. 신고 왔던 구두도 푹신한 슬리퍼로 갈아 신은 후, 침대로 걸어갔다. 셰드의 침실에 라하는 사실…… 처음 와 보는 것이었다.

침실 안은 냉랭했다. 애초에 사람이 오래 머문 느낌이 들지 않았다. 당연한 일이긴 했다. 셰드는 거의 대부분의 시간을 황녀궁의 침실에서 보냈으니까.

"라하?"

순간 심장이 부드럽게 내려앉는 기분이었다. 침대에 앉아 있던 라하가 고개를 들어 올렸다. 셰드를 껴안고 싶다는 생각보다도, 그래서 다리를 움직여 그에게 달려가야겠다는 생각보다도…….

그가 자신을 끌어안는 게 더 빨랐다.

라하는 셰드의 몸이 평소보다 뜨겁다는 생각을 했다. 그제야 제 손이 아주 차갑게 식어 있다는 사실을 깨달았다. 온기가 영 돌지 않던 손에 셰드의 체온이 옮겨 올 때마다 라하는, 견딜 수가 없었다. 한참 얼음을 쥐고 있던 손을 따뜻한 물에 담갔을 때 따끔따끔한 것과 비슷한 기분이었다.

라하는 셰드에게 안겨 있던 몸을 조금 들어 올렸다. 그에게 하고 싶은 말이 많았는데, 그 어떤 말보다 입부터 맞추고 싶었다.

갑작스레 파고드는 입술에도 셰드는 조금도 당황하질 않았다. 처음 실험체 침노였을 때는 제법 당황하더니.

발칙할 정도로 모든 것에 적응이 빠른 남자였다. 라하의 두 팔이 셰드의 머리를 감쌌다. 그녀의 허리를 껴안은 그의 팔에 힘이 들어갔다. 두 마리의 뱀처럼 틈도 없이 얽힌다.

그에게 입을 먼저 맞추는 건 자신인데, 왜 항상 버거워지는 것도 자신일까. 몸 어딘가가 녹아내리는 것 같은 몽롱한 기분에 빠질 즈음에야, 라하가 천천히 셰드를 밀어냈다.

이내 그녀가 느리게 눈을 깜빡였다.

기분 탓일까?

셰드의 눈동자 색이 평소와 달랐다. 제 것과 카르젠의 것을 섞은 듯했던 청회색 눈동자가 아니라······.

* * *

레시스는 온갖 실험 도구와 기록 자료가 번잡스럽게 늘어진 책상 위를 살폈다. 연 단위의 시간이 있었으면, 카르젠이 처음 원했던 대로 그 황녀의 시력은 유지한 채 모든 걸 해결할 수 있을 텐데.

큰 문제가 없었을 텐데.

지금쯤 황녀는 눈앞이 계속 깜빡거리고 있을 것이다.

다만 그녀는 모를 것이다. 전혀 알지 못할 것이다. 잠들어 있을 때에만 일시적으로 시력이 사라지고 있을 테니까. 잠들어 있는 도중에 제 눈이 멀었는지 아닌지를 알 수 있는 사람이 세상에 어디 있단 말인가?

"폐하께서 허락하셨다. 레시스."

블레이크 듀크의 말에 레시스가 서둘러 망토를 뒤집어썼다.

늦은 밤. 블레이크 듀크와 레시스가 향한 곳은 황궁의 후원이었다.

창공의 징표가 세워진 후원. 하늘을 떠받들고 있는 비석.

이곳은 여전했다. 아름다운 빛무리들이 살아 있는 물고기처럼 허공을 떠다녀 눈을 뜨고 있어도 꿈을 꾸는 것 같은 밤의 들판.

국법상 이 후원의 출입 기록은 엄격하게 관리되었다. 또한 반드시 현자들에게 출입 명부를 공개해야 했다.

하지만 지금은 황제의 국혼 기간이었다. 그 엄격한 기록 확인도 국혼이 끝나고서야 비로소 현자들에게 올라갈 터였다.

괜히 황녀의 눈을 멀게 하는 날을 국혼 기간 즈음으로 잡은 게 아니었다. 마법사인 자신이 이 후원에 들어왔다는 사실을 현자들은 탐탁잖게 여기겠지만. 황제인 카르젠이 명령을 내렸다고 무마하면 그만이었다.

현자들 성격상 후원을 한번 조사하겠지만 달라지는 건 없었다. 실제로, 지금 레시스는 후원에 무슨 짓을 하러 온 게 아니었다. 다만 창공의 눈동자와 연결이 되어 있는 징표에 확인할 게 있어서 왔을 뿐.

징표는 여전히 건재했다. 어디 한 곳 부서진 곳 없이 완벽했다.

일전에 세베로 크라수스가 계략을 부리다가 금이 갔단 얘기는 들었는데. 현자들의 라하의 도움을 받아 고쳤다는 얘기 역시.

레시스는 미리 준비해 둔 시약을 흘려 넣어 보았다. 초조한 마음으로 기다린 것도 잠시. 비석은 여전했다. 달라지는 게 없었다.

그제야 레시스는 안심했다.

이 징표에 치명적인 금이 가도, 확인할 수 있는 건 창공의 눈동자를 지닌 이들뿐이라는 건 카르젠에게 들어서 알고 있었다.

혹시나 싶었는데.

시약을 깨끗이 닦고 혹시 모를 흔적까지 철저하고 완벽하게 지워 낸 레시스가 입을 열었다.

"돌아갑시다."

사회성이 없는 레시스는 휙 시약들을 챙겨 걸어 나갔다. 블레이크 듀크도, 친한 이라 해 봤자 죽은 세베로 정도였다. 레시스와는 그다지 교분이 없었다.

입구 쪽으로 걸어 나가는 레시스를 따라 블레이크 역시 걸음을 옮겼다.

이내 조용해지는 후원.

여전히 민들레 홀씨처럼 후원 위를 날아다니는 조용한 빛무리들.

쩌적.

징표의 아랫부분에서 부서져 내린 조각이 바닥을 굴렀다.

이 비석에 아주 커다란 금이 가고 있다는 사실을 그 누구도 알지 못했다. 얼마 전 직접 이 창공의 비석을 고쳤던 현자들도 마찬가지였다.

"황녀님. 죄송하지만 이쪽 부분을 확인해 주실 수 있으십니까? 본래 징표는 창공의 눈을 지니신 분께만 온전한 모습을 보여 주기 때문에……."

"징표에 금이 가 있네요. 하지만 크진 않고 미세한 정도예요."

비석을 볼 수 있는 유이한 인물 중 하나, 라하 델하르사가 눈도 깜빡이지 않고 거짓을 말했으니까.

그녀의 두 눈에 비치는 징표는 남들이 보는 것과 달랐다. 거대한 비석의 모든 부분은 마치 흉가처럼 완전히 금이 가 있었다.

* * *

"황녀님. 발목은 괜찮으십니까?"

"괜찮으시다니 정말 다행입니다! 오늘도 정말 아름다우시군요."

"제게 춤 한 곡을 함께할 수 있는 영광을 베풀어 주시겠습니까?"

"이런, 카드에 공란이 없군요……. 모레 연회에는 참석하시는지요?"

"힐로스드 왕제님은 정말 행복하시겠습니다. 황녀님과 언제든 춤을 추실 수 있지 않습니까? 저라면 신께 매일 감사 인사를 올릴 텐데요."

아직 발목이 완전히 나은 건 아니라, 라하는 많이 움직이지 않는 가벼운 춤곡만 주로 추었다.

한참 사람들에게 둘러싸여 있다가 나오자 피로가 은근히 몰려왔다. 라하는 차갑고 달콤한 주스를 마셨다. 목을 축이며 그녀는 복잡하기 그지없는 홀을 내려다보았다.

역시 자신은 내국인들만 있는 파티보단, 타국인들도 많이 참석한 파티가 성격에 맞았다. 카르젠의 눈치를 좀 덜 보니 분위기도 금세 이렇게 달아오르질 않던가.

오늘이 국혼 전 마지막 연회였다.

내일은 드디어, 자멜라가 공식적으로 카르젠의 황후가 되는 날이었다.

국혼 당일에는 연회가 없었다. 여태까지의 향락적인 분위기가 거짓말이었던 것처럼 아주 정숙하고 엄숙한 하루가 될 것이다.

물론 다음 날부터 이틀간 또 눈이 핑핑 돌아갈 만큼 화려한 연회가 준비되어 있지만.

내일 일정 때문에 오늘 연회는 일찍 끝이 날 예정이었다.

라하는 발목 상태를 핑계로 일찍 홀에서 빠져나왔다. 평소라면 카르젠 때문에 어림도 없을 일이지만, 오늘은 그가 아예 연회에 참석하지 않았다.

자멜라가 오늘 연회에 참석하지 않은 것과 같은 이치였다.

내일 있을 결혼식을 준비해야 하니까.

라하는 황녀궁으로 돌아갔다. 시녀들이 자신을 씻기는 사이 깜빡 잠이 들었다. 어느 순간 라하는 자신이 또 앞이 보이지 않는다는 사실을 알았다. 순간이었다. 완전히 수마에서 빠져나오자 언제 그랬냐는 듯 눈앞은 멀쩡하고 맑았다.

마치 마법에 걸리기라도 한 것 같았다. 이런 마법은 달갑지 않은데도 말이다.

"오늘은 다들 일찍 자렴. 내일 일찍 일어나야 하잖아."

"네, 황녀님."

"문양 없는 작은 마차를 한 대 준비해 놓고."

라하의 갑작스러운 명령에도 시녀들은 결코 의문을 표하지 않았다. 그녀들은 라하를 믿든지 두려워하든지 아니면 둘 다인지 철저히 그녀에게 순종했다. 라하가 무엇을 하든 무엇을 꾸미든 무엇을 계획하든 단 한 번도 거스른 적이 없었다.

침실로 돌아온 라하는 입고 있던 모든 것을 벗었다.

거울 앞에 서 스스로를 비춰 보았다. 가슴에 간간이 퍼진 붉은 자국을 제외하자면, 그녀의 피부는 눈송이처럼 하얗기만 했다. 카르젠이 원하는 모습 딱 그대로 라하는 아주 잘 가꿔졌다.

단정하게 다듬은 손톱. 끝에는 금을 발랐다.

촘촘한 속눈썹이며 붉은빛을 띠고 있는 도톰한 입술.

길게 흘러내리는 푸른색 머리카락은 꽃잎을 빻아 넣은 기름을 발라 매끄러웠고.

마지막으로 눈동자를 확인해 본다.

얼마나 시간이 지났을까.

라하는 시녀들이 발 빠르게 마련해 놓은 마차에 올랐다.

* * *

카르젠은 침대 헤드에 상체를 기댄 채 느른하게 숨을 내뱉었다.

"내 귀가 혹시 먹었나?"

시종장이 고개를 깊숙이 숙였다.

"누가 왔다고?"

"라하 황녀님이 오셨습니다. 폐하."

카르젠은 잠시 말이 없었다. 그가 이내 입을 열었다.

"여기로 데려와라."

"예, 폐하. 의복을 정제하시겠습니까?"

"한두 마디 하고 가지 않겠나. 번거롭군."

그래도 최소한의 선심은 베풀어 주겠다는 듯이, 카르젠은 얇은 가운 정도는 걸쳐 주었다.

꽉 묶지 않은 허리끈. 쉽게 벌어진 가운 사이로 카르젠의 울퉁불퉁한 근육이 고스란히 드러났다. 외설적인 분위기가 묻어났지만 카르젠은 조금도 신경 쓰지 않았다. 어쩌면 그조차도 카르젠에겐 흔하디흔한 여흥일 수도 있었고.

약간의 시간이 흘렀다.

시종장을 따라 라하가 침실에 들어섰다.

카르젠의 두 눈이 그녀의 발목에 고정됐다. 봄 날씨에 어울리는 실내용 드레스를 입은 탓에, 하얀 발목이 그대로 드러난 까닭이었다.

그 외에는…….

카르젠은 라하의 얼굴에 한동안 눈길을 빼앗겼다. 그가 천천히 입을 열었다.

"네가 웬 일이지? 라하."

"드릴 말씀이 있어서요."

"중요한 말인가?"

"제게는요."

카르젠은 시종장을 물렸다. 그리고 라하에게 말했다.

"가까이 와."

"그래도 되나요?"

"안 될 게 뭐가 있지?"

"제가 카르젠의 즐거운 시간을 방해한 것 같아서요."

"말하는 것 하고는."

카르젠은 라하가 무엇을 말하는지 잘 알고 있었다. 라하가 이 침실에 들어서는 내내, 제 곁에서 노예처럼 얌전히 숨을 죽이고 있는 이 여자 때문이었다. 이름은 몰랐다. 그저 카르젠의 시침을 드는 여자 중 하나였다.

"상관없으니 오거라."

라하는 순순히 걸음을 옮기며 침대에 있는 여자에게 시선을 던졌다.

그녀는 다른 누구도 아닌, 카르젠의 쌍둥이가 이 늦은 시간에 침실에 왔다는 것에 퍽 당황하고 긴장한 모양이었다. 심지어 카르젠이 침대로 저 황녀를 부르기까지 하니…….

당장이라도 얼굴을 감추고 물러가고 싶은 기색이 역력했지만, 제 친애하는 쌍둥이는 그런 허락을 내리지 않았다.

그를 향해 다가가며 라하는 살짝 딴생각 중이었다.

결혼식 전날에도 다른 여자를 침대에 끌어들이다니. 카르젠도 참 제정신이 아니었다. 황제더러 수절하라고 강요할 귀족은 없겠지만 최소한의 품위는 지켜야 하지 않겠는가?

하기야, 그런 품위가 있는 놈이었으면 제게 천 명이 넘는 노예를 선물이랍시고 넘기진 않았겠지.

라하는 그런 생각을 하다가 잠깐 비틀거렸다. 다행히, 침대 앞이어서 바닥에 넘어지거나 하지는 않았다.

아니, 침대 앞이어서가 아니다. 카르젠 앞에서 비틀거렸기에 라하는 넘어지지 못했다. 그녀는 어느새 그의 두 손에 팔목을 단단히 붙잡힌 채였다.

카르젠은 제 품 안에 있는 라하를 내려다보다가 물었다.

"왜 왔지? 라하. 이 늦은 시간에, 여기를."

"카르젠."

라하는 천천히 입을 열었다.

"눈이 잘 안 보여."

"잘 보이지 않는다니."

"보였다가 보이지 않았다가 해."

"연회에서 술을 많이 마셨느냐?"

"주스밖에 마시지 않았는걸."

"그럼 왜 갑자기 네 눈이 보이지 않을까."

카르젠의 목소리에는 약간의 동요도 없다. 그 가증스러울 정도로 달콤한 목소리……. 라하는 아무런 대답도 하지 않았다. 그녀의 의미 있는 침묵에 카르젠은 옅게 웃었다.

"앉거라."

신발까지 벗겨 주는 정성을 보여 주며, 카르젠은 라하를 침대 위로 올렸다.

지금도 라하의 눈이 보이는지, 보이지 않는지 카르젠은 알지 못했다. 다만 아까 전 라하가 비틀거린 건 진짜였다. 카르젠은 레시스의 연구에 작은 착오가 생겼다는 사실을 알 수 있었다.

하기야 마법이라는 게 그리 완벽하진 못하지.

라하가 선잠이 들었거나, 혹은 다른 이유에서 일찍 깼는데 마법이 채 사라지지 못했던 모양이었다. 이 기민할 정도로 눈치가 좋은 쌍둥이는 스스로에게 무슨 문제가 생겼음을 직감하고 이 늦은 밤 침실까지 온 것일 테지.

"무서워서 이곳에 온 것이냐?"

"응."

"네 정혼자는 어쩌고."

"정혼자에게 내국의 치부를 보일 순 없잖아."

카르젠이 그제야 피식 웃었다.

"라하."

"응."

"내가 뭘 어떻게 해 주기를 바라지?"

"내가 묻고 싶은 말이야, 카르젠."

"눈이 보이지 않는다고 해서 내게 화를 내러 온 것이냐?"

"카르젠."

"네가 화를 내는 거야 상관없지. 난 네가 어떤 모습이든 너를 사랑하니까."

"날 사랑한다고?"

"물론이지, 라하."

라하가 천천히 눈을 깜빡였다. 그 매혹적인 눈동자를, 자신은 갖지 못한 그 눈동자를. 할 수만 있다면 카르젠은 죽을 때까지 들여다보고 싶었다.

그녀는 오래 카르젠을 봐 주진 않았다. 이내 그녀의 시선이 옆으로 돌아갔다. 카르젠 역시 라하를 따라 시선을 옮겼다. 라하가 쳐다본 것은, 내내 숨을 죽이고 있는 침대 위의 여자였다.

몸을 가늘게 떨고 있던 여자는 이내 숨을 멈췄다. 그럴 수밖에 없었다.

황녀가 제게 입을 맞췄기 때문이었다.

시간이 멈추는 기분이었다.

"……."

오래 머물진 않았다. 라하는 도무지 짐작도 할 수 없는 표정으로 고개를 들어 올렸다.

카르젠이 이 여자에게 키스를 했는지 아닌지, 라하는 알지 못한다. 말 그대로 시침만 받았을 수도 있지. 하지만 카르젠의 눈동자가 제 입술에 딱 고정된 걸 보니 의미 없는 입맞춤은 아니었다.

라하가 속삭이는 목소리로 물었다.

"이러면 이 여자를 죽이고 싶어져?"

"……그래."

카르젠의 말에 여자의 어깨가 움찔 떨렸다. 아무것도 입지 않고, 이불만 감싸 가슴을 가리고 있던 여자의 몸이 벌벌 떨리기 시작했다.

하지만 그뿐.

카르젠의 모든 신경은 오직 라하에게 쏠려 있었다.

이 자리에서 여자가 갑자기 피를 토하고 죽는다고 해도, 카르젠의 눈길은 그저 라하에게 향해 있을 것만 같았다.

"그럼 카르젠, 왜 내게 그 수많은 침노를 안겼어?"

"……."

"그들은 죽이고 싶지 않았어?"

카르젠은 대답하지 않았다. 하나하나 상상도 해 본 적 없는 발칙한 질문이었다. 그 누구도 카르젠에게 이런 걸 물어볼 생각을 하지도 못할 터……였다. 아무리 라하 델하르사라고 해도 말이다.

"응? 카르젠."

다만 라하의 목소리는 꿀과 독을 섞은 것처럼 숨이 막히게 달콤하게 들렸다.

"왕제는 죽이고 싶지 않아?"

농담이 지나치면 조롱이 되고, 장난이 도를 넘으면 비난이 된다. 카르젠은 라하의 손목을 잡아 제 쪽으로 홱 끌어당겼다.

어차피 제게 비하면 지나칠 정도로 가녀리고 연약한 몸이다. 크게 힘을 주지 않아도 시트 위로 주르륵 끌려오는 여체…….

카르젠의 숨이 천천히 멈췄다.

라하의 몸이 전처럼 자신을 밀어내지 않았다. 창공의 눈동자라는 건 그저 라하의 눈동자 위에만 머무르는 아름다운 표식에 불과한 듯, 그 꺼림칙한 힘이 더 이상 느껴지지 않았다.

순간 멍청하게도 가장 먼저 들었던 생각은, 아니 그 반사적인 반응을 '생각'이라고 표현할 수 있다면.

카르젠은 자신이 눈을 뜬 채로 꿈을 꾸고 있는 게 아닌가 싶었다.

이게…….

도대체…….

얼이 빠졌다. 카르젠이 잘 움직여지지 않는 입을 천천히 열었다.

"나가라."

"……."

몸을 움츠리고 있던 여자는 반 박자 늦게 깨달았다. 황제는 지금 자신에게 명령하고 있었다. 허둥지둥 몸을 일으켜 바닥에 떨어진 가운을 걸친 뒤, 여자는 기어 나가듯 서둘러 침실을 빠져나갔다.

그제야 라하의 눈길이 온전히 카르젠에게로 기울여진다.

"왜? 카르젠."

평소와 다를 바 없는 여상한 목소리다.

"왜 내보내는 거야?"

하지만 표정은 달랐다. 라하는 웃지도 않았고, 평소처럼 부드러운 눈빛을 하고 있지도 않았다. 미소 한 점 찾을 수 없는 얼굴이었으나…….

그런데도.

그럼에도.

카르젠의 손이 라하의 손목을 거슬러 올라간다. 가느다란 목 아래에서 멈추는 딱딱한 손. 조금만 더 아래로 내리면 그녀의 심장 박동을 고스란히 삼킬 수 있을 자리였다. 카르젠이 라하와의 접촉을 가늠해 보던 최후의 마지노선이기도 했다.

그녀의 피부는 그저 실크처럼 부드럽기만 하다.

아무것도 카르젠을 밀어내지 않았다.

어떤 것도 그에게 끔찍한 환각을 안겨 주지 않았다.

마른 샘에 물이 차오르듯, 분명한 깨달음이 카르젠의 머리를 적시기 시작했다. 카르젠의 손이 라하의 앞섶에 달린 리본을 잡아 뜯듯 거칠게 풀어 당겼다. 리본이 찢어지며 그녀의 가슴을 감싸고 있던 옷감이 흘러내렸다.

이내 라하의 피부가 완전히 카르젠 앞에 드러났다.

"……."

단 한 번도 이러지를 않았는데. 이럴 수가 없었는데. 카르젠은 묘한 충격마저 느끼고 있었다. 동시에 그의 손이 한심하게 떨리기 시작했다. 목울대가 불규칙적으로 일렁였다.

카르젠은 라하의 몸으로 고개를 숙였다. 우아한 선을 그리는 목에 입술을 갖다 대자, 그녀의 몸이 미약하지만 분명히 굳는 게 느껴졌다. 이건 창공의 눈동자가 아니라 순전히 라하 델하르사의 반응이었다.

"내가 보이느냐? 라하."

"……보여."

한 박자 느리게 되돌아온 대답.

짧지 않은 시간이 흘렀다. 카르젠은 맞닿은 피부 아래로 쉬지 않고 뛰고 있는 선명한 맥동을 느꼈다. 동시에, 라하가 그녀를 짓누르고 있는 제 손을 밀어내려 조용히 애쓰고 있다는 사실도 깨달았다.

자신처럼 제정신이 아닌 표정이면서.

그런 주제에 자신을 이토록 착실히 밀어내려 하다니.

아주 본능적인 행동이질 않은가.

이렇게나 자신을 싫어하질 않는가.

생각이 차례로 겹쳐질수록 카르젠의 머리가 도리어 맑아졌다. 벼락을 맞은 듯 제대로 움직이지 않던 손이 차츰 똑바로 움직였다.

"가슴이 온통 붉구나, 라하."

이 가련한 쌍둥이는 최선을 다해 제 거울로 지내는 삶을 살아왔다. 카르젠이 웃으면 그녀도 웃었으며, 아.

아니지.

카르젠이 기분이 좋지 않을 때도 라하는 성실히 웃었다. 순전히 제 심기를 거스르지 않기 위해.

"내 정혼자가 날 놔주지 않으니까."

그렇게 비굴하게 살아 왔으니, 라하 델하르사는 이런 상황에서조차 제 짓궂은 말을 저렇게 받아칠 수 있는 것이지.

카르젠은 이제 완전히 정신을 차렸다. 동시에 심장이 강하게 맥동했다. 숙원과도 같은 욕망이 카르젠의 온몸에 뜨거운 피를 돌게 했다.

"네 침노들은 비참히 죽었는데, 네 정혼자와는 뒹굴고 싶더냐?"

잠시나마 보였던 겁먹은 모습은 환상에 불과했다는 것처럼. 라하는 미소 한 점 흐트러지지 않았다.

흐트러지지 않을뿐더러…….

"왜. 카르젠 앞에서 개랑 하는 거 보여 줄까?"

순간 굳었던 카르젠의 잿빛 눈동자가 서서히 웃음기를 띠기 시작했다. 그래. 이래야지. 그녀는 이미 징그러울 정도로 완벽히, 평소의 라하 델하르사였다.

"노귀족들이 들으면 기절할 말이구나, 라하."

"기절? 설마."

라하는 동요 한 점 묻어나지 않는 목소리로 말을 이었다.

"다들 내가 이러기를 바라잖아. 차라리 난잡한 요부나 되길 바라지."

"……."

"날 이렇게 만든 건 카르젠이고. 알잖아, 카르젠."

"나를 원망하느냐?"

"그럴 리가."

라하는 부드럽게 웃었다. 그 미소가 진짜인지 가짜인지 카르젠은 더 이상 궁금하지 않았다. 그저 그녀가 뒤집어쓰고 있는 거추장스러운 것들을 모조리 벗겨 버리고 싶을 뿐이었다.

그는 이제 욕망을 숨길 이유가 없었다.

"늘 궁금한 게 있었다."

카르젠의 손이 라하의 가슴을 그러쥐었다.

"쌍둥이끼리 아이를 낳으면 또 쌍둥이를 낳을까?"

"……."

"대답해 봐라, 라하. 네 생각은 어떠지?"

"……."

"대답하라고 했잖나. 라하 델하르사."

"……모르겠어. 카르젠."

빤히 예상한 대답 중 하나였다. 카르젠이 라하의 옷을 거의 완전히 벗겨 냈다. 라하의 몸이 차디차게 식고 있었지만 문제 될 건 없었다.

적어도, 카르젠 델하르사에게는 그랬다.

카르젠은 라하에게 입을 맞추려고 했다. 피를 섞은 가족끼리 하는 시시한 입맞춤 따위가 아니라, 그녀를 강렬히 열망하는 남자만이 할 수 있는 뜨겁고 난잡한 키스를 퍼붓고 싶었다. 하지만 라하는 두 손으로 카르젠을 밀어냈다.

"나더러 사생아를 낳으라는 거야?"

"아이를 키우고 있거라. 3년 안에 널 황후로 맞아 주마."

"정신 나갔어?"

방금 튀어 나간 말은 몹시도 진심이었다. 그러나 카르젠은 한 줌의 동요조차 없었다. 그는 라하의 손목을 혀끝으로 핥았다. 오래 앓은 배덕감과 열기가 뒤섞여 정신을 차릴 수가 없었다.

"난 아주 예전부터 제정신이 아니었어. 알고 있지 않나?"

"그 많은 입들은 어쩌려고."

"내가 뭐 때문에 피로 델로를 다스렸다고 생각하지?"

"……."

"나는 내가 원하는 걸 가능케 하기 위해 그렇게 수많은 전쟁터를 누빈 거다, 라하 델하르사."

"나를 얻으려고?"

아니면.

"내 눈을 얻으려고?"

카르젠은 대답하지 않았다.

"대답해 봐, 카르젠. 대답해 줄 수 있잖아."

"지금 그게 중요한가?"

라하의 표정이 미약하게 흐려졌다. 카르젠은 미처 알아채지 못한 그림자는 이내, 달밤 속 그늘처럼 흔적도 없이 사라졌다.

카르젠이 제 다리 사이에 자세를 잡는 게 느껴진다. 라하는 단 한 번도 이렇게 무력하게 침대에 누워 본 적이 없었기에, 이 모든 게 숨이 막히게 낯설게만 느껴졌다.

제 정혼자가, 셰드 힐데스가 제 앞에서 옷을 벗을 땐 그의 아름다운 몸을 하나하나 뜯어보느라 바빴다. 곧 제 안으로 무자비하게 파고들 거대한 페니스를 보면서 생리적인 긴장을 하고, 그가 주는 괴로운 쾌감에 몸을 바르르 떠느라 정신이 없었으며…….

하지만 지금은 달랐다.

"눈 되돌려 줘."

"네가 하는 걸 보고 결정하마."

카르젠은 기꺼이 라하를 기만했다. 그는 여자에게 애무를 하는 취미는 없지만 라하는 달랐다. 언제부터 제 쌍둥이를 욕망하기 시작했지?

몇 년은 되었다. 10년 가까이 그랬다.

오랜 욕망을 단숨에 풀어 낼 만큼 카르젠은 멍청하지 않았다. 애초에 그는 뛰어나고 노련한 사냥꾼이었다. 카르젠은 천천히, 라하의 목덜미에 입을 맞췄다.

그대로 열중하려고 아무리 노력을 해도…….

비소가 흘러나왔다.

카르젠이 고개를 들어 올리며 라하의 살갗을 문질렀다.

"왕제는 네 가슴이 그리 좋다더냐? 아. 확실히 예쁘긴 해. 라하 델하르사. 내가 본 여자의 가슴 중 가장 예쁘군."

흰 피부에 퍼진 붉은 자국들이 미치도록 거슬렸다. 그렇다고 살갗을 뜯어 낼 수도 없는 노릇이질 않은가.

"네 목을 졸라 죽이고 싶어지니 안 되겠어."

카르젠은 라하의 몸을 손쉽게 뒤집었다. 사실 그는 이쪽이 더 익숙했다. 황제의 시침을 드는 여자들은 하나같이 아름다웠으나 그뿐이다. 라하와 닮은 여자는 찾을 수가 없었다.

필연적으로 카르젠은 시침을 드는 여자들이 얼굴을 똑바로 들지 못하게끔 명령했다. 잠깐잠깐 보이는 이목구비마저 거슬려, 뒤에서부터 거칠게 박는 체위만 즐긴 것도 몇 년째였다.

카르젠이 라하의 긴 머리카락을 그러모아, 흰 목 옆으로 넘겨 놓았다. 푸른색 머리카락 몇 가닥이 남은 진줏빛 피부가 아름답다.

무도회에서 혹은 연회에서 아니면 그저 황궁을 걷다가도. 라하의 뒷모습을 바라보면서 온갖 발정 난 상상을 했을 놈들이 얼마나 많았겠는가?

그 발정을 이기지 못해, 적지 않은 여자들에게 정액을 싸지르는 내내 라하를 생각한 카르젠인데.

몸을 숙인 카르젠이 그대로 라하의 날개뼈를 핥아 내렸다. 연약한 피부에 금세 피어나는 열꽃이 무수해진다. 시트에 짓눌린 라하의 가슴을 아플 정도로 세게 그러쥐고서, 카르젠은 라하의 온몸을 정신 나간 듯 애무했다.

쿠퍼액이 비치는 선단을 카르젠은 라하의 허벅지에 문질렀다. 끔찍할 정도로 적나라한 쾌감에 카르젠의 몸이 진저리 처지듯 꿈틀거렸다. 그르렁거리는 신음이 터져 나왔다.

그때 불현듯 카르젠은 기이한 기분이 들었다.

라하가 자신을 혐오하든 어쩌든 상관없다. 결국 그녀는 이리도 무력하게 제 앞에 누워 있질 않은가. 늘 그랬듯이, 모든 걸 포기해 버린 이처럼. 제 욕망에 쉬이 발맞춰 순종하고 있질 않았…….

카르젠의 호흡이 순간 정지했다.

그는 그제야 라하가 단 한 번도 신음을 흘리지 않았다는 사실을 깨달았다. 왕제가 남겨 놓은 자국 위에마다 입을 맞췄는데도 그랬다. 어쩔 수 없이, 생리적으로 흘러나와야 할 신음까지 라하는 단 한 번도 내지 않았다.

참은 것도 아니었으며 정말로 아무것도 느끼지 못했다는 것처럼…….

천천히 카르젠이 몸을 들어 올렸다.

"……라하."

"응."

"라하 델하르사……."

"응, 카르젠."

그녀의 목소리는 늘 그렇듯 달콤하게 감겼으나 그뿐이다. 조금의 열기도 찾아볼 수 없는 새하얀 뺨.

동시에 카르젠은 제 몸이 천천히 굳어 가고 있음을 깨달았다.

깨닫는 즉시 카르젠이 라하의 팔을 거칠게 잡아당겼다. 순식간에 일으켜 세워지는 몸. 카르젠은 라하의 턱을 붙잡아 강제로 입을 벌렸다. 거칠게 혀를 쑤셔 넣은 그가 이내 웃음을 터뜨렸다.

그녀의 혀는 도망가지도 않았다. 그저 인형처럼 굳어 있었다. 모든 감각이 차단된 인형처럼 그저 말끄러미 있을 뿐이었다. 시체 같은 입술에 공들여 입 맞출 이유가 뭐가 있단 말인가?

카르젠은 그녀의 턱을 들어 올렸다.

"내게 독을 먹였나?"

"아니, 카르젠."

라하의 얼굴엔 어떤 미소도 피어오르지 않는다.

"네가 멍청해서 독을 핥아 먹은 거지."

"온몸에 독을 발랐군."

"응."

"그래서 아무것도 느끼질 못하는 거였나."

"사실 맹독을 바르고 싶었는데……."

라하가 속삭였다.

"그러자니 네가 내 몸을 만지기도 전에, 내가 먼저 죽어 버릴 거라고 해서."

카르젠은 라하를 잡아 죽일 듯 노려보았다.

"아주 가지가지 하는군. 너는 잘도 무사하겠구나, 라하."

"내가 가진 게 내 몸뚱어리 하나뿐인걸 어떡해. 알잖아. 카르젠."

"……."

"널 죽여 씹어 먹고 싶은데 내가 갖고 있는 게 이것밖에 없는걸."

"……."

"개 같은 새끼."

카르젠이 이를 악물었다.

그는 천천히, 그러나 확실히 굳어 가는 몸을 의식했다. 간신히 그녀에 대한 살의를 억눌렀다. 어떻게든 눌러 앉힌 후, 카르젠은 이를 악물고 라하의 뺨을 들어 올렸다.

살이 부딪히는 소리와 함께 라하의 얼굴이 옆으로 돌아갔다. 그녀는 아무렇지 않은 표정이었다. 입술이 터져 흘러내리는 피를 손등으로 아무렇지 않게 닦아 낸다. 우습지도 않았다.

어릴 적의 카르젠은 자주 자신의 뺨을 때렸는데.

아마 자신이 춥디추운 겨울에도 옷을 따뜻하게 챙겨 입지 않는 건, 뺨을 수없이 얻어맞는 것이나 한겨울에 피부가 어는 것이나 감각이 비슷해서가 아닐까.

"어릴 땐 네가 날 때리면 너무 무서웠는데."

그마저도 일 년이 넘어가니 아무 생각도 들지 않게 되었지만.

"그때 차라리 날 죽이지 그랬어."

"내가 왜 너를 죽이지?"

카르젠은 몸서리가 쳐질 만큼 달콤한 미소를 지었다.

"내가 이토록 널 사랑하는데. 네가 아무리 애원해도 나는 널 죽이지 않아. 라하 델하르사."

손 한 번 들어 올리는 것에도 평소보다 수십 배는 되는 힘을 들여야 했다. 카르젠은 라하의 허리를 잡아당기는 걸 포기했다.

어찌 되었든 이 거대한 제국을 다스리는 철혈의 폭군.

반평생을 전쟁터에서 피를 마시며 살아왔다.

제게 몸이 굳어 가는 독약을 먹인 쌍둥이. 그러나 그녀는 당장 자신을 죽일 수 없었다.

어찌 되었든 라하는 황제의 침실에 들어온 황족이었으니.

날카로운 것은 어떤 것도 들고 들어올 수 없는 몸. 그렇다고 이 침대 근방에, 그녀가 들어 올려 카르젠의 머리를 내리칠 수 있을 만한 것도 없었다.

자신을 묶어 두기 위해 몸에 독을 바르는 것까지 불사했다면…….

그 이유는 하나뿐이질 않겠는가.

카르젠은 서서히 굳어 가는 다리를 움직여 침대에서 일어났다. 설렁줄을 겨우 당겨 보았으나 당연히 반응이 없었다. 언제나 눈 깜빡할 새 사용인들이 튀어 오곤 했는데 말이다. 필시 오지 못할 일이 생겼다는 소리였다.

"라하 델하르사. 내가 물러도 너무 물렀어."

평온한 말과는 달리 머리가 기민하게 돌아가기 시작한다.

"내가 네게 정신을 차리지 못하는 도중에 반역이라도 벌이기 시작했나 보군."

움직여야 했다. 본궁에는 블레이크 듀크를 비롯한 황제의 근위대가 있으니, 당장 함락당하진 않을 것이다. 어떤 규모로 얼마만큼이나 동원했는지 알 수 없지만……. 침실에 계속 있는 건 아주 멍청한 짓이었다.

어두운 실내복을 몸에 걸치는 카르젠의 모든 동작이 평소보다 느리다.

라하 역시 간신히 침대에서 일어났으나, 몇 걸음 떼지도 못하고 카르젠에게 손목을 붙잡혔다.

그의 잿빛 눈동자에 고민이 떠 있었다. 라하를 지금 끌고 갈 것인지, 아니면 조금 후에 끌고 갈 것인지.

라하는 오래 이곳에 있을 계획이 아니었다. 친애하는 쌍둥이의 고민을 덜어 주기 위해, 라하는 기꺼이 두 손을 뻗었다.

카르젠의 목 위에 뱀처럼 올라오는 흰 손. 그가 조롱하는 표정으로 말했다.

"목을 졸라 죽이려고? 죽여 보거라, 라하 델하르사."

중독된 건 라하도 마찬가지였다. 카르젠만큼 빠르게 중독되지 않기는 했다만. 그 여린 손에 힘이 반도 들어가지 않는데, 라하가 무서울 이유가 무엇이 있을까. 제 쌍둥이는 어떤 방법으로도 자신을 죽일 수 없었다.

"네가 이럴수록 나는 널 씹어 삼키고 싶어질 뿐이니까."

선명한 증오를 속삭이는 얼굴이, 마치 거울을 보는 것 같았다. 라하는 왜 블레이크 듀크가 자신을 보며 은연중에 거북해했는지를 알았다.

"이렇게 닮았는데. 거울을 보면서 수음이나 하지 그랬어. 카르젠."

"널 두고 내가 왜 수음을 해야 하지? 라하 델하르사."

카르젠이 입꼬리를 끌어당겨 웃었다. 지나치게 강건한 젊은 황제는, 중독되었음에도 쓰러지지도 무너지지도 않았다. 외려 라하의 뒷머리를 난폭하게 잡아 입을 맞추기까지 했다. 평소라면 피 맛이 비릿하게 느껴졌어야 했을 텐데, 카르젠 역시 서서히 감각이 마비되고 있었다.

"감히 나를 먼저 배신한 건 너다. 라하 델하르사. 왜 너는 내 사랑을 배신하지?"

그는 핏발이 서기 시작한 눈을 하고서 라하에게 속삭였다.

"빌어먹을 반란군들을 죄 잡아 죽인 후 널 다시 데리러 오마. 왕제에게 널 어떻게 사랑해 줘야 하는지도 알려 줘야겠지."

사지가 천천히 굳어 가는 느낌이 선명했다. 라하는 픽 웃었다. 동시에 카르젠의 얼굴이 옆으로 돌아갔다.

그는 잠시간 정신을 차릴 수 없었다. 라하 델하르사가 자신의 뺨을 때린 것이다. 그녀가 속삭인다.

"그래 봤자 너는 반쪽짜리잖아, 카르젠 델하르사."

카르젠의 두 눈에 핏줄이 붉어진다. 생애 최초로, 제 쌍둥이를 통렬하게 조소한 라하가 이내 우아하게 걸음을 옮겼다.

chapter 12
창공이 겹치는 밤

라하는 본궁 밖으로 나오자마자 준비된 해독제를 받아 삼켰다.

"황녀님."

그녀를 기다리고 있는 건 에스더 공작이었다.

라하가 가운 하나만을 걸치고 있다는 걸 본 에스더 공작은 미리 준비해 놓았던 얇은 숄을 건넸다. 라하는 잘 움직여지지 않는 손을 움직여 숄의 리본을 단단히 맸다.

"근위대는?"

"예상대로 격렬히 저항했습니다. 시간을 봐서 고전하는 척 물러났습니다."

"잘했어."

평소 에스더 공작에게 깍듯이 공대를 하던 라하가 말을 놓았지만, 에스더 공작은 전혀 개의치 않았다.

이로써 반역을 주모한 세력의 서열이 확실히 정해졌다.

주도자는 라하 델하르사.

가장 위에 있는 것도 라하 델하르사.

에스더 공작이 물었다.

"황녀님. 가짜 태양은 예상한 대로 움직였습니까?"

가짜 태양이라. 카르젠이 들으면 에스더 공작의 목을 산 채로 분질러 버릴 만한 호칭이었다.

"그래. 하지만 정확히 어디로 빠져나갔는지는 말해 줄 수가 없어. 나도 본궁의 숨겨진 통로까진 완전히 몰라서 말이야."

카르젠이 중독되어 힘을 잃은 지금.

라하가 확보한 군사들이 본궁 침실로 밀고 들어왔다면 난전 끝에 카르젠을 죽일 수도 있었을 터였다.

하지만 그건 라하의 적이 온전히 카르젠 하나일 때만 가능한 시나리오였다.

완전한 반역을 위해, 그녀에겐 한 명의 목숨이 더 필요했다.

"져 버린 태양은 별궁에 있는 걸로 확인됩니다. 현재 철저히 통제 중입니다."

그 말도……. 제 아비가 들으면 에스더 공작의 목을 산 채로 분지르겠다고 대노할 표현이질 않은가.

진작 그렇게 불러 볼걸.

카르젠에게 황위를 물려준 건 부황이었고, 그를 지지하는 것도 부황이었다. 어찌 되었든 창공의 눈동자를 가지고 있었으며 오래 재위한 적법한 황제.

라하는 더 이상 지체할 시간이 없었다.

"별궁으로 바로 이동해야겠어."

"말을 준비해 놓았습니다. 혼자 타시는 건 무리일 테니 저와 함께 타시지요."

"그럴까."

반역 도중에 한가롭게 마차를 탈 수도 없지만, 현재 라하는 그만큼 상태가 좋지 않았다. 낙마할 위험을 차단하기 위해, 에스더 공작은 라하를 제 말에 태웠다.

"황궁에 있는 세 개의 출입구를 완전히 봉쇄했습니다. 신성국의 성기사군이 함께할 것이며 아마르 대신관을 비롯한 모든 대신관의 직인 아래 모든 통제권은 제게 넘어왔습니다. 황녀님."

"그래."

라하는 쇠 냄새가 즐비한 주변을 가만히 둘러보았다.

"전부 내게 넘어왔단 소리구나."

"그렇습니다."

라하는 말 고삐를 단단히 틀어쥔 채 허공을 한번 올려다보았다.

이 반역의 시작은 아마르 대신관의 망설임이었다.

라하는…….

아마르 대신관이 제 눈을 앗아 가고, 제 목숨을 가져가는 본래의 계획을 망설이기 시작했다는 걸 눈치챘다.

신성국 특유의 양심 때문일 수도 있었지만, 실은, 셰드……. 그 남자의 영향이 너무나 클 테지.

참으로 발칙한 정혼자이질 않아.

그녀가 알아차린 건 거기까지였다. 아마르 대신관이 망설이는 이유에 라하에 대한 강한 연민이 포함되어 있다는 것을, 그녀는 미처 알지 못했다.

그녀에게 중요했던 건 신성국이 제게 한 약조였다.

라하는 셰드의 탈출을 주도하는 대가로, 제 목숨을 틀림없이 가져갈 것을 약속받았다.

아마르 대신관이 괴로워하든 말든 라하가 알 바는 아니었다.

그저 자신과의 약조를 멋대로 깨는 것만을 감히 용납할 수가 없었다.

하지만 마냥 제 목숨을 가져가라 재촉하기에는…….

그럴 수가 없었다. 라하는 그 말을 할 수가 없었다.

그녀의 정혼자가 어찌나 발칙하고, 건방지고, 못돼 먹었는지. 셰드 힐데스는 라하 델하르사에게 그리도 약한 부분이었다.

그래서 라하는 아마르 대신관에게 다른 조건을 내걸었다. 약조를 지키지 않겠다면 다른 것이라도 내놓으라고.

그게 성기사들이었다.

그로써 신성국은 천 년 가까이 이어 온 청렴한 관례를 깨고, 델로 황실의 역사에 개입하게 됐다. 이제 그들도 제국의 반역이라는 거대한 수레바퀴에 함께 몸을 매달게 될 것이다. 실패하면 함께 몰락하겠지만, 성공한다고 해도 어떤 것도 가져가지 못할 것이다.

아마르 대신관은 얼굴이 창백해졌으나 결국 라하에게 대답을 돌려주었다. 역사적 가치가 남다를 그 대답은, 한 사람의 손을 거쳐서 왔다.

바로 에스더 공작이었다.

라하는 10년 만에 나갔던 시계탑의 살롱을 떠올렸다.

에스더의 산하 아래 있는 아름다운 살롱. 귀빈실에는 라하를 도발하듯, 보르본 백작 부인이 마시고 죽은 차 향기가 가득 차 있었지만…….

정작 테이블 밑에 숨겨진 편지에서는 다른 향기가 강하게 나고 있었다.

라하가 매년, 겨울의 수요일마다 에스더 공작에게 받던 마른 꽃의 향기…….

결국 한 사람의 죽음에 집착하고 있는 두 사람만이 알아볼 수 있는 해독문이었다.

"공작은 성격이 참 좋지 않아."

라하가 입을 열었다.

"윈스턴의 문양을 보란 듯이 편지에 새겨 두면 어떡해."

"만에 하나를 대비했을 뿐입니다. 황녀님."

"내가 알아보지 못했으면 어떻게 하려고."

"그럴 리 없으시다는 걸 압니다."

한숨 같은 웃음이 흘러나왔다. 에스더 공작은 천천히 물었다.

"편지의 내용을 어떻게 다 해석하셨습니까? 일부러 불친절하게 적었습니다."

"알아."

사실은 해석에 애를 먹었다. 도대체 이 나열된 단어들이 무슨 뜻일까. 라하가 조금만 더 멍청했다면 에스더 공작을 찾아가 물어보지 않았을까.

아니, 그렇게나 멍청했다면……. 아예 에스더 공작이 숨겨 놓은 편지를 찾지도 못했겠지.

에스더 공작은 라하의 흔들리는 푸른색 머리카락을 보다가 불쑥 물었다.

"날짜는 어찌 정확히 짐작하셨습니까? 국혼 당일의 밤이라고 착각하셨을 수도 있는데요."

"그럼 초야라고 적었겠지. 군이 밤이라고 적을 이유가 없으니."

툭 던지듯 말한 라하는 한숨을 흘렸다.

피부 밑으로 스며든 독이 근육을 느릿하게 마비시키는 게 느껴진다. 그 탓인지 말도 딱딱하게 나온다. 하지만 이렇게 말하는 게 더 편하다는 사실을 부인할 수도 없었다.

"자멜라 영애가 휘말리는 걸 군이 원할 이가 없잖아."

"예. 맞습니다."

감정적인 문제가 아니었다. 자멜라가 휘말린다고 해서, 이쪽에 어떤 이득도 없었기 때문이었다. 오히려 카르젠이, 자멜라와 라하의 친분을 빌미로 인질극을 벌일 수도 있지.

라하는 윈스턴 공작가와 척질 생각도, 그럴 여유도 없었다.

그녀는 어둑어둑한 하늘을 다시금 올려다봤다.

―국혼, 왕비, 밤, 신성국, 별.

국혼의 전날 밤에 거사가 열릴 것이며, 신성국이 가담하고 힐로스드의 왕비가 도울 것이다.

신성국이 에스더와 손을 잡은 건 의외였으나……. 아무튼 맞아떨어졌으니

됐다. 다만 한 가지만은 라하도 긴가민가했다. 다른 건 전부 해석에 성공했는데.

"별은 무슨 뜻이지? 마지막에 써 놓은 걸 보니 드러낼 건 아닌 모양인데."

"예. 거사가 무탈하게 이루어진다면 별이란 단어는 잊어 주시면 됩니다."

"알겠어."

라하는 더 묻지 않았다. 그녀는 일사불란하게 움직이고 있는 성기사들을 응시하며 말했다.

"에스더가 신성국과 그리 교분이 깊을 줄은 몰랐지."

"오래된 맹약입니다."

"맹약이라도. 지키고 싶은 마음이 들었어?"

"에스더는 언제나 공적인 일을 사감보다 중요시할 것을 원칙으로 배워 왔습니다."

"힐난하는 게 아니야, 공작."

"……."

"내가 공작의 공적인 일이라니 미안할 따름이지."

에스더 공작은 대답이 없었다.

라하도, 대답을 기대하고 건넨 말은 아니었다.

"따지고 보면 에스더는 본래부터 신성국과 교분이 깊을 수밖에 없지. 현자들과도 관계가 깊잖아. 초대 에스더 공작은 시계탑 거리에 현자들과 함께 조각까지 되어 있고……."

"그 조각은 에스더가 아닙니다."

"……?"

라하가 에스더 공작을 돌아보았다. 에스더 공작은 묘한 말을 해 놓고, 평소와 다를 바 없는 표정이었다.

라하 역시 이내 고개를 돌려 버렸다.

이곳저곳이 고함 소리와 매캐한 냄새, 피 냄새로 가득했다. 한동안 말을 달리던 그들에게 성기사가 급하게 뛰어왔다. 에스더 공작이 고삐를 쥐어 당겨 말을 멈춰 세웠다.

"무슨 일이지?"

"2황자의 신병 확보에 실패했습니다. 지금 뒤쫓고 있습니다."

라하의 눈썹이 미약하게 꿈틀거렸다.

"그쪽에 먼저 사람을 보냈는데도?"

"예. 확인하니 몇 시간 전, 몸이 좋지 않다며 2황비의 가문으로 몰래 빠져나 갔다더군요."

"세상에. 어머니는 어쩜 이렇게 머리가 좋으실까."

라하는 냉소했다.

왜 하필 국혼 기간에 반역을 도모하기로 하였을까.

이때야말로 모든 황족들이 황궁에 적법한 자격으로 올라올 수 있는 날이었다.

물론, 라하에겐 다른 황족들은 별 의미가 없었다.

어차피 그들은 창공의 눈동자를 물려받지도 못한, 있으나 마나 한 황족이었다. 라하에겐 약간의 해도 끼칠 수 없는.

2황자만이 달랐다. 그는 쓸모가 있었다. 2황비의 친아들이기 때문이었다. 그런데 그의 확보에 실패했다니.

"곤란하겠는걸."

* * *

"이게 무슨 소란이냐?"

선황은 갑작스레 별궁이 포위당하자 심상치 않은 기류를 느꼈다. 지금에야 한쪽 다리를 잃고 완전히 물러났지만, 그 역시 델로 제국을 호령하던 황제였다.

"감히 어떤 비천한 놈이 이 나를 압박하려 드는 것이지?"

별궁의 기사단은 이미 무장을 끝냈다. 그들에게서는 사뭇 비장한 분위기가 흐르고 있었다.

벌벌 떠는 사용인들과는 달리, 황제는 전혀 두렵지 않았다. 두려울 게 없었으니까.

그는 창공의 눈을 이어받은 남자였다.

라하 델하르사가 아니고서야, 감히 누구도 그에게 상처를 입힐 수가…….

"라하 델하르사?"

"……."

"설마 그 계집이냐? 그 빌어먹을 것이 기어이 일을 벌였느냐!"

"폐하. 진정하세요. 확실한 것도 아니잖아요. 게다가, 황녀가 설마 그러겠어요? 황녀가 얼마나 유약한데요. 아시잖아요?"

2황비가 달래고서야 선황이 씨근덕대며 겨우 숨을 몰아쉬었다.

"힐로스드의 왕제인가?"

"……."

"라하를 조종해 야욕을 뻗었을 수도 있다."

선대 근위대 출신의 기사들로 이루어진 선황의 기사단은 빈틈이 없었다. 바깥의 반역자가 얼마나 많은 군사를 조달해 왔든, 별궁에 침입해 선황을 포로로 삼으려면 그만한 피를 뿌려야 할 것이다.

그러니까, 별궁의 문이 완전히 닫혀 있다면 말이다.

* * *

라하는 별궁의 드높은 담을 보았다. 요새까지는 아니더라도, 다른 별궁보다도 유독 보호의 역할이 강한 궁.

안에서 문을 열어 주지 않으면 제법 오래 농성할 수 있을 터였다.

이곳에서 오래 머물 여유는 없었다. 그녀는 평소와 다를 바 없는, 온기 하나 없는 눈으로 별궁의 담벼락을 쳐다보았다.

곧 그녀가 피식 웃었다.

"너무 본격적으로 배신하시네요, 어머니."

"……."

라하는 제 앞에 선 2황비를 바라보았다.

그녀는 언제나 그랬듯 완벽한 모습이었다. 나이를 거스른 듯 깨끗한 피부. 빈틈없는 화장. 선황의 총비라는 지위에 걸맞기 그지없는 우아한 드레스. 앞 코에 진주가 달린 구두며 드레스와 색을 맞춘 장갑까지. 어디 하나 흐트러짐이 없었다.

이 늦은 시간에조차 말이다.

"2황자를 살려다오. 라하."

"또 그 얘기시네요."

2황비의 애원에 라하는 기가 막혔다. 일전에 그녀가 황녀궁으로 갑자기 찾아왔을 때도, 얼마나 황당했던가?

그날도 2황비의 용건은 하나였다.

"내 아들을 살려 줘, 라하."

한편으로는 2황비가 대단하다는 생각이 들었다. 사실 라하가 아니라도, 카르젠이 언제고 2황자를 죽였을 것이다. 직접 입 밖으로 낸 적은 없었으나, 그는 본디 성미가 잔혹하여 제게 거슬리는 것들을 오래 살려 둘 위인이 아니었다.

아마 자멜라와의 사이에서 아이를 낳는다면, 몇 년 안에 2황자를 비롯한 평범한 눈동자를 가진 황족들을 죄 사형에 처했을 터였다.

"카르젠이 정말로 정신이 나가서, 어머니에게 그런 계획을 다 이야기했을 리도 없고, 감이 참 좋으시네요. 하기야, 부황의 곁을 그리 오래 지키셨으니."

냉소적으로 말한 라하가 시선을 옮겼다.

이미 별궁의 문은 열렸다.

있는지도 몰랐던 폐쇄된 쪽문이었지만 상관없었다. 기사들이 들어갈 수만 있다면 그 문이 폐문이든 대문이든 무슨 상관일까.

라하는 2황비에 대한 감상을 정정했다.

그녀는 벌벌 떨고 있는 가여운 귀부인에 불과했다. 별궁에서 몰래 빠져나오느라 머리카락은 조금 흐트러졌고……. 제 선택에 대한 불확실함과 두려움에 찌들어 아름답던 두 눈엔 핏발까지 서 있었다.

"문을 열어 주셨으니, 어머니는 살려 드릴게요. 노후도 보장해 드리겠어요. 하지만 2황자는 안 돼요."

2황자야 이제까지 제게 별 쓸모가 없었지만, 후일에도 살려 두는 건 다른 문제였다. 한편으로는…….

참 지극정성이란 생각도 들었다. 하기야, 예전에도 2황비는 2황자 얘기만 나오면 쉽게 이성을 잃곤 했다.

자식이 그리 사랑스러운가.

라하의 얼굴에 어리는 싸늘한 표정에, 2황비의 어깨가 흠칫 떨렸다. 그녀가 라하의 다리에 매달렸다.

"내가, 내가 알려 줄 수 있는 게 한 가지 더 있단다. 그것까지 듣고 제발, 내 아들만은 살려 줘."

* * *

"문이 열렸다니 그게 도대체 무슨 말이냐!"

"선황 폐하! 피하셔야 합니다!"

"감히, 감히 어떤 놈이 배신을……!"

선황은 씨근덕댔다. 기사는 선황을 업고서 재빠르게 도주로를 따라 빠져 나가기 시작했다. 물론 선황에게 물리적인 충격은 거의 소용이 없었다. 하지만 포로가 되어 좋을 것도 하나 없었다.

"창공의 징표가 있는 후원으로 가라. 지금 내겐 그곳이 가장 안전하다."

"예, 폐하!"

델로 제국 역사상 이런 규모의 반역은 한 번도 없었다. 당연한 일이었다. 창공의 눈동자가 있었으니까.

선황은 이를 갈았다.

자신은 양위를 한 것으로 모자라, 반역군에게 비참하게 쫓기는 신세까지 되었다. 참을 수가 없었다. 왜 이렇게 되었는가? 애초에, 카르젠이 온전히 '계승자의 눈'을 이어받기만 했어도.

라하 델하르사 그 계집이…….

애초에 그 여자를 황후로 들이는 게 아니었다.

적당히 한미한 가문. 그에 반해 뛰어난 미모. 역대 델하르사 황실의 황후들이 가진 공통점이었다.

델로의 황제란, 황후의 가문을 생각할 필요가 없었으며 사랑을 속삭일 필요는 더더욱 없는 자리였다.

일국의 군주란 무릇 오만한 이들이었다.

델하르사 황실의 황제는 아예 격이 달랐다. 독보적으로 완벽했다.

신이 내려 준 눈. 대륙 최고의 지위. 오만한 이가 사랑에 빠지기 얼마나 어려운지 안다면, 델로의 황제가 누군가를 사랑할 확률은, 창공과 창공이 겹쳐질 확률만큼이나 적다는 것도 쉬이 알 수 있으리라.

그러니 선황은 선황후를 한 번도 사랑하지 않았다. 처음에나 총애했을 뿐이었다. 그래서 황후를 착각에 빠지게 했을 뿐이고.

그녀는 스스로를 군주와 마음을 나누는 황후라고 여겼다. 말도 안 되게.

선황은 20여 년 전의 일을 떠올렸다.

"쌍둥이를 낳았다고. 황실 역사상 남녀 쌍둥이가 태어난 건 처음인데."

힘겹게 아이들을 낳은 아내에게는 어떤 따뜻한 말도 없이, 그는 델하르사 황실 역사서에 생전 처음 기록될 남녀 쌍둥이를 살펴보기만 했다.

"묘하게 불길하군. 창공의 눈을 제대로 이을 수나 있을지 모르겠어."

그는 이미 반년도 전부터 황후와 데면데면한 관계로 변모했다. 그녀가 처음 임신을 했을 때 제국은 기쁨에 젖어 있었다. 복중 황태자라는 말이 괜히 나온 게 아니었다. 황제만 공식적으로 책봉을 하지 않았을 뿐이지, 다들 황후의 복중 아이를 황태자로 여겼다.

하지만 그뿐이다. 아무리 가지치기를 잘 해도 삐죽 솟아나는 가지가 있듯이, 황후는 배 속의 아이를 믿고 점차 방자하게 굴었다. 총애가 사그라드는 속도는 언제나 사랑이 식는 속도보다 빨랐다.

"거의 비슷한 시간대에 나왔다지."
"그래도 카르젠이 오라비입니다."
"그래?"

그는 곧 발로 아기 침대를 거칠게 걷어찼다. 황후가 서둘러 뛰어와 핏덩이를 안아 들었다.

"안 돼……, 내 아이……!"

같은 쌍둥이어도 저쪽을 더 사랑하는 게 한눈에 보였다. 그에게는 재미있는 일이었다. 아들이 울음을 터뜨리는 걸 본 황후의 얼굴이 굳어졌다. 방금,

잘못했다가는 아이가 그대로 죽었을지도 모를 일이었다……!

황후가 그의 뺨을 내리쳤다.

뺨에 상처가 나며 피가 배어났다. 그는 피를 슥 닦고는 피식 웃었다.

"황후. 황후는 내 아이를 낳은 거지, 창공의 눈을 낳은 게 아니오. 어떻게 그리 오만방자하지? 아주 내 머리꼭대기에까지 올라오려고 하잖소."

황후는 대답 없이 그를 노려보았다. 그는 시선을 옮겼다. 침대에서 굴러 떨어져 울고 있는 딸을 집어 들었다.

"이마가 긁혔군. 황제와 황녀를 동시에 피 흘리게 만든 황후는 그대가 최초이자 마지막일 거요."

그는 품에서 창공의 징표를 꺼내 들었다. 그러고는 아이의 품에 인형처럼 안겨 주었다. 물론 말만 그랬을 뿐, 부드럽지도 푹신하지도 않은 징표다. 목도 제대로 가누지 못하는 핏덩이가 흥미를 가질 리가 없었다.

그저 황후의 충격받은 표정을 보는 게 목적이었다. 그제야 그는 마음이 좀 가라앉았다.

"착각도 그만하고, 건방지게 구는 것도 그만두란 말이오. 알겠소?"

황후는 적장자를 낳기는 했지만, 그게 다였다.

그가 마음만 먹는다면 얼마든지, 후궁의 아이에게도 창공의 눈을 물려줄 수 있다는 협박이었다.

그 이후 황후가 정말로 고분고분해졌으니, 잘한 일이라고 여겼다.

라하 델하르사에게 창공의 눈이 옮겨 가기 전까지만 해도.

뒤늦게 현자들을 불러 보았고, 그날의 일 때문에 창공의 눈이 라하에게 이어졌다는 걸 알게 되었지만 되돌릴 방법이 없었다.

황후가 고분고분해지고 카르젠은 뛰어났기 때문에, 그리고 대대로 적자가 황제가 되었기 때문에.

그 역시 카르젠을 틀림없는 황태자로 여기고 있었는데도 말이다.

황제는 라하에게 분노할 수밖에 없었다.

"그날 바닥에 떨어져 얼굴이 긁히는 게 아니라 숨이 끊어졌어야 했는데."

죽은 황후와, 현자들만 아니라면 아무도 모르는 이야기였다.

선황은 아무에게도 말하지 않았다고 생각하고 있었다.

몇 년 전, 2황비에게 얘기한 적은 있었지만.

무릇 사람이란, 새나 나무를 보고 중얼거린 것을 '남에게 말했다'라고 기억하지 못하는 법이었다…….

* * *

"그러니까, 그래. 라하. 너도 이 얘기는 모르지 않니. 분명 선황이 내게 그리 얘기를 해 주었단다. 그러니까……."

2황비는 간절하게 매달렸다. 도무지 라하의 표정에 담긴 뜻을 짐작할 수 없었다. 충격을 받은 것 같지도, 격노한 것 같지도 않은 그 아름답고 인형 같은 무표정한 눈.

"어머니."

라하가 물끄러미 2황비를 바라보았다.

"이걸 왜 내게 말해 주는 거죠?"

"내 아들을, 내 아들을 살려 달라고."

"카르젠에게 말해 주지 그랬어요. 말해서 그의 신임이나 얻었으면, 혹시 모르죠. 카르젠이 2황자를 살려 주는 자비를 베풀어 줬을 수도 있잖아요."

"네가……, 네가 카르젠을 죽일 게 빤히 보이는데도?"

라하의 입매가 그대로 멎었다. 그녀의 옷자락을 동아줄처럼 붙들고 있는 2황비의 손은 형편없이 떨리고 있었다.

라하가 물었다.

"그게 보이셨어요?"

"그래……."

"언제부터요?"

"……네 정혼자의 얼굴이 선황과 내게 각기 다르게 보이는 걸 알았을 때부터."

"세상에."

라하가 그제야 짧게 웃었다.

"그걸 알고 계셨을 줄이야."

"……."

"어머니는 참 영민하신 분이에요. 그래도 이해는 안 가네요. 왜 제 쪽에 판돈을 거셨지?"

"난 평생 군주의 비위를 맞추며 살아왔는데……. 그럼 어떤 군주가 더 냉혹할지, 어떤 군주가 기어이 모두의 목을 비틀고 비정하게 위에 올라설지 보이지 않겠니?"

"내가 냉혹하고 비정하다고요."

"아주 오래전부터 그리 생각하고 있었어. 너는……. 너는 정말 아무도 가여워하지 않는 성정이잖니……. 나는 선황보다도, 카르젠보다도 네가 무서워."

라하의 입가에 부드러운 미소가 어렸다.

"제게 매달리러 오신 분이 맞나요? 어머니."

"……."

2황비가 얼마나 자신을 좋게 평가해 주었는지, 황송할 지경이었다. 그녀의 눈에 자신은 이미 예전부터, 카르젠과 선황의 목을 비틀어 버릴 황녀로 보였던 모양이다. 신기한 일이었다.

도대체 당신은 내 어떤 점을 보고 그리 생각했을까. 묻지는 않았다. 궁금하지 않았으니까.

"무릎이라도 꿇을 수 있어. 아니."

2황비는 망설이지도 않고 무릎을 꿇었다. 그런 애절한 행동이 라하의 표정을 어떻게 얼어붙게 하는지엔 관심이 없는 듯 했다.

"황자가 그리 좋으세요?"

"내 하나뿐인 아이야. 내 목숨이고, 내가 낳아서 늘 눈치를 보며 살게 했는데 미안한 마음이 얼마나 큰 줄 몰라…… 그 애의 목숨이라도 지켜 주고 싶어. 제발, 라하. 어미의 마음을 한 번만 헤아려 주렴, 제발……."

"어미의 마음을 제가 어떻게 알아요."

"라하, 제발. 제발."

"도대체……. 어떻게 하면 이렇게 헌신할 수가 있지?"

라하가 빈정거렸다.

"이해가 안 가네요. 어머니."

"아무것도 바라지 않을게. 그 애만 살면 돼. 그러기만 하면 된단다. 한 번만 자비를 베풀어 줘."

매달리던 2황비가 기어이 눈물을 비추었다. 라하가 조용히 이를 악물었다.

"그만해요."

"라하……, 제발……. 제발."

"정말……. 끔찍하다고 몇 번을 말해야 알아들을지."

얼어붙은 눈으로 중얼거린 라하는 제 다리를 부여잡고 있는 2황비의 손을 떼어 내 버렸다. 해독제를 먹긴 했지만 온몸에 발라 놓은 독 때문에 몸이 온전히 움직이지 않는데도, 어떻게든 그녀를 뿌리쳤다.

긴 푸른색 속눈썹이 파르르 떨린다는 사실을 아무도 알지 못했다. 라하는 차갑게 명령했다.

"황비를 모셔라."

"예, 황녀님."

"2황자도 끌고 와. 내 앞으로 대령하도록 해."

"라하!"

기사들이 묵례 후 물러났다. 라하는 끌려가는 2황비에게서 천천히 시선을 돌렸다.

* * *

"도대체 검을 쥘 수가 없군."

욕설을 짓씹은 카르젠이 전혀 움직여지지 않는 손에 억지로 힘을 줘 보았다. 몸을 피하는 와중에도, 카르젠은 성기사들 특유의 정갈한 분위기를 감지했다. 어렵지 않게 알 수 있었다.

"신성국이 가담했나?"

"예. 폐하. 반란군에 성기사들의 수가 압도적으로 많습니다."

"그럼 나머지는?"

"에스더 공작가의 기사단이 일부 섞여 있는 것으로 확인됩니다."

"에스더?"

카르젠의 두 눈에 핏발이 섰다.

"아. 에스더. 라하를 그리 미워하는 척하더니 내 뒤통수를 쳤다 이거군."

"……."

"다른 귀족들은?"

"정확하진 않으나 더 이상 가담한 내국 귀족은 없는 것으로 확인됩니다."

"세 명은 황궁을 빠져나가서 에스더 공작저에 불을 질러라. 크게 지르면

지를수록 좋고, 반항하는 이가 있으면 사살해라. 반역군의 일시적인 분산을 최우선 목표로 한다."

"존명!"

카르젠 역시 겨우 가운을 걸친 모습이었다. 그나마 근위대가 가져온 겉옷을 위에 대충 걸쳤을 뿐이었다.

"국경선으로 빠져서 군대를 통솔해야 반역군을 진압할 수 있겠군."

생각했던 것보다 반역군의 수가 많았다. 카르젠이 싸늘한 얼굴로 웃었다.

"타국의 어느 쥐새끼가 시종으로 위장해 군사들을 잠입시킨 모양이군."

그 외에도 방법이야 많았다.

황궁으로 들이는 마차 밑이나 지붕에 사람을 숨겨 놓았을 수도 있었다. 국혼을 맞아 각국에서 어마어마한 공물과 선물이 쏟아졌으니, 평소보다 경계가 느슨해지는 건 어쩔 수 없는 일이었다.

그중에서 특히, 가장 많은 선물을 가져왔던 왕국을 카르젠 역시 익히 알았다.

"힐로스드가 제국으로 발돋움을 하고 싶은 모양이구나."

힐로스드는 황녀와 혼사로 이어지게 된 나라였다. 그러니 많은 보물을 싣고 와도 누구도 이상하다고 생각하지 못했다.

더군다나 빌어먹게도, 그 힐로스드의 왕제는 시종일관 라하에게 지극정성이었으니. 모두가 그러려니 했다.

카르젠이 가장 그랬고. 그놈이 라하에게 정신이 나가 있는 게 너무도 눈에 빤히 보였으니까.

그 방심 아닌 방심이 이런 식으로 돌아와 제 발목을 잡을 줄이야.

그때였다.

카르젠은 제 바로 옆으로 날아오는 '시체'를 보았다. 아주 짧은 순간이었다. 무서운 속도로 날아온 시체는, 카르젠의 등 뒤에 있는 딱딱한 돌벽과 부딪쳐 그대로 터졌다. 카르젠의 뺨에 고스란히 튀는 피와 살점.

아까 전, 카르젠이 탈출로를 확보하기 위해 보내 두었던 근위대 중 한 명이었다. 그 건장한 육체가 이리 맥없이 터져 죽다니.

카르젠의 입꼬리가 올라갔다.

"왕제."

쇠 냄새가 코를 찔렀다.

"왕제가 이리 난폭한 성정인 걸 라하가 아나?"

제 쪽으로 어슬렁거리듯 걸어오는 커다란 그림자. 전쟁터 특유의 후끈함이 죽음의 스산함과 공존하며 등골이 오싹해진다.

"피차 전쟁터에서 굴렀던 몸인데, 난폭함을 따지니 우습군요."

"적어도 나는 내 쌍둥이에게 언제나 솔직했거든. 하지만 왕제는 아니질 않나?"

……하고 묻던 카르젠의 이마가 서서히 일그러졌다. 그뿐만이 아니라, 함께 서 있던 블레이크와 다른 근위대도 마찬가지였다.

그들이 아는 왕제의 얼굴이 아니었다.

카르젠이, 델로의 귀족들이 내내 왕제의 얼굴로 내내 기억하던 모습이 아니다.

납득이 가지 않는 일이었다. 남자는 분명 왕제의 옷을 입고 있으며, 신체 조건도 엇비슷했다. 맹수처럼 이글거리는 특유의 눈빛도 그대로인데.

내려가던 카르젠의 시선이 남자의 검 손잡이에 멈췄다. 귀족들 사이에서 꽤나 화제가 되었던 푸른색 장식용 술. 카르젠도 물론 잘 알고 있었다. 왕제의 검을 보자마자, 라하가 자주 차고 다니던 팔찌의 보석임을 알아보았으니.

그러니, 저 얼굴은…….

희미했던 기억이 붓으로 덧칠하듯 점차 선명해진다. 기억력이 유달리 좋은 누군가가 "황녀님의 그때 그……." 하고 작게 중얼거리는 게 들렸다.

"이럴 수가."

카르젠이 웃었다. 폭소했다. 아, 이럴 수가. 라하 델하르사는 도대체 어디까지 자신을 조롱한 것인가?

"그 침실 인형이 왕제였나?"

* * *

"비켜라."

"선황 폐하. 송구합니다."

"비키라고 했다."

"……이곳은 황제 폐하의 직언 없이는 사사로이 출입하실 수 없습니다."

별궁에서 빠져나오자마자 선황이 향한 곳은 창공의 징표가 자리한 후원이었다. 하지만 그는 후원으로 들어갈 수 없었다. 지키고 있는 기사들이 가로막았기 때문이었다. 지금 본궁 일대에서 무슨 난리가 났는데! 아니, 어쩌면 알기 때문에 더 엄중히 지키고 있는 수도 있었다. 선황이 싸늘한 얼굴로 눈짓했다.

"컥!"

선황 앞을 가로막고 있던 기사가 순식간에 피를 뿜으며 쓰러졌다. 눈 깜빡할 새였다. 그대로 혈전이 벌어졌으나, 숨이 끊어진 건 후원을 지키는 기사들이었다.

"절반은 몸을 숨겨라. 근위대와 합류하도록 하고, 나머지는 이들의 옷으로 갈아입어라."

"예, 폐하."

선황은 실로 오랜만에 후원으로 들어섰다.

벌써 몇 년 전이었던가. 양위를 하기 직전 들어와 보았던 게 선황이 기억하는 마지막 방문이었다.

아름다운 빛무리.

창공의 눈동자를 환영하는 신성한 빛무리는 냉정한 선황조차도 감동할 정도로 아름다웠던 것으로 기억하는데…….

이상한 일이었다. 선황의 기억과 달랐다. 빛무리들이 그에게 오지 않았다. 그저 허공에서 파르르 떨고 있을 뿐이었다.

"이게 무슨……."

선득한 불안감이 선황의 호흡을 조금씩 흐트러뜨렸다.

"안쪽으로 들어가라. 어서!"

선황을 업고 있던 기사가 빠르게 걸음을 옮겼다. 주변은 온통 어두웠다. 빛무리들은 제멋대로 날아다니느라 조명의 역할 하나 제대로 수행하지 못하고 있었다. 기사들은 영문을 모르고 후원을 가로질렀다. 하지만 선황은 달랐다. 그는 창공의 눈을 이었으니, 이곳에 들어서는 순간 직감했다.

절대로 무너져서는 안 되는 무언가가 무너져 내리고 있었다.

"크윽!"

창공의 징표 앞에 겨우 도착했을 때, 선황을 업고 있던 기사가 비명을 질렀다. 숨이 끊어질 때 나는 미약한 소리. 기사가 피를 토하며 무너져 내렸다.

"폐, 폐하……."

선황의 두 눈이 부릅떠졌다.

기사의 가슴을 꿰뚫은 것은 빛무리였다. 기계처럼 정확히 기사의 심장만을 꿰뚫은 빛무리는, 그러나 선황만큼은 옷자락 하나도 상하게 하지 않았다. 다만 바르르 떨리며 허공으로 흩어졌을 뿐. 술에 취해 비틀거리는 인간 같기도 했다. 아주 괴기했다.

입구 근처에서도 마찬가지로 숨이 끊어지는 소리가 들려온다. 선황은 입술을 꽉 깨물었다.

전부 자신을 보호하는 기사단의 것들이었다. 후원에 들어서는 순간, 오감이 극도로 발달된 터라 분명히 눈치챌 수 있었다.

그는 기사의 허리춤에서 검을 빼냈다. 검을 목발 삼아, 창공의 징표 앞으로 간신히 걸어갔다. 반은 기어간 것이나 다름없었다.

굴욕감을 느낄 여유도 없었다. 애초에 일부러 후원으로 온 것이 아니던가?

창공의 징표란, 선황에겐 훌륭한 인질이었다. 자신의 위치를, 이 델로 제국의 역사를 무도한 반역군들에게 가장 효과적으로 각인시킬 수 있는 성물.

간이 배 밖으로 나온 반란군이 누구이든 간에, 감히 현자들까지 등질 엄두는 내지 못할 테니 말이다.

그랬다.

그랬는데…….

선황의 얼굴이 악몽을 목도한 듯 서서히 일그러졌다.

창공의 징표는 완전히 금이 가 천천히 무너져 내리고 있었다.

단 한 번도 상상조차 해 본 적 없는 끔찍한 몰골이었다.

* * *

"황녀님!"

부름에 라하는 시선을 돌렸다. 올리버가 숨을 몰아쉬며 그녀 앞에 멈춰 섰다. 한 번도 쉬지 않고 뛰어온 게 분명했다. 소년은 오자마자 다짜고짜 용건부터 말했다.

"잠시만……. 잠시만 눈을 깜빡여 보세요. 몸도 조금만 숙여 주시고요."

자세한 설명은 없었지만 상관도 없었다. 라하는 순순히 몸을 숙였다. 그제야 시야가 맞았다. 라하는 눈을 깜빡여 주었다. 그녀의 앞에 바짝 붙은 올리버가 품속에서 무언가를 꺼냈다. 그리고 라하의 오른쪽 눈 위로 가져가는데…….

거의 동시에, 올리버는 성기사들에게 붙잡혀 제압당했다. 라하는 표정 하나 변하지 않고 명령했다.

"놓으렴. 내 주치의란다."

"예. 황녀님."

성기사들이 바로 올리버를 풀어 주었다. 올리버는 당황해서 손가락을 꼼지락거렸다.

와중에도 즉각적인 복종이 인상 깊었다. 그리고 예민할 정도로 곤두서 있는 성기사들의 신경.

새삼 신성국이 라하에게 모든 걸 걸었음을 깨달을 수 있었다.

굳어 있는 올리버의 눈동자를 내려다보며, 라하가 부드럽게 미소를 지었다.

"다시 깜빡여 줄까? 올리버."

"……아. 네. 황녀님."

차가운 액체 몇 방울이 라하의 눈에 번갈아 떨어졌다. 라하는 이마를 찡그리고 눈을 깜빡였다.

"차가워."

"오늘부터 일주일간 매일 이 몰약을 넣으면 돼요. 그러면 마법이 완전히 사라질 거예요."

"일주일간?"

"네……."

라하는 가만히 웃다가, 올리버가 내민 손수건으로 눈가를 닦아 내면서 물었다.

"올리버. 셰드도 너처럼 며칠이나 잠을 못 잤니?"

"왕제님은 그래도……, 강건하시잖아요. 괜찮으세요."

"그래, 그렇긴 하지만."

라하는 고개를 들어 올렸다. 마침 성기사 하나가 다가오고 있었다.

"황녀님. 왕제님이 가짜 태양의 근위대 대부분을 사살하셨습니다."

"그는 다치지 않았어?"

"거의 다치지 않으셨습니다."

"다치긴 했다는 소리니?"

"경미한 부상을 입긴 하셨습니다."

라하가 그러쥔 손에 순간 힘이 들어갔다.

"네가 가 보렴, 올리버."

올리버가 고개를 서둘러 끄덕였다. 라하는 그 작은 소년을 보다가 물었다.

"올리버."

"네, 황녀님?"

"넌 어떻게 이런 몰약을 만들 수 있는 거야?"

내내 궁금했으나 물을 시간이 없던 질문. 올리버의 손이 멈칫 굳었다.

"이건 마법의 영역이잖니. 물론 네가 천재라는 거야 내가 가장 잘 알지만, 그래도 범주가 다르잖아."

올리버는 머뭇거리며 대답하지 않았다. 라하는 픽 웃었다.

"곤란하면 얘기하지 않아도 돼."

"나중에……. 나중에 말씀드릴게요."

"너 좋을 대로 하렴."

라하는 올리버의 머리를 가볍게 쓰다듬고 자리에서 일어났다.

"현자들은 어디 계시지?"

"황궁 문 입구에서 들어오지 못하고 계세요."

"그래. 아직 거사가 성공할지 아닐지 확실히 모르니, 계속 그렇게 계시는 게 좋겠구나. 만약 실패하면 연루된 이들은 적을수록 좋으니까."

라하는 그렇게 말하고 숨을 내쉬었다.

"올리버. 너는 나와 연루되어도 현자의 제자이니 목숨은 부지할 수 있어."

"……."

"의술을 계속하긴 어렵겠지만……. 그건 미안해."

"……황녀님."

"내가 명령했던 것만 잘 지켜 주렴."

올리버의 두 눈이 정처 없이 흔들렸다. 그는 천천히 고개를 끄덕였다.

라하의 시선은 올리버에게 오래 머물지 않았다. 그녀는 현재 황궁 전체를 장악하는 데 성공했다. 하지만 시간을 오래 끌수록 좋을 게 없었다. 최소한의 인원으로 어떻게든 선황부터 찾아야 했다.

외부의 군대는 여전히 카르젠의 것이었다.

"황녀님! 져 버린 태양의 은신 위치를 파악했습니다!"

성기사의 숨 가쁜 보고가 마치 천둥처럼 들렸다. 어깨 위의 숄을 추스른 후 라하는 곧장 걸음을 옮겼다.

* * *

"……이러면 안 된다."

비석의 표면을 만져 보는 선황의 손은 차디차게 식어 있었다.

빛무리들은 매분매초 정신없이 산란했으나 소리는 극도로 적었다. 거짓말처럼 조용한 이 후원에서, 어떤 공격도 받지 않고 걸어 들어오는 발소리가 들린다.

"부황."

"……이걸 왜 지키지 않았느냐?"

"제가 그렇게 만든 게 아니랍니다."

라하 델하르사는 선황의 근처로 걸어오며 시선을 옮겼다.

"카르젠의 마법사가 그렇게 만든 거예요."

"창공의 눈을 지닌 이가 아니면 누구도 징표가 무너지는 걸 알지 못한다. 네가 지켰어야지!"

"제가 왜요?"

"……뭐라? 라하 델하르사. 도대체……. 네가 진실로 미쳤느냐?"

"알고 계시지 않았어요?"

"라하 델하르사."

"절 미치게 만든 건 아버지와 카르젠이잖아요."

비석을 향해 다가가는 라하의 발걸음은 가볍고 우아하다. 선황은 그녀의 두 다리를 분질러 버리고 싶다는 분노에만 가득 찼다. 하지만 기사는 숨이 끊어졌고, 이 징표의 후원에는 창공의 눈을 이어받은 이가 아니면 누구도 들어올 수 없었다.

아니, 어쩌면 현자들은 들어올 수는 있겠지.

그들 역시 건국에 관여했으니.

그러나 그뿐이다.

라하도, 선황도 알고 있다.

현자들이 이 반역에 결코 끼지 않을 거란 사실을. 라하가 올리버를 시켜 비밀리에 현자들을 부른 것도, 결국 마지막으로 이어질 황명을 기록하기 위해서였다. 다른 의도가 아니라.

그런 의도였으면 현자들도 오지 않았을 거고.

"주제도 모르는 것."

선황이 씨근덕거렸다.

"창공의 눈을 훔친 걸로도 모자라, 너는 도대체 이 위대한 황실에 얼마나 더한 죄를 끼치려고 하는 것이냐?"

노기가 가득했다. 서슬 퍼런 목소리. 라하는 웃음도 나오지 않았다.

"부황. 거짓말은 이제 그만하세요."

열한 살 때, 처음 창공의 눈을 이어받은 이후로, 매번 라하를 지옥에 빠뜨리던 그 말이다.

"어머니에게 모두 들었답니다. 부황이 한심하고 멍청한 짓을 하시다가 제게 피를 묻혔다는 사실을요."

"……."

"본인의 잘못이 부끄러워 제게 뒤집어씌우고 평생을 사시다뇨."

선황의 두 눈에 핏줄이 툭툭 불거졌다. 순식간에 모든 퍼즐이 맞춰진다. 머리에 김이 나는 것 같았다.

"황비……. 그 계집이 날 배신한 거냐?"

"부황은 모두에게 배신당했답니다. 저에게도, 어머니에게도, 하늘과 운명에게도요."

한 마디 한 마디 부드러운 것이 없다. 길고 얇은 얼음송곳을 선황의 뇌에 무수히 꽂아 박으면서도 라하의 표정은 조금도 화가 나 있지 않았다. 묘하게 붕 뜬 잿빛 구름 같은 낯빛. 선황은 저 표정이 어딘지 익숙하다는 생각이 들었다.

보르본 백작 부인이 죽은 이후로 라하가 자주 짓던 표정이었으나, 선황은 끝끝내 기억해 내진 못했다.

"아버지는 참 속이 편하시겠어요. 모든 걸 도구로 이용하면 그만이시니까."

선황은 말뚝처럼 짚고 있는 검으로 흘긋 시선을 내렸다. 찰나였다.

"그런데 사실, 아버지 정도면 성군이라고 생각한답니다. 아무도 나를 공격하지 못하는데 어찌 오만해지지 않을 수가 있겠어요?"

"……."

라하는 천천히 선황 가까이 다가갔다.

선황은 두렵지 않았다. 어차피 저 계집은 자신을 공격하지 못한다. 그것은 자신도 마찬가지였으나, 어릴 적의 카르젠은 기이하게도 매번 라하의 뺨을 때렸다. 도대체 어떻게 가능한 것인가 했더니, 카르젠은 제 쌍둥이를 지나치게 애증하고 있었다.

살의만 없앨 수 있다면, 얼마든지 라하에게 물리적인 충격을 입힐 수 있었다.

"아세요? 아버지는 미치셨어요. 카르젠에게 억지로 양위한 이후, 본인의 무능력함을 인정 못 해 미치셨죠."

라하가 속삭이는 듯 달콤하게 물었다.

"제 말이 맞지 않나요, 아버지?"

모멸감이 든 선황의 턱에 힘이 들어갔다. 그에겐 이따위로 지껄이는 사람이 없었다. 평생을 통틀어 단 한 명도.

"네가 아무리 발버둥을 쳐도, 라하 델하르사! 네까짓 게 황위를 이어받을 수 있을 거라고 생각하느냐!"

내지른 노호에도 불구하고, 라하는 약간의 동요도 내비치지 않았다. 않았을 뿐더러, 그녀는 선황의 말을 전혀 듣지 않는 것 같았다. 적어도 그의 눈에는 그렇게 보였다. 라하의 푸른 눈동자가 기묘한 광기로 번들거리고 있었다.

"아세요? 전 지금 부황의 손가락을 하나씩 자르고 싶답니다."

"내가 너의 친아비라는 사실을 잊은 모양이구나."

"무슨 상관인가요? 아버지는 저를 카르젠의 침실에 몇 번이나 던져 주려 하셨으면서."

"나는 그런 적이 없다."

"묵인하셨잖아요."

"도대체 이딴 쓸데없는 말씨름은……."

선황이 이를 갈았다. 이렇게 예전부터 제정신이 아닌 주제에, 잘도 그 많은 눈을, 그리고 제 눈까지 속였다 싶었다. 망가진 정도가 아니라 주변까지 함께 망가뜨리는 재해 같은 정신 이상자가 제 딸이라니.

"아버지. 혹시, 거울을 가지고 계신가요?"

선황은 라하의 의중을 파악하지 못하고 이마를 일그러뜨렸다. 라하는 마치 이 모든 것이 소꿉장난인 것처럼 굴었다. 적어도 선황의 눈에는 그렇게 보였다. 선명한 것은 오직 자신과 똑같은 창공의 눈동자.

품에서 작은 손거울을 꺼낸 라하가 황제에게 스스럼없이 다가와 건네주었다.

"아버지의 원래 눈은 처음 보네요."

"……!"

선황의 부릅뜬 두 눈이 거울에 비쳤다. 이제는 본인도 잊고 있던 본연의 눈동자 색이 드러난다.

"전 아직 그대로인가요? 그런가 보네요."

그렇게 말하는 라하의 눈동자 색깔도 함께 깜빡이고 있었다. 눈을 감았다 뜰 때마다 잿빛과 푸른색이 정신없이 혼동되었다.

"네가……. 네가 이래서 징표를……."

선황은 반사적으로 땅 아래를 확인했다. 곧 그의 얼굴이 시체처럼 파리하게 변했다. 이곳은 천 년도 전, 죽어 버린 하늘이 잠들어 있는 곳. 징표는 그를 기리고 누르기 위한 비석이었다. 땅 아래 죽은 창공이 점점 솟아오르고 있었다.

서서히 날아가기 시작하는 빛무리들.

사라지고 있는 창공의 눈동자…….

눈을 뜨고 악몽을 꾸는 것 같았다.

선황은 십 수여 년 만에 처음으로 강렬한 공포에 질렸다. 동시에 가슴에 후끈한 통증이 느껴졌다.

반사적으로 선황이 검을 휘둘렀으나, 라하에게 닿지 않았다. 그녀에게는 멀쩡한 두 다리가 있었기 때문이었다.

"……어떻게 이럴 수가 있지?"

선황이 새빨간 피를 토했다.

"황비는……. 그 빌어먹을 계집은…… 네가 결코 죽음을 선택하지 못할 거라고……, 분명히 말했는데……. 왕제 때문에라도 결코……."

라하의 잿빛 눈이 천천히 흐려졌다. 하지만 바닥에 쓰러진 선황에게 속삭이는 목소리에는 약간의 동요도 찾을 수 없었다. 평생을 그랬듯이.

"전 사랑보다 복수가 중하더라고요."

"네 어미와 참으로…… 다를 바가 없구나."

"아버지와 다를 바가 없는 거겠죠."

"……너를 낳자마자 요람에 눌려 죽였어야 했는데."

"아버지의 시신을 조각조각 내 성벽에 걸어 드릴게요."

"네가……. 네가……."

쿨럭. 말은 끝까지 이어지지 못했다. 선황이 크게 토해 낸 피가 그 자신의 시야마저 덮었다. 눈동자에 튄 선혈로 인해 눈가가 붉게 물들어 갔다. 침묵과 고요를 거쳐 호흡이 천천히 꺼졌다.

아주 긴 시간이었다.

아주 짧은 시간이기도 했다.

"제가 당신한테 이길 때도 있네요."

당신이 결국 졌어요, 아버지.

그 말을 입 밖으로 내뱉었는지 기억나지 않았다.

통쾌함이라고 해야 할지, 전율이라고 해야 할지. 불길과 혹한이 동시에 끼쳐 오는 듯했다. 끔찍하게 짜릿하다. 극단적인 환희가 벅차올라 라하의 뇌를 한순간에 집어삼켰다. 커다란 뱀이 몸을 휘어감은 듯 정신을 차릴 수가 없다.

라하는 한동안 멎어 있었다. 피투성이가 된 두 개의 손만이 정처 없이 떨렸다.

아주 오래전, 보잘것없이 작고 어리기만 했던 라하 델하르사처럼.

* * *

목이 잘 움직여지지 않았다. 카르젠은 차갑게 굳은 손을 들어 목젖을 지그시 눌러 보았다.

가늘고 교묘하다. 혈관을 타고 퍼지는 바늘 같은 독이 안쪽 깊은 곳에서부터 남김없이 그를 갉아먹는다.

제 발칙한 쌍둥이가 탐스러운 피부에 바르고 바른 독은, 단순히 몸을 일시적으로 마비시키는 정도가 아니었던 모양이었다. 아니면 카르젠 자신이 그녀의 모든 것을 지나치게 핥았든지.

황제를 지키던 근위대의 대부분이 사살되었다.

간신히 살아남은 건 블레이크 듀크와 겨우 일곱 명의 근위대 기사뿐. 그들 역시 늑골이 부러지고 얼굴은 피투성이가 되었다.

"라하 델하르사, 라하 델하르사."

네 정혼자가, 네가 그리 아끼던 인형이 실은 이토록 난폭하고 흉포한 놈인 걸, 너는 알고 있나? 알고서도 사랑에 빠졌나?

저 빌어 처먹을 새끼는 처음부터 전쟁의 판도를 뒤바꾸며 나타나긴 했지.

한참이나 비천했을 때도, 아니. 비천한 척 실험체 노예로 들어왔을 때도 마찬가지였다. 그놈은 사령제 무투회에서 눈 깜빡할 새 상대를 짓밟고 올라왔지 않던가.

그런 놈이 제게 기꺼이 무릎을 꿇고 기꺼이 기어 나오고, 순순히 머리를 조아렸던 적이 있다는 사실이 기가 막혔다.

황실의 근위대를 이토록 간단히 짓밟는 놈이다.

타고나기를 포식자의 운명으로 난 놈이, 어찌 그리 제게 납작 엎드려 천하게 굴 수 있었는지. 그런 것은 아무렇지도 않을 만큼, 라하 델하르사를 그렇게나 사랑했나? 할 수만 있다면 그 빌어먹을 왕제의 머리를 샅샅이 뜯어보고 싶었다.

"폐하."

간신히 이쪽까지 탈출할 수 있었다. 바깥으로 이어지는 비밀 궁문이 코앞이었다. 여기까지 나오기 위해, 카르젠은 일흔세 명의 근위대를 잃었다. 부기사단장 이하 모든 기사들의 피를 묻힌 끝에 탈출이 코앞까지 다가왔다.

그때였다.

바람을 가르는 거센 소리와 함께 날카로운 화살촉이 카르젠을 스치고 지나갔다.

"폐하를 보호해라!"

시끄러운 소리가 카르젠의 귀에 들어오지 않았다.

그는 손등을 들어 뺨을 닦아 보았다.

붉은 피.

억류가 아니라면 어떤 공포도 카르젠을 강제할 수 없다.

친애하는 쌍둥이 덕에, 그는 어떤 델하르사의 여타 황족들보다도 창공의 보호를 강하게 받았다. 물론 창공의 눈동자를 이어받은 라하만큼은 결코 아니었으나, 그 스스로 추정한 바에 의하면 같은 공격을 받아도 4할 이하의 상처만 입었다.

그 정도면 충분했다.

카르젠은 너끈히 난공불락의 황제로 군림할 수 있었다.

그렇기에 카르젠 델하르사는, 지금 자신의 뺨에서 흐르기 시작하는 피가 몹시 낯설었다.

왜 내게서 피가 흐르나?

어째서?

그때, 날아온 두 번째 화살이 정확히 카르젠의 왼쪽 다리를 관통했다. 왕제였다. 또 그 빌어 처먹을 놈이었다. 여전히 그놈이었다. 왕제는, 노예는, 실험체는, 라하의 인형. 무거운 곡궁을 바닥에 내팽개친 후 검을 들고 성큼성큼 걸어왔다.

아슬아슬하게 급소를 비껴 간 화살촉이 카르젠의 살과 근육을 무자비하게 파고든다. 믿기지 않았다. 그는 이 죽음의 공포를, 먹잇감이 된 듯한 낯선 기분을 도저히 용인할 수도 이해할 수도 없었다.

"창공의 표식이……. 무너지기라도 했나?"

그 스스로 내뱉고도 믿을 수 없는 말이었다. 마지막 근위대가 왕제에게 달려들고, 카르젠은 피 흘리는 다리를 움직여 간신히 몸을 숨겼다.

창공의 표식이 무너져?

왜.

피가 점점 더 흘러내린다. 카르젠은 밭게 숨을 몰아쉬었고, 어느 순간 제게

다가오는 우아한 발소리를 들었다. 사냥터에서 길을 잃어도 초식 짐승을 두려워하는 이는 없다. 카르젠에게는 딱 그만큼의 의미였던 여자가 다가온다.

"자멜라 윈스턴 영애."

황족 특유의 소름 끼치는 침착함이 살얼음처럼 낀 목소리였다.

"내 쌍둥이도 내게 독을 먹이더니……. 내 약혼녀도 내게 독을 바른 검을 찌르는군."

심장이 맥동할 때마다, 무기질의 불쾌한 감각이 혈관을 타고 몸 곳곳으로 뻗어 나가는 기분이었다.

감히 제 가슴을 파고든 짧고 가늘며 날카로운 것을 바라본다. 카르젠은 어릴 적, 딱 이런 형태의 검을 본 기억이 있다.

라하가 창공의 눈을 이어받기 전, 열 살 즈음이었나. 선황후는 라하에게 이런 스틸레토(stiletto) 단검을 주었다.

검의 크기가 작고 가벼운 데다가 쉽게 상대를 공격할 수 있어서, 제국에선 여성 귀족들이 유사시를 대비해 베개 밑에 두고 잠들곤 했다.

얼마 후 선황후는 라하에게 주었던 모든 것을 회수해 갔으니, 저것도 곧 빼앗겼지만. 큰 의미는 못 되었다. 카르젠이 등극하고 라하가 황궁에서 가장 고귀한 황족이 된 이후엔 스틸레토를 베개 밑에 두고 자는 게 고리타분하고 철 지난 유행이 되어 버렸으니까.

라하가 주도한 변화였다. 그녀의 아이 같은 속내가 빤히 보였지만 그마저도 귀엽고 안타까워 그저 웃지 않았던가.

최근에는 수요를 잃은 이 단검을 장사꾼들이 어떤 용도로 팔아 치웠는가. 전쟁터를 전전한 카르젠은 모를 수가 없었다. 돌이킬 수 없는 중상을 입은 패잔병의 목숨을 끊는 데 쓰였다.

자연히 스틸레토 단검의 뜻도 새롭게 바뀌었다.

'패배자의 명예를 거둬들이다'

"영애에게 황후 자리를 약속했는데도 말이지."

라하를 닮은 푸른색 눈동자가 그를 죽음에 잠기게 했다.

"왜 영애가 나를 증오하지?"

"폐하."

"영애의 머리에 푸른색 물감을 발라서?"

"그 정도로 군주를 증오할 만큼 나약하게 자라지 않았답니다, 폐하."

"그럼 왜."

카르젠이 쿨럭 기침을 내뱉었다. 붉은 피가 열꽃처럼 터져 흐른다.

"왜 라하의 손을 잡았나, 자멜라 윈스턴."

"기억하시는 게 그것 하나뿐이시라니."

자멜라가 부르튼 뺨으로 웃었다.

"제가 폐하를 증오한 게 언제부터인지 굳이 되짚어 드릴 필요가 있을까요?"

"자멜라 윈스턴."

온몸에 독과 독이 퍼지는 와중에도, 카르젠은 냉랭한 위압감을 내뿜었다. 타고난 혈통과 고귀한 황관을 두르고 태어난 남자…….

그래. 이 젊고 아름다운 군주에겐 행동의 대부분이 그저 유희의 연장선이었겠지. 무수히도 잘려 나간 상대의 생살은 카르젠에겐 의미 없는 고깃덩어리에 불과할 것이다.

몸이 산 채로 썰리고 썰린 사람이 그저 운이 없었을 뿐이었다. 그러다 미쳐 버려도 어쩔 수 없는 것이고.

"폐하."

이러니 자신 역시 정신을 놓을 수밖에.

이 순간, 황제의 정혼자라는 지위를 상실하게 된 공작 영애는 고아하게 웃었다. 평생 가르침을 받은 대로 말이다.

다만 붉은 피가 가득한 손으로 카르젠의 푸른 머리카락을 쓸어 주는 모습은 어딜 보아도 귀족 영애답지 않았다.

그보다는 복수를 속삭이는 그림 속의 생동감 없는 인물 같았을 뿐.

"저도 폐하의 머리에 황금색 물감을 발라 드리고 싶은데……."

"……."

"그랬다가는 제 욕망을 들키겠지요?"

"……아."

카르젠이 그제야 웃음을 터뜨렸다. 평소처럼 아름답고 고귀한 황제의 모습이 아니었다. 힘을 주어 구겨 놓은 종이처럼, 카르젠의 잿빛 눈은 선득한 죽음의 기운으로 우글거리고 있었다.

"네 아비는 알고 있나?"

"아무것도 모르시지요. 편히 주무시고 계실 거예요."

"윈스턴이 라하에게 무엇을 대가로 받기로 했지?"

"제 소꿉친구의 유골입니다."

"로자인 리굴리쉬……."

카르젠은 피를 토하며 웃었다. 그가 곧 번들거리는 눈으로 물었다.

"영애가 사랑이라도 했나 보군?"

"잃고 나서야 깨닫는 감정이 있는 법이더군요. 폐하."

"그래서 나를 증오하게 된 건가?"

"제 증오가 폐하께 중요한가요?"

어차피 당신에겐 아무 의미도 없을 텐데.

라하 델하르사를 제외한 무엇도.

"그래. 아무 의미 없지."

카르젠은 낮은 목소리로 내뱉었다. 숨을 들이쉬고 내쉴 때마다 끔찍한 고통이 그를 좀먹었다.

"라하가 영애에게 이런 자리를 일부러 마련해 준 모양이야. 내 쌍둥이는 거래에 능하거든. 타고났는지."

"……."

"그런데 영애는 라하가 아니지."

"……"

"아직 하나를 모르고 있잖아."

동시에 자멜라 윈스턴이 그대로 고꾸라지듯 쓰러졌다. 카르젠은 암살자처럼 다가온 블레이크 듀크에게 부축을 받아 일어났다.

"폐하. 바깥에서 수상함을 감지한 모양입니다. 듀크의 기사단을 비롯해, 제도 주둔군의 3할이 황궁으로 진군하고 있습니다."

3할은 근위대장인 블레이크 듀크가 단독으로 징집할 수 있는 최고 단위였다. 카르젠은 천천히 고개를 들어 올렸다. 피가 가슴을 타고 흘렀다. 불길이 붙은 듯 괴롭고 끔찍했다.

"징표가 있는 후원으로 가자."

라하 델하르사는 그곳에 있을 것이다.

* * *

카르젠은 거대한 비석이 서 있는 후원으로 들어섰다.

세간에는 알려지지 않은, 오직 당대 황제에게만 대대로 내려오는 비밀 입구가 있었기에 어렵지 않게 들어올 수 있었다.

그 과정에서 블레이크 듀크를 제외한 모든 근위대가 죽었지만.

카르젠은 홀로 이 아름다운 정원에 들어섰다. 들어선 후 아름답다는 감상은 빼야 했다. 빛무리는 서로 부딪히고 평평했던 땅이 종양처럼 솟아오르고 있었다.

특히 빛무리들은 마치 카르젠을 공격할 듯 쏘아져 오다가, 힘을 잃은 화살처럼 맥없이 쓰러졌다. 촛불 위에 손을 댄 듯 뜨거웠다.

여전히 웅장한 징표의 비석.

주저앉아 있는 라하.

앞에 비참하게 쓰러져 있는 피투성이의 선황. 숨결도 미동도 없었다.

"부황을 결국 시해했느냐?"

라하가 천천히 고개를 움직여 카르젠을 쳐다본다.

순간 카르젠이 벼락을 맞은 것처럼 굳었다. 반평생 카르젠이 탐미해 온 창공의 눈동자가 없었다. 존재하지 않았다. 거울을 보는 것처럼, 그를 소름 끼치게 닮은 잿빛 눈동자가 번들거리고 있었다.

강렬한 충격이 비등점을 향해 끓어오른다. 한순간이었다. 온몸을 아우르는 고통마저 완전히 압도한 악몽 같은 광경에, 카르젠은 어느새 라하의 어깨를 단단히 붙들어 강제로 일으켜 세우고 있었다.

"눈을 어떻게 한 거냐."

"……."

"눈을 어떻게 했느냐고 물었다, 라하 델하르사!"

"없앴어."

"정신이 나갔나? 그게 말이 되는……."

카르젠이 천천히 옆을 보았다. 비석에 금이 가는 것은 창공의 눈을 가진 이만이 볼 수 있지만, 비석이 '무너져 내리는 것'은 그 어떤 이도 볼 수 있었다.

둔중하고 쓸쓸한 소리와 함께 비석의 일부가 무너져 내렸다.

의심만 하던 것을 실재로 목격하는 충격은 가히 어마어마했다. 누군가가 뇌에 수없는 바늘을 꽂아 넣는 듯한 끔찍한 기분…….

"……왜 이런 거지? 라하 델하르사."

"널 죽이고 싶어서."

"……."

"아버지도 죽이고 싶었거든."

"……."

"정말로 죽이고 싶었어……."

라하 델하르사가 속삭이는 목소리가 어찌나 달콤하던지. 이 순간에도 전신을 짓누르는 선명한 고통만 아니었어도, 카르젠은 이곳이 침대 위라고 기꺼이 생각해 줄 수도 있었을 것이다.

한 박자 늦게 카르젠이 기침을 쏟아 냈다. 쏟아지는 피가 라하의 뺨과 드러난 목, 쇄골에 깊은 흔적을 남긴다.

"큭!"

카르젠이 비명을 내지른 건 그때였다. 한쪽 귀에 불덩이가 떨어진 듯 고통이 몰아쳤기 때문이었다. 그는 작금의 상황을 바로 이해하지 못했다.

"네가……."

라하 델하르사가 자신의 귀를 찌른 것이다. 사실상 도려낸 것과 같았다. 눈앞이 명멸하는 고통 속에서, 카르젠은 헐떡이며 숨을 몰아쉬었다.

바닥으로 떨어진 칼에 카르젠의 피와 살점이 달라붙어 있다. 카르젠은 방금 전 상실한 한쪽 귀를 붙잡고 비틀비틀 뒷걸음질을 쳤다.

"네가 지금 무슨 짓을……."

"다시는 전쟁에 나갈 수 없겠네, 카르젠."

"……!"

"넌 다시는 어떤 쓸모도 찾지 못하게 될 거란 소리야."

라하의 말이 맞다. 만일 이 반역을 무사히 진압한다고 해도, 그는 다시는 전처럼 정복 군주로서의 공적을 세울 수 없으리라.

눈부시기만 했던 황제가, 욕정해 마지않던 쌍둥이에게 당해 귀를 잃었다. 한심하고 비천한 꼴이다. 라하의 발에 짓밟히는, 제 귀의 일부였던 것을 본다. 카르젠은 도무지 이 굴욕적인 상황을 용납할 수 없었다. 그의 눈이 시뻘겋게 달아올랐다.

"라하 델하르사!"

짓씹을 대로 짓씹은 입술에서 강렬한 피 맛이 났다. 카르젠이 비척비척 걸어가 라하의 멱살을 틀어쥐었다.

"너는, 왕제를 사랑한다면서, 왕제를 두고 죽을 수 있느냐?"

"넌 날 사랑한다고 떠들면서 나를 매번 짓밟았잖아."

"그게 그것과."

"똑같아, 카르젠."

라하가 속삭였다.

"다른 게 없다고, 카르젠."

말간 목소리에는 곳이 있다. 푸른 파도로 숨겨 놓은 뾰족한 부리에는, 라하가 오랫동안 눌러 내려놓은 비명이 핏물처럼 고여 있다.

카르젠은 본인의 생명이 연소되고 있음을 알았다. 스스로의 죽음은 본인이 가장 잘 알 수밖에 없는 법.

아주 오랫동안 망각하고 살았던, 죽음에 대한 본질적인 공포가 카르젠을 스멀스멀 집어삼켰다. 귀에서도 가슴에서도 쉴 새 없이 붉은 피를 뱉어 내고 있다.

더 이상 입을 열 수도 없다.

카르젠은 라하의 목을 졸랐으나 그뿐이다. 독이 든 검에 찔리지 않은 그녀는 그를 쉽게 밀쳐 냈다. 라하 델하르사가 선황의 가슴에서 검을 빼냈다. 솟아오른 피가 라하의 달빛 같은 피부를 붉게 물들인다. 카르젠은 다시 한번 눈을 깜빡였다.

그녀가 제 가슴 깊숙이 검을 찔러 넣는 걸 인지한다…….

폐부에 들이차는 피비린내.

"널 갈기갈기 찢어서 성벽에 걸어 둘 거야. 카르젠."

"……."

"그리고 왕제에게 이 나라를 줄 거고."

"……."

"앞으로 내 정혼자의 피를 이은 후손들은 한 명도 빠짐없이 너를 다시없을 혼군으로 기억하겠지."

"……"

"어디서도 넌 온전히 보존되지 못할 거야."

"……"

"내가 그렇게 할 거니까……"

카르젠은 몸을 웅크리고 피를 토하느라 대답을 할 수도 없었다. 단 한 움큼 남은 생명이 초라하게 꺼떡인다.

"넌 나한테 졌어, 카르젠 델하르사."

그녀의 말대로였다.

그는 그녀에게 완전히 패배했다.

라하가 정말로 죽고 싶어 한다는 사실을 카르젠은 믿지 않았다. 생각조차 한 적 없었다.

너를 욕망하는 이들이 이렇게나 많은데, 네가 왜 죽음을 원한단 말인가?

빌어 처먹게도 사랑하는 놈까지 있는 주제에. 감히 어떻게 죽음을 반기고 바랄 수가 있지?

불현듯 세베로가 생각났다. 그놈은 라하가 본궁에 찾아와 카르젠을 보고 가면 항상 숨을 죽인 채 시립해 있었다. 그러다가 라하가 떠나고 나면 황홀해 죽겠다는 눈빛으로 항상 똑같은 말을 지껄였다.

"황녀님은 정말 무정하기를 타고나셨나 봅니다, 폐하."

제대로 듣지도 않고 흘린 얘기다. 몰라서 하는 말이니. 라하가 언제나 제게 천진난만하고 사랑스러운 척 웃는 건 알고 있었다. 그녀가 마음속에 어떤 증오를 품고 있다는 것도 짐작했지만 그뿐이다.

라하 델하르사는 그저 연약하고 가여웠다. 아무것도 아니었다. 인형 하나 빼앗긴 걸 잊지 못해 몇 날 며칠을 멍하니 돌아다니던 모습…….

그런 라하가 어찌 무정하고 냉정할 수가 있는가.

그 냉소 어린 반문이 카르젠의 유일한 패착이었다.

라하 델하르사는 숨이 막히도록 무정하고 냉정해, 기어이 복수를 선택해 버리지 않았나.

사랑도 애욕도 목숨도 전부 한 줌 모래처럼 기꺼이 바닥에 내던진다. 라하 델하르사에겐 어떤 것도 의미가 없었으니까. 일평생을 매달린 증오 심만을 굳건한 지표로 삼고 그 외의 것들은 아주 냉정하게 취사선택하며 살아온 황녀.

숱하게도 욕망을 일으켜, 주변을 익사시켜 놓았으면서. 정작 본인은 마지막마저 이토록 냉정하다. 사랑해 마지않는다던 왕제까지 버리고, 제 목숨까지 버리고……. 얼마든지 그럴 수 있는 황족이었는데.

그래, 그렇군.

세베로의 말이 옳았어.

붉은 피가 둥그렇게 웅덩이를 이룬다. 반평생을 쌓아 놓은 영광도 무훈도 존재하지 않는다. 카르젠이 태어난 이후 단 한 번도 상상해 본 적 없는 비천하고 초라한 최후였다. 감히 델로의 황제를, 이따위 너절한 죽음에 던져 놓다니, 네가 감히…….

카르젠이 천천히 라하에게 기어갔다. 라하 델하르사는 자신을 끝까지 지켜보지도 않았다. 당장이라도 그녀의 시선을 억지로 강제하고 싶었다.

네가 감히 네게서 눈을 돌리느냐?

"라하……."

숨이 거칠게 섞인 목소리가 흘러나왔다.

그녀의 목과 가슴에 튄 핏자국들마저, 왕제가 지난날 무수히 남겨 놓은 열꽃을 떠올리게 했다. 결국 카르젠의 어떤 것도 라하에게 남지 않는다. 라하가 허락한 것은 오직 왕제의 흔적뿐이다. 버려진 패잔병보다도 비참하게 죽는 게 카르젠에게 예정된 운명의 끝이었다.

감히.

네가 감히…….

그녀의 머리를 붙잡고 소리를 지르고 싶었다. 그러나 어떤 말도 입 밖으로 흘러나오지 않았다. 라하에게로 천천히 기어오던 그의 몸이 서서히 정지했다.

카르젠은 주저앉은 그대로 이내 완전히 숨을 거뒀다. 두 눈은 감기지 못했다.

* * *

"궁문을 여시오! 황실 근위대장인 블레이크 듀크의 직권으로 요청하는 바이오!"

듀크 후작은 굳게 닫힌 궁문 앞에서 크게 소리를 쳤다. 늦은 밤이었다. 송진과 기름을 발라 지핀 수많은 횃불이 살벌한 음영을 그렸다.

블레이크 듀크는 제 생명이 얼마 남지 않았음을 직감했다. 근위대들이 몰살당했고, 그 빌어먹게 강한 왕제는 자신을 반죽음 상태로 만들어 놓았다. 한쪽 팔은 완전히 잘려 나가 피가 뚝뚝 흘렀다.

왕제가 아니었으면 궁문은 이미 열렸을 것이다. 근위대도 이렇게나 죽지 않았을 테니 사실상 황녀의 반역은 실패로 돌아갔을 것이다. 블레이크는 더 이상 희망을 가지지 않았다.

이젠 궁문이 열려 지원군이 온다고 한들 이 전황을 뒤집을 수 있을 것 같지가 않았기 때문이었다.

왕제가, 아니 그 실험체 노예가 황녀에게 반한 것이 문제였다.

조금 더 거슬러 올라가자면…….

제 주군이 쌍둥이를 애증한 게 문제였다. 욕망과 증오, 폭력과 관용으로 빚어진 카르젠의 감정이 라하 델하르사를 이렇게 망쳐 놓았다.

마지막으로 카르젠을 찾기 위해 블레이크는 절뚝거리는 걸음을 재촉했다.

아까 전 카르젠이 알려 준 비밀 입구로 들어서자마자 그는 말문을 잃었다.

폐허 같은 광경은 둘째 치고, 빛무리들이 자신을 공격했기 때문이었다. 간신히 빛무리들을 검으로 쳐낸 그는 안쪽으로 들어섰고…….

눈을 감지도 못하고 죽어 있는 카르젠을 보고 말았다.

그 옆에 피투성이가 된 채 뻗어 있는 선황의 시체.

그리고 입구 쪽으로 천천히 걸어가고 있는 라하 델하르사까지. 그녀의 다리는 형편없이 떨리고 있었으나 전신에 온통 핏물이 가득 튀어 있었다.

블레이크 듀크는 절뚝이며 라하에게 다가갔다. 인기척을 최대한 숨기고 다가갔으나, 징표의 후원에 있는 동안은 감이 비약적으로 발달하게 되는 라하가 뒤를 돌아보았다.

그 아름답고 냉랭한 얼굴은 얼마 놀라지도 않는다.

다만 블레이크조차 한순간 얼어붙었다. 숨 막힐 정도로 닮은 그 잿빛 눈동자 때문에. 그렇게 멈칫한 것도 잠시.

블레이크 듀크의 검이 라하의 배를 꿰뚫었다.

"……."

거의 동시에 내내 맥을 못 추던 빛무리들이 블레이크를 걷어차듯 공격했다. 화가 난 아이들이 건장한 성인 남성의 다리에 마구 달라붙어 때리는 듯 잔망스러운 모습이었다.

실제로도 빛무리들의 위력은 한참 전부터 바닥을 쳤다. 건장한 기사에겐 별것 아닌 간지러운 공격이었으나 이미 블레이크의 상태가 몹시 좋지 않았다.

그가 이내 피를 토하며 쓰러지고, 라하는 숨을 내쉬었다. 온몸에 불길이 붙은 듯 아팠다. 하지만 잠깐이었다. 눈 깜빡할 사이에 거의 모든 통증이 마법처럼 가라앉았다. 아마 징표의 후원이 가진 힘 덕분에 통증이 중화되는 것 같았다.

덕분에 그나마 숨이 느리게 끊어지는 것 같았고.

분명한 죽음을 예감한 라하는 입구와 비석을 번갈아 보았다.

비석 쪽이 압도적으로 가까웠다. 이 후원을 벗어나면, 그대로 숨이 끊어질 것도 같았고.

라하는 비석 앞으로 느리게 걸어갔다.

비석의 귀퉁이들이 토독토독 무너져 바닥으로 추락했다. 라하는 피가 흐르는 배를 한 번 막아 보았다가 손을 거뒀다. 소용이 없었기 때문이다.

눈은 잿빛이 되었으나, 머리카락만은 여전히 푸른색이다. 라하는 셰드의 하늘빛이 감도는 눈동자를 떠올렸다.

자신은 그에게 너무 많은 것을 빚졌다.

고고하고 냉랭한 황족이라고 해도 고마운 걸 모르지는 않는다. 물론 태생이 태생이라, 남들의 친절과 희생을 당연히 생각하는 면이 있기는 하지만. 그런 오만한 핏줄에게도 셰드 힐데스는……, 그 남자는.

생에 주어진 모든 행운을, 그를 만나는 데 썼다.

라하는 제 숨이 끊어지기 전에 현자들이 도착하기를 바랐다. 단 한 명이라도 어떻게든.

올리버에게 부탁을 해 놓았으니, 와 주기는 할 텐데.

어쩌면 라하의 예상보다 듀크 후작이 민감하게 움직였을 수도 있고. 이곳에선 확인할 수 있는 정보가 제한적이라, 라하는 그저 추측만 할 뿐이었다.

라하가 눈을 감고 앉아 숨만 몰아쉬고 있을 때였다. 잠시 정신을 잃었던가? 라하는 제 배 앞에 와 닿는 손을 느꼈다. 크지 않은, 아직 덜 자란 소년의 손이 벌벌 떨리고 있었다.

"올리버?"

"황녀님……."

"현자들은?"

"궁문 앞에서 방금 전 듀크 후작이 죽었습니다."

"그래? 그럼……, 나가 봐야겠구나."

난전 중일 테니. 일어나려는 라하를 올리버가 붙잡았다.

"후원을 나가시면 10분도 걸리지 않아 숨이 끊어지실 거예요."

"……그렇게 짧나?"

올리버가 입술을 꾹 깨물고 고개를 끄덕였다. 라하는 천천히 어깨를 움츠렸다. 큰일이었다. 그녀에겐 지금 당장 현자들을 만나야 하는 분명한 이유가 있었다.

올리버가 울 것 같은 눈으로 물었다.

"하실 말씀이 있으신가요?"

라하가 미세하게 고개를 끄덕였다. 델하르사는 창공의 눈을 이어받은 혈통. 제국의 국법, 그리고 황실과 현자들 사이에 맺어 놓은 맹약에 의거해, 황제의 어떤 말들은 반드시 현자에게 전승해 놓아야 효력을 발휘했다.

그렇게 전한 말들은 하나같이 전부 아주 무거운 의미를 가졌다.

"……말씀하세요."

"현자에게 직접 전하지 않으면 효력이 없는 말이야."

"그러니까……."

올리버는 심장을 토해 내듯 천천히 말을 뱉었다.

"제게 말씀하세요."

어떤 깨달음은, 아니, 대부분의 깨달음은 유성처럼 불시에 찾아오곤 한다. 이상했다. 왜 블레이크 듀크는 끊임없이 공격하던 빛무리들이, 카르젠에게도 분명한 적대감을 보이던 빛무리들이…….

왜 올리버에게는 달려들지 않을까?

선황이 그러했던 것처럼, 라하 역시 이 고장 난 빛무리들이 공격하지 않는 이들을 짐작할 수 있었다.

창공의 눈을 가진 이.

지금은 자신 역시 눈이 깜빡거리고 있는데도 빛무리들이 공격하지 않는 걸 보면, 한 번이라도 창공의 눈을 가졌던 이는 공격하지 않는 모양이었다.

그리고 다른 하나는…….

현자들.

라하는 불현듯 에스더 공작과 나눈 대화를 떠올렸다.

"별은 무슨 뜻이지? 마지막에 써 놓은 걸 보니 드러낼 건 아닌 모양인데."
"예. 거사가 무탈하게 이루어진다면 별이란 단어는 잊어 주시면 됩니다."

"하지만 현자는 여덟 명이잖아."
"……."
"별의 자리는 여덟 개로 모두가 알고 있잖아."
"……."

올리버는 슬픈 눈으로 자신을 응시하고 있다. 동시에, 에스더 공작이 했던 의뭉스러운 말도 천천히 스쳐 갔다.

"따지고 보면 에스더는 본래부터 신성국과 교분이 깊을 수밖에 없지. 현자들과도 관계가 깊잖아. 초대 에스더 공작은 시계탑 거리에 현자들과 함께 조각까지 되어 있고……."
"그 조각은 에스더가 아닙니다."

초대 에스더 공작의 모습이라고 알려진 그 조각도, 실은 현자였다면.
"현자가 아홉 명이니?"
올리버가 천천히 고개를 끄덕였다.
"네가……, 현자야?"
"……네, 황녀님."
거짓말처럼 미뤄 두었던 모든 퍼즐이 맞춰진다.

한낱 궁의가 복잡한 마법을 파훼하는 몰약을 만들어 낸 점. 현자의 길을 포기하고 고작 의사가 되기로 결정할 수 있었던 점. 무엇보다, 작달막한 게 어떻게 그리 천재적인 의술을 가져서. 라하 그녀를 이만큼이나 사람 구실하게 만들어 놓았다는 점…….

라하의 천천히 중얼거렸다.

"……말도 안 돼."

"……."

"말이 안 되잖아……."

라하는 올리버의 말을 쉽사리 믿을 수가 없었다.

그가 거짓말을 할 리 없다는 걸 안다. 그간의 행적도 안다. 그런데도 바로 받아들일 수가 없었다. 델로의 현자들은 철저히 황제의 편이었다. 그러니 우직하게 카르젠의 편을 들었다. 하지만…….

에스더 공작이 전한 편지에 적힌 별은 분명 현자들을 뜻하는 것이었다. 현자들은 이번 반역에서 제 편을 들기로 마음먹은 상태라는 소리였다.

라하는 이해가 가지 않았다.

"창공의 눈을 지닌 게 황녀님이신데."

"……."

"현자들은 선황이 황위를 양위하는 그 순간부터 당신을 선택했습니다."

단 한 번도 카르젠은 현자들에게 황제인 적이 없었다는 말에, 라하는 반사적으로 깊은 거부감을 느꼈다. 입 안을 감돌던 말을 도무지 참을 수가 없었다.

"이제 와서?"

"……."

"도대체……, 왜. 왜 이제 와서?"

"선황 또한 현자들에겐 적법한 황제였어요, 황녀님."

"……."

"현자들은 맹약을 따릅니다. 현자들은 황제의 선택을 막지 않아요."

"……."

"선황이 창공의 눈을 이은 당신을 죽이려 하기 전까지는……, 그랬습니다."

"……아. 그래. 선황이 한쪽 다리를 잃은 그때를 말하는 거구나."

"황녀님."

"그렇지, 맞아. 그럴 수밖에 없지……."

서운해할 것도 없었다. 서러울 것도 없었다. 현자들에겐 당연한 일이었다. 그 누구보다 더 자신을 창공의 눈을 담는 그릇으로 취급하지만, 그래도 결국은 제 편을 들어준다고 하질 않는가.

"그래서 내 주치의가 된 거구나. 창공의 눈은 이어 줘야 하니까."

올리버가 차게 식은 라하의 손을 붙잡았다.

그녀는 멍하니 고개를 들어 올렸다. 올리버의 뺨을 타고 눈물이 주르륵 흘러내리고 있었다.

"저는 대대로 은둔자의 자리를 이어받는 숨겨진 현자예요, 황녀님."

"……."

"전 은둔자의 맹약을 깨고 황족에게 제 정체를 고백했습니다. 그전의 저는 그저 당신을 지키고 싶었을 뿐이에요. 그러니까 제발 그렇게 말씀하지 마세요."

"나를 왜?"

"……."

"네가 나를 왜. 올리버."

"……당신이 너무 부서져 있었으니까요."

올리버의 말에, 이제껏 라하를 스치고 죽었던 이들의 말들이 겹친다. 그들은 모두 비슷한 말들을 했다. 가엽고, 불쌍하며, 끝끝내 고치지 못한, 지독하게 망가진 황녀…….

라하는 천천히 고개를 젖혔다. 황폐해진 비석이 꼭 자신의 모습처럼 초라하다. 올리버는 그의 말대로, 망가진 자신을 고치기 위해 최선을 다했다.

"그러게."

"……."

"내가 너무 망가져 있었지……."

피곤했다.

견딜 수 없을 만큼 피곤했다.

"이 창공의 눈 때문에 몇 명이 비참해지는 모르겠어."

라하는 핏물이 가득 뛴 가슴께를 내려다보다가 입을 열었다. 이제 자신의
목숨이 끊어질 때까지 얼마나 남았을까?

아프지 않아서 다행이었다.

라하는 언제부터 젖어 있었는지 모를 눈가를 손등으로 닦아 냈다.

"현자로서 할 일을 해, 올리버."

"……황녀님."

"나는 지금을 위해 오늘까지 죽지 않은 거니까……."

자꾸 눈앞이 흐려졌다. 이유를 알 수 없는 눈물이 쉬지 않고 흘러서,
라하는 몇 번 더 짓무른 뺨을 닦아 내야 했다.

* * *

그리하여 은둔하는 현자, 올리버가 기록한 내용은 다음과 같았다.

[제위를 이을 모든 적법한 후계자가 유명을 달리했으니, 창공의 눈을 이
었던 유일한 황족 라하 델하르사는 새롭게 상속자들의 이름을 공표한다.

델하르사의 지배하에 있는 델로 제국의 영토는 정확히 3개로 나눈다.

제국의 3분의 1은 보르본 백작 부인의 죽음을 보상하는 의미로 에스더
공작에게 상속한다.

다른 3분의 1은 카르젠 델하르사가 신성국을 모욕한 것을 사죄하는 의미로
대신전에 상속한다.

마지막 3분의 1은 힐로스드의 왕제인 셰드 힐데스에게 보상과 사죄의 의미로 상속한다.

이는 마지막으로 '계승자의 눈'을 이어받은 라하 델하르사의 확고한 뜻이며, 델로에 거하는 모든 푸른 피들은 델하르사에게 바친 기사의 맹세와 맹약을 준수해 반드시 이행할 것을 명한다.

이 모든 것은 현자들이 증언하며, 적극적이며 성공적인 이행을 돕는다.]

"잘 기록했네."

라하는 천천히 미소를 지었다.

이로써 그녀가 생에 졌던 모든 죄는 갚게 된다.

"블레이크 듀크를 데리고 나가. 살려 둬. 난 그가 쉽게 죽게 둘 생각이 없어."

올리버는 몇 번이나 입술을 깨물었는지 그 예쁜 입술에 피까지 나고 있었다. 하지만 순순히 블레이크 듀크를 질질 끌고 나갔다.

알고는 있었다.

저러고 또 어디선가 약 상자를 가져 와 어떻게든 자신을 치료하려고 하겠지. 그것 때문에 지금도 일부러 말을 듣는 척 나가 준 것일 터다.

그리고 그사이 현자들이 돌아와, 무너지기 직전의 비석을 고칠지도 모른다……

라하는 바르르 떠는 빛무리들을 올려다보았다.

이 아름다운 후원에 이제 살아 숨 쉬는 이라곤 자신밖에 없었다. 이름 모를 기사가 한 명이 구석에서, 그 외엔 선황과 카르젠이 나란히 피를 쏟으며 비참한 몰골로 죽어 있었다.

화가를 하나 심어 둘 것 그랬다.

후대가 언제 또 이런 모습을 보겠는가.

웃고 싶은 마음을 삼키며, 사실은 억지로 즐겁다고 생각하며. 라하는 한

번 더 비석을 때렸다. 예전부터 느꼈지만 이 거대한 징표는 제 피에 민감하게 반응했다. 그래서일까? 비석이 부서지는 속도가 점점 빨라지는 것 같았다.

다섯 번을 연속으로 때려 본 라하는 이내 그만두었다.

정말로 창공과 창공이 겹치면 안 되니까.

현자들이 급하게 수습할 정도는 남겨 두어야 하니까.

라하는 한숨을 내쉬고 비석 뒤의 구석으로 걸어갔다. 이곳은 델로 제국에서도 가장 중요한 성물의 장소다.

피비린내와 어울리지 않게, 아름답게 꾸며진 붉은색의 장미 덤불 사이로 엉금엉금 기어가 몸을 숨기는 것은 어렵지 않았다.

배에는 구멍이 뚫려 피가 흐르는데 아프진 않으니, 참 신기했다. 그저 잠이 쏟아질 뿐이었다.

알고 있었다.

셰드는 결코 자신을 죽이지 않을 거라는 사실을.

자신도 그를 죽일 자신이 없으니, 그 역시 자신의 목을 조르지 못할 것이다.

어떻게든 살려 놓겠지. 어떻게든 그 저린 온기를 옮겨 놓으려고 하겠지.

하지만 이제 와 안식을 찾기에는, 라하는 너무 오랫동안 지쳐 있었다.

그녀가 마지막 정신을 놓지 않게 해 주던 유일한 소원도 완전히 이뤄 버렸다. 그 목표를 이루면 꼭 죽으리라 다짐했으니. 마지막 관성 같은 소망을 놓을 수 있을 리가 없었다.

모두의 말마따나 자신이 제정신이 아니어서 그럴 수도 있었고…….

"너는 참 냉정해, 라하."

그 말도 틀리지 않았다.

자신은 냉정했다.

끔찍할 정도로…….

천천히 숨이 끊어지기를 고대하며, 라하는 모은 두 무릎에 이마를 묻었다. 파도 같은 푸른색 머리카락이 차르르 흘러내렸다. 와중에도 그 머리카락은 부드럽게 출렁거려, 실없는 생각이 들었다.

시체까지도 아름다우면 제 정혼자가 자신을 잊는 게 더 어렵겠구나, 하는 생각.

이 장미꽃 아래에서 드는 생각이라곤 전부 셰드에 대한 생각이어서…….

눈앞이 몽롱했다. 꿈을 꾸는 것 같았다. 라하는 자신이 잠깐 기절했던 건가, 하는 생각을 지울 수가 없었다.

"……."

라하는 손을 뻗어 눈앞의 남자를 만져 보았다. 핏자국을 채 지우지 못한 채로, 눈물겹게 아름다운 정혼자가 제 앞에 있었다.

꿈결 같았으나 꿈이라고 믿지도 않았다.

처음부터 그는 제멋대로 구는 남자였다. 마음대로 제게 돌아와, 마음대로 제게 청혼을 하고, 마음대로 제게 사랑을 이야기하고…….

셰드의 시선이 라하의 복부에 향했다. 검에 관통당한 게 분명한 상처. 셰드는 당장이라도 라하를 끌어내 뛰어가고 싶은 마음을 간신히 억눌렀다.

다만 그녀가 꿈처럼 자신을 보고 있어서, 숨이 조금 막혔다. 언제나 그랬다. 이 여자는 이미 너무 깊이 제 마음에 비집고 들어와 있었다.

"이런 곳에 숨어서."

"……."

"내가 널 찾지 못하길 바랐나?"

"날 죽여 달라는 건 역시 우리한테 너무 잔인한 것 같아서."

라하가 평소보다 느린 어조로 말을 이었다.

"이런 모습까지 기어이 봐야겠어?"

"라하."

"가, 셰드."

"라하 델하르사."

그는 다른 말을 하지는 않았다. 아무 말도 하지 않았다. 하지만 제 눈가를 닦아 내는 셰드의 손이 드물게도 떨리고 있어서, 라하는 조금 더 눈물이 날 것 같았다. 깊은 괴로움이 그녀의 가슴에 잿물처럼 엉겨 붙었다.

"네게 델로의 삼분의 일을 넘겼어, 셰드."

내가 네게 줄 보상이 부디 눈에 차기를 바란다.

신성국은 마음이 약하다. 혹은 더 이상 정쟁에 휘말리고 싶지 않을 수도 있었다. 그러니 신성국은 이러지도 저러지도 못하다가, 결국 셰드에게 상속받은 델로의 영토를 넘길 게 분명하다.

그 둘만 합쳐도 대륙의 왕국을 통틀어 가장 큰 땅이다.

새로운 제국을 이뤄도 좋을 터.

그러나……

"필요 없어."

돌아오는 말이 라하의 숨을 막히게 했다.

"난 그딴 걸 원한 적이 없다고."

"……"

"알고 있잖아. 라하 델하르사."

그에게는 단 하나 간절했던 여자였다. 신의 일부 같던 모습.

자신을 바라보는 잿빛 눈동자는, 불씨가 죄 꺼진 화로의 밑바닥 같다. 거칠고 메말라 숨을 쉬는지, 숨을 쉬지 않는지조차 알 수 없는……

누구도 그녀를 억누를 수도 강제할 수도 없다. 누구도 그녀에게 삶을 강요할 수가 없었다. 고귀하고 예민한 희귀동물처럼, 원치 않는 생을 강요받는 순간 라하는 기꺼이 혀를 깨물고 멸종을 선택하리라.

그녀는 그를 이토록 무력하게 만든다.

"미안해, 셰드."

깊게 젖은 목소리가 흘러나온다.

"나 같은 걸 사랑하게 만들어서 미안해."

그녀가 무엇으로 그를 위로해 줄 수 있을까? 가지고 있던 모든 것을 소진해서, 이젠 불티조차 남지 않은 그녀가.

"라하."

"……."

"네가 내게 무슨 잘못을 했지?"

"……."

"네가 잘못한 건 그저 마음대로 내게 입을 맞춘 게 전부잖나."

"……."

"그것 하나가 전부라고, 라하 델하르사……."

그에게 깊게 새겨진 상처가 선명히 느껴졌다. 제 정혼자는 언제부터 이렇게 엉망이 되어 있었지?

셰드는…….

이 남자는…….

"그러지 마."

"라하."

"그러지 마. 셰드."

"네가 증오하는 걸 전부 파괴했으니, 너는 살아야지."

"……."

"네가 이겼어, 라하."

"……."

"네가 원하는 대로 네가 이겼다고……. 라하."

라하가 천천히 셰드의 팔을 그러쥐었다. 솜털이 내려앉은 것과 다를 바 없는 움직임은 주인의 희미한 생명을 나타냈다.

"나는……, 살고 싶지 않아."

조금 있으면 죽을 수 있다. 조금만 더 버티면 죽을 수 있다. 미치지 않고 죽을 수 있다. 그렇게 억지로 이어 붙인 생명인데.

이제 와서 그녀가 살아야 하는 이유가 있을까?

살아 봤자, 그런 이유를 찾을 수 있을까?

"이제 와서 살고 싶다고 말하면 무슨 의미가 있어."

라하의 뺨을 타고 눈물이 천천히 흘렀다.

"아무 의미도 없잖아……."

셰드가 자신을 바라보다가 고개를 숙였다. 그의 단단한 턱을 따라 떨어지는 눈물을 본다. 라하는 순간 자신이 지겹게도 끔찍해졌다. 언제나 그러지 않은 적이 없었지만, 지금은 숨까지 가빴다.

"나는……."

깊은 상처로 얼룩진 목소리가, 라하의 귓가를 아프게 파고들었다.

"네게 일평생을 구걸할 수 있어. 네가 원하는 만큼 애원하고 매달리고. 네가 살아만 있다면 얼마든지 그럴 수 있으니까, 제발."

"……."

"제발, 라하."

라하가 두 손으로 얼굴을 감쌌다. 눈물이 쉬지 않고 흘러 뺨을 적셨다. 그녀가 잔인하게 구는 만큼 그 역시 기꺼이 잔인하게 굴었다. 라하가 죽는 다면 그는 그대로 스스로의 목을 그을 테니. 추측이 아니라 확신이었다.

하지만 그녀는 너무 오랫동안 불행했다.

너무 오랫동안 불행해서, 어느 날부터 라하는 밤마다 신에게 사과를 하는 지경에 이르렀다. 내가 무언가를 잘못해서 이토록 불행한 것 같으니, 어떻게든 죄를 갚겠다고. 그러니 제발 나를 더 이상 불행하게 만들지 말아 줘…….

결과적으로는 그래, 어떤 자비로운 신이 있어 제게 이 남자를 보내 주질 않았나. 그녀는 이 이상을 바라지 않았다. 천천히 행복에 젖어 들다가도 뺨을 맞은 것처럼 정신을 차릴 줄 알았다.

라하는 눈물로 젖은 손바닥으로 셰드의 두 뺨을 조심스럽게 붙잡아 들어올렸다.

눈과 눈이 겹쳐지듯 마주친다.

하나는 짙푸른 창공이었던 잿빛이었고, 다른 하나는 안개가 걷힌 선명한 하늘색이었다.

신성력이 온전히 걷힌 그의 눈동자는 청명한 하늘색이었다. 그녀도 창공을 가졌던 몸인데, 그와는 어쩜 이렇게 다를 수가 있을까. 그의 하늘은 조금 더 격식이 없고 비교할 수 없을 만큼 날것이었으며 훨씬 더 넓었다. 라하는 아득해졌다.

하늘을 바라볼 때 무슨 기분이었더라?

하늘을 마지막으로 올려다본 게 언제였더라.

내가 왜 하늘을 보고 싶다고 생각하는 걸까.

그동안은 한 번도 그런 적이 없었는데…….

라하가 젖은 눈으로 중얼거렸다.

"왜 나는 너를 사랑한 걸까."

"네가 나를 사랑하길 바랐으니까."

"……언제부터?"

셰드가 핏물이 말라붙은 손으로 라하의 손등을 감쌌다.

"……네게 꽃을 선물할 때부터."

"오래됐네……."

그녀는 눈물을 흘리면서 미소를 지었다. 따뜻한 눈물이 후드득 떨어져 그의 가슴에 번졌다.

"난 그 꽃을 버렸어."

"상관없어."

"……."

"네가 원한다면 후원 전체를 같은 장미로 꾸며 줄 테니."

"……."

"나는 매일매일 네게 꽃을 바칠 테니, 너는 그저……."

셰드 역시 젖은 눈으로 희미하게 웃었다.

"마음에 드는 걸 받아 주기만 하면 돼, 라하."

라하는 핏기 없는 아랫입술을 지그시 깨물었다.

셰드 힐데스는 오랜 복수를 위해 황궁에 들어왔으나, 결국 라하 델하르사를 사랑해 그녀를 죽이지 못했다.

라하 역시 마찬가지였다. 결국 이 왕제를 사랑해 그녀는 기어이 길을 잃었다.

그녀는 셰드의 어깨에 이마를 기댔다. 천천히 숨을 내쉬었다. 징표의 후원은 여전히 그녀의 고통을 대신 앓아 주었고, 숨은 아주 천천히 끊어지고 있었다.

그가 손으로 그녀의 꿰뚫린 상처를 막아 주고 있음을, 라하는 한 박자 늦게 깨달았다. 이런 게 소용이 없다는 건 전쟁 영웅인 그가 더 잘 알 텐데. 알면서도 손이 그리 움직였나 보다. 떨어지질 않았던 모양이다.

멀쩡한 사람을 이렇게나 한심하고, 절박하게 만드는……. 망가질 대로 망가진 사람조차 기어이 한 번은 제정신을 차리게 만드는…….

그리하여 결국은 사랑이었다.

그 흔해 빠진 말로밖에 표현할 수 없었다. 끔찍하게도 사랑이었다.

라하 델하르사는 오랫동안 잠들어 있던 진심을 천천히, 깨닫는다.

그녀는 그를 두고 죽고 싶지 않았다.

* * *

카르젠 델하르사가 죽었다.

그가 창공의 징표를 훼손하는 연구를 비밀리에 진행했다는 것이 밝혀졌다.

델로 제국의 시조와 현자들이 피로 이루어 놓은 맹약에 의거해, 카르젠 델하르사는 황제로서 누리던 모든 대우와 권한을 박탈당했다.

함께 죽은 선황 역시 비밀리에 징표의 실험을 도운 것으로 알려졌다.

따라서 그 역시, 선황으로서의 칭호를 거두고 암군 중 하나로 기록될 예정이었다.

전자는 납득할 수 있으나, 후자에는 의구심을 가지는 이들이 나올 수도 있다고 에스더 공작이 물었으나.

라하의 결정은 변하지 않았다.

진흙탕에 던져진 비단. 칠이 벗겨진 황금 옥좌. 까마귀가 해골을 물고 갈 것이며 그들의 시체는 갈기갈기 찢겨져 감히 누구도 거두지 못하리라……. 선황과 카르젠은 나란히 역사 속 최악의 불명예로 기록될 것이다.

그것이 라하가 정한 그들의 최후였다.

* * *

다시 눈을 떴을 때, 그녀는 여전히 자신이 후원 안에 있음을 깨달았다.

다만, 셰드를 피해 기어 들어왔던 장미 덩굴 속은 아니었다.

그녀는 드넓은 나무그늘 밑에 누워 있었다.

광활한 후원에서 사람들이 바쁘게 움직이고 있었다. 라하는 고개도 돌리지 않고 알아챌 수 있었다.

현자들과 기타 사용인들일 터다. 현자들이 비석을 고친 모양이다. 전처럼 빛무리들이 맥없이 늘어지지 않는 모습만 보아도 짐작할 수 있는 사안이었다.

목이 말랐다.

말라서 갈라진 입술로 미지근한 물이 흘러 들어왔다. 라하는 셰드의 얼굴이 바로 보이는 걸 알고 안심했다. 희미한 미소가 흘러나왔다.

"라하."

주의 깊게 그녀를 살피고 있던 셰드가 손을 뻗었다. 흘러내린 푸른 머리카락을 귀 뒤로 넘겨 주었다. 그 손길을 받으며 그녀가 말했다.

"후원에서 벗어나면 죽나 봐."

"그래."

셰드가 라하의 뺨을 손끝으로 쓸어내리며 말했다.

"어제까진 그랬어."

"어제까지? ……내가 며칠을 잤어?"

"이틀을 꼬박 자더군."

라하는 그제야 배를 내려다보았다. 옷이 아예 갈아입혀져 있었다. 블레이크가 냈던 복부 상처에는 붕대가 단단히 감겨 있었다. 여전히 후원에 감도는 징표의 힘 덕에 통증이 없어, 라하는 자신이 얼마나 아픈지 감을 잘 잡을 수 없었다.

이틀이나 잤다고는 했지만, 라하는 그다지 걱정은 들지 않았다.

애초에 그녀는 이틀 전 죽었어야 하는 사람이었다.

뒷수습을 맡을 이조차 깔끔하게 정해 두었다. 그러니 지금도 에스더 공작이 모든 수습을 맡고 있을 것이다.

계획은 비틀어졌고, 그녀는 죽지 않았다. 해야 할 일은 해야겠지.

라하는 셰드에게 두 팔을 뻗었다.

"일으켜 줘."

셰드가 순간 낮은 웃음을 터뜨려 라하가 눈을 깜빡였다. 왜 그러냐나 물어도 대답해 주지 않는다. 셰드는, 순간 아이가 안아 달라고 말하는 것처럼 보여 웃음이 터졌을 뿐이었다.

그는 커다란 몸을 숙여 라하의 등을 감쌌다. 일으켜 달라고 말했을 뿐인데, 셰드는 그녀를 껴안은 채 잠시간 미동이 없었다.

"셰드."

"여기서 벗어나면 아플 거고. 누가 필요하지? 데려올 테니."

"에스더 공작. 올리버. 그리고……."

"너무 많아. 그 둘만 데려오지."

"그래, 그럼."

라하는 순순히 고개를 끄덕였다. 셰드가 몸을 일으킨 그때.

"황녀님."

"에스더 공작."

에스더 공작이 걸어오고 있었다. 그녀의 안색을 살펴보려고 했으나, 라하는 금세 포기했다. 에스더 공작은 늘 그렇듯 냉철한 낯이었다.

"정리된 사항부터 보고받아 보시겠습니까?"

"그래."

듀크 후작이 죽었다. 듀크의 기사단장과 부기사단장이 사살되었고, 이하 기사들은 무기를 버리고 항복했다.

근위대의 시체는 전부 회수되었다.

카르젠의 군권은 큰 반발 없이 라하에게 넘어왔다. 예상한 일이었다. 이제 라하는 창공의 눈을 이어받은 유일한 황족이니.

델로 제국에서 창공의 눈이란 가장 우선시되는 황위의 상징이었다. 그녀로서는 평생을 끔찍해한 창공의 눈이었으나, 이것이 거사의 강력한 이점이 되었음을 부인할 수도 없었다.

거기까지 들은 라하가 입을 열었다.

"내 눈 색깔이 무엇이지?"

"창공의 눈은 온전히 황녀님께 돌아왔습니다."

"그래……."

"여전히 떼어 내고 싶으십니까?"

"아니, 괜찮아. 이젠……."

라하는 눈꺼풀을 한 번 더듬어 본 후 물었다.

"레시스는 생포했나?"

"생포해 두었습니다."

"그래."

카르젠의 마법사 레시스.

수많은 침노들에게 인술을 새겨 죽이고, 끝끝내 라하를 실명시킬 마법까지 만들던 놈.

그 녀석은 본래부터 하수구처럼 음침한 터라, 선황이나 카르젠처럼 목숨을 끊어 버릴 생각은 없었다. 그들은 그런 비천하고 초라한 죽음을 못 견뎌 하겠지만, 레시스는 아닐 테니까. 라하는 레시스에 대한 이야기를 밀어 두고, 다른 것도 물었다.

"자멜라 윈스턴 영애는."

"살아 있습니다. 찰과상을 입기는 했으나, 궁의를 파견한 덕에 순조로이 치료를 받고 있다고 합니다."

"그래……."

라하는 자멜라에게 손을 잡는 대신 주기로 했던 것을 생각한다. 지금쯤이면 아마 제 발로 걸어 자멜라 윈스턴에게 당도했을 것이다.

2황비도, 2황자도.

참 기뻐하겠지.

자식을 껴안고 안도의 눈물을 터뜨릴 황비를 생각하니 그건 좀 심기가 불편했다. 심술을 부리고도 싶었다. 하지만 이제 와서 2황자를 사형시킬 마음은 또 들지 않았다.

간신히 모든 것이 제자리로 돌아오고 있었으니.

"신성국이 입은 피해는 검 자루 하나까지 집계해서 내게 보고해."

전부 보상을 할 생각이니……. 라하는 문득 생각이 나 물었다.

"현자들은 내 명령을 착실히 이행하고 있나?"

그때 에스더 공작의 표정이 처음으로 변했다. 아, 하긴. 라하가 델로를 세

개로 나누어 상속하는 건 그녀 외의 그 누구도 모르던 계획이었다.

"신성국에서는 상속을 거부하였습니다."

"이 거대한 땅을 거부하다니, 배가 불렀구나. 좋아, 그럼 다른 것으로 보상해 주겠다고 해."

"황녀님의 정혼자 역시 마찬가지십니다."

라하가 이마를 찌푸렸다. 그러나 타박을 하고 싶진 않았다.

"다들 델로가 귀한 걸 모르지. 그래, 그럼 에스더 공작. 그대에게만 상속이 되겠어."

"에스더 역시 상속을 거절하겠습니다."

"이제 와서 양심을 따지는 거야, 공작? 아니면 다른 이들이 거절했으니 예의를 차리는 건가. 어느 쪽이든 그만둬."

"보르본 백작 부인의 뜻입니다."

"……."

라하의 눈동자가 멎었다. 에스더 공작은 내내 끼고 있던 모노클을 빼냈다. 피로한 눈두덩을 꾹꾹 짓누르는 손길에는 그녀답지 않은, 아니, 라하로서는 처음 보는 것 같은 망설임이 배어 있었다.

아주 깊고, 짧은 적막함이 흐른다. 잠시간 절벽에 뛰어든 것 같은 착각마저 드는 적요함. 에스더 공작이 천천히 말을 이었다.

"제 언니는……, 죽기 직전, 제게 보낸 편지에 당신에게 어떤 잘못도 묻지 않을 것을 제게 당부했습니다."

"……."

"아시다시피 저는……, 그녀의 유언을 지키지 않았습니다."

매번 라하에게, 겨울의 수요일마다 가져오던 마른 꽃. 보르본 백작 부인의 죽음을 상기시키던 향기.

"제 언니가 당신같이 위험한 위치의 황족을 딸로 생각하는 게 싫었습니다."

"……."

"언니가 결국 당신을 멋대로 선택해 죽어 버린 게……."

"……."

잠시 흐르는 적막감. 에스더 공작이 천천히 입을 열었다.

"선황후가 왜 그리 일찍 타계했는지 아십니까?"

에스더 공작이 한숨처럼 웃었다. 라하의 입매는 굳어 움직일 기미를 보이지 않는다.

매번 라하를 증오하던 선황후가 일찍 죽었기에, 라하는 깊디깊은 지옥에서 조금 더 빠르게 빠져나올 수 있긴 했었다.

에스더 공작은 황후를 시해하기 위해 들였던 천문학적인 금액을 떠올렸다. 황제의 묵인하에 황후는 아무것도 모른 채 중독되어 갔다. 죽기 직전에는 알았을 것이다. 몸이 타는 고통 속에서 비명 한 번 지르지 못하고…….

"에스더는 복수해야 할 모든 델하르사의 황족에게 복수했습니다."

"……."

"복수의 대상에 황녀님은 단 한 번도 들어간 적이 없습니다. 보르본 백작 부인의 뜻입니다."

언제나 냉철해 보였던 에스더 공작이 처음으로, 오래 나이를 먹은 마른 고목처럼 보였다.

"그러니 에스더는 제국의 상속을 거절하겠습니다."

"……."

"황녀님이 에스더에 보상해야 할 일은 아무것도 없으니, 어떤 보상도 받을 이유가 없다는 게 에스더의 입장입니다."

에스더 공작은 두 무릎을 꿇고, 카르젠의 소유였던 옥새를 내밀었다. 선황이 보관하고 있던 미니어처 징표 역시 함께였다.

"에스더는 델하르사의 충실한 신하로서, 창공의 눈을 이어받은 황녀님을 새로운 주군으로 받들 것입니다."

라하는 천천히 에스더 공작이 올리는 것들을 받아 들었다. 무겁고 무거워 내내 라하를 짓누르던 것들……. 이제는 그녀의 손안에서 얌전히 빛을 발하고 있다.

고개를 들어 올렸다.

창공의 징표를 수호하는 빛무리는 아름답게 출렁거린다.

늦은 봄날.

가물거리는 햇살은 이토록 따뜻하고……. 멀리에서부터 불어오는 부드러운 봄바람이 불어서. 그녀가 평생을 잊을 수 없었던 마른 꽃향기가 나는 것 같았다. 그럴 리가 없는데도…….

그렇게 착각하고 싶은, 기분이었다.

에필로그

라하가 징표의 후원에서 나올 수 있게 된 건 그로부터 한 달이 꼬박 지나서였다. 덕분에 아예 징표의 후원에 임시로 카바나가 세워졌다. 처음엔 카바나로 시작했던 황녀의 임시 거처는 한 달이 다 갈 즈음에는 작은 별궁 수준이 되어 있었다.

"이건 좀 심하잖아. 그만 좀 해."

라하가 이마를 찌푸렸다. 셰드는 그녀의 잠옷을 벗겨 내며 물었다.

"뭐가 심하다는 거지?"

"여기가 황녀궁 후원인 줄 알아? 누가 보면 여길 새로운 본궁으로 삼고 싶은 줄 알겠어."

"어쨌든 네 것이질 않나."

"그래. 델로의 것이 다 내 거지. 내 거긴 한데……."

라하는 어깨를 움츠렸다. 스르륵 잠옷을 벗겨 낸 셰드가 그녀의 목에 입술을 갖다 댔기 때문이었다. 그의 입술은 뜨겁다. 무엇보다 그녀는 조금만 움직여도 그의 흥분을 알 수 있었다. 허벅지 위로 팽팽히 발기한 감각이 적나라하게 느껴졌으니까.

그녀가 손으로 셰드의 허벅지 위를 쓸어 보았다. 그의 몸이 딱딱하게 굳는 게 느껴졌다. 라하의 입가에 못된 미소가 걸린다. 그녀는 한 손으로는 다 잡히지 않는 윤곽을 일부러 꾹 눌러 보다가, 그의 바지 버클을 풀기 위해 손을 뻗었다.

그대로 손이 붙잡힌다.

"뭐 하는 거지?"

"내가 못 하는 거지, 넌 할 수 있잖아."

라하가 짓궂은 목소리로 물었다.

"한 달간 정말 참고만 있었어?"

"한 달간 네 옆에 꼬박 있었지."

"내가 잠들어 있을 때도 많았잖아."

"아."

그제야 라하의 말을 알아들은 셰드가 기가 차서 웃었다.

"너를 보면서 자위라도 했냐고?"

"했을 수도 있잖아."

셰드의 눈동자에 어리는 기막힌 기색에 라하는 조금 더 즐거워졌다.

"대답해 봐, 셰드."

그는 지난 한 달간, 매번 라하의 어딘가를 잡고 있긴 했지만 이전처럼 힘을 주어 잡은 적은 한 번도 없었다. 무의식적으로 라하를 힘주어 잡았다가도, 금세 불에 덴 듯 당황해 힘을 빼 버리곤 했다.

자신이 치명상을 입었던 환자라는 점을 충분히 이용할 줄 아는 라하는 셰드의 바지 버클로 다시 손을 뻗었다. 전부 벗기는 건 시종들이 할 일이다. 라하는 황족답게 실리만 취할 줄 알았다.

그녀의 손이 그의 페니스를 반쯤 그러쥔다. 터지기 직전까지 부풀어 오른 것을 달고, 잘도 내색 한 번 안 하는구나 싶었다. 라하는 조금 힘겹게 셰드의 페니스를 바깥으로 꺼냈다. 반쯤은 장난으로 꺼내 놓긴 했는데, 막상 눈앞에 있으니 이상하게 아랫배가 조여들기 시작했다.

라하는 손이 작은 편이 아니었다. 황족들은 다섯 가지 이상의 악기를 다룰 줄 알아야 했고, 라하 역시 교육의 효과 덕에 손가락이 곧고 길쭉길쭉했다. 그런데도 이 말뚝 같은 걸 잡고 있자니 제 손이 작아 보이는 듯한 착각마저 들었다.

그의 페니스를 감싸고 천천히 움직이는 손. 그쪽에 고정되어 있던 라하의 시선이 이내 들린다. 셰드가 그대로 키스해 왔다. 평소처럼 라하가 뒤로 밀리는 입맞춤은 아니었다.

그런 순간에조차, 라하는 셰드가 얼마나 억누르고 있는지 알 수 있었다. 터질 듯 부풀어 오르는 욕망과 달리 담백하게 움직이는 손.

하지만 라하의 손에 붙잡힌 페니스는 맥동하듯 꿈틀거리고 있었다.

목이 마르기 시작했다. 다리에도 힘이 풀려 그녀는 조금 비틀거렸다. 셰드가 라하를 침대에 앉혔다. 그녀를 응시하는 두 눈은 짙은 욕망으로 사납게 이글거리고 있었다.

셰드는 이내 그녀에게 몸을 굽혔다. 침대를 짚고 있던 라하의 손은 금세 붙잡힌다. 이번에는 도망조차 가지 못하게 그의 두툼한 선단과 기둥을 감싸 쥐게 만든다. 하얀 손바닥이 사나운 살덩어리를 문질렀다.

손 아래 한가득 튀다 못해, 라하의 허벅지를 타고 줄줄 흐르는 끈적끈적한 정액. 희뿌연 액체는 확실히 라하가 매일 침대에서 보던 것과 달랐다. 긴 시간 동안 분출되지 않은 체액 특유의 짙은 냄새. 그제야 라하는 셰드가 한 달 동안 정말로 금욕했다는 사실을 믿게 되었다.

라하는 침대 위에 똑바로 누웠다. 황녀궁에선 한 달의 절반 이상 그녀를 끌어안고 자던 셰드가, 이 카바나에선 그녀의 시트 안으로 들어오지 않는다. 라하의 복부에 감긴 붕대 때문이었으니 어쩔 수 없었다.

대신이라고 할지. 셰드는 옆으로 길게 누워, 머리를 괸 채 라하를 응시했다. 한 달간 라하는 거의 매일 셰드의 얼굴을 보다가 잠들었다. 기분 좋은 수면이었다.

"붕대를 푼다고 해도……."

라하는 조금 심각해져서 말했다.

"날 몰아붙이면 안 돼."

"알아. 네 주치의가 하루에 다섯 번은 주의시키고 가더군."

"올리버가?"

"그래."

라하는 카바나 입구 쪽을 흘긋 보았다. 본래라면 저쯤에 천으로 된 문이 있어야 하는데, 증축에 증축을 거듭하다 보니, 이제 그곳엔 보석이 박힌 커다란 파티션이 놓여 있었다.

심지어 파티션을 빙 둘러 나가 천으로 된 문을 열고 나가면 또 다른 카바나로 이어졌다.

자꾸 낯선 것이 생기니 라하는 꼭 탐험을 하는 기분도 들었다. 여행을 온 기분도 났다.

그날 이후 라하는 올리버를 한 번도 보지 못했다. 징표의 힘 덕분에 물리적인 고통은 거의 없었지만, 그녀는 상당한 중상을 입었다. 덕분에 잠이 어마어마하게 늘었다. 하루에 열다섯 시간은 정신을 차릴 수가 없었다.

일어나면 치료가 끝나 있었다.

붕대는 매번 새로 감겨 있었고, 라하 본인도 미처 알지 못했던 작은 찰과상마다 세심하게 약이 발려 있었다.

올리버의 솜씨였다.

소년은 라하가 잠들어 있을 때에만 그녀를 치료했다.

숨겨진 현자였다고 해도, 아이는 아이인 걸까. 아니면 현자라, 그 어느 누구보다 현숙하기 때문에…….

"그래서 내 주치의가 된 거구나. 창공의 눈은 이어 줘야 하니까."

"전 은둔자의 맹약을 깨고 황족에게 제 정체를 고백했습니다. 그전의 저는 그저 당신을 지키고 싶었을 뿐이에요. 그러니까 제발 그렇게 말씀하지 마세요."

라하가 품고 있는 상처의 규모를 제대로 짐작한 것일까.

어느 쪽이든, 올리버가 라하를 배려해 도망 다니고 있다는 사실은 알 수 있었다. 라하는 쫓아갈 수 없다. 후원에 내내 갇혀 있는 신세였으니까.

나가기만 하면…….

올리버를 붙잡아, 그 소년 궁의를 붙잡아 한 마디를 해야겠다.

나는 너를 원망한 적이 없다고.

라하는 얼굴을 모로 돌려, 자신을 응시하는 셰드를 쳐다보았다.

손가락을 뻗어 그의 뺨을 간지럽혀 본다. 셰드에게 손이 딱 붙잡힐 때까지 손가락을 움직여 보던 라하가 빙긋 웃었다.

"내일 후원에서 나가면, 왕비님에게 다시 인사를 해야겠어."

힐로스드의 왕비는 여전히 황궁에 머물고 있다고 했다. 그날, 수많은 타국의 귀족과 왕족들이 머무는 가운데 라하는 반역을 감행했다. 황관의 주인은 뒤바뀌었다.

급류에 휩쓸린 듯 정신을 차리지 못하던 수많은 타국의 사절단들은, 이내 민감하게 권력의 흐름을 잡아냈다.

현자들은 라하를 황제로 추대했으며, 신성국은 아예 그녀의 편을 들고 거사를 도왔다는 것이 알려졌기 때문이다.

대관식. 그리고 이어질 국혼.

라하가 이마를 찌푸렸다.

"제국의 국서를 배출하게 된 왕국이라니……. 힐로스드에서는 보석 광산을 통째로 발견한 거잖아."

셰드가 턱을 기울였다.

"정 믿지는 것 같으면 내 형에게 편지를 보내 볼까."

"뭐라고 보내려고?"

"왕실 소유의 보석 광산이 적잖거든. 델로에 몇 개를 넘기라고 청해 보지."

"무슨……. 농담이야. 나를 뭘로 만들고 싶은 거야?"

라하가 기가 막혀 되물었다.

그도 잠시. 이내 웃고 만 라하는 두 팔을 뻗어 셰드의 목을 끌어안았다. 그는 순순히 라하에게 몸을 기울여 안겨 주었다. 붕대에 닿지 않게 위쪽을 끌어안는 단단한 팔.

무슨 말을 할 것처럼 껴안아 놓고, 라하는 별다른 말은 하지 않았다. 이전에도 몇 번씩 그랬다. 그러다가 늘 잠들어 버리곤 했는데. 오늘은 달랐다. 라하는 셰드의 목에 얼굴을 묻은 채 천천히 입을 열었다.

"나와 결혼하면……, 셰드."

모래알 같은 두려움이 미약하게 섞인 목소리였다.

"나보다 일찍 죽으면 안 돼."

"그래. 그럴 거야."

"네가 먼저 죽으면……."

라하가 드물게 말끝을 흐렸다.

"정말 무서울 것 같아."

"누가 봐도 나보다 네 몸이 더 약하지 않나?"

"……그렇지?"

"그래. 약속할 테니."

얼마든지 약속해 줄 수 있었다. 원한다면 그녀의 죽은 쌍둥이가 부리던 마법사를 끌고 와, 무엇이든 강제하는 마법을 걸겠다고 해도 셰드는 얼마든지 응해 줄 수 있었다. 신 앞에 서약하는 심정으로, 기꺼이.

"셰드."

라하는 천천히 셰드를 껴안은 팔에 힘을 주었다. 가느다란 팔목 아래서 생생히 맥동하는 그의 모든 것.

"그래도 네 곁에 오래 살아 있을게."

속삭이는 말에 셰드가 희미하게 웃었다.

"부디, 라하."

그의 대답은 단단하다. 처음부터 지금까지, 언제나. 폐허 같은 제 마음속에 감입한 낱말 하나하나가 전부, 이 남자의 것이었다.

셰드 힐데스, 그녀의 정혼자.

곧 그녀의 가족이 될 남자…….

마음 어딘가에 실바람이 불어오는 기분이다. 사랑을 속삭이듯, 라하는 셰드의 이름을 두 번 더 속삭인다.

언제부터였던가.

셰드는 라하의 목소리를 들을 때마다 갈증이 났다. 아무리 들어도 목이 말랐다. 가끔은 스스로가 미친놈처럼 느껴질 정도였으나, 라하는 다행히 알지 못했다.

그는 그녀의 이마에 입술을 묻었다.

사랑한다는 말을 속삭여 본다. 라하의 입가에 어리는 미소가 얼마쯤, 셰드의 입매에도 번졌다.

라하가 가만히 눈을 감았다 떴다. 몇 만 번을 그런다고 한들, 변치 않을 남자의 눈동자가 온전히 시야에 담긴다.

하늘을 담은, 창공을 닮은 눈동자였다.

〈完〉